TORMENTA

JAMBÔ

APRESENTA

LEONEL CALDELA

O Crânio e o Corvo

Porto Alegre
2023

O Crânio e o Corvo

CREDITOS

Edição: J. M. Trevisan e Vinicius Mendes

Diagramação: André Carvalho

Revisão: Elisa Guimarães, Aline Haar e Victória Cernicchiaro

Projeto Gráfico: Samir Machado de Machado

Capa: Samuel Marcelino

Lettering: Dan Ramos

Ilustrações de Abertura: Jânio Garcia

Cartografia: Leonel Domingos

Editora-Chefe: Karen Soarele

Diretor-geral: Guilherme Dei Svaldi

Jambô

Rua Coronel Genuíno, 209
Porto Alegre, RS • CEP 90010-350
contato@jamboeditora.com.br • www.jamboeditora.com.br

2ª edição: outubro de 2023 | ISBN: 978858913424-8
Dados Internacionais de Catalogação na Publicação

C146c Caldela, Leonel
O crânio e o corvo / Leonel Caldela; edição de J. M. Trevisan. — Porto Alegre: Jambô, 2023.
608p. il.

1. Literatura brasileira — Ficção. I. Trevisan, J. M. II. Título.

CDU 82-312.9

Baseado no universo criado por
Leonel Caldela, Marcelo Cassaro, irmãos Dei Svaldi e J.M. Trevisan

Dedicado ao meu pai.

O Reinado de Arton
1403
1 - Crovandir
2 - Valkaria
3 - Grael
4 -Sambúrdia Cap.
5- Tyros
6- Annvillia
7- Izzileria
8- Norm
9- Sempre-Verde
GRANDE SAVAN
RIO DOS
NAMALKA
TAPISTA
Catedral de Gelo
YUD
MONTANHAS UIVANTES
ZAKHAROV
HERSHEY
PETRYNIA
FORTUNA
LOMATUBAR
TOLLON
DEHEON
AHLEN
COLLEN
TYRONDIR
MAR NEGRO

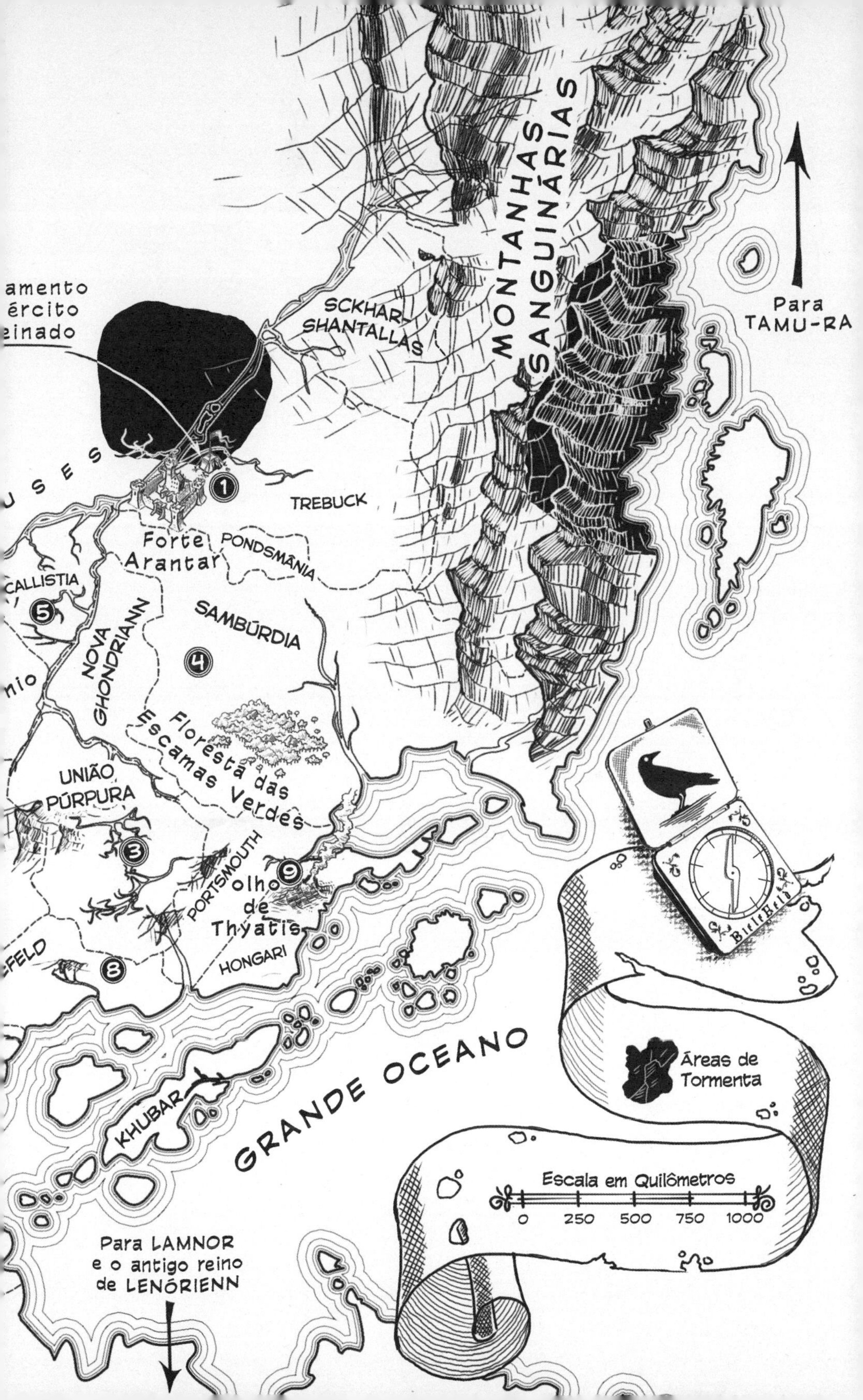

amento
ército
einado
SCKHAR
SHANTALLAS
MONTANHAS SANGUINÁRIAS
Para TAMU-RA
USES
1
TREBUCK
Forte Arantar
PONDSMÂNIA
CALLISTIA
5
SAMBÚRDIA
4
NOVA GHONDRIANN
nio
Floresta das Escamas Verdes
UNIÃO PÚRPURA
3
PORTSMOUTH
9
olho de Thyatis
EFELD
8
HONGARI
GRANDE OCEANO
KHUBAR
Áreas de Tormenta
Escala em Quilômetros
0
250
500
750
1000
Para LAMNOR e o antigo reino de LENÓRIENN

DOIS PARA A EMBOSCADA

AQUELE ERA UM BOM DIA PARA UM ASSALTO. E, DE qualquer forma, era um dia em que um assalto iria ocorrer. Os bandoleiros eram jovens, tinham fome de carne e futuro. O sol estava hesitante e, naquele dia, homens iriam matar por um pouco de comida, um pouco de ouro e um pouco de honra.

Eram doze ao todo, e nenhum que prestasse. A escória juvenil de Arton, desgarrados, fugitivos e indesejáveis; bandidos por vocação ou circunstância, não havia uma gota de arrependimento naquele grupo. Dez variáveis, indo e vindo de acordo com as marés da vida de crimes, alguns morrendo ou sendo presos, outros se juntando, apavorados ou ansiosos. Mas havia apenas dois que mandavam em todos, e mantinham-se firmes desde o início do que chamavam de Bando do Dente Quebrado. Os dois agora espreitavam, mal respirando ao acompanhar com os olhos as futuras vítimas de sua emboscada, as bocas salivando por dinheiro e combate. Apenas os dois, como sempre, porque consideravam os outros dez muito vagarosos e barulhentos e burros.

— Como você está? — disse Darien, em um sussurro. — Pode lutar direito ou vai ficar tremendo todo, como uma virgem?

— Não precisa se borrar de medo, eu consigo proteger você — disse Vincent.

Darien assentiu com um meio sorriso malandro, tendo arrepios de antecipação pela batalha.

A verdade era que Vincent não estava bem; sua mão tremia, e os suores não tinham cessado. Já há três semanas vinha se sentindo daquele jeito, com as febres e as manchas vermelhas e, o que não contara a Darien, as alucinações. *"Uma porcaria de doença esquisita desse lugar esquecido pelos deuses"*, pensou Vincent. Começara com o espinho, ou ferrão, ou o que quer que fosse, que ele achara fincado em sua nuca. *"Uma droga de inseto venenoso, ou planta, ou outra coisa qualquer"*. Mas, se ele deixasse Darien sozinho, o idiota provavelmente iria conseguir ser morto em menos de cinco minutos.

Os dois estavam deitados, muito quietos e lisos contra o chão, sobre uma encosta coberta de vegetação indecisa. Poucos metros abaixo, havia uma trilha, estreita e tortuosa o suficiente para permitir apenas um cavalo de cada vez. Do outro lado da estradinha, o início de um arremedo de floresta, cobria um terreno também irregular. Bem atrás dos dois amigos estava o resto do Bando do Dente Quebrado, que esperava o sinal de um assobio. Ou, mais provavelmente, os sons de batalha, se Darien descartasse a cautela e começasse o combate sozinho. Uma paisagem típica. Estavam nos arrabaldes da União Púrpura — um ajuntamento de nações, tribos e minúsculos reinos, que oscilava entre a barbárie total e a civilização alquebrada. Encostas, trilhas, florestas e bandoleiros eram todos elementos comuns.

As vítimas se aproximavam, pouco a pouco, seus cavalos relutando no chão pedregoso. Os bichos e os homens suavam de peso, pois todos vestiam ou carregavam armaduras, escudos e lâminas pesadas. Eram cinco cavaleiros, todos reluzindo, blindados em metal prateado, e os seguiam mais seis ou sete escudeiros e servos.

— Eles são muitos — Vincent falou baixinho.

— Metade vai fugir quando vir uma espada. — Darien fez uma careta de desdém. — São empregadinhos que sentem falta de castelos e cidades.

— Está vendo o estandarte, Darien?

O estandarte dos cavaleiros da Luz: a galante ordem de cavalaria que era o orgulho do reino de Bielefeld. Devotos de Khalmyr, o Deus da Justiça, e famosos pela falta de medo em combate e de piedade para com criminosos.

— Cavaleiros não sabem lutar no mato.

— Cavaleiros não são *vítimas de emboscadas*, Darien.

— Por isso mesmo. Vão estar surpresos. Não vão dar nem para o cheiro.

Vincent controlou um suspiro de irritação. Olhou o amigo como se quisesse fulminá-lo ali mesmo, e viu só confiança em seu rosto. Darien era apenas um rapaz, como todos no Bando do Dente Quebrado. Um homem bonito, por mais que Vincent odiasse ouvi-lo se gabar disso; alto e comprido, cheio de braços, pernas e cotovelos, magro e elétrico. Tinha uma boca enorme e debochada, olhos verdes pequenos e cheios de desafio, e cabelos castanhos que fazia questão de ostentar em um desleixo cuidadoso. O tipo de garoto contra o qual as mães previnem suas filhas.

Darien devolveu o olhar, imitando com exagero a cara de preocupação. Vincent nunca parecia tirar a seriedade do rosto angular e simétrico. O queixo quadrado nunca afrouxava, enquanto ele ponderava sobre as infinitas chances de algo dar errado em cada minúscula tarefa da vida. Era tão alto quanto Darien, mas muito mais compacto e bem encaixado. Tinha peito largo e ombros retos, que arrancavam suspiros de menininhas idiotas, que ele fingia não notar. Sabia usar os olhos como poucos, acendendo-os como dois faróis azuis quando precisava conquistar a simpatia de alguém, e era vaidoso como uma donzela com seus cabelos louros cacheados e muito bem cortados. Até os lavava de vez em quando!

Tinham ambos aparência estranha para a União Púrpura. Suas peles brancas destoavam da mistura fervente de etnias que habitava o lugar. Já lhes disseram que deveriam ser filhos perdidos de alguma família da "civilização". Pouco importava — ambos tinham como pai o ouro, e como mãe, a morte.

Era típico de Vincent estar suando por causa de um ataque como outros tantos, pensou Darien. As vítimas eram perigosas, mas aquelas que não eram nunca valiam a pena.

— Pelo menos prometa que não vai atacar sozinho — disse Vincent.

— Prometo — mentiu o outro.

"É bom ser jovem", pensou Darien. *"Mas melhor ainda é ser bandido"*.

Justin Gherald era um cavaleiro, e estava enjoado. Odiava a União Púrpura, que considerava uma mancha imunda de selvageria, indigna da fronteira com o nobre reino de Bielefeld. Justin queria voltar para casa. Mas, mais do que tudo, queria conseguir vomitar.

A náusea o havia acompanhado desde a penúltima batalha com os bárbaros, já no caminho de volta. Embora as ordens de Justin fossem investigar os recentes acontecimentos estranhos, os avistamentos de monstros e o tumulto na simplória política da União Púrpura, ele não desperdiçara a chance de civilizar com aço alguns selvagens. Os primeiros cinco ou seis confrontos haviam sido fáceis — como caçar raposas. As poderosas lanças dos cavaleiros furavam os corpos sem proteção, não importando quão peludos e musculosos fossem. E os seus quatro comandados que haviam morrido naqueles confrontos seriam tanto heróis quanto justificativas para uma invasão em larga escala. *Sir* Justin queria uma guerra — mas uma guerra fácil.

O prazer de Justin acabara junto com a facilidade, quando seus cavaleiros enfrentaram os bárbaros tatuados. Havia neles uma ferocidade ainda maior que nos outros selvagens, uma gana por morte que Justin só observara em monstros, loucos ou em si mesmo. Improvável que fosse vingança: o cavaleiro tomara cuidado para espalhar igualmente seu morticínio, chacinar membros de tribos diversas, e fugir de seus territórios logo em seguida. Naquela batalha, Justin perdera mais onze homens, e sua expedição orgulhosa de vinte tornara-se um bando maltrapilho de apenas cinco (sem contar os serviçais, dos quais ele nunca se lembrava, e que pareciam morrer indiscriminadamente, aos punhados). E, naquela batalha, Justin recebera um corte feio. Olhara suas próprias tripas, vagamente cônscio do fedor e da gelatina sanguinolenta, e pensara algo indefinido sobre injustiça, raiva dos deuses e morrer como herói. Mas o talho fechara, para surpresa de todos. Em apenas um dia, estava já começando a cicatrizar. Não havia explicação para aquilo, então Justin decidiu que era um escolhido de Khalmyr, e entreteve-se com fantasias sobre tomar o poder na Ordem da Luz.

Mas a náusea persistia. O ferimento não estava sarado por completo, isso era de se esperar, mas por que aquela sensação constante de vômito que nunca chegava? Justin estava irritadiço e distraído, e pensava que um cavaleiro de sua estirpe e posição nunca deveria ter dor de barriga. Havia também os sonhos, as vozes em sua cabeça, os pensamentos bizarros que haviam se instalado. E havia aquele ferrão estranho, que ele achara fincado em seu pescoço, na própria noite anterior à tal batalha. A União Púrpura estava cheia de insetos e bárbaros, e às vezes os dois se confundiam. Mas Justin não queria pensar sobre aquilo tudo. Queria pensar sobre ser um herói, ser líder de todos os cavaleiros, ser rei, ser escolhido de Khalmyr, ser um deus.

— *Sir* Justin — um jovem cavaleiro tirou-o de seus delírios. A mão foi sozinha ao punho da espada.

Justin Gherald começou uma resposta impaciente, mas interrompeu-o um grito de guerra, e um garoto pulava da encosta ao lado e golpeava o primeiro da fila.

— Darien, não! — era Vincent, mas, é claro, ignorado.

Darien mal esperara os cavaleiros chegarem à distância de ataque, ansioso que estava por lucro e sangue. Ergueu-se como se tivesse molas no corpo todo, e a espada comprida já estava na mão quando começou a correr aos saltos encosta abaixo. A boca estava aberta e enorme, derramando um urro de prazer para todos os lados. Encolheu as pernas e voou os metros que faltavam, segurando a espada com as duas mãos e descendo-a com força e sem técnica no sujeito que estava à frente.

— Emboscada! — gritou alguém. — Cavaleiros da Luz, adiante!

Darien sentiu o chão bater forte nas solas dos pés. Desorientado por um momento, rindo e tonto, mal teve o reflexo de atirar-se para baixo quando o segundo cavalo atropelava o primeiro, e o homem que o montava descrevia um arco largo com uma espada. O golpe era preciso e maligno, e passou a centímetros de seu pescoço, mas Darien viu que o seu próprio tinha sido mais preciso e mais maligno, porque o primeiro homem estava no chão, gemendo e vertendo sangue pela armadura.

— *Darien, seu idiota!* — a voz limpa de Vincent cortou o mato e o combate. O jovem loiro também saltou da encosta, mas seu pulo era muito mais gracioso, e ele aterrissou leve, encontrando a lâmina do segundo cavaleiro com a sua própria.

— Não me xingue na frente das vítimas! — gargalhou Darien, enquanto se punha de pé.

O segundo cavaleiro desferiu um golpe potente, que Vincent mal conseguiu aparar. Estremeceu, e as botas se afundaram na areia seca da trilha estreita.

— Não estou xingando, esse é o meu grito de guerra — ofegou Vincent, tentando perfurar a guarda do oponente.

"Não", pensou Darien, com calma e sorriso. O grito de guerra do Bando do Dente Quebrado era outro, e era algo de que ele tinha muito orgulho.

— *Sangue e juventude!* — urrou o jovem bandoleiro, e um trovão de vozes juvenis se ergueu em resposta.

— *Sangue e juventude!* — eram vozes mal-formadas, algumas ainda finas de infância. Eram bandoleiros ainda mal-formados, muitos dos corpos e todos os espíritos ainda crus. Mas eram desesperados.

O Bando do Dente Quebrado irrompeu da encosta. Berravam com abandono, corriam desordenados, meio que tropeçavam uns nos outros, nas raízes ou em nada. Agitavam no ar armas desencontradas: machados, facões, martelos, porretes, ancinhos. Sua carga era um retrato do que o mundo podia fazer com garotos verdes: ladrões e assassinos que sonhavam com bonecos de pano.

Darien estava de pé, e corria se esquivando das patas do primeiro cavalo, enquanto Vincent ainda duelava com o cavaleiro. Darien tinha os olhos no líder daqueles empolados, um velhote de queixo erguido e bigode seboso, que parecia ter uns nove deuses na barriga. Surpreendeu-se quando o velho girou sua montaria para a encosta, deu-lhe uma ordem gritada e fez o animal correr, escalando a elevação, investindo contra os jovens bandidos.

"Nenhum cavalo faz isso", pensou Darien, mas era verdade que ele não sabia nada sobre a vida. O prodigioso cavalo, forte como um monstro e ainda mais feroz, corria encosta acima, ignorando as multidões de galhos que lanhavam-lhe o couro, a boca já se projetando em mordidas ansiosas.

Cavalo e cavaleiro encontraram o Bando do Dente Quebrado, e três bandoleiros morreram já no primeiro golpe. O tal velho era sanguinolento, fez um perímetro enorme com a espada e decapitou o atacante mais à esquerda, enquanto destruía o rosto do rapaz do meio e arrancava o tampo da cabeça do último. O cavalo se ergueu, mantendo um equilíbrio majestoso e descendo dois cascos de marreta, esmagando um crânio e quebrando uma clavícula. A espada do cavaleiro subiu e despencou, cortando um braço. Uma mordida feroz arrancou três dedos de um dos garotos. E, em meio instante, o Bando do Dente Quebrado começou a fugir.

— Covardes! — xingava *sir* Justin, em júbilo. — Selvagens covardes! — E impelindo seus homens: — Avante os cavaleiros! Khalmyr! Khalmyr!

Os garotos haviam dado as costas a Justin Gherald, e não havia prazer maior para aquele homem do que espetar costas desprotegidas. Partiu a espinha de um dos rapazes, riu do som gorgolejante que isso provocou. Viu que outro deles tropeçara e caíra, e se voltava chorando para ele, implorando aos deuses e à mãe. *Sir* Justin impeliu o cavalo para a criança, ouvindo o esterno e as costelas estalarem sob as patas. E perseguiu-os, e matou com alegria.

Darien via apenas relances daquilo, mas horrorizado. Não percebeu quando um dos cavaleiros saltava da montaria e investia contra ele, girando uma maça enorme contra o seu rosto.

— *Darien, seu idiota!* — a voz de Vincent arrancou-o do transe, e ele viu o amigo longe, muito longe, a quase três metros do cavaleiro com a maça, incapaz de fazer qualquer coisa.

— Sangue e juventude, ou qualquer coisa — murmurou Darien, esperando o golpe que iria lhe matar.

Mas, de repente, surgiu uma ponta sangrenta no peito do inimigo, que estacou e cambaleou, e caiu morto. E atrás, Vincent com o braço estendido; tinha arremessado a espada, e estava desarmado.

— *Vincent, seu idiota!* — gritou Darien, e viu o amigo se virar para os dois cavaleiros que se preparavam para atacá-lo.

Vincent era um idiota, de acordo com todos os parâmetros estabelecidos por Darien, que julgava-se profundo conhecedor do mundo, e muito inteligente. Vincent era um idiota porque tinha sido mordido ou picado por algum bicho ou planta, e estava doente. E ele era um idiota porque tinha tremores e febres e suores, e manchas vermelhas pelo corpo, às vezes duras como casca de árvore (Darien tinha certeza de que homens inteligentes tinham apenas doenças que fizessem sentido, e não se deixavam picar por qualquer inseto). E, mais do que tudo, Vincent era um idiota porque não via que eles *precisavam* atacar alguém rico, para pagar um xamã ou curandeiro ou qualquer outro que pudesse curá-lo. Darien sabia que era perigoso atacar cavaleiros da Luz, que os desgraçados lutavam como demônios, e sabia que ele e Vincent talvez tivessem de matar gente boa e devota de Khalmyr, mas que escolha?

E agora Vincent provava-se um idiota porque tinha arremessado sua espada, e estava desarmado, e iria morrer, e tudo seria por nada.

Vincent protegeu o rosto com o antebraço, e uma lâmina encontrou seu pulso. O sangue jorrou farto e brilhante. A lâmina se quebrou. O cavaleiro, por um momento, olhou incrédulo, mas o outro não notara, e atacou Vincent com uma lança. O rapaz girou o corpo sem sentir, deu um salto prodigioso e esticou o braço ferido, que agora começava a se recobrir de uma espécie de carapaça lustrosa e vermelha. Segurou o elmo do segundo cavaleiro e arrancou-o da montaria, arremessando o corpo no outro inimigo. Os dois estatelaram-se no chão, com um estampido de placas de metal, enquanto Vincent percebia o que fizera.

Darien olhava o amigo, e o seu braço coberto de uma casca de inseto, avermelhado e inchado, com uma mão enorme com garras em forma de navalhas.

Vincent estava apalermado, olhando ao redor em transe, vendo o peito perfurado, o pescoço quebrado, os três cavaleiros que matara. Mas havia ainda outro, que Darien apenas ferira, e Vincent não percebia que ele cambaleava, espada em punho, para golpeá-lo.

Darien correu, segurou a espada longa com as duas mãos, e desceu a lâmina no pescoço do cavaleiro. Ele gorgolejou um pouco, depois caiu.

Lá em cima, *sir* Justin acabara de chacinar o Bando do Dente Quebrado, e voltara-se para enxergar o jovem bandoleiro com sua nova aparência bizarra. Algo dentro de Justin encaixou-se. As vozes falaram alto em sua mente, tudo passou a fazer sentido. E ele não viu, mas um lento líquido rubro escorria das frestas de sua armadura, misturado com o sangue das crianças. O corpo estava indeciso, ensaiava mudanças estranhas. Justin Gherald embainhou a espada, e fez o cavalo descer a encosta lentamente.

— Sabe o que é isso? — perguntou a Vincent. — Sabe com o que é abençoado, criança imunda?

Em resposta, Vincent mostrou os dentes, e ergueu a mão com garras. Justin sorriu.

— E você? — para Darien. — Também foi abençoado?

Darien inspirou por um instante, e então sua mente correu, e ele pesou suas opções. Olhou o homem à sua frente, sangue e bizarria, e seu amigo transformado em algo, e o cavaleiro que matara.

— Sim.

Sir Justin tentou decidir se o garoto blefava, mas seu cérebro rangeu, e ele desistiu. As vozes, as *vozes vermelhas*, ele percebia agora, gritavam-lhe que ele encontrara um igual. Ou dois. Garotos de pele clara e alma perdida, que pela aparência quase poderiam vir de Bielefeld, em seu caminho, escolhidos por Khalmyr. Vinham-lhe os pensamentos de santidade, de poder e glória na Ordem da Luz. Cercado por iguais, num círculo de bênçãos. Haveria chance de pensar com calma, mais tarde.

— Você foi abençoado — disse para Vincent. — Ambos somos abençoados. Vou levá-lo a Bielefeld, e você será um cavaleiro.

Vincent engoliu.

— Você é um criminoso — para Darien. — Tudo pode ser perdoado, se for abençoado por Khalmyr. Será levado também, como prisioneiro.

E, não dito: isso ou a morte. O Bando do Dente Quebrado fora trucidado, restavam apenas os dois. Diziam haver justiça em Bielefeld; talvez houvesse também clemência?

Os dois amigos concordaram. Medo e mudanças.

— Este será o nosso segredo. Ninguém deve saber — fungou Justin. E, como se notasse um quadro torto, viu os escudeiros e serviçais, ignorados durante todo o combate. — Oh, ninguém deve saber — disse desembainhando a espada.

Sobraram três naquela tarde, e *sir* Justin saciou-se de morticínio. Afinal, descobriu, matar serviçais era tão prazeroso quanto matar estrangeiros.

Darien e Vincent se olharam, amarrados atrás do cavalo, na trilha para a prisão e a nobreza, em Bielefeld. Sangue fora perdido, e juventude também.

ORION

CAPÍTULO 1

O CAVALARIÇO

A ESPADA ERA PESADA, LARGA E BEM-FEITA, TINHA UM gume fino e preciso que cortava como navalha, e uma espécie de brilho opaco, subentendido, próprio a uma ferramenta que já cumprira seu papel muitas vezes. A espada não tinha mossas ou imperfeições, apesar dos anos de uso. Também não tinha nome. Matara já incontáveis inimigos, alguns perversos, outros desgarrados, nenhum com honra. Era uma espada honrada, uma espada de heroísmos, mas agora estava sendo usada para cortar a garganta de um cavalo.

O cavalariço segurou o cabo da lâmina e deu um suspiro curto, antes de correr o fio pelo couro do animal. O cavalo agonizante estremeceu e deixou-se amolecer, quase grato. O cavalariço limpou a lâmina com um punhado de palha, e não escondeu o rosto endurecido de desagrado. Sua idade se traía nas rugas e nos cabelos e barba cinzentos, mas ele cumpria seus deveres no estábulo sem que o corpo reclamasse.

— Ele não tinha mais salvação, Orion — disse uma voz de lixa, vinda da porta do estábulo. — Foi um ato de piedade, e você sabe disso.

O cavalariço empertigou-se.

— Matar um cavalo é matar um cavalo. Poucos homens acompanham você numa carga, mas um cavalo é sempre fiel.

— Ele nem tinha nome.

— Nada meu tem nome, Ingram — o cavalariço sorriu, triste.

Ingram caminhou para dentro do estábulo, erguendo bem as pernas para evitar os montes de estrume e a palha que lhe grudava nas botas. Apesar de baixo, mirava o outro nos olhos.

— Vamos para dentro — disse. — Logo vai começar a chover.

Como em resposta, uma trovoada úmida.

— Sou um cavalariço, meu amigo — virando-se e caminhando para as outras baias, onde os demais cavalos estavam aterrorizados. — Vou ficar no estábulo.

Ingram deu-lhe um chute no tornozelo.

— Seu humano teimoso e idiota! Por que continua com essa farsa?

O estábulo era iluminado apenas por uma lamparina, luz amarelada e tremulante com cheiro de óleo de peixe. As sombras quadradas das baias projetavam-se, cada vez maiores, até engolir os fundos do prédio de madeira. Moviam-se as sombras e remexiam-se os cavalos, nervosos, inquietos por sentirem a morte. Não se matava um cavalo dentro do estábulo, o cavalariço sabia muito bem; levava-se o animal condenado para trás dos galpões, e fazia-se a morte limpa e rápida, longe das narinas e ouvidos dos demais. Cavalos não estavam acostumados à morte. Diferentes dele mesmo.

Mas, por uma razão ou por outra, o senhor daquele estábulo, o senhor daquele castelo e — por enquanto — senhor também do cavalariço, havia decretado que o sangue do animal doente não deveria manchar o pátio. Queria, por algum motivo, que tudo fosse mantido dentro do estábulo. O cavalariço suspeitava que fosse por capricho, que fosse a embriaguez da autoridade. De qualquer modo, agora o sangue do cavalo sem nome encharcava a palha, e juntava-se ao óleo de peixe e ao estrume num fedor pungente e variado.

Ingram e o cavalariço foram interrompidos por um terceiro, um jovem com as cores e divisas de oficial, mas voz e caráter de cortesão.

— Serviçal!

Voltaram-se.

— O capitão Ulam ordena que você se apresente.

O cavalariço fez uma mesura rígida. O jovem oficial fez uma careta ante o cheiro marrom e vermelho e saiu rápido.

— Tenho deveres, Ingram. Vou me apresentar.

— Nada do que você faz tem sentido. Não sei por que tolera esse capitão borra-botas há duas semanas.

— Porque, enquanto não terminar o que comecei, não sou digno da minha posição. O capitão Ulam abrigou-me como um favor. Ser cavalariço está muito bom, para quem não possui nem um teto.

— Isso é bobagem. É a maior besteira que eu já ouvi.

O cavalariço enrolou a espada em camadas de tecido oleado, e andou.

Ingram acompanhou o amigo saindo do estábulo. A diferença de altura entre os dois tornava-os um par improvável, mas, de alguma maneira, digno. Ingram era um anão, membro da orgulhosa e reclusa raça que vivia nos subterrâneos do mundo de Arton. Anões eram mestres das montanhas, das construções, dos machados e da cerveja, e poucos eram os que escolhiam viajar no mundo exterior, muito menos entre os humanos. Mas aquele era Ingram Brassbones, e era diferente dos outros de seu povo pelos meticulosos bigodes louros, que usava em vez de barba cheia, e pela mente irrequieta, que tornava irrequietos seus pés.

O estábulo era acompanhado de dois galpões amplos nos fundos do castelo. À frente, erguia-se o castelo em si, imponente no escuro — quando não se viam seus detalhes. Com luz, era cômico. Ridículo e triste, um nobre transformado em palhaço. Era o forte Arantar. Muito grande para poucos soldados, e dando a impressão de levar-se a sério demais. As torres altas e as muralhas grossas não serviam para nada, estavam cobertas de limo ou simplesmente de sujeira. Havia pouquíssimos serviçais no castelo, e aqueles que havia tinham uma familiaridade confortável que desafiava a disciplina militar. Muitas janelas e portas estavam fechadas com tábuas ou tijolos, encerrando alas que não viam uso há décadas. O cavalariço achava que, em outras circunstâncias, tais alas teriam pelo menos histórias interessantes, boatos de assombrações. Mas, naquele lugar, restava pouca imaginação, pouca vontade, e muito fingimento.

Ele achava que o castelo deveria, há muito tempo, ter recebido permissão de morrer com dignidade.

— Conseguiu descobrir alguma coisa? — disse o cavalariço.

— Nada. Esses militares não se preocupam com coisa alguma além da própria pança. Tentei primeiro os oficiais, depois os sargentos, e por último os soldados. Os oficiais são menininhas, os sargentos são caducos, e os soldados são palermas. Esta é a raspa do tacho do exército de Trebuck, Orion.

— Mas eles têm o costume de interrogar todos que se aproximam.

— É o seu único passatempo, eu acho, além de coçar a bunda e cutucar o nariz. Mas não viram ninguém; ele não passou por aqui.

O cavalariço deu de ombros.

— Também não consegui nada com os serviçais — disse.

Os trovões acompanharam a dupla pelo pátio do castelo, e trovões eram sempre mau agouro no reino de Trebuck. Era uma noite carrancuda; as estrelas estavam tímidas e a lua acovardada. As sentinelas nas ameias procuravam disfarçar o medo, mas diziam orações rápidas sempre que trovejava, pois aquele era Trebuck, o Reino da Tormenta.

Há poucos anos, Trebuck havia sido atacado pela Tormenta, a Tempestade Rubra, o flagelo infernal, aberrante e incompreensível que ameaçava engolir o mundo de Arton. A Tormenta começava com nuvens vermelhas, então relâmpagos e, por fim, uma chuva de sangue ácido. E os demônios. Os demônios da Tormenta, criaturas insetoides que matavam sem distinção, vinham do nada e resistiam às mais potentes magias, aterrorizavam cada soldado em Trebuck. Pois a simples visão de um demônio da Tormenta podia enlouquecer — o que fazer contra um inimigo que feria apenas existindo?

Uma vez atacado pela Tormenta, um lugar estava perdido. A Tormenta nunca mais ia embora; derretia tudo com sua chuva ácida, destruía com seus relâmpagos, e *transformava* o que restava. Prédios, paisagens, cidades inteiras tornavam-se paródias terríveis do que haviam sido: construções de ferro negro e uma estranha matéria rubra, cheia de farpas, dentes e imagens grotescas. Ruas pavimentadas com crânios, portões que lembravam bocarras de monstros. Uma área de Tormenta era como a realidade vista pelos olhos do mais sádico dos loucos. E uma área de Tormenta era para sempre.

A primeira área de Tormenta se formou na ilha de Tamu-ra, havia mais de dez anos. Após ataques espalhados e imprevisíveis, outra se formou no próprio reino de Trebuck, engolindo o gigantesco e orgulhoso Forte Amarid.

Aqueles soldados diziam a si mesmos que a área de Tormenta era longe dali, que o forte Arantar nunca seria tragado pelas nuvens vermelhas. Mas o medo sempre estava presente de que o forte fosse destruído ou corrompido, como fora Amarid.

Porque a Tormenta *não* estava longe. E nunca ia embora.

— Estão se borrando — comentou Ingram Brassbones.

— Sentinelas na porta do inferno — disse o outro, distraído.

— Sentinelas já meio derrotadas.

Ingram e o cavalariço entraram no castelo antes que as primeiras gotas caíssem. Lá dentro, a iluminação era quase tão precária quanto a do estábulo, e o cheiro não muito melhor. Os largos corredores, desertos de serviçais ou guardas, ostentavam algumas flâmulas gastas, com brasões de Trebuck, da regente Shivara Sharpblade e de famílias nobres diversas. Os passos dos dois ecoavam, e acordaram um soldado que dormitava em seu turno de guarda. O cavalariço pensou que, de onde ele vinha, a pena por dormir num turno de guarda era muito, muito séria. Mas ali ele era apenas um cavalariço.

No salão principal, reunia-se um punhado de oficiais e sargentos. Os oficiais, em geral nobres, torciam o nariz, mas aceitavam relutantes a companhia.

Os sargentos, em geral velhos e gordos, aguentavam um eventual insulto, em troca da oportunidade de jogar dados com os oficiais ingênuos, que sempre perdiam e sempre tinham ouro. Aquele era o forte Arantar, onde o que havia de pior no exército de Trebuck se juntava para fingir alguma utilidade.

— Orion e Ingram! — ergueu-se uma voz limpa, enorme como seu dono.

O salão principal continha algumas mesas, uma cadeira que lembrava o trono de um lorde, e vários adornos — candelabros, armaduras decorativas, estandartes. Tudo isso havia sido empurrado para os lados, para dar lugar a um dos convidados: Trebane, o centauro.

Com tronco de cavalo, de onde brotava um segundo tronco humano, os centauros eram visão rara, mas não desconhecida, no Reinado. A maioria se mantinha em tribos reclusas, mas os oficiais do castelo estavam descobrindo o quão expansivo podia ser um centauro aventureiro, como Trebane.

Os cascos de Trebane marcaram fundo o tapete, e rasgaram-no três vezes, enquanto ele ia até os dois amigos, para abraçar-lhes como se não os houvesse visto há meia hora. Era imensamente forte, e disposto a moer-lhes os ossos enquanto apertava-os contra o peito musculoso. Cheirava a suor e embriaguez.

— O animal não tinha salvação, Orion — disse Trebane. — Se eu não pude fazer nada, é porque era a hora dele morrer.

— Você esteve bebendo?

— Apenas um pouco, em nome de um belo cavalo que agora está com os deuses!

Trebane fez um gesto largo que quase derrubou uma garota que vinha servir mais vinho. Ele parecia ocupar o salão inteiro, estar em todos os lugares ao mesmo tempo, falar com todos, comer e beber tudo. Os militares o olhavam de esguelha, mas não ousavam falar nada — ousava-se muito pouco no forte Arantar.

A reunião foi interrompida pelo comandante do forte, que pigarreou e cuspiu no chão, calando o ambiente.

— Cavalariço — pigarro —, meus homens dizem que os cavalos estão nervosos, hoje.

O capitão Ulam era um homem mal-acabado, com anos, pelos e mantas de gordura sobrando por todas as partes. Manchas na pele do rosto emolduravam dois olhinhos oblíquos de porco, e um nariz inchado e vermelho de bebedeiras. Era alto e largo, esparramado, mas suas mãos eram pequenas e incongruentes, os dedos como pedaços de linguiça afogados em banha.

O rosto do cavalariço não traía nada além de respeito. Ingram imaginou se era possível que o amigo realmente respeitasse aquele homem.

— O senhor não me deixou levar meu cavalo para trás dos estábulos, capitão. Obrigou-me a matá-lo na frente dos outros.

A boca de Ulam contorceu-se em palavras inaudíveis.

— Mesmo antes disso, estavam inquietos — grunhiu. — Meus cavalos. Você deve tomar conta deles.

— Talvez tenham sentido a doença do outro. Sentiram a morte.

— Ou talvez haja algo errado de verdade! — a voz de Trebane elevou-se, líquida como um maremoto. — Os animais pressentem coisas que não vemos, e que Allihanna só revela a eles. — Arrotou. — Mais vinho!

Os oficiais se entreolharam, e um trovão deu mais agouro às palavras do centauro. Houve murmúrios de preces a Khalmyr, e até mesmo algumas para Allihanna.

— Superstições — bocejou Ulam. Trebane pateou o chão e agitou a cabeleira castanha.

— Não posso lhe oferecer mais nada, capitão — disse o cavalariço.

Ingram Brassbones coçava as próprias mãos, agarrando o ar, enquanto Trebane fazia força para se concentrar na bebida. O cavalariço sabia que aqueles dois só se controlavam por sua causa.

Os três haviam chegado juntos, companheiros de viagem. Era um grupo estranho, o cavalariço esfarrapado montado no cavalo esplêndido, carregando um enorme fardo, mas pedindo trabalho. Os outros dois pagavam pela estadia e, embora tivessem sido submetidos ao longo interrogatório costumeiro, só tinham se revelado hóspedes inconvenientes muito depois. O anão dava palpites sobre a posição das sentinelas e o treinamento dos homens; o centauro vez por outra falava em Allihanna, a Deusa da Natureza. O cavalariço trabalhava quieto, mas Ulam tinha a sensação de que, por trás dele, havia algo mais. Bem, sensações estranhas serviam para ser afogadas em vinho.

E a boca amarela de Ulam se abriu para soltar uma nova ordem ou um novo escarro, mas, ao mesmo tempo, veio o maior dos trovões, e a tempestade despencou sobre o forte. Junto com ela, veio um soldado, com novidades.

— Senhor, há um estranho nos portões do castelo.

Ulam detestava novidades, e a última coisa de que precisava era mais um convidado.

Ashlen Ironsmith já fora um aventureiro, um ladrão viajante de modos esquivos e língua ferina, mas isso fora há mais de dez anos. Naquele dia, ninguém que o visse mancando em desespero pelo bosque, escuro de lama e sangue, poderia supor uma vida galante.

Ashlen Ironsmith estava sendo caçado.

Avistou o forte Arantar com uma risada engasgada de alívio. Correu o mais que o aleijão lhe permitia, e não quis olhar para trás. A tempestade não demoraria a chegar, e nem o caçador.

Ashlen despencou na frente dos guardas do portão. A noite opaca havia, de alguma forma, o ocultado até o último instante, e os soldados hesitaram por um momento, antes de apontarem-lhe as lanças.

Caído no chão, ofegando e tossindo, Ashlen não parecia ameaça. O corpo magro tentava se reerguer sem força, e foi mais o instinto que fez com que um dos guardas ajudasse. Eles o examinaram — um homem de trinta anos ou quase, ferido e quebrado, com cabelos escuros finos encharcados de suor, derramando-se sobre os olhos. Logo, notaram que uma das pernas terminava em uma réplica de metal, esculpida como um pé, mas pesada e canhestra. Era inexplicável como ele conseguira correr com aquilo.

Com uma súbita energia febril, Ashlen agarrou as vestes do soldado mais próximo, e disse entre dentes:

— Deixem-me entrar. Fechem os portões do castelo.

Ninguém entrava daquele jeito no forte Arantar. Construído há séculos como defesa contra o reino vizinho de Sambúrdia, Arantar desde muito perdera sua função. Trebuck e Sambúrdia tinham se feito aliados, e o castelo fora relegado a depósito para os dispensáveis do exército. Contudo, num rasgo de lealdade fútil, era tradição dos oficiais de Arantar interrogar meticulosamente qualquer um que fosse avistado.

— Seu nome — começou o guarda mas, em um instante, Ashlen havia sumido.

De alguma forma, aquele homem exausto era leve e rápido de novo, e o pé de metal não lhe pesava nada, e ele se esgueirou como um pássaro por entre os dois, e desapareceu numa sombra. Enquanto os guardas olhavam, atarantados, Ashlen deslizou para dentro dos portões, chegando mesmo a correr do lado do homem que fora enviado para comunicar sua chegada ao capitão.

E então, quando o guarda esbaforido irrompeu no salão, anunciando a presença de um desconhecido, Ashlen estava logo atrás, empurrou-o para o lado e disse:

— Preciso de abrigo. Estou sendo caçado, vocês vão ser atacados, e nós vamos todos morrer.

E desabou sobre o tapete.

Antes que os soldados fizessem qualquer coisa, Trebane estava sobre o homem caído, examinando suas feridas, gritando por ervas, bandagens e apetrechos. Seu estado era ruim, mas o sangue na verdade era pouco. Cada músculo tremia, o pescoço não aguentava a cabeça, mas os cortes eram triviais.

— Há quanto tempo você está correndo? — disse Trebane.

— Três dias — o homem conseguiu arrancar um fiapo de voz dos pulmões.

O salão principal do forte Arantar voltava todas as cabeças para Ashlen Ironsmith. Os poucos soldados tinham curiosidade, os sargentos prediziam trabalho mal-vindo, e os oficiais torciam o nariz porque o achavam pobre e sujo. Limitavam-se a olhar o pé de metal, e só Trebane fazia alguma coisa. O capitão Ulam abria e fechava a boca, ruminando ordens ou catarro, e pescava por alguma coisa a mandar ou proibir.

Agachado sobre as patas dianteiras, Trebane ergueu sem dificuldade o corpo pastoso, e pressionou uma mão firme contra a testa do homem.

— Você só está cansado, seu preguiçoso. *Allihanna, ajude-o*. Humanos são todos moles assim.

Ashlen sentiu um ânimo entrando por todos os poros, uma sensação de alívio e entusiasmo que não experimentava há muito tempo. A cura mágica fortalecia o corpo mas também revigorava a alma, uma fagulha divina introduzindo-se pela boca, pelos ouvidos, pelo nariz. Pôs-se de pé, balançando entre o pé falso e o verdadeiro.

— Você é clérigo?

— Druida — Trebane ergueu o queixo.

— E qual é a diferença?

Olhando para baixo, o centauro viu quase um deboche no rosto do homem. Parecia estar pleno, de novo.

— *Chega de conversa fiada, suas comadres!* — Ingram pisoteou o chão até os dois. — Quem é você? De quem está fugindo?

— Meu nome é Ashlen Ironsmith. Eles estão chegando, nós precisamos nos preparar.

O capitão Ulam tentava, de novo e de novo, interromper os demais com alguma exigência de explicações. Mas, a cada vez ignorado, seu rosto molengo se contorcia mais de indignação, até que foi capaz de desafinar um berro:

— Eu dou as ordens aqui!

Ingram e Trebane olharam para o cavalariço. Receberam, como resposta, um lento sacudir de cabeça.

— Quem está caçando você? — grunhiu o capitão.

— O maior caçador de recompensas do mundo — Ashlen manteve os olhos no oficial. — Crânio Negro.

O salão gelou.

— E ele está com um exército.

E, dentro do salão, houve uma mudança.

CAPÍTULO 2

A MURALHA DO CASTELO

CRÂNIO NEGRO ERA MAIS DO QUE O MAIOR CAÇA-RECOMpensas do mundo, embora isso não fosse pouco. Era um criminoso temido em todo o continente, um assassino procurado em todos os reinos. Crânio Negro, o matador imortal, rosto nunca visto, coberto por uma eterna armadura preta que lhe dava a alcunha. Caçava gente por dinheiro, mas esse era o menor dos seus crimes. Pois Crânio Negro era também o Algoz da Tormenta, um guerreiro a serviço da Tempestade Rubra e de senhores alienígenas.

Ninguém sobrevivia a Crânio Negro.

As manchas na pele de Ulam se desbotaram, seu nariz vermelho ficou pálido. Ele começou a balbuciar ordens de defesa, de posicionamento dos guardas, de fechamento dos portões. Mas as palavras de tropeço foram cortadas, como fora cortada, antes, a garganta de um cavalo leal.

O cavalariço dera um passo à frente.

— Vocês dois — apontou um par de oficiais —, vão ao estábulo e tragam meu equipamento. *Agora*. Fechem os portões, e tirem todas as sentinelas das ameias. Quero os sargentos reunidos aqui imediatamente, e todo homem capaz de empunhar uma espada armado e pronto para lutar, *já*.

Sem mudar a expressão, sem altear a voz, aquele homem dominava. Os oficiais correram para cumprir as ordens, antes mesmo de pensar. As instruções começaram a ser distribuídas, enquanto o forte se agitava, desacostumado a um líder.

— Ingram, Trebane, peguem suas armas e encontrem comigo no pátio frontal. Nós vamos encabeçar a defesa.

— E eu? — ganiu Ulam.

— Fique fora do caminho e não me atrapalhe. Não quero que estrague a moral dos homens e, de qualquer forma, já é tarde demais.

Os portões rangeram, mas por cima de tudo se ouviu o grito da primeira sentinela que caía das ameias, alvejada por uma flecha.

— Não são apenas os animais que pressentem a morte, capitão Ulam.

Logo voltaram os dois oficiais, trazendo o enorme e pesado fardo que aquele cavalariço guardara no estábulo. Desenrolaram os panos, e revelaram uma armadura completa, reluzente e polida, a espada e um largo escudo que trazia o símbolo da Ordem da Luz.

— Ajudem-me a vestir a armadura. — Os oficiais estavam ansiosos por cumprir um comando decidido.

E a armadura foi vestida, e o cavalariço transformou-se, no que devia ter sido óbvio a todos. Orion era um guerreiro, e não um servo: isso estava em suas costas retas de orgulho, nos ombros largos que podiam sustentar a vida, nos braços grossos que empunhavam o escudo como se fosse nada. E mais que guerreiro, era um cavaleiro, o símbolo da Ordem refletido no olhar de confiança serena e na barba bem aparada. Trajado na armadura, com espada e escudo em mãos, *sir* Orion Drake, cavaleiro da Ordem da Luz, era um homem todo cinza. Cabelos, olhos, e barba de aço de espada, e peito de pedra. Uma muralha em forma de gente, mais sólido que o mundo, e muito mais mortal.

Deu ordens aos sargentos. Encontrou Ingram e Trebane no pátio, posicionou os soldados atrás de si, destacou-os em batalhões e formou uma defesa que, ele sabia, não iria resistir. O centauro carregava uma enorme foice de ceifador, e várias azagaias no lombo de cavalo. O anão, sob espanto, verificava pela última vez um par de pistolas, enquanto cofiava os bigodes louros e terminava de prender às costas um rifle comprido.

— Essas armas são ilegais — gaguejou um soldado para Ingram.

— É verdade. — o olhar do anão fez o outro engolir. Era o olhar de alguém que ama o seu trabalho, ama suas ferramentas, e está prestes a começar o expediente.

O soldado raspou o chão com o pé, e procurou um assunto melhor:

— O que ele vai fazer? — Apontando para Orion com o queixo.

— Vai fazer o que ele faz melhor — Ingram deu uma risada. — Vai matar, meu rapaz.

Trombetas de guerra soaram, e Orion sacou a espada.

Ashlen Ironsmith permanecia no salão, sozinho com o capitão Ulam.

A chuva caía forte, e *sir* Orion Drake estava encharcado. Mas digno, impassível como uma torre, calmo como um vulcão. Firmou os pés metidos em grevas na lama que já era o solo, e esperou o primeiro inimigo. A poucos metros, a sentinela morta jazia, boca aberta transbordando e gorgolejando de chuva.

— São bárbaros — disse Trebane, gritando através do pátio por causa do alarido das gotas, dos trovões e da distância. — Está vendo as penas naquela flecha? São bárbaros.

Orion não via. Apenas o centauro era capaz de discernir tantos detalhes no escuro, àquela distância, através da cortina de água.

— Suba nas ameias e dê uma olhada neles, Trebane — disse Orion. — Quero saber se há um mago.

— Não vou subir naquela porcaria nem que haja um batalhão de arquimagos e dois deuses menores — rugiu Trebane. Centauros odiavam alturas.

— Preciso saber se há um mago.

— Vamos fazer um acordo: eu mato todos e, se houver um mago, mato ele também.

Orion sabia que era impossível discutir com o amigo, mas um oficial tomou aquilo como licença para questioná-lo.

— Cavalariço — começou, mas o rosto foi suficiente para mudar seu tom e suas palavras: — *Sir* cavaleiro...

Orion ordenou que falasse.

— Por que não nos posicionamos dentro do castelo? A defesa seria muito mais fácil.

— Contra um exército, sim — disse Orion. — Mas não contra Crânio Negro. Ele estaria dentro, e matando, antes que vocês percebessem. Em posição, soldado!

O oficial correu, quase com medo, quase grato. Aqueles eram soldados de mentira, sargentos de outros anos, oficiais de desfile — mas começavam a sentir um gosto da vida militar verdadeira, e inebriavam-se. Era a opinião de Orion que homens só precisavam de um incentivo e um líder para serem heróis. Ele não esperava que a guarnição de Arantar fizesse heroísmos, mas esperava que lutassem; não esperava que lutassem bem, mas esperava valentia. Mesmo alguns serviçais haviam pego em armas — eram agora também soldados. Soldados ruins, mas soldados.

A chuva apagava qualquer tocha ou lamparina, e por isso a única luz vinha de dentro do castelo e de um punhado de velhas pedras encantadas, já meio gastas ou esmaecidas. Por um lado, seria o inferno lutar assim. Por outro, melhor que os homens não vissem a superioridade do inimigo. O pátio era grande demais, como grande demais era o castelo, e o contingente estava longe de ocupá-lo todo. Orion sabia que, se tivessem um mínimo de tática, os bárbaros iriam flanqueá-los. Mesmo sem isso, era difícil montar uma defesa em terreno tão aberto, com homens tão desprovidos de experiência e talento. Ele contava consigo mesmo e com Ingram e Trebane para rechaçar a primeira leva, para matar quantos pudessem e espalhar o resto, tornar o combate possível.

Quatro escadas altas bateram contra os muros do forte e logo surgiram as primeiras cabeças, os invasores escalando do outro lado. As trombetas soaram de novo dentro do escuro, e um relâmpago acendeu os pares de olhos com luz e frenesi.

— Arqueiros, preparar! — gritou Orion. — Ainda não!

Naquelas condições, àquela distância, nenhum homem iria acertar uma flecha sequer. Orion manteve as rédeas da disciplina, até saber que os tiros não seriam desperdiçados. Logo, uma dúzia de invasores nas ameias. Como Trebane previra, eram bárbaros: corpos volumosos e inchados de músculos; pêlos e tatuagens, cabelos trançados com penas, cicatrizes decorando suas peles, machados e clavas selvagens. Vestiam trapos, couro, e algum tipo de armadura estranha, que Orion não conseguiu identificar.

Súbito, um estampido mais alto que os trovões, um estouro seco que fez zumbir os ouvidos mais próximos, uma nuvem de fumaça, e a cabeça de um dos bárbaros explodiu. Ingram, como um grande pedregulho com um longo cano de rifle, tapado de um manto oleado que ele usava para manter seca a pólvora.

— Comam chumbo, desgraçados! — gritou o anão.

Orion aceitou aquilo como declaração de guerra.

— Arqueiros, agora!

As setas voaram, em trajetórias curtas, a maioria caindo para trás das ameias, algumas cravando-se em peitos tatuados, outras nem chegando aos muros. Dos bárbaros, ergueu-se um urro coletivo, e apenas dois caíram. Mais invasores surgiam por trás da pedra, galgando as escadas, e os primeiros saltaram para o pátio, desabando e ainda berrando, um deles quebrando um tornozelo, os demais já em carga.

Começou a matança.

Os arqueiros, atrás de todos os batalhões, atiravam à vontade. As flechas zumbiam sem cessar por sobre as cabeças, e vez por outra caía um bárbaro, sem ser visto direito. Mais sorte que habilidade. Ouviu-se uma praga quando uma das cordas de arco se partiu, indo morder o rosto do arqueiro.

Mas Orion pouco notava disso; tinha o pé esquerdo à frente, o direito firmando o corpo, numa base sólida, o escudo protegendo o tronco, a espada erguida atrás, esperava o primeiro inimigo. Era um bárbaro muito alto, cabeça e ombros acima dos outros, e corria com abandono. Brandindo um enorme machado de duas mãos, golpeando o ar. Feliz, raivoso. A barba de Orion escorria chuva, ele imóvel, rosto de lacuna, esculpido em pedra.

O bárbaro ergueu o machado acima da cabeça, e desceu-o com força impressionante. O alcance da arma era formidável, e dois bons golpes seriam possíveis antes que o cavaleiro pudesse revidar. Orion ergueu o escudo, num movimento rápido e treinado que ele fazia sem pensar. O braço pouco cedeu. O bárbaro ergueu-o de novo e, num instante, Orion deu um passo à frente e estava fora do alcance do inimigo. A lâmina imensa zuniu inofensiva, atrás. Orion projetou o escudo para frente, golpeando com força o peito, e ergueu-o, acertando a traqueia. O corpanzil do inimigo se dobrou, e Orion estocou com a espada, perfurando estômago macio e osso quebradiço. O bárbaro foi para trás, tentando preparar o machado, e Orion acompanhou-o, como numa dança, a perna à frente e a espada cortando, na altura do peito. Um talho feio e sangrento desabrochou, Orion desviou com o escudo o braço do inimigo, e preparou a espada para um corte alto e longo. Girou o corpo, e a cabeça do bárbaro rolou no chão. Passara-se um instante.

Os bárbaros vinham às dezenas, cheios de gana e dentes, com entusiasmo e sem método. Orion manteve-se frio, pedra no rosto e seda nos movimentos, entrou no ritmo conhecido e praticado da luta. Escudo, estocada, corte; escudo, estocada, corte, e os bárbaros caíam ao seu redor.

Vez por outra, ouvia-se os estampidos das armas de Ingram. O anão demorava a recarregar as pistolas e o rifle, e movia-se por toda parte, ficando longe dos inimigos e da chuva. Mas cada tiro era uma morte, e ele berrava imprecações quando acertava um peito, e não uma testa, olho ou garganta.

Trebane ceifava. Segurava a enorme foice com as duas mãos, e cortava os bárbaros como trigo. Um invasor mais franzino chegou por trás e foi dividido em dois. O centauro erguia-se nas patas traseiras, e usava os cascos para esmagar crânios, pisotear os meio-mortos, afastar os mais covardes.

— Vocês são a caça, ovelhas! — gritava. — Vocês são a caça! *Queimem por Allihanna!*

E, súbito, uma coluna de chamas incinerou três bárbaros distantes. O centauro tinha tanto prazer no combate corpo a corpo que quase esquecia dos dons místicos da Deusa da Natureza. Urrou outra prece selvagem, e os relâmpagos aumentaram, e logo um raio fulminou um inimigo, e outro, e outro. Os soldados tremeram, mas aqueles eram os raios limpos da natureza, a tempestade de Arton. Do chão de lama sanguinolenta, erguiam-se gavinhas, enredando os invasores. A natureza voltava-se contra os bárbaros, e Trebane exultava.

Mas, se havia colinas de cadáveres por onde passavam os três, os soldados não tinham o mesmo sucesso. Orion os formou em uma parede de escudos, mas o choque dos primeiros bárbaros conseguiu quebrar a linha defensiva. Soldados e invasores estavam espalhados, lutavam sem ordem, sem técnica. Orion sabia que apenas um homem muito forte, abençoado ou sortudo vencia uma luta sem técnica. Os soldados do forte Arantar não eram fortes nem sortudos, e muito menos abençoados.

— Mantenham as posições! — gritava o cavaleiro. — Lutem como vocês foram treinados, com todos os demônios! Mantenham a ordem!

Os homens perdiam qualquer semelhança de ordem, estavam no arrabalde do pânico, e Orion não duvidava que começassem a fugir logo. Eles golpeavam quando viam uma chance, protegiam-se quando não viam, e aceitavam cada engodo inimigo. Pensavam antes de golpear, o que era absurdo. Nunca lhes ocorria defender os companheiros, e assim todos caíam. Sem sair do ritmo de morte, Orion viu que era uma chacina.

Um bando de invasores pulou das ameias, caindo em um grupo mais ou menos compacto.

— Comigo! — gritou Orion. — Soldados, comigo! Carga!

Um punhado correu a ele, como se puxados por cordas. Alguns morreram por distração, cumprindo a ordem sem ver um inimigo ao lado. Orion bateu com o escudo em três bárbaros à sua frente, e abriu caminho para aquela formação precária correr, numa cunha malfeita, encabeçada por ele próprio.

— Carga! Khalmyr! Khalmyr!

O nome do Deus da Justiça trovejou em dez ou doze goelas, e a investida pegou os bárbaros ainda levantando-se do salto. A espada de Orion cortou duas cabeças e arrancou um braço, e ele penetrou fundo no grupo inimigo, enquanto os soldados usavam as espadas como facões, mas matavam alguns.

Orion girou, derrubou mais dois, viu alguns bárbaros desarmados, alguns soldados sabendo se aproveitar disso. Ergueu o escudo para bloquear um machado, mas a cabeça do atacante estourou, com um tiro de Ingram.

Virou-se, mal vendo o enorme homem que iria golpear e, súbito, o fio da espada riscou algo duro, num barulho que feria os ouvidos.

À frente de Orion estava um bárbaro com tatuagens e cicatrizes, e mais alguma coisa. Seu peito era coberto de uma espécie de armadura — *não, não armadura*. Uma placa resistente, que fazia parte dele próprio. Como a carapaça de um besouro. Os olhos do homem tinham um brilho avermelhado, que não era só raiva. E a pele cintilava com um visco repugnante, de cheiro ácido. E Orion soube que a batalha estava perdida.

O bárbaro usava dois machados, como se golpeasse de mãos nuas. Sua velocidade não deixava espaço para penetrar sua guarda, e ele encontrava o ritmo de luta do cavaleiro com um frenesi, os machados em um borrão. Orion recebeu dois golpes na armadura antes que uma lâmina achasse uma fresta, e seu ombro se encheu de sangue e dor. O escudo pesou, e foi um pouco lento demais para bloquear um talho na bochecha. O bárbaro seguia golpeando, e Orion decidiu concentrar-se no ataque — um ritmo diferente, mas também aprendido e treinado. Mas encontrava carapaça dura onde devia haver carne macia. Um golpe mais forte foi recebido pelo escudo, e fez o cavaleiro dobrar as pernas. O bárbaro agigantava-se na frente dele, e abriu a bocarra em berro jubiloso, pronto para matar. De um salto, Orion ergueu-se, estocando para cima, e enfiou a ponta da espada na boca aberta. Destruiu o céu da boca e a maciez de dentro do crânio, mas surpreendeu-se quando não conseguiu partir totalmente a cabeça. O inimigo caiu, mas a lâmina estava coberta de gosma nauseabunda, e tinha uma mossa.

O cavaleiro amaldiçoou-se por descuidar um instante do campo de batalha. Por cima dele, outros bárbaros chegavam. Já não saltavam, já não galgavam as escadas: tinham asas, como insetos, e voavam desajeitados, aterrissando pesadamente. Demoravam para se recuperar, mas os primeiros soldados começaram a fugir ao vê-los.

O forte Arantar caíra.

Orion lutou, voltando para perto dos demais, ordenando que as portas internas fossem abertas, que fizessem uma última resistência do lado de dentro. Os portões externos foram arrombados, a viga de madeira partindo-se sob uma bota.

— Entreguem-me Ashlen Ironsmith.

O morticínio cessou por um momento.

— Bosta — disse Ingram.

Lá estava Crânio Negro.

Crânio Negro sobressaía, mais escuro que a noite, de pé na frente dos portões destruídos. Nenhum daqueles homens jamais o vira — a prova era que estavam vivos. Mas histórias, a infâmia e o medo que acompanhavam o caçador de recompensas, e o visco de maldade que empesteava o ar ao seu redor, eram bons arautos.

— Entreguem-me Ashlen Ironsmith — repetiu.

A voz era metálica, de dentro do elmo, indefinível e ribombante. Não se via um centímetro de pele, como se a armadura preta fosse sua carne. Por rosto, tinha uma máscara esculpida em caveira. Uma capa escura, de cor indefinida, pendia encharcada às costas. Nas mãos, duas espadas, compridas e finas.

Crânio Negro estava de guarda aberta.

Sua postura, o corpo quase amolecido em enfado, sugeria tédio, e não batalha. Crânio Negro não era imponente: era *perigoso*. De imediato, Orion quis enfrentá-lo.

Crânio Negro andou o pátio, em desleixo, a matança rugindo mais uma vez à volta. Quando notava um soldado, matava-o como quem esmaga um inseto. Suas lâminas eram rápidas e exatas, e ele trucidava sem esforço. Orion abria um caminho de corpos para encontrá-lo, quando notou a forma balouçante do capitão Ulam correndo até o caçador de recompensas.

Por um momento, Crânio Negro parou, em meio à lama e chuva, inclinando a cabeça como se tentasse entender.

— Ashlen Ironsmith está aqui — ofegou Ulam. — Você pode levá-lo, ele está lá dentro. Não precisa nos matar.

— Não — disse Crânio Negro. — Não preciso — e cortou-lhe a cabeça.

Continuava andando, entediado, até as portas internas, que o capitão havia deixado abertas. Sua armadura não fazia ruído.

— Criminoso! — rugiu Orion. — Entregue-se à justiça de Khalmyr.

Era um bom desafio. Crânio Negro virou o rosto encerrado em metal, quase descrente, quase se importando, e não mudou a postura de desleixo quando o cavaleiro atacou, escudo em defesa e espada em ameaça.

A lâmina pesada de Orion descreveu um arco cinza, largo e afiado, numa rapidez de treino e força. Inofensivo. Crânio Negro projetou-se num salto instantâneo, felino, impossível, girando o corpo blindado no ar, com graça e por cima da espada. Aterrissou sem som, quase sem mover a lama sangrenta, em equilíbrio perfeito. Cada movimento era acurado e necessário. O metal da armadura negra parecia multiplicar-se e ter vontade própria: placas recobrindo o espaço deixado por placas que se moviam, sem que uma falha surgisse. Orion atacou de novo, de baixo para cima, e Crânio Negro aparou sem dificuldade, com as duas lâminas cruzadas. Enquanto o cavaleiro se preparava de novo, as espadas finas encontraram os lados de seu estômago. Crânio Negro disparou um cabo para o alto, um golpe no queixo que arrancou saliva, sangue e dentes, e perfurou o braço do escudo, já ferido.

Orion ignorava a dor, mas não conseguia igualar a rapidez do adversário. Atacou de novo e de novo, o metal cada vez mais pesado, e não chegou a encontrar o corpo do inimigo.

Súbito, Crânio Negro saltou, e a lama logo abaixo espirrou para todos os lados, com um tiro de Ingram. Mal tinha aterrissado, e Trebane surgiu por trás, os cascos erguidos para atropelar. Crânio Negro evadiu-se do centauro, usando a capa para disfarçar o corpo, mas estava cercado. Orion estocou com a espada, e conseguiu tocar a armadura preta.

— Vamos ficar famosos, Orion! — riu Ingram. — Aqueles que mataram Crânio Negro!

— Que seja rápido, estou quase sóbrio — disse Trebane.

Orion não falou nada.

Crânio Negro era um redemoinho, bloqueava e cortava, mas não conseguia evitar todos os golpes de espada e de foice, todos os tiros, todos os relâmpagos e as fúrias de Allihanna. Abaixou-se para se esquivar de um casco, e de repente sumiu numa corrida, espalhando lama, já quase sobre Ingram antes que os outros pudessem notar.

O anão descarregou as duas pistolas, mas Crânio Negro esquivou-se de um tiro e aparou o segundo com uma lâmina. E, abaixado como estava, a ponta de uma das espadas cortava o lamaçal, e ele ergueu-a. Perfurou o estômago de Ingram, levantando-o do solo. Crânio Negro se voltou, a chuva lavando o barro e o sangue. Ingram caiu de costas, rangendo os dentes. Trebane, um instante atrasado, corria até o amigo, para curar em vez de atacar, e recebeu um corte longo e fino e fundo nas costelas. O caçador de recompensas correu para Orion, que recebeu-o agachando-se por trás do escudo, virando-se frenético para bloquear golpe atrás de golpe.

— Venham por aqui! — gritou uma voz quase sumida.

O homem que causara tudo aquilo, o estranho que surgira aos portões do castelo, Ashlen Ironsmith, agora segurava entreaberta a porta interna. Orion via, do canto dos olhos cinzentos, que a maioria dos sobreviventes corria para lá. Crânio Negro também olhara, e o cavaleiro aproveitou o momento para recuar, rolando na lama o suficiente para evadir as espadas do inimigo. Urrou para que Trebane levasse Ingram dali. Rezou a Khalmyr para ser rápido o bastante, e correu para a porta. Viu que *não, não seria rápido*, e, num instante enlouquecedor, percebeu que uma lâmina atingiria suas costas. Mas Ingram, carregado como um saco de batatas nos ombros do centauro, derramando os intestinos sobre o amigo, tinha o rifle erguido. E, balançando e meio morto, foi capaz de atingir Crânio Negro no peito.

Crânio Negro desabou para trás, mas só atordoado. Orion chegou à porta, arrastou para dentro os dois últimos soldados, e Ashlen cerrou-a com uma viga de madeira.

— Isso não vai resistir — ofegou o cavaleiro.

— Venham comigo — disse Ashlen Ironsmith. — Eu descobri uma passagem secreta.

Havia se passado poucos minutos de combate real. Orion estava acostumado àquela sensação: o tempo se dilatava na batalha, e encolhia-se na longa espera que sempre vinha antes. Fechados como estavam no castelo, tinham a impressão de surdez, pois os berros da luta, o clangor do metal, haviam emudecido de repente. Os corpos também estavam como adormecidos, as dores ainda vagas, mas a emoção da matança já dissipando-se, para dar lugar à lucidez que traria toda a realidade à tona.

Mal se ouviam os furiosos pingos de chuva do outro lado das paredes.

Orion olhou em volta. Ingram, mesmo botando sangue e fedor aos borbotões pelo estômago, não era o mais ferido. Um dos soldados segurava um braço decepado na altura do cotovelo, com o disparatado rosto calmo de quem ainda não percebeu. Alguns exibiam tantos cortes que Orion não tinha certeza de como estavam vivos. Um peito afundado fazia com que um sargento se afogasse no próprio sangue. Não eram uma visão animadora, e eram poucos. Trebane despejava um pouco do poder vital de Allihanna, curando alguns, mas outros já estavam além de qualquer ajuda.

Lá fora, mais um trovão, e ainda urros bárbaros. A pesada porta estremeceu e rangeu. Não duraria quase nada.

— Eu descobri uma passagem secreta — repetiu Ashlen.

Ingram conseguiu se erguer, o estômago já não mais repartido, para agarrar Ashlen pela roupa.

— Diabos, quem é você?

— Quer mesmo que eu pare para explicar agora? Por favor, venham comigo. Ele não vai desistir.

Todos olharam para Orion, por certeza ou por instinto. A porta rangeu de novo.

— Vamos — disse o cavaleiro.

Aquele homem aleijado e esquisito, esfarrapado mas de alguma forma especial, um jeito de garoto no rosto de trinta anos ou quase, liderou os sobreviventes para as entranhas do forte. Ele se movia estranho, com o grotesco aleijão e a prótese bizarra fazendo-o mancar pesado, mas sem se tornar mais lento. Usava aquilo como parte do seu corpo, como uma técnica. Às vezes, o pé falso ajudava-o a ser ainda mais rápido, leve, silencioso. Como um ladrão.

Embrenharam-se pelos corredores menos nobres do forte Arantar, e logo Orion juntou o pequeno contingente de serviçais àquele grupo maltrapilho. E, passando pela cozinha, por uma porta até então ignorada, atravessando saletas de função incerta, chegaram por fim a um alçapão, e a um túnel. Era escavado em pedra viva e terra bruta, e sustentando por pilares toscos de madeira, que não transmitiam muita confiança. Entraram. Nenhuma luz além das poucas tochas que eles carregavam. O túnel seguia e serpenteava até onde se via, e era estreito para que apenas dois passassem lado a lado.

Trebane revirava os olhos, cambaleando e trincando os dentes porque, além de alturas, odiava lugares fechados.

Um som rasgado e estilhaçado, contínuo e imediato disse-lhes que a porta principal havia cedido.

Correram.

Crânio Negro nunca havia demorado tanto para matar um homem.

Que Ashlen Ironsmith era importante, disso não havia dúvida. Era vital capturá-lo primeiro, e depois matá-lo. *Depois*. Apenas matá-lo teria sido fácil, mesmo em Valkaria, onde a caçada começara, mesmo nos outros lugares. Mas era difícil capturá-lo.

Houvera muitos outros mais poderosos. Crânio Negro não recusava alvos por sua habilidade. Mortes por dinheiro, mortes por estratagemas, mortes para satisfazer seus senhores — ele era o maior caçador de recompensas do mundo, e já caçara heróis. Heróis eram a *caça*, homens eram a caça, gente era a caça.

Crânio Negro já morrera vezes sem conta em meio às caçadas. Às vezes, a morte era algo inevitável, por mais que planejasse. Às vezes, era conveniente, e fazia mesmo parte de um ardil. Morrer era trivial. Ashlen Ironsmith não o matara nenhuma vez, mas era escorregadio.

Ele não duvidava, nem por um instante, de que fosse agarrar a presa. Ashlen poderia fugir por todo o continente, por todo o mundo, e encontraria armadilhas e tramas, aliados e emboscadas de Crânio Negro. Não eram bravatas, Crânio Negro não fazia bravatas. Era a calculada e meticulosa verdade.

Mas a espera enervava.

Crânio Negro não desejara revelar suas tropas — nem mesmo parte delas — antes do planejado. Ninguém sabia que o criminoso tinha um exército particular, e isso traria todo tipo de problemas. Utilizar os bárbaros naquela hora era um movimento apressado, de jogador novato, de criança ansiosa. Contudo, necessário. Ashlen Ironsmith forçara-o a usar seus comandados, e com toda certeza o Reinado saberia disso em breve. A não ser que morressem todos no forte Arantar. Mas Crânio Negro não guardava ilusões: em invasões de castelos e escaramuças às dezenas, sempre sobrava alguém. Era por isso que ele preferia a caçada limpa e cirúrgica, um alvo, um ataque, uma morte.

Com sorte, a coroa de Deheon subestimaria seus números. Crânio Negro tinha sorte. De qualquer forma, teria um plano arranjado, caso o inimigo fosse esperto. Nunca mais esperto do que ele, e isso também não era bravata.

Escalara uma das paredes do castelo sob a chuva, de armadura completa, sem dificuldade. Achara uma janela sem grades e entrara. O forte estava deserto. Era grande demais, um pesadelo para ser defendido. Apenas um tolo que só pensasse em batalhões e infantaria, e não em espiões e magos, colocaria uma guarnição tão pequena num forte daquele tamanho. *De qualquer forma*, pensava Crânio Negro, *quem quer que tivesse improvisado aquela defesa tinha procedido muito bem*. O massacre teria sido igual com os soldados dentro ou fora do castelo mas, caso estivessem dentro, ele teria penetrado com a facilidade que tivera agora, e poderia se esgueirar à vontade. Do outro lado, havia um bom estrategista. Talvez fosse o tal cavaleiro.

Vasculhou corredores, analisou rastros e, em um minuto, decidiu que os sobreviventes haviam fugido por alguma passagem secreta. Há algum tempo ouvira os bárbaros pondo a porta abaixo. Procurou mais um pouco, viu marcas em tapetes e em poeira, e achou uma trilha vaga, que levou à cozinha, a salas confusas, e a um alçapão. O rastro estava quente.

Crânio Negro liderou os bárbaros pela passagem secreta. O túnel estreito lhes atrasava os movimentos, mas deveria atrasar mais ainda os soldados. As pegadas agora eram claras, um estouro de gente apavorada sobre terra fofa, e ele lia a história dos rastros, sobre como o centauro atrapalhava os outros, sobre como aqui e ali alguém caíra, e o grupo perdera tempo, ajudando.

Trilhas frescas de gotejar de sangue eram um convite. Não demorou para que ouvisse os ruídos de choramingo e correrias.

— Matem todos — disse para os bárbaros. — Menos o alvo. — Ele adorava ordens simples, mortes simples.

E os bárbaros correram, e Crânio Negro correu com eles, respirando antecipação, e já se avistava o grupo meio morto.

Quando a armadilha.

— Trebane, agora! — veio longe, *quase ao alcance*, a voz do cavaleiro.

E o centauro rosnou, e pisoteou o chão, e Crânio Negro correu mais rápido, tentando se aproximar, tentando sair da zona de perigo.

As chamas de Allihanna rugiram, e tocaram a pólvora que Ingram havia disposto perto de dois pilares, estratégica e fatal. E o mundo explodiu ao redor de Crânio Negro.

O túnel desabou, soterrou os bárbaros e o caçador, os soldados do forte Arantar tiveram de correr para a segurança. Depois do silêncio, lá em cima, a muralha do forte ruíra.

Sobravam poucos soldados, mas o inimigo morrera por completo.

E foram dias antes que a manopla negra emergisse do solo. Crânio Negro ergueu-se da colina de terra, escombros e cadáveres. Deixou-se cair no chão, o corpo trêmulo de esforço, a mente vibrando de cálculos.

Morrera, mas a morte era trivial. Pensava em Ashlen Ironsmith, e na recompensa por ele, a maior recompensa de todas.

CAPÍTULO 3

MEUS HERÓIS SEMPRE FORAM LADRÕES

— EXPLICAÇÕES — DISSE *SIR* ORION DRAKE. — AGORA.

Enquanto aquela gente dependesse dele, Orion seria general e não pessoa. Precisavam de um líder e, por isso, ele disparava ordens em vez de conversar. De alguma maneira, para os outros, era reconfortante.

Os soldados e serviçais ficavam longe de Orion, Trebane, Ingram e Ashlen, numa distância instintiva de hierarquia. Orion não gostava de mesuras e bajulações, e tinha ganas de dar um soco no próximo que o chamasse de lorde, mas sabia que hierarquia amortecia o medo.

Ashlen fez uma careta.

— Talvez quando encontrarmos um lugar melhor para descansar...

Orion não falou. Apenas não desviou os olhos.

— Certo. Certo, então...

O túnel fora mais longo do que eles esperavam, e estendera-se em ziguezague até desembocar numa rede de furnas, corredores e cavernas. Todos naturais, não havia nenhuma viga de sustentação ou mesmo sinal de passagem humana. Eles estavam agora em uma câmara ampla e gotejante, onde podiam sentar e desgrudar uns dos outros. Trebane continuava indócil. Ingram, com o conhecimento que todos os anões tinham de terra, pedra e subterrâneos, garantia que não estavam perdidos — apenas não sabiam onde iam parar.

— Certo, então.

Uma bruxa havia roubado de Ashlen Ironsmith o pé e a coragem.

Fora numa época de impetuosidades, quando ele era muito jovem, e tentava ainda se divertir mesmo após a morte dolorida de uma amiga. Ashlen fora parte de um bando de aventureiros, ao qual se juntara por vontade de ver o mundo e ser diferente. Mas, presos na torre de uma bruxa, ele fora pego numa armadilha. Seu pé rasgara e apodrecera, e passaram-se meses antes que eles saíssem de lá, e então a diversão acabara.

Ashlen fora embora, mutilado na perna e no espírito.

Não foi difícil, para um ladrão aventureiro, chegar de volta à Cidade Imperial de Valkaria, capital de Deheon. O Reinado, a coalizão de nações que dominava o continente, era liderado por Deheon. E, no Reino-Capital, poucos eram mais ricos que a família Ironsmith.

Quando Ashlen chegou, sujo e mancando, aos portões da grande mansão que trazia orgulhoso o brasão de sua linhagem burguesa, foi enxotado. Ele esperava que, ao menos, uma das governantas que o vira crescer lembrasse. Mas Ashlen era outro, e nem mesmo falando, nem mesmo pedindo, fora reconhecido. Não sabia que era tão outro assim.

Mas ganhou um pedaço de pão dormido.

Não faltavam propriedades da família Ironsmith onde ele pudesse tentar de novo. As oficinas de ferreiros, iniciadas há gerações por um antepassado de talento e ambição, pontilhavam a cidade numa indústria constante que transbordava os cofres. Expulso a martelos da primeira oficina, encontrara um irmão na segunda. Andrei Ironsmith era quase quinze anos mais velho, e ocupava-se de números e supervisão, metido em uma casaca e babados. Olhou por um tempo o rosto de Ashlen, sobrancelhas incrédulas, antes de se apressar até ele.

Ashlen, sustentado por uma muleta improvisada e um coto de madeira, abriu os braços para se deixar cair nos do irmão. Andrei deu um passo atrás, segurou o outro à distância, e meneou a cabeça para dois empregados virem ajudá-lo. É que Ashlen estava muito sujo.

— Espero que agora tenha aprendido a lição.

E ele temia ter aprendido mesmo.

Juntaram-se todos os oito irmãos, e mais o pai, na grande sala de reuniões da mansão. Ashlen, o nono filho, estava limpo de sujeira e infecções, e não sangrava mais. Comera, e aguardava que chamassem um clérigo, um homem santo que lhe restaurasse o pé. Depois, veria o que fazer.

— Onde você esteve, meu filho? — perguntou o velho Roland Ironsmith.

— Eu ia ser herói, pai.

Roland não conteve um sorriso de afeto. Ashlen recebera boas vindas efusivas do pai, e um misto de reprovação, alegria e indiferença dos irmãos. De qualquer forma, Roland Ironsmith era quase tudo naquela família: comandava os negócios, resolvia os dilemas, aconselhava cada filho sobre dinheiro, vida e mulheres. Preocupara-se quando Ashlen decidira seguir a vida de aventureiro, mas era impossível acorrentar um filho à casa. Ou ao bom senso.

— Ele quer dizer que foi mercenário — disse um irmão do meio.

— Ou saqueador de túmulos? — cutucou outro.

— Chega — disse Roland, silêncio imediato.

Ashlen começava a sentir algo diferente. Um julgamento.

— Viemos aqui para decidir o que fazer com Ashlen — continuou o pai —, e não massacrá-lo.

— Ele ainda pode aprender o ofício — disse o filho mais velho.

— Ashlen não tem físico para ser ferreiro.

— Pode cuidar dos negócios.

Todos assentiram.

— E então, Ashlen? — Roland tinha um sorriso decidido. — Sua cabeça continua afiada? Seus irmãos precisam de mais gente na tesouraria geral.

Ashlen começou a balbuciar. Tudo muito rápido.

— O que eu acho — disse Anton, um dos mais novos — é que Ashlen deveria ser posto para fazer acordos, amaciar os clientes e os fornecedores. Não lembram da língua que ele tem? Pode enredar qualquer um.

Ashlen encolhia-se na cadeira.

Roland começou a relembrar histórias de Ashlen criança, de como era hábil e manhoso. Dentro em pouco, eles trocavam anedotas divertidas sobre o irmão mais novo, com olhares de indignação brincalhona e tapas afetuosos nos ombros. Divertiam-se imensamente.

— Está decidido então, Ashlen — disse Roland. — O que acha? Vai fazer o que faz melhor.

Nem todos os irmãos estavam satisfeitos. Andrei tinha no rosto uma expressão que dizia ser clemência demais para com o desgarrado. Alguns outros viraram os olhos, mas se calaram.

Ashlen afogando. Rápido demais.

— Queria descansar — voz sumida.

— Não se preocupe, meu filho. É claro que você vai descansar, e vai ter tempo de se recuperar dessa confusão toda. E também vai me contar as histórias de sua vida de aventureiro. Deve ter sido interessante.

Afogando.

— Queria viajar, pai.

— O que é muito bom, porque você vai viajar muito. Há fornecedores em outras cidades e até mesmo outros reinos. É preciso agradar alguns clientes com visitas pessoais, festas, você sabe.

Um dos irmãos interrompeu.

— A vida de aventureiro foi *interessante*, pai? Foi uma falta de responsabilidade, é o que eu digo.

Roland vestia um rosto conciliador, e seus sorrisos não ficavam muito a dever às melhores performances do próprio Ashlen.

— Toda criança precisa brincar. Ashlen foi criança por mais tempo que deveria, mas agora vai se tornar adulto. E ele vai se lembrar da época de aventuras como uma brincadeira divertida.

Foi até Ashlen, e segurou-lhe o ombro com força carinhosa.

— Gosto que você tenha aproveitado a juventude, meu filho. Não guarde frustrações. Agora, quando você assumir sua vida de verdade, não vai ter arrependimentos.

Era uma decisão tomada.

— Pai, o meu pé...

Roland fechou os olhos, num esforço para endurecer.

— Meu filho — suspiro, e palavras relutantes. — Todos nós concordamos que você tem de aprender a lidar com as consequências de seus atos. Foi bom que você tenha vivido aventuras, mas não quero que pense que os outros vão lhe resolver os problemas.

Um formigamento rombudo e gelado subiu pelo estômago de Ashlen, e agarrou-lhe a garganta.

— Não vou pagar pela magia que restaurará o seu pé, Ashlen. *Você* vai pagar. Com seu trabalho, com o seu ouro. Será rápido, até porque precisamos que esteja apresentável para suas novas funções. Até ganhar seus próprios Tibares, fique com esta lembrança.

— Vai ser uma motivação — disse Anton.

Todos concordaram.

— Pai, sou aventureiro! — Ashlen ergueu-se da cadeira, e iria cair se Roland não o tivesse apoiado.

— Não, agora você é adulto. Seja muito bem-vindo, Ashlen. Você vai ver como é melhor do que ser criança para sempre.

Por que ele deixara o grupo? Por que não ficara com os outros? Ashlen olhava para os lados e via rostos familiares, rostos Ironsmith, cheios de decisões, reprovação e afeto, e preocupação genuína. E já planejavam como ajudá-lo, e imaginavam um jantar de boas-vindas. Queriam que ele conhecesse as mais recentes esposas e filhos. Apresentá-lo a duas ou três jovens bonitas, ensinar-lhe os meandros das negociações atuais.

Braços abertos.

Uma prisão.

Um ano depois, Ashlen caiu na sarjeta e levou um chute, mas não sentiu, porque estava muito bêbado.

Expeliu um vômito puramente líquido, e viu que estava sendo roubado. Não importava. Tiraram-lhe as moedas, das quais havia poucas, e o casaco sujo, uns enfeites e o sapato. Quando viram o pé de metal, riram e quiseram tirar dele também, porque era divertido. Então Ashlen rugiu e rosnou e chutou, e os homens decidiram ir embora. Ashlen afundou o rosto no fedor da sarjeta, babou, chorou e dormiu. Se aquela tivesse sido a pior noite, até que não seria tão ruim.

Acordou da maneira habitual, com os dois empregados carregando-o para a carruagem. Não importava a taverna ou bordel onde se enfiasse, eles sempre achavam. Desafiá-los tinha virado quase um jogo, exceto que o jogo não era esse, e sim beber, e pagar prostitutas e definhar.

— Da próxima vez, vocês não me acham — falou, a língua uma grande lesma preguiçosa.

Os empregados não responderam. Um deles, mais velho, o vira criança e o vira partir como aventureiro, e apertava os lábios. Ashlen dormiu de novo na carruagem, mas o balançar trouxe o vômito, e ele quase se afogou, sendo acudido pelos dois. O sol já queimava alto, e eles passaram por duas oficinas dos Ironsmith, onde o trabalho fervia de prosperidade.

Ashlen dormiu de novo em seu quarto, em lençóis de seda fedendo a urina. E acordou com o lusco-fusco, querendo uma bebida.

Cuspiu no chão o gosto de sola, esfregou os olhos turvos, e viu seu irmão Anton abrindo a porta.

— O quê? — grunhiu Ashlen.

Anton estava de pé, no meio do quarto. Fechara a porta.

— Venha aqui, Ashlen.

— Vá embora.

— Venha aqui, Ashlen.

Ele não discutiu: discutir envolvia encher os pulmões de ar e pensar em coisas a dizer, e era muito trabalho. Levantou-se e deu um passo. Caiu, abrindo a testa.

— Me ajude.

— Não.

Ashlen demorou muito tempo para se arrastar de volta até a cama. Anton esperou sem dizer nada.

— O que você quer?

— Não está vendo, Ashlen?

— Vá para o inferno. O que você quer?

Anton deu um passo.

— Por que não fez nada a respeito do seu pé?

Ashlen fez um gesto mole de enfado, e abriu a boca para ruminar alguma coisa. Desistiu, e deitou-se virado para a parede. Cobriu-se com o lençol fétido.

— Eu não vou embora. Por que não fez nada a respeito de seu pé, Ashlen?

Ignorado mais um tempo. Ashlen revirou-se na cama, amassando o lençol. Desistiu e sentou de novo.

— Quer conversar? Está bem, mas me alcance a bacia de água.

— Não. Pegue você.

Ashlen tentou ficar de pé, mas viu que era muito difícil, e engatinhou até o outro lado do quarto. Com dificuldade, pegou a bacia de cima da cômoda, e arrastou-se metade do caminho de volta. Lavou a boca com a água empoeirada, e depois bebeu-a.

— Por que não fez nada a respeito do seu pé?

Ashlen mirou a bacia por um tempo.

— Eu fiz. Não está vendo? Tenho um pé novinho em folha. Feito na oficina Ironsmith, já ouviu falar?

Não tinha a menor graça.

— Arrastar essa coisa grotesca pendurada na sua perna não vai adiantar nada, Ashlen. Eu sei o que você está tentando fazer. Chamar a atenção, gritar para todos que você é um aleijado, que sintam pena. Pois pode desistir. Você vai ter que pagar pela magia, Ashlen.

— Ou posso ficar aleijado para sempre. É ótimo, sabia? As mulheres adoram fragilidade.

— É ótimo também porque você apanha um pouco menos dos brutamontes nas tavernas, não é?

Ashlen contorceu a boca, mas ficou calado.

— Como querem que eu pague por essa porcaria? — disse por fim, chovendo perdigotos. — Se me ajudassem, estaria bom já, e trabalhando.

— Há um ano você apareceu na nossa porta, Ashlen. *Um ano*. Em duas semanas na tesouraria, teria ganho o suficiente. Diabos, se estivesse trabalhando, provavelmente o pai pagaria por você.

— Ele paga as tavernas e as mulheres — Ashlen escarneceu. — Nunca me negou dinheiro para isso.

Anton segurou os próprios cabelos. Roland tinha engulhos por negar qualquer coisa a um filho, e realmente Ashlen gastava ouro dele em suas noites de podridão. Nunca faltava ouro. O princípio era que Ashlen pagasse pelas próprias decisões, que arcasse com a juventude de riscos. Duas semanas de trabalho, ou mesmo uma.

— Um dia — continuou — posso pegar o ouro dele e procurar eu mesmo um clérigo. E então, o que ele vai fazer? O que vocês todos vão fazer?

— Por que não faz isso, então?

Ashlen ficou calado.

— Vamos lá — disse Anton. — Em vez de ir a um bordel, por uma noite procure um templo, pague pelo ritual. Você vai estar inteiro de novo. Engane o pai. Vamos lá, por que não faz isso?

Não havia resposta. Mas Ashlen coçou todo por dentro ao pensar em uma noite sem seus hábitos.

— Foi o que eu pensei.

Nada.

— Sabe o que é pior, Ashlen? Hoje eu trabalhei o dia inteiro. Agora, à noite, vou a um baile, e vou tomar um porre. Vou dançar com as moças mais bonitas, e talvez me esconda com uma delas num corredor vazio. Vai ser ótimo, e eu não vou pagar nada por isso. E amanhã, vou trabalhar de novo, e vai haver mais festas, e mais dança e mais jovenzinhas dispostas. Ninguém está pedindo que você seja como Andrei ou como nosso pai. Apenas seja adulto.

Ashlen mirava o chão, que girava de leve.

— E ninguém vai me roubar, e ninguém vai me bater. Depois, vamos trocar histórias, Ashlen. Vamos comparar e ver quem teve a noite mais divertida.

Anton respirou por um tempo, o maxilar rijo, e então virou as costas e saiu.

Ashlen sentiu uma coceira no pé que não estava mais lá. Arranhou a prótese de metal, trincou os dentes e lembrou-se da torre da bruxa. Seu rosto encharcou-se de lágrimas e saliva. Procurou uma garrafa que escondera por ali.

Três dos nove irmãos Ironsmith estavam no baile da família Wyren, e um quarto acabara de chegar, trazendo sua esposa. O salão, iluminado como o dia por globos mágicos de luz pura e transparente, abrigava dúzias de homens e mulheres cobertos de joias. Os mais queridos e ricos de Valkaria, e havia convidados vindos de outras partes do Reinado, apenas para a festa. Sussurros elétricos especulavam se realmente o Rei-Imperador Thormy faria uma aparição. A música de instrumentistas élficos espalhava-se homogênea pelo ambiente, e os casais giravam e riam e trocavam confidências.

Nas mesas, os mais velhos falavam de política e do bom passado, e fumavam cachimbos aromáticos. Nos cantos, os mais jovens arranjavam futuros segredos. Malabaristas e bufões pintalgavam o salão, fazendo micagens que entretinham os olhos por alguns momentos.

Anton Ironsmith já tinha localizado e atraído sua preferida daquela noite, e estava feliz. Depois da terceira dança com a moça, quando a havia feito rir com sussurros no ouvido, achou por bem circular um pouco, e foi atacado por dois senhores que conhecia dos negócios.

— E o seu pai, Anton?

— Se bem o conheço, deve estar trabalhando ainda.

Riram. Trocaram amenidades, até que veio a pergunta.

— Seu irmão mais novo já está melhor?

A volta de Ashlen foi sabida pela sociedade de Valkaria. Mas, com o estado do filho mais novo, Roland Ironsmith preferira inventar uma doença para ele. O que ficava cada vez mais complicado à medida que se passavam os meses, e nunca faltavam indicações sobre o que fazer ou indagações sobre por que, afinal, a magia não era capaz de curar a tal peste.

Anton esquivava-se, mas um dos velhos tinha uma sacerdotisa de grande poder na família, e lhe oferecia um favor.

Então houve um murmúrio alto, espalhando-se como onda a partir das portas, e Anton esfriou de pressentimento. Os casais pararam de dançar, a música quase hesitou um instante, e as cabeças voltaram-se para o que parecia ser uma grotesca procissão atravessando o salão de baile.

Ashlen adentrara a festa, com roupas novas e extravagantes, bordadas com tanto ouro que Anton imaginou seu peso. Trazia na mão uma ânfora que escorria vinho. Não andava: não conseguia. Era carregado por dois homens grandes e mal acabados, que lembravam mais bandidos das docas do que nobres ou serviçais. Anton teve certeza de que eram colegas de taverna de Ashlen, alguns dos que lhe roubavam e batiam, mas estavam metidos em casacas incrustadas de pedrarias.

— O mais novo Ironsmith chegou! — berrou Ashlen. — Curei-me da doença, estou de volta às luzes da cidade. E estou solteiro!

Já bêbado.

Anton desapareceu antes que pudessem lhe fazer perguntas. Ashlen continuou desfilando, carregado pelos brutamontes, interrompendo a dança. Arrancou de um serviçal uma bandeja inteira de petiscos, e os metia na boca de três em três.

— Mas que porcaria! — disse, cuspindo a comida meio mastigada.

Os guardas da família Wyren começavam a se fazer notar.

Anton surgiu, barrando o caminho dos brutamontes.

— Ponham-no numa cadeira.

— Continuem me levando, meus corcéis! — Ashlen riu e babou vinho sobre si mesmo. — Atropelem este vilão. Carga!

— Movam-se e a família Ironsmith vai cuidar para que morram — disse Anton.

Os dois grandalhões se entreolharam, e depositaram Ashlen numa cadeira. Ele balbuciou alguma coisa e botou o pé de metal em cima da mesa, quase na cara de uma senhora já em fuga.

— O que você está fazendo, Ashlen?

— Vim para o seu baile. Depois, vamos comparar e ver quem teve a noite mais divertida.

— Vá embora.

— Vá você. Aliás, acho melhor ir mesmo. Vai ficar muito envergonhado quando eu contar a todos que vocês vêm me escondendo há um ano.

— Ashlen, vá embora, por favor.

— Chame os guardas, se quiser. Prenda-me. Vamos, tem coragem?

Anton tentou ser duro, mas lhe saltaram lágrimas gordas. Queria abraçar o irmão e lhe dar um chute.

Acabou indo embora.

O baile seguiu, e os convivas tentaram ignorar o jovem inconveniente. Ashlen desfilava vez por outra com seus capangas, mas se cansou porque ninguém prestava atenção. Puxou dois ou três para lhes contar a história da gangrena no pé, mas no final só o acompanhava a bebida. Os serviçais desistiram de servir-lhe e serem insultados, e por isso deixaram um pequeno estoque alcoólico próximo a ele, sobre a mesa.

Os bufões faziam acrobacias, malabarismos. Passavam-lhe ao largo. Até que uma mulher, metida em roupas coloridas de bobo da corte, veio em saltos mortais até perto dele, e fez surgir quatro esferas, com que descreveu malabares elaborados. Ashlen via apenas as costas dela.

— Está cansado de ser aleijado? — sussurrou ela por sobre o ombro. — Ouvi dizer que era um ladrão. Venha me procurar, e nós vamos ensinar-lhe uma coisa ou duas.

Voltando-se para ele, ela fez uma mesura, e disse rapidamente um endereço. Ashlen tinha os olhos arregalados.

A malabarista se afastou com acrobacias, mas logo atrás vinha uma constrangida e relutante senhora, uma dama elegante que devia ter seus sessenta invernos. Era *lady* Gertrud Wyren, a anfitriã.

Ashlen ainda estava chocado demais para ser desagradável.

— Seja muito bem-vindo, jovem Ashlen — *lady* Gertrud forçou-se a dizer, estendendo uma mão para ser beijada. — Ficamos todos muito felizes ao saber que está curado.

Ashlen a olhou no rosto maquiado e bonito.

— Minha família pode pagar por qualquer coisa.

Lady Gertrud tentou um comentário ameno.

— É verdade. Qualquer coisa. Quanto custa uma noite com você, Gertrud?

A dama fez um gesto afetado, mas legitimamente horrorizado.

— É muito caro? E somente algumas horas? E se as suas filhas se juntarem a nós? Alguma delas é virgem? Eu pago, pago o dobro, o triplo. Pensando bem, só você. Eu pago, diga o seu preço.

Ela deu um passo para trás, e num instante, cercada de guardas. Os brutamontes de Ashlen tentaram correr até ele, mas foram subjugados antes que se dessem conta. Ashlen foi imobilizado e carregado, dessa vez para um calabouço. Jogado no chão, o pé de metal tilintou contra a pedra, e fecharam a porta, escurecendo o mundo.

Preso de novo, como na torre, Ashlen berrou e bateu a cabeça nas paredes, arrancou tufos de cabelo.

Ao longe, sons do baile que tentava continuar.

Por fim, Ashlen perdeu o ânimo para o desespero. Perdeu também a noção do tempo, e ficou olhando para o escuro indefinidamente. Voltou à cabeça quando ouviu um barulho macio atrás de si.

— Pretende ficar aí a noite inteira?

Era a malabarista.

Ashlen arrastou-se para trás, raspou o pé metálico no chão de pedra.

— Que reação previsível. Esperava mais de você.

— Quem é você? — perguntou.

— A malabarista — como explicando a uma criança.

— Qual é o seu nome?

— Malabarista.

Ashlen não disse nada.

A porta continuava fechada, e o teto e as paredes eram de pedras sólidas. No entanto, a mulher estava lá, incongruente como um animal exótico. Incongruente como ele próprio. A roupa dela era colorida, lampejos de roxo, vermelho, amarelo e azul num tecido que aderia a cada curva sinuosa. Tinha seios e quadris generosos, as mãos e pés enfiados em sapatos fofos e luvas, ambos transbordando rendas. O rosto era maquiado de verde inteiriço, e usava um chapéu cônico, mole e muito comprido, de onde pendiam três guizos. Por estranho, os guizos só tocavam quando ela queria.

— Quer ficar aqui a noite inteira?

Ashlen não conseguiu pensar em nada melhor para dizer:

— Não.

— Então venha comigo.

— Como entrou aqui? Você é maga?

Ela ergueu as mãos e virou os olhos.

— Não! De novo: *malabarista*.

Ashlen sacudiu a cabeça. Ela continuava lá, e então ele deu de ombros.

Estendeu-lhe a mão, e a Malabarista tomou-a, erguendo o jovem com facilidade. Abriu um sorriso que dividiu sua cara, e fez brotar, do meio das rendas e babados das luvas, uma chave. Em um instante, a porta estava aberta. Rangera antes, mas agora quieta.

— Fique aqui por enquanto — disse a Malabarista.

O calabouço era pequeno — mais um depósito temporário de arruaceiros do que uma masmorra lúgubre. Um corredor curto, no qual havia três salas herméticas que faziam as vezes de celas, dobrando para uma saleta onde um carcereiro infeliz desejava estar no baile, e uma escada que levava à propriedade dos Wyren. Estava claro que aquela família não mantinha prisioneiros nem torturas ali — nem sempre há segredos sombrios.

A Malabarista pôs-se a andar pela saleta, como se fosse dona do lugar. Seus guizos estavam silenciosos. Caminhou bem ao lado da mesa onde se sentava o guarda, que olhou para o outro lado no preciso instante em que ela passou. O guarda teve um curto acesso de tosse que lhe fechou os olhos, bem no momento em que ela cruzava o corredor e sumia na escada. Quando se recuperou, ouviu os guizos, porque ela descia, à plena vista.

— Oh, acho que me perdi — disse a Malabarista.

— Moça, você não devia estar aqui — disse o guarda.

— Como chego à cozinha?

E o guarda distraiu-se por um instante, olhando para o lado e apontando instruções. A Malabarista deslizou até Ashlen, e o arrastou, como se não pesasse nada, sob as vistas do carcereiro. Ele olhava os dois, mas não parecia ver o garoto. A Malabarista movia seu corpo com precisão de milímetros, sempre encontrando um ângulo que escondia por completo o rapaz. O barulho dos guizos confundia o ocasional clangor do pé metálico.

— Obrigada — disse ela, depois de empurrar Ashlen para a escada.

O guarda sorriu por cortesia, olhou de novo para o corpo da Malabarista, e sentou-se.

Em pouco, os dois haviam se esgueirado para fora da propriedade e ganho a rua, sempre encontrando serviçais, guardas e convidados, e nunca uma desconfiança.

— Como você fez isso? — disse Ashlen.

— Você viu.

Olhou a perfurando por explicações.

— Uma mulher como eu, vestida nessa roupa, mostrando o que estou mostrando, com o rosto verde e esse chapéu. Acha mesmo que alguém vai olhar para o garoto sem graça que está atrás de mim?

— Eles nem *me viram*.

— Exatamente.

— Eu fui ladrão — mordeu as palavras. — *Sou* ladrão. Essa é a pior roupa para ser furtivo que eu já vi.

— Claro, senhor especialista.

Estavam num beco. Ashlen olhou em volta, tentando achar algo que fizesse sentido.

— Já sei: você é um avatar de Hyninn, o Deus dos Ladrões.

— Ora, por favor.

Ela ficou parada, depois começou a assobiar uma melodia qualquer, olhando a noite. Um gato vadio se aproximou e ela o coçou atrás da orelha. O animal grunhiu de satisfação.

— Me ensine.

— Finalmente — ela disse, mandando o gato embora com um afago. — Pensei que nunca fosse pedir.

Andaram por algumas horas, e amanheceram ainda caminhando. Ashlen ficava de pé com dificuldade, mas a Malabarista não diminuía o passo para que ele a acompanhasse. Logo foi obrigado a dar um jeito de manter o ritmo.

Ashlen pensava conhecer a cidade, mas foi levado a regiões que nunca visitara. Não que estivessem ocultas: apenas nunca lhe ocorrera dobrar determinada esquina, atravessar tal praça. Também não eram vizinhanças perigosas ou rudes: cedo de manhã, gente aprontando-se para o trabalho, cheiro de pão, mercadores armando tendas. Não eram áreas ricas e nem pobres — comuns; e tão comuns em tudo que se misturavam entre outras lembranças e entre si mesmas.

No meio do caminho, uma velha jogada num canto pediu-lhes uma esmola. A Malabarista ignorou-a. Em todo o caminho, a mulher chamava atenção, e fazia cabriolas e acrobacias para os poucos transeuntes. Chegou a ganhar uns aplausos e uns Tibares, e parecia exatamente uma acrobata de rua.

Por fim, chegaram a uma casa igual a muitas outras. Nem um pouco escondida, pelo contrário: ficava bem ao lado de uma oficina movimentada que, Ashlen se surpreendeu, pertencia aos Ironsmith.

A Malabarista bateu à porta. Foi recebida por uma governanta de uniforme limpo e corpo compacto, com um cabelo amarrado apertado e o rosto de quem estava recebendo visitas cedo demais.

— Sim?

— Não tem um pouco de leite e pão para dois artistas?

A governanta murmurou algo vagamente educado e impaciente, e os meteu para dentro. Da rua, várias pessoas olharam a cena, e não viram nada de estranho.

O interior da casa era decorado de modo discreto, com um bom-gosto medíocre.

— É este? — disse a governanta.

— Sim. Ashlen Ironsmith.

E, súbito, a governanta derrubou Ashlen no chão, prendeu um de seus braços numa chave hábil e tapou sua boca. Do avental, surgiu uma corda fina e resistente, que amarrou suas mãos e pés juntos, como um porco. Ashlen começou um grito já amordaçado. A governanta esteve um instante em posição de combate, e então pôs-lhe nos ombros, como um saco, e o carregou.

— Quem está aí? — disse a Malabarista.

— Poucos. A maioria está em missão, ou não se deu o trabalho de vir.

Ashlen foi levado para um quarto, para dentro de um armário onde havia uma escada, e para baixo, num porão imenso, que era um misto de masmorra e mansão. Por corredores estreitos, onde se via aparelhos de tortura, celas com criaturas enjauladas, e aposentos cheios de mecanismos complexos de função inexata. Por ambientes refinados, onde uma mesa disposta com perfeição aguardava dois comensais que poderiam ser o rei e a rainha, e imensos guarda-roupas cheios de vestidos e casacas e trajes exóticos, e por fim uma sala de reuniões.

Aguardavam, sentados a uma mesa comprida, três figuras improváveis. Um menino de seis ou sete anos, que olhava muito arregalado para tudo, um homem imensamente gordo que chorava convulsivamente, debruçado sobre os próprios braços, e a velha mendiga que lhes abordara na rua. De todos, a velha parecia mais frágil, mal conseguindo se manter sentada. Mordiscava um biscoito com as gengivas, demorando um tempo enorme para engolir um pedaço.

A governanta fez surgir uma faca, e cortou de Ashlen as amarras e a mordaça. Ele podia falar, mas não encontrou nada para dizer.

— Bem-vindo, Ashlen Ironsmith — disse o menino, errando as palavras. — Você gosta de ser preso?

Ashlen olhou para todos e depois para a Malabarista. O homem chorava, a governanta começou a remover um pó imaginário de algum lugar, e a mendiga ocupava-se do biscoito.

— Não.

— Nós vamos lhe ensinar o que quiser saber. Já faz um ano que você está aleijado. Vai aprender a amar a gangrena que lhe roubou o pé, Ashlen.

— Como — tentou perguntar, mas quando viu, a velha tinha saltado toda a mesa comprida, e o tinha pelos cabelos, com uma adaga fazendo um pontinho de sangue em seu pescoço.

— Bem-vindo, Ashlen — disse a velha. — Sou a Mendiga, e sou a líder por aqui. Todos somos inofensivos, Ashlen, e por isso podemos matar quem quisermos, roubar o que quisermos, entrar onde quisermos. Somos caros e somos bons, e ninguém sabe sobre nós — sem remover a adaga.

— Por quê? — Ashlen conseguiu dizer.

— Você é um ótimo candidato, e pode pagar pelo treinamento. Se quiser, nunca mais será preso.

Ashlen nadava em novidades, tentava enfiar tudo na cabeça.

Súbito, um impacto seco. Vinda de algum lugar, caíra ao chão uma forma difusa. Depois de um instante, Ashlen notou que era um homem, sem braços ou pernas. Arrastou-se sobre o estômago, numa exibição de comicidade grotesca, até chegar bem perto da mesa.

— Bom dia, Verme — disse a Mendiga.

O Verme tossiu, engasgou, e expeliu da garganta um colar, com um diamante imenso.

— Aqui está — disse ele.

— Ótimo. O Verme vai treiná-lo, Ashlen. Já perdi a conta de quantos aleijados ele ensinou ao longo dos anos. O que me diz?

Ashlen aceitou.

A guilda não tinha nome, e era tão simples e óbvia que Ashlen custava a acreditar. Seu grande objetivo era dinheiro. Atuavam em todas as frentes — assassinato, roubo e extorsão — e ainda forneciam treinamento para aqueles que, como Ashlen, queriam transformar um aleijão, doença ou aparência lamentável em trunfo. Em troca de ouro.

Em verdade, era impossível não subestimá-los. O Verme, Ashlen descobriu, era um mestre ladrão, capaz de entrar em qualquer estrutura e tomar qualquer coisa. Já fora pego várias vezes, mas dizia que poucos guardas tinham estômago para fazer qualquer coisa contra um coitado como ele. As pessoas eram mestras em inventar explicações plausíveis para o que não lhes fazia sentido.

— Criam álibis muito melhores do que eu poderia — disse, rindo.

O Menino fora adotado por uma família rica, tinha trinta e quatro anos, e contava com setenta e oito mortes no currículo — incluindo seu pai adotivo atual. A Governanta, uma especialista em combate desarmado, fornecia proteção para regentes e nobres poderosos, muitas vezes sem que eles mesmos soubessem.

Ashlen era considerado perfeito demais, seu aleijão pequeno demais, mas mesmo assim poderia ser aproveitado.

Naquele primeiro dia, Ashlen observou e ouviu, aprendeu as bases de manter uma aparência inofensiva. No fim da noite, a Malabarista apresentou-lhe três ânforas cheias de vinho.

— Beba — disse.

— Não, não tenho mais vontade de beber. Quero aprender.

— E sua família não vai perceber se, de um dia para o outro, você deixar de ser um bêbado imprestável? Até aprender a fingir direito, você vai ficar bêbado, e rápido.

Nada nos hábitos ou comportamento de Ashlen poderia mudar, nada poderia chamar atenção. Isso incluía os machucados das surras, que a Governanta providenciou sem demora.

Nas histórias, Ashlen lembrava, um curto treinamento era suficiente para despertar um potencial oculto no herói. Não foi assim na guilda. Ashlen treinou por onze anos, fingindo a mesma vida de vinho e meretrizes.

Até que foi considerado pronto. E expulso da casa.

No outro dia, tentou voltar lá, mas a encontrou ocupada por uma nova família de moradores. Talvez fossem todos, mulher dona de casa, marido sapateiro e dois filhos, membros da guilda. Talvez não.

Saiu sem ser visto, mancando muito, aparente para todos, notado por ninguém.

Ashlen não sabia ainda o que fazer com o treinamento. Um ano se passara, e ele tinha se mantido afiado, mas incerto. Pensara em procurar o grupo antigo, descobrir se alguém morrera — se alguém vivia. Então, acordou certa manhã, para descobrir que estava cego.

Tateou para fora da cama, os ouvidos muito abertos, mantendo a aparência de mancar e deslizando pelo quarto. Abriu a porta, desceu as escadas e soube que era manhã pelo cheiro. Pisava com cuidado, o pé metálico nunca fazendo um som, e também som nenhum na casa.

Mas um gotejar.

Ashlen apurou os ouvidos um instante, todo perigo, e decidiu que aquilo não era água, viscoso demais. Sangue. De imediato, estava no pé da escada, tateando a porta dos fundos, sem procurar explicação nem pensamento, apenas escapar. Seu pé verdadeiro roçou numa textura de cabelos, e a cabeça se moveu livre. Ashlen abaixou-se, dizendo que não o fizesse, e tateou o rosto frio de seu pai. O corpo não estava longe.

Correu, apoiando o pé metálico como uma pluma nas tábuas do chão, em ziguezague como um rato e, num corredor, foi invadido pelo cheiro ferroso de sangue em profusão. A bile subiu pelo esôfago e infestou sua boca, ele caiu sobre as mãos e joelhos, e sentiu o perfume doce misturado ao fedor vermelho, e soube que ali estava o cadáver de Anton. Esqueceu da cautela, esqueceu da rapidez, e apalpou os rostos enfileirados no corredor, oito irmãos e montões de serviçais, e um velho infeliz que estivera lá de passagem.

Houve um raspar minúsculo atrás dele, e Ashlen empertigou-se como um raio e correu.

Pisou descuidado num ponto em que, a prática lhe dizia, havia algo errado. Seus tornozelos foram enredados, enforcados num nó firme, e ele foi arremessado para o alto, de cabeça para baixo. Preso na armadilha, na mesma posição em que rasgara o pé.

Ashlen gritou, mas veio uma mão metida em manopla e cutucou-lhe garganta, tirando-lhe a voz. Só conseguia tossir.

— Você é bom — disse a voz. — Melhor do que eu imaginava. Foi bom ter lhe tirado a visão primeiro, um pequeno teste. Talvez o tivesse subestimado. É sempre bom ter cautela.

Ashlen sentiu-se sendo amarrado, os braços torcidos atrás do corpo. Algemas nas mãos, e uma corda ligando tudo isso aos pés, fazendo-o se dobrar para trás, doendo as costas.

— Você vai me responder algumas perguntas, Ashlen Ironsmith. Vai me responder, e depois vai morrer, porque eu quero e porque é preciso. Está entendendo? Eu já matei sua família toda, mesmo os que não estavam nesta casa. Foi por sua culpa, e você vai me responder porque vai ser torturado, porque está se sentindo culpado e porque não há mal nenhum em me responder.

A manopla agarrou um dedo de Ashlen e o quebrou. Ele ainda não conseguia gritar.

— Vou começar com a tortura logo, porque acho perda de tempo tentar convencê-lo primeiro. Digamos que esta é uma amostra, e eu posso continuar à vontade.

Ashlen voava por indagações. Chegou a se permitir um rasgo luminoso em que considerou ser aquilo um derradeiro teste da guilda.

— Conte-me sobre o seu antigo grupo, Ashlen Ironsmith. O seu bando de aventureiros. O que aconteceu com eles?

Ashlen de repente podia falar, mas não disse nada. Não sabia. Ele deixara o grupo quando a mutilação transformou as aventuras em tragédias, e nunca mais viu ninguém. Soubera que Vallen Allond, seu antigo líder, procurara-o em casa, pouco tempo depois daquilo tudo. Escondera-se de vergonha e arrependimentos misturados.

— Não sei de nada. Há muitos anos não os vejo.

A voz calou-se um momento, como em consideração. Depois, quebrou-lhe dedo.

— O que aconteceu naquela missão? A caçada ao assassino. O que aconteceu, Ashlen?

Ele nunca descobriu se o tal assassino albino fora ou não capturado. Só vivera a perseguição fútil e enlouquecedora, talvez todos só tivessem vivido ela, talvez nunca tivesse acabado e todos tivessem morrido e o albino tivesse escapado, sem nunca encontrá-los.

— Havia um mago, não havia? Como era o nome dele? Quem fazia parte do grupo? — outro dedo.

Ashlen quase sorriu, e abriu a boca para contar. Ele sabia daquilo, lembrava de todos, como se tudo aquilo tivesse sido agora. De alguma forma, tinha a impressão de que sua vida atual passava muito rápido, de que pouquíssimo tempo havia transcorrido e, se por acaso encontrasse os outros, tudo estaria exatamente igual.

Sabia, e inspirou para contar e satisfazer a voz, mas então se lembrou de quem era.

— Eram cinco elfas — disse Ashlen. — Todas treinadas em Tamu-ra, e eram prostitutas de luxo, clérigas do Deus dos Crocodilos — e gargalhou.

— Mentira! — disse a voz, e lhe arrancou um dente com a mão.

Lágrimas escorriam ao contrário pela testa de Ashlen, e ele ainda ria. Estava sendo torturado; muito pior que isso, estava preso e, se continuasse assim, um medo líquido lhe dizia: iria perder também a mão. Mas decidiu que não trairia os companheiros, não contaria nada, por mais fútil, e iria escapar de lá porque era Ashlen Ironsmith.

— Na verdade, eram treze anões atrás de um tesouro. Eu os acompanhei até o covil de um dragão.

Ashlen sabia que seu algoz estava na sua frente, olhando-o com atenção, mas mesmo assim começou a trabalhar as mãos e pés sem que ele notasse. Quando o outro batia nele ou lhe quebrava alguma coisa, Ashlen contorcia-se como de dor, mas eram movimentos milimétricos que afrouxavam as cordas. E logo, os nós estavam desfeitos, seguros no lugar por pura imobilidade. Puxou um pequeno arame enfiado debaixo da unha, e abriu as algemas. Segurou-as para que não fizessem barulho e, quando sentiu o ar se agitar, um punho recuando para dar um soco, Ashlen se libertou.

Estava cego ainda, mas tinha certeza de um engasgo de espanto da voz. Num movimento acrobático, caíra de pé, e pulou, usando a prótese para velocidade, por cima dos cadáveres de seus irmãos. Um fio de espada passou-lhe à distância de um cabelo, mas Ashlen foi mais rápido, se escondeu à plena vista dentro da casa, e alcançou a porta e ganhou a rua.

Havia se formado uma pequena comunidade de mendigos do lado de fora da casa dos Ironsmith. O velho Roland e principalmente Andrei haviam tentado expulsá-los de todas as formas, mas sempre voltavam. O curioso é que eram todos aleijados.

Ashlen desapareceu no meio dos homens que havia plantado lá há meses, e sumiu por um beco. Em poucas horas, sua visão voltou.

Decidiu fugir.

A família Ironsmith tinha muitas propriedades, e Ashlen passou por todas em sua fuga. Cada uma era atacada e destruída, sempre pelo algoz que ele conseguiu um dia vislumbrar.

Tinha armadura completa e negra, duas espadas e um elmo em forma de caveira.

Ashlen atravessou o Reinado fugindo de Crânio Negro, e nenhum esconderijo fornecia segurança de mais de algumas semanas. Sempre havia um informante, um traidor, alguém secretamente trabalhando para o caçador de recompensas. Ashlen também nunca descobriu por que o homem lhe perseguia, mas já há meses era caçado, e se tinha determinado a não morrer, não falar, não ser preso.

Era, afinal, um escapista. Fugir era o que ele fazia.

As apostas tinham aumentado, porque Crânio Negro de repente tinha tropas. E Ashlen não achava ser capaz de fugir por muito mais tempo, até que chegou ao forte Arantar.

De tudo, Ashlen contou apenas uma parte. Falou do massacre de sua família, e da caçada. Não falou da guilda, porque era perigoso, e não falou do antigo grupo, porque decidira, agora, ser leal.

Mesmo que não tivesse sido antes.

— Isso não explica porcaria nenhuma, rapaz — disse Ingram.

Ashlen deu de ombros.

— Bem — disse *sir* Orion Drake —, nós vamos ajudá-lo.

CAPÍTULO 4

AS MOSCAS NO TETO

As portas da estalagem se abriram para a estrada e o céu quente-frio do final da tarde. As cabeças se voltaram para a mulher grávida e o homem alto, atrás dela. Havia três outras mulheres no salão comunal — a estalajadeira e duas que tinham de ser suas filhas. Vanessa bufou o ar e olhou para o teto quando os rostos das três derreteram-se em doçura para sua barriga inchada de possibilidades.

Ela caminhou até uma das mesas, mais lenta do que gostaria. O homem, metido em robes bordados, seguia logo atrás com uma expressão de respeito bovino. Uma das garotas apressou-se em puxar uma cadeira para Vanessa, mas ela a ignorou ostensivamente, escolheu outra mesa, e puxou sua própria cadeira. O homem permaneceu de pé, até que ela lhe gesticulou permissão para sentar, o que ele fez com os modos e a afetação de uma donzela.

Vanessa respirou e apalpou uma parte dolorida das costas.

— Meus parabéns, minha senhora — disse a estalajadeira, uma mulher gorda e crespa, suada e leitosa, num sorriso de dentes muito tortos.

— Parabéns por quê? — disse Vanessa.

A mulher quase não falteou o sorriso.

— Ora, pelo seu filho.

— Vai me dar parabéns também depois que eu usar a latrina nos fundos? — disse Vanessa. — Olhe, acabei de respirar, e o meu coração bateu várias vezes. Estou esperando os parabéns.

O sorriso desandou de um lado.

— Senhora, dar à luz é algo tão especial.

— É uma função do corpo.

Uma das garotas tinha se dado conta de algo, e se aproximava incerta da mãe, as sobrancelhas e os dentes de quem tem uma coisa desagradável a falar.

— Mas é uma sensação tão maravilhosa.

— Só sei que me doem os peitos.

— É o milagre da vida, minha senhora.

— É a primeira batalha da vida. Lembra-se de quando pariu essas duas meninas? Diga-me se não houve dor, se não houve sangue. Você cantou, ou grunhiu? Não defecou? E a força que fez?

Mudez de espanto.

— Imagino que elas berraram e choraram, em vez de gemer de contentamento. Sentiram pela primeira vez o frio do mundo, e estavam também sangrentas e exaustas da batalha. Mas viveram, não é mesmo?

A estalajadeira tinha os olhos afogados. A garota tocava-lhe o ombro, mas ela ignorava.

— É a primeira dádiva de Keenn.

E, finalmente, a estalajadeira olhou para sua filha, e olhou para o que ela apontava.

Vanessa era uma mulher bela, e impossível de ignorar. Mais alta que a maioria dos homens, uma juba de cabelos ruivos, boca larga e decidida, olhos verdes de martelo. A pele era branca tocada de sol, e o rosto tinha as marcas de uma mulher curtida, e não mais uma jovem. Uma pequena cicatriz no queixo e outras marcas pelo corpo denunciavam uma vida de ações. Não era perfeita, e por isso atraía. Usava um vestido refinado mas prático, resistente, bom para viajar. Botas nos pés, luvas de couro nas mãos, e os antebraços e tornozelos protegidos por metal. A barriga reluzente de vida e os seios fartos escondidos atrás de uma couraça que trazia o símbolo de martelo, machado e espada cruzados. O símbolo de Keenn, o Deus da Guerra.

Vanessa tirou da mochila uma grande maça de guerra, e depositou-a sobre a mesa. Surtiu o efeito desejado, porque a estalajadeira saiu correndo.

— Preferia quando olhavam para o meu traseiro, antes da barriga.

O homem que a acompanhava deu um risinho atrás da mão.

Ele fazia um par improvável com Vanessa. Era alto mas arredondado, uma camada fina de gordura recobrindo cada parte. A cabeça circular e calva quase parecia também estar sob a manta fofa. Seus mantos enfeitados e modos de menina aristocrata lhe davam um ar inofensivo, como uma ovelha premiada.

O homem chamou uma das garotas, com voz aguda e cheia de floreios. Pediu chá.

— Vinho para mim — disse Vanessa, mas foi interrompida.

— Não deveria beber vinho — era um dos clientes da estalagem, um homem de casaca vermelha e um sombrio chapelão escuro.

— Você é minha mãe?

— Não — disse o homem. — Médico.

E disse que Vanessa também beberia chá, pago por ele próprio.

— Esta estalagem está cheia de pessoas que sabem tudo — disse Vanessa.

— Um brinde à senhora — o homem ergueu um caneco. — Seu mau humor é adorável.

Vanessa teve que rir, e acabou erguendo seu chá para o estranho.

Bebeu em silêncio por um tempo, embaçando o rosto no vapor cheiroso, rolando pensamentos incertos na cabeça. Tinha dores, expectativa, e saudade de lutar.

— Vamos pernoitar aqui, senhora? — disse o homem de mantos, com sua voz de criança.

— Você não tem mais magias, não é? Então vamos ter que esperar.

Ele assentiu em silêncio, dando golinhos educados em seu chá.

O estranho espiava os dois, por baixo de seu chapéu largo e frouxo, interessando-se para desviar a mente de si próprio. Olhara primeiro Vanessa, mas depois se concentrou no homem. O porte físico, a voz miada e os pêlos finos, moles e raros que trazia no rosto diziam que o acompanhante de Vanessa era um eunuco. O estranho lembrava agora de algo que combinava com a etiqueta e as vestes do castrado: havia uma pequena ordem de magos em Wynlla, o Reino da Magia, que fornecia transporte arcano para damas e famílias abastadas. Eram todos emasculados, polidos e gentis, como vasos de porcelana. Ele riu sob o chapéu. A clériga de Keenn era uma dama então, e rica, e precisava chegar rápido a algum lugar. Ler as pessoas era melhor do que ter de pensar nos próprios problemas.

Vanessa bebeu o chá e devorou o que lhe trouxeram, enquanto o eunuco cortava pedacinhos de vegetais e enfiava cuidadosamente na boca.

Depois, eles subiram as escadas para quartos particulares que haviam alugado pela noite.

O estranho tentou se ocupar de mais alguma coisa. Puxou da mochila um livro amarrotado, mas logo desistiu do bolor das páginas. Bebeu mais, comeu muito pouco, e notou quando um aldeão, de cara rude e peluda, cochichou qualquer coisa com a estalajadeira. Tinha olhos de coelho acuado, e logo correu porta afora, com um olhar para as escadas.

O estranho não acreditava em destino, apenas em milhões de pequenas escolhas que, no final, compunham um caminho a ser construído por cada um. Ali estava uma bela escolha, uma bela estrada temporária — uma bela fuga, se ele fosse franco consigo mesmo.

Ele não era herói, e uma clériga de Keenn não era uma donzela em apuros. Mas ele não acreditava em deuses, e por isso uma clériga da guerra era igual a qualquer outra mulher. E ele era um cavalheiro.

Vanessa estava massageando seus pés, desejando que nada daquilo tivesse sequer começado.

O quarto em lusco-fusco de um lampião fraco mostrava os cantos escuros, a cama quase limpa, a sacola com suas roupas e suas armas, e duas moscas no teto. Que era idiotice viajar naquele estado de gravidez ela sabia. Sendo filho de quem era, quem ela carregava na barriga iria viver. Mas ela deveria estar se preparando para a batalha do parto, e de qualquer modo Vanessa há muito deixara de ser aventureira. Massageou o outro pé, e puxou a maça de guerra para mais perto. Já era ruim não vestir armadura, e estar desarmada era insuportável.

Antes de dormir, fez os exercícios para não deixar a maciez da maternidade escorrer para os músculos. Relembrou suas batalhas e as pessoas que matara, para não deixar que a alma se tornasse maternal. Deitou-se na cama e, dentro de sua cabeça, contou ao filho histórias de morte e de glória, de força e de conflito.

— Mal posso esperar para você ir para a guerra — disse em voz alta.

Havia nela uma satisfação de legado. E, por ter demorado tanto, ainda mais precioso. Vanessa riu de si mesma, mas já se imaginava treinando a criança em espadas e combate desarmado, curando um braço quebrado e assistindo às brigas infantis. Já se orgulhava dos meninos que, um dia, seriam vencidos pelo seu filho.

Adormeceu.

Acordou imóvel.

Vanessa disparou a mão, de instinto, para a maça que repousava ao seu lado. O braço trancou sem se mexer, e ela nem conseguia virar o pescoço. Como uma parede de tijolos pesava-lhe o peito, e era difícil respirar. Sentia-se envolta em um casulo invisível, mas conseguiu revirar os olhos para acompanhar as sombras se movendo no quarto. Tentou invocar uma magia de Keenn, mas seus movimentos estavam restritos demais para a prece, e não podia tocar o símbolo sagrado.

— Apenas covardes recorrem a emboscadas — falou com dificuldade, o casulo pressionando os maxilares juntos.

Sentia cheiro de lavanda e incenso, e de coisa limpa. Ouvia o ressoar fofo de sapatos delicados.

— Pode me chamar de covarde, eu não me importo — disse uma voz de mulher. — É melhor entrar escondida em um quarto do que derramar ainda mais sangue.

Vanessa expeliu uma risada à força.

— Clérigas de Lena! Eu deveria saber.

Lena, a Deusa da Vida, era uma eterna rival de Keenn. Embora um pregasse a morte e a glória do combate e a outra ensinasse a vida e a paz a qualquer custo, não era comum que houvesse conflito direto entre seus seguidores. Clérigas de Lena, todas mulheres, não acreditavam em confrontos. Clérigos de Keenn procuravam adversários mais valorosos.

Mas Vanessa encontrara exceções.

Um rosto redondo, emoldurado de cachos castanhos, fez-se visível por sobre ela. A clériga tinha lábios muito vermelhos, olhos muito azuis, e bochechas muito coradas, como batatas apetitosas. Trajada em mantos verdes e dourados, uma capa branca por cima de tudo, e um sorriso insuportável. Atrás dela, havia mais passos, mais respirações. Cinco ao todo, Vanessa julgou.

— Você vai encontrar a justiça que merece — disse a serva de Lena.

Vanessa conhecia a magia de paralisação, e sabia que tentar mover o corpo era inútil. Fechou os olhos e focalizou a mente, reduziu os pensamentos a um ponto brilhante que se concentrava em quebrar o feitiço. Clérigas de Lena adoravam esse tipo de truque.

— O que foi que eu fiz a vocês? — grunhiu Vanessa. — Pisei em alguma flor? Ou esta é apenas uma agressão gratuita?

Era fácil lidar com monstros, soldados ou guerreiros vingativos: sempre se podia esperar uma espada no escuro, e bastava quebrar uma ou duas cabeças. Não era complicado lidar com magos: eles tentavam matar você de longe, mas uma flechada certeira ou um bom chute tornava metade deles inútil. Era difícil, mas possível, lidar com clérigos rivais: servos de Megalokk ou Ragnar, ou mesmo Tauron ou Khalmyr, eram poderosos mas, estudando, se sabia o que esperar deles.

Nunca se sabia o que esperar de clérigas de Lena.

Elas não podiam ferir um ser vivo, não podiam usar de qualquer tipo de violência, e preferiam morte, escravidão ou qualquer humilhação a desestabilizar as baboseiras cósmicas que, segundo elas, dependiam de sua docilidade. Então, quando clérigas de Lena atacavam, era melhor pensar rápido, porque seriam imprevisíveis.

— Você poderia ser punida por uma vida inteira de crimes, assassina — era, dessa vez, uma voz de homem.

— Um paladino de Lena? — riu Vanessa. — Você está acostumado a seguir ordens de mulheres. Siga as minhas e me tire daqui, cordeiro.

O homem se fez visível, manto verde sobre armadura dourada, e um pesado cajado nas mãos. Paladinos de Lena podiam lutar, mas nunca matavam, quebravam um braço e choravam de culpa, e geralmente se restringiam a alguns hematomas.

— As ervas já estão prontas, Ludmilla? — disse a primeira mulher.

— Quase — veio a resposta do fundo do quarto.

Vanessa sentia agora um outro cheiro, pungente e verde de remédio. Não conseguia ver o que a tal Ludmilla preparava, tinha a cabeça fixa e os olhos presos ao teto, onde as moscas se agitavam.

— Acham que, se me envenenarem, Lena vai perdoá-los? — Vanessa forçava a voz descontraída, mas um fiapo gelado lhe correu pela espinha. Tentava ganhar tempo, para se libertar do feitiço.

— Não é veneno — disse a primeira mulher.

— Porque Lena é piedosa — rosnou o homem.

— Então o que é o tal castigo de Lena? Um purgante? E qual é o meu crime? — como se não fosse nada, mas ela suava de tentativa.

— Três pessoas morreram por sua causa na semana passada — o paladino de Lena cuspiu. — Como se você mesma as tivesse matado. Você foge, assassina, mas não vai fugir agora.

Era verdade, embora ela não estivesse fugindo, e nem soubesse que estivera sendo perseguida. Vanessa passara, numa das inevitáveis paradas de que seu mago eunuco precisava entre os saltos mágicos, em uma vila patética, um ajuntamento formado por quatro fazendas e a casa de uma viúva, tornada estalagem. Havia uma rixa antiga entre duas das famílias, duas das fazendas. Ninguém se lembrava de como ou quando começara, mas o fato é que, há gerações, descendentes odiavam descendentes, e brigavam sem nunca resolver. Quando Vanessa chegara, havia muita bebedeira e resmungos, porque dois garotos de uma das famílias haviam prendido e amarrado um filho da outra, e o deixado na porta de sua casa, vestido de menina e cheio de maquiagem.

Uma brincadeira ou uma ofensa grave, os mais velhos tentavam se decidir. Vanessa ouviu uma conversa bêbada, e aconselhou os homens: caso fosse ofensa, deveria ser vingada. E a rixa deveria acabar, e só acabaria com um pouco de sangue. Deu-lhes uma espada curta e, para ser justa, o mesmo presente à outra família. Naquela noite, foi dormir satisfeita, porque Keenn ensinava que a luta era o caminho para a força e a única vitória era aquela em combate. De manhã, havia três cadáveres, e uma das famílias fora vencedora.

Ela não havia pensado naquilo desde então.

— A rixa se resolveu — disse Vanessa. — Eu tinha razão.

— Pessoas morreram! — rugiu o homem.

— Morrem o tempo todo, e sem resolver nada.

— Está pronto, Brenna — disse Ludmilla.

Brenna, a primeira mulher, assentiu com ombros caídos.

Todos agora apareceram na visão periférica de Vanessa. Ocuparam-se de montar qualquer coisa, e uma garota saiu do quarto, voltando logo depois com uma chaleira fumegante. A estalajadeira os estava ajudando.

Vanessa concentrava-se, mas não podia quebrar o feitiço. A calma escorria dela com o suor, e ela começou a se debater, sem sentir. Brenna ergueu-lhe o vestido até a cintura. Outras posicionaram-lhe na cama, e fizeram força para levantar seus joelhos e abrir suas pernas. Vanessa sentiu a goela fechar.

— Talvez alguns digam que você merece coisa pior, senhora — disse Brenna, que parecia ser a líder. — Mas Lena ensina a piedade. Nós não vamos fazer mal a você, mas não podemos permitir que a morte se perpetue.

— Então vão roubar o meu filho.

— Vamos cuidar dele, ou dela, e ele vai viver em um templo de Lena. Longe de você, longe da morte.

A tal Ludmilla apareceu, carregada de anos e fragilidade, toda ossos e mantos. Tinha uma tigela cheia de pasta verde de cheiro forte, e tentou enfiar uma colher da mistura na boca de Vanessa.

— Coma. Isso vai provocar o nascimento.

Ela lutou contra os maxilares, tentou virar a cabeça e sentiu o pescoço estalar. A língua forçava a colher para fora, e ela ainda controlava os lábios, para cuspir a pasta no próprio rosto.

— Não resista, vai ser melhor assim. Nós temos clérigas prontas para garantir a saúde da criança. A magia de Lena vai assegurar que seja forte, mesmo um ou dois meses cedo demais.

Um fio de saliva e pasta verde escorreu pela garganta de Vanessa. Ela engasgou e tossiu, e seus nervos gritaram quando acabou engolindo uma parte. Reuniu forças de todo o corpo para uma cusparada forte, que enviou um jato verde sobre ela mesma. Os braços e pernas amoleceram com o esforço.

— Nathanael, por favor — disse Brenna, a líder.

O paladino surgiu de novo, o rosto de enfermeiro endurecido, e agarrou a cara de Vanessa com uma mão enorme. Forçou os dedos por entre os dentes, e com a outra mão puxou a mandíbula para baixo. Sob o feitiço e sob o paladino, Vanessa achava que seu crânio iria rachar, e a boca se abria cada vez mais. Fechou os olhos, e orou a Keenn.

"A morte não é suficiente para meus inimigos. A vida não é suficiente para mim. Eu desejo a luta e o sangue, e que nunca viva em paz. A lâmina assassina antes da morte na cama, o fogo da batalha antes do esquecimento do tempo".

Seu pensamento explodiu em vermelho, e ela soltou um urro animalesco, distorcido pela mão do paladino. Fechou o maxilar com força, e decepou dois dedos do homem, que gritou e retirou a mão. Vanessa cuspiu os pedaços cortados, como um bicho. Seus olhos estavam injetados, rajados de sangue, e ela babava vermelho e verde.

Uma das clérigas fez menção de atender a mão ferida, mas o paladino afastou-a e foi de novo a Vanessa, dessa vez com uma curta barra de ferro. Enfiou a coisa entre os dentes dela, e fez alavanca para abrir a boca dela de novo. Vanessa, encharcada de suor, sujeira e baba, tentou morder o ferro, mas só conseguiu quebrar um dente. O paladino tremia de esforço, e usou outra mão para lhe segurar a língua, enquanto Ludmilla despejou uma colherada farta na boca aberta. Massageou-lhe a garganta, e Vanessa não pôde evitar engolir.

— Será melhor assim — enquanto forçava outra colher da pasta verde. — Você vai ver, será melhor assim.

O pescoço fixo, os olhos vidrados nas moscas do teto, que estavam paradas, observando tudo com curiosidade.

CAPÍTULO 5

O OUTRO LADO

VANESSA ENGOLIU A TERCEIRA COLHER DO PREPARADO verde que cuspiria seu filho para as clérigas de Lena. Nathanael, o paladino, mantinha seus maxilares abertos, enquanto Ludmilla enfiava a pasta com confortos ronronados, e as outras preparavam o quarto para o nascimento. Vanessa guinchava e gorgolejava pragas, e sentia seus tendões rangendo de esforço para se mover através do feitiço. Mas as clérigas estavam calmas, fora do seu campo de visão, e trocavam recomendações sobre limpeza e cuidados com a parturiente. A criança agitava-se em sua barriga, como se notasse a luta. Parecia ansiosa, mas isso era pouco consolo.

— Vou matar todos vocês — disse Vanessa, quando o paladino retirou o ferro das mandíbulas por um minuto.

— Talvez — sorriu Brenna, a líder das clérigas. — Mas um bebezinho vai ganhar uma vida linda e cheia de paz, e é só isso que importa.

Nathanael abriu de novo as mandíbulas de Vanessa, rasgando-lhe a gengiva e o céu da boca. O rapaz empalideceu, mas Ludmilla assegurou que recomendaria uma penitência adequada para que ele se redimisse aos olhos de Lena, e ele ficou tranquilo. Afinal, aquela era uma missão boa e santa, e mesmo uma violência indizível como um corte na boca poderia ser perdoada, se a intenção fosse sincera.

Vanessa engoliu a quarta colherada.

Tentava mover os pés, tentava mover as mãos. A maça de guerra estava a cinco centímetros de seus dedos — um abismo enorme. Sua espinha estalava, imóvel mas sentindo algo se revirar dentro dela, a mistura talvez já fazendo efeito. Limparam-lhe o suor da testa com um pano úmido, refrescante e perfumado. Tocaram-lhe a bochecha com toda a doçura, e os talhos na boca se fecharam.

A quinta colherada, e a sexta.

— Vai se chamar Nathanael, se for menino — Brenna sorriu para o paladino, que corou. — E, se for menina, Ludmilla.

— Fico muito honrada — respondeu Ludmilla, enquanto emborcava a sétima colher.

— Você merece.

Os rostos das outras duas fizeram-se visíveis, e estavam cheios de alegria e seriedade, olhos e lábios de quem tem uma tarefa importante e prazerosa. As duas eram jovens, ares frescos e entusiasmados. Ludmilla e Brenna continuaram trocando amabilidades através da oitava colher.

Vanessa tossia, afogada e soterrada. O cobertor grosso da magia abafando-lhe os movimentos. A nona colher, e Ludmilla já raspava o fundo da tigela.

— Já está acabando — disse, sorrindo. — Agora vamos trazer mais um filho de Lena a esse mundo bonito.

Vanessa agarrou o cabo da maça.

Não vencera o feitiço. Não fora ela mesma, mas o casulo desaparecera, o cobertor se esfiapara em ar, e ela não se sentia mais soterrada. Cuspiu a pasta verde na cara de Ludmilla, e a maça de guerra subiu em um arco de relâmpago para encontrar a têmpora de Nathanael. O lado da cabeça do paladino explodiu em sangue, e ele agarrou o ferimento com as duas mãos, mas ainda de pé. Vanessa saltou da cama, em agilidade que esquecia a gravidez, e a saia cobriu de novo os quadris. Ludmilla deu um passo para trás, serena em prece, mas Vanessa arrancou-lhe a tigela da mão e quebrou-a contra o rosto da velha.

Nathanael atacava com o cajado. O lado do crânio era uma ruína, mas ele tinha uma determinação que era quase raiva. Vanessa aparou o golpe, quebrou o cajado, agarrou um dos pedaços e o enfiou na boca do paladino. Nathanael andou para trás e ela acompanhou, enfiando mais fundo, tocando a garganta enquanto ouvia gritos horrorizados e pedidos por Lena. Virou-se.

— Vocês não estão enfrentando *uma* mulher grávida — rosnou Vanessa. — Estão enfrentando *dois* servos de Keenn.

Súbito, a porta do quarto se abriu, um pontapé resoluto quebrando a dobradiça e revelando o estranho de chapelão escuro, agora com um sabre na mão.

— Foi você? — disse Vanessa.

O homem sorriu.

— Sou um mago apenas mediano, mas dissipei a magia delas, minha cara senhora. O que fará agora é sua escolha.

— Keenn já fez sua escolha — e era matar.

Ludmilla tentou uma magia, mas Vanessa derrubou-a com um soco no peito. As duas jovenzinhas gritavam, e Brenna olhava para os lados. Por fim, olhos afogados, voltou-se para o estranho.

— Por quê? Por que fez isso? Somos clérigas de Lena.

Ele deu de ombros.

— Deuses não existem, por isso todos vocês estão se iludindo. São cinco pessoas agredindo uma mulher grávida. Não importa a quem achem que servem.

Vanessa deu um sorriso afiado, e ensaiou alguns golpes contra a líder. Fingiu desequilibrar-se, e esbarrou em sua sacola, derrubando uma adaga aos pés de Brenna. Calculado, proposital.

— Para o diabo com você! — gritou.

Virou-se para as duas jovens, que se encolhiam em berros cegos de súplica, ergueu a maça, e sentiu a mordida do aço em suas costas.

Terror no rosto, Brenna tinha o braço estendido, sangue na mão. Esfaqueara-lhe por trás. Percebia o que fizera, e sentia o abraço de Lena abandonando-a.

O golpe fora patético, como Vanessa previra, e a mulher fora patética, como ela também previra. Arrancou a adaga das costas e, em um instante, usou magia para curar o ferimento.

— Keenn venceu — disse para a outra.

E vencera. Acabara-se a luta, e Vanessa havia feito muito pior que matar.

A estalagem estava vazia. As clérigas e o paladino haviam fugido — Brenna um farrapo balbuciante e as duas jovens tendo de carregar Ludmilla e Nathanael, inertes. A estalajadeira e suas filhas haviam sido expulsas. Vanessa tinha ganas de fazer mais, mas o estranho a havia arrastado de volta ao quarto.

— Quer que a criança morra? — disse ele. — Precisamos combater o que elas fizeram. Deite-se — empurrando Vanessa à cama suada.

Ele tirou o chapéu largo, a casaca vermelha, e arregaçou as mangas da camisa. Vestiu um avental branco impecável. Tinha esquecido o sabre num canto.

— Quem é você, afinal? — disse Vanessa. Contração, dor.

— Doutor Zebediah Nash, Colégio Real de Médicos de Salistick — mexendo em apetrechos.

— Salistiense — Vanessa gemeu uma risada. — Por isso não acredita em deuses.

— Por isso vou salvar você. Cale a boca e deite-se — empurrando-a de novo, porque ela se erguia nos cotovelos.

Salistick, o Reino sem Deuses, era uma anomalia gritante no Reinado. Há séculos, quando de sua fundação, o reino fora invadido por ideias de que os deuses do Panteão eram uma pilhéria de mau gosto, ou, na melhor das hipóteses, um conceito do passado. Como poderiam os deuses deixar seus devotos sofrerem tanto? Como poderiam não interferir? Como ignoravam blasfêmias e injustiças?

Salistick dera as costas aos deuses e, em resposta, parecia que os deuses haviam lhe dado as costas também. A magia divina não funcionava em Salistick, ou virava uma coisa fraca e débil. Os milagres concedidos pelo Panteão apagavam-se no Reino sem Deuses. O poder de cura dos clérigos fora então substituído por um avanço vertiginoso na ciência da medicina. Em nenhum outro lugar do Reinado conhecia-se tantas técnicas, tantas minúcias sobre o corpo dos seres vivos. Em nenhum lugar um leigo podia tirar alguém das portas da morte. No resto de Arton, a defesa contra a doença e os ferimentos eram preces e esperança. Em Salistick, era ciência e habilidade.

— Que grande bobagem — disse Vanessa, desabando na cama. — Os deuses estão por toda parte, basta ver.

— Ou talvez tudo isso sejam fenômenos naturais que ainda não entendemos. Fique com sua fé cega, eu fico com a minha lógica. Um deus, se existir mesmo, pode ou não atender às suas preces, pode ou não ser caprichoso e egoísta. A medicina sempre funciona.

A criança chutava e se contorcia. Vanessa sentiu ainda mais dores.

— Aquelas idiotas não conseguiriam manter seu filho vivo — disse Zebediah Nash. — Se ele sobrevivesse, seria fraco para o resto da vida.

Vanessa deu um grunhido de nojo em resposta.

— Mas eu vou salvá-lo — ele parecia estar pronto, enfim. — Você não vai gostar disso, mas abra a boca.

O Doutor Nash forçou Vanessa a vomitar a mistura verde, enquanto lhe dava um outro preparado, de efeito contrário. Aplicou sanguessugas, e utilizou um aparato estranho para injetar um líquido de cor indefinida numa veia do braço. Por fim, as dores cessaram, e o médico decretou que ela estava fora de perigo.

Já amanhecia.

Nos lençóis empapados, Vanessa sentia ter lutado uma guerra.

— E vencido — riu para si mesma.

Zebediah Nash estava limpando e guardando seus apetrechos, quando três batidas leves na porta anunciaram a chegada do mago eunuco.

— Minha senhora? — miou o quase-homem. — Está tudo bem?

— Maldito desgraçado. Fui emboscada e estive lutando a noite inteira — Vanessa entre dentes. — Por que não fez alguma coisa? — Começou a se levantar de novo.

— Deite-se — ordenou o Doutor Nash.

— Meu trabalho... — disse o homem arredondado, ajeitando os mantos bordados.

— Por que não me ajudou? — gritou Vanessa.

— Não é meu trabalho — ele deu um sorriso efeminado e treinado. — E desmaio ao ver sangue.

— Fuja daqui antes que eu mate você — disse Vanessa. — Agradeça por eu estar fraca como uma margarida.

— Meu pagamento — começou o eunuco.

— Pegue seu ouro na minha sacola.

Ele fez isso.

— E saiba que a igreja de Keenn vai saber exatamente o que você fez. O que sua guilda fez.

O eunuco empalideceu. Fez menção de devolver o ouro, desmanchou-se em perdões, falou tudo o que se esperava de alguém arrependido.

— Mas, por favor, não faça isso — choramingou.

— Oh, não — disse Vanessa. — Não sou ladra, e por isso vou pagá-lo. Mas nós vamos fazer exatamente o que é *certo*, e sua guilda vai sofrer as consequências.

O eunuco olhou para o chão e, súbito, sua expressão mudou. Onde antes era bovino e efeminado, de repente era um punhal de prata, enfeitado e mortal. Moveu as mãos em gestos arcanos, e começou uma palavra na língua dos magos.

— *Keenn, mate-o* — disse Vanessa.

Um enorme machado espectral surgiu acima da cabeça do eunuco. Ele olhou para o teto, e seu crânio foi partido, espirrando miolos pelo chão.

— Este é o quarto mais infectado que já vi — disse o Doutor Nash. — Vamos ter que levá-la para outro.

— Por que não fez nada? — disse Vanessa, mas de jeito diferente.

— Eu nunca iria insultar uma clériga de Keenn fornecendo ajuda de que ela não precisa — disse o Doutor Nash. — Mesmo que Keenn não exista.

Ela riu, e ele riu, e depois ficou sério, e mandou que ela fosse para outro quarto, mais limpo.

Ela obedeceu. Sentou-se devagar numa cama asseada, sentindo-se grávida de novo, no melhor e no pior.

— Beba isso — disse ele.

— O que é? — Vanessa bebeu da xícara que ele estendera.

— Para você dormir e ficar quieta. Se não parar de matar gente, nunca vai conseguir descansar.

— Desgraçado — sorriu Vanessa, e deitou.

O Doutor Nash andou pelo quarto, viu que os olhos da clériga quase fechavam. Ela não largava a maça de guerra.

— Aonde você está indo? — disse ele, antes que ela dormisse. — Que missão sagrada é tão importante?

Vanessa olhou-o por uma névoa de sono, mas não sentiu ameaça.

— Não é missão sagrada. Estou indo atrás do meu marido, que saiu numa missão estúpida que só ele acha importante.

— Seu marido?

— Um maldito cavaleiro da Ordem da Luz, se você acreditar. *Sir* Orion Drake, o idiota.

Zebediah Nash mirou-a, a mão no queixo.

— E qual é a missão *dele*?

— Encontrar o próprio pai. Estúpida, como eu disse.

— O que ele vai fazer quando achar o pai?

— Não sei — Vanessa deu de ombros. — Acho que matá-lo.

Ele abriu e fechou a boca, mas acabou falando.

— Por que você está indo atrás dele? — disse.

— Porque ele é um idiota. Porque não vai ver o filho nascer. E porque eu o amo, é claro.

Silêncio.

— Não estranha eu fazer tantas perguntas? — disse Zebediah Nash.

— Não — ela se espreguiçou e acomodou melhor a barriga. — Você está tentando não pensar em si mesmo, e por isso se interessa pelos outros.

— Sou assim tão transparente? — ele riu.

— É.

Vanessa dormiu, e dessa vez nada ruim aconteceu.

De manhã.

— Posso acompanhá-la? — disse o Doutor Zebediah Nash.

Vanessa se banhou e vestiu, usava as poucas peças de armadura que a gravidez permitia, e todas as armas que conseguia carregar. O cabelo ruivo preso, parecia ser indestrutível, e nunca ninguém diria que fora frágil na noite anterior.

— Por quê? — disse Vanessa.

— Um médico não abandona sua paciente assim.

Ela manteve os olhos nele.

— Porque isso é algo a fazer enquanto não sei o que fazer — disse o Doutor Nash.

— Ótimo — ela não tinha expressão. — Mas vamos logo.

Partiram. Em direção ao norte, *lady* Vanessa Drake, clériga de Keenn e dama de Bielefeld, e o Doutor Zebediah Nash, do Colégio Real de Médicos de Salistick.

— Você sabe — disse ele —, para coisas que não existem, os deuses causam um monte de problemas.

CAPÍTULO 6

BANDIDO

SAÍRAM PELA BOCA DE UMA CAVERNA, LIMPANDO AS ESPADAS do sangue de monstros subterrâneos, e as roupas de barro ressecado. Mas não conseguiam limpar a cabeça de preocupações insistentes.

Após dias nos túneis, comendo fungos e musgo, bebendo água de gosto pesado, sentiam os olhos doerem contra a luz. Azgher, o Deus-Sol, tinha um entusiasmo furioso naquela manhã, e as nuvens que tinham despejado chuva sobre eles no forte Arantar já se haviam derretido. Ao redor, enxergavam colinas baixas e pedregosas, uma floresta às costas, e muito campo e bosques até o limite da vista. Nem todos os animais fugiam do grupo maltrapilho, o que, segundo Trebane, significava que aquela era uma região de muitos humanos.

Estavam ainda em Trebuck, agora ainda mais em suas entranhas.

— Estávamos andando às cegas — gaguejou um soldado do forte Arantar. — Podíamos ter entrado na área de Tormenta!

— Não — disse Ingram. — Eu saberia se estivéssemos nos aproximando dela.

O soldado aceitou a resposta e se afastou.

— Saberia mesmo? — disse Orion.

— Saberia quando morrêssemos todos.

Antes da marcha do dia, o cavaleiro decretou que precisavam comer. Destacou Trebane e dois soldados para caçar, e outros para apanhar água. Depois da batalha e dos dias subterrâneos, era reconfortante fazer coisas simples.

— Tudo bem, mas vamos marchar para onde? — disse Ingram, sentando-se no chão e já começando a limpar suas preciosas pistolas.

— Para o Exército do Reinado, é claro.

Trebuck contava com um contingente enorme de soldados, cedidos por Deheon e diversas outras nações, como guarda contra a Tormenta. O Exército do Reinado já havia sido derrotado uma vez, quando atacou a Tempestade Rubra frente a frente, mas fora renovado, e agora acampava às bordas da fronteira com o inimigo, esperando. Um ninho de homens leais, militares de carreira, e também de mercenários de todas as raças, vindos de toda parte, o Exército do Reinado fervilhava de diferenças, vontade e medo. Era certo que desmoronaria se não fosse a presença forte de *lady* Shivara Sharpblade, a regente de Trebuck, uma das maiores guerreiras e líderes de Arton.

— Você acha mesmo que seu pai está nesse exército, Orion? — disse Ingram.

O cavaleiro deu de ombros.

— É a última pista que temos. Com o número de mercenários posicionados lá, é bem possível que esteja.

— Talvez seja só outro homem com uma armadura parecida.

— Talvez.

— Ou talvez seu pai já tenha morrido de velhice, Orion, porque Khalmyr e Tenebra sabem que ele tem idade para isso. Quantos guerreiros errantes você conhece que viveram até essa idade?

— Eu não sei quantos anos ele tem.

— Humanos morrem que nem moscas. Se você já tem esse cabelo grisalho, como estará o seu pai, droga?

— Vivo. Estará vivo.

Ingram jogou um pano engraxado no chão.

— Vivo para que você possa matá-lo?

— Isso.

Olharam-se por um tempo.

— Nunca pedi que você viesse comigo, Ingram — disse Orion, sério. — E você sabe que não posso, porque esse trabalho é meu.

— E você sabe que eu não vou deixar você, seu humano porcaria.

Orion riu.

— Você me ajudou, e agora eu ajudo você. — Ingram voltou a se concentrar nas pistolas. — O que não significa que eu não possa tentar enfiar um pouco de bom senso nessa sua cabeça dura de cavaleiro.

Orion estendeu-se na relva, fechou os olhos e se deixou ficar respirando.

— E agora você prometeu ajudar o tal Ashlen.

Orion murmurou que sim.

— Como se já não tivesse problemas suficientes.

— Um cavaleiro da Luz nunca recusa um pedido de ajuda.

— Ele não pediu ajuda!

— É como se tivesse pedido.

Ingram pôs-se de pé, girou a pistola com um floreio e a guardou.

— Vou conversar com a porcaria do centauro. Ele faz mais sentido que você.

Orion ficou sentindo a luz de Azgher na cara. Ingram andou um pouco, mas depois se voltou.

— Não tem saudade de casa, Orion?

— Muita, o tempo todo — sem abrir os olhos. — Da minha mulher. Você vai adorar Vanessa — riu, mas depois ficou sério. — E do meu filho, que ainda nem nasceu. É por isso que não vou permitir que ele nasça com essa mancha na família. Sou um bastardo, Ingram, mas o meu filho não vai ser filho de bastardo, porque eu vou encontrar o Cavaleiro Risonho e levá-lo à justiça.

— Humanos são todos loucos, sabia?

— Sabia.

Orion não conhecia o Cavaleiro Risonho, nunca vira o homem que odiava tanto. Mas, pensando em "louco", sentiu um estremecimento, porque achou que a palavra descrevia bem o seu pai.

Orion e Ingram foram tirados de sua conversa quando um oficial alarmado correu até eles, dizendo ter achado uma estrada nas proximidades, e um grande grupo de guerreiros marchando.

— Era só o que faltava — disse o anão.

Orion se ergueu, de novo rocha, e soltou a espada na bainha, antes de seguir o oficial até a tal estrada. Era um caminho bastante utilizado, areia compactada por incontáveis botas, largo e bem cuidado. Estavam mais próximos da civilização do que suspeitavam, e logo adiante vinha um batalhão de homens armados, alguns a cavalo, a maioria a pé. Juntaram-se Orion e Ingram, Ashlen, e logo Trebane. O oficial ficou próximo a eles, sentindo-se muito importante.

Quando o batalhão se aproximou, Orion abriu um sorriso e fez uma saudação com a mão erguida, porque eles carregavam o estandarte de Nova Ghondriann. O que parecia ser o comandante daqueles homens, um sujeito grandalhão montado num cavalo magro que fazia um esforço enorme para carregá-lo, devolveu o cumprimento e se aproximou do cavaleiro. Disse que seu nome era Bryan de Norba, que comandava uma companhia de trezentos homens de Nova Ghondriann, e que estava voltando para casa.

— Alguma missão para o Exército do Reinado? — disse Orion. Tantos soldados estrangeiros naquela região certamente tinham algo a ver com o Exército do Reinado.

— Khalmyr me livre — Bryan de Norba cuspiu no chão. — Aquilo virou uma pocilga, *sir* cavaleiro, e os porcos estão todos em festa.

— Estamos indo para lá.

— Se eu fosse vocês, daria meia-volta e procuraria um lugar melhor onde servir. Ou então reclamaria com o superior que deu esse comando — tossiu. — Com todo o respeito pela Ordem da Luz e o seu reino.

Orion e os outros se entreolharam. Trebane falou:

— Você não vai ser considerado traidor desertando assim?

Bryan de Norba pareceu notar o centauro pela primeira vez, e gastou um momento examinando-o, mas logo deu de ombros e respondeu:

— Duvido que o meu senhor em Nova Ghondriann vá me repreender por tomar essa decisão. E, de qualquer modo, se ele não gostar, aposto que os meus homens preferem virar mercenários comigo do que ficar no meio daquelas cobras no Exército do Reinado, esperando a Tormenta.

Tocou sua espada para afastar o mal que a palavra trazia.

— O que aconteceu de tão grave? — disse Ingram. — Shivara não faz nada?

Bryan de Norba franziu o cenho, em uma expressão de tristeza genuína.

— Há três meses ninguém vê *lady* Shivara. Não costumo questionar superiores, e no meu tempo já passei mais de um ano sem receber uma mísera ordem ou comunicado de meu senhor, apenas cumprindo meu dever onde quer que me mandassem. Mas *lady* Shivara deixou o pior incompetente deste lado do inferno no comando e, Khalmyr me ajude, ela mesma está jogando fora suas alianças.

Orion mirou-o, grave.

— *Sir* cavaleiro — continuou Bryan —, o senhor pode me julgar como quiser, mas tenho mulher e filhos em Nova Ghondriann, e me recuso a morrer cumprindo as ordens de um cretino enquanto poderia estar defendendo minha família. A Tormenta atacou em Zakharov há menos de um ano e, francamente, a vida hoje em dia é curta demais para desperdiçar com coisas inúteis.

— Não vou julgá-lo, Bryan de Norba — disse Orion, sombrio.

— *Lady* Shivara pede para lutarmos a guerra dela, mas a Tormenta pode atacar qualquer lugar, inclusive o meu quintal — tocou de novo a espada —, e aí vou ter a minha própria guerra.

— A Tormenta é guerra de todos nós — disse Orion.

— Era, quando havia só uma área de Tormenta no Reinado. Agora há mais de uma, e vai ser cada um por si, se eu conheço o povo deste mundo. Diga, quantos exércitos o senhor viu ajudando Zakharov?

Orion não tinha resposta.

— Zakharov não tem uma *lady* Shivara para conquistar a simpatia do Reinado, e Nova Ghondriann também não.

Bryan de Norba achou que tinha falado demais, por isso murmurou uma desculpa, fez uma mesura desastrada de cima do cavalo e se despediu, liderando todos os seus homens para o sul.

— Também não é seguro para lá — disse ainda Orion. — Estamos fugindo de um pequeno exército. — E incisivo: — Liderado por Crânio Negro.

Bryan soltou uma praga.

— Bem, se eu morrer em combate, ainda assim é melhor do que morrer pela estupidez de outra pessoa. Obrigado, cavaleiro.

E foi embora.

— Os ratos são os primeiros a fugir — resmungou Ingram.

— Aqueles homens não me pareceram ratos — disse Trebane.

— É — respondeu o anão, contrariado. — Acho que não.

Abrindo a grande tenda de comando para o sol exultante do início da manhã, o general Thomas Yerik respirou fundo o cheiro revigorante de um exército. Era o cheiro de merda humana, suor, comida e cavalos, e de sangue de vez em quando, e de homens mal lavados, mas era um cheiro que ele tinha aprendido a amar muito tempo atrás. Espreguiçou-se e sentiu a cabeça fervilhando de coisas a fazer. Estava feliz.

Um recruta magro e inquieto surgiu para limpar a barraca do general, mas Thomas Yerik impediu-o de entrar e mandou que fizesse outra coisa. Voltou para dentro da tenda, viu as bandejas de comida intocadas de vários dias, as mais antigas já se movendo repletas de vermes alegres. Furtivamente, enterrou a comida junto com os vermes e tudo o mais, e escondeu bem os ovos que estavam atrás da cama. Voltou para o céu aberto do enorme acampamento, e se preparou para o trabalho do dia.

Ele podia sentir a imensidão de homens e armas ao seu redor, o exército correndo contra o sol, trabalhando mais rápido que Azgher. Teve a impressão de que, com um gesto, mexia centenas daqueles homens. Quatro capitães vieram até ele com questões importantes, e ele tomou decisões instantâneas. O general Thomas Yerik era o líder do Exército do Reinado.

— General — disse um dos capitães, riscando a terra com o pé.

Olhando para outro lado, pupilas minúsculas, Thomas mandou que falasse.

— Os homens querem saber quando *lady* Shivara voltará. O que ela está fazendo.

Thomas virou um rosto furioso para ele, olhos injetados e boca retorcida. O capitão começou a balbuciar alguma coisa, mas Thomas gesticulou para três guardas, e ordenou a prisão do oficial. Iria julgá-lo mais tarde, junto com seis outros, por insubordinação e conspiração. O homem foi arrastado, quase sem protesto, pelos guardas de aparência infeliz.

Acampado perpetuamente em espera pelo inferno, o Exército do Reinado espalhava-se como um monstro pelo campo de Trebuck. Manter a disciplina de tantos homens era uma tarefa colossal, e Thomas Yerik decidira não tolerar questionamentos. Já enforcara dezenove, até onde se lembrava, e não hesitava em dar mais trabalho às cordas. Ele era um dos mais valorosos e condecorados oficiais do exército de Trebuck, fora escolhido pessoalmente por *lady* Shivara, e gostava de deixar isso claro.

Viu que os homens mantinham uma distância amedrontada enquanto ele andava a esmo pelo acampamento, inspecionando uma atividade e outra. As saudações militares eram exatas, mas nenhum soldado encontrava seus olhos. Melhor que o temessem, dizia Thomas, do que ficassem vulneráveis ao inimigo.

Viu seu segundo em comando, o velho e confiável Lawrence Thelkian, apressando-se até ele com sua eterna cara de preocupação.

— Senhor — Thelkian fez uma saudação rígida.

— Bom dia, Lawrence — Thomas sorriu.

Os dois homens tinham a exata mesma idade, que se revelava nos rostos cortados de cicatrizes e rugas, e nos cabelos que, em Thomas, tingiam-se de branco e, em Lawrence, escasseavam. Thomas era um homem alto, duro, tinha pele cor de madeira e um comprido nariz, quebrado vezes sem conta. Lawrence era baixo e sólido, com um pescoço de touro que sustentava um rosto comum de fidelidade canina. Seus olhos azuis reluziam quando olhava para o velho amigo, a quem tinha dedicado sua vida.

Lawrence Thelkian era talvez o único homem em quem podia confiar, Thomas pensou. Ambos serviam juntos há décadas no exército de Trebuck, e Thelkian convencera-se desde tenra idade que o outro estava destinado a grandes feitos, enquanto ele mesmo contentava-se em viver à sua sombra. Lawrence Thelkian apoiara Thomas Yerik em todas as suas ambições ao longo dos anos, e agora via tudo dar frutos, porque Thomas Yerik era o comandante do Exército do Reinado, e ele era seu braço direito.

Exceto por aquela selvageria nos olhos, que nunca estivera lá.

— Más notícias, senhor — disse Lawrence.

— Caminhe comigo.

Os dois andaram por entre os homens, pelas companhias mercenárias de nomes espalhafatosos e ajuntamentos de soldados do mesmo reino. Sob as florestas de estandartes, ao largo dos estábulos provisórios, pelas ruas da cidade de tendas.

— O capitão Bryan de Norba desertou, senhor, junto com mais trezentos.

Thomas Yerik fez um muxoxo.

— Norba? — disse. — Isso fica em Nova Ghondriann, não?

— Sim, senhor.

— Mande quinhentos homens atrás dele. Ofereça aos soldados chance de voltar ao seu posto, sem soldo por três meses, e mate o capitão.

Lawrence Thelkian argumentou contra, porque quinhentos homens era um contingente muito grande.

— Temos muitos milhares, somos o Exército do Reinado.

— Mas senhor, se fizermos isso com todos os batalhões que desertarem...

Thomas fulminou o amigo com um olhar de raiva pura. Não eram os primeiros trezentos que iam embora, nem seriam os últimos. Primeiro um punhado de homens desaparecidos, e logo fugas em massa, lideradas por oficiais estrangeiros.

— Vamos matar todos os oficiais traidores — vociferou Thomas — e destacar homens leais, de Trebuck, em seu lugar. Se os comandantes estrangeiros acham que não devem lealdade ao Exército do Reinado, vamos achar homens que devem.

— O senhor não tem autoridade para fazer isso, general — disse Lawrence, quase sentindo a dor da punição. Ninguém falava daquele jeito com Thomas Yerik.

— Eu comando o Exército do Reinado! — explodiu o homem. Ele era o general, disse, era o escolhido de *lady* Shivara, e tinha muitos ao seu dispor. Suas vidas lhe pertenciam. Ele combatia a Tormenta, e isso era muito mais importante do que política ou autoridades mundanas.

— Sim, senhor — disse Thelkian, infeliz.

— Reúna todos os oficiais de Nova Ghondriann, eu quero lhes dar um aviso, e debelar qualquer motim antes que comece. A traição é uma semente que germina rápido, Lawrence.

— Sim, senhor — repetiu o outro. Fechou os olhos, inspirou e acrescentou: — Senhor, tivemos um sobrevivente desta vez.

O rosto de Thomas Yerik se iluminou.

— Um soldado voltou da área de Tormenta?

— Um dos homens de Callistia. Chegou esta noite. Está muito ferido, e até agora não falou nada coerente. Ele grita muito, gargalha o tempo todo, ou então chora. Já atacou dois soldados que tentavam ajudá-lo, e comeu os olhos de um. Os clérigos dizem que está louco, general.

— Bom. Quero relatórios sobre o estado dele na minha tenda ao meio-dia — Thomas parecia infinitamente satisfeito.

Lawrence Thelkian fez uma saudação e se retirou.

O general Thomas Yerik tinha começado a enviar homens à área de Tormenta havia dois meses. Expedições às áreas de Tormenta não eram desconhecidas: a Academia Arcana enviava estudiosos, magos e aventureiros experientes para coletar informações e espécimes de demônios. Grupos independentes também tomavam para si a tarefa de enfrentar a Tempestade Rubra. No entanto, aquela era a primeira vez que se enviava expedições de soldados comuns e, dos cento e cinquenta que Thomas Yerik havia destacado, até agora este era o segundo que voltava. O general dizia acreditar no treinamento em situações reais, e afirmava que, cedo ou tarde, aqueles homens teriam de enfrentar a Tormenta de qualquer jeito. *Lady* Shivara Sharpblade nunca fazia isso, nunca jogava fora a vida de seus comandados após o desastroso ataque contra o Forte Amarid. Thomas Yerik ressaltava que o comando era dele agora, e não hesitava em condenar os que questionavam seus métodos.

As deserções haviam aumentado sob sua liderança, mas a verdade era que o Exército do Reinado vinha desmoronando há muito tempo. A área de Tormenta de Zakharov tinha posto um novo temor nos estômagos de soldados e regentes, e era cada vez mais difícil unir as nações sob uma bandeira conjunta, mesmo com Shivara. Novas disputas políticas e ameaças veladas entre os reinos, surgidas no último ano, faziam com que guarnecer as próprias fronteiras parecesse cada vez mais atraente. Os destacamentos suicidas de Thomas Yerik e a forca que ele usava com desprendimento eram apenas um catalisador.

Continuando sua caminhada, Thomas Yerik súbito estacou frente a um dos estábulos. Eram prédios amplos de madeira tosca, construídos às pressas para o Exército do Reinado, cheios de farpas e perpetuamente atulhados de cavalos. Mas, numa baia isolada por outras duas vazias, estava o mais belo cavalo que ele já vira. Enorme e branco, pelo ofuscante e crina longa, cascos imensos, porte altivo e manso. Como se notasse ser observado, o animal virou a cabeça e dirigiu a Thomas um olhar de inteligência, abriu as narinas e pateou o chão com dignidade. O general estava encantado, e imediatamente exigiu o soldado responsável.

— Senhor — o homem apresentou-se já quase tremendo.

— Que cavalo é aquele? — apontando com o queixo.

— Vindo de Namalkah, general — disse o soldado, antecipando. Namalkah, o Reino dos Cavalos, produzia animais magníficos, os melhores conhecidos em todo o mundo, de inteligência e força sem par. O povo de Namalkah tratava os cavalos como pessoas, e eram os melhores ginetes do mundo. — É um presente — continuou o soldado, mas foi calado com um gesto.

— Este será meu cavalo pessoal — disse Thomas, aproximando-se a sorrir e acariciando o focinho do animal. — Quero-o amarrado na frente da minha tenda imediatamente. Vou levá-lo para uma ronda no acampamento. — Os olhos do general brilhavam, e o cavalo curvava a cabeça, deixando-se tocar de forma respeitosa.

— Já tivemos problemas com esse animal, senhor.

— Bobagem. Homens rudes não sabem tratar de cavalos como este. Ele será meu, e vou chamá-lo de Valente.

— Ele já tem nome, senhor. Chama-se Bandido.

Thomas Yerik quase rosnou para o soldado.

— Calado! É um insulto a esta criatura nobre. Apronte Valente para que eu o monte.

— Desculpe, eu tentei dizer, senhor, mas ele já tem dono.

— Sim, e sou eu. Eu sou o general, e decido que Valente será meu cavalo. Vá, soldado, antes que faça por merecer uma corte marcial.

Thomas Yerik afastou-se. O soldado xingou a própria má sorte e olhou para o cavalo branco com resignação. O animal retribuiu, por um momento como se fosse rir.

O general voltou à sua tenda e ficou satisfeito ao encontrar o cavalo branco encilhado e amarrado, com ar obediente. Acariciou a crina orgulhosa e prometeu, em voz alta, que Valente seria um cavalo de muitas glórias. Thomas Yerik desamarrou o animal, sob uma dezena de olhares furtivos, e já tinha colocado o pé em um estribo quando foi interrompido pela voz de um subordinado.

— General, por favor não faça isso — disse o homem.

Ele já estava cansado de interrupções e palpites, por isso ordenou a execução imediata do soldado. Voltou-se mais uma vez para sua nova montaria e, com facilidade vinda da prática, montou no cavalo.

O general Thomas Yerik acabou de se acomodar na cela e, de repente, o animal corcoveou com violência. Thomas agarrou-se às rédeas, mas o cavalo subiu bruscamente sobre as patas traseiras, e ele foi jogado na lama. Caíra sobre o traseiro, mais sujo que machucado, quando viu dois cascos imensos vindo na sua direção. Bandido desferiu um coice monstruoso no peito do general, os homens ouviram o barulho de ossos quebrando, e Thomas Yerik foi arremessado a vários metros de distância, aterrissando sobre a cabeça e torcendo o pescoço num ângulo grotesco.

O cavalo relinchou de prazer.

À toda volta, homens frenéticos. Chamavam clérigos, corriam para o general, dois tentavam se aproximar do cavalo mas eram afastados a coices e mordidas. Thomas Yerik estava no chão, e sentia algo trabalhando dentro de seu corpo. Os líquidos grossos escorriam por dentro dele, o esterno partido era reparado com a substância, o pescoço se realinhava e os pontos quebrados eram preenchidos com alguma coisa. Uma sensação lasciva, que o fez gemer.

— Onde está o soldado responsável por esse monstro? — rosnou Thomas, para o primeiro homem que veio lhe acudir.

— Na enfermaria, senhor.

O general ergueu-se, sacudindo lama, em meio aos homens aparvalhados. Perguntavam-lhe se estava bem, os clérigos já chegavam, querendo untar-lhe de bênçãos, mas ele rugiu para que todos fossem embora.

— E matem esse cavalo!

Os homens titubearam, mas um pegou um machado, e em um instante Bandido tinha saído em disparada. Espalhava para todos os lados soldados que pulavam de seu caminho. Relinchou alto e, por todo o acampamento, começou-se a ouvir o som de batidas fortes, coices nas portas das baias, e madeira quebrando. Dezenas de cavalos fugiam, pisavam nos homens que tentavam detê-los, e seguiam Bandido para fora do acampamento. Sob as ordens de Thomas Yerik, foram disparadas algumas flechas, mas a maioria dos soldados errava de propósito, porque não tinham coração para ferir um cavalo. Por fim, eles desapareceram num bosque, e foi mandado um destacamento pouco motivado para recuperá-los.

Thomas Yerik estava furioso. Pelo Exército do Reinado, começava a fumegar o boato de que até mesmo os animais desertavam o general. O número de sentinelas nos limites do acampamento foi triplicado, com ordens de matar quem tentasse sair sem autorização.

O general irrompeu em sua tenda, gritando para que não fosse interrompido por ninguém.

Passara-se uma manhã de irritações, e Thomas Yerik começou a planejar uma nova incursão à área de Tormenta. Dessa vez, mandaria duzentos homens. Isso aplacou um pouco sua ira. Arrastou a cama para revelar os ovos, e pegou um entre os dedos, com cuidado carinhoso, quando ouviu uma voz atrás de si:

— General?

Voltou-se brusco, já berrando uma corte marcial, mas viu que era Lawrence Thelkian. O homem baixote, robusto e calvo trazia um calhamaço de papéis grossos, e mirava Thomas com estranhamento.

— O senhor disse para trazer os relatórios do sobrevivente.

Lawrence Thelkian era de confiança. Qualquer outro que o interrompesse naquela hora seria morto, é claro, mas Lawrence Thelkian era um amigo. Lawrence Thelkian merecia saber.

— Venha aqui, Lawrence. Quero mostrar-lhe uma coisa.

O homem deu um passo e perguntou sobre o que Thomas tinha na mão.

— Vou mostrar-lhe — disse Thomas, sorrindo, e estendendo um braço afetuoso. — Venha cá.

— Os relatórios — começou Lawrence, mas o general mandou que os deixasse em qualquer lugar.

Thomas Yerik aproximou-se, ainda com o ovo nos dedos cuidadosos, e abraçou o velho amigo. Lawrence não sabia o que fazer, mas Thomas grudou sua boca na orelha do outro, e continuou falando.

— Está na hora de você saber, Lawrence. Sei que tenho parecido estranho, mas tudo agora vai fazer sentido. Você é o único em quem posso confiar, Lawrence.

Ele tentou se desvencilhar, mas de repente Thomas Yerik era muito forte, e o manteve no abraço.

— Este é o meu filho, Lawrence — disse Thomas Yerik, segurando o ovo. — É um de meus filhos lindos, e vou presenteá-lo a você.

O general fez uma leve pressão sobre o ovo, e a casca se rachou. A criaturinha lá dentro começou a se torcer, por fim revelando-se e derramando a gosma vermelha que a recobria. Parecia uma espécie de inseto, um animal comprido e fino, corpo segmentado e duas antenas longuíssimas. Dezenas de patinhas afiadas roçaram a mão de Thomas Yerik, provocando sangue e cócegas, e a coisa rastejou para o pescoço de Lawrence Thelkian.

Lawrence tentava olhar para trás, ver o que estava acontecendo, mas o abraço de general era de ferro, e ele mal conseguia se mexer. Sentiu o inseto caminhando em seu rosto, e por fim dirigindo-se à orelha. As antenas acariciaram a entrada do ouvido, e então a coisa enfiou lá sua cabeça. Thelkian começou a gritar, mas o general calou-o, colocando a boca por cima da sua. A língua de Thomas Yerik tinha um ferrão, e espetou o fundo da garganta de Lawrence, provocando uma sensação quente e estonteante. O inseto forçava suas patas para dentro do ouvido, até que conseguiu enfiar todo o corpo. Thelkian conseguia sentir a coisa se retorcendo dentro de sua cabeça, até que houve uma minúscula dor de mordida, por dentro, e uma mortalha vermelha baixou sobre seus olhos.

Thomas Yerik soltou-o, e o corpo atarracado de Lawrence Thelkian desmoronou, convulsionando. De sua boca, começou a transbordar um espesso muco vermelho, num volume enorme, inundando o chão da tenda do general. Thomas agachou-se e começou a lamber avidamente a grande poça da substância, prazer no rosto. Após alguns minutos, as convulsões de Lawrence Thelkian cessaram, e ele ficou imóvel, enquanto era lentamente recoberto por uma carapaça dura de inseto.

— Invejo você, meu amigo — disse Thomas Yerik. — A invasão do simbionte só é tão deliciosa da primeira vez.

Agora Thelkian estava todo coberto de carapaça, como se fosse uma armadura. Seus olhos eram protegidos por meias-esferas translúcidas, multifacetadas como olhos de inseto. Thomas Yerik deu um beijo na testa do amigo estirado.

Depois de uma hora, o corpo de Lawrence Thelkian tinha absorvido de novo a couraça. Ele se levantou, e olhou para um mundo novo e maravilhoso, repleto de deveres e possibilidades.

— É fantástico — disse Lawrence, com lágrimas vermelhas nos olhos.

— É a Tormenta, meu amigo — respondeu Thomas Yerik. — A Tormenta está engolindo nosso mundo, e vai transformá-lo, e agora você também é um servo.

O outro sorriu e agradeceu.

— Você vai conhecer nosso mestre em breve, Lawrence — continuou Thomas Yerik. — Agora, vai saber de nossa verdadeira missão.

CAPÍTULO 7

O EXÉRCITO DO REINADO

UM SOM DE METAL BREVE, E ASHLEN ESTAVA PRESO DE novo. Quatro homens do Exército do Reinado arrastaram-no a uma prisão de tábuas, e ele olhou aterrorizado para Orion e os outros. Thomas Yerik tinha um sorriso cordial, e uma multidão de soldados acompanhava a cena.

— Ele não é criminoso — disse Orion, seco.

— É procurado em várias nações, *sir* cavaleiro — o general mostrou os dentes. — Você viu os papéis.

Vira. O general Thomas Yerik tinha papéis que requisitavam o encarceramento de Ashlen Ironsmith, pelo assassinato de dezessete pessoas, em Valkaria. O Exército do Reinado não era uma milícia de cidade, mas não era raro que interceptassem foragidos.

— Limpe a bunda com seus papéis! — rugiu Trebane. — Se acha que somos criminosos, então mande todas as porcarias de soldados que tem, e eu vou comê-los no jantar.

— Sei muito bem que não são criminosos — Thomas Yerik mantinha o sorriso incisivo. — São convidados de honra.

Trebane estava disposto a espancar o general ali mesmo, mas o homem não demonstrava medo, o que forçava o centauro a um respeito relutante. Ingram e Orion mantinham a atenção ao redor, e viam bastante medo e dúvida, mas também muitas espadas. Azgher estava alto no céu, e o acampamento do Exército do Reinado agitava-se em volta dos recém-chegados.

— Deveria se preocupar com Crânio Negro — disse Orion. — Ele está na região, e tem um pequeno exército.

— Nós temos um exército muito grande — riu o general. — E não vimos Crânio Negro, e nem Mestre Arsenal ou o rei dos dragões vermelhos.

Thomas Yerik deu uma nova risada e olhou para os lados, mas Orion continuou encarando-o sem mover o rosto.

— Ashlen Ironsmith vai ter um julgamento justo — disse Orion.

— Se você pede um julgamento, *sir* cavaleiro, ele acontecerá.

— Não estou pedindo nada — disse Orion —, e nem ordenando. Estou dizendo que ele vai ter um julgamento, e isto é um fato.

Thomas Yerik titubeou por um instante, e engoliu em seco.

— Claro, *sir* cavaleiro.

— E meu nome é Orion, general.

Virou as costas e se pôs a confabular com Ingram e Trebane. O general tentou ainda alguns comentários, mas o centauro dispensou-o com um gesto desleixado, Thomas Yerik ficou vermelho e saiu vociferando ordens.

— Será que todos os oficiais de Trebuck são assim? — disse Ingram.

— Este é muito pior — disse Trebane. — Ele não é só fraco. Pelo contrário: é forte. Mas tem algo ruim.

Orion assentiu.

Tinham deixado os sobreviventes do forte Arantar junto com o Exército, onde julgavam que todos teriam segurança e trabalho. No entanto, Orion começava a imaginar a sabedoria dessa decisão. De fato, o acampamento era mais uma junção de batalhões desordenados do que o sonho militar que fora um dia, quando se achava que aqueles soldados defenderiam o Reinado contra a Tormenta. Os homens comiam fora de hora, jogavam dados e brigavam. Isolavam-se em pequenas comunidades de nativos de cada reino, desconfiavam dos demais. As acompanhantes — prostitutas — que existiam em cada exército de tamanho significativo não trabalhavam discretas, fora do caminho: quase comandavam o acampamento, seduzindo um homem e outro pelos seus soldos, e provocando lutas por ciúmes. Prosperava um comércio clandestino de vinho e alucinógenos, e havia sargentos ricos dos vícios de seus homens. Conspirações para desertar, muita raiva do general, e inveja dos que já tinham conseguido fugir.

— Vamos resolver isso tudo — disse Orion.

"E o pior", pensou Ingram, *"é que ele fala sério"*.

— Por que você está preso aqui? — disse a mulher.

Ashlen dirigiu-lhe um olhar por entre as barras da minúscula janela da porta de madeira.

— Porque o seu general decidiu que eu sou um criminoso.

— Ele não é meu general — disse ela. O pouco que Ashlen conseguia ver era um olho azul enorme, cheio de cílios compridos. A voz era perfumada. — E não estou perguntando isso. Quero saber por que você está aqui preso, em vez de sair sozinho, com esse seu pé falso.

Ashlen levantou-se para ver mais de perto. Ela recuou, e ele enxergou uma jovem de talvez vinte anos, com cabelo castanho claro, sardas atrevidas e um vestido azul saído de algum baile de corte. Usava também maquiagem leve, que fazia saltar seus lábios e suas bochechas.

— Você é a Malabarista?

— O quê?

— Esqueça.

Ashlen espiou pelas frestas largas entre uma tábua e outra da parede, mas ninguém prestava atenção neles. A prisão estava abarrotada e, na verdade, parecia ter sido construída às pressas, como se uma súbita explosão na população carcerária tivesse ocorrido há pouco. Havia tanta gente nas celas que algumas pareciam festinhas improvisadas, exceto pela dose farta de ressentimento que vinha em todas as conversas.

— E então? Por que você está aqui?

Ashlen deu de ombros.

— Porque acho que vou colocar meus amigos em encrenca se for embora. Como você sabe que eu posso escapar quando quiser?

— Eles são seus amigos? — disse ela, ignorando a pergunta.

— Não sei. Alguns dias se aventurando com um grupo já torna todos amigos, quando você é aventureiro há muito tempo. Você não respondeu o que eu perguntei.

— Não, não respondi. Mas você não é aventureiro há muito tempo. Você *deixou* de ser aventureiro há muito tempo.

— Como sabe disso?

— Você não é Ashlen Ironsmith?

Ele assentiu, apalermado.

— Todos conhecem sua família em Valkaria, é óbvio. Você era considerado um bom partido para mim quando eu morava lá.

— Você é de Valkaria? — Ashlen surpreendeu-se por não estar tonto de perguntas; estava se acostumando de novo a gente esquisita e mudanças bruscas.

— Zara Lysande, da família Lysande. Você já ouviu falar.

— Sim, já ouvi — disse ele.

— Não foi uma pergunta.

— Você *tem certeza* de que não é a Malabarista?

— Que malabarista é essa?

Ele afastou o assunto com um abano da mão.

— Acho que vou ficar aqui por um tempo — disse Ashlen, com uma tremura leve.

— Mas você é inocente.

Ele concordou.

— Mais uma vez, não foi uma pergunta. Quer que eu faça algo por você?

— O que uma garota nobre de Valkaria perdida num acampamento decadente poderia fazer por mim?

— Se você não sabe o que uma mulher jovem e linda pode fazer para convencer um bando de homens desesperados, então você realmente não sabe nada, Ashlen Ironsmith.

Ela era mesmo linda.

— Você está dizendo...?

— Vou falar com seus amigos, certo? Vai correr tudo bem no seu julgamento.

— Vou ter um julgamento?

— Se eu conheço cavaleiros da Luz, e eu conheço, o seu amigo vai fazer com que isso aconteça.

Era verdade. A garota falava coisas certas, o que não a impedia de ser louca.

— Por que você está me ajudando?

— Você poderia ter sido meu marido, se eu tivesse ficado em Valkaria e se você não tivesse fugido da chacina da sua família, e se antes disso não fosse um bêbado imundo e inútil.

Pelo menos ela não sabia sobre a guilda, ou não falava disso em voz alta.

— Não acha que é o mínimo que uma esposa pode fazer pelo seu marido? — disse Zara, mostrando a língua.

— Eu nem conheço você. Não sou seu marido.

— É o *mínimo* que uma *esposa* poderia fazer pelo marido. Eu não sou sua esposa, mas também não sou de fazer o mínimo.

O mundo estava cheio de gente louca, mas pelo menos eram loucos que o estavam ajudando, raciocinou Ashlen.

— Está certo. Fale com Orion.

Súbito, Zara ficou séria.

— Cuidado com o general. Os soldados são bobos, mas ele é perigoso de verdade.

— E milhares de homens armados não são?

— Claro que não, se você for mulher.

De repente, ela soprou-lhe um beijo e foi embora.

— Boa sorte — disse Ashlen.

— Eu não preciso de sorte.

E não precisava mesmo.

Sir Orion Drake fez uma careta para a grande tigela de carne fria, queijo e pão. Ingram comia com ar diligente, num canto, com os olhos dardejando. Trebane ocupava um espaço imenso, devorando tudo como um bicho, e secando ânforas de vinho. O centauro tinha pedido aos soldados que lhe trouxessem carne crua, e Orion não sabia o quanto disso era apenas para amedrontá-los.

Orion não queria comer, porque estava cansado, porque se atolava em obrigações que lhe reviravam o estômago e principalmente porque a comida fora trazida por recrutas com ar servil, que o haviam chamado de lorde e feito reverências equivocadas. Ele não era lorde, e acreditava ser cavaleiro por benevolência alheia.

Ingram resmungou qualquer coisa, e Orion começou a mordiscar um pedaço de queijo, distraído. Não conseguira, com aquilo tudo, descobrir nada sobre seu pai. Poderia estar aqui mesmo.

Tinham os instalado numa das maiores tendas do acampamento. Um lugar de honra, como o general havia dito. Haviam conseguido em algum lugar um estandarte da Ordem da Luz — esquartelado de branco e púrpura, com a balança e espada de Khalmyr e um leão azul. A coisa tremulava na frente da tenda, cheia de orgulho deslocado. Orion sacudiu a cabeça.

Ele era um bastardo. Não importava que servisse há décadas na Ordem da Luz, que tivesse ganho seu título e armadura a custo de calos e insônia, que vivesse sob a balança de Khalmyr desde que era um moleque ranhento treinando com espada de madeira. Era um bastardo, e não faltavam pessoas em Bielefeld para lembrá-lo. Orion fora o único filho de *lady* Serina Drake, baronesa de Segfried e filha única de uma família importante. A família foi arruinada quando um cavaleiro misterioso surgiu em Norm, cidade-sede da Ordem da Luz, para competir em um torneio. O homem não falava, e se cobria de alto a baixo com uma armadura reluzente de prateado puro. Nunca tirava o elmo, que era uma coisa inquietante e notável, moldado na forma de uma enorme cabeça com rosto sorridente. Não revelou seu nome, e foi chamado o Cavaleiro Risonho.

Invicto na justa, o Cavaleiro Risonho tinha modos galantes e habilidade ímpar; derrubou dos cavalos os maiores campeões de Bielefeld e de outros reinos, e arrebatou corações aos punhados. As jovens perdiam-se em suspiros pelo desconhecido, e o mistério fazia a imaginação criar castelos. O Cavaleiro Risonho recebeu do Alto Comandante da Ordem da Luz as honras de campeão, e naquela noite houve um baile. Muitos esperavam que, à maneira das histórias, o estranho sumisse, mas ele compareceu, ainda calado, ainda inumano em sua armadura. Não falou, não bebeu uma gota de vinho, mas dançou com as jovens, e era uma brisa e um vendaval, mesmo encouraçado. Percorria os olhos ocultos por todo o salão, a máscara impassível de riso frenético, e escolheu a jovem baronesa Drake. Mais tarde, para seu pai em desespero, Serina Drake disse não se lembrar de como tudo acontecera, mas ela acabou em um quarto com o Cavaleiro Risonho, e foi descoberta, saias erguidas e semi-consciente de álcool, sozinha. O estranho nunca mais foi visto.

Aquela noite matou o futuro de Serina Drake que, com dezessete anos, viu-se pária. Bielefeld era um reino de protocolos, educações, títulos, fingimentos e, acima de tudo, aparências. O pecado de Serina não foi o que fez, foi ser pega. A filha única da família Drake nunca arranjaria casamento. O pai de Serina caiu em arapucas de nobres mais habilidosos, prometeu tributos e terras para que a moça fosse aceita como freira de Khalmyr, e no fim morreu vendo suas propriedades escoarem.

Um mês depois, nascia Orion.

O sobrenome viveu. Mas agora Drake era um sobrenome manchado, um sobrenome de bastardo. Os Drake foram roubados em tudo e, se o nome não fora roubado, era porque nada valia. O título morreu em Serina, pois não havia quem herdá-lo. Orion, o bastardo, nunca seria barão. Serina foi enganada mais vezes, adiou ao infinito e ao esquecimento sua iniciação de clériga, e ficou pobre, vestida em seda e fio de ouro. Vagava de castelo em castelo de parentes distantes e ex-amigos, até que o Alto Comandante apiedou-se e lhe ofereceu uma vida como protegida da Ordem da Luz. Serina sorriu, mas então, com dezoito anos, parecia ter sessenta. Um dia, Azgher amanheceu para encontrá-la morta na cama, e Orion berrando num berço ao lado.

O último dos desgraçados Drake foi adotado pela Ordem da Luz, onde se tornou escudeiro assim que pôde com o peso de uma espada de madeira, e aprendeu a cavalgar quase antes de andar.

— Quem é meu pai? — perguntou um dia o jovem Orion.

Philipp Donovan, o Alto Comandante, não era um homem de mentiras.

— É um cavaleiro misterioso que desgraçou sua mãe e causou a ruína de sua família. Ninguém sabe por que fez isso, já que ele sabia muito bem o que fazia, mas eu suspeito que tenha sido por maldade.

O Cavaleiro Risonho deixara a Orion uma herança de escárnio, e a morte da mãe, e um ataque inexplicável. Não teria sido mais letal se invadisse a propriedade dos Drake com um exército.

— Um dia vou matá-lo — disse Orion, que tinha então cinco anos.

— Faça isso, meu filho — foi a resposta de Philipp Donovan.

Orion viveu em Khalmyr e de espada na mão, e trocou a madeira por aço, o treino por matança, aos quatorze anos. Acompanhando seu senhor em uma viagem até a capital Roschfallen, foi acossado por três bandoleiros. *Sir* Radcliff, o senhor de Orion, era um cavaleiro de pouca habilidade e muitas ilusões, e quis entregar o que tinha. Mas o rapaz tomou uma espada longa e lutou pela primeira vez. Salvou o cavaleiro, mas veio a mentira esperada, e *sir* Radcliff creditou a si a vitória, e aumentou em dez o número de foras-da-lei.

— Foi Radcliff quem derrotou os bandidos? — perguntou Philipp Donovan.

— Não — disse Orion, com cabelos pretos, espinhas e olhar de velho no rosto pueril. — Fui eu.

— Já sabia. O que você fez?

Orion ficou um momento quieto.

— Matei todos.

Teria uma vida mais fácil como clérigo, e certamente tinha a vocação, mas recusou porque, Khalmyr lhe ajudasse, gostara de lutar. Aos quatorze anos, e antes, e depois, Orion Drake não queria ser juiz, queria ser justiça. Manteve-se escudeiro porque conspiravam contra ele, não queriam o bastardo como um cavaleiro de destaque. Por toda parte, filhos de nobres pegavam o título de *sir* para juntar à sua coleção de honrarias, porque tinham dinheiro, porque tinham prestígio, porque era bonito ser cavaleiro. Exceto que não era, se você fosse um cavaleiro de verdade, e Orion fora cavaleiro de verdade desde que amanheceu berrando porque sua mãe morrera.

Ninguém chegava perto, porque Orion era sisudo e temível e perigoso. Nunca erguera a mão contra um cavaleiro, embora tivesse sofrido na infância e adolescência com brutalidades juvenis. Falava com os clérigos, embora só respeitasse alguns, e com Philipp Donovan. Mantinha uma admiração afastada por Arthur Donovan III, filho do Alto Comandante, mas se achava meio indigno de procurar sua amizade. E um dia, um rapaz cinco anos mais velho lhe empurrou um odre de hidromel, disse-lhe que ele precisava tomar seu primeiro porre e o seguiu apesar das recusas. *Sir* Bernard Branalon, jovem conde de Muncy, insistiu até esfacelar a muralha de Orion. Ele acabou ficando bêbado, como o outro queria, e aprendeu a rir, e teve um amigo. Bernard Branalon casou-se jovem com uma moça alegre, e o tempo que passava com ela na cama foi logo recompensado com uma enxurrada de filhos. Orion, ainda escudeiro, era convidado para a mesa dos Branalon, e quase tinha família.

Não trocava sorrisos em bailes com meninas ricas e enfeitadas, porque lá não era bem-vindo. Não se esfregava com servas como os rapazes nobres que, aos dezesseis, já tinham duas ou três crias. Respeitava as garotas e, principalmente, não teria um filho bastardo. Mas, aos dezoito anos, conheceu Vanessa Derrigan, que fugira de casa e voltou, e agora era indesejável, porque nos anos de fuga sagrara-se clériga de Keenn.

Orion e Vanessa passavam um tempo enorme discutindo, e brigavam, e ela ria dele e ele ficava furioso, até que ela agarrou-o num beijo e ele a abraçou. Aos dezenove anos, Orion ainda era escudeiro, e estava casado. Não tinha terras, e Vanessa rejeitara a própria família, que a rejeitara também, e por isso eram pobres.

— Você vai receber o título, Orion — disse, um dia, Philipp Donovan. — Tem esposa, e será cavaleiro.

— Não.

O Alto Comandante mirou-o por longos minutos, desafiando-o a falar mais. Philipp Donovan podia fazer uma pedra mudar de ideia, e Orion acabou cedendo:

— Não mereço.

Orion Drake fora um garoto orgulhoso, que sabia da própria habilidade e tinha a vontade forte de um javali em fúria. Mas, no fundo, achava-se um pobre bastardo.

— Então você agora acha que sabe mais do que o Alto Comandante sobre o valor de um cavaleiro? — riu Philipp Donovan. — Você vai ser cavaleiro, e vai deixar de pensar idiotices.

Tornou-se cavaleiro, mas a mácula não lhe deixou em paz. Foi feliz com Vanessa, vivendo num castelo da Ordem, e fez justiça por longos anos, o melhor dos cavaleiros da Luz. Rejeitou títulos e terras. Viu a guerra contra Portsmouth, viu a tragédia. Viu quando Arthur Donovan III deixou-se enlouquecer pelo mal, estragando seu destino de glórias e matando o pai de desgosto. Orion chorou por Philipp Donovan, mas descobriu uma amizade ainda mais feroz com seu sucessor, o Alto Comandante Alenn Toren Greenfeld. E sentia-se triste e aliviado porque, em tantos anos, ele e Vanessa não conseguiam ter um filho. Os deuses lhe negavam a alegria, lhe poupavam da dor de passar adiante a mácula do bastardo.

Até que Vanessa engravidou, e ele decidiu que era hora de fazer justiça.

Prometera aos cinco anos matar o Cavaleiro Risonho, e agora estava quase com quarenta. Aquela era uma busca de homem jovem, e ele percebia o ridículo. Mas ele fora ridículo por ser escudeiro até tão velho, e por viver de caridade.

Ridículo que fosse, abandonou Bielefeld para caçar seu pai.

Se encontrara Ingram e Trebane, se encontrara Ashlen Ironsmith, se ajudara todos eles e agora se propunha a limpar o Exército do Reinado, era porque Khalmyr os botara em seu caminho, e ele os via como merecedores.

Sir Orion Drake era um desgraçado, mas iria esmagar a própria vergonha.

— Ele está daquele jeito — disse Ingram. — Você sabe como ele fica insuportável.

Trebane concordou. Saíam os dois da tenda ampla, e o cavaleiro ficava para trás, metido em quaisquer pensamentos que o deixassem daquele jeito sombrio, respondendo às perguntas com monossílabos.

— Só espero que, quando ele cansar dessa comédia e decidir quebrar umas cabeças, me chame — disse Trebane.

— Você está bêbado?

— Claro.

Os dois passaram pela dúzia de guardas que protegia a barraca. Era mesmo um lugar de honra, com um destacamento tão grande para defendê-los. O estandarte da Ordem da Luz balançava ao vento, e um pássaro o sujou de merda.

— Aonde vão, senhores? — disse um homem metido em armadura completa, sargento da tal dúzia de guardas.

Ingram e Trebane trocaram um olhar de esguelha.

— Sair — disse o anão.

— Para onde?

Trebane abriu a boca, mas Ingram interrompeu-o porque não queria uma luta.

— Vamos procurar um amigo, um oficial de Sambúrdia — mentiu.

— Digam-me o nome dele, e eu mesmo irei trazê-lo aqui, senhores — o sargento era perfeitamente respeitoso, e mantinha sua alabarda perfeitamente pronta.

— Na verdade, queremos dar uma volta, olhar os batalhões.

— Claro — disse o sargento. — Vou destacar quatro soldados para sua escolta.

— Escolte o meu pênis até — começou Trebane mas, de novo, interrompido pelo anão.

— Obrigado.

Trebane olhou-o como se nunca o tivesse visto, e Ingram fez um gesto significativo. Logo, quatro homens postavam-se em sentido ao redor deles, como se os dois fossem nobres.

— Por favor — disse o sargento, com uma mesura —, não pensem que lhes faltamos com o respeito. Os senhores são convidados de honra, mestre Ingram, mestre Trebane.

— Sou mestre de sua mãe, pederasta! — rugiu o centauro.

O sargento ignorou-o, continuou curvado, e Ingram liderou aquela comitiva risível para longe.

— Somos prisioneiros — disse Ingram em voz alta, falando na língua dos anões.

— Mas parece que eles estão forrando as algemas com veludo cor-de-rosa — respondeu Trebane, no mesmo idioma.

Os quatro soldados se entreolharam, confusos.

— Finja que eu contei uma piada — disse Ingram, ainda falando em anão.

O centauro deu uma gargalhada, mas ele era o pior ator que Ingram já vira, e o barulho fez um dos soldados dar um pulo.

Calados, arrastavam a escolta que os mantinha em escrutínio. Andaram toda a imensa extensão do acampamento, e se aproximaram das bordas vigiadas por sentinelas. Azgher cozinhava seus cabelos, e Ingram suava como um porco, movendo rápido as pernas para manter o ritmo fácil do centauro. Perto, viam um bosque, e mais além a mancha no horizonte de uma grande construção, que sabiam ser uma fortaleza ainda em obras.

— Aonde vão? — aventurou-se um dos quatro soldados. Logo acrescentou: — Senhores?

— Embora — disse Ingram. Escondera as armas de fogo, é claro, mas mantinha uma pistola fiel por baixo do manto. Tocou furtivamente o cabo da arma, enquanto Trebane circulava com ar despreocupado para flanquear o grupo.

— Não podem — disse outro soldado. — Ninguém pode sair do acampamento.

— Nós vamos sair — Trebane sorriu com ar lupino.

As árvores próximas começaram a se mexer, e o chão de terra tremeu de leve.

— Não. Não vão.

E, súbito, apareceu atrás dos dois uma dezena de arqueiros. As sentinelas das bordas do acampamento estavam próximas em um instante, e Ingram e Trebane estavam sob a mira de flechas e lâminas.

— Sua querida Allihanna não lhe avisou desse pessoal? — exclamou Ingram.

— Não — Trebane de repente muito sério. — Há algo errado.

Os arqueiros e guardas, e os homens de armadura que lhes prestavam tanta honra, moviam-se com cuidado, armas prontas.

Os dois começaram o caminho de volta, passo por passo.

— Os senhores são convidados — disse um soldado. — Podem ter qualquer coisa que quiserem.

— Sair — disse o anão.

— Menos sair.

E cinco ou seis homens disseram em uníssono:

— Ordens do general.

Foram escoltados até próximo à tenda, de novo. O sargento dos guardas trocou um murmúrio com um soldado e se dirigiu a Ingram:

— Suas armas de fogo, por favor — estendendo a mão.

— Vai me prender também?

— Em absoluto. O senhor é um convidado. Mas não permitimos esse tipo de armas aqui.

Já não era uma dúzia de guardas, mais próximo de uma centena, ao redor, pouco se importando em fingir um ar ameno com as mãos nos cabos das armas. Ingram fumegava pelas ventas ao entregar as pistolas e o rifle.

Depois, vieram servos trazendo mais vinho, e iguarias doces, mas os dois fizeram com que eles deixassem tudo do lado de fora. Orion continuava no fundo da barraca. Os soldados os mantinham sob vigília, exigindo em silêncio que eles agissem como se tudo estivesse normal. Apenas depois que Ingram comeu um ou dois doces, e Trebane bebeu uma ou duas ânforas, pareceram satisfeitos, e alguns foram embora.

Após a maior parte dos soldados os terem deixado em paz, saiu da tenda uma inesperada garota de cabelos castanhos e enormes olhos azuis. Para o centauro e o anão, poderia ter sido uma quimera.

— Será que Orion finalmente decidiu relaxar um pouco? — disse Trebane.

— Ele é casado.

— E o que isso tem a ver com qualquer coisa?

Mas a jovem veio com ar petulante até eles.

— Não deitei com o seu amigo cavaleiro, até porque não gosto de cavaleiros. Estávamos conversando.

— Quem é você? — disse Ingram.

— Zara Lysande. Estou ficando cansada de repetir meu nome. Eu vou ajudar seu companheiro Ashlen Ironsmith no julgamento hoje à tarde.

— Hoje à tarde? — disse Trebane.

— Você não presta atenção nesse tipo de coisas importantes? — ela olhava para ele como se fosse uma criança.

— Por que você vai ajudá-lo? — disse Ingram.

— Ora, nós somos praticamente casados.

E pôs-se a falar sobre uma estratégia de defesa, quando o centauro a interrompeu.

— Não. Você surgiu do nada, e não sabemos se é de confiança. E, se ficarmos aqui discutindo, vamos revelar tudo ao general — meneou a cabeça para os soldados, que escutavam descaradamente.

— Prefere que eu fale na língua anã? — disse Zara, na língua anã.

— Todos falam essa língua agora? — exclamou Ingram.

— Ora, você é anão. O mínimo que se esperaria era que falasse seu próprio idioma. Mas não temos tempo para besteiras, temos que montar uma estratégia de defesa para Ashlen, e rápido.

A tarde fazia o calor da manhã parecer uma memória agradável, e havia gente demais no salão de madeira que servia de tribunal. Construído no centro do acampamento, era um grande prédio quadrado, rústico como era tudo lá, como se esperava de um entreposto militar. O teto de sapé ameaçava incendiar ao sol, e raios dourados entravam pelas frestas entre as tábuas. Um púlpito fora montado em um dos quatro lados, e havia bancos compridos nos outros três, para os julgamentos públicos. Isso era um avanço em relação às praças que serviam como tribunal e matadouro de condenados na maioria das aldeias, mas por certo não tinha a pompa que o general Thomas Yerik e seus oficiais pretendiam.

O general passou pelas fileiras de homens em saudação. Cada centímetro do lugar estava abarrotado, e os soldados se acotovelavam para enxergar o diminuto Ashlen, cercado por meia dúzia de grandalhões mal-encarados em armaduras, de pé ao lado do espaço reservado ao juiz e aos oradores. Um burburinho inundava o salão, e as paredes de tábua eram adornadas por flâmulas e estandartes variados. Atrás do espaço do juiz, a balança e espada de Khalmyr reluziam em um escudo polido.

Orion, Ingram, Trebane e Zara estavam juntos, em um canto.

— Você não disse por que, afinal, está aqui — sussurrou o centauro, na direção de Zara.

— É verdade.

— Por que está aqui?

— Para ajudar Ashlen, é claro.

Orion chiou para que se calassem. Um sussurro de Trebane era quase o grito de um homem normal.

Vestido em uniforme de gala, o general Thomas Yerik não transparecia nenhuma fraqueza. Orion esperara que o homem se mostrasse desconfortável, ou pelo menos que seus trajes e modos denotassem falta de jeito. Mas Thomas Yerik estava digno e altivo, e era realmente um general. Andando em seus calcanhares, Lawrence Thelkian era um belo cão adestrado.

Colocando-se atrás do púlpito, Thomas Yerik inspirou e calou o ambiente com um olhar.

— Venho aqui como general do Exército do Reinado — começou Thomas Yerik, a voz ressoando acostumada — no lugar de sua majestade Shivara Sharpblade, presidir o julgamento de Ashlen Ironsmith.

Orion interrompeu-o.

— O costume dita que um clérigo de Khalmyr seja o juiz — disse o cavaleiro. O salão se voltou para ele, que deu um passo à frente.

— Não há um clérigo da Justiça no acampamento, *sir* Orion.

— Reivindico para mim — disse Orion, como quem move uma pedra em um tabuleiro — o direito de presidir a sessão, como juiz. Sou representante de Khalmyr, cavaleiro da Ordem da Luz, versado nas leis e costumes do Reinado.

Uma corrente de tensão estendeu-se entre os dois homens.

— É abençoado por Khalmyr, *sir* cavaleiro? — disse o general. — Pode nos mostrar um milagre?

Orion manteve o rosto impassível. Mas disse que não.

— Seu pedido foi então negado. Que Khalmyr ilumine este tribunal com a sabedoria de sua justiça, e que comece a sessão.

Thomas Yerik presidia o julgamento e também acusava Ashlen Ironsmith. Orion sabia que, muitas vezes, as leis do Reinado eram pouco mais que esboços e costumes ancestrais redigidos em documentos. Não era incomum que houvesse esse tipo de arranjo, e em muitos lugares, o simples fato de alguém ser acusado já ditava, segundo o costume, que deveria ser culpado de algo.

— Quem vai falar pelo acusado? — disse o general.

Todos se voltaram para Orion, mas foi Zara Lysande quem, com uma mesura, declarou:

— Eu, general.

Thomas Yerik retorceu a boca.

Não era, na verdade, um julgamento: Ashlen Ironsmith era considerado culpado, e naquele tribunal era dada para ele apenas uma chance protocolar de se mostrar inocente. O general expôs as evidências contra ele — não para um júri, para si mesmo e, em teoria, para Khalmyr. Declarando oficialmente o motivo de sua condenação. Era uma cerimônia, uma formalidade, um prelúdio para a festa da forca, e a presença da defesa apenas fazia parte do espetáculo.

Ashlen suava.

O general Thomas Yerik narrou a cena grotesca que a guarda de Valkaria encontrara, meses antes, na mansão dos Ironsmith. Era um relato de segunda mão, e boa parte dele estava errado. Thomas Yerik continuou, narrando a sequência de acontecimentos que ele supunha anteriores à chacina, e as motivações e métodos do filho mais novo para matar seu pai, seus irmãos e seus criados. Narrava tudo aquilo para si mesmo, e tinha a imponência de não parecer um bufão ao fazê-lo. Segundo o costume, aquela na verdade era uma narrativa para Khalmyr, mas todos duvidavam muito que o Deus da Justiça estivesse ouvindo.

Thomas Yerik encerrou seu discurso dizendo que, se Ashlen Ironsmith não fosse provado inocente aos olhos dos deuses e dele mesmo, o enforcamento aconteceria na manhã seguinte.

Zara sentiu um pensamento estalar.

— Por que esperar tanto tempo? — sussurrou para Orion. — Ele está louco para matá-lo.

— Não — disse Orion em voz baixa, entendendo. — Quer *mantê-lo* aqui, só isso. E só até de manhã.

— Ashlen Ironsmith merece a morte — declamou Thomas Yerik —, e o Exército do Reinado, que protege Arton contra o pior dos flagelos, tomará para si a tarefa de matá-lo. — Baixou a voz: — A defesa tem agora o direito de falar.

Zara Lysande ergueu as saias e caminhou, muito elegante, ao púlpito. Vendo-a, Ashlen pensou que já estava morto. A garota saudou o general, o tribunal e os deuses, seguindo protocolo estrito, e por fim disse:

— Peço a presença de um clérigo de Tanna-Toh, a Deusa do Conhecimento.

O general franziu o cenho.

— Um clérigo de Tanna-Toh nunca pode mentir — continuou Zara —, e pode realizar os rituais e milagres que revelarão toda a verdade.

Ela parecia muito satisfeita consigo mesma.

— Este tribunal não reconhece a autoridade de Tanna-Toh — rosnou Thomas Yerik.

— Não reconhece a autoridade dos deuses?

— Este é um tribunal militar, e obedece a Khalmyr — disse o general.

Tinha sido uma boa jogada. Era fácil conseguir clérigos de Tanna-Toh em quase qualquer vila ou aldeia — eles tomavam para si uma missão de educadores, e estavam espalhados por toda parte. Zara sabia que, trazendo um clérigo às pressas, seria possível libertar Ashlen antes da manhã seguinte.

— A defesa se cala? — disse o general.

— Não — Zara empertigou-se.

Começou um discurso que não deixava nada a dever para o do próprio Thomas Yerik. Discorreu longamente com mentiras elaboradas, sobre como conhecia Ashlen há muito tempo, de Valkaria, e sobre como apenas o destino havia impedido que se casassem.

"Ela é muito boa", pensou Ashlen. *"Boa como eu era"*. Nos velhos tempos, ele próprio seria capaz de enredar qualquer um com a língua. Agora, só pensava em fugir.

— Como já disse, sou Zara Lysande, da família Lysande — disse a garota. — Conheço Ashlen Ironsmith e juro em nome de minha família e de minha honra que ele é inocente.

Thomas Yerik ficou branco, e não soube o que dizer. Sabia o que aquilo significava.

— O crime de Ashlen — continuou Zara —, se for real, é agora meu crime também, e de minha família. Se o senhor acusa Ashlen Ironsmith, general — como uma adaga —, então acusa toda a família Lysande.

Era algo grave, e não utilizado exceto em situações extremas. Ashlen não fazia ideia da razão pela qual aquela mulher maluca arrastara sua família toda para a confusão.

Orion suspirou, mas admitiu que a garota jogara bem. Esse recurso o enojava, porque só funcionava com nobres. Se um plebeu jurasse inocência por sua família e sua honra, qualquer tribunal iria alegremente executar todos, sem temer nenhuma consequência. Só hesitavam frente a alguém com títulos e ouro.

Um silêncio monolítico.

— Muito bem — disse o general. — Ashlen Ironsmith, Zara Lysande e toda a família Lysande são culpados pela morte da família Ironsmith. Prendam a garota, e enviem um batalhão para Valkaria. As duas primeiras execuções ocorrerão pela manhã.

Fez um gesto com a espada, que encerrava o julgamento. Em um instante, soldados agarravam Zara pelos braços, e a levaram para uma cela.

CAPÍTULO 8

NÓS CONTRA ELES

O GENERAL THOMAS YERIK RASTEJOU NO CHÃO DE LAMA fétida. Sentiu a sola da bota em sua bochecha e gemeu de prazer. Era uma noite enorme e preta, o céu estava limpo e a lua minúscula fazia pouco para clarear aquela cena.

— Toda a glória aos Lordes da Tormenta — recitou o general. — Possa a tempestade obliterar nossa vida e nosso mundo.

Crânio Negro andou sobre o homem, sem olhar para baixo.

— Ashlen Ironsmith está aqui?

Thomas Yerik levantou-se, um sorriso beatífico no rosto, e correu como uma barata atrás do caçador.

— Os prisioneiros estão em segurança. O cavaleiro e todos os outros, e há também uma garota, que estava aqui no acampamento.

Crânio Negro voltou-se como um chicote, agarrou Yerik pelo pescoço, e apertou sua manopla até que o general escurecesse.

— *Não quero nenhum dos outros* — chiou. — Ashlen Ironsmith está aqui?

Thomas Yerik espremeu um retalho de voz.

— Sim, meu mestre. — Ainda falava como se fosse um privilégio incrível se dirigir à armadura preta. — Ele está na prisão.

Crânio Negro soltou-o. Yerik apalpou a garganta, com uma expressão de êxtase.

— Vamos pegá-lo.

Os bárbaros moveram-se atrás dele. Eram apenas cinco agora, mas todos homens enormes, com partes do corpo recobertas de carapaças insetoides. Os soldados que assistiam à humilhação de Thomas Yerik tinham olhos vidrados, e se postaram em fileiras ordenadas sob o comando de Crânio Negro.

O caçador de recompensas avaliou o redor, e calculou cerca de mil e quinhentos homens. Os demais soldados do Exército do Reinado notavam aquela estranha movimentação, mas boa parte estava amedrontada demais para fazer qualquer coisa. Outros aproveitavam para fugir.

— Vamos pegar Ashlen Ironsmith — repetiu Crânio Negro, saboreando as palavras.

Ashlen surgiu como um fantasma na cela de Zara Lysande.

— Já não era sem tempo — disse a mulher.

— Você não está nem um pouco surpresa? — sussurrou Ashlen. — A porta da cela continua fechada, e no entanto eu estou aqui dentro.

— Quer que eu bata palmas?

Ele sacudiu a cabeça e a agarrou pelo pulso. Em um instante, destrancou a porta, sem nenhum ruído.

O número de carcereiros havia triplicado. A noite já ia avançada, mas nenhum tinha saído uma vez sequer para comer, beber ou mesmo urinar. Ashlen passara por eles sem ser visto, à plena vista, o pé de metal silencioso ou fazendo barulhos oportunos. Imaginara usar a velha tática: libertar todos os prisioneiros e criar o pandemônio, confundir os captores. Mas os prisioneiros estavam mortos. Ashlen viu o queixo de um dos carcereiros sujo de sangue, e afirmou para si mesmo que ninguém havia sido devorado, mas não se convenceu.

Ergueu Zara Lysande como nada, e deslizou através do prédio de madeira. Os carcereiros estavam por toda parte, mas os dois passavam a centímetros de suas costas, entre uma dupla, e não eram vistos. Quase saindo, Ashlen foi notado. Virou o corpo num tal ângulo, e agiu com tal naturalidade, que o guarda percebeu apenas um colega em serviço, e não um prisioneiro foragido.

Em um minuto, Ashlen e Zara ganharam a noite.

— Vamos embora — disse a mulher.

Ashlen sofreu um momento de dilema, que se refletiu em sua cara.

— Não — acabou dizendo. — Temos que salvar os outros.

— É claro que temos. Só estava testando você.

O acampamento do Exército do Reinado se movia. Eles percebiam, não muito longe, homens marchando. Notaram também soldados furtivos e encolhidos desertando pelo escuro.

Ashlen começou a estremecer com violência.

— Ele está aqui — gaguejou. — Eu tenho certeza. Crânio Negro está aqui.

Zara olhou-o, séria e demorada.

— Quer fugir agora?

Nova dúvida.

— Não — mas ainda tremia. — Vamos pegar as armas do anão. Não vamos abandonar ninguém.

— É bom mesmo.

Trebane soltou um grunhido, quase um relincho. Seus olhos estavam revirados para cima, nada visível além do branco puro. Pateou o chão, e então murmurou algo para Allihanna.

— Crânio Negro está aqui — disse por fim.

Os três estavam no interior da tenda, e a guarda ao redor tinha se multiplicado. Trebane usara a magia dos animais, enxergara pelos olhos de um pássaro para ver a formação de soldados, os cinco bárbaros, o caçador de recompensas e a covardia do Exército. Piscou, suas íris de novo visíveis, e relatou tudo a Orion.

— Vamos enfrentá-los — disse o cavaleiro.

— Orion, são centenas — era Ingram.

Orion Drake terminou de vestir a armadura.

— Eu disse que nós resolveríamos o problema do Exército do Reinado. Não há nada melhor para restaurar soldados decadentes do que uma boa batalha.

Colocou o elmo e fechou-o. Era agora uma estátua de metal, inexpugnável como Crânio Negro. Coberto de aço bom e fosco, a voz era um ressoar metálico.

— Vamos liderá-los, por Khalmyr, pela justiça, pelo Reinado e pela morte.

— A morte somos nós, Orion — sorriu Trebane.

Alguém chegou.

Alguém voltou, e outro alguém.

O destino estremeceu, ocupado.

— Exército do Reinado, comigo! — rugiu Orion por trás do elmo.

Irrompera da tenda matando três, antes que pudessem vê-lo. O escudo batia em um quarto, quebrando sua mandíbula, e a espada cortava um quinto.

— Pelo Reinado! Khalmyr! Khalmyr!

Eram dezenas e dezenas de inimigos ao redor da tenda. A noite escura subitamente se incendiava de violência, e a mente de Orion trabalhava febril e distante, avaliando táticas, observando o inimigo, traçando um mapa do campo de batalha. Seu corpo movia-se sozinho, matando por vontade própria.

Os primeiros soldados tinham sigo pegos desprevenidos, mas os demais recuaram, entrando em formação. Orion perseguiu-os por alguns metros, mas foi repelido por lanças. Os soldados formaram uma parede de escudos grossa e sólida, e ele era apenas um. Em uma luta contra parede de escudos, era vital não se deixar ser flanqueado. O inimigo avançou sobre Orion, sua linha dobrando-se, e estavam à toda volta, num círculo de escudos sobrepostos. Fizeram a parede de escudos ao seu redor.

Orion abaixou-se, protegeu a cabeça com seu próprio grande escudo. Descreveu uma linha enorme com o fio da espada, cortando tornozelos, e vários soldados desabaram. Sentia as lanças espetando, as espadas em clangor contra sua armadura, o escudo sob uma avalanche de golpes. Já sangrava por dentro do metal.

Ergueu-se, uma torre emergindo do chão, e desferiu um corte formidável que quebrou um escudo. Sem um som, o rosto tão impassível quanto o elmo, seguiu com força descomunal, partindo o segundo escudo e o terceiro. Os inimigos iam para trás, impulsionados, mas sempre havia mais para tomar seus lugares. Quando os soldados avançavam, ele os empurrava, e vários perdiam o equilíbrio. E ele matava e matava, e quebrava homens e objetos, mas eles continuavam, jogando a vida fora com fanatismo de rinoceronte. Orion só conhecia tamanha dedicação em homens santos ou muito, muito corrompidos, e não achava que houvesse santidade ali.

O Exército do Reinado havia sido contaminado pela Tormenta.

De repente, do céu limpo, estalou um raio. O relâmpago fulminou três homens da parede de escudos. O chão começou a rugir sob seus pés e, súbito, uma muralha de terra ergueu-se para derrubar uma dúzia de homens. Trebane lutava, Allihanna lutava.

— Morte à sua civilização! — gargalhava o centauro. — Morte aos castelos, morte aos reis, morte aos homens! Allihanna!

Trebane entregava-se ao combate com a fúria indomada da natureza. Não era um tubarão, não era um lobo: era um maremoto, um ciclone, uma erupção vulcânica. Orion não sabia o quanto dos gritos de guerra do centauro era só para assustar oponentes e o quanto era o verdadeiro caráter do improvável amigo.

A parede de escudos se rompeu sob o poder de Trebane. Orion não hesitou, porque em combate não pensava. Correu no mesmo instante por entre os homens, cortando e cortando, sem ver o estrago que fazia, e saiu da formação dos inimigos.

No ar fresco, livre da muralha de corpos, viu que o Exército do Reinado se mexia, agora todo.

— Pelo Reinado! — trovejou Orion, erguendo a espada. — Por *lady* Shivara!

Os inimigos eram organizados, marionetes de fanatismo, e os soldados leais estavam assustados, incertos, sem líderes. Mas eram muitos. Orion viu que uma coluna se formava, uns cem homens, e à sua frente estava Ingram Brassbones.

Voltou-se porque era atacado, e entrou no ritmo de combate, bloqueando e batendo com o escudo, cortando e estocando com a espada. A coluna de Ingram atacou um flanco do inimigo, e Ingram correu para o cavaleiro. Estava com o rifle, e derrubou dois soldados antes de chegar esbaforido.

— Você está com suas armas — disse Orion. — Como?

— Ashlen.

— Onde ele está agora?

O anão deu de ombros.

— Ache-o e proteja-o, eu vou fazer o mesmo — disse o cavaleiro. — Crânio Negro vai estar por perto.

O anão assentiu e atirou de repente com as duas pistolas, matando dois inimigos em carga.

Orion movia-se pelo campo de batalha como em um baile — não andava, dançava a dança da morte. Vasculhava o acampamento em busca de Crânio Negro e Ashlen Ironsmith. Viu que havia outros focos de luta, o inimigo se espalhava, o Exército do Reinado resistia. Os cadáveres já tornavam difícil caminhar.

Nuvens repentinas escureceram a lua pálida. Uma gota de chuva tímida bateu contra a armadura. Os relâmpagos se intensificaram. Trebane.

O centauro estava longe dali, ceifando corpos com sua enorme foice. Encharcado de sangue alheio, comandava as forças de Allihanna ao mesmo tempo que cortava e escoiceava. Trebane era tão selvagem que lutava sozinho, porque os aliados tinham medo de se aproximar.

— Vou comer seus cadáveres! — berrava.

De repente, sentiu uma flecha mordendo as suas costas. Outras duas cravaram-se no tronco de cavalo, e outra resvalou em seu couro duro. Ele se voltou, a cabeleira selvagem movendo-se atrás, e viu Thomas Yerik, o general do Exército do Reinado.

Trebane rosnou. Thomas Yerik soltou o arco e estava de mãos nuas, mas seu braço esquerdo começou a se mover de jeito estranho, e uma lâmina carnosa e vermelha foi expelida de sua mão. O general tinha virado uma coisa bizarra, mal reconhecível. O corpo tinha carapaça de inseto, e brotavam duas antenas pegajosas da testa. Os olhos tinham aumentado e se transformado, as pupilas agora multifacetadas como olhos de mosca. Duas patas serrilhadas emergiam do ventre, e um visco translúcido e nojento rebrilhava em cada parte. A corrupção da Tormenta.

— O simbionte é magnânimo — disse o general, a língua babando e as quelíceras estalando. — O simbionte é poderoso. O homem não é nada. A terra não é nada. A Tormenta é tudo — como uma litania.

Trebane grunhiu de nojo e fúria. A Tormenta, uma presença forasteira e antinatural, era a maior abominação aos olhos de Allihanna. A Tormenta e seus habitantes não obedeciam às leis da caça e da vida, eram uma mancha horrenda, que não morria e não vivia, que não nascia e não copulava. Homens corrompidos pela Tormenta, como o general Thomas Yerik, eram caçados sem piedade pelos servos da natureza. E homens corrompidos como aqueles soldados muitas vezes evadiam os poderes da Deusa e, Trebane percebia, era por isso que não fora capaz de detectá-los na floresta, antes.

Trebane pensou tudo isso, mas disse apenas:

— Seu filho da puta.

E atacou.

Saltou sobre o general, os cascos prontos para quebrar ossos e qualquer coisa repugnante que fosse aquela couraça. Mas Thomas Yerik agora era rápido; saiu debaixo do centauro com uma agilidade de barata. Abriu quatro asas duras, marrons e melequentas, e voou três ou quatro metros, zumbindo desajeitado. As patas de Trebane afundaram na lama, a foice resvalou e espalhou barro. Thomas Yerik abriu a boca e cuspiu um jorro de dardos pretos e amarelos, cheios de pus e infecção. Acertou o peito do centauro, Trebane sentiu veneno e sujeira alienígena.

Investiu de novo contra o homem corrompido, girando a foice muito à frente. O general aparou o golpe com sua espada, que era imensa e tinha veias e pulsava, como uma coisa viva. A lâmina da foice começou a enegrecer, uma lenta degradação se espalhando. Trebane sentia, mesmo sem ver, que a ardente e secreta vida do solo morria onde Yerik pisava. Minhocas e vermes, e plantas minúsculas e coisas invisíveis definhavam porque a Tormenta lhes tocava. Sentiu vontade de vomitar.

— A natureza acabou — disse Thomas Yerik.

O general saltou e atacou e atacou, a lâmina bizarra encontrando a carne dura de Trebane. As patas de barata cortaram-lhe o peito. Por sob a dor, o druida viu a imagem de Thomas Yerik estremecer. A Tormenta não era deste mundo, não era natural. Aquelas formas de inseto não eram os insetos de Allihanna, não eram as criaturas fortes e diligentes e tenazes que prosperavam na sujeira boa. Trebane viu que a forma de inseto era apenas uma tradução que Arton conseguia fazer daquele horror.

Thomas Yerik cortou de novo, a espada fazendo uma das patas do centauro se dobrar. O general não segurava a arma: ela se misturava à carne de sua mão.

Trebane rugiu, e a chuva virou um dilúvio, e o vento soprou assassino. Formou-se um pequeno tornado ao redor de Thomas Yerik, erguendo-o do chão e fazendo-o girar desordenado. As asas trabalhavam contra a tempestade, mas fraquejavam. Até que o poder de Allihanna sumiu. O general caiu ao chão, rindo.

— A tempestade de Allihanna é fraca — levantando-se e mal conseguindo respirar entre as gargalhadas. — A Tormenta é a única tempestade.

Uma bola de gelo formou-se no estômago de Trebane. A chuva diminuiu e cessou, e os relâmpagos relutavam. De repente, um relâmpago vermelho cortou o céu, pleno de imundície e horror. Logo, outro, e pingos vermelhos espalhados. Havia magias corruptas que podiam invocar alguma parte do poder da Tempestade Rubra. Duzentos soldados morreram. Aquela era uma paródia muito cruel: os insetos que não eram insetos, a tempestade que não era tempestade. A corrupção extrema.

Thomas Yerik correu e investiu, a espada reta perfurando a barriga de Trebane. A ponta saiu abundante por suas costas, e o general torceu a lâmina e riu. Trebane gritou e agarrou a cabeça do inimigo com as mãos enormes, soltando a foice. Yerik usava a espada como um serrote, destroçando o estômago do centauro.

— Allihanna!

Os cortes se fechavam, o poder da natureza curando, ao mesmo tempo em que novos cortes surgiam.

— Allihanna!

Olhos brilhantes de vida começaram a surgir na escuridão.

— Allihanna!

A selvageria de Arton explodiu contra Thomas Yerik.

Dois imensos ursos saltaram do nada, trazidos pelo poder do centauro, as garras sobre o general. Um crocodilo enorme, e uma matilha de lobos negros. E por fim os insetos, os verdadeiros insetos da Deusa, e todos atacaram o homem corrompido, que gritou. Thomas Yerik sentia a carne ser dilacerada, mordida, estraçalhada por garras. A carapaça era quebrada, as antenas eram arrancadas. E os animais de Allihanna morriam sob cortes e corrupção, mas não hesitavam, e surgiam mais.

— Allihanna!

Trebane também rugia, e mordia, como um bicho. O general arregalou os olhos, mas eles foram arrancados, e ele sentiu as fraquezas de seu corpo ainda quase humano, quando os tendões foram rompidos e as veias esguicharam um vermelho já imundo. Ele chorou pelos Lordes da Tormenta, mas soube que não haveria resposta. E soube que não haveria vida após a morte, não haveria arrependimento, nem redenção e nem mesmo punição, porque ele se entregara à Tormenta. Thomas Yerik morreu, e deixou para trás só uma casca imunda.

E logo Trebane corria pelo campo de batalha, gargalhando e segurando as tripas, e exibindo a cabeça decepada do general.

Orion via o caos ao seu redor. Os soldados do inimigo e os homens leais se confundiam, os mesmos uniformes e os rostos que, até um dia atrás, eram aliados. Ele se perguntava quantos inocentes já tinham morrido por enganos letais.

Ele não cometia esses erros, via nos olhos a corrupção ou a expressão dos soldados do Exército, que, francamente, era em geral de medo.

Não encontrara Ashlen, e vira que, em algum lugar, havia um mago a serviço da Tormenta, porque um relâmpago rubro havia como que cortado a chuva de Trebane, e apagado seus próprios raios. Eles mesmos não tinham um mago, não que ele soubesse.

Orion procurava o grosso do combate, onde os soldados eram cercados, onde mais homens morriam. Liderava um grupo e outro, dava conselhos rápidos aos oficiais, mas quase se sentia perdido.

Súbito, um fulgor de amarelo e laranja, e um estrondo e fumaça que espalharam os inimigos por metros. Orion não era um conhecedor de magia, mas sabia distinguir quando um mago lutava do seu lado. Correu para proteger o homem que ainda não enxergara, porque sabia que magos eram frágeis como papel, se o inimigo chegasse perto.

Colunas e mais colunas interpunham-se entre ele e as luzes da magia. Muitos daqueles inimigos tinham buchos abertos, braços cortados, já deveriam estar mortos. Eram mantidos vivos pela Tormenta. Ele os cortava mais e mais e, se não conseguia matar, ao menos os deixava no chão. Mas os inimigos juntavam-se como um enxame ao seu redor, e ele não conseguia avançar. Mais uma explosão — quem seria aquele mago?

Orion afundou um rosto com seu escudo, estocou fundo a ponta da espada em uma virilha, e de repente sentiu os joelhos fracos.

— Keenn.

Era uma voz de mulher, e Orion imaginou se já tinha perdido tanto sangue sob a armadura completa, se estava delirando. Vinha do lado, fraca sob a balbúrdia de morte, mas era um grito, e era feroz. Quase na mesma direção de onde ele julgava estar o mago, embora isso fosse difícil de calcular em meio à confusão.

A voz o fez pensar, e o corpo de novo esteve junto com a mente, e por isso ele hesitou e foi atingido na cabeça. Sentindo o elmo como um sino, virou-se e matou seu atacante. Correu em direção à voz, mas mal conseguia se mover, cercado.

— Keenn!

Um pouco mais perto, ouvia um pouco melhor. Mas as espadas e lanças e martelos e mãos não cessavam, ele perdia o senso de direção, tonteava. Chutou um peito, destroçou um nariz com uma cabeçada fortalecida pelo elmo. Avançava, mas pouco.

Os inimigos talvez soubessem o que ele queria. Ou talvez fosse só azar que fizesse com que eles se concentrassem em Orion, e súbito começassem a agarrá-lo, jogando a vida fora apenas para retardar sua passagem.

Azar; sorte e azar, mas esses eram os preceitos de Nimb, o Deus do Caos, e ele desprezava-os porque seguia Khalmyr, o Deus da Justiça, e não podia se deixar dobrar por meros acasos. Viu que estava pensando incoerências sem nenhuma relação com o combate.

Lutou no ritmo ordenado, o ritmo praticado, certo e comprovado, mas os inimigos eram muitos, seguravam seus braços e pernas, ele não conseguia ir em direção à voz. Uma pilha de oponentes formava-se sobre ele, já era difícil respirar sob o elmo, ele estava sendo soterrado, mas ouvia ainda a voz, tinha uma vaga ideia da direção, viu luzes de inconsciência frente aos olhos.

— *Keenn!* — Estava perto.

Súbito, um relinchar furioso. Orion sentiu o impacto quando cascos de bigorna quebraram as costas dos homens por cima dele. Pensou em Trebane, mas quando, livre da montanha de corpos, olhou para cima, viu um cavalo. Branco e imenso e garboso, golpeava os inimigos, seus olhos cheios de luta e inteligência. O cavalo abriu espaço, e ele pisou em um homem caído para tomar impulso e saltar para o animal.

Montou com facilidade de cavaleiro da Luz e, sobre o magnífico corcel branco, era agora completo.

O cavalo não tinha sela nem arreios, mas Orion equilibrava-se com perfeição. Mal tocou os lados do animal com suas grevas sem esporas e ele irrompeu num galope formidável, os dois como um só desfazendo as linhas inimigas. E viram a voz, viram a clériga.

— *KEENN!*

Vanessa estava linda, matando com sua maça e sua enorme barriga, cercada de inimigos. Orion não conseguia ver o mago. Cavalgou até ela, matando tudo que se interpunha, e viu que ela estava sobre uma larga poça de sangue. A frente de seu vestido também encharcada de vermelho, mas não era um ferimento. Ela tinha no rosto uma agonia diferente.

Vanessa estava para dar à luz.

Orion gritou seu nome.

Vanessa olhou para a coisa de metal coberta de sangue que era o seu marido. Sorriu por um instante, mas então disse:

— Atrás!

Orion voltou-se e viu que era perseguido. Como no forte Arantar, homens corrompidos, carapaças e partes de insetos, voavam com asas estriadas para os dois. Jogaram azagaias, que o cavalo evitou sozinho, e circularam para dar um bote.

Orion impulsionou o cavalo branco, rompeu o círculo de inimigos ao redor de Vanessa, estendeu-lhe a manopla. A clériga agarrou seu antebraço, e Orion puxou-a com facilidade para o cavalo. Do meio das pernas de Vanessa, escorriam líquidos de vida e de morte.

— Eu vou ter a criança, Orion.

— Vamos embora daqui.

Os soldados corrompidos voavam, plenos de bizarria, para atacar os dois. Orion não precisou fazer nada, e o extraordinário cavalo irrompeu em um galope de flecha. Os perseguidores não desistiam, e o animal dardejava para um lado e para outro, esquivando-se de lanças arremessadas. Vanessa segurou a mão do marido, e Orion sentiu a pressão mesmo sob o metal. Ela teve uma contração forte.

O rosto de Vanessa estava crispado, mas ela rangeu os dentes e grunhiu uma prece, e uma muralha de lâminas retalhou um dos inimigos voadores.

— Você consegue matar todos com seus milagres? — disse Orion.

— Não.

E ele olhou em volta, mas o cavalo não precisava ser conduzido. Já os tinha levado de vontade própria para os arrabaldes do acampamento, e para próximo da floresta. Eles irromperam em meio às árvores, o animal saltando sobre cadáveres. Embrenharam-se, as copas mais e mais espessas, até que lua nenhuma perfurava o escuro. Os sons do combate estavam distantes. Os perseguidores ficaram para trás.

O cavalo parou.

Vanessa rosnou com dor, e o fio de sangue era cada vez mais grosso por suas coxas. Orion apeou de um salto e ergueu-a. Depositou Vanessa com cuidado contra uma árvore. Ela se deitou apoiada, as pernas abertas, e sentiu mais dor do que deveria.

— Eu vou morrer, Orion. A criança vai morrer.

— Nunca.

Ele ergueu a saia do vestido, e sentiu um engasgo. Havia sangue demais, ele não conseguia entender o que estava acontecendo.

— Você já fez um parto? — ofegou Vanessa.

Ele não respondeu.

— Então eu e nosso filho vamos morrer.

Grunhiu com outra contração.

— O que aconteceu? — disse Orion. — Por que você está assim? O que aconteceu de errado?

— Não sei.

Ele ainda estava de elmo, e escolhera não retirá-lo para que Vanessa não pudesse ver seu desespero. Mas ela estendeu as mãos e puxou a coisa, e viu o rosto suado e sanguinolento do marido, e sorriu.

— Me beije — disse Vanessa.

Ele beijou-a.

— Tinha um médico comigo — ela disse. — Vá buscá-lo.

— Não vou sair de perto de você — disse Orion.

— Vá buscá-lo — ela repetiu.

Ele não falou nada, mas ficou com os lábios apertados.

— Certo — Vanessa fechou os olhos. — Quando você voltar, provavelmente já vou estar morta. Só não queria que você visse.

Orion rangeu os dentes contra o choro na garganta.

— Nós vamos conseguir fazer isto, Vanessa. Nós conseguimos tudo.

Ela fez força para ajudar a criança, mas então gritou e uma golfada de sangue saiu de sua vagina.

— Isso foi porque você veio atrás de mim, não é? — disse ele. — Foi por minha causa, não é?

— Sim.

Ele olhou, perplexo, enquanto a força se esvaía do rosto da mulher.

— Isto não é morte, Vanessa — disse Orion. — Isto não é morte. Isto não é assunto de médicos. Isto é uma luta, meu amor.

Vanessa inspirou ar entrecortado.

— Nosso filho está em guerra — continuou o cavaleiro. — Vocês vão vencer. Ele está sendo recrutado, Vanessa. Não entende? Isso é tudo que vocês precisam.

— Você acha que pode salvar as nossas vidas com meia dúzia de palavras de encorajamento?

— Talvez não. Mas não achei que você fosse tão covarde a ponto de se render desta forma.

A contração teve uma dor ardida, forte demais, que pareceu rasgar Vanessa ao meio. E uma outra dor, no orgulho e na alma, e ela não sabia qual das duas a fazia ranger os dentes. Suas gengivas também sangravam, pela força da mandíbula, e o coração era um tambor de guerra em seus ouvidos. Ela não escutou seu próprio berro, e não articulou as palavras, mas o que a noite ouviu foi:

— *Keenn!*

As mãos de Vanessa brilharam. O Deus da Guerra era pródigo em ferir, mas também fazia o milagre da cura. A maioria de seus clérigos apenas lutava, mas Vanessa havia treinado além. Ela estava quase imprestável, e seu poder divino estava quase esgotado, mas tocou-se, embaixo, no pântano de sangue que tentava expelir seu filho, e a energia chegou à criança. Uma nova golfada vermelha, mas o filho de Orion e Vanessa avançou rumo ao mundo.

— São só fileiras inimigas — murmurava a clériga. — Você só tem que derrubar um portão, e entrar em Arton. É só um cerco, meu filho.

As palavras foram interrompidas por um novo grito, quando algo rasgou dentro dela. Mas Vanessa reuniu suas forças, dos braços e das pernas e da cabeça e da alma, e concentrou-as naquele movimento interno que empurrava a criança. Cada músculo estremecia, parecendo à beira de romper. Não havia mais quase força, os dedos e o pescoço estavam frouxos.

Vanessa sentiu outra contração vindo, e empurrou. Mas a energia não veio. Seu espírito dava ordens, mas a carne chegara ao limite.

Mas a criança não desistiu.

Talvez, mais tarde, alguém dissesse a Vanessa que aquilo era impossível. Seria alguém que conheceria um pouco de dor rápida. Porque ela sentiu que o filho recusava-se a se entregar. Não nascera, mas era imbuído do desejo de não desistir, e lutou mesmo quando sua mãe sentia não poder fazer nada. E avançou um pouco mais.

Vanessa desprezou seu próprio corpo. Se os músculos diziam não poder trabalhar mais, ao inferno com eles. Com um urro pelo Deus da Guerra, ela empurrou mais uma vez. E a criança, sem saber que aquilo era impossível, empurrou também.

— Estou começando a ver — disse Orion, maravilhado. No meio do pandemônio sangrento que tinha virado o sexo de sua esposa, ele teve clareza, porque a criança mostrara o topo da cabeça.

Ela gritou de novo, e desta vez sentiu músculos estalarem, sentiu veias romperem em algum lugar dentro do corpo. O coração preenchia tudo com um retumbar trovejante, mas Vanessa não se importava. O bebê começou a romper a barreira inimiga, quase livrando os olhos e apresentando-se às fileiras de Arton.

Vanessa era toda esforço. Não sabia, então, o que estava muito errado. Ignorava, e empurrava, na crença de que, tirando o filho de dentro de si, a batalha estaria ganha.

— Vanessa — a voz de Orion foi um tijolo. — Ele está ficando roxo.

Um relâmpago de percepção invadiu a mente da clériga. Em um instante, ela examinou as próprias dores. Orou a Keenn que lhe dissesse o que estava errado. Perguntou ao bebê.

— Quero um relatório, meu filho — disse. — Um bom soldado conta tudo ao seu capitão.

A criança avançou, e Orion tremia porque ela estava ficando preta. Os olhos surgiram, mas esbugalhados.

— Ele está sufocando — disse Vanessa.

Horror.

— Orion, ele está sufocando. Está sendo enforcado.

— Por Khalmyr, mulher, o que eu faço?

— Ele está sendo enforcado pelo cordão, Orion. — disse a clériga. — Abra a minha barriga e tire a criança.

— Com o diabo que farei isso. Você vai viver.

As copas das árvores deixaram passar uma nesga de lua. O cavaleiro olhava o parto da clériga, por sobre um amontoado de folhas secas. O cavalo branco bufava sobre os dois.

— Diga-me a verdade, Vanessa — era Orion, com sua voz de pedra. — Ele é forte?

Vanessa mirou os olhos do marido.

— Sim.

— Então, vou salvar vocês dois. Empurre.

Não havia questionar: havia confiança. Vanessa empurrou.

A criança empurrou. As defesas foram rompidas, mas o soldado estava negro, com o cordão umbilical enrolado em torno do pescoço. Começavam a aparecer os ombros. Tinha um sopro de vida por dentro, ainda. Orion pegou sua espada.

Um corte preciso da lâmina grossa partiu o cordão umbilical, apertado ao redor da garganta. O pescoço da criança não foi tocado. Nem seu rosto, nem Vanessa.

O bebê engoliu o ar com voracidade.

E sua mãe empurrou.

Dentro em pouco, uma nova voz cortou a noite com um choro feroz e forte de guerreiro novo, e Vanessa abraçou sua família.

Ashlen rastejava em desespero, soluçando e imundo, mas à sua frente estava Crânio Negro. E, ao lado dele, uma mulher de robes esfarrapados, que fizera uma magia e agora falava incoerências. Não tinha rosto, mas uma pele lisa e cheia de protuberâncias em seu lugar. Era uma bruxa. O pé falso doeu como no dia em que fora arruinado.

— Vamos, Ashlen.

E ele foi capturado, e não houve fuga.

Lady Shivara Sharpblade, regente de Trebuck e comandante do Exército do Reinado, encontrou seu acampamento em luta frenética. Liderou as colunas de cavalaria e infantaria contra o inimigo corrompido, e os homens choraram de gratidão ao vê-la.

O combate foi vencido, mas Arton mudava frente à Tormenta.

Houve morte nova e vida nova, e transformações demais.

CAPÍTULO 9

A SEGUNDA BOTA A CAIR

NAQUELA MANHÃ NÃO HOUVE PRISIONEIROS. EM TODO O mundo, e mais ainda em Trebuck, a corrupção pela Tormenta era punida com a morte. *Lady* Shivara Sharpblade ouviu pedidos desesperados de clemência, mas negou todos, e foi sua própria lâmina que executou Lawrence Thelkian.

O acampamento do Exército do Reinado tinha virado um matadouro, muito mais que um campo de batalha. A guerra entre exércitos, a batalha campal liderada por generais, tem uma certa ordem. O objetivo é tanto tirar quanto preservar vidas. No combate desordenado, como fora o daquela noite, os homens apenas matavam. O sol se levantara aquele dia para encontrar uma terra atapetada de cadáveres, e os soldados revistando corpos inimigos, retirando seu equipamento, seu ouro.

Os primeiros relatos chegavam à tenda de comando: aquela tinha sido uma noite de açougueiro. *Lady* Shivara estava exausta, e riu da vitória torpe. Tinha mesmo vencido, tinha trucidado seu próprio exército.

— Quero falar com o tal cavaleiro — ordenou ela a um oficial.

Shivara saiu da tenda e observou os homens com suas selvagerias. Conquanto a repugnasse, era necessário deixar que os guerreiros fossem brutais, principalmente depois de uma chacina. Os corpos dos traidores eram esquartejados, seus braços, pernas e cabeças enfiados em estacas, onde a carne corrupta era rejeitada pelos corvos e abutres. Um desafio ao inimigo, estandartes sangrentos de vitória, e os homens precisavam daquilo porque tinham sofrido demais.

Depois de um tempo, chegaram os companheiros de *sir* Orion Drake. Trebane coberto de suor espumoso, e Ingram Brassbones com seu rifle e seu bigode, e até mesmo a jovem Zara. Estavam lanhados, mancando, o anão segurava um braço quebrado e o rosto da mulher era roxo, enorme e inchado. Trebane riu, faltando dentes, e disse que iria curá-los dentro em pouco, e pediu bebida.

E chegou Orion, armadura amassada, cortes e olheiras, montado no garboso cavalo branco, e junto a clériga de Keenn, segurando o filho dos dois. A criança, enrolada em uma capa cor-de-vinho — cor do Deus da Guerra — balbuciava para o mundo. Trebane e Ingram surpreenderam-se com o rosto de felicidade em Orion.

— Que bom que você apareceu — disse Trebane para Vanessa. — Ele estava mesmo precisando de mulher.

Orion e Vanessa Drake fizeram uma mesura para Shivara Sharpblade, e Orion começou seu relato. Mas:

— Ashlen? — alarmou-se.

Ingram deixou os ombros caírem.

— Foi levado.

Havia muito a ser esclarecido. Se aquela não fora, afinal, uma derrota.

— Fui tola ao confiar em Thomas Yerik — disse *lady* Shivara.

— Era impossível saber, majestade — disse Orion.

Estavam a regente e o cavaleiro, e Vanessa e Ingram, na tenda, discutindo corrupção, guerra e política, o que, na verdade, era tudo quase a mesma coisa. Trebane não suportava aquilo, e estava do lado de fora, onde Zara olhava o mundo sangrento através de um olho roxo.

— Não precisa me dizer isso — respondeu Shivara. — A corrupção da Tormenta é insidiosa porque é discreta. Mas fui tola.

Ela se ergueu da cadeira. Lady Shivara era uma mulher imperiosa de beleza e poder. Alta como um guerreiro, trinta anos se tanto, cabelos longos e ruivos de rainha, olhos cinzentos de matador. A armadura completa cobria seu corpo de prata e brilhava como se tivesse luz própria. Shivara não ia à batalha escondida; surgia em meio às fileiras como um farol e zombava da morte. Carregava Carthalkan, a Espada Cristalina, símbolo de sua família há gerações, lâmina mágica e sagrada que empunhara contra a Tormenta.

Bocejou.

— Ele era um general famoso — disse Vanessa. — Liderou campanhas contra bandos de goblinoides, derrotou companhias mercenárias. Era o homem mais indicado para liderar o Exército. — A clériga tinha um conhecimento enciclopédico sobre assuntos militares.

— Talvez uma mulher fosse ainda mais indicada — disse Shivara, quase sorrindo.

— Certamente a mais indicada no mundo seria eu — respondeu Vanessa. — Mas vossa majestade não me conhecia. Se conhecesse, é claro que iria me colocar no comando.

O bebê reclamou vagamente. Vanessa mostrou um seio branco e começou a alimentá-lo.

— Se me permite, majestade — disse Orion —, o que esteve fazendo por três meses?

Shivara suspirou.

— Os homens estavam incertos — justificou o cavaleiro. — Seria bom dar-lhes uma explicação. Restaurar sua confiança.

— Eu sei, Orion — *lady* Shivara olhou-o nos olhos. Quando ela falava com alguém, fosse um rei ou um soldado, fazia com que ele se sentisse a única pessoa no mundo. — Mas o que eu tenho a dizer não vai restaurar sua fé.

— Alguma ameaça grave? — disse Ingram.

— Nenhum heroísmo. Apenas o meu Exército, que está acabando.

Lady Shivara não tinha passado três meses em busca de algum artefato ou investigando conhecimentos perdidos. Não tinha lutado, não descobrira mistérios. Ela havia passado três meses em reuniões diplomáticas incessantes, na corte de Deheon e em inúmeros reinos, bajulando e manobrando, negociando e ameaçando, para impedir a dissolução do Exército do Reinado.

Os regentes estavam menos interessados do que nunca em auxiliar outras nações. A nova área de Tormenta engolira um pedaço de Zakharov e uma parte das Montanhas Uivantes. Estava quase no centro da civilização, e isso deixava todos apavorados. Protegiam seus quintais, entrincheiravam-se sob muros. Yuden, o Exército com uma Nação, reino militarista e conquistador que disputava com Deheon a coroa do Reinado, aproveitara o momento. Com a desculpa de auxiliar seu aliado Zakharov, dispusera lá tropas, e também nas fronteiras com o próprio Deheon. O Reino-Capital, por sua vez, precisara chamar de volta muitos homens, guarnecer suas terras. Outras nações viam os prenúncios de guerra e também se armavam.

— Isso sem falar nas deserções — completou Shivara. — Mesmo sem ordens dos regentes, não são raros os oficiais que vão proteger os seus.

As companhias mercenárias, que compunham parte considerável do Exército, também procuravam lugares com mais ouro e mais ação. Sabiam que Yuden empregaria tropas de aluguel para manter uma fachada de respeitabilidade até o último momento, caso uma guerra viesse mesmo a ocorrer. Mercenários gostavam de ouro, mas também de combate e de vitórias. O Exército do Reinado oferecia ouro, mas também espera interminável. E, quando viesse a luta, uma derrota era quase certa.

— Está tudo desmoronando — disse a regente.

— E a senhora não conseguiu dissuadir esses regentes poltrões? — disse Vanessa.

— Não. Nem mesmo Thormy. Deheon desguarnecido significaria um massacre, um campo de matança aberto para Yuden.

— Bielefeld pode ajudá-la — voltou a dizer a clériga. — Orion é amigo do Alto Comandante da Ordem da Luz.

Shivara agradeceu.

— Mas um só reino não é o Reinado. O que nos fazia fortes era sermos todos.

— Um general não desiste.

— Eu vou resistir até o final. Mas parece que não há muitos que queiram resistir comigo.

Zebediah Nash, metido em um avental branco sujo de sangue, terminava de serrar o crânio de Lawrence Thelkian. Secou o suor da testa, porque a manhã era jovem mas Azgher já estava feroz, e a tenda que lhe tinham reservado era abafada. Retirou o tampo da cabeça do cadáver e, tomando um outro instrumento, fez uma longa e funda incisão no cérebro. Depois de explorar um pouco, viu algo se mexendo debilmente lá dentro. Escavou pedaços de gelatina cinzenta e, com uma pinça longa, capturou o estranho ser insetoide, que se contorcia.

— Simbionte — disse para si mesmo.

A coisa era fina e comprida, um pouco mais de um palmo da cabeça à última perna. Coberta de carapaça segmentada, tinha antenas longas e uma espécie de ferrão fazendo as vezes de cauda. Tentava retornar ao cérebro acolhedor e, quando percebeu que não conseguiria, voltou-se para o rosto de Zebediah.

— Não hoje, parceiro — disse o médico, afastando a pinça.

Tomando uma minúscula faca muito afiada, fez uma incisão quase invisível sob cada uma das placas da criatura. Por fim, o simbionte parou de se mexer. Zebediah não o largou, mas achou um pote de vidro grande, encheu-o com um líquido de cheiro forte e depositou lá a criatura, trancando-a com uma tampa hermética.

— Um belo espécime.

Saiu da tenda para descobrir que o chamavam. Vanessa Drake retornara, e tinha dado à luz no tempo em que estiveram separados. Trazia a tiracolo um homem que só podia ser seu marido, ainda sujo da batalha e aparvalhado com o filho recém-nascido.

Orion cumprimentou Nash com um aperto de mão forte e respeitoso. Vanessa sentiu que emanava do cavaleiro uma ponta de ciúmes, e riu disso.

— Como foi o parto? — disse o doutor.

— Uma bela droga. Quase morri, o bebê quase foi enforcado. Orion teve de cortar o cordão com sua espada.

Nash ergueu uma sobrancelha.

— Que apropriado.

— Apenas Keenn me ajudou. Se os deuses não existissem mesmo, eu estaria morta, você sabe.

— Pelo que você disse, estaria morta se não existissem espadas.

— Mostre-me uma mulher normal que seja capaz de sobreviver a isso.

— Nunca disse que uma rotina de exercícios regulares e uma boa alimentação como a sua não ajudam na resistência de uma parturiente.

— Foi um milagre. Orion estava lá.

— Com todo respeito, cavaleiros não sabem nada de medicina.

Orion ergueu uma sobrancelha.

— Espero que isso tenha ensinado a você a importância do conhecimento das artes médicas e da ciência.

— Pelo contrário — disse Vanessa. — Da próxima vez em que estiver grávida, vou chamar um cavaleiro da Luz.

— De qualquer modo — disse Nash —, você precisa ser examinada.

— Eu estou bem.

— Pacientes também não sabem nada de medicina.

Nash levou-os para a tenda.

— Há algo que você precisa ver, Vanessa. E você também, *sir* Orion. Aliás, seria bom que *lady* Shivara visse isso.

Mostrou o frasco com a criatura que retirara de Lawrence Thelkian.

— O que é isso? — disse Vanessa.

— Um simbionte, é claro.

Orion e Vanessa sabiam algo sobre simbiontes porque a Tormenta trouxera também esse horror, e muitos tinham ideia de sua existência. Mas não sabiam com exatidão o que eram, e o Doutor Zebediah Nash não tardou a explicar. Crias dos demônios da Tormenta — demônios menores, membros da mesma raça — os simbiontes eram criaturas que procuravam se ligar a artonianos, transformando seu corpo e sua mente, e muitas vezes tornando-os escravos da Tempestade Rubra. O hospedeiro em geral era infectado através de um ferrão, um estágio jovem da criatura, que entrava em seu corpo e se instalava no cérebro. Hospedeiros de simbiontes ganhavam poderes extraordinários, como as armaduras de carapaça que os servos de Crânio Negro haviam utilizado, ou as asas membranosas. Algumas pessoas conseguiam resistir ao simbionte — desfrutavam de seus poderes, mas não enlouqueciam e nem se corrompiam. A maioria, contudo, não era forte o bastante, e se deixava levar. Muitos eram tolos o suficiente para achar que podiam ganhar na barganha, e procuravam simbiontes de vontade própria.

— É um grande chamariz para a corrupção — finalizou Nash.

— Então, Crânio Negro está distribuindo simbiontes — disse Orion.

— É o que eu faria, se fosse um guerreiro corrompido a serviço da Tormenta.

Orion olhou-o de esguelha.

— Não quero meu filho perto dessa coisa — disse.

— Ele já tem quase um dia de vida — era Vanessa. — Pode com um demoniozinho da Tormenta.

Mas ele a arrastou, e o filho, para fora.

Nash foi atrás deles. Acabaram juntando-se, Orion, Vanessa e a criança, e o Doutor Nash, e Ingram Brassbones e Trebane. Zara Lysande também, quase tímida, por perto.

— Ashlen Ironsmith foi levado — disse Orion, com pesar.

— Eu tentei proteger ele — era Ingram. — Crânio Negro estava com uma bruxa.

— Eu também tentei — disse Zara.

Todos olharam para ela.

— Quem falhou fui eu — disse Orion. — Prometi ajudá-lo.

— Você ajudou ele — disse o anão. — Fez tudo o que pôde.

— Não interessa, o que importa é o espírito por trás da promessa e não se, tecnicamente, ajudei ou não a amarrar os sapatos ou caçar uma lebre.

— Ele só tinha um sapato — disse Zara.

Orion poderia tê-la incinerado com o olhar.

— De qualquer forma, vou atrás dele. Vou ajudá-lo.

— *Não* — disse Vanessa. Orion abriu a boca, mas ela não deixou que falasse. — Você não vai atrás dessa pessoa, seja quem for. Não me interessa se você prometeu ou não ajudá-lo, você tentou, e cumpriu sua promessa. Agora vai voltar para casa, porque você tem um filho, Orion, e tem que deixar de ser um idiota.

— Ainda não encontrei o Cavaleiro Risonho.

— E nem vai encontrar, a menos que ele apareça na nossa porta, pedindo por favor que você o mate. Você vai voltar comigo e com nosso filho.

— Não posso.

— Então saque sua espada, porque vou matá-lo aqui mesmo. Já se deu conta de que essa criança ainda não tem *nome*, Orion?

Ele ficou calado.

Nash e Ingram tentavam olhar para qualquer outra coisa. Trebane e Zara estavam muito interessados, e pareciam prestes a fazer apostas.

— Certo. Vamos para casa.

Ela beijou-o, e lhe deu um tapa na cabeça. A criança choramingou, e Vanessa afastou-se para atendê-la.

— Acabou a busca, amigo? — disse Ingram.

— Acabou. Vou para Bielefeld.

— Já não era sem tempo. E você tinha razão: eu gostei da sua mulher.

De repente, um recruta muito jovem, com o ar dos muito jovens que viram a primeira batalha e viveram, correu até Orion, com um pergaminho na mão.

— É uma carta para o senhor, *sir* cavaleiro.

Ante a interrogação, o soldado disse:

— O general Yerik tinha ordenado que não fosse entregue. Já está aqui, esperando pelo senhor, há mais de um mês.

Orion pegou o pergaminho e desenrolou-o. Leu.

Meu filho,

Aceite este meu presente. Este é o melhor cavalo de Namalkah, e seu nome é Bandido. Pode ser que seu cavalo pegue alguma doença estranha, por acaso, e, se isso acontecer, você vai precisar de um novo.

Você quer me matar, e deve achar que isto é uma armadilha. Afinal, por que eu o ajudaria?

Deixo as respostas para você. Faço-lhe apenas as perguntas.

Que Nimb lhe role bons dados. Até breve,

O Cavaleiro Risonho

Orion amassou o pergaminho. Ruminou a informação — Namalkah, o Reino dos Cavalos.

O extraordinário cavalo branco se aproximou. Orion não soube o que pensar, mas os olhos da criatura eram cheios de inteligência e meiguice.

— Bandido — murmurou.

— O quê? — disse Trebane.

Bandido respondeu com um relincho.

Já era noite quando Orion e Vanessa se viram livres, e exaustos, e juntos, dentro de uma barraca grande. A criança sem nome dormia um sono de quem ainda não sabe nada.

Orion tirou a armadura e se aliviou de desconfortos que não percebera. As manoplas e a placa peitoral e a cota de malha, as perneiras e todo o resto, e sentiu o ar quente no peito cheio de anos, músculos e cicatrizes.

— Esta é nova — disse Vanessa, tocando de leve numa marca longa que atravessava o estômago de Orion. — Não conheço.

— Consegui numa luta contra gnolls. Golpe de machado.

Vanessa desabotoou o vestido, e ele a ajudou, e viu também as cicatrizes dela.

— Esta aqui, ao longo da espinha — disse Orion.

— Também é nova — ela sorriu. — Armadilha em uma masmorra. Lâminas caindo do teto.

— Armadilhas são as piores.

— Com certeza.

Olharam-se.

— E essas marcas no seu ombro? — disse Orion.

— Mordida de troll. Logo que saí de Bielefeld.

Ele sentou na cama e descalçou as botas.

— No seu tornozelo...? — ela disse.

— Corte de espada curta em uma parede de escudos.

— Parede grande?

— Quinze ou vinte homens.

— Lembra da parede de escudos em Portsmouth?

— Quando você fez aqueles homens saírem correndo?

Riram.

— Há quantos anos foi isso? — ele perguntou.

— Uns doze ou treze, acho.

Ela sentou ao lado dele. Ele começou a massagear os ombros dela.

— E essa cicatriz na sua coxa? — disse Orion.

— Essa você conhece. O lagarto gigante, lembra?

— O lagarto gigante! — ele pôs a mão nos cabelos. — Claro.

Eles tinham os corpos cheios de cicatrizes, cheios de marcas, de tristezas e de felicidades. Juntos.

— E essa no seu peito? — disse Vanessa.

— Também é velha.

— Eu sei, mas não me lembro de onde veio.

Ele se virou para encará-la, divertido.

— Foi você. Na liça, em Norm, há exatos dezenove anos.

— É verdade — ela sorriu, os olhos longe.

— E essa? — ele disse, tocando Vanessa no pescoço.

— Essa é nova. Clérigo de Ragnar. Lança.

De repente ele abraçou-a. Ela o abraçou ainda mais forte.

— Meu amor — ela disse.

Ainda não era bem manhã quando saíram da tenda. Orion tinha um sorriso abestalhado, e nunca ficara tão feliz por não conseguir dormir direito. O pequeno exigia toda a atenção do mundo, tinha pulmões de dragão, e comia e defecava com um ímpeto que enchia o cavaleiro de orgulho.

— Olhe só isso — disse Ingram, todo manto e bigodes, com uma resma de papéis estendida.

— Bom dia.

— Uma porcaria de dia para você. Veja isso.

Orion viu. Vanessa viu.

— Planos de guerra — disse a clériga.

— Achamos na tenda de Thomas Yerik. Estava muito bem escondido, e você não vai querer saber o que mais tinha escondido lá.

— Eu quero — disse Vanessa.

— Eu não quero — disse Orion. — O que significa isto? — brandindo os papéis.

Ingram deu um suspiro.

— Significa que Crânio Negro tem um exército muito maior do que parecia. Que ele controla a União Púrpura. E que está se preparando para atacar Trebuck.

Ao meio-dia, fizeram um conselho de guerra. Estavam a regente, os oficiais e Orion e seus companheiros, junto com Vanessa e Nash. Zara, que não saía de perto deles, gravitava logo fora da tenda.

— Não temos como resistir a um ataque desse tipo — disse Shivara Sharpblade. — Quem não morreu desertou, e quem não desertou vai receber ordens de voltar para casa. O Exército do Reinado acabou.

Alguém fez objeção. A União Púrpura era um ajuntamento de tribos, clãs e nações bárbaras. Conseguir unificar todos aqueles povos era impossível. E, além de tudo, os bárbaros da União tinham honra.

— Parece que não têm mais — disse Shivara.

— Nós matamos dezenas de bárbaros corrompidos no forte Arantar — disse Ingram.

— O que é prova suficiente. Trebuck vai ter de enfrentar este ataque sozinho.

Palavras pesadas, que desceram como um tijolo sobre a mesa coberta de mapas.

— Como eles vão atravessar todos os reinos? — disse um oficial. — Certamente vão ser detidos em algum lugar. Vamos ter aliados, mesmo que involuntários. — Deu um sorriso, parecendo triunfante.

— Magia — disse o Doutor Nash, falando pela primeira vez. — Se eles contam esta movimentação como certa, então vão usar de magia. Tinham uma bruxa, não?

Todos assentiram, e o oficial murchou.

— Sua majestade não está sozinha — disse Orion, como um gongo. — Bielefeld vai ajudá-la.

— Vocês têm seus próprios problemas — disse a regente.

— Um cavaleiro da Luz nunca recusa um pedido de ajuda.

— Ele adora dizer isso — era Trebane. — E não adianta dizer que você não pediu ajuda, ele diz que não importa. — Sorriu para o amigo.

— De qualquer forma — continuou Orion —, vou falar com o Alto Comandante, *sir* Alenn Toren Greenfeld. A Ordem da Luz vai mandar cavaleiros, e Bielefeld vai mandar soldados.

Shivara Sharpblade sorriu.

— Vamos lutar — disse.

— Vamos matar — corrigiu Vanessa.

Traçaram planos. Tinham tempo, pois segundo as anotações de Thomas Yerik, a coluna de bárbaros não partiria por alguns meses. Orion e Vanessa voltariam para casa, para Norm, e arranjariam o auxílio de Bielefeld.

— Vou com vocês — arrotou Trebane.

— Eu não vou mais caçar o meu pai — disse Orion.

— E daí? Vou para Bielefeld, e depois vou matar uns bárbaros. A palavra de Allihanna vai fazer bem para aquele lugar de nobres pomposos. E eu gosto de você, seu cavaleiro enjoado.

Apertou forte o ombro de Orion.

— Eu vou para Namalkah — disse Ingram de repente, sem olhar para ninguém, limpando as unhas com uma adaga.

— O quê? — era o centauro.

— Vou para Namalkah. Caçar o Cavaleiro Risonho — ainda sem olhar para ninguém.

— Ingram, você não precisa — começou Orion.

— Ora, cale a boca. Não me venha com essa história de "não precisa", dizendo que eu não tenho obrigações e essas baboseiras todas. A nossa melhor pista é Namalkah, agora que você recebeu esse cavalo endemoniado do seu pai. Ele está vivo, eu vou para lá, e vou arrastá-lo para sua porta. Então ele pede por favor e você o mata — olhou para Vanessa e riu.

— Obrigado, amigo.

— De qualquer forma, duvido que fossem me deixar em paz em Bielefeld, e eu não vou largar as minhas pistolas.

A mente de Orion começou a trabalhar, mas ele sabia que a de Vanessa já estava trabalhando, e mais rápido. A mulher era capaz de calcular num instante custos, tempo e todos os aspectos logísticos de uma campanha militar. Já deveria ter armado em sua cabeça toda a formação das tropas de Bielefeld, desde o número de cavaleiros até a quantidade de ferraduras.

— Eu também vou a Namalkah — anunciou Zebediah Nash, fazendo um floreio com seu chifre de vinho.

Orion olhou por um tempo, esperando uma explicação, mas não veio nenhuma.

— Por quê? — disse afinal o cavaleiro.

— Porque vejo que é um homem honrado, *sir* Orion, e que minha paciente não precisa mais de meus cuidados. Um cavaleiro nunca recusa um pedido de ajuda, mas um cavalheiro também sabe quando é necessário, e eu vou atrás desse seu pai, esse Cavaleiro Feliz.

— Cavaleiro Risonho — disse Orion.

— Cavaleiro Risonho.

— Eu nem lembro seu nome...

— Doutor Zebediah Nash, Colégio Real de Médicos de Salistick — pomposo.

— O que ele quer dizer com isso tudo — interrompeu Vanessa — é que ele tem seus próprios motivos para ir a Namalkah, e arranjou uma boa oportunidade. Além disso, está fugindo de alguma coisa, e faz tudo para não ter de enfrentar o que quer que seja.

Zebediah Nash ergueu o chifre para a clériga, num brinde silencioso.

— Que seja — disse Orion. — Todos temos nossas missões. Que Khalmyr esteja conosco.

— Se você não se incomoda, eu prefiro estar com um bom saco de pólvora — disse Ingram.

Partiram, separando-se, na manhã seguinte.

Naquela noite, fizeram despedidas. Orion e Ingram beberam cerveja e trocaram bobagens. Trebane tentou mais uma vez aprender a atirar com o rifle, e gargalhou da exasperação do anão frente à sua incompetência. Nash certificou-se de que Vanessa tinha saúde perfeita.

Sozinho, Orion jurou sobre a espada que, tendo a chance, resgataria Ashlen Ironsmith.

E já na madrugada, bêbado e emotivo, Trebane aproximou-se de Zara Lysande, sentada no chão, calada, fazendo malabares com duas maçãs.

— Quando você vai contar aos outros? — disse o centauro.

Ela deixou as maçãs caírem.

— Contar o quê?

— Que você vai conosco a Bielefeld.

Ela fechou os olhos.

— Então vocês sabem.

— Orion não percebeu. Mas ele nunca vai negar-lhe ajuda.

— Quem disse que eu preciso de ajuda?

— Então fique aí, no meio desse acampamento de merda, cheio de gente morta e desertores.

Ela não disse nada.

— Ou, se quiser, fique com a gente, porque eu protejo você.

— Acha que, só porque eu sou mulher, preciso ser protegida?

Ele riu.

— Não. Precisa ser protegida porque está procurando proteção. Mulheres que podem me quebrar a cara não faltam. Eu não ouso olhar o traseiro de *lady* Shivara.

Ela riu. Mas triste.

— Certo. Vou com vocês.

— Partimos antes do sol. Não se atrase.

Ela assentiu.

— Não quer saber por que estou longe de Valkaria, e não quero voltar?

— Pensei que fosse óbvio: porque Valkaria é um lugar chato como o inferno.

Ele começou a rir, e ela também, e ele logo rugiu uma gargalhada, que acordou os homens das barracas em volta.

Ele se despediu e virou as costas, trotando. Ela pegou as maçãs e voltou a girá-las no ar.

— Você é malabarista? — disse Trebane, olhando para trás.

— Não.

Orion cavalgou Bandido, rumo a Bielefeld, levando sua família. Correu os olhos por eles e decidiu que era uma bela família para um bastardo, muito melhor do que ele poderia esperar.

CAPÍTULO 10

FUTURO

O INFERNO TROVEJAVA EM TREBUCK.

Crânio Negro pisou na área de Tormenta, desejando livrar-se rápido das obrigações com seu mestre — seu antigo mestre — antes de seguir com o plano que frutificava por todo o Reinado. A área de Tormenta de Trebuck, a primeira que tinha mostrado aos artonianos o verdadeiro horror da tempestade, era quase um lar para o caçador de recompensas — *quase*. Sentindo-se passar do seu antigo mundo, Arton, para o extremo de corrupção, Crânio Negro trocava uma dor por outra. Era sina de quem não pertencia a um universo ou a outro, e pertencia a ambos. A sina de quem tinha ido longe demais.

O céu vasto e escuro da noite deu lugar ao vermelho perpétuo. O chão de terra e grama e areia transformou-se em matéria rubra dura, afiada. Em partes, como diamante, em outras uma esponja nauseabunda, ensopada de imundície alienígena. As árvores existiam, mas mudavam à medida que mudava o terreno. Não eram madeira, não eram vida: coisas feitas de arame afiado e retorcido, de onde pendiam cabeças decepadas, como frutos maduros. Ou então braços que brotavam do solo, tateando o ar vermelho debilmente, flores de carne e de sangue.

Crânio Negro seguiu uma estrada pavimentada com rostos humanos ainda vivos. As nuvens encarnadas moveram-se acima dele, relâmpagos macabros tocaram o chão, e a chuva de sangue ácido começou mais uma vez. As gotas tocavam a armadura preta como uma carícia de pregos. Um dos lados da estrada descortinava-se em um campo onde a grama era longas agulhas.

Do outro, casebres tinham virado estruturas de carne e ferro enegrecido, com imensos olhos no lugar de janelas e tetos feitos de ossos de criança.

E, por tudo, a camada de podridão. Como uma carapaça, como coral. A matéria vermelha caía em gotas, emergia do solo em forma de névoa, borbulhava em lagos e poças, e solidificava-se em crosta afiada.

Continuou a viagem, e logo cruzou o Rio dos Deuses, o pedaço corrompido. A água violenta e impetuosa, que jorrava valente num rio que de tão largo parecia ser mar, tornava-se repugnante na área de Tormenta. Uma camada gelatinosa por cima, enquanto, abaixo, Crânio Negro sabia, a torrente era vermelha e mais destrutiva do que nunca. Nas margens, peixes deformados em agonia eterna. Não era difícil cruzar o rio: havia os barqueiros e a ponte. Os barqueiros, humanos de olhos vazios e mente estilhaçada, remavam suas gôndolas feitas de unhas, com remos de ossos e pele retesada. A ponte, larga para acolher um exército e comprida para atravessar o rio, era uma coisa viva, um dos invasores, uma criatura de carapaça e carne, com ferrões e olhos de mosca ladeando a passagem. A ponte movia-se, contorcia-se aos passos dos habitantes da área de Tormenta.

Os invasores agora se faziam presentes. Criaturas com aparência de inseto, porque era essa a única aparência que a mente artoniana conseguia suportar. Suas verdadeiras formas, que de tão alienígenas eram mortais, descortinaram-se para Crânio Negro em um breve vislumbre, e depois seu cérebro adaptou-as às figuras falsas. Múltiplos braços, garras e navalhas, corpos como armas, couraça insetoide, antenas, pinças. O caçador de recompensas olhava as criaturas e tentava ver nelas seus iguais, mas sabia que isso era tolo. Ele não tinha iguais. Não era artoniano, e também não era invasor.

Passou por um conjunto de colinas feitas de matéria vermelha. No sopé, a terra e as pedras eram quebradiças, quase ocas, e se desfaziam ao toque. Como se estivessem podres, porque ali, *a realidade estava podre*.

Logo mais, um vasto campo de batalha, de quando o Exército do Reinado tentara enfrentar a Tormenta. Era agora uma espécie de cemitério. Os mortos não tinham sido enterrados, mas a terra corrupta os havia engolido, e eles brotavam como plantas. Seus corpos, mantidos em vida agonizante eterna, eram amarrados e perfurados por arame, quebrados e rearranjados. Gemiam uma sinfonia que outros humanos paravam para escutar. Os restos de construtos arcanos também jaziam por ali, e os de bestas mágicas utilizadas no ataque. As máquinas de guerra tinham sido fundidas com seus operadores, tornando-se monstruosidades semivivas de pedra, metal, carne e matéria rubra. Os seres mágicos haviam sido retalhados, dissecados e montados em formas diferentes — dragonetes misturados com grifos, esfinges com unicórnios e mantícoras com basiliscos, em aberrações de muitas cabeças ou nenhuma, bocarras devorando a si mesmas e patas lutando entre si. Mesmo anjos e demônios, convocados dos Reinos dos Deuses para lutar contra a tempestade, tinham sido corrompidos, e agora eram criaturas patéticas, à mercê dos invasores, como brinquedos tétricos.

Uma pequena aldeia de pesadelos florescia ao lado. Os fazendeiros plantavam fetos que a terra cuspia, e então os colhiam com suas grandes foices de carapaça insetoide. Um grupo de crianças vivia como porcos, em um chiqueiro, seus membros distorcidos, corpos dilatados e rostos deformados em uma paródia suína. Mulheres puxavam arados, como se fossem cavalos, e cavalos distorcidos, corrompidos, observavam como se fossem gente horrenda. Um alfaiate fabricava roupas de pele humana, e as roupas ainda viviam. Um oleiro fazia tijolos com bocas e dentes, que serviam para construir casas que devoravam seus moradores. Um pequeno conjunto tocava música dissonante, em instrumentos de cordas feitos de intestinos retesados. E a chuva — quando vinha a chuva, as pessoas saíam às ruas, dançavam e riam enquanto sua carne era dissolvida pelo ácido, seus ossos eram recobertos de vermelho.

Por fim, Crânio Negro avistou o Forte Amarid. O que um dia fora o centro da resistência contra a Tormenta agora era a maior fortaleza dos invasores. Uma paródia horrenda de um castelo nobre, o Forte Amarid era recoberto de crostas vermelhas, suas torres ameaçavam desabar, suas muralhas retorciam-se. Em alguns lugares, a pedra do Forte tinha consistência cremosa, e em outros era dura e cortante. Janelas e portões eram agora bocas cheias de dentes. O Forte tinha olhos, e pêlos negros e grossos. Ferrões emergiam das torres, imundície líquida escorria das ameias. Placas de metal enferrujado cobriam alguns pontos, algumas paredes eram feitas de corpos ainda vivos. E os invasores estavam por toda parte, aos milhares, entrando e saindo dos portões, voejando ao redor das torres, vigiando pelas janelas. Um enxame. À volta do Forte, uma cerca feita de postes rubros encimados por cabeças ainda quase vivas. Pertenciam a grandes guerreiros, comandantes e oficiais que tinham ousado desafiar a Tormenta, heróis que haviam perecido na luta.

Crânio Negro olhou em volta. Olhou o céu vermelho, que chovia de novo. Olhou o vulcão que se formava ao longe, vomitando um outro universo. Olhou os grandes cérebros externos, onde os invasores armazenavam seu conhecimento, os rebanhos de gente transformada em gado, os pântanos de pus e as crateras onde a realidade simplesmente *desaparecera*, onde não existia mais tempo nem espaço e nem *nada*.

O lugar onde ele havia sido criado.

Crânio Negro voltava ali assim como tinha voltado muitas vezes. Para prestar contas a seu mestre — seu antigo mestre — Gatzvalith, o Lorde da Tormenta.

Penetrou no Forte Amarid.

Cada área de Tormenta tinha um Lorde. Alguns se mostravam, eram temidos. Outros ninguém conhecia, nem mesmo Crânio Negro. Um Lorde era como um deus tocando o mundo. Moldava sua área, sua realidade, as vidas e não-vidas de vítimas e invasores. Espíritos e coisas, e tudo o que era estava à sua mercê.

Gatzvalith foi o primeiro que se fez visível aos artonianos. Era o primeiro que tinha o objetivo de *transformar* Arton, e não apenas destruir. O primeiro Lorde fora Igasehra, com a área de Tormenta de Tamu-ra. Mas Igasehra só queria a destruição. Gatzvalith corrompia. Andando pelas gargantas do Forte Amarid, Crânio Negro pensou no que seria Arton em breve — tudo como aquele lugar, tudo como a área de Tormenta de Trebuck, ou pior. E o que era *engraçado* era que nada daquilo precisava realmente existir. O universo, a realidade dos invasores era completamente diversa, completamente diferente de Arton. Gatzvalith fazia sua área de Tormenta daquele jeito porque *queria*. A área de Tormenta era um reflexo de seu Lorde, assim como Arton em breve seria um reflexo daquela outra Criação, da Anti-Criação. Gatzvalith fazia sua área de Tormenta daquela forma para corromper, para enlouquecer, para amedrontar.

Ele era um artista da degradação.

Mas, Crânio Negro sabia, seu novo mestre era ainda mais habilidoso. Sua área de Tormenta era muito, muito mais terrível. E, com a ajuda de seu novo mestre, Crânio Negro iria trair Gatzvalith.

Esteve na presença do Lorde. Sentiu-se invadido de terror, pensamentos ignóbeis e vontades acachapantes. Gatzvalith assumia uma forma familiar, uma aparência quase humana, para melhor penetrar na mente dos artonianos. Como um homem enorme, a armadura rubra de couraça insetoide, simulando uma armadura de metal. Grossos chifres de carneiro em cada lado da cabeça, e olhos rasgados que não eram tão diferentes dos olhos de uma pessoa. Trazia um machado.

Gatzvalith falava suave. Gatzvalith adulava, prometia. Em um instante, Crânio Negro passou a amá-lo, pois como seria possível não querer bem alguém que oferecia tanto? Mas forçou-se a lembrar de seu plano, não podia deixar transparecer qualquer sombra de seus objetivos, de seus desejos, de seu novo mestre, de sua missão. E não podia esquecer que, agora, Gatzvalith, seu criador, era seu inimigo.

— Os preparativos estão completos, mestre — disse Crânio Negro. — O Exército do Reinado está em frangalhos. As sementes estão plantadas em outros reinos. Meu lacaio na União Púrpura já está em ação.

Curvado como estava, tremeu. Martelou o próprio cérebro com a repetição: Gatzvalith *não era humano, não era daquele mundo, não era amigo e não era bom*. Difícil lembrar.

— Tudo vai acontecer como planejado, meu Lorde — continuou Crânio Negro. — Nós vamos atacar Trebuck — mentiu.

FACA NO PEITO

CAPÍTULO 1

CRIANÇAS BOAS E MÁS

— VOCÊ SE SENTE UM SANTO? — DISSE *SIR* JUSTIN Gherald.

— Nem um pouco — respondeu Vincent.

O cavaleiro enfiou uma adaga na mão do garoto, prendendo-a à mesa de madeira. Vincent demorou um instante arregalado para perceber o que acontecera, mas então soltou um grunhido e puxou o cabo da arma.

— Resposta errada — disse Justin Gherald. — A mortificação da carne irá trazer-lhe pureza.

Estavam numa grande sala de jantar, num castelo em Norm, a cidade sede da Ordem da Luz. Bielefeld não tinha escassez de castelos, Vincent descobrira, e cada um parecia ter no mínimo quatro ou cinco salões como aquele, grandes para abrigar um batalhão ou uma festa, mas inúteis, vazios. O gemido ecoou nas paredes distantes, e se perdeu solitário. *Sir* Justin Gherald caminhava ao redor da enorme mesa.

— Recite a história do fundador da Ordem da Luz — disse Justin.

— Onde está Darien?

O cavaleiro cessou seus passos e observou Vincent por um instante.

— Preso.

— *Onde?* — Vincent levantou-se, a mão já quase não sangrava.

— Na masmorra.

O rapaz pulou por sobre a mesa, as mãos postas para agarrar o pescoço de Justin Gherald. O cavaleiro pulou para trás e sacou a espada, deixando sua ponta a um centímetro do rosto do outro.

— Respeito, garoto.

Vincent ensaiou um ou dois movimentos, mas foi acompanhado pela lâmina do velho, que era muito mais rápida. Chutou uma cadeira e voltou a se sentar.

— Por que não posso vê-lo? — Vincent tentou uma voz mais amigável.

— Ainda não decidi se ele é abençoado.

— Isso é loucura.

— Saiba que a blasfêmia é punida com a morte.

Vincent engoliu. *Sir* Justin Gherald era pródigo em distribuir a morte. Mesmo por isso, ele não duvidava de que Darien já estivesse apodrecendo.

— Por favor — começou.

— Recite a história do fundador da Ordem da Luz.

Vincent suspirou e retomou o falatório. Já há semanas estudava as minúcias da história, lei e costumes da maldita Ordem da Luz. No início, pensara que nunca seria capaz de decorar aquela bobagem toda, e que seria executado, ou então Justin Gherald morreria de velho antes de tudo terminar. Mas sua cabeça, que ele nunca julgara privilegiada, surpreendera-o, e ele aprendia tudo com facilidade. De vez em quando parecia-lhe que os conhecimentos vinham de outro lugar, como um pequeno depósito cuja chave ele não possuía, e que se abria sozinho. Às vezes, também vinham ideias confusas, imagens bizarras, e sempre os pesadelos. Mas ele aprendia, e treinava com espada, lança e maça, e montava em cavalos.

Sem notar, Vincent terminou o relato.

— De onde vêm esses pensamentos? — disse no mesmo fôlego.

Justin Gherald ponderou por um minuto, e depois respondeu que Khalmyr abençoava os que se esforçavam, e que Tanna-Toh, a Deusa do Conhecimento, podia também ajudar aqueles destinados a grandes feitos.

— Como eu — completou.

— Parece que há outra pessoa dentro da minha cabeça — disse Vincent.

— Talvez você seja a reencarnação de um grande cavaleiro, meu jovem.

De alguma forma, Vincent duvidava muito disso.

Ele fora recebido com honras no Reino da Ordem da Luz. *Sir* Justin Gherald gozava de grande prestígio junto aos outros cavaleiros, mesmo que, e isso era evidente, muitos não gostassem dele. Era um nobre, alguém importante, e sua voz raspada e desafinada era ouvida, porque isso era obrigatório. E, quando Justin Gherald dissera que um jovem desgarrado, filho perdido de uma família do reino, fora encontrado na União Púrpura, os aristocratas cobriram Vincent de glórias.

— Precisamos decidir logo um sobrenome para você — disse Justin, quase para si mesmo.

— Eu pensei que cavaleiros da Luz não pudessem mentir.

O velho olhou-o com fúria, e deu uma pancada enorme na mesa.

— Fedelho! — berrou. — Não minto. Khalmyr fala pela minha boca, e não podemos ter a presunção de entender tudo o que ele diz.

"Totalmente louco", pensou Vincent.

Justin Gherald era totalmente louco ou muito esperto, pela concepção de Vincent. Ele parecia acreditar mesmo em tudo que dizia, mas fizera questão de manter o assunto das "bênçãos" longe dos ouvidos de seus conterrâneos. Também não mencionara que Vincent matara cavaleiros. Prendera Darien com a justificativa de que ele *poderia* ser um bandido — caso decidisse que Darien era também abençoado, não queria que seus crimes atrapalhassem sua aceitação em Bielefeld.

Justin Gherald retomou a calma, empertigou-se, e voltou a andar pelo salão.

— Sua sagração acontecerá no final do torneio.

Vincent não entendera.

— Você irá se tornar um cavaleiro em breve. Estou organizando um torneio em honra à sua chegada e, no final dele, você será *sir* Vincent.

Louco.

— Ainda nem sei cavalgar direito — disse o rapaz.

— Isso é porque você ainda não recebeu toda a bênção de Khalmyr — sorriu o velho, com dignidade sóbria.

Darien coçou uma pulga e disse um palavrão. E, até agora, esse fora o ponto alto do dia.

Seu companheiro de cela, um homem desdentado de idade indefinível, sorriu para ele, mas se recolheu aos cobertores imundos quando Darien fez sua cara de ameaça. No primeiro dia de masmorra, o homem tentara atacá-lo — Darien preferia não imaginar a razão — mas o rapaz impusera sua vontade com socos e pontapés. Se sabia fazer alguma coisa, era brigar, mas isso não impedia que acordasse sobressaltado a cada noite. Ele preferiria uma masmorra lúgubre e solitária, como nas histórias.

Perdera a conta de quantos dias haviam-se passado desde que chegara. Pelo arremedo de barba, julgava duas ou três semanas. De tempos em tempos, era arrastado para fora, sob lamentos dos outros prisioneiros, para falar com o tal cavaleiro, *sir* Justin qualquer-coisa. O velho arengava muito sobre bênçãos, e perguntava se Darien fora abençoado. Ele tentava parecer o mais beato possível, e dizia todo tipo de bobagens que lhe vinham à cabeça sobre o Deus da Justiça e o que ele imaginava serem os valores da Ordem da Luz.

— Você se sente santo? — perguntara *sir* Justin um dia.

— Muito. Sou o homem mais santo deste lado do continente. Ontem mesmo, fui visitado por anjos.

— Como eram eles? — a expressão do cavaleiro era indecifrável.

— Umas criancinhas com asas, espadas de fogo e auréolas, esse tipo de coisa.

Mas não dera certo, porque ele continuara preso.

Darien imaginava como estaria Vincent. Seus palpites sobre a situação do amigo variavam de um largo salão de mármore, com mulheres de seios à mostra tocando harpa e o alimentando com uvas, até uma câmara de torturas ou uma boa e velha cova. Vincent tivera aquelas transformações esquisitas, cujo significado ele não podia começar a compreender, e isso, aparentemente, era ser abençoado, para *sir* Justin. Mas será que a farsa não caíra?

Ou será que a porcaria do outro rapaz era mesmo abençoado por Khalmyr? Darien pensou que ser abençoado e agir como se nada tivesse acontecido era bem o tipo de coisa que Vincent fazia.

De qualquer forma, era uma bênção bem repugnante.

Súbito, a tranca da cela ressoou, e surgiu a figura magra e empolada de *sir* Justin Gherald. Acompanhavam-no dois carcereiros, que rosnaram para o companheiro de cela de Darien e ordenaram que o rapaz seguisse o cavaleiro.

— Posso ver Vincent? — foi a primeira pergunta.

Mas Justin Gherald calou-o com um olhar.

Os dois foram trancados numa sala discreta, sozinhos, cada um de um lado de uma mesa. Darien batia o pé, frenético, olhava para os lados, tamborilava os dedos na madeira. *Sir* Justin imóvel, quase sem piscar.

— Pergunto-me se você é mesmo abençoado — disse o cavaleiro.

Darien achou que iria vomitar se ouvisse aquela palavra mais uma vez.

— Sou, sim, já disse.

— Prove.

Darien sempre esbarrava naquilo; não podia reproduzir as bizarrias que o amigo fizera. Talvez, no final das contas, Vincent fosse algum tipo de feiticeiro, e nem soubesse disso.

— Agora, não posso. Mas há pouco fiz um ótimo milagre. Você precisava ter visto.

O cavaleiro fez um muxoxo.

— Vincent parece ter muita fé em você — disse o velho. — Vou dar-lhe mais alguns dias. Mas perca esse tom irreverente.

— Vincent está vivo? — entusiasmou-se Darien.

Nenhuma resposta.

— Por enquanto, fique aqui. É o lugar de ladrões.

E, de repente e de novo, veio à cabeça de Darien a enxurrada de coisas que ele não queria. Não era ladrão, era *assassino*. Darien viu o rosto vidrado do homem que matara, do cavaleiro que matara. Pensava em garantir a própria pele, descartar o inimigo morto, mas a verdade era que matara um homem bom, um servo de Khalmyr. Não um goblin, não um bandido rival. Por tudo o que sabia, uma pessoa boa, e que não fizera nada além de se defender. Sentiu o peito trincar, porque lembrou de quando o tal homem ia matar Vincent, mas era difícil, e ele engasgou.

— Por que eu ainda estou vivo? — conseguiu dizer.

Justin Gherald apenas mirou-o.

— Me solte ou me mate — rosnou Darien. — Sou um santo ou um assassino.

Nada.

— Voltarei amanhã — disse o cavaleiro.

Bateu na porta e os guardas a abriram, e escoltaram Darien de volta à cela.

— Por que está chorando, garoto? — disse seu companheiro, escarnecendo com a boca podre.

Darien bateu no homem, mas não se sentiu melhor depois disso.

Vincent acordou de novo, o lençol empapado grudando na pele. Ofegava. Sonhara tudo outra vez, as cidades e os insetos, as criaturas e o vermelho. A chuva e os trovões.

A tudo isso, misturavam-se imagens beatíficas dos deuses. Ele se sentia abraçado, protegido, acariciado. Mas, de repente, o abraço tinha lâminas, as carícias arranhavam, e a proteção soterrava-o de visco e fedor. Uma agonia correu da virilha à cabeça, e ele notou que estava, mais uma vez, recoberto de carapaça.

Começara no braço, durante a emboscada. Agora, a cada vez que a armadura voltava, era um pouco maior. Já lhe cobria também o peito e as duas pernas e, ele notou horrorizado, uma parte do rosto. Vincent levantou-se, achou que teria dificuldade mas estava ágil como um gafanhoto. Olhou-se no espelho de prata que repousava junto à cama e viu que uma máscara insetoide dominava sua bochecha esquerda. Percebeu que via perfeitamente na escuridão e, súbito, notou também que pequenos fios vermelhos saíam da carapaça para trás de seu globo ocular. A íris se transformava. Ele fez um gesto brusco e destruiu um criado-mudo.

Vincent não sabia mais o que pensar. Tudo o que vira e ouvira nas últimas semanas, todas as lições insuportáveis e os nomes de nobres e cavaleiros, tudo estava fresco na memória. De certa forma, pensava com uma clareza desconhecida. Mas as alucinações, as *vontades* torpes, as ideias estranhas não lhe deixavam. Sentia por vezes uma fúria borbulhante, que mal conseguia abafar. E precisava se ajoelhar, servir a alguém, a um mestre que não conhecia.

Talvez fosse mesmo Khalmyr.

Tentou rezar, mas lhe vinham orações abomináveis. Talvez sua mente criasse as torpezas, e o que vinha de fora, a *bênção*, fornecesse os pensamentos sãos.

Talvez.

Ele ouviu quando *sir* Justin caminhou pela escada, muito antes de chegar ao seu quarto. E, quando o cavaleiro girou a maçaneta e entrou, Vincent já sabia o que esperar.

Justin Gherald era como ele. A armadura de inseto recobria-lhe o corpo. Os olhos de mosca, mas vermelhos, e os ombros com lâminas. Um grande rabo de escorpião. Estalava a cada passo.

— Somos iguais — disse o cavaleiro.

E eram.

E, se eram, Vincent pensou, precisava ser em Khalmyr, porque a alternativa era ruim demais.

Uma criatura saiu do ouvido de *sir* Justin, zumbindo e voando pesadamente. Vincent observou-a com interesse, a gosma que reluzia em seu corpo arredondado e as asas e patas que desfiavam o ar. Quando a coisa chegou perto, Vincent não esperou que viesse: abriu a boca e a engoliu de uma vez. O inseto viajou por ele, e Vincent estremeceu de júbilo quando sentiu que lhe perfurava os ossos do crânio. Com um ferrão, injetou-lhe algo maravilhoso.

Súbito, Vincent sabia cavalgar, e lutar e comandar homens, tão bem quanto Justin Gherald.

— Por que a bênção vem desta forma? — disse o jovem, extasiado.

— Porque é a vontade de Khalmyr.

Ele saboreava os conhecimentos novos, repentinos.

— A vontade de Khalmyr — prosseguiu Justin Gherald — é a vontade da Tormenta.

— O que nós devemos fazer? — perguntou Vincent.

— Purificar a Ordem da Luz, meu jovem — proclamou o cavaleiro. — Tomar o poder, em nome de Khalmyr e da Tormenta.

Vincent repetiu a palavra nova, brincando com ela na língua.

Sentia-se um santo.

CAPÍTULO 2

O REI DOS BÁRBAROS

ASHLEN ESTAVA PENSANDO NOS MORTOS. O SACRIFÍCIO de sangue começaria em uma hora.

Fugira já duas vezes, depois de ter sido trazido à União Púrpura. Na primeira vez, estivera trancado em uma gaiola suspensa (*"Como na torre"*, Ashlen pensou com tremura), mãos e pés acorrentados, vendado e amordaçado, nu, com tampões nas orelhas. Mas fugira. Na segunda, haviam conseguido de alguma forma uma espécie de armadura hermética, como um sarcófago, sem articulações e com pregos do lado de dentro, de forma que, se ele tentasse se mover muito, só conseguia ser esburacado. Mas fugira. Pego ambas as vezes, e ambas as vezes sem punição.

Agora, estava livre, sob vigília de bárbaros mas com suas roupas e podendo circular entre as choupanas e salões da Cidade sem Tribo. No entanto, não ousava fugir. Sentia sobre si os olhos desconhecidos de Crânio Negro e os olhos que não existiam de Andaluzia, a Bruxa sem Rosto, e ficava lá, e voltava à cabana que lhe fora designada para dormir. Nada era pior para um escapista do que estar preso e não saber como.

E então, Ashlen Ironsmith vagava sob o céu de tardinha, olhava o ajuntamento de guerreiros, caçadores, chefes, estandartes, *berserkers*, e pensava nos mortos.

Andilla Dente-de-Ferro morrera, há anos muitos, e a morte dela não tivera nada a ver com a missão. Morrera porque o mundo tinha violência, porque gente morria o tempo todo e, embora fossem sempre os outros, de vez em quando não eram. Anton e Andrei e o velho Roland e todos os outros tinham morrido, há pouco, e seria bem mais fácil para Ashlen se ele pudesse acreditar que era por culpa dele. Poderia então se punir um pouco, sentir pena de si mesmo, mas sabia que a culpa era de Crânio Negro, e contra ele não podia fazer nada.

Imaginou quantas outras mortes teriam havido, de que ele não sabia. Morrera Vallen? Morrera Rufus? Morrera Ellisa? Morrera Artorius? Morrera Nichaela? Talvez ele fosse o último, talvez todo o grupo tivesse morrido. Ashlen pensava nos mortos, os seus mortos, mesmo os que não estavam, quando começou o sacrifício de sangue.

Grael era a Cidade sem Tribo, e por isso era sagrada e era maldita na União Púrpura. O que não era de ninguém, era de todos, e Grael era o centro neutro, o centro branco, o centro vazio do reino dividido, e não pertencia a ninguém. A União Púrpura era território de muitas tribos, e cada pedaço de terra tinha seus donos, conquanto por vezes trocassem. Gurka Kahn, Zallar, Casca de Pinheiro, Gabrak, todas as grandes tribos possuíam seus territórios, e guerreavam umas contra as outras para roubar a terra do vizinho, o que era muito honrado. Ninguém guerreava por Grael, porque Grael era sagrada, e por isso mesmo ninguém a queria.

Quando as nações bárbaras tiveram de dobrar o joelho para a civilização branca e titubeante, há muitos séculos, foram obrigadas a confinar sua glória furiosa a um só pedaço de chão, e adotar alguns dos costumes domados do invasor. A terra que lhes coube, dentre todas as que lhes pertenciam, recebeu o nome de União Púrpura, e foi chamada de reino, porque esse era o modo da civilização. E precisou escolher uma capital, que foi Grael, e escolher um regente, que foi uma pilhéria. Grael, mais do que o ponto de encontro das tribos, virou o símbolo da submissão. Lá o regente era escolhido e, embora fosse escolhido o mais forte, era alguém que servia apenas para falar com o mundo civilizado. Muitos guerreiros poderosos e sábios rejeitavam o posto. O regente da União Púrpura era um urso feito cão doméstico.

Mas aquilo podia mudar, e estava para mudar, porque um homem chegara.

No grande Salão dos Cadáveres, os chefes se reuniam. Havia aqueles, como a tribo dos Machados Quebrados, que consideravam o nome do salão agourento. Mas a maior parte dos guerreiros via o Salão dos Cadáveres como o único rasgo de alegria numa cidade mortiça e indesejada, uma cidade de acordos e de conversas. O salão, dizia a história daquele povo, fora construído sobre os cadáveres dos inimigos, e cada oponente morto engrossava suas paredes.

Portanto, no Salão dos Cadáveres, os chefes das tribos riam, bebiam, comiam e falavam, enquanto os guerreiros brigavam, as raparigas dançavam e serviam e atiçavam, e todos aguardavam o sacrifício de sangue.

— Acha que seu filho vai perder o posto? — disse Kullack Ron, o chefe da tribo Hrarglark, enquanto babava-se de hidromel e dava um tapa no traseiro de uma jovem.

Ao seu lado, estava um velho alto, magro e duro como um carvalho, cabelos brancos e barba negra, um olho cego e outro de águia. Era Gurdhann, o chefe da tribo Gurka Kahn, pai do regente Guryann, e antigo rival de Kullack Ron. Se Gurdhann tolerava o outro tão próximo, isso era um tributo à sua infinita capacidade de promover a paz entre aqueles homens beligerantes. Gurdhann derramara muito sangue no seu tempo, mas preferia não ver o sangue de seus compatriotas.

— Vai acontecer o que os deuses ditarem — disse o velho chefe.

— É uma boa desculpa — respondeu Kullack Ron. — Se o regente perder, a culpa é dos deuses. Imagino que, se vencer, o mérito é deles também?

— Você não foi capaz de vencê-lo, Kullack Ron.

— E isso se deve aos deuses — ele rosnou — ou a um bom e velho truque dos Gurka Kahn.

Kullack Ron sabia que era impossível quebrar a tranquilidade do velho, mas isso não o impedia de tentar, de novo e de novo e sempre. Os Hrarglark e os Gurka Kahn eram inimigos ancestrais, com uma rivalidade que ia da competição à chacina mas nunca se extinguia ao longo dos séculos.

Kullack Ron era considerado por muitos, e por ele mesmo, o homem mais forte do mundo. Era talvez o humano mais alto que já existira, e havia em seu corpo tantos e tão inchados músculos que ele era feio e deformado. A pele era de um marrom manchado e esmaecido, doentio, e os grandes dentes deixavam transparecer o que muitos diziam ser sangue de ancestrais ogros. Mas perdera, ali mesmo em Grael, uma luta com Guryann, e tinha certeza de jogo sujo.

Os outros chefes olhavam os dois, variando da diversão à preocupação séria, alguns torcendo por uma luta. Na verdade, eram muitos os que desejavam a queda dos Gurka Kahn, porque um líder mais belicoso poderia, finalmente, levá-los de volta a um confronto com os reinos civilizados.

Gurdhann dizia que todos morreriam, se isso acontecesse. Os outros diziam que não importava.

— O regente é a coisa menos importante hoje em dia — disse Duar Talhen, o chefe dos Casca de Pinheiro.

— O regente nunca foi importante — respondeu um outro chefe. — Talvez hoje haja, finalmente, um rei.

— O regente não é importante — continuou Duar Talhen, como se ninguém houvesse falado — porque a União Púrpura já acabou.

Alguns olharam para ele, e a tristeza do homem se espalhou pela algazarra do salão.

— Isso já foi decidido há muito tempo, Duar — disse Thur Koren, chefe dos Korenth. — Você já foi ouvido, e já devia ter se calado.

— Vocês não precisam ouvir a Deusa — prosseguiu Duar — mas ela não vai se calar.

Duar Talhen era um druida. Devoto de Allihanna, era, contudo, menos selvagem do que muitos. Era um homem jovem, forte e rápido como um puma, mas no último ano definhara e envelhecera, porque a desolação que sentia por dentro escapava para seu corpo.

— A Deusa pode falar — disse uma voz imensa. — Mas você vai se calar, Duar Talhen.

O Salão dos Cadáveres parou, e olhou para a enorme cadeira que dominava o semicírculo onde se reuniam os chefes. Como um trono, era majestosa, coberta de peles de monstros, decorada de cada lado com uma cabeça feroz — mantícora e basilisco. Nela, sentava-se Guryann, filho de Gurdhann, o regente da União Púrpura.

Se era um homem domado, Guryann não carregava isso por fora. Quase tão grande quanto o chefe Kullack, sempre ao lado o gigantesco machado duplo, cabelos negros e pele negra enfeitada de cicatrizes. Guryann era um Gurka Kahn, e por isso não era sanguinário, mas também era um demônio na luta, e por isso era regente.

— Você vai se calar ou vai se retirar do Salão dos Cadáveres para sempre — continuou Guryann. — O que foi decidido já foi decidido, e cabe só aos deuses desfazer o que foi feito.

— Isso não é trabalho dos deuses — disse Duar Talhen.

Guryann levantou-se, e todos que ocupavam o meio do salão encontraram algum canto onde se enfiar.

— Desafie então meu julgamento na Arena do Torneio, chefe Talhen.

— Por enquanto, não vou erguer minha lâmina contra você — respondeu Duar Talhen. — Até que você também seja corrompido.

O salão estremeceu, porque uma sombra raivosa manchou o rosto de Guryann. Nem mesmo Kullack Ron manteve-se quieto, porque a fúria do regente era mesmo uma coisa medonha. E Guryann começou a mudar, de repente mas lento, e Duar Tahlen sentiu as lágrimas brotarem de seus olhos jovens e encarquilhados.

O regente da União Púrpura tinha agora uma casca de inseto, que lhe cobria o peito, que transformava uma de suas mãos em uma pinça afiada.

Duar Talhen não esperou a Arena do Torneio: puxou de sua espada curva na mesma hora, e investiu. Guryann foi mais rápido, e a enorme pinça de crustáceo destruiu a cabeça do chefe. Em um momento, acabara.

— Os Casca de Pinheiro perderam seu direito sobre o território de Faran — anunciou o regente.

O cadáver foi retirado com presteza, e os guerreiros imaginaram se as paredes do Salão ficariam mais grossas.

— A hora de discussões acabou há muito — disse Guryann. — Todos nós sabemos que o dom de Crânio Negro é a única maneira de preservar a União Púrpura. Desde o início, os outros reinos olham com voracidade para nós. Yuden, Salistick, Bielefeld, e até mesmo Portsmouth, que é o mais jovem de todos. Seríamos esmagados, se não fosse o presente de Crânio Negro.

Guryann olhou para seu pai, mas o rosto do velho era de lacuna. A pior reprovação de todas.

— Não há mais como voltar atrás. O Reinado não é, e nem nunca foi, nosso aliado. Os deuses nos abandonaram, pois deixaram que nossos inimigos vencessem. Allihanna, que protegia nossos ancestrais, fica parada enquanto morremos. Crânio Negro ofereceu algo novo, e isso vai nos salvar.

Silêncio.

— É bem possível que eu morra ainda esta noite. Se for assim, que o novo regente seja forte como dizem, e que os leve à vitória.

— *Rei* — corrigiu o velho Gurdhann. — Se ele vencer, vai ser rei.

Guryann olhava seu pai.

— E então, não precisaremos nos preocupar com deuses — continuou o velho. — O desafiante cultua um deus diferente.

Guryann engoliu. Não tivera alternativa. A União Púrpura diminuía a cada estação. Allihanna os havia desertado. Então, por que pensar naquele novo poder como um deus parecia uma blasfêmia tão grande? A decisão já fora tomada, não adiantaria mais se arrepender. E o desafiante cultuava mesmo outro deus.

O sacrifício de sangue foi realizado.

Por tudo o que Guryann dos Gurka Kahn dissesse sobre o descaso dos deuses, a verdade era que a União Púrpura não estava pronta para abandoná-los. E, de fato, quase parecia feliz com o sincretismo bizarro que juntava a velha religião com seus novos aliados profanos. Muitos na União Púrpura ainda cultuavam Allihanna, mesmo que só em palavra, mesmo que só em medo.

Mas aquele ritual não era de Allihanna. Era de seu irmão, Megalokk, o Deus dos Monstros.

Onze prisioneiros foram levados, através da floresta, à Clareira dos Mistérios, sob as vistas dos sacerdotes. Os xamãs e druidas cuspiam e chiavam uns para os outros, protegiam-se com feitiços rudes ou despejavam maldições sutis sobre desafetos. Eram tipos desconfiados, arrogantes, solitários e acostumados a serem obedecidos. Apenas uma ocasião como aquela podia deixá-los juntos por tanto tempo.

Alguns prisioneiros tremiam e tinham as cabeças baixas. Outros andavam com orgulho, prontos para morrer de forma digna. Era um desfile singular, um indivíduo de cada uma das principais raças civilizadas de Arton. Humano, anão, elfo, centauro, minotauro, halfling, sereia, nagah, fada, elfo-do-mar, goblin. Desceram à larga depressão cercada de pedras, onde postaram-se, esperando. Os guerreiros que os conduziam eram *berserkers*, os loucos selvagens da União Púrpura, que iam à batalha de olhos brancos e corpo nu, e recebiam a iluminação sangrenta de espíritos e deuses. Eram os únicos, além dos sacerdotes e prisioneiros, que tinham a permissão de ver o ritual.

E Ashlen, que não tinha permissão, mas, escondido, via.

Quando todos os prisioneiros estavam no local do sacrifício, os sacerdotes começaram uma cantoria desconexa, entremeada de gritos de frenesi e arenga na antiga língua bárbara. Os *berserkers* convulsionavam de misticismo, sentindo a presença das divindades. Alguns dos sacerdotes faziam cortes em si mesmos, outros vomitavam substâncias sobrenaturais ou assumiam aspectos de animais selvagens.

Os prisioneiros esperavam. Alguns se amontoavam de medo, outros rosnavam para aquilo tudo. O dia terminava de escurecer.

E então, o Deus dos Monstros ouviu.

Do meio das árvores, brotaram criaturas horrendas, ferozes, cheias de dentes e rugidos. Não eram animais, eram coisas medonhas, da aurora do tempo, de antes da humanidade, coisas incontroláveis e sanguinárias. Lagartos que andavam em duas patas e podiam destroçar um touro com os dentes. Trolls, humanoides verdes de nariz comprido que só o fogo podia matar. Cocatrizes, com asas de morcego e cabeça de galo, capazes de transformar carne em pedra. Quimeras, górgonas, harpias, hidras. Os sacerdotes entravam em um frenesi ainda maior, pulavam, berravam, agitavam os braços e pernas, os *berserkers* salivavam espuma branca e rasgavam a própria carne com as unhas. E os monstros passavam, e entravam na depressão.

Ashlen foi hipnotizado pelo banho de sangue.

Os onze prisioneiros, as onze raças da civilização, foram dilacerados, e ele sentiu o mundo ordenado dos homens e das cidades como que ficar mais fraco ao seu redor. A terra negra bebeu sangue até refugar. Em um instante, não restava um prisioneiro vivo, e os monstros voltavam-se uns contra os outros, enquanto os sacerdotes caíam no chão em transe místico.

Mas, separado de tudo, uma figura caminhou, pesada e trovejante, do meio da floresta. Tinha pinturas tribais de guerra e de duelo, tinha unguentos que marcavam-no como desafiante, e como algo mais. Era alto, mais alto que todos, era quase um dos monstros, e os galhos que batiam em sua cabeça poderosa partiam-se, como em reverência. Era um minotauro.

Mas diferente. Seus braços e seus chifres protegidos por armadura — *não, não armadura.*

— Artorius — Ashlen ouviu-se dizer.

Artorius, o minotauro, abriu caminho pelos galhos, empurrou para longe uma árvore, chutou um sacerdote. Não tinha respeito por nada, e todos o respeitavam. Afastou com um safanão três dos *berserkers*. Seus braços eram feitos da mesma coisa insetoide que contaminava os bárbaros, couraças de besouro e serras afiadas. Seus chifres eram carnosos e estriados, e pulsavam de leve.

Os monstros ficaram imóveis diante de Artorius. Voltaram-se para ele, como se entendessem, e deram espaço para que ele entrasse na depressão. Vadeando pelo sangue, Artorius se abaixou e enfiou a mão no lodaçal vermelho, procurando algo. Logo, emergiu segurando uma coisa, algo vagamente circular, feito de osso.

Os sacerdotes tinham saído do transe, e observavam.

O que Artorius tinha na mão era uma forma aleatória, feita de mandíbula humana, tendões enredados de algum monstro, pedaços de carne e couro, e presas. Algo do acaso, algo formado durante a chacina.

— *A coroa da União Púrpura!* — disse um dos xamãs, e todos os outros urraram de júbilo. Os *berserkers* dançaram, os monstros rugiram em saudação.

Artorius ergueu a coisa bem acima da cabeça, e gritou de vitória. Pousou-a entre os chifres, e Ashlen viu que, aleatória e selvagem, era uma coroa perfeita.

Megalokk havia falado.

— Vida e morte ao rei da União Púrpura!

Ashlen seguiu Artorius e sua estranha procissão de sacerdotes e guerreiros loucos para fora da floresta. Quando pisaram de novo na cidade, havia uma comitiva de um chefe, que saudou o minotauro com respeito e alegria.

— A vitória sobre mim foi só o começo, chefe Artorius — disse o outro chefe.

— Rei Artorius — corrigiu o minotauro.

O homem fez uma saudação à guisa de desculpas.

— Desde o início, desde que me venceu e tornou-se o chefe da tribo Zallar — disse o bárbaro — eu estive com o senhor. Eu sou o único realmente fiel, Artorius, Rei das Tribos, e eu predisse a vontade de Megalokk.

Artorius olhou-o de cima.

— Fui eu quem fez com que o senhor pudesse desafiar o regente. É por minha causa que o senhor pôde procurar a coroa. Não esqueça, meu rei, que a tribo Zallar foi sua desde o começo.

Ainda os olhos.

— A tribo Zallar merece honra — continuou o bárbaro. — Merece mais honra que todas.

— Não — trovejou Artorius. O chefe estremeceu, o mundo estremeceu. — Não existem mais tribos. Existe a União Púrpura.

O antigo chefe da tribo Zallar era um homem bruto, mas encolheu-se e saiu murmurando. Artorius seguiu para o Salão dos Cadáveres.

— Ainda não é rei! — disse alguém. — Precisa vencer o desafio na Arena, precisa derrotar o regente.

Artorius se voltou.

— Megalokk construiu a coroa para mim. Já sou rei. Existe um cadáver no trono, que ainda não sabe que não é mais regente.

A noite escondeu quem havia feito a objeção.

— Megalokk curvou-se ao meu deus, e vocês vão se curvar a mim — e Artorius, de repente, foi ainda maior, foi maior que uma montanha. Foi mesmo um general, mesmo um rei. — E o mundo vai se curvar à União Púrpura.

Ashlen gelou. Desde sempre, Artorius era um clérigo de Tauron, o Deus da Força. O que Tauron tinha a ver com tudo aquilo? Por que agora subjugava Megalokk? Ashlen se perguntava o que os deuses tramavam (e ele se lembrava de Nichaela dizendo que os deuses guiavam seus passos).

— O mundo vai se curvar à União Púrpura — repetiu Artorius, debaixo de urros de triunfo, enquanto os chefes brotavam do Salão dos Cadáveres — sob o meu deus.

O Deus da Tormenta.

CAPÍTULO 3

VOLTARIA PARA CASA SE SOUBESSE O CAMINHO

ORION CAVALGOU ADENTRANDO A CIDADE DE NORM SOB uma profusão de bandeirolas e grinaldas de flores. Padeiros trabalhavam, espetáculos itinerantes se instalavam, fidalgos visitavam. Não havia festa maior que um torneio.

Norm não era a capital, mas era a mais importante. Transbordando de glórias, gente e maravilhas, a cidade da Ordem da Luz era um amálgama do que Arton tinha de melhor: ruas pavimentadas de pedras, castelos altos, homens galantes e mulheres belas, coragem e prosperidade e, é claro, o Castelo da Luz. No centro da cidade, a magnífica sede da Ordem da Luz erguia-se como vinda dos Reinos dos Deuses, tanto palácio quanto fortaleza, tanto graça quanto perigo. Inúmeras torres, espetando o céu, na forma prateada da lâmina de Khalmyr, como se Norm erguesse espadas em saudação e desafio. Em cada porta, o escudo do Deus da Justiça. E, no meio de tudo, a gigantesca estátua, com mais de sessenta metros, do guerreiro encouraçado, a mão suspensa em julgamento e proteção, a maior representação do Deus da Justiça em Arton. Construído por anões, o Castelo da Luz tinha ainda o requinte de emitir um brilho manso e branco, à noite. Era como a mesma morada de Khalmyr no mundo, como o deus feito castelo, e seus portões despejavam cavaleiros orgulhosos.

No interior, nobres ganhavam dinheiro, deitavam com servas e montavam intrigas.

Mas Orion não pensava naquilo, porque estava em casa, e vestiu por um minuto os olhos de um jovem, e acreditou que Norm era boa como parecia.

— Parece que vamos ter um torneio — disse Vanessa, no cavalo ao lado.

— Isto não é hora para torneio. Os cavaleiros têm de se preparar para a guerra, não para o esporte.

Nada parecia mais longe de Norm do que uma guerra. Havia um urso dançarino em uma praça, e as tavernas explodiam de movimento. Crianças perseguiam Bandido e aglomeravam-se ao redor de Trebane. Zara ria, porque o centauro ficava mal-humorado, e o filho sem nome sorvia tudo pelos olhos.

— O que acha de Zara? — disse Orion, em voz baixa.

Vanessa deu de ombros.

— Esconde alguma coisa, isso é certo. Não sabemos por que ela estava no acampamento. E nobrezinhas não saem em marcha com desconhecidos sem um bom motivo.

— Ela não pode ser só uma garota deslumbrada, querendo ver os cavaleiros?

— Garotas deslumbradas são burras, em geral.

E Zara não era nada senão inteligente.

Seu cérebro era um punhal; ela falara de tudo ao longo das semanas de viagem, e tinha opinião e informação sobre quase qualquer coisa. Tão disposta a ouvir planos de batalha quanto a conversar de vestidos, e usando com a mesma maestria as palavras e os compridos e belos cílios.

O grupo seguiu rumo ao Castelo da Luz, abrindo espaço por entre a alegria. Quando enfim chegou aos portões, teve de esperar, porque uma multidão de cavaleiros entrava e saía, todos garbosos, saudando com elegância e fazendo figura para as garotas estrangeiras.

Orion tomou um deles pelo braço, e cumprimentou-o.

— Qual é a razão desse torneio? — disse.

O outro sorriu e devolveu o cumprimento.

— Em honra ao jovem Vincent Gherald, recém resgatado da União Púrpura.

Orion nunca tinha ouvido falar.

— Filho de alguma família nobre — continuou o entusiasmado cavaleiro. — Foi adotado por *sir* Justin Gherald. Será sagrado cavaleiro no final do torneio.

Orion resmungou, e o outro despediu-se e galopou para se juntar ao seu grupo de amigos, que se exibiam para algumas aristocratas convidativas.

— Um torneio é uma coisa tão ruim? — disse Zara, apeando do cavalo.

— É — respondeu Orion, pisando no chão —, quando tem motivos escusos.

— Ou seja, sempre — completou Vanessa.

Servos bem-vestidos se aproximaram para tomar conta dos cavalos dos três, e ficaram confusos quando viram Trebane. Conduziram a montaria de Vanessa e a de Zara, mas um chegou perto de Bandido, e Orion botou a mão em seu peito.

— Não!

— *Sir*, é o meu dever — o jovem começou.

— Não quero ver você na enfermaria, meu rapaz. Vá embora.

Bandido parecia quase desapontado. Orion conduziu-o ao estábulo.

O cavalo viera direto do inferno. Durante o caminho, quebrara as costelas do cavalariço de uma estalagem. Derrubara a porta de uma estrebaria, libertando os animais de lá e causando o pandemônio. Só obedecia a Orion, tolerava animais e pessoas quando ele estava por perto. O cavaleiro pagava os prejuízos, e Vanessa usava seus parcos poderes de cura para consertar quaisquer ferimentos (de mau grado, e só porque Orion insistia).

— Você deveria sacrificar essa coisa — disse Vanessa um dia.

Mas Bandido era, com Orion, o mais fiel dos corcéis, nunca hesitando em um comando, adivinhando a vontade do cavaleiro. E também era o mais forte, mais rápido e mais extraordinário. Orion testara sua força, fazendo carga de lança em um tronco morto de árvore, e o ímpeto do galope havia estraçalhado a tora como se fosse palha. E, além disso, Bandido tinha aqueles olhos de entender, e bravura e desafio, e um orgulho de guerreiro. E charme, como os melhores cortesãos.

Mas Orion conduziu-o ele mesmo ao estábulo, porque Bandido era o demônio com qualquer outro.

Voltando aos salões, depois de ter alimentado e escovado o cavalo branco, Orion ouviu um rimbombar:

— Até que enfim deu as caras, velho fujão!

Virou-se e enxergou um homem alto como uma porta, e muito mais largo. Ombros de torre e imensa barriga de rochedo, voz de corneta e barba castanha de urso. Um prodígio de músculos e gordura, vasto e feliz, franco e valente, dentro de uma armadura feita sob encomenda, porque nenhuma outra comportava seu estômago.

— *Sir* Bernard Branalon, o Paquiderme Galante! — riu Orion.

— Em pessoa, meu caro palerma, e agora venha aqui e cumprimente os mais velhos, antes de sair de novo pelo mundo matando vilões.

Bernard Branalon expulsou todo o ar de dentro de Orion, com um abraço de rachar lenha. Ergueu-o como se fosse uma criança, e riu com estardalhaço de alegria.

— Já vi Vanessa e seu filho, Orion. Parabéns, é um garoto forte com olho de guerreiro e pênis de cavalo.

Orion agradeceu, tentando parecer digno.

— Também conheci seus novos amigos. Gostei do centauro, imagino se vão deixá-lo participar da justa. A garota já tem dono?

— Acho que não, Bernard, mas ela não é um pouco jovem para você?

— Claro que não. Continuo com o vigor de um boi, e meu filho mais novo já está com três anos. Está na hora de ter outro.

Bernard Branalon tinha um amor pelas mulheres que era recompensado com a morte de todas as suas esposas. A primeira ficara doente, a segunda caíra de um cavalo, e a terceira e a quarta e a quinta haviam sofrido desgraças semelhantes. Ele ficava inconsolável por cerca de um ano, depois de cada infortúnio, e a cada vez dizia ser maldito. No entanto, o apreço que as mulheres tinham por ele, e sua incapacidade de ficar sozinho, garantiam que sempre se casasse de novo. Talvez a única coisa que Bernard gostasse mais do que mulheres eram seus filhos. Cada esposa havia lhe dado dois ou três, e os jovens Branalon infestavam a Ordem da Luz, em diferentes estágios rumo à cavalaria.

— Eric sagrou-se enquanto você esteve fora — disse o enorme cavaleiro.

— Este é o sétimo?

— Sexto. Os outros ainda são escudeiros, ou vão ser logo.

A última esposa de Bernard Branalon morrera no parto de seu filho mais novo. Ele não se permitira luto fechado, por causa da criança, mas demorara muito mais para se recuperar da tragédia. Orion sentia-se feliz por ver o amigo renovado.

— Preciso conversar com o Alto Comandante — disse Orion.

— Você precisa comer, beber, descansar e tomar um banho. E precisa passar bastante tempo com Vanessa, e dar logo um nome para o seu pestinha.

Orion balançou a cabeça.

— Temos uma guerra pela frente. Sobre o que você acha que Vanessa vai querer conversar?

— Diabos, é verdade — disse Bernard. — Ela deve estar mais entusiasmada do que você.

— Você já sabe?

— É claro, ela me contou, parecia uma criança frente a uma loja de gorad. É por isso que vocês demoraram tanto para ter um filho: na cama, devem ficar fazendo estratégias de combate campal!

Orion riu.

— Mas, de qualquer forma — continuou o outro —, você precisa descansar. Venha comigo, está quase na hora do meu segundo almoço.

Seguiram para um dos salões comunais, onde alguns servos e alguns cavaleiros comiam, e onde era preparado o festim habitual para *sir* Bernard Branalon, o Paquiderme Galante. Depois que todos os pratos haviam sido depositados, quase cobrindo a mesa, Bernard pôs-se a comer com fúria e alegria, e Orion cortou um pedaço de carne para si.

— O que acha desse torneio? — disse.

— Uma bufonaria — respondeu Branalon. — Querem apresentar um cavaleirinho para o mundo, e você poderia pensar que ele é uma princesa, tamanha é a fanfarra que aprontaram.

— O tal Vincent?

— Esse. Um garoto de fraldas, que dizem ser filho desgarrado de algum nobre.

— Você não acredita?

— Não mesmo. Ele tem cara de homem de Bielefeld, mas isso não significa nada. E mesmo que significasse, um nobre a mais me parece motivo de tristeza, e não de comemoração.

Orion assentiu com um meio sorriso. Apesar de brincadeira, era verdade.

— Dizem que o rapazote era mantido prisioneiro por bandoleiros de estrada — falou Bernard, através de uma boca repleta de comida. — O chefe do bando está preso nas masmorras.

— Bandoleiro perigoso?

— Uma criança!

Orion franziu o cenho.

— Se quer a minha opinião — disse Bernard. — Os dois eram amigos, e não captor e prisioneiro. Tudo isso deve ser uma maquinação do tal Justin Gherald.

Bebeu uma caneca de cerveja em dois goles.

— E o que me diz de *sir* Justin Gherald? — disse Orion.

— Comunga com demônios.

— Mesmo?

— Acho que sim. O homem é perigoso e sanguinolento, Orion. Se todos os bandidos que ele diz ter matado forem como o líder, então *sir* Justin chacinou um berçário.

— Garotos com espadas podem ser mortais.

— Podem, claro que podem. Você mesmo era um maldito furacão, muito mais novo. Mas, de alguma forma, eu não acredito que tenha se formado um bando de guerreiros juvenis de elite, sem treinamento e sem professores, no meio da União Púrpura, e que eles tenham se dedicado a pequenos assaltos em vez de serem empregados por algum chefe tribal.

Orion assentiu.

— Mas agora nós vamos guerrear contra a União Púrpura, não é? — disse Bernard, limpando a gordura dos lábios grossos.

— Espero que sim. Porque Trebuck vai guerrear com eles de qualquer jeito.

— O Alto Comandante não vai gostar nem um pouco disso.

— Não — disse Orion. — Mas, quando ele vir seu próprio povo corrompido, quase tenho pena de Crânio Negro.

— Fúria de bárbaro e fúria de cavaleiro, Orion — Bernard sorriu. — É por isso que eu gosto de Alenn Toren Greenfeld.

Na enorme sala de comando da Ordem da Luz, havia três cadeiras de espaldar alto, uma mesa de pedra branca, e o Trono da Justiça. O fundador da Ordem havia relutado em toda aquela pompa, porque dizia ser Khalmyr o único comandante supremo, mas o tempo lhe ensinara que, com nobres, a pompa era necessária para manter o respeito. Se naquela época os cavaleiros de sangue rico já tramavam, a situação só pioraria séculos depois, e foi sempre bom haver o Trono da Justiça, um pouco acima dos outros, para que o Alto Comandante impusesse firmeza.

Em épocas de decisão, a sala de comando abrigava mais de uma centena; o Alto Comandante e a Trindade, e os quatro Comandantes, e os cem que formavam o Círculo. Mas naquele momento, estava vazia, exceto por um homem, que sentava-se no Trono da Justiça.

Era resoluto e digno, com olhos azuis que varavam a escuridão e a alma, cabelos e barba louros e bem-tratados, queixo forte e sobrancelhas graves. Sua armadura, adornada e polida, captava e refletia a luz do sol, nos relevos mostrando a balança de Khalmyr, nos detalhes que reproduziam sua espada. O homem tinha as costas retas, e estava muito confortável no Trono da Justiça.

— Sentado na minha cadeira, Culoch?

A voz, de sotaque pardo e cortando a sala, vinha de uma porta lateral. Fez com que o homem se levantasse de um salto. Ele botou-se em posição de sentido, fez uma saudação meticulosa e curvou-se frente a Alenn Toren Greenfeld, o Alto Comandante da Ordem da Luz.

— Perdão, Alto Comandante — disse.

— Você se enganou ou só queria ver se o Trono é tão confortável quanto dizem?

O Alto Comandante aproximou-se, e olhou para baixo, uma cabeça maior que o outro. Sua pele era quase negra de marrom, seus ombros e suas mãos eram de gigante, seus cabelos eram tranças espessas e curtas, selvagens, espalhadas, e não tinha barba. Um tapa-olho do lado direito, e cicatrizes por tudo. Nariz largo e duro, boca cheia de dentes. Aquele era Alenn Toren Greenfeld, um típico chefe tribal da União Púrpura — líder de todos os cavaleiros da Luz.

Sir Culoch Garoon, da Trindade, tropeçou em palavras.

— Fora — disse Greenfeld.

O outro fez mais uma mesura, e recitou algumas palavras de honraria, e apressou-se em sair. Alenn Toren Greenfeld desabou sobre o Trono da Justiça, espreguiçando-se.

Orion cruzou com Culoch Garoon, fez uma saudação, dirigiu-se ao Alto Comandante.

— *Sir* Greenfeld — com uma mesura.

— Bom vê-lo, Orion — sorriu o outro. — Venha até aqui, vamos falar de você e da guerra.

Alenn Toren abraçou Orion, olhou-o no rosto, com respeito feliz, e Orion sentiu-se relaxado. Era bom estar entre os amigos.

— Parabéns pelo filho, Orion.

— Obrigado. Estou aqui para falar de guerra, e não de mim.

— Como sempre — riu Alenn Toren.

O Alto Comandante falava num tom baixo e soturno, com voz rouca, mesmo quando sorria. Parecia um lobo prestes a atacar, ou um animal meio-domesticado mantendo a ferocidade em xeque. Exigiu que Orion contasse sobre sua busca, antes de qualquer coisa, e quis saber de Vanessa e do pequeno.

— Ele ainda não tem nome?

Orion estava cansado de todos lhe perguntarem isso.

Então, falaram de guerra.

— Ninguém irá ao auxílio de Trebuck, *sir* Greenfeld. O Exército do Reinado pode já não existir mais, a esta altura, e a União Púrpura tem muitos homens. E simbiontes.

O Alto Comandante esparramava-se no Trono, a mão sobre o queixo e a boca. O único olho sombrio.

— E disciplinar os bárbaros sempre foi tarefa de Bielefeld, não é?

Orion apertou os lábios.

— Sei como o senhor deve se sentir. Mas peço-lhe para considerar.

— Não estou atacando você, Orion.

Mas há muito, muito tempo os nobres mais repulsivos diziam que a União Púrpura era um perigo, uma mácula, e que Bielefeld deveria expulsar, subjugar ou matar os bárbaros. A Ordem da Luz não era Bielefeld, mas quase, e o Alto Comandante não era o regente, mas era poderoso. Alenn Toren sentira muito escárnio no passado e agora, porque tinha cor diferente, e porque fora um chefe bárbaro. Tinha sido custoso manter sua posição. Agora, era mesmo necessário entrar em guerra, e haveria gente dizendo que isso era o certo o tempo todo, que os bárbaros já deviam ter sido exterminados, que tudo poderia ter sido evitado com ação mais enérgica antes.

— E eu vou liderar tropas contra o meu povo — Alenn Toren mastigou a frase.

— Vai comandar o ataque pessoalmente, *sir*?

O Alto Comandante ergueu-se.

— Não. Isso seria idiotice. Eu estaria enfraquecendo a moral das tropas. — Tornou-se ainda mais cortante. — E estaria me deixando vulnerável ao assassinato.

— Os bons cavaleiros seguirão o senhor até o inferno, milorde.

— O que eu espero que não seja necessário, Orion.

Os dois saíram da sala de comando, porque, em verdade, Alenn Toren Greenfeld odiava aquele lugar. Puseram-se a andar pelo castelo, e fora, penetrando num bosque espremido no terreno da Ordem.

— O cão ficou raivoso — disse o Alto Comandante.

— O quê?

— O cão ficou raivoso. Há um ditado antigo, lembra? Bielefeld é o pai, e a União Púrpura é o cão vadio. O pai pode tolerar o cão vadio, pode dar-lhe um osso, mas também tem que disciplinar o animal, bater nele de vez em quando.

— Senhor, eu não penso assim. Nenhum cavaleiro de respeito pensa assim.

— Eu sei. Mas o cão vadio enlouqueceu, ficou raivoso, e vai matar alguém, se o pai não tomar uma providência. É o que aconteceu.

— Não.

— É o que vão dizer.

Orion não respondeu.

— Vou falar com o rei — suspirou Alenn Toren. — Vamos tomar uma providência, vamos mobilizar tropas.

— Não vamos lutar contra o seu povo, *sir* Greenfeld. Vamos lutar contra a Tormenta.

— Eu sei, e Crânio Negro vai pagar por nos fazer matar gente da União Púrpura.

Continuaram andando, mas calados, em volta do bosque, ao largo do Castelo da Luz.

— Gostaria de saber sobre esse torneio — disse Orion.

— Gostaria que esse torneio não existisse.

O Alto Comandante cerrou um punho.

— Cancele tudo, meu senhor.

— Não posso. Justin Gherald manobrou muito bem. Manobrou a mim, e à Trindade. Já não posso mandar os visitantes embora, vieram nobres de Portsmouth, dispostos a fazer acordos.

— *Portsmouth?*

Portsmouth, o reino vizinho a Bielefeld, era um inimigo histórico. Reino jovem, com pouco mais de dez anos, fazia parte de Bielefeld até conquistar a independência pelos estratagemas do Conde Ferren Asloth. O "Velho Abutre", como era chamado, fomentara a rivalidade que sua família vinha promovendo há séculos, e mais de um punhado de cavaleiros tinha encontrado a morte por emboscadas no terreno de Portsmouth.

— Acredite: Portsmouth — disse Alenn Toren. — Se eu cancelar o torneio agora, o Abutre vai ter uma ótima desculpa para ficar ofendido.

— E pegar em armas.

— E pegar em armas. De preferência, quando nossos homens já estiverem a caminho, e estivermos enfraquecidos.

Orion pensou que não estava acima de Ferren Asloth usar a Tormenta para seus próprios fins.

— Então, teremos o torneio — disse Orion.

— Teremos o torneio. E você vai participar.

Orion recusou de imediato, disse que odiava aquelas fanfarronices, que não suportava a pompa e as pessoas olhando, e toda a encenação. Disse não ser bom na justa, o que era uma completa mentira, e ser velho demais, o que poderia ser verdade, se ele não fosse Orion Drake.

— Você vai participar e está acabado, Orion.

— Senhor, por quê?

— Porque quero que o comandante de nossas forças impressione o povo, vencendo a justa.

Orion parou de caminhar.

— Senhor, eu não posso — interrompido.

— Pode, e vai. Quero que você comande as tropas de Bielefeld, *sir* Orion Drake, porque você conhece o inimigo, porque você já falou com *lady* Shivara, porque você merece, e porque é o melhor.

— Existem melhores.

— Quem?

— Bernard Branalon. Vanessa.

— O comandante da cavalaria deve ser bom em cima de um cavalo — disse Alenn Toren. — Bernard pertence à linha de frente, mata a pé, e os cavalos não aguentam seu peso por muito tempo.

— Vanessa, então.

— Ela tem melhor cabeça para a guerra que você, é verdade. Mas colocar uma clériga de Keenn nessa posição seria pior do que colocar eu mesmo. Khalmyr tem paladinos, mas também tem fanáticos, e uma flechada nas costas mata Vanessa assim como qualquer donzela.

— Os nobres vão chiar. Não tenho título.

— O que é algo temporário, porque você vai sair de Norm sob seu próprio estandarte, e vai receber terras e título.

Orion se calou. Não tinha modéstia; olhava Alenn Toren quase com hostilidade.

— Não. Eu recuso.

— Não pode recusar, porque eu sou seu Alto Comandante, e eu ordeno.

— Posso deixar a Ordem — e não blefava.

— Faça isso, se acha que deve. Mas saiba que, então, considero você pior que um porco.

O tom leve havia se quebrado, substituído por intenção.

— Aceito porque preciso — disse Orion. — Mas protesto formalmente.

— Fale com o escrivão e registre isso nos anais. Não me interessa nem um pouco.

O Alto Comandante seguiu na caminhada, andando como uma pantera em caça, e Orion deixou-se ficar para trás, estonteado, infeliz, com raiva. Por fim, seguiu Alenn Toren, e respondeu uma saudação de um escudeiro com um quase latido que fez o garoto pular.

— E sobre os dois rapazes? — disse Orion, alcançando o outro.

Alenn Toren Greenfeld falou como se nada tivesse acontecido.

— Vincent é um bom rapaz, mas sua cabeça está cheia do excremento envenenado de Justin Gherald.

— *Sir* Justin é mesmo traidor?

— Não sei. Talvez. Pode ser tudo, desde um devoto cego de Khalmyr até um maldito carreirista ou um sszzaazita.

— Sszzaazita?

Sszzaas, o Deus da Traição, fora considerado morto, mas ressurgira há alguns anos. O culto ao Deus-Serpente era ilegal, e seus adoradores, os sszzaazitas, eram caçados. Mas escondiam-se bem, e prosperavam em locais de intriga.

— Ou servo de algum outro deus profano. Como eu disse: qualquer coisa.

— Ou seguidor da Tormenta?

Mais uma vez, Alenn Toren parou.

— Essa é uma acusação muito séria.

— Estou perguntando.

— Nada leva a crer. Mas temos que ficar de olhos abertos.

Atravessaram o pátio de treinamento, onde escudeiros e cavaleiros recém-ordenados praticavam ataque e defesa sob os olhares rígidos e insultos de instrutores veteranos. Ante a passagem do Alto Comandante, o pátio descreveu uma onda de saudações. Orion sorriu ao ver diversos filhos de Bernard Branalon treinando. Eram todos fortes, e alguns eram até rápidos. Alenn Toren parou, tomou uma espada de madeira de um dos instrutores e esgrimiu com um escudeiro por alguns minutos, dando-lhe conselhos que o garoto escutava extasiado. Depois, voltou a caminhar.

— E o prisioneiro? — disse Orion.

— Quem?

— O bandoleiro. Que mantinha o tal Vincent preso.

— Darien. Seu nome é Darien — Alenn Toren fez um muxoxo.

— Acha que ele é inocente?

— Não, não. Nunca vi ninguém mais culpado na minha vida. Um olhar para o rosto daquele rapaz é suficiente para saber que ele é um marginal.

Silêncio.

— Mas...? — disse Orion.

— Mas eu não sei se ele merece ficar o resto da vida trancado em uma masmorra. Não sei quais são seus crimes. Não sei se ele é irrecuperável.

Num gesto bastante contrário à sua posição de destaque, Alenn Toren chutou um pedregulho, e enviou-o para o outro lado do pátio.

— E eu era como ele, antes de Philipp Donovan me encontrar — disse.

Orion observou-o.

— Eu poderia ter sido feito prisioneiro — continuou o Alto Comandante —, porque Khalmyr sabe que fiz coisas de que não me orgulho. Nunca fui sanguinário como alguns chefes, mas matei quem não deveria, e roubei. Philipp Donovan me deu uma chance, e eu expiei meus crimes, e acho que minha alma ficou menos suja.

— Então alguém deveria dar essa chance também ao garoto?

— Talvez. Ou talvez ele seja só um jovem facínora, e seja melhor enforcá-lo.

Deram a volta toda no castelo, e entraram de novo, atravessando corredores enfeitados para o torneio vindouro, cheios de gente respeitosa, e mais uma vez na sala de comando.

— Não sou Philipp Donovan, Orion — disse o Alto Comandante.

Orion deu um meio sorriso, pesado de saudade.

— Não sou Philipp Donovan, e não posso ser o que ele foi. Ele lhe foi quase um pai, e eu sou um irmão em armas.

— Irmão, e só — disse Orion.

— Diabo. Então, aceite o que eu digo, e lidere Bielefeld na guerra, Orion. Tome um estandarte e dê honra ao seu filho.

Orion assentiu.

— Com sua permissão, meu senhor. Vou me retirar.

Alenn Toren deu-lhe um tapa no ombro, desejou-lhe sorte e mandou que descansasse.

— Você vai matar o Cavaleiro Risonho um dia, Orion.

Sério:

— Eu sei.

Vanessa entrou numa das diversas capelas que havia no Castelo da Luz. Lugares quietos, acolhedores, discretos e geralmente vazios. Alguns bancos, sem a seriedade habitual das igrejas, e um pequeno altar. Qualquer culto era permitido nas capelas, mas a espada e balança de Khalmyr era mais do que uma sugestão gentil. Era raro encontrar, em uma capela, algum clérigo — para isso havia grandes templos. Mas, naquele momento, naquela capela, havia uma clériga do Deus da Justiça, atrás de um biombo, em meditação.

— Perdoe-me, irmã, porque pequei — disse Vanessa.

— E quais foram seus pecados?

— Ser mais forte do que todos os homens que encontrei. Fazer um bando de orcs chorar. Ter um filho que será o maior general de Arton.

— Seus crimes são graves. Sua punição é passar o resto da vida lavando louça, escovando o chão, bordando e tricotando.

A clériga levantou-se, saiu de trás do biombo, e abraçou Vanessa, seu sorriso quase espremendo lágrimas.

— Não sabia que você tinha voltado!

— Cheguei há poucas horas. Como você está, Camille?

— Ótima. Quero ver seu filho.

— Ele está esperando você.

A dupla de clérigas saiu da capela, rindo e conversando em voz baixa, como se seus deuses patronos não fossem inimigos ferrenhos. Camille era um pouco mais nova que Vanessa, cabelos pretos lisos até a cintura, rosto fino e pele alva, olhos negros sem fundo, porte de professora e de soldada. As duas haviam sido amigas na infância, embora Vanessa gostasse de vencer os garotos nas brincadeiras de guerra e Camille preferisse estudar e tocar música. E, mesmo que não fosse guerreira como Vanessa, Camille provara-se forte, optara pelo treinamento de combate dos clérigos de Khalmyr, que nunca usara na vida real. Quando Vanessa partiu para atender ao chamado do Deus da Guerra, a outra sentiu que podia ser um abismo grande demais, mas elas concordaram em manter a guerra celestial nos céus. Fora Camille quem casara Orion e Vanessa e, muitas vezes ao longo dos anos, olhava para o casal com desejos de fazer parte de algo assim.

— Ele é lindo, Vanessa — disse Camille, adentrando o quarto da outra e vendo a criança.

— Claro que é.

Conversaram um tempo sobre o menino. Vanessa não tinha paciência para aquilo, e sempre desviava o assunto para o futuro de lutas que a criança teria.

— Desafio você: deixe-me ensinar os preceitos de Khalmyr a ele, e que ele escolha — disse Camille, rindo.

— Não tínhamos concordado, há anos, manter a religião longe?

— Está com medo?

— Claro que não. Desafio aceito, irmã Camille — e apertou forte a mão da amiga, e elas trocaram piadas.

Deixaram o pequeno aos cuidados de uma ama, e saíram em silêncio.

— Não me pergunte o nome — disse Vanessa, quando a outra parecia prestes a fazer isso. — Ainda não tem.

— Nenhuma ideia?

— Que tal Arsenal?

— Mau gosto.

Sentaram-se em um jardim interno, sob uma das gigantescas torres em forma de lâmina.

— Quer um chá? — disse Camille.

— Está brincando? Passei um tempo enorme sem poder beber. Quero hidromel.

Beberam hidromel.

Vanessa contou sobre o parto, sobre o Doutor Nash, sobre o Exército do Reinado.

— Como está Orion? — disse Camille.

— Orion é Orion.

— Não completou a busca?

— Claro que não.

Camille balançou a cabeça.

— Está na hora de vocês dois ficarem por aqui e deixarem as aventuras para os jovens.

Vanessa bebeu um gole.

— Será? — disse. — Estou tentando me convencer de que ainda vale a pena ficar com ele.

Camille não entendia.

— Não quero ser casada com o Cavaleiro Risonho, Camille. Orion foi embora, assim como o pai dele fez. Foi embora, galante e destemido, no seu cavalo, em sua busca pela honra da família. No caminho, encontrou companheiros, que ajudou, altruísta. O cavalo morreu, os companheiros se afundaram em problemas, ele se meteu numa guerra e quase não viu o filho nascer. O filho quase não nasceu.

— Porque *você* foi atrás de Orion.

— O que não teria acontecido se Orion não tivesse ido embora em primeiro lugar.

— Ele não é o Cavaleiro Risonho, Vanessa. As razões são diferentes.

— Pouco importa a razão; abandonar o filho é abandonar o filho.

As duas ficaram em silêncio.

— Ele é um homem bom. Você sabe disso.

— Sei. Mas também sei que é teimoso, e cheio de problemas.

— E você não é?

— Talvez nós dois tenhamos problemas demais. Ele queria seguir para Namalkah, continuar procurando o pai. Sair na sua grande aventura de garotos, juntar um grupo de aventureiros, explorar masmorras e tudo o mais. E me deixar aqui. E nos deixar aqui.

— Você fica triste por ele ter ido ou por você ter ficado?

Vanessa não respondeu.

— Fiquem aqui, agora — disse Camille. — Os dois.

— Eu não posso. Tenho uma missão.

Camille ajeitou o cabelo atrás da orelha.

— Missão?

— Para Keenn. Não posso contar nada.

Camille assentiu.

— E foi Keenn ou Mestre Arsenal quem lhe deu essa missão? Ou foi você que escolheu a missão sozinha?

Vanessa abriu a boca, mas desistiu.

— Eu sabia — disse Camille. — Você é igual a Orion.

— Esse é o problema.

— Você o ama, Vanessa?

Ela fechou os olhos com força.

— Muito. Demais, até. Você acha que isso é suficiente?

Camille deu de ombros.

— Às vezes.

Naquela noite, Orion e Vanessa se deitaram em uma cama, juntos, de novo. Era bom, era quase estranho, por distante.

— Quase prefiro um saco de dormir ou uma cama de campanha — disse Vanessa, deixando-se abraçar.

— Eu não. — Orion fechou os olhos.

Conversaram pouco, em voz baixa, para não acordar o menino que dormia no berço próximo. Beijaram-se.

— Como vai ser o nome dele? — sussurrou Orion, quase começando a sonhar.

— Não sei. Que tal Orion?

— Nem pensar. Um só já chega.

Riram. Dormiram.

Sonharam.

Sonharam com aventuras, com batalhas, como era tão comum. Sonharam com um grupo que não conheciam. Lá estava Ashlen Ironsmith, muito mais jovem, e sem o aleijão. E também estava um mago e um paladino, um minotauro e uma clériga, uma bárbara das Montanhas Uivantes, um samurai de Tamu-ra, uma arqueira, um guerreiro. O sonho pareceu levar meses, em viagens confusas e lutas incoerentes que eles esqueciam tão logo presenciavam.

Na manhã seguinte, Vanessa batizou seu filho, em Keenn, e Camille o batizou em Khalmyr. Com o nome que o sonho trouxe:

Vallen.

Orion e Vanessa caminhavam com o jovem Vallen pelas ruas de Norm. Aproximou-se uma velha, uma velha cega; na roupa, o símbolo de Thyatis, o Deus da Ressurreição e da Profecia. Ela falou:

— Essa criança é filha dos mortos.

E talvez fosse.

CAPÍTULO 4

ARTORIUS REX

GURYANN DA TRIBO GURKA KAHN, O REGENTE DA UNIÃO Púrpura, caminhou para fora do Salão dos Cadáveres, e encontrou o desafiante. Guryann tinha o simbionte, e Artorius também. Ambos com as couraças de inseto e os olhos de Tormenta. Conquanto a corrupção, o protocolo foi seguido.

— Sou Artorius, chefe por combate da tribo Zallar.

À volta, todos os chefes — exceto Duar Talhen, que estava morto e desgraçado. Grael estava apinhada de guerreiros: peles pardas, cicatrizes, machados e cabelos desgrenhados; honra e sanguinolência. A Cidade sem Tribo assistia ao desafio ritual.

— Sou Artorius, chefe da tribo Zallar, e o desafio, Guryan dos Gurka Kahn, pelo trono da União Púrpura.

Muitos guerreiros berraram, porque muitos seguiam Artorius. O minotauro havia surgido repentino e letal na tribo Zallar, e invocado costumes obscuros para, por direito de mérito em batalha, tornar-se do povo. E, depois, tornar-se o chefe. Artorius havia humilhado o antigo chefe, o combate fora uma brisa, embora o adversário fosse um homem poderoso. Mesmo assim, o minotauro fora consagrado, porque era forte e porque tinha dado às pessoas riquezas e simbiontes, e as fizera prósperas.

— O regente despreza seu desafio e mija nos seus ancestrais — disse um xamã, que se colocava ao lado de Guryann. — As estações ainda não trazem a época de outro torneio, e não há outros desafiantes. Você desrespeita o costume, e as crianças riem de sua tolice.

— Eu estilhaço o costume, e construo um novo — trovejou Artorius. — Segundo a profecia, segundo o costume mais antigo que a bandeira da União Púrpura e mais antigo que a civilização, eu sou o Rei das Tribos, dono da coroa feita por Megalokk.

Eram palavras decoradas, recitadas, dos dois lados.

O antigo chefe dos Zallar havia apresentado ao Conselho dos Chefes aquele recém-chegado. Como rei. Nunca houvera um Rei das Tribos. Há muito tempo, os Gurka Kahn, no interesse de fazer a paz, haviam tentado sugerir que o regente escolhido em torneio e exigido pelo Reinado era na verdade a concretização da profecia. A noção fora rejeitada, principalmente porque Megalokk nunca construíra a coroa. O sacrifício de sangue fora tentado muitas vezes ao longo dos séculos, mas nunca houvera um sobrevivente.

Até Artorius.

— O costume só pode ser quebrado pelos deuses — continuou o xamã. — Megalokk destruiu-o, e Allihanna vai construir um novo.

— *Não Allihanna* — rugiu Artorius, e isso não era o protocolo. — O Deus da Tormenta.

A Cidade sem Tribo chacoalhou. O xamã tentou balbuciar alguma coisa, mas Artorius andou, jogou-o na lama com um empurrão, e se postou a centímetros do rosto de Guryann.

— Vamos lutar, regente morto, para que você possa engrossar a parede do Salão dos Cadáveres.

— As lutas do torneio não são até a morte — ganiu o xamã. — E o desafiante deve passar pelos testes de força na Arena do Torneio.

Artorius, olhos à frente, girou o machado enorme e o matou.

— Agora, as lutas são até a morte. E minha força já venceu Megalokk e a tradição. Venha morrer, Guryann dos Gurka Kahn.

O desafio foi aceito.

O duelo, que nunca se vira na história das tribos, aconteceria ao amanhecer. Não havia costume que ditasse isso, a decisão foi da vontade de Artorius. Guryann passou as horas da noite aconselhando-se com seu pai e orando por força. Artorius estava sozinho, do lado da Arena do Torneio, no escuro, e ninguém ousava chegar perto.

O gigantesco minotauro estava sentado numa pedra, afundando-a no chão, e tinha o rosto nas mãos de couraça. A coroa de ossos e carne estava caída no barro. Ashlen apareceu como um cheiro, atrás, e viu o corpanzil corcovear em um soluço.

Disse o nome de Artorius.

Viu a cabeçorra voltar-se, os chifres pulsarem. Artorius estava chorando.

— Sabia que você estava aqui, Ashlen — disse o minotauro.

Ashlen sentiu o chão girar sob seus pés. Em mais de dez anos, era a primeira vez que ouvia a voz de um deles, que via um do antigo grupo. Artorius sempre fora o mais reto, o mais duro, o mais forte, servindo ao Deus da Força. Não dizia uma palavra desnecessária, não bebia uma gota de hidromel, comia o mínimo, pois tais eram seus hábitos estritos. Protegia os fracos, porque era o que pregava seu deus, e professava que os fracos deviam servir aos fortes, porque também era esta a doutrina. As emoções do clérigo pareciam ser raiva, resignação e lealdade, e mais nada. Artorius não ria, e muito menos chorava.

— Crânio Negro — começou Ashlen.

— Crânio Negro capturou você — a voz do minotauro ribombou. — É inútil fugir de Crânio Negro. Ele é o mais forte.

A boca de Ashlen pendia aberta.

— Ele capturou você também?

Artorius balançou a cabeça, ainda sentado, as costas curvadas e os ombros moles.

— Ele me libertou.

Ashlen se afastou, horrorizado.

— O que houve com você, Artorius?

— Sou forte, de novo.

— Você é um escravo!

Era uma ofensa terrível para um minotauro, porque sua sociedade empregava escravos, e esses eram tomados dentre as raças fracas. O senhor tinha a obrigação de proteger o escravo, e o direito de ser obedecido e reverenciado. Um minotauro preferiria morte à escravidão.

Artorius se levantou.

— Todos já somos escravos, apenas não sabemos. A Tormenta já venceu, Ashlen. O mundo não tem chance.

— Os outros estão com você? Vallen está aqui?

— Vallen morreu — como uma pedrada. — Quase todos morreram. Ellisa, Nichaela, Kodai, enumerou Artorius. Andilla.

— Rufus? Gregor?

— Viveram. Nós vivemos. Para ser escravos.

— Onde estão eles? Onde está Gregor? — Ashlen deu um passo à frente.

— Isso não importa. Onde quer que estejam, são escravos. Como você e eu.

Ashlen não entendia, e gritou com o minotauro, e perdeu a noção do perigo e deu um soco em seu estômago de parede.

— Nós fomos ao mundo do albino — disse Artorius. — Ao mundo da Tormenta.

— Crânio Negro é o albino? — Ashlen estava tonto. — É um deles?

— Crânio Negro é um servo, como nós.

— Quem é ele?

— É o mestre entre os escravos. — Artorius parecia estranhamente satisfeito.

Ashlen sentiu um frenesi, gritou e gritou, e bateu na figura de estátua que fora o seu amigo.

— Por que ele está atrás de mim? Por que ele me pergunta sobre o grupo?

— Não sei, e não importa. Nós estivemos envolvidos com a chegada da tempestade. Talvez isso tenha algum significado. Provavelmente, não. Se não fôssemos nós, seriam outros.

— Porque era o que os deuses queriam? — choramingou Ashlen. Agora estava exausto, e as mãos e o pé real sangravam. Como Nichaela dizia, a vontade dos deuses.

— Não — disse Artorius, e olhou para uma vaga direção acima. — Porque é a vontade dos *lefeu*.

Ashlen despencou e começou a chorar.

— Por que ele está atrás de mim? Por que me faz perguntas, se tem você, e você sabe muito mais?

— Ele nunca se satisfaz com as respostas. — Artorius abaixou-se, agarrou os ombros de Ashlen. — Ele quer todos nós, todos os que sobraram. Não sei o que vai fazer quando tiver todos.

— O que houve com você, Artorius? — disse Ashlen quieto, controlando-se.

— Fiquei fraco. Fui derrotado, quando vencemos.

Ashlen viu que o minotauro batia os dentes de medo. Já quase amanhecia.

— Crânio Negro me salvou, Ashlen.

Artorius, sem os dois braços, catou com a boca a moeda suja que alguém lhe jogara. Murmurou um obrigado, absurdamente agradecido pela caridade, e voltou à sua pilha de trapos.

Pensou que tinha muita sorte, porque a gente de Petrynia era generosa, e um homem como ele podia comer vários dias, se rastejasse o bastante.

Era um ótimo consolo, e ele ficava muito feliz, já que experimentara todas as formas de suicídio que conseguira imaginar para alguém nas suas condições, e sempre falhara.

— Muito obrigado, meu senhor, por alimentar um pobre mendigo.

Mas então surgiu a armadura preta, e lhe fez uma proposta. Se queria ser forte de novo?

A história era realmente muito simples. Só desespero e portas fechadas.

— E agora você vai liderar os bárbaros — disse Ashlen, voz vazia. — Vai atacar o Reinado, é isso?

— Os fortes devem proteger os fracos.

— Você vai ser um general da Tormenta? — gritou.

— Os fortes devem proteger os fracos.

— Você pode fugir, Artorius. Procure um sacerdote. Você não precisa da corrupção, pode ter seus braços de volta.

— Os fortes devem proteger os fracos.

— Você não é mais um clérigo de Tauron! — E, súbito, percepção: — Você é um *clérigo da Tormenta*.

— Os fortes devem proteger os fracos.

— Eu sei disso! — foi um berro.

— *Então, por que você não me protege, Ashlen?*

O minotauro desmoronou aos pés dele, abraçou-lhe os tornozelos, soluçou como uma criança, babando-lhe a única bota. Afundou o rosto no barro, esperneou na sujeira. Ashlen pensava em fugir.

— Por que você não me protege?

Amanheceu. Artorius, a boca aberta de sufocamento, teve de se levantar.

E Artorius matou Guryann dos Gurka Kahn na Arena do Torneio, e foi Rei das Tribos da União Púrpura. Majestoso, indestrutível, podre, espalhou sua glória e seus simbiontes.

— Vamos lutar! — urrou, cercado de uma floresta de armas erguidas. — Vamos vencer!

E estendeu um tapete de sangue à sua frente.

Rumo a Trebuck.

CAPÍTULO 5

O CAVALEIRO

Os GRITOS DA MULTIDÃO FIZERAM TREMER O FUNDO DO ouvido de Zara. Ela ria para tudo, porque, para onde olhasse, havia algo fervendo de diversão. Os cavaleiros eram todos muito galantes, imponentes, como deuses tocando o mundo, em armadura e lanças longuíssimas. O povo era limpo, e quase todos tinham quase todos os dentes, o que era prodigioso. Logo fora de Norm tinha sido montada a cancha onde ocorreria a justa, e o campo de areia onde seria a liça. Perto, ladeando tudo num meio-círculo, fora erigida uma quase cidade de pavilhões. Cada um com seus brasões e suas cores, um monte de símbolos misturados que tinham significados nobres, terríveis ou involuntariamente cômicos.

— O que é aquele desenho? — disse Trebane, apontando com o queixo. — Um pardal comendo uma minhoca?

Zara riu de novo, ficou na ponta dos pés para ver o que o centauro falava. Mesmo assim não conseguiu, e então ele a levantou acima da cabeça.

— É o brasão da família Dornelung, de Portfeld. Não é um pardal, é um falcão! Um falcão com uma longa língua de fogo.

— Ridículo.

— Os Dornelung são vassalos dos Goldwolf, senhores de Portfeld. Está vendo? Do lado do falcão está a bandeira dos Goldwolf, o lobo dourado sobre campo vermelho.

— Ridículo — repetiu Trebane.

— Deixe eu montar em você, para ver melhor.

— Nem pensar.

Em contraste com a memória das tendas militares do Exército do Reinado, os pavilhões dos cavaleiros eram como mansões comparadas a casebres. Panos grossos e coloridos, com as cores de cada família, ou de cada indivíduo, no caso de homens poderosos que tinham sua própria marca. Ali estava o verde e branco da família Sagrinem, de Sambúrdia, e as faixas transversais negras do seu filho mais novo, Trent Sagrinem, conhecido como o Fazedor de Luto. Um zoológico de animais comuns, mágicos e heráldicos voava nas bandeirolas, um arsenal de todos os tipos de armas, escudos, elmos, manoplas representado nos estandartes, todas as cores que Tanna-Toh, Wynna, Glórienn e Marah pensaram em botar na terra, versões dos símbolos dos deuses, e coisas variadas como homens empalados, padrões geométricos, nuvens, montanhas, árvores.

— Está vendo aquele estandarte? — disse Zara, apontando. No meio da profusão de brasões, ela indicava galhadas de alce, sobre fundo laranja. — Sabe o que significa?

— Uma esposa infiel?

— Força e resistência, pelas galhadas. O campo laranja representa "ambição valorosa". É o símbolo dos Fraetull, de Deheon. Conquistaram glórias na colonização deste continente.

— E daí?

Zara divertia-se como uma menina. Sabia tudo sobre todas as famílias, contava histórias engraçadas ou trágicas. Quando começava uma história de amor, o centauro fazia-a se calar, mas, não que admitisse, ouvia tudo com interesse.

As estruturas construídas para o torneio eram impressionantes. De um dos lados da cancha, proporcionando uma visão de vantagem, erguia-se a tribuna de honra. Cavaleiros de qualquer estirpe e nacionalidade podiam olhar a justa da parte de baixo, enquanto o andar superior era reservado aos nobres. O rei de Bielefeld, Igor Janz, estava lá, com sua mulher, Kalmira, de beleza quase sobrenatural, e a jovem princesa Julie. O filho do casal, Khilliar, era agora *sir* Khilliar, ordenado há poucos meses na Ordem da Luz, e cavalgaria na justa. Convidados do rei aglomeravam-se com nobres de outros reinos e com o imponente e sombrio Alto Comandante da Ordem da Luz, Alenn Toren Greenfeld.

Havia cavaleiros notáveis, checando suas armas, reclamando de seus armeiros, ralhando com seus escudeiros e conversando com seus cavalos. Havia cinco da Ordem de Khalmyr, que era irmã da Ordem da Luz, e mantinha uma rivalidade amistosa e amizade ferrenha em tempos difíceis. As duas ordens de cavalaria haviam sido fundadas quase ao mesmo tempo, por dois grandes amigos, e seguiam quase os mesmos preceitos. Enquanto a Ordem de Khalmyr concentrava-se na religião e na espiritualidade, a Ordem da Luz era um braço armado da justiça dos homens. Era verdade que a Ordem da Luz havia afundado em política, enquanto que sua irmã mantivera-se mais pura, mas também era verdade que existiam bons cavaleiros nas duas. Havia também, entre os competidores, dois cavaleiros de Portsmouth, o que deveria ser boa parte do contingente de cavalaria do reino. Portsmouth, inimigo de Bielefeld, desprezava a Ordem da Luz, mas isso não impedia que alguns homens, poucos é verdade, seguissem o caminho de cavaleiro — embora não se soubesse de nenhum que pertencesse a uma ordem. Havia *sir* Pelvas, "o Cão que Cavalga", um homem prodigioso vindo de um continente distante, que tinha cabeça de lobo e pelo marrom por todo o corpo. E *sir* Otto Blunth, nascido de uma família humilde, que havia ascendido à glória e ao título de cavaleiro sendo o honrado guarda-costas de um clérigo de Khalmyr. E *sir* Warren, o Barba-de-Ferro, que se gabava de ter sangue anão nas veias.

Os mais prestigiados cavaleiros não tinham pavilhões no campo: eram convidados do Castelo da Luz. A cortesia da Ordem da Luz fazia com que as cores e brasões dos visitantes tremulassem nas torres, e assim a fortaleza era ainda mais notável, cheia de símbolos em conflito alegre. Outros cavaleiros de destaque haviam sido hospedados em castelos de famílias amigas ou aparentadas. Além disso, o enxame de nobres que viera assistir às demonstrações também desfrutava, muitas vezes, da hospitalidade dos aristocratas de Bielefeld, e assim o torneio era uma época de fazer acordos, planejar alianças e marcar casamentos.

Zara já havia recebido toda sorte de propostas e pretendentes, desde juras de amor imorredouro até ofertas sérias com números de moedas e cabeças de gado, ou beliscões no traseiro. Parecia-lhe apenas outro espetáculo, e também disso ela ria.

Trebane maldizia sua ideia de vir a Bielefeld. Era um lugar onde não se brigava e não se bebia o suficiente, ainda mais em uma época de tão bons modos. Ele suspeitava que, procurando com algum afinco, encontraria buracos onde se divertir, mas sua presença era sempre notada com espalhafato e ele, por mais que dissesse o oposto, não queria embaraçar *sir* Orion. Assim, Trebane ficava com Zara, e tinha que rosnar para a maré incessante de crianças que pediam para montá-lo. Sendo um druida, Trebane ainda assim admitia que podia haver coisas boas na civilização — luxos, vinhos, confortos. Mas Orion, com sua humildade, garantia que eles não desfrutassem de nenhuma delas.

Não que Trebane fosse a única presença exótica no torneio, porque Arton era colorido demais, mesmo no reino humano e cavaleiresco de Bielefeld. Havia diminutas sílfides, apontando e rindo e incomodando, e um grupo de elfos que cochichava entre si, não falava com mais ninguém e mantinha os olhos nos sapatos, e um par de minotauros. E havia, para vender, desde armas e armaduras até poções, relíquias e objetos encantados, alguns verdadeiros, a maioria falsa, e quinquilharias de todos os tipos, porque o torneio atraíra uma vida mercantil ávida, que gritava as qualidades de toda e qualquer mercadoria a plenos pulmões.

Havia clérigos de todas as fés, havia plebeus e nobres, havia cavaleiros em profusão, e homens que queriam ser cavaleiros, e cavaleiros que queriam conhecer e servir a outros cavaleiros, mais ricos. Havia gente ganhando dinheiro nos dados, nas compras e nas apostas, e muito mais gente perdendo.

Era uma confusão alegre, pensou Zara, e que *sir* Orion Drake fosse para o diabo, murmurando o tempo todo que aquilo era bobagem e que deviam ir guerrear.

— Levante, garoto, há um cavaleiro aqui para ver você — disse o guarda.

Darien apoiou-se na parede imunda e esticou as pernas, olhando para o teto em ironia. A porcaria do cavaleiro ia vê-lo sempre, embora, há algum tempo, parecesse ter decidido que ele era mesmo um criminoso, e ficaria lá mofando eternamente. Seu companheiro de cela já não dizia nada, porque cansara das surras que levava sempre que fazia uma pilhéria, um dito escarninho, uma reclamação, um comentário, ou um som qualquer. Darien caminhou, as pernas endurecidas, os cabelos quase roçando na pedra baixa.

— Puxa, será que hoje vou receber meu título de *sir*? — disse, e levou um soco na cabeça, de um dos carcereiros.

Levou a mão ao dolorido, e ainda quase ria, quando estacou frente ao cavaleiro.

Era um cavaleiro diferente.

— Você é um cavaleiro diferente.

— Não sou *sir* Justin Gherald, se é isso que você quer dizer — disse Orion.

Se isso seria bom ou ruim para Darien, ainda era incerto.

A saleta apertada era a mesma, mas o cavaleiro não tinha o mesmo olhar de louco que Justin Gherald possuía. Darien mexeu-se na cadeira, desarrumou os próprios cabelos, fez pequenas marcas na mesa com a unha.

Orion mantinha nele uns olhos cinzentos.

Isso durou por um tempo enorme, até que Darien falou:

— O que você quer?

— Saber — disse Orion.

Ou, talvez, esse cavaleiro fosse tão louco quanto o outro.

— Você é culpado? — Orion voltou a falar.

— Não. Não, não. Sou inocente, não sou bandoleiro, nunca roubei ninguém na minha vida. Aliás, nem tenho bem certeza do que é um bandoleiro. Ele toca bandolim?

Orion levantou-se, chamou o guarda.

— Ótimo, fique aí e morra de doença.

Em surpresa, Darien enfiou uma unha na madeira, e conseguiu uma farpa no dedo.

— Espere!

Orion ergueu uma sobrancelha, a boca invisível por trás da barba de aço de espada. O guarda veio, mas Orion dispensou-o.

— O que você quer? — repetiu Darien.

— Saber.

O rapaz balançou a cabeça, bateu na própria coxa.

— Você é culpado? — disse Orion.

Darien mordeu os lábios.

— Sou.

— De roubo?

Assentiu.

— De fazer emboscadas?

Assentiu.

— De liderar um grupo de assaltantes?

Assentiu.

— De manter Vincent prisioneiro?

— Não.

Orion recostou-se na cadeira precária. Vestia uma túnica branca, simples, que trazia apenas o símbolo de Khalmyr, num bordado discreto que não estaria deslocado nos mantos de um frade. Pelas roupas, podia ser um empregado do castelo, mas a cavalaria estava em suas costas, em seu queixo, em seus ombros.

Mandou que Darien contasse a verdade.

E ele contou, quase tudo. Contou sobre o Bando do Dente Quebrado, e sobre como os dois haviam crescido juntos, numa infância perfeita de brigas, fome e correria. E contou que haviam atacado os cavaleiros, mas não falou nada sobre a transformação de Vincent.

— Você então é culpado de atacar cavaleiros da Ordem da Luz?

Assentiu.

— De assassinato?

E então, Darien agarrou as próprias têmporas. Voltou-lhe o homem, o corte, o grunhido estranho que ele fizera ao morrer. Era um cavaleiro, era um seguidor de Khalmyr.

— Sou — cerrando os dentes com força, os nós dos dedos brancos, as veias da testa aparentes.

Orion ficou em silêncio, os braços cruzados.

— É a morte, não é? — disse Darien. — Matei um cavaleiro da Luz, isso é a morte. Não entendo por que me deixam aqui. Deveriam me soltar, ou então me enforcar.

— Você tem razão — disse Orion.

O garoto pareceu ter levado um tapa.

— Conte-me exatamente como matou. Conte-me como foi. Todos os detalhes.

— Não quero — disse Darien.

— Não me importa. Conte.

Ele contou. Omitiu o que pôde, sobre a bizarria do amigo, sobre os elementos mais fantásticos, mas contou que dera primeiro um golpe para derrubar, e só cortara o pescoço do homem quando vira seu amigo prestes a morrer.

— Vocês não mataram os escudeiros, os servos?

— Não.

— Quem fez isso?

— *Sir* Justin Gherald.

Orion fez um grunhido.

Por fim, disse:

— Levante.

Darien bateu com as mãos abertas na mesa, balançou os cabelos sujos para o nado, e levantou.

— Sabe quais são as virtudes de um cavaleiro? — disse Orion.

Darien tentou pegar alguma ideia no ar. Não, não sabia.

— Coragem. Justiça. Piedade. Generosidade. Fé. Nobreza. Esperança.

— Está querendo dizer que um cavaleiro da Luz nunca cometeria uma atrocidade como aquela? — Darien riu.

— Não. Apenas quero que você conheça essas virtudes. Como escudeiro, vai precisar saber disso.

Darien tropeçou, parado.

— Eu *matei um cavaleiro*. — Chutou a mesa. — Você vai me *recompensar*?

— Não.

E não havia nada na postura de Orion que sugerisse algo além de rigidez.

— Você vai ser punido — disse o cavaleiro. — Você vai ser meu escudeiro, e vai receber sua punição. O que falou é verdade: o castigo de um assassino não é ficar trancado com ladrões, sendo alimentado pela coroa de Bielefeld. Mas também não vou matá-lo, porque isso não serviria para nada. Você vai deixar de ser um traste, e vai ser útil. Muito provavelmente, vai morrer, mas em batalha, defendendo gente inocente, e não em uma forca. Você vai ter uma chance de reparar o que fez.

— Por quê? — Darien, com voz sumida.

— Porque nem tudo foi culpa sua. Porque, se outro homem além de Justin Gherald tivesse encontrado você, talvez sua história fosse diferente. Porque é injusto que seu amigo seja tornado cavaleiro e você fique na masmorra.

"Porque você nunca teve um pai".

— Não faz sentido.

Orion deu-lhe um tabefe atrás da cabeça.

— Não questione os motivos de seu senhor.

— Certo.

— "Certo, *sir*".

— Certo, *sir*.

Orion chamou de novo o guarda.

— Tome um banho e apresente-se no Castelo da Luz, diga que está sob as ordens de *sir* Orion Drake.

— Eu odeio cavaleiros.

— "Eu odeio cavaleiros, *sir*".

— Eu odeio cavaleiros, *sir* — acintoso.

A porta foi aberta.

— Às vezes, eu também.

Vincent ajoelhou-se. A multidão aplaudiu, mesmo antes da hora, e os cavaleiros, uma floresta de elmos adornados e simples, lanças e espadas, olhavam e murmuravam entre si. Vincent sob as flâmulas com a balança e espada de Khalmyr, e o brasão da Ordem da Luz na frente da tribuna de honra, na cancha larga que seria, em breve, pisoteada pelos cavalos em galope. Vincent de armadura, ainda desconfortável, mas já acostumado, e uma túnica branca. À sua frente, *sir* Justin Gherald, com uma espada na mão e uma testa franzida de dignidade.

— Que palhaçada — murmurou Bernard Branalon, para o Alto Comandante. — Com todo o respeito, milorde, isso não vai contra a tradição?

Alenn Toren parecia prestes a cortar a cabeça de alguém. Vanessa, próxima dos dois, observava a cena, descrente.

— Gherald manobrou muito bem — disse Alenn Toren. — O garoto é o assunto preferido dos cavaleiros visitantes. Qualquer cavaleiro pode sagrar alguém, mas Vincent terá apenas o título, até o fim do torneio.

— *Apenas* o título? — disse Vanessa.

— Depois, será pior — o Alto Comandante rosnou. — Ele vai ser um cavaleiro da Luz.

Assim seria. Vincent, agora Vincent Gherald, não seria ainda membro da Ordem, mas seria *sir* Vincent, e teria o direito de competir na justa. O número de lordes que queria vê-lo cruzar lanças era impressionante. Nada, na tradição, impedia que Justin o sagrasse — ele era um cavaleiro em boa posição, seu julgamento teria de ser respeitado.

Sir Justin Gherald ergueu a espada.

— Chega — disse Alenn Toren Greenfeld.

Sob um engasgo coletivo, o Alto Comandante saltou da tribuna de honra, ágil como um gato mesmo com a armadura dourada, e pousou pesado e silencioso na areia da cancha.

— Eu mesmo vou sagrar o garoto, *sir* Justin.

A multidão explodiu em júbilo.

A verdade era que Alenn Toren Greenfeld sentia engulhos apenas em pensar que Justin Gherald podia tornar alguém cavaleiro. Mesmo que não fosse membro de uma ordem, um cavaleiro deveria respeitar as virtudes, defender os fracos, obedecer ao Rei-Imperador. O Alto Comandante não queria ouvir os juramentos sendo maculados pela voz de gralha de *sir* Justin.

Ademais, pensou que, sendo ele a sagrar o moleque, havia uma esperança de que o medo fizesse os votos serem verdadeiros.

Vincent continuou ajoelhado, os cabelos louros sobre a testa.

— Eu aqui te imponho um dever, Vincent Gherald — disse a voz de pantera de Alenn Toren, enojado de pronunciar o sobrenome. — De defender a vida, por Lena. De ter coragem e esperança, por Thyatis. De ser piedoso e humilde, por Marah. De ser sábio, por Tanna-Toh. De ser vigilante, por Azgher. E de proteger os fracos, obedecer ao teu Rei, ser honesto e ser justo, por Khalmyr.

Até os cavalos faziam silêncio.

— Jura cumprir estes deveres, em Arton e nos Reinos dos Deuses, sem temer a morte, temendo apenas a covardia?

— Juro — disse Vincent, olhando no único olho do Alto Comandante.

— Ergue-te então, *sir* Vincent Gherald. Tua honra seja tua armadura e tua vontade seja tua espada.

De novo, a multidão encheu o céu de alegria. Os plebeus gritaram vivas, os nobres aplaudiram, os cavaleiros bateram os cabos das armas nos escudos, em saudação. Uma garota plebeia pulou a cerca da cancha, correu até Vincent e deu-lhe um beijo no rosto, ainda tendo um acesso de risinhos quando um clérigo arrastou-a para fora.

— Quanto tempo você acha que duram esses votos? — disse Vanessa, do canto da boca, para Bernard.

— Vinte minutos.

Vincent acenou para a multidão, sorriso constrangido e os olhos como dois sóis azulados.

CAPÍTULO 6

AS AVENTURAS DE INGRAM E O DOUTOR NASH

O DOUTOR ZEBEDIAH NASH CORREU PELA ÚLTIMA VEZ A agulha sob a pele do homem, e a linha juntou as bordas do corte. Um preparado de cor duvidosa e cheiro incisivo foi colocado sobre o ferimento, e logo depois um curativo elegante cobriu o talho, dando-lhe uma aparência distinta de adorno.

— Você *costurou* ele! — disse um dos guardas, horrorizado. — Que coisa bárbara!

Nash ergueu os olhos, e desconcertou o guarda com um gesto de sobrancelha.

— A medicina não é para os de compleição frágil, eu temo — disse o Doutor. — Sugiro que vá se ocupar de algo mais de acordo com seus gostos delicados. Colecionar borboletas ou bonecas, talvez.

O guarda tinha facilmente o dobro do tamanho de Nash, e é claro, não estava sozinho. A hombridade coletiva do grupo pareceu ter sido ofendida pelo sujeito magro e alto, de casaca aristocrática e avental sangrento. Os guardas da caravana se amontoaram ao redor.

Estavam no meio do nada e de rios, em Callistia, o Reino das Águas. Zebediah e Ingram vadeavam em sua jornada até Namalkah, em busca de um homem que o anão sequer conhecia, e que o médico quase ignorava. Boa parte da viagem fora por barco, e o estômago de Ingram teimava em saltar à garganta, discutir com o que quer que ele comesse, e revirar em torções acrobáticas. Um fino pó, fornecido por Nash, acabara com a maior parte dos enjoos, mas Ingram Brassbones ainda assim estava satisfeito em empreender aquela parte do caminho por terra.

Tinham encontrado a caravana por acaso, e ela não era grande, mas havia muitos guardas. As carroças eram todas cobertas de lonas brancas, e se fazia grande mistério a respeito do seu conteúdo. Às vezes, ouvia-se um grunhido, um ronco. Seguiam a caravana há uma hora, pensou Ingram, e Zebediah Nash já estava arrumando encrenca.

— Repita — falou um dos guardas.

— Mesmo que vocês confiem nos deuses ao invés da ciência — Zebediah levantou-se com um sorriso condescendente —, isso não é desculpa para não limpar os ouvidos. Mas, certo, falarei mais alto: *sugiro que vá se ocupar de algo* —

— Chega — interrompeu o líder da caravana.

Os guardas olharam o patrão, contrariados. Mas, ante as ordens, voltaram aos seus postos e às suas tarefas, resmungando o tempo todo. Zebediah ajudou o guarda ferido a se levantar.

— Não dói — disse o homem, maravilhado com o curativo no ombro.

— É porque você está anestesiado. Depois de um tempo, o preparado que eu lhe dei vai perder o efeito, e você vai poder mexer o braço de novo. Vai doer, então. Você tem que trocar o curativo todos os dias, mesmo que o corte esteja feio. *Especialmente* se o corte estiver feio. Não deixe isso infeccionar.

— O quê?

— Venha me procurar todos os dias, e você vai ficar bom — disse Nash, revirando os olhos.

O outro parecia muito satisfeito, e agradeceu o Doutor, dizendo que o curativo iria mantê-lo bem, até que procurasse um clérigo, em Tyros.

— Não! — Zebediah Nash jogou as mãos para cima. — A última coisa de que você precisa é um charlatão que vai entoar meia dúzia de bobagens e fingir que o curou.

— Milagres são reais — protestou o homem. — Todo mundo sabe.

— Magia é real. Mas o tipo de magia de que você fala não é nem de perto tão confiável quanto a ciência. Mesmo que deuses existam, e não tenham coisa melhor para fazer do que consertar o ferimento de um guarda de caravana em Callistia, você quer que o seu ombro dependa dos humores e caprichos de uma criatura celestial que você nunca viu?

O guarda nunca tinha pensado daquela maneira.

— Eu vou curá-lo, homem, e você não vai precisar rezar, nem implorar, e nem sacrificar um bode à meia-noite. Medicina — deu um tapinha na algibeira onde guardava seus apetrechos.

A caravana voltou a se movimentar, sob as ordens do líder, um homem de barba preta eriçada e olhos cobiçosos, largo e compacto como um caixote, envolto em tecidos caros de cores pastéis. Um mercador rico, a julgar pelos broches e pedrarias que decoravam e prendiam suas vestes, e preocupado ao extremo com a mercadoria nas carroças.

— Diga o quanto lhe devo — o líder da caravana já puxava uma bolsa de ouro para Nash.

O Doutor e o anão se entreolharam. Nash respondeu:

— Nada, meu bom homem. Permita apenas que acompanhemos a sua caravana. Está indo em direção a Tyros, não?

O homem confirmou, estranhou a recusa de dinheiro, mas não tardou em guardar a bolsa. Disse que podiam acompanhar o grupo, se quisessem, mas que eles não esperariam por ninguém, e ele não se responsabilizava pelas ações dos guardas.

— Seus guardas são apenas camaradas exaltados, transpirando um pouco de masculinidade deslocada — sorriu Nash. — Não se preocupe conosco, não criaremos problemas com eles.

A caravana pôs-se em movimento.

Callistia era um reino de chão plano, quase sem montanhas, quase sem acidentes. De geografia simples, exceto pelos rios. Estes se aglomeravam no reino como em lugar algum, desde os grandes Rio dos Deuses e Rio Vermelho até inúmeros menores, anônimos ou com nomes mutáveis de acordo com a região. Era um lugar simples, com poucas cidades de nota, e um povo descomplicado e otimista. Com tantos rios, seria de pensar que charcos, pântanos e terrenos alagadiços infestassem Callistia, mas qualquer água que não corresse era uma raridade. Havia um ditado, que parecia se aplicar tanto aos rios quanto ao povo: a água deve correr, e não ficar parada.

— Um dia desses, você vai irritar alguém demais, e eu não vou estar aqui para salvar seu traseiro — disse Ingram Brassbones, mexendo as pernas atarracadas.

— Ah, mas um cavalheiro nunca arranja problemas que ele mesmo não possa resolver, meu caro. Até agora, desde o começo de nossa viagem, nunca os meus modos causaram qualquer violência. E, mesmo se causassem, eu estaria mais do que preparado para lidar com quaisquer tipos desordeiros.

De alguma forma, Ingram duvidava.

— Todo cavalheiro deve dominar algumas artes fundamentais — proclamou Nash. — Medicina. Magia. Pugilato. Esgrima.

— Um bom tiro no bucho é melhor do que tudo isso.

— De fato, de fato — riu o Doutor.

Eles pouco haviam conversado no caminho. Ingram não era como seus parentes anões, não em tudo: bigode ao invés de barba cerrada, rifle ao invés de machado, curioso ao invés de recluso. Mesmo assim, tinha pouca paciência para as sofisticações e idiossincrasias do Doutor.

Zebediah Nash tinha um modo de insultar que deixava o alvo perguntando-se se fora mesmo ofendido. Tinha uma sutileza de falar e uma tal coleção de manias que cada bom-dia virava um solilóquio a respeito dos melhores tecidos do Reinado, ou dos méritos relativos de determinado poeta em comparação com outro desgraçado qualquer. E, sempre, os comentários sobre os deuses — sobre a suposta inexistência deles. O médico discorria sobre isso incessantemente, à menor provocação, e era impermeável a provas concretas de que divindades interferiam no mundo. Sua ciência, é verdade, salvara o estômago de Ingram, em todas as viagens por rios, e mais de um infeliz sangrando, quando não havia clérigos por perto. No entanto, o anão se perguntava se não era melhor vomitar ou sangrar um pouco do que ouvir as cantilenas antidivinas de Zebediah Nash.

Além disso, havia o fato de que o Doutor escondia alguma coisa. Nada sinistro, Ingram apostava. Apenas um motivo qualquer, provavelmente idiota, pelo qual embarcava em jornadas longas para ajudar e acompanhar desconhecidos, caçando homens cujo nome mal lembrava, para o marido de uma mulher que conhecera por alto. Ingram não tinha quaisquer ilusões de ser, ele mesmo, uma pessoa normal. Mas Nash era pior.

E, pior ainda: alguém estava agora lhe dando assunto.

— O que o senhor falou sobre os clérigos — disse o guarda do ombro enfaixado. — Mesmo que não sejam confiáveis, como o senhor diz, eles estão por toda parte. Todos conhecem alguém salvo por milagres. O que há de errado com homens santos?

O guarda era jovem, provavelmente imbecil, segundo a concepção de Ingram, e passara parcos minutos em conjecturas antes de retornar com suas indagações.

— Não o provoque — resmungou Ingram, mas foi ignorado.

— Responda-me algo — disse o Doutor Nash. — Se eu lhe cobrar ouro pelo curativo que acabei de fazer, o que você vai pensar?

O rapaz projetou a mandíbula, pensando.

— É justo. Eu pago pelo que quero.

— Certo. Digamos, então, que você não tivesse machucado o ombro. Digamos que a criatura o tivesse aberto de um hipocôndrio a outro, você estivesse olhando os próprios intestinos, e fosse morrer se eu não ajudasse. Pare de fazer sinais supersticiosos, só falar essas coisas não vai torná-las realidade. Digamos que você fosse morrer se eu não ajudasse; você acharia certo eu cobrar?

— Continua sendo algo que eu quero, e que custa dinheiro. — O guarda tentou dar de ombros, mas o ombro enfaixado ainda não respondia direito. Depois lutou com uma ideia. — Mas, se eu fosse morrer, e o senhor não me ajudasse sem ouro, isso seria a mesma coisa que botar uma adaga no meu pescoço e tomar o meu ouro.

— *Exatamente* — entusiasmou-se Nash.

— O que isso tem a ver com clérigos?

— Você já vai ver. Sendo religioso, você preza muito a sua alma, não é mesmo? Sua alma lhe parece mais importante do que seu corpo, do que seus objetos, do que seu ouro. Certo?

O rapaz fez que sim.

— O que um clérigo faz é cobrar *sempre*, por cada pequeno milagre, mas não diz isso a você. Se os deuses existem mesmo, e interferem tanto assim nas vidas dos homens, então eles certamente prestam atenção quando salvam alguém da morte, ou mesmo quando usam sua magnífica energia divina para curar um bicho de pé. Quando um clérigo realiza um milagre, ele está atraindo a atenção do deus sobre você, está comprometendo uma parte de sua alma. E nem mesmo é capaz de lhe avisar disso! Faz tudo à socapa!

O rapaz estava apavorado, e disse o nome de sua divindade padroeira, para se proteger do mal. Logo se arrependeu e tapou a boca com a mão.

— A alternativa é que os deuses não existem, que é o que eu mesmo defendo. Caso isso seja verdade, todos os clérigos são mentirosos, tolos ou loucos.

— Senhor, não sei o que pensar.

— O que é melhor, rapaz? Ter sua alma roubada e comprometida, ou acreditar que um punhado de sacripantas vestidos em mantos está se iludindo quando reza?

A segunda opção era melhor, para o guarda.

— Bem, aí está, então. Esqueça essa bobagem de deuses e, da próxima vez que um lursh-lyin o atacar, procure um médico.

O rapaz capengou para longe. Ingram Brassbones grunhiu.

— Criando mais um ateu? — disse o anão.

O Doutor Nash ajeitou o chapelão.

— Fazendo minha boa ação do dia.

Os tiranos das águas — que homens mais letrados chamavam *lursh-lyins* — eram o único terror de Callistia. Talvez ninguém soubesse por que, há poucos anos, as criaturas humanoides, de pele borrachenta, dentes afiados e nadadeiras, haviam emergido dos rios. O fato era que aquela praga não era feita de simples monstros, nem bandoleiros e agressores isolados: compunham-se, ao que parecia, numa verdadeira sociedade, conquanto reduzida, com seus próprios animais, desconhecidos na superfície, e seus próprios motivos úmidos para matar os callistienses.

Era por causa dos tiranos das águas que caravanas como aquela, que viajavam sem tocar em navios, eram mais e mais numerosas em Callistia. No entanto, era quase impossível atravessar qualquer extensão de caminho no reino sem passar perto de um rio, e os tiranos eram sempre ameaça. Os guardas haviam tido sorte, porque o grupo que os atacara era reduzido e suicida, e porque havia o Doutor Nash para tratar dos poucos feridos. Mesmo assim, mesmo em terra seca, a vigilância era redobrada aquela noite.

Ninguém ainda dormia: juntavam-se em torno de fogueiras sob o escuro e estrelas de Tenebra, a Deusa das Trevas. Zebediah Nash esquentava água em uma chaleira ornamentada, para em seguida preparar um chá de odor floral, que bebia em uma xícara de porcelana fina.

— Isso já é demais — disse Ingram, soltando o trapo engraxado com o qual limpava uma pistola. — Como você carrega essas louças por aí sem que se quebrem?

— Guardo-as cuidadosamente, acolchoadas em panos. Infelizmente, alguma sempre se quebra. Tenho de repor os conjuntos de tempos em tempos.

— Não acha que é absurdo tomar chá em porcelana cara a céu aberto, em volta de uma fogueira, na porcaria de Callistia?

— De modo algum — Zebediah sorveu o aroma do chá. — Um cavalheiro mantém seus hábitos em qualquer lugar. É a marca da verdadeira fibra moral, ser capaz de resistir aos impulsos básicos de desleixo.

Ingram disse uma praga e voltou a atenção para a pistola.

— Fibra moral? — disse o guarda do ombro enfaixado. — Como o senhor pode falar nisso, se não é religioso?

— Não faça com que ele comece — rosnou Ingram.

— Ótima pergunta — disse Nash, sorrindo para o rapaz. — Veja, um homem ateu não teme a vingança dos deuses, e nem almeja suas recompensas. Eu tenho plena consciência de que, uma vez que meu tempo em Arton tenha se acabado, não vou para nenhum Reino paradisíaco ou infernal.

— Que besteira — Ingram não se controlou. — Todos conhecem histórias de espíritos que voltam dos Reinos dos Deuses, chegam a contar como são os lugares.

— Eu nunca disse que não existem espíritos ou fantasmas iludidos — Nash bebericou seu chá. — Continuando: eu sei que não posso esperar punição ou recompensa divina por meus atos. Sendo assim, quando faço o bem, quando ajudo você ou qualquer outro, sem esperar nada em troca, é *por minha própria vontade e decisão*. Aí está outra diferença entre um médico e um clérigo. Um clérigo pode curar você, com todo um discurso sobre benevolência e abnegação, mas no fundo ele espera ser recompensado após a morte. O homem ateu tem verdadeira fibra moral, verdadeira bondade.

— Fora daqui, rapaz, você está fazendo ele falar demais.

O guarda foi enxotado sem demora, a cabeça estourando de ideias.

— Estamos perdendo tempo — disse Ingram. — Quando chegarmos a Namalkah, o pai de Orion já vai ter ido embora. Vamos embarcar em uma perseguição de tolos.

— Discordo — disse Nash. — O tal Cavaleiro Risonho já poderia ter fugido, se quisesse. Talvez já tenha, mas o tempo que nós demorarmos em viagem não terá nenhuma influência sobre isso. O homem está provocando o marido de *lady* Vanessa. Ele quer que façamos seu jogo.

Ingram grunhiu.

— Aliás, diga-me, senhor Ingram, por que encampou a caçada ao Cavaleiro Risonho?

— Já lhe disse que tenho meus motivos. Tenho uma dívida com Orion.

— A gratidão é um sentimento fabuloso, não? Mais poderosa que a gratidão, somente a culpa, acho eu.

Ingram levantou-se e levou suas armas e trapos para outra fogueira.

Pouco antes do meio-dia, a caravana chegou à cidade de Tyros. O que Ingram e o Doutor viram foi um grande ajuntamento de pessoas, lojas, casas, quartéis e decadência branda. Tyros era a sede militar de Callistia, porque estava em uma posição estratégica e podia enviar tropas aos vários pontos do reino. Também fora construída com o objetivo de grande entreposto comercial, mas nisso fracassara. De alguma forma, os callistienses evitavam um lugar tão desolado, tão sem privilégios — uma cidade sem um rio. Assim,

Tyros era como uma ilha em Callistia. Viveu dos militares, com os batalhões estacionados esperando a chance de serem destacados a algum lugar mais aprazível. E, a despeito dos esforços da família nobre Nuiden, que pôs recursos e trabalho para tornar Tyros uma cidade bela e funcional, a maioria dos prédios desbotava e descascava, esfarelava e ruía.

Mas agora, com a ameaça dos tiranos das águas, Tyros experimentava uma grande confluência de povo. Famílias mudavam-se para a cidade seca, inchavam-na além da capacidade. Tyros já possuíra estrutura para toda aquela gente, já desejara tanta população. Agora, no entanto, depois de largada, regurgitava pessoas, não sabia o que fazer com elas.

O anão e o médico despediram-se da caravana. O líder preocupava-se com a chegada das mercadorias e, na ocupação de manejar as carroças, uma das lonas brancas caiu. A carroça exposta na verdade era uma grande jaula sobre rodas. Dentro, havia um enorme humanoide de chifres, asas e pele rochosa — uma gárgula. A criatura movia-se em estupor, olhava incerta ao redor, tentava rugir vagamente.

— Está sedado — disse Zebediah. — Um monstro sedado. Curioso.

O líder da caravana começou a gritar ordens frenéticas para que a jaula fosse coberta mais uma vez. Sem demora, a gárgula foi oculta sob a grossa lona branca. Os poucos espectadores foram dispersados pelos guardas da caravana.

— Não nos interessa. Vamos procurar uma estalagem — disse Ingram.

— Uma gárgula sedada é algo extraordinário. Vamos ver o desenlace da chegada da caravana.

— *Não*. Vá você, se quiser. Eu vou comer e beber. Principalmente beber.

Ingram Brassbones achou uma estalagem. O Doutor Nash caminhou pela cidade.

Comerciantes empurravam produtos rejeitados. Prostitutas ofereciam seus serviços. Recém-chegados, tendo descoberto a duras penas que não havia trabalho na cidade, mendigavam. Soldados andavam por tudo. Pessoas desocupadas vagavam nas ruas. E, como em todo lugar pobre, um profeta esfarrapado arengava.

— Os tiranos chegaram! — berrava o homem, de cima de um caixote. Uma pequena multidão reunia-se ao seu redor. — Os tiranos chegaram até aqui, não há mais lugar seguro. Os deuses punem Callistia! Vocês todos vieram para cá fugindo dos tiranos, mas não há fuga!

Zebediah Nash ouviu o sujeito por um momento. Segundo o profeta, os ataques de tiranos das águas, que aconteciam há um ano em Tyros, eram a prova de que as criaturas iriam chacinar todos em Callistia, e que as cidades ribeirinhas tinham sido apenas o começo. O fim estava próximo. Segundo o orador, os orgulhosos, os traiçoeiros, os ímpios e os ricos seriam punidos, junto com quaisquer pessoas que não se arrependessem perante os deuses. *"Típico"*, pensou Nash. A prova de que os tiranos caçavam os impuros estava no fato de que até agora, em Tyros, apenas aristocratas, mercadores ricos e prostitutas haviam sido mortos.

Soldados chegaram para dispersar a multidão e enxotar o homem.

— Vocês não podem calar a voz dos deuses! — berrava o pregador. — Todos vão perecer nas garras dos tiranos! Todos!

— Não há tiranos das águas aqui — repetiam os soldados. — Estamos todos seguros, não há tiranos em Tyros.

Nash afastou-se, olhando os rostos apreensivos do povo e dos militares. Ninguém parecia muito convencido de estar a salvo.

Mas havia coisas interessantes em Tyros, como um ótimo alfaiate, que já fizera uniformes para a milícia de Valkaria. E uma pequena loja que vendia especiarias exóticas a preços exorbitantes. O Doutor Nash achou coisas para se entreter.

À tarde, encontrou Ingram na estalagem.

— Onde, com mil diabos bexiguentos, você estava? — vociferou o anão.

— Descobri um excelente alfaiate, além de um estabelecimento que oferecia, imagine, *café*. É um produto raro, pelo menos por aqui, e eu nunca esperei que existisse numa cidade como esta. O comerciante arrancou-me o baço, tamanhos seus preços, mas sempre vale a pena, para poder apreciar esta bebida. De qualquer forma, o homem estava desesperado, veio para cá achando que ia encontrar uma comunidade em crescimento e vários oficiais com soldos a gastar, mas ninguém quer comprar especiarias em Tyros. Bem, os grãos não foram moídos da melhor forma, e o pó não deixa de estar um pouco velho, mas ainda é bom, e vai saciar os desejos de um aficionado como eu, que há muito não experimenta este sabor tão revigorante.

— Pare de falar, por favor.

Ingram perguntou se o outro queria comer alguma coisa, antes de partirem. Ainda podiam aproveitar um pouco de luz do dia, e vencer alguns quilômetros, com sorte.

— Perdão, não podemos — disse Nash. — Como já havia falado, encontrei um alfaiate. O homem é rápido e parece eficiente, mas mesmo assim serão três dias até que meus trajes fiquem prontos. Paguei extra pela urgência.

— *Você foi comprar roupas?*

— Em absoluto. Eu nunca usaria vestes prontas, dessas vendidas em feiras comuns. Um cavalheiro está sempre bem vestido, e é essencial usar apenas roupas feitas sob medida, em alfaiates de tradição.

— Certo, fique aqui, comprando tecidos e se embonecando o quanto quiser. Eu vou embora.

O Doutor Nash chamou uma das atendentes da estalagem com um sorriso encantador, pediu vinho.

— Ora, meu amigo. Apressando-se desta forma, você vai nos atrasar. Acontece que a famosa e exuberante cidade voadora de Vectora está prestes a passar por esta cidade, e ela pode nos transportar de maneira muito mais rápida do que nossas pernas jamais serão capazes. Fique comigo em Tyros, aguarde a confecção de meus trajes e, quem sabe, encomende um para você também. Aprenda a beber café, e, quando Vectora chegar, embarcaremos, direto para, você adivinhou, Namalkah.

O vinho chegara. Nash bebeu, e Ingram retorceu os bigodes, furioso.

— Certo. Porcaria. Vamos esperar. Vamos embarcar em Vectora.

— Sabia que você ouviria a voz da razão, mestre Ingram. Sua dedicação e presteza em relação a *sir* Orion Drake são mesmo admiráveis. Imagino que o fato de Vectora comercializar a melhor pólvora do mundo todo não tenha nada a ver com sua decisão de embarcar?

Ingram, que apesar de tudo tinha uma alma velhaca, olhou com um meio-sorriso cheio de bigode.

— Nada, nada a ver. Vamos agora, me ensine a beber esse tal café, e eu vou lhe ensinar a beber cerveja como um anão.

— Beber é outra das artes que um cavalheiro deve dominar — disse Nash, erguendo o caneco em um brinde.

Mas, de súbito, a estalagem ficara silenciosa. Os dois notaram que os fregueses disfarçadamente convergiam para os cantos, e os funcionários aglomeravam-se atrás do balcão.

— Se as duas mocinhas já pararam de fofocar — disse uma voz catarrenta —, então queremos ter uma palavrinha com vocês.

Um grupo considerável de guardas da caravana chegara à estalagem. Carregavam pedaços de madeira e os próprios punhos, que tentavam estalar, em gestos intimidadores. O guarda do ombro enfaixado não estava lá.

— Colecionar borboletas, não é? — disse o aparente porta-voz dos guardas. — Colecionar bonecas? Vamos colecionar os dentes de vocês, seus castrados.

— Então, agora eu jogo os dados? — disse Ingram.

— Não, não. Agora você puxa uma carta, do monte das descartadas — Nash indicou a pequena pilha. — *Depois*, de acordo com o que tiver puxado, você joga os dados. Ou pode mostrar o jogo e sair, é claro.

— Sim, esta parte eu já entendi. Ei, acabou a cerveja.

— Eu busco outra jarra — disse o Doutor, levantando-se da cadeira.

Zebediah Nash ergueu os pés, para evitar pisar nos guardas inertes, e foi até o balcão, servindo mais uma quantidade generosa de cerveja de um dos barris.

— Você disse que este jogo vem de Ahlen? — era Ingram.

— Isso mesmo. Lá, é restrito a nobres. É claro que o povo também joga, escondido. Gente abastada mas plebeia adora o Wyrt.

— É divertido, mas prefiro dardos.

— Ora, você me venceu tantas vezes nos dardos que já perdeu a graça. Deixe que eu tenha uma chance.

Ingram riu. Viu que um dos guardas começava a acordar, e o fez dormir de novo, com sua bota.

— Espero que as garçonetes voltem logo — disse o anão. — Espero que não tragam milicianos.

— Por causa de uma mera briga de taverna? Seria desrespeitar dois cavalheiros como nós, que tiveram apenas um ímpeto saudável de defender sua honra.

— Odeio brigar com milicianos.

— Eu também. Por que a surpresa? É claro que já medi forças no pugilato com homens da lei. Também já fui jovem.

Ingram riu, e disse que era a vez de Nash dar as cartas.

— Diga-me, senhor Ingram. — enquanto dividia o baralho em pequenos montes. — Se não se incomoda com minha indiscrição, por que esta preferência tão particular por bigodes?

O anão cofiou os abundantes fios louros.

— Pólvora, meu caro. Anões adoram usar barba cheia. Mas pólvora queima. E barba pode se incendiar.

— Isso nunca aconteceria.

— Sim. *Aconteceria*.

Os dois riram, jogaram mais uma mão, que Ingram venceu.

— E então? O que mais vamos fazer hoje? — disse o anão.

— Planejo fazer uma excursão geral pelas prostitutas de Tyros. Em sua profissão, doenças são muito comuns. Tenho alguns remédios comigo, e quero verificar se precisam de cuidados.

— Vou precisar de mais cerveja — disse Ingram.

Havia, é claro, doenças entre as prostitutas de Tyros, mas em menor quantidade do que o Doutor temia. As mulheres alternavam-se entre o jovial condescendente e o amargo aterrorizado, mas quase todas ficavam gratas pela presença de um curandeiro.

— Curandeiro não, por favor, senhorita. Sou um médico.

Elas adoravam ser tratadas com respeito, porque recebiam tal tratamento com raridade alarmante. A cidade de Tyros não era a pior do Reinado, e nem tinha os fregueses mais violentos ou repulsivos, mas a gente dos arrabaldes noturnos nunca tinha uma vida fácil.

As casas de prostituição em Tyros, assim como boa parte das casas mais pobres da cidade, aglomeravam-se em dois ou até três andares precários, balouçantes, de madeira meio podre. Apoiavam-se umas sobre as outras, quase de lado, como os bêbados que caminhavam nas ruas pobres. Casas de vários andares eram, em Callistia, reservadas quase sempre aos mais humildes. Nas cidades ribeirinhas, isso era porque os andares superiores ficavam mais longe dos rios, enquanto que as casas ricas, muitas vezes, tinham uma doca própria e um barco à porta. Em Tyros, a tradição era mantida, mas também os pobres ficavam no alto porque nos andares de cima não havia encanamentos, conquanto rústicos, e se podia morrer mais facilmente, em caso de incêndio.

O dono de uma das casas de prostituição não quis permitir que o Doutor Nash examinasse suas trabalhadoras. Ingram persuadiu-o a mudar de ideia, e de formato de nariz. As prostitutas reclamavam da vida, dos fregueses, dos clérigos que vinham tratá-las quando ficavam doentes. Segundo elas, os sacerdotes eram pretensos salvadores, que impunham um sermão interminável e uma extensa lição de moral junto com seus milagres, ou enganadores, que diziam estar prestes a curar, prestes a fazer um ritual, e então fugiam com seus parcos ganhos. Pior, alguns as levavam a cultos sinistros, tentavam convertê-las a uma religião profana. Ou simplesmente matavam-nas.

— Ou então — dizia uma mulher loura de vestido bastante decotado — são clérigas de Marah, que acabam roubando os homens para si mesmas. É um prejuízo.

O Doutor Nash riu junto com elas.

— Talvez o assassino seja um clérigo — disse outra das moças.

O comentário calou os risos.

— Pensei que as mortes que ocorrem em Tyros — disse o Doutor Nash — fossem obra dos tiranos das águas.

— Ah, todos se borram de medo dos tiranos das águas — a mulher aproximou-se. — Mas nunca ninguém viu um deles por aqui. Eu acho que é um maldito assassino de prostitutas.

— Mas os ricos e aristocratas também não estão sendo mortos, senhorita?

Ela soltou um riso pelo nariz.

— Ninguém até agora viu um cadáver de rico. Só braços, pernas... Dizem que pertencem a nobres desaparecidos, por causa de tatuagens e anéis, mas sabe-se lá a verdade. O que eu sei é que as nossas colegas não sumiram, elas morreram, e os corpos apareceram todos. Não só pedaços.

E aquilo começara há cerca de um ano. Zebediah Nash sentiu as engrenagens bem oleadas do cérebro trabalhando.

Súbito, um grito rasgado e agudo. Nash saltou da cadeira, correu para uma janela.

— O que está acontecendo?

— Não interessa! — gritou Ingram. — Uma mulher está em perigo!

Já tinha uma pistola na mão quando pulou do segundo andar, caindo pesado no calçamento.

Ingram Brassbones bufava o ar áspero, que queimava pulmões e garganta. Não era, de modo algum, um homem rápido, como não o eram quase todos os anões.

— Mais depressa, mestre Ingram! — disse Nash, com um gesto arcano.

O anão sentiu-se invadido de uma força exterior, como uma casca de energia nervosa, e seus braços e pernas moveram-se mais velozes, e ele começou a devorar os metros de ruas.

Zebediah Nash, ficando para trás, murmurou mais algumas sílabas mágicas, e flutuou do chão. O tronco reto, as pernas rígidas, os braços cruzados na frente do peito, olhou com uma determinação dramática para frente, e zuniu, voando.

— Pelo rabo de Ragnar! — rugiu Ingram. — Por que você nunca fez isso antes?

— É dificílimo encontrar uma posição para voar de forma digna. Adiante!

Mais um grito rasgou o escuro, e as pessoas começavam a voltar para dentro dos prédios. Não havia rastro dos soldados que, até há pouco, enchiam as ruelas. Os gritos eram desconcertantes, altos de desespero, mas isso também tornava fácil identificar sua fonte. Correndo e voando por dois ou três quarteirões, os dois identificaram como origem o primeiro andar de um prédio em abandono. A construção, de madeira como tudo ali, tinha janelas e portas fechadas com tábua e pregos. Mais um grito.

Zebediah Nash deu a volta pelo prédio, em busca de uma entrada. Ingram continuou correndo, abaixou a cabeça e, numa investida de javali, quebrou a parede de madeira. Dentro, uma sala escura, cheia de poeira e lixo. A visão de Ingram, perfeita para a treva, discerniu logo um par de pegadas, e ele seguiu-as até um alçapão, uma escada, um porão.

Uma cena pegajosa.

A mulher, vestido rasgado mostrando seios e coxas, sangrava por uma variedade de buracos novos. Uma poça escorregadia marcava uma trilha curta por onde ela se arrastara, encolhendo-se do homem que se curvava em sua direção. Era mesmo um tirano das águas, pensou Ingram, era mesmo um lursh-lyin. Mas, então, viu que não era.

O homem, a coisa, voltou-se para ele. Um momento e, por baixo de um manto pesado, tinha cabeça de gente, dentes de monstro, um braço humano e, no lugar do outro, um tentáculo serrilhado. O homem-coisa sibilou, fez menção de atacar com o tentáculo, que se estendia além do que o anão esperava. Ingram jogou-se para um lado, disparou uma pistola, atingiu-o bem no peito. O sangue da criatura era vermelho.

A coisa-homem deu um salto impressionante, botou braço e tentáculo sobre a cabeça e esfacelou o teto do porão. Choveram farpas e caliça, e ele pousou no chão do primeiro andar. Ingram viu que as pernas dele também não eram de gente, mas musculosas e animalescas, cobertas de escamas. A criatura pulou de novo, atravessou o teto, para o segundo andar, e de novo, para o telhado. Onde encontrou o Doutor Nash, flutuando, em espera.

— Isto acaba aqui — disse o médico. — Não, não, espere, vou pensar em uma frase melhor.

A criatura correu pelo telhado, saltando metros de cada vez, pulando de uma casa a outra e espalhando telhas. Nash voou em seu encalço.

Lá embaixo, Ingram verificou que a mulher sobreviveria, gritou por ajuda, e correu para fora do prédio. Olhava acima, via os dois em sua perseguição.

A criatura era mais rápida que Nash, mesmo em voo. Os saltos prodigiosos faziam com que quase não sentisse os tetos inclinados, as telhas escorregadias, quase flutuava também. Seu longo tentáculo golpeava para trás de vez em quando, esticando-se em arcos selvagens que chegaram a roçar o braço e o peito de Nash, estragando-lhe o casaco.

O médico projetou esferas de energia mística contra o inimigo, que pareceu não sentir. Fogo choveu de suas mãos, mas ele tinha de tomar cuidado, ou incendiaria toda a vizinhança de madeira. A coisa estava indo para um ponto específico, não corria a esmo. Subindo contra o céu, Nash viu, em uma ruela mais à frente, um bueiro entreaberto. O fugitivo aproximava-se, em um ou dois saltos estaria no bueiro — em liberdade, o médico presumia. Um salto, dois —

E, a coisa no ar, quase já descendo rumo à abertura de esgoto, ouviu-se um estrondo. Uma das pernas do homem-coisa explodiu, ele uivou, uma precisão milimétrica havia estourado um tendão grosso. Outro estampido, e o mesmo trabalho carniceiro na outra perna. A criatura urrou, girou no ar, emplastrou de costas no calçamento.

Ingram bufava, atrás, recarregando as pistolas.

Nash desceu até a monstruosidade, mas ainda foi atacado pelo tentáculo. Como a prostituta fizera antes, agora o algoz arrastava-se, deixando uma trilha vermelho-negra, os poucos metros até o bueiro. Nash fez chover luzes coloridas e faiscantes, que queimaram os olhos do homem-coisa, deixaram-no atordoado e hesitante. Com um novo estrondo, uma bala decepou o tentáculo. Logo, Ingram e o Doutor Nash estavam sobre a criatura, rendendo-a com armas e magia.

— O que é isso? — disse o anão, esbaforido. — Mais um corrompido pela porcaria da Tormenta?

— Não, não — disse o Doutor Nash. — Este, provavelmente, é um homem muito rico. Afinal, pôde pagar pelos serviços do Grêmio dos Médicos Monstros. Foi o que fez há cerca de um ano, quando Vectora esteve aqui pela última vez. Não é mesmo?

Podia ser uma mera pergunta de efeito, mas a coisa-homem engasgou uma resposta:

— Sim, é verdade. Sou muito rico. Deixem-me em paz, e eu lhes pago. Qualquer coisa que quiserem!

Os dois se olharam.

Zebediah Nash pôs-se a fazer curativos no homem, estancando os sangramentos.

— Você vai ajudar esse desgraçado? — disse Ingram.

Nash fez que sim.

— Não me diga que fez alguma promessa, ou coisa do gênero, de sempre ajudar os feridos. Pior, não me diga que ele merece um julgamento justo e que nós não podemos matá-lo.

— Ele não é o único — disse Nash, concentrado nos procedimentos. — Há outros ricos desaparecidos, portanto há outros homens com partes de monstros em Tyros. Ele vai nos dar informações. Depois disso, matá-lo será perfeitamente cavalheiresco.

Mas, de repente, a morte se acelerou. O homem ficou verde, começou a expelir uma espuma preta da boca. Nash trabalhou frenético, mas em instantes a criatura-homem estava morta.

— Veneno — disse o médico, balançando a cabeça. — Ele tinha algum tipo de veneno dentro de si. Como uma medida de segurança, ou algo assim.

Os dois se ergueram, ficaram olhando o cadáver grotesco.

— Um a menos — disse uma voz plena de cheiro e galhofa, atrás deles.

Na boca da ruela, viram uma silhueta que se transformou em pessoa, quando andou na direção deles. Era um homem de idade indecifrável, com uma longa barba de descuido moldada com banha de cheiro forte, até ficar pontuda e pomposa. O homem vestia uma casaca comprida, apropriada para um baile, e camisa com rendas — ambas imundas. Um chapéu-coco meio rasgado sobre a cabeça, e uma bengala feita de perna de cadeira, que ele usava como o suprassumo da elegância.

— É sempre bom ver camaradas que tomem alguma atitude com relação aos nobres-monstros de Tyros. Imagino que vá haver uma nova leva em poucos dias, com a chegada de Vectora — disse o homem. — Mas onde está minha educação? Permita-me que me apresente. Sou Lorenzo Blimey, o Rei dos Mendigos.

Quem mais?

CAPÍTULO 7

INVICTOS

EM CADA EXTREMO DA CANCHA, SOB O BARULHO DA plateia e o dourado de Azgher, os dois cavaleiros talvez se olhassem. Ou talvez não. Dentro dos elmos, a visão era estreita, enxergava-se à frente, mas não para os lados, para cima ou para baixo. Ambos suavam cachoeiras, sob os quilos de metal e ornamentos. A primeira justa estava prestes a começar.

As lanças eram longas, muito mais longas do que lanças de combate. Quase quatro metros de comprimento, coloridas, ponta rombuda de torneio, feitas para quebrar ao impacto certo. As armaduras eram ainda mais pesadas que o normal, por beleza e proteção. O grande objetivo da justa era acertar o peito do oponente, tirá-lo da sela, e por isso a placa peitoral recebia ainda mais uma camada no lado esquerdo, onde se concentrava a maioria dos golpes.

Os escudos erguidos, os dois esperavam.

Os dois primeiros competidores seriam *sir* Pelvas, o Cão que Cavalga, e *sir* Nathan Garret, da Ordem da Luz. *Sir* Pelvas era alto e esguio, e vestia uma armadura simples — mas notável, adaptada a seu físico de homem-lobo. O elmo, sem nenhum enfeite de crista, era maravilhoso, adequado à cabeça lupina. *Sir* Nathan Garret portava com honra o brasão da Ordem da Luz no escudo, mas também trazia, na túnica, o símbolo de sua família — duas mãos agarradas, em cumprimento.

Um clérigo de Khalmyr fazia as últimas preces.

— Que o Deus da Justiça olhe a honra e a bravura de todos os que aqui competem, e que os cavaleiros deixem-no orgulhoso.

Um pombo branco foi solto e voou, e a justa havia começado.

Os dois cavalos partiram a galope, em direção de impacto. Os cavaleiros ergueram os escudos e as lanças, preparando o golpe e encaixando a grande haste de madeira onde deveria estar, em instantes, o tronco do oponente. Os corcéis se cruzaram, as duas lanças explodiram em farpas, suas pontas indo girar desordenadas pelo azul. A multidão urrou de prazer. A quebra de ambas as armas era espetacular: não havia augúrio melhor para um torneio do que iniciar com tal façanha.

Os dois trotaram para seus escudeiros, que lhes alcançaram lanças novas.

Embora houvesse pelo mundo vários tipos de regras, naquela justa vencia quem derrubava o oponente do cavalo. Era um esporte cordial, até onde podia ser cordial um esporte de guerra.

Mais uma vez os oponentes cavalgaram, as enormes patas dos corcéis levantando poeira e areia de fazer tossir. *Sir* Nathan galopava à velocidade máxima, mas Pelvas segurou as rédeas, fazendo sua montaria começar vagarosa e ir ganhando velocidade ao longo da cancha. Nathan dobrou-se para frente, ergueu o escudo, todo curvado na direção do outro. Pelvas, cada vez mais rápido, mantinha-se ereto, a lança baixa. Nathan Garret agora era um borrão, e já quase podia sentir a ponta da haste tocando o adversário, e Pelvas já galopava. No último instante, Pelvas ergueu a ponta da lança, e fez um movimento minúsculo e ágil, tirando o tronco do caminho do outro. Sua própria arma acertou em cheio o peito de *sir* Garret, quebrando-se com grande estrondo. O cavaleiro da Luz pareceu saltar da sela, e caiu de costas na areia quente.

A multidão aplaudiu. O Cão que Cavalga vencera, e cumprimentava nobres e povo, galante.

A segunda justa não tardou. *Sir* Redlum, a Raposa de Deheon, que tinha esculpida sobre o elmo uma cabeça de raposa com olhos de rubi, enfrentou *sir* George Raymond, um homem magro de vestes espalhafatosas em roxo e vermelho. As lanças se quebraram seis vezes, numa demonstração extraordinária de habilidade, e por fim George Raymond foi ao chão. Seu oponente apeou e o ajudou a se levantar, cumprimentando-o com uma saudação respeitosa.

Darien olhava tudo aquilo meio embasbacado.

— Repita o que eu tenho que fazer — disse.

— Por enquanto, você é um inútil — respondeu Orion. — Mas isso não importa, porque toda esta demonstração é inútil, de qualquer jeito.

Os dois mal viam a justa, estavam em uma posição lateral, num pavilhão apertado da Ordem da Luz. Como sempre, Orion recusara coisa melhor.

— Você não tem uma túnica colorida, ou um símbolo berrante, como esses sujeitos todos? — disse Darien.

— Não.

— Ainda bem. *Sir.*

Não se passara um dia desde que Darien fora solto. Ele ainda não estava acostumado com o sol de novo, e não vira Vincent, nem sabia de sua sagração. Pensava, a todo momento, em fugir. Já percebera alguns cavalos que pareciam bem velozes, e muito fáceis de roubar.

— O que eu faço, então? — perguntou de novo.

— Você não sabe ajustar uma armadura, polir uma cota de malha, e nem fazer nada. Alcance-me a minha lança quando eu mandar. Por enquanto, só isso.

— Posso tratar do cavalo.

— Não!

Darien pensou que Orion Drake tinha um ciúme muito estranho de seu cavalo, e que Bandido era um ótimo nome, embora esquisito para um cavaleiro da Luz.

— Bandido é perigoso — disse Orion.

— Todos são — riu o garoto, mas levou um tapa na cabeça, com manopla.

Mais dois cavaleiros garbosos se enfrentaram. *Sir* Warren, o Barba-de-Ferro, um homem tão largo quanto era alto, pernas, braços, tronco e pescoço como barris, contra *sir* Robert Guarnere, que ria o tempo todo, e incitava a multidão com gestos festivos. Enquanto os dois cavalgavam, e quebravam lança após lança, Guarnere não parou de rir um momento. Na quarta vez em que se cruzaram, *sir* Warren já estava desconcertado, e demorou demais para se mover. Nem mesmo todo o seu peso manteve-o na sela, e ele fez um estrondo terrível ao cair na areia. *Sir* Robert Guarnere fez sua montaria empinar as patas, relinchar como se estivesse rindo.

E as justas prosseguiram. Uma quantidade imensa de cavaleiros havia se inscrito. Orion via que alguns escudeiros haviam sido sagrados às pressas para que pudessem competir, e caíam como folhas no outono. E, finalmente, na décima justa, um homem voou da sela, caiu sobre a cerca da cancha, e se ouviu som de ossos quebrando. A plebe tapou os olhos e chegou mais perto, pois os braços e pernas do cavaleiro exibiam ângulos criativos.

— Clérigo! — gritou alguém.

De pronto, estavam lá dois clérigos curandeiros, que honravam o Panteão como um todo. Pela graça dos deuses, o cavaleiro viveu.

— Desta vez demorou — disse Orion.

— É comum haver ferimentos assim? — Darien, de alguma forma, esperava que a corte fosse um pouco menos sangrenta.

— Muito. Os competidores quebram ossos, ficam aleijados. Morrem o tempo todo.

— Então por que continuam fazendo isso?

Orion apenas o olhou. Não disse palavra, mas fez com que a cabeça de Darien trabalhasse.

— Porque são tolos em busca de glória? *Sir*?

— Exatamente.

As lanças continuavam explodindo contra os escudos. *Sir* Mark Sander, da Ordem da Luz, enfrentou *sir* Isaak Branche, um dos azedos convidados vindos de Portsmouth. Isaak Branche era esquálido, desajeitado e brigava o tempo todo com seu cavalo. No entanto, milagrosamente derrubou *sir* Mark, sem ao menos quebrar a lança, com um mero toque. *Sir* Mark Sander era um grande amigo e assecla de Justin Gherald, e sua derrota traria muita boa vontade e acordos com Portsmouth. Ele parecia já estar contando o dinheiro.

Surgiu *sir* Shamus, vindo de Wynlla, o Reino da Magia, e se sussurrava que era um praticante menor das artes arcanas. Fosse ou não verdade, o cavalo de seu oponente escorregou em algo invisível, bem a tempo de Shamus derrubá-lo.

O povo aplaudia, os nobres entusiasmavam-se, bebiam e comiam. Havia donzelas suspirando, flores e Tibares trocando de mãos. Entrou na cancha *sir* Reuben de Tollon, o elmo com uma crista em forma de machado, o aço da armadura com um toque de verde.

E, do outro lado, Vincent.

— Vista-me de elfa e me jogue aos minotauros — disse Darien, de boca aberta. — Já vi tudo.

Vincent sorria e acenava para a multidão.

— *Você sabia disso?* — gritou Darien.

— É claro — disse Orion Drake.

— Por que não me contou?

— Você teria ido correndo tentar falar com ele.

— Eu vou lá *agora*!

— Não.

E não foi, porque, quando tentou correr, Orion agarrou-o e torceu seu braço.

— Assista, garoto. Tente aprender alguma coisa.

E Darien assistiu, e aprendeu, a contragosto e odiando sempre.

Vincent exibia uma armadura tão polida que cegava, e seus cabelos tinham sido cortados com esmero, para ressaltar ainda mais o ar de desleixo cuidadoso e limpo. Por cima da armadura, vestia uma túnica xadrez branca e vermelha, com o símbolo de um galho de árvore.

— Significa juventude — explicou Orion. — Vida nova surgindo da velha.

Vincent tocou de forma imperceptível os lados de seu cavalo, e o animal curvou-se sobre uma pata, como em saudação. Ele próprio fez uma mesura ao rei e ao Alto Comandante. Colocou o elmo, prateado e decorado com asas de bronze, e cumprimentou o adversário com a lança.

Depois da justa, chamaram-no de "Jovem Ciclone", porque Vincent era devastador. Cruzou com *sir* Reuben pela primeira vez e defletiu o golpe do oponente com seu escudo. Enquanto isso, encaixou a própria lança com perfeição, quebrando-a em explosão, faiscando farpas. E, mais impressionante, o cavaleiro mais velho já caía, quando Vincent agarrou-o pela túnica, ajudou-o a se equilibrar e prosseguiu a justa. A multidão soltou um longo murmúrio de assombro. Cavalgaram de novo. *Sir* Reuben não quebrou a lança, porque não tocou em Vincent. O jovem, por sua vez, estilhaçou o escudo do oponente no segundo embate, e por fim mandou-o para a areia no terceiro. Todo perfeição galante, Vincent cumprimentou os nobres e a plebe, e se retirou, a montaria de cabeça erguida.

— Ele não sabe fazer isso — disse Darien.

As justas seguiram.

E, por fim, Orion foi à cancha. Sua armadura de torneio não era mais do que a mesma armadura de guerra, apenas consertada. E era a mesma armadura que um cavaleiro novato, sem recursos próprios, receberia da Ordem da Luz se não pudesse pagar nada melhor. Orion não cumprimentou a plateia, e não era favorito, porque era sisudo, sem graça e notável por tão comum. Seu oponente, *sir* Christopher Fraetull, ostentava com orgulho o laranja da família, o brasão das galhadas e o elmo magnífico, na forma de cabeça de alce. Entregou uma rosa branca a uma aristocrata jovem e bela, que se desfez em um acesso de risinhos, e se postou no seu extremo da cancha.

— Por Khalmyr, por Valkaria e por Deheon — recitou, e fechou o elmo.

Cavalgaram. Bandido cruzou a distância em um momento, e Orion encaixou a lança no peito do outro, derrubando-o. Então foi embora.

A plateia deu uns vivas mortiços.

— Você é bom — disse Darien.

— Cale a boca — disse Orion.

Tirou o elmo, o cabelo suado e grudento, olhou a cancha e então deixou o elmo cair.

Um torneio era uma ocasião de esporte. Era também um momento de medir forças, de competir, de se provar bom. Era um momento de resolver rixas, de criar rixas novas, de fazer acordos. Era uma ocasião de espetáculo e de bravatas, e também era um momento de muita encenação. Havia papéis a serem representados.

Fazia parte da tradição dos torneios o cavaleiro galante, de flores e rosto bonito, que conquistava o coração das donzelas. Por isso sempre havia um — ou vários que disputavam a posição. Havia sempre o cavaleiro velho, que já guerreava quando todos os outros eram bebês, em busca de uma última justa. Invariavelmente perdia, mas era honrado como se vencesse. Havia, muitas vezes, a dama que se disfarçava de homem para poder competir. Havia o cavaleiro errante e pobre, que apostava o que não tinha, em busca de honra e glória. Torneios eram histórias que apareciam na vida real, quase peças de teatro. As pessoas sentiam-se felizes em representar essas partes. Outro papel tradicional era o do cavaleiro misterioso.

Reis e príncipes ocultavam-se em armaduras ordinárias, e entravam incógnitos nos torneios, como cavaleiros misteriosos. Homens do povo, que não tinham o direito de competir, cavalgavam como cavaleiros misteriosos para mostrar que a plebe não era inferior aos de sangue azul.

Naquele torneio, Orion via, também existia um cavaleiro misterioso. Que não era nenhum daqueles, porque usava armadura reluzente de quase espelho, e um grande elmo na forma de uma cabeça a gargalhar.

O jovem príncipe Khilliar, em sua primeira justa, iria enfrentar o Cavaleiro Risonho. Sorria nervoso. Por um lado, era tolice Khilliar entrar na justa, porque muitos homens não ousariam tocar no filho do rei, mesmo em esporte. Por outro, era um tributo à Ordem da Luz a confiança que o rei tinha de que o garoto seria tratado como um igual.

Orion corria, tentando chegar à tribuna de honra.

Os cavalos pateavam o chão. O príncipe Khilliar saudou o oponente, fechou o elmo e preparou a lança. O Cavaleiro Risonho fez uma mesura, que era quase zombaria, com aquele rosto frenético de metal.

— Majestade! — disse Orion, já quase próximo.

Mas não foi ouvido: galope.

O príncipe era jovem, e não esperava ganhar nem mesmo um embate, mas era bom. Sua égua era leve e veloz, ele segurava a lança com firmeza. Os cavalos estavam próximos num respirar, e o príncipe ergueu o escudo e moveu o tronco, mas o Cavaleiro Risonho acertou-lhe em cheio, no pescoço.

Khilliar voou da sela. A lança do desconhecido havia se estilhaçado. O Cavaleiro Risonho cumprimentou a plateia e trotou para longe. Mas havia sangue vazando pelo elmo do príncipe, e ele não conseguia respirar.

— Clérigo!

Choveram os clérigos, e logo também os ferreiros. O gorjal e o guarda-nuca haviam sido amassados, e estavam sufocando o príncipe, mas os homens conseguiram cortar e retirar a armadura. Khilliar, já roxo, viveu. Mas havia sangue vazando de seu rosto.

Porque a lança do Cavaleiro Risonho se estilhaçara, e os estilhaços tinham entrado pela minúscula fresta do visor do elmo de Khilliar, e furado os dois olhos.

A rainha desmaiou. O rei Igor Janz segurava a mulher; uma clériga tapava os olhos da princesa Julie.

— Apenas azar — murmurava Igor Janz, o mundo lhe partindo. — Apenas azar.

As justas foram encerradas por aquele dia. O rei se recusou a cancelar o torneio. Com milagres de uma tropa de clérigos, era provável que o príncipe enxergasse de novo, embora ninguém achasse que sua visão seria a mesma.

Orion foi atrás do Cavaleiro Risonho, mas perdeu o rastro.

— Minha culpa, minha culpa — disse, agarrando os cabelos.

Naquela noite, Orion orou a Khalmyr, para que o perdoasse. Ferir um oponente de propósito na justa era uma afronta aos costumes da cavalaria, mas era o que ele iria fazer. Iria cavalgar contra o Cavaleiro Risonho, e iria matá-lo. Desleal. Desonrado. Para o inferno com a honra.

Darien não teve dificuldade em se esgueirar para longe da vista do cavaleiro, porque ele estava distraído demais. No início da noite, já tinha seu plano de fuga, já tinha conseguido roubar uma espada, e só precisava pegar Vincent e sair da cidade.

Carregar um saco que parecia cheio de coisas de um senhor rico era uma boa maneira de ser ignorado, já que havia tantos escudeiros e servos para lá e para cá, a serviço de uma horda de cavaleiros que ninguém conhecia. Ele vagou assim, pelas fogueiras e pavilhões, até que notou Vincent, sentado numa longa mesa ao ar livre, ceando junto com vários da Ordem da Luz. Eles riam muito, e batiam amigáveis nas costas do rapaz. Na verdade, todas as atenções eram voltadas a ele.

"Típico", pensou Darien, quase sorrindo. *"É mesmo um pavão exibido"*.

Já imaginava o tipo de pilhérias que faria com o amigo, formulava ofensas criativas, quando foi detido por uma mão que, é claro, estava metida numa manopla.

— Parado aí, plebeu.

— Sou escudeiro.

— É cavaleiro? É convidado de *sir* Vincent? Então não pode passar.

Era um guarda enorme, e havia outros como ele, e faziam um perímetro em volta da mesa ao ar livre.

— Tenho que entregar uma mensagem. — Isso sempre funcionava. — De *sir* Orion Drake.

— Para o diabo com *sir* Orion Drake — disse o guarda. — Se for verdade, ele que venha até aqui pessoalmente. Se for mentira, você não deveria ter escolhido um nome de bastardo.

Alguns guardas riram.

E Darien tentou argumentar, tentou passar escondido, mas nada funcionava. Conseguiu captar o olho de Vincent, fez-lhe um sinal, mas o outro não viu. Ou, Darien tinha certeza, fingiu não ver.

— Deveria fugir sem ele — mas, é claro, não o fez.

Darien achou que ficaria a noite inteira esperando enquanto Vincent trocava chistes e delicadezas com seus novos amiguinhos empolados. Os cavaleiros reuniam-se em volta dele como se o rapaz tivesse mel, e alguns pareciam mesmo prestes a lhe lamber as botas. Os mais novos, em particular, faziam tudo exceto ajoelhar-se e adorá-lo como um deus. Mas, por fim, eles se levantaram, ainda elogiaram e adularam Vincent, provavelmente ofereceram-lhe as filhas e as esposas. Depois de muitos tapinhas nas costas, dispersaram-se. Vincent rumava para dentro da cidade.

Darien seguiu-o à sombra, e o chamou com um sussurro alto. Vincent olhou para trás.

— Aqui, seu saco de bosta louro!

Ele se aproximou, e Darien ficou à vista.

— Saí da prisão. Feliz em me ver? Não se emocione demais, vai sujar suas calças. Pegue o dinheiro e pilhagem que conseguir e vamos embora deste pardieiro, eu já sei de dois cavalos que podemos roubar.

Nada.

— E então? — disse Darien, dando um soco brincalhão no braço do outro. — Vamos, sua besta!

— Você é um escudeiro? — disse Vincent, rosto oblíquo.

Darien xingou alto.

— Porcaria, não se lembra de mim. Você está ficando louco, mas tudo bem, nós vamos arranjar um curandeiro. Venha comigo.

— Sou um cavaleiro, rapaz.

— *Rapaz?*

— Vou ignorar a conversa sobre roubar cavalos — mas balbuciou algo, e parou de falar.

— Lembrou? Sou eu.

Vincent murmurou que lembrava.

— Darien?

— Isso! Vamos, vamos fugir daqui.

O outro fez um gesto vago para um lado e outro, confuso, tocou a têmpora.

— Não, eu não quero sair — disse. — Eu sou cavaleiro. Sou um Gherald.

— Vincent, eu sei que essa história de cavaleiro é uma boa maneira de comer bem todas as noites, e deve haver um monte de nobrezinhas fazendo fila na sua cama, mas já chega. Esse tal Gherald é louco, cavaleiros são todos loucos, vamos embora daqui.

Vincent ia e vinha de um estado de perplexidade, em ondas.

— *Sir* Justin é bom. É abençoado. Eu sou abençoado também.

Darien deu um grito, e se arrependeu, examinando os arredores.

— Eu tenho que sair daqui logo. Não me diga que também acredita nessa história de bênção?

— Acho que posso abençoar você... Não tenho certeza.

Darien afastou o outro com um empurrão.

— Guarde isso para os seus amigos pederastas.

Vincent sério.

— Vou ignorar o que você falou sobre roubo, Darien. Mas não repita isso.

— Cale a boca! O que houve com você, droga?

Mas Vincent ficou com uma expressão vidrada de novo, e um par de cavaleiros vinha se aproximando.

— Ainda vou arrastar você daqui, princesinha.

Darien sumiu num ajuntamento de árvores.

Lá estavam os cavalos, lá estava a liberdade. Mas, do outro lado, estava seu amigo. Darien bateu a cabeça em uma árvore, xingando-se por burro, e ficou em Norm.

Amanheceu, e cada um tinha suas próprias olheiras. O rei falou ao povo, disse que seu filho ficaria bem (mas a mãe e a irmã mantinham vigília).

A justa prosseguiu trovejando nos cascos dos cavalos.

Lanças explodiam uma após a outra, glória era conquistada, pessoas ficavam ricas, pessoas ficavam pobres. Vincent, sob urras cada vez mais altos, tornara-se o favorito de lordes e plebeus. Suas costas eram retas de metal sobre a montaria, sua lança era precisa. Os cavaleiros derrotados não se feriam, mas também não tinham chance. Entre os jovens da Ordem da Luz, Vincent era um ídolo instantâneo.

O cavaleiro que não pertence à Ordem, mas que honra seus valores melhor do que ninguém. Era um personagem típico em histórias de galanteria. Vincent parecia saído de uma história, e já havia pelo menos uma canção sobre seus feitos na justa.

A multidão se calou quando o Cavaleiro Risonho se apresentou de novo. Ele enfrentaria *sir* Shamus, de Wynlla, suspeito de truques arcanos no embate anterior. Shamus entrou na cancha pleno de confiança, e cavalgou relaxado para encontrar o oponente. O Cavaleiro Risonho apenas enfiou-lhe a lança no peitoral, e derrubou-o.

— Impossível! — gritava *sir* Shamus, na areia. — Inconcebível!

Alguns viram aquilo como prova de que houvera jogo sujo antes. Não importava, porque o homem misterioso vencera de qualquer jeito. O Cavaleiro Risonho assim conquistava uma certa simpatia atravessada.

— Ele não pode sair daqui vivo, *sir* — disse Orion para o Alto Comandante.

Alenn Toren Greenfeld ficava mais feral e soturno a cada hora. Agora, no segundo dia, poucos tinham coragem de chegar perto dele e prestar-lhe honrarias.

— Seria desonrado matá-lo na justa, Orion.

— Seria certo, também.

Alenn Toren concordou.

— Mas desonrado.

Orion deixou a tribuna com cascalho na mente. Encontrou Vanessa esperando-o no pavilhão estreito.

— Como está Vallen? — disse Orion, beijando a mulher. Ele ainda forçava o nome, não conseguira descobrir o que significava.

— Ótimo. Está com a ama. — Mas, como sempre, outros assuntos: — Você tem que matar o Cavaleiro Risonho, Orion. Agora.

Orion destampou um cantil e tomou um gole frustrado.

— Isso não é honrado.

— Mesmo assim. Mate-o agora e livre-se disso para sempre.

— Você acha que lutar é sempre o melhor caminho.

— Porque sempre é. Mate-o na justa, peça desculpas e se retire do torneio.

— Isso é mentir.

— Isso é guerrear. Eu já tenho uma lança preparada para você: parece lança de torneio, mas tem ponta afiada.

Orion arremessou o cantil.

— Quer que *eu* o mate? — disse Vanessa.

— Não. Eu preciso resolver isso.

— Então resolva. De uma vez por todas.

Ele sentou no chão. Pegou a mão dela, deu um beijo distraído.

— Preciso ser honrado neste torneio. Os cavaleiros têm de me ver como um exemplo.

— Por quê?

— Vou liderá-los na guerra.

Vanessa piscou. Deixou a mão entre as de Orion, sentindo sua barba.

— Tenho que ir — disse ela, depois de um tempo.

— Vallen?

— Keenn.

Ele a abraçou de novo. Como se não acordasse e dormisse com ela, como se fossem adolescentes furtivos em vez de senhor e senhora.

— Mate-o — recomendou Vanessa, antes de caminhar. — Hoje.

Orion olhou-a ir embora, riu de si mesmo porque ainda avaliava seu traseiro, e se ergueu, porque era o próximo na justa. Venceu, é claro, porque era o melhor, e voltou ao pavilhão para chafurdar nas preocupações.

Se o Cavaleiro Risonho saísse da justa, ele poderia desafiá-lo para um duelo. Ou matá-lo de surpresa. Sem honra, mas eficiente.

Mas o Cavaleiro Risonho não perdeu. Derrubou homem após homem, veteranos e novatos, e, por ser tão bom, já quase perdoado entre o público.

Vincent também não perdeu e, em sua quarta justa, foi recebido por uma chuva de rosas, atiradas por garotas e suas mães, por plebeus e seus senhores. Os cavaleiros eram eliminados da competição, alguns recolhiam os pavilhões e partiam, a maioria ficava para festejar.

Orion cavalgou contra *sir* Isaak Branche, de Portsmouth. Antes de montar em Bandido, foi abordado por um companheiro da Ordem da Luz, que franzia o rosto inteiro em sorriso.

— Tem mostrado uma performance galante, *sir* — disse o homem.

Orion fez um muxoxo, ocupando-se da armadura.

— Somente pelo que fez até agora, já conquistou um lugar de honra nos anais do torneio.

Silêncio.

— O que quero dizer — sorriso maior ainda — é que você poderia perder agora, *sir* Orion. Portsmouth precisa de um afago no orgulho, e seria muito bom para todos, para Bielefeld, se *sir* Isaak chegasse entre os finalistas.

— Certo — disse Orion. O outro soltou uma respiração, sorriu ainda mais, mostrando as gengivas, e agradeceu. — Pode me fazer um favor?

— É claro, *sir*.

— Verifique os arreios do meu cavalo, enquanto vou até ali pegar meu escudo.

Logo depois, *sir* Orion entrava na cancha, enquanto, ao longe, alguém gritava por um clérigo. Isaak Branche foi à areia.

Sir Pelvas, o Cão que Cavalga, também permaneceu. No final, estavam os quatro: Orion, Vincent, Pelvas e o Cavaleiro Risonho. As justas daquele dia se encerraram ainda sob o sol, e a competição de arquearia ocupou boa parte da tarde. O domínio dos plebeus, o tiro ao alvo era uma disputa febril, porque a bolsa de ouro e o arco encantado que eram os prêmios poderiam transformar a vida de alguém. Um jovem desgarrado de nome Samoth venceu, e saiu pulando, agarrando o ouro e o arco, gritando que iria partir para ser aventureiro.

— Você não o matou hoje — disse Vanessa.

Orion mastigou os dentes.

— Sempre existe esta noite — ela continuou. — Ou amanhã.

Existia.

Orion não dormiu, porque seu pai e seu filho existiam no mesmo mundo.

A liça era a parte menos cordial de um torneio.

Enquanto a justa era o lugar de formalidades, saudações e espetáculos, de regras meticulosas e instâncias para tudo, a liça era quase o combate real. Inscreviam-se quantos quisessem, nobres ou plebeus, e se juntavam numa área cercada, a pé, para lutar até que sobrasse o último. As armas não tinham fio, recebiam proteções especiais para não causar grande estrago. Mas a diversão da liça era mesmo o estrago.

Bernard Branalon, o Paquiderme Galante, reinava na liça, mais do que outro qualquer. Sua força era tremenda, ele suportava golpes que derrubariam um boi e, não podendo cavalgar bem como os outros, tinha-se feito notável a pé. Bernard lutava com um grande mangual, que segurava com as duas mãos. Os demais participantes faziam pilhérias com ele, ou estremeciam, ou encaravam-no insolentes, se fossem muito estúpidos.

Quando a liça começou, quarenta e um guerreiros se jogaram à luta desordenada, em busca do prêmio, que era um cinturão gravado com bênçãos. Bernard, nem bem os outros percebiam, já girava o mangual, e derrubou dois com as bolas de metal presas em correntes.

— O Paquiderme avança! — ria o imenso cavaleiro.

Bernard notou que, no outro canto, alguém também fazia um começo devastador. E, pescando um vislumbre melhor, viu que era o garoto prisioneiro, o delinquente que Orion salvara, e ele fazia bonito contra dois guerreiros veteranos.

Darien lutava com um longo cajado. Era uma arma inferior, não podia aparar um golpe e nem tinha a dureza do aço, mas ele sabia usá-la. A haste de madeira varria os pés dos adversários, e seus traseiros batiam no chão com força. Darien terminava o serviço com uma boa pancada na cabeça. Em cada homem que derrotava, enxergava Vincent, *sir* Justin e, ocasionalmente, *sir* Orion.

Formavam-se alianças no meio da liça, pequenos grupos que lutavam juntos para em seguida voltar-se uns contra os outros. Um desses grupos, cinco mercenários que não pareciam se conhecer, atacavam uma figura de armadura completa, que fazia deitar oponente após oponente com um enorme martelo de guerra. Outro cavaleiro misterioso.

A liça rugiu por muito tempo, incitando a sede de carne e ossos da plateia, fazendo fúria na plebe e nos nobres. Súbito, um rapaz não se conteve e pulou a cerca, para se juntar ao combate (e não durou dois momentos). Gente caída fazia um tapete, dois ou três fugiam.

Darien defendia-se de um sujeito forte, que usava uma espada enorme — mesmo sem fio, esmagaria um crânio. Ele pulava e deslizava, até que acertou o oponente atrás dos joelhos, e fez com que dobrasse as pernas. Usando o cajado como uma vara, Darien pulou por sobre o outro e, antes que ele se levantasse, agarrou seu pescoço numa chave que estrangulava. O homem começava a mudar de cor.

— Vamos lá, desista — disse Darien.

O homem disse nunca, o que era uma coisa muito dramática a ser dita em um mero torneio.

— Desista.

A língua aparecia no canto da boca.

— Desista! Diga que é minha prostituta!

E o homem lutava para se livrar, mas o garoto era todo técnica selvagem, e retorcia a chave, mantendo a garganta presa.

— Diga que é minha prostituta!

O guerreiro ainda bateu na cabeça de Darien, por trás, mas já via um borrão em vez do mundo.

— *Diga que é minha prostituta!*

— *Eu sou, eu sou!*

Toda a multidão riu, e os outros participantes da liça, e Darien soltou o homem e deu-lhe um chute. Restavam poucos. Bernard Branalon correu para o rapaz, agora sem o mangual, apenas com um enorme punho, e gritou:

— Você, moleque! Diga que é a minha!

Darien e Bernard lutaram, Darien acabou perdendo o cajado após derrubar o gordo, e eles rolavam na lama, batendo e chutando e agarrando. Até que veio o cavaleiro misterioso, soltou seu martelo, e segurou as cabeças dos dois, jogando uma contra a outra repetidas vezes. Darien se ergueu, e Bernard também, mas ambos tontos. Lutaram, os três de mãos vazias, mas a figura misteriosa derrubou o rapaz com uma rasteira e o manteve no chão pisando em seu peito, enquanto quebrava o nariz do cavaleiro com um soco reto.

Os dois no chão. O desconhecido vencera a liça.

Deu um grito de comemoração, tirou o elmo e era Vanessa, rindo.

— Keenn é o senhor dos jogos!

Vanessa ajudou Bernard a se levantar e ele ergueu-a alto, proclamando-a campeã. O saldo daquela liça até fora moderado: vários braços e pernas quebrados, duas clavículas, dentes sem conta. Ninguém morrera, o que era espantoso, e a todo momento se ouvia:

— Clérigo!

Uma festa.

Depois, a justa.

Orion não sabia contra quem iria cavalgar, mas rezava a Khalmyr pelo Cavaleiro Risonho. Soturno dentro do pavilhão, afiava a espada com uma concentração de assassinato, a boca escondida na barba.

Vanessa entrou.

— Já se decidiu? — ela disse.

Ele ergueu o rosto; era um castelo com portão fechado.

— A lança com ponta está esperando. Deixei aqui mesmo.

— Parece que você ganhou a liça.

— É verdade. — Ela estava suada e feliz, os cabelos presos e a maravilhosa nuca à mostra, reluzindo.

— Parabéns. Algum adversário de nota?

— Bernard, como sempre.

— Você já o tinha vencido antes?

— Nunca. O seu protegido também é bom, embora lute como um idiota, e talvez já esteja velho e estragado demais.

— Não é meu protegido.

— Interessante sua maneira de conversar amenidades para não falar do que importa. Aprendeu com Zara ou com o Doutor Nash?

Nada.

— Já se decidiu? — disse Vanessa.

Orion, no extremo da cancha, sob olhares de todo mundo, à frente de *sir* Pelvas. O homem-lobo era bom, era diferente, cavalgava como um esgrimista, por estranho que fosse. Seu escudo era fino, de madeira leve, sem reforços de metal. Para desviar um golpe, não suportá-lo de frente. Da mesma forma, sua armadura, embora de placas fechadas, era toda movimento. Ele se movia sobre a sela, esquivava-se das lanças. Devia ser um fenômeno em combate, pensava Orion, querendo-o no seu exército.

Sir Pelvas tinha como símbolo uma cabeça de homem.

— Sua marca — disse Orion, porque quis conversar com o adversário que respeitava. — Por quê?

Sir Pelvas deu de ombros.

— Já vi mais de um humano com uma cabeça de lobo pintada no escudo.

O Cão que Cavalga fechou o elmo, e Orion também, e os cavalos investiram ao meio da cancha.

Orion não quebrou a lança, porque Pelvas evitou o golpe, e o escudo fino fez a ponta rombuda da arma deslizar para o vazio. Pelvas quebrou a sua, e era forte além de rápido, e Orion sentiu o terremoto do golpe.

Lança nova, e cavalgaram.

Orion então quebrou a lança, e o outro também, e houve vivas. E de novo e de novo: Orion todo massa, aguentando os impactos, tremendo mas firme, e Pelvas quase sempre passando incólume. Bandido ajudava Orion: tinha como uma premonição do local exato do golpe, colocava-se no último instante para que o cavaleiro ficasse na sela.

— Extraordinário animal — disse *sir* Pelvas.

— Fala de mim ou de Bandido? — disse *sir* Orion, e os dois riram.

E, depois da sexta lança quebrada, Orion se permitiu aproveitar o jogo, a camaradagem com o adversário digno, e sentir prazer na justa. A sétima lança se quebrou, e Orion mal se lembrava de que, lá no mundo, seu pai existia, respirava, tossia, piscava, suspirava, escarrava, empesteava a vida.

Pela nona vez, cada um em seu extremo. Os dois exaustos, as duas lanças pesadas, os escudos quase trêmulos. Bandido todo coberto de suor espumoso.

Explodiram em movimento.

Sir Pelvas um pouco arqueado, a lança um pouco baixa demais. Orion apoiando-se em si mesmo, na armadura, no cavalo, mas reto. Quando chegaram ao meio, Pelvas não estava cansado, endireitou-se como um bailarino, e a lança atingiu o peito de Orion em cheio, estilhaçando-se. Orion, com centímetros a menos de alcance, perdeu a firmeza perfeita, mas por isso mesmo acertou. Pelvas esquivava-se de novo, mas a lança de Orion tremeu, e atingiu-o no estômago.

Ambos foram ao chão. Caídos, cobertos de glórias pela plateia.

As regras ditavam que a justa seria decidida a pé, com espadas. Orion tocou com os olhos cinzas a tribuna, onde Alenn Toren Greenfeld deu um comando silencioso para que continuasse. Queria o futuro general campeão.

Orion cambaleou para seu extremo, estendeu a mão. Por alguma razão inimaginável, Darien lhe entregou a espada, sem nenhum gracejo ou tentativa de constrangê-lo. Pelvas também já segurava sua lâmina, que era enorme, longuíssima e fina, uma espada de esgrima, se um ogro pudesse esgrimir.

Então, *sir* Pelvas desceu a um joelho, fez uma mesura trêmula de exausto, e ofereceu o cabo da espada a Orion.

— O combate é seu, *sir* — disse o Cão que Cavalga. — O senhor é o melhor entre nós dois.

Orion caminhou até ele, e aceitou o cabo da arma.

— Além disso — continuou Pelvas —, eu luto aqui por glória. O senhor luta por algo a mais, está claro em seus modos. Eu me curvo.

Falou algo em um idioma estranho, que devia ser o da sua terra natal. O público afastou os pássaros de todo o reino com seus berros de júbilo, e Orion foi banhado de flores e lenços de donzelas. A barba escondeu o rubor de embaraço.

— Peço-lhe apenas uma coisa, *sir* Pelvas — disse Orion. — Cavalgue comigo na guerra.

— Sua alcateia é minha.

Vivas!

Orion deu-lhe a manopla, e o puxou de pé. Estava feliz.

Deveria saber que isso duraria pouco.

Vincent mantinha uma pose de ilustração de livro, esperando por seu adversário. A perfeita túnica xadrez, o símbolo do ramo, a lança em faixas espiraladas de vermelho e branco. Tinha, amarrada sob a capa, a echarpe de uma donzela, para boa sorte, honraria e sexo. Mas já esquecera o nome da garota. Naquele momento, era um jovem herói, o futuro da Ordem à qual não pertencia. Parecia que todos os cavaleiros da Luz olhavam, e o sol ainda teve o capricho de brilhar perfeito nos cachos louros e na armadura. Em algum lugar, uma jovem desmaiou.

Surgiu o Cavaleiro Risonho.

O público agora, e em especial a plebe, gritava por todos. Vincent era o preferido dos cavaleiros, e das donzelas, mas a figura de elmo em riso também incitava um mistério emocionante. E, estranho, quase ninguém falava que dois dias antes ele havia cegado o príncipe. Orion, que não sabia agradar, e não queria, fora festejado na última justa. Eram todos gigantes, agora.

Os dois cavaleiros frente a frente, separados pela cancha. Vincent fez uma mesura, e o Cavaleiro Risonho também. Vincent fechou o elmo, e o outro imitou o gesto, em zombaria.

Cavalgaram.

As duas lanças se partiram, nenhum dos dois tremeu.

Mas Vincent viu o horizonte fugir-lhe. De repente, ainda não de volta ao seu extremo, segurou-se às rédeas. Deixou a lança cair. Sentiu coisas vagas, familiares e, de algum modo, fora de lugar. Quentes e convidativas. Ouviu, longe, um barulho, achou engraçado, pensou que era metal, e olhou para algo muito difícil de ver, por causa do visor estreito do elmo. Era o seu braço. A armadura de placas fazia o barulho, se amassava, porque a couraça de inseto surgia por baixo.

Vincent conheceu o pânico.

Não deveria deixar que a bênção fosse vista, concentrou-se no braço e notou que, em algum lugar, muito lentamente, gente corria em sua direção.

"Clérigo", foi ouvido de algum lugar, ele não tinha ideia de onde.

E então, esqueceu tudo, porque vieram-lhe as imagens maravilhosas, o êxtase das colmeias, das coisas-que-eram-uma, do mundo que não era. Veio-lhe a palavra deliciosa: *lefeu*. Vincent caiu, o elmo soando contra a areia.

Mas já humano de novo.

O Cavaleiro Risonho foi declarado vencedor, porque o jovem *sir* Vincent sentira-se mal.

Orion não tinha saliva, não tinha estômago, não tinha garganta. Gelo no cérebro.

— Já decidiu? — disse Vanessa.

Já decidira.

Sir Orion Drake frio sobre Bandido. No outro extremo, o Cavaleiro Risonho.

A figura oculta em metal fez a saudação de sempre. Orion agarrou mais forte a lança.

Cavalgaram.

Bandido parecia entender. Mal os calcanhares de Orion tocavam seus lados, e mesmo antes, as patas de fenômeno martelavam a areia, mais forte do que nunca, mais forte do que qualquer cavalo já fora naquele mundo. Orion e Bandido desapareceram, um risco cinza e branco, e a lança estava em riste. O Cavaleiro Risonho foi só um pouco mais lento, mas sua montaria também era rápida, e logo a lança também estava reta. Se estava surpreso, o elmo escondia, escondia tudo quieto de gargalhada frenética, e tudo isso foi antes que alguém pudesse respirar. Porque já se chocavam.

A lança do Cavaleiro Risonho encontrou o escudo de Orion, erguido de relâmpago sobre o peito, e explodiu em farpas. A lança de Orion encontrou escudo, e perfurou, e encontrou armadura, e perfurou, e encontrou o resto.

E perfurou, porque era letal.

A ponta de aço, um espinho que furava ao toque, fora escondida numa esperta forma de madeira quebradiça. Sem honra. Com morte.

Orion ficou no cavalo. O Cavaleiro Risonho, não.

Bandido continuou, no impulso, e Orion sentiu o bafo de divindades desapontadas. Matara. Acabara. Para sempre estava livre, para sempre criminoso, seu filho não era filho de bastardo, seu filho não era filho de homem. Virou o cavalo, o tempo era um melado espesso, e viu a armadura no chão.

E só.

O crime por nada, não havia sangue, não havia corpo. Não havia certeza. O Cavaleiro Risonho estivera mesmo em Norm? Era a armadura vazia. Aproximou-se e *não, não vazia*. Por baixo da placa peitoral, havia três pequenos cubos, olhou melhor:

Três dados.

Rolando, ainda.

E ainda.

Orion foi sagrado campeão. Viu as honrarias passarem como um teatro de marionetes. O torneio ficaria registrado em canções.

A trapaça foi abafada. Sua honra ficou intacta. O que era pior.

— Estou orgulhosa de você — disse Vanessa.

O que era pior.

CAPÍTULO 8

O MEIO DO CAMINHO

O DEUS CHEGOU AO EXÉRCITO.

Emporcalhando a realidade, estuprando o mundo, desfazendo o que era, toda a vida e as coisas inertes. Fazendo esquecer o que já fora, apagando o futuro, deixando um nada enorme no lugar de pedras e bichos e árvores e pessoas e ar: substituindo por sua própria existência bizarra.

Ao redor, muita floresta, clareiras esparsas. Sol, brilho, verde, tudo esmaecendo à corrupção.

O Deus da Tormenta chegou ao exército, e todos se ajoelharam.

Crânio Negro teve uma convulsão de prazer. A imundície dos Lordes, do seu novo mestre e do antigo, era um êxtase doloroso. As áreas de Tormenta eram manchas de paraíso em Arton, eram como orgias de transformação e degrado. Mas eram quase insuportáveis, até mesmo para ele. Crânio Negro sentiu-se invadido de uma alegria imensa e infantil, uma gratidão de filho ou de escravo leal, porque o Lorde da Tormenta saía de seu domínio, e dignava o exército e o caçador de recompensas com sua corrupção sublime. Crânio Negro não era mais de Arton, porque fora longe demais, e não era ainda do outro universo, das áreas de Tormenta. Crânio Negro não podia viver em lugar algum. A aura em torno do Lorde, a presença, sugeriam o único mundo em que ele podia viver, o mundo mesclado com que ele sonhava. Se cada instante era dor para Crânio Negro, aquilo era um alívio, deixava as pernas bambas. Ele encostou os joelhos na terra, baixou a cabeça, sentiu o jorro de imundície deliciosa da existência do Lorde, como um batismo.

À volta, todos os bárbaros reverenciaram, os milhares de simbiontes se agitaram. O Lorde falou.

Dez ou doze morreram. Outros tantos foram empurrados no último passo ao abismo da loucura. Os menos sortudos mantiveram a vida e a sanidade.

Crânio Negro sentiu-se tremer por dentro. Os órgãos, os sangues, as carnes rearranjaram-se ante o pensamento avassalador do Lorde. Os Lordes da Tormenta não usavam da voz: projetavam ideias nas mentes, nos espíritos (talvez nas almas). E naquela hora só uma coisa habitava a mente de Crânio Negro, e de todos. O nome, o Nome.

Aharadak, o Devorador.

Aharadak era uma forma imensa, embora o tamanho, assim como o tempo e a vida, não fizessem sentido ao seu redor. Uma monstruosidade estranha demais para ser entendida. Inúmeros cérebros sangraram quando os olhos tiveram um vislumbre da aparência de Aharadak — as direções que não existiam, os ângulos impossíveis, as formas geométricas diferentes de tudo. Aos poucos, as mentes artonianas traduziram aquele horror, formaram algo que pudessem compreender. Algo apenas horrendo, em vez de inexplicável. Alto como cinco andares, sustentado por uma dezena de pernas minúsculas distribuídas com simetria ao redor de seu estômago descomunal. Todo inchado e repulsivo, as placas de sua carapaça, grossas como paredes, às vezes revelando uma carne gosmenta por baixo. Seus oito braços tinham tamanhos variados, mas todos acabavam em garras que mais pareciam lâminas, rebarbas e navalhas, e das palmas das mãos nasciam vinte ou trinta dedinhos gorduchos. Tinha três pares de asas nas costas, e o topo de seu tronco era recoberto de uma espécie de pétalas de carne frouxa, como pequenos mantos que pendiam livres de seus ombros. Tinha um enorme olho cercado de dentes no meio da barriga, e sua cabeça era um amontoado disforme de bocas e pelos negros grossos.

Era o novo mestre, o Lorde, aquele por quem Crânio Negro traía seu antigo senhor. O Deus da Tormenta.

Abençoados são os servos da Tormenta — era a ideia, o conceito, que se projetava nas mentes. Não só palavras, mas imagens, certezas, emoções. Não se ouvia som, mas a corrupção de Aharadak tinha um sabor específico, que podia ser identificado como voz.

— Nós somos Seus servos, súditos e fiéis — respondeu Crânio Negro. — Nossa vida é obscena sem Sua presença. Renegamos nosso mundo, toda a existência em Seu nome. — Falava com dificuldade, ofegando de êxtase.

Aharadak está satisfeito. — Foi a maior alegria de todos os milhares de guerreiros.

— Suplico que me dê um comando, Senhor — disse Crânio Negro.

Aharadak deseja saber se seu antigo mestre não sabe da traição.

Era uma sombra de desagrado, e por isso os bárbaros gritaram, mutilaram-se, arrancaram cabelos e olhos. Aharadak era seu deus, presente, e a sugestão de que pudessem ter falhado com ele era uma blasfêmia insuportável.

— O Senhor é meu único mestre — gemeu Crânio Negro. — Minha única lealdade é para com Suas ordens, minha única vontade são Seus caprichos. Aquele a quem eu servia ignora tudo. Eu escarro no nome dele. Reconheço Aharadak como o único e verdadeiro Deus.

Artonianos não devem esquecer que tudo que é lefeu é superior. — E isso fora uma brisa de raiva. Uma centena morreu de pavor bruto.

— Toda a glória aos lefeu — recitou Crânio Negro.

A presença do Deus da Tormenta queimava um buraco na realidade. O tempo se deformava, esticava-se e se contraía; o espaço era distorcido. O universo como que enlouquecia, porque aquela existência era diferente, poderosa e alienígena demais. A Criação não suportava.

E Aharadak falava de um assunto perigoso (embora falar fosse um termo ridículo de imprecisão). Crânio Negro era seu servo agora, mas em segredo. Não que a corrupção do caçador de recompensas fosse secreta — ele era um dos maiores criminosos do mundo mesmo porque todos sabiam de sua entrega à Tormenta. Mas Crânio Negro, no início, servira a um Lorde diferente.

A Tormenta não era uma tempestade, embora fosse essa sua forma. A Tormenta era um universo, uma realidade, totalmente separada do mundo de Arton, de todas as suas dimensões, algo que nem mesmo os deuses podiam tocar. Algo fora da Criação, uma Anti-Criação. Que chovia sobre Arton — invadia. A tempestade criava as áreas de Tormenta, onde a destruição, a corrupção, a loucura, o vermelho eram eternos. Cada área de Tormenta tinha um Lorde.

E Crânio Negro de início servira a Gatzvalith, o Lorde de Trebuck. Gatzvalith fora o primeiro a tencionar corromper Arton, em vez de destruí-lo. Espalhava agentes, servos, artonianos maculados pelas diversas terras do mundo. Tecia uma rede de loucura, de sujeira. Parecera o mais poderoso, e dera a Crânio Negro diversas de suas capacidades e equipamentos. Mas, anos mais tarde, chegara Aharadak.

Aharadak era o Lorde da área de Tormenta de Zakharov, a mais nova, a mais insidiosa. Fora o primeiro a se declarar um deus. Havia altares em seu nome, ele tinha clérigos, concedia milagres. E oferecera o que Crânio Negro mais desejava: um mundo híbrido, um lugar onde pudesse viver. Aquém das áreas de Tormenta, além de Arton. Um lugar onde alguém como ele, que fora transformado demais, pudesse existir sem dor.

Era o que Crânio Negro queria. Isso, e respostas — mas as perguntas eram confusas, faziam com que ele tentasse lembrar, e era difícil. Aharadak oferecia um alívio. Era mais interessante que todo o poder oferecido por Gatzvalith.

O ataque deverá ser repentino. Surpreendente. Todos que servem a Gatzvalith devem se curvar a Aharadak.

— Gatzvalith é só um Lorde. Aharadak é o Deus.

A resposta agradou a Aharadak, e os milhares cantaram de felicidade.

Enganar Gatzvalith era talvez a tarefa mais difícil de todo o mundo. As teias do Lorde de Trebuck estendiam-se por tudo, qualquer um poderia ser um de seus agentes. Enquanto Aharadak tinha sacerdotes, fiéis, Gatzvalith tinha espiões, informantes. Mas Crânio Negro julgava que seu antigo mestre ainda não sabia da traição. Ele levava a imensa coluna bárbara da União Púrpura a Trebuck, com o consentimento de Gatzvalith. Mas, diferente do que Gatzvalith supunha — diferente do que os artonianos supunham — a coluna não atacaria Trebuck. Não atacaria o Exército do Reinado.

Crânio Negro, em nome de Aharadak, preparava um ataque à área de Tormenta. Iria enfrentar as legiões de demônios, enquanto seu novo mestre enfrentasse Gatzvalith.

Eles iriam matar o Lorde de Trebuck.

Era delicioso pensar que os artonianos preparavam-se para um ataque que não tinha a ver com eles. Morreriam por nada. Veriam, talvez, como sua existência era fútil, como tudo era uma grande piada nojenta.

A recompensa será sua, se o ataque tiver sucesso.

Crânio Negro chorou de esperança. A recompensa, ele quase já podia saboreá-la. Um pedaço de mundo sem dor, um pedaço de realidade mesclada. Imaginava se Aharadak tinha mesmo poder para fazer isso. Não havia, até onde ele soubesse, limites para a capacidade do Deus da Tormenta. Diferente dos outros Lordes, Aharadak contava com variados tipos de poder. A adoração de seus fiéis proporcionava habilidades desconhecidas — talvez fosse o suficiente para criar o que ele precisava. Talvez uma cidade? Talvez só uma casa? Talvez mesmo um quarto apertado, onde Crânio Negro pudesse sentir alívio.

— E as respostas...? — ousou o caçador de recompensas.

Você persegue demais seu passado — a reprovação fez alguns ossos de Crânio Negro se esfacelarem. — *Aharadak é magnânimo por permitir que você procure suas respostas em seu próprio tempo. Sua busca não deve interferir com os desígnios de seu Deus.*

— Sim, meu Senhor.

Talvez, se o plano for cumprido, Aharadak lhe dê as respostas. Talvez.

Poderia o Deus da Tormenta saber? Poderiam as respostas d'Ele satisfazer Crânio Negro? Ele já perguntara ao minotauro. Perguntara a outros. Ainda tinha que interrogar o ladrão. Por que as respostas eram tão confusas? Por que ele não entendia o passado? Crânio Negro já tinha quase todos, agora. Quase todos os aventureiros. Sentia como se as últimas peças de um quebra-cabeças se encaixassem. Faltavam poucos, ele achava.

Ainda existem dois em Tamu-ra.

Crânio Negro engasgou. O Deus sabia, então? Ele mesmo não fizera ideia de que houvesse alguém na área de Tormenta de Tamu-ra — a primeira área de Tormenta.

Aharadak pode lhe presentear com eles. Se obtiver sucesso.

Esperança, esperança, que felicidade! Crânio Negro imaginou se os dois que estavam em Tamu-ra resolveriam o enigma. Era mais um impulso para cumprir os desígnios do Deus. Então, teria um pedaço de mundo sem dor. Teria as respostas para si mesmo, para o passado. Teria paz.

Era o que Crânio Negro mais desejava.

Paz.

Seria tão impossível?

Sacudindo as barras da gaiola, Ashlen sentiu-se invadido pela palavra: *Lefeu, lefeu, lefeu.*

Gritou, sangrou a cabeça nas hastes de metal, chutou com o pé falso até amassá-lo. Imagens vagas do homem que eles haviam caçado, tantos anos antes, do albino, transbordaram de seus olhos. Uma sensação como a da torre da bruxa Andaluzia, mas multiplicada ao infinito. Ashlen sentira, há mais de dez anos, um gosto da Tormenta. Agora, o horror deslizava aos borbotões por sua garganta.

— Ele não é maravilhoso? — disse Artorius.

O exército corrompido da União Púrpura havia estacionado, na fronteira sul de Sambúrdia, e trinta mil corpos prostravam-se em adoração à coisa, à criatura da Tormenta. O exército era como uma cidade em marcha, dezenas de milhares de guerreiros acompanhados de um sem-número de mulheres, crianças, famílias, mercadores, clérigos, xamãs, gado. Os blocos compactos de soldados selvagens eram seguidos de uma cauda interminável dos outros, aqueles que se aproveitavam do exército ou iam atrás por não ter escolha. Levavam milhares de carroças, animais que morriam por estar tão próximos à corrupção dos simbiontes, fardos enormes com todas as suas posses ou então trouxas pequenas com um punhado de objetos valiosos ou queridos. E havia no exército uma estrutura rígida, pouco familiar aos guerreiros da União Púrpura, uma hierarquia imposta por Artorius.

Ele era o Rei das Tribos, e sua lei criara treinamentos rigorosos e ordem rígida de marcha. Os guerreiros pardos, cheios de tatuagens e cicatrizes, sempre haviam contado com a força, com a fúria, a bebida e o entusiasmo para vencer. Agora, sob Artorius, aprendiam tática, disciplina, postos militares. Eram ainda mais fortes, tinham poder além dos limites, por causa dos simbiontes. Tinham inteligência, por causa do Rei.

E, por causa de Artorius, Ashlen estava preso.

Artorius fizera com que levassem suprimentos, ferramentas — e jaulas. A gaiola em que Ashlen se encontrava era suspensa, pendurada por uma corrente sobre um tablado com rodas. Lembrava muito, e de propósito, a gaiola onde ele ficara preso na torre de Andaluzia. Naquela ocasião, Artorius mantivera a sanidade dos companheiros. Agora, cutucava Ashlen com a loucura, mantendo-o preso daquele jeito, minando com pavor e lembranças as suas habilidades de fuga.

— Ele é maravilhoso — disse Artorius.

Com a presença do Deus da Tormenta, o minotauro parecia ter ficado ainda maior. Seus músculos inchavam mais, pressionados de dentro pela coisa simbionte que habitava seu corpo. Os chifres tornavam-se longos, pulsavam a olhos vistos. Os braços adquiriam mais lâminas, mais rebarbas afiadas.

— Ele é o seu deus — disse Ashlen, cuspindo desprezo. — Por que não vai até lá adorá-lo?

— Não sou merecedor — Artorius tinha uma voz derretida de devoção. — É maravilhoso demais para mim. Chegar perto d'Ele seria uma blasfêmia.

Ashlen sentiu enjoo. Horror igual pela atitude do ex-companheiro e pela presença de Aharadak. A guarda pessoal de Artorius, composta dos melhores guerreiros da União Púrpura, saturados de simbiontes, dividia seu assombro entre o Rei e o Deus.

— O que é isso, Artorius? — choramingou Ashlen. — O que são essas criaturas? O que nós trouxemos para este mundo, o que é a Tormenta?

— Isto é *lefeu*, Ashlen.

A palavra, retumbando na mente, no estômago, debaixo do osso do peito.

— O que é lefeu?

— Ah, é o paraíso, Ashlen! — Artorius tinha um tom imbecil de devoto, um rosto de servo, uma expressão obcecada. — É o paraíso, e são os anjos. E é o Deus, que está aqui. Lefeu é tudo, Ashlen, é tudo o que deve existir. É tudo que restará.

Lefeu, lefeu, lefeu, como um coração obsceno latejando.

Lefeu era, numa simplificação inteligível, a raça. Os demônios da Tormenta, como eram chamados em ignorância, que não eram demônios. Existiam demônios no universo de Arton, nos Reinos de deuses malignos. Os lefeu eram muito piores, muito mais distantes e poderosos. Não eram malignos, e nem bons, porque não havia, em seu universo, um termo de comparação.

Porque não havia nada que não fosse lefeu.

Eles haviam vencido todas as limitações. O tempo, o espaço, a morte. Tudo foi conquistado. E haviam erradicado tudo que não fosse eles próprios. Assim, tudo que existia no universo — planetas, ar, objetos, construções — tudo pertencia àquela raça, em suas infinitas formas. Tudo era lefeu.

As gotas vermelhas e ácidas que choviam sobre Arton eram lefeu. Os demônios eram lefeu. A corrupção era lefeu, o pensamento daquelas criaturas, o som que faziam.

Ashlen chorou de incompreensão; era enorme demais.

— O simbionte — Artorius tocou no próprio braço, com orgulho — é lefeu. Nosso Senhor Aharadak é lefeu. A salvação que me foi oferecida é lefeu. O amor que sinto por Ele é lefeu.

— Você amava lutar. E Andilla. E Nichaela.

Artorius perdeu o tom bobo e religioso.

— Cale a boca — rosnou. As partes simbiontes se agitaram, a guarda pessoal cercou a jaula de Ashlen.

— Você teria coragem de chamar Nichaela de irmãzinha, agora? Teria coragem de orar a Tauron?

Os guerreiros fizeram menção de calar o insolente, mas Artorius ergueu a mão de couraça, impedindo.

— Todos nós caímos, Ashlen. Assim como o mundo vai cair. No final, só haverá lefeu.

O minotauro deu ordens, e os soldados se afastaram. Logo, emergiu das fileiras um trapo de gente, uma figura suja e esfarrapada. Arengando, tocando o ar, espalhando um vermelho tênue em volta.

Andaluzia, a Bruxa sem Rosto.

— Esta é sua punição, Ashlen — disse Artorius.

Ashlen começou a gritar, e não parou por um longo tempo.

O dia havia passado, sem que ninguém visse. A presença de Aharadak tinha encolhido as horas, ou então mesmerizado todas as atenções. Ao cair da noite, a coluna pôs-se em marcha.

Um imenso círculo vermelho, com bordas como gotículas ou névoa fina, desenhou-se à frente do exército. Outros surgiram ao longo da coluna, entre os batalhões. A União Púrpura marchou, atravessando os círculos.

Cada um deles era um buraco no espaço, um portal, e sugava aqueles bárbaros, suas coisas, seus animais. Fazia o chão e os lados desaparecerem por um instante. Então, depositava-os num lugar diferente, devorando os quilômetros para dentro de Sambúrdia. Andaluzia movia as mãos, balbuciava palavras de encanto.

Sem que eles sequer tomassem conhecimento, um batalhão do exército de Sambúrdia tentara encontrá-los. Mas, dessa vez, assim como em outras, a coluna da União Púrpura desaparecera. Não cruzavam o caminho, e assim se achavam imunes às perseguições de tropas normais. Estratégia feita por Crânio Negro e Artorius, executada pela bruxa, que era como uma escrava arcana.

Mesmo assim, demoravam horas para cruzar os portais, outras horas para voltar à ordem e refazer acampamento.

Ashlen agradecera o momento de viajar, porque isso significava que Andaluzia tinha de sair de perto dele. A presença da mulher fazia doer o pé que não tinha mais. Ele respirava e massageava a prótese fria de metal, quando ouviu o sussurro:

— Vamos conversar, Ashlen.

Crânio Negro.

Ashlen Ironsmith foi interrogado durante a noite. Gritou, mas não cedeu.

Depois cedeu, mas isso não adiantou.

Dois xamãs cuidaram para que ele não morresse. Andaluzia assistiu, cabeça torta como um cachorro confuso, por algumas horas.

— Repita de novo, Ashlen, repita de novo. Como foi a perseguição? Onde estão os outros? Quem está em Tamu-ra?

Crânio Negro nunca se saciava.

Artorius ouviu o berro de Ashlen, atravessando as fogueiras, os grupos de homens corrompidos. Uma parte sua lamentou, mas outra regozijou-se. Crânio Negro era o mais alto dos servos, e por isso era seu mestre.

Qualquer dúvida na fé da Tormenta era inadmissível. Artorius foi ao altar que haviam construído sobre uma carroça. Prostrar-se frente à imagem feita de ossos e carne corrupta, vermes e metal enferrujado, a imagem de Aharadak, sempre acabava com as dúvidas. A guarda pessoal seguiu-o, mas ele os dispensou. O Rei não precisava de defesa, em verdade, porque era amado por todos, e mais forte que os inimigos.

No altar, alguns bárbaros praticavam suas devoções. Ficaram num silêncio apalermado quando o Rei se aproximou.

Ao lado do templo móvel, a enorme carruagem de Crânio Negro. Puxada por seis cavalos maculados por simbiontes, grande como uma casa, construída de ferro, arame, sangue duro e ossos. Artorius olhou o templo, olhou a carruagem. Entrou na segunda.

O interior não tinha nada especial. E ele já estivera lá dentro, discutindo táticas, planejando vitória. Crânio Negro, afora a armadura que não retirava nunca, parecia gente como todos. Sua carruagem tinha uma mesa, e mapas, e tudo de que um general precisava. Criaturinhas simbiontes rastejavam nos cantos (e Artorius curvou-se a elas, porque também eram lefeu), e imundície física e espiritual manchava as paredes. Ele andou a curta extensão do veículo.

Num lado, um tecido, como se feito de teias rubras, cobria uma mesa repleta de volumes indiscerníveis. Artorius se aproximou. Mexer nas coisas de um superior era crime. Mas ele era rei. E seus dias em Tapista, o Reino dos Minotauros, já haviam passado há muito. Toda a disciplina, o respeito, agora serviam apenas para conquistar o objetivo, servir aos lefeu, não tinham significado real.

Artorius removeu a toalha de teia.

Sob o tecido, em cima da mesa, alguns objetos.

Um escudo, rachado e sujo, que trazia a imagem dourada de Azgher, o Deus-Sol. Um cálice amassado. Um arco quebrado, a madeira gasta e meio podre. Uma espada longa, partida. Artorius tocou-a, e o pedaço de lâmina ainda era quente.

Vallen Allond. Memórias:

"A espada longa, retirada da bainha, rugiu com pequenas chamas, que corriam em linha recobrindo a lâmina. A espada curta gelou o ar e recobriu-se de uma camada fina de geada branca, produzindo mais gelo enquanto os flocos caíam como neve minúscula de toda a sua extensão. Inverno e Inferno, era como Vallen as chamava, e todos os seus inimigos haviam aprendido a respeitá-las, a maioria tarde demais".

Não fora uma espada ancestral. Não fora abençoada por deuses, nem era antiga. Não era poderosa. Nem mesmo tinha uma história. Fora encontrada no fundo de uma masmorra, e era só muito boa em matar homens. Não tivera nome, até o nome que o dono lhe dera. Não era importante, mas, por isso mesmo, naquela hora, foi. Era uma ferramenta de aventureiro.

Artorius sentiu algo. Algo que não era lefeu.

Começou a engasgar, seu rosto de touro domado foi mais uma vez de touro em fúria, ele abriu muito a boca, e uma coisa começou a sair. Fazendo volume na sua garganta, visível através do couro do pescoço. Artorius tinha vários simbiontes. Cuspiu apenas um deles.

A criatura foi expulsa de seu corpo, por uma coisa mais antiga e, talvez, mais poderosa.

CAPÍTULO 9

PARES EM DANÇA

À NOITE, HAVERIA O BAILE, QUE ERA DEVER. MAS ANTES, Orion arrastava o novo escudeiro. O que também era dever.

Só havia dever.

— Aonde vamos? — disse Darien, mais uma vez.

— Treinamento — grunhiu Orion.

Para um campeão da justa, pouquíssima glória. Fosse qualquer outro, fosse um notável ou diferente, fosse alguém que não andasse de cabeça baixa, haveria uma turba alegre. Mas ele era Orion, e era cinza, e aos outros era nada.

As ruas de Norm, exalando o quente do dia, preparando-se para esfriar, antes do último arroubo do torneio. Movimento e ocupação de fim de festa. Os comerciantes tentavam vender os produtos rejeitados, reduziam o preço das comidas já meio velhas. O urso dançarino estava cansado e os bardos repetiam músicas. Depois do baile em homenagem ao campeão que andava como um coitado, a cidade voltaria à prosperidade tranquila (não sabia que os homens iriam à guerra).

— Aqui — disse Orion.

Era uma igreja.

— Quer que eu confesse meus pecados? É bom que você tenha bastante tempo. Talvez seja melhor haver um revezamento de clérigos, eles podem se cansar. Deitar com as mulheres dos outros é pecado? Porque, se for, então chame um batalhão inteiro de padres.

Um cale a boca, mesmo entre dentes, um tapa, mesmo com manopla, teria sido mais amigável. Silêncio era pior.

Entraram na igreja.

Havia pouca gente, porque a maioria enfeitava-se em vez de rezar. Era uma igreja de ricos, de nobres, onde se podia ser devoto com classe. Duas ou três velhas carpideiras, em luto eterno de tecidos caros, e uma mulher de nem trinta invernos, com um bebê embrulhado contra o seio e um garoto assustado na mão.

Orion foi até perto. Sentou-se num banco, voltado para a imagem de Khalmyr governando o Panteão. Darien a tiracolo.

— Reze — disse Orion, num tom que não admitia pensamento.

Darien ficou um tempo imitando os outros, a cabeça pensando no valor das joias das carpideiras. A mulher com as crianças levantou-se — era bonita, tinha belos lábios e um par de orelhas de enlouquecer — e caminhou pela nave. Orion ergueu os olhos, levantou-se também.

— *Lady* Madeleine — cumprimentou.

A mulher fez uma mesura, uma ou duas perguntas por educação. Sorriso triste, pálpebras inchadas.

— Parabéns pela justa, *sir* Orion — disse ela.

Ele agradeceu, apresentou distraído o escudeiro, cujo nome não disse, falou com o garotinho como se fosse um adulto.

— Não tive a chance de lhe dizer o quanto eu lamento, *lady* Madeleine. Meus pêsames pela morte de seu marido.

Ela fez o rosto de quem já ouviu muitos pêsames.

— Obrigada. Tenho um pouco de conforto em pensar que Owen morreu como um cavaleiro da Luz. A serviço de *sir* Justin Gherald, numa missão honrada.

Darien sentiu a bile na língua.

— Ouvi dizer que foi uma emboscada — disse Orion. — Desculpe por falar nisso.

— Não me importo. Não quero esquecer o que aconteceu. Quero que Heldann saiba desde cedo o que houve com seu pai. — Um suspiro de força. — E fico feliz em saber que, apesar de ter morrido, Owen ganhou a batalha.

— Ele cumpriu o seu dever.

A mulher assentiu, e uma lágrima escorreu, despercebida.

— Ele nunca chegou a conhecer Vivian — disse, olhando para o pequeno embrulho que era uma pessoa. — Heldann queria que ele lhe ensinasse a lutar com a espada.

— *Sir* Owen vai enxergá-los do Reino de Khalmyr.

Eles concordaram que ia. *Lady* Madeleine despediu-se, agradeceu os respeitos, cumprimentou até mesmo o escudeiro. Orion lamentou de novo a morte de *sir* Owen.

Darien parecia ter definhado.

— É a família do homem que você matou — disse-lhe Orion. — Ele não era um herói. Não era nem muito corajoso. Mas tinha mulher, um filho que queria aprender a usar espada e uma filha que não conhecia. Poderia mais tarde ter sido um bravo, ou poderia ter sido um canalha.

Voz baixa.

— Mas você o matou.

Orion caminhou para fora da igreja. Darien batia os dentes, coçava um ponto já esfolado da bochecha.

— Por quê? — correu atrás de Orion. — Por que me mostrou isso?

— Treinamento.

Darien agarrou-lhe o braço.

— Sou um assassino. Por que não me mata, por que não me mata?

Orion parou, e falou como uma estátua.

— A morte é fácil. Você não vai morrer agora, vai viver com o que fez. Morrer é muito fácil, veja como foi fácil para *sir* Owen. Quando lhe deixei viver, *eu não lhe dei uma punição mais leve*, garoto.

— Nunca mais vou matar.

— *Vai* — disse Orion, comandando o futuro. — Vai matar, talvez vá matar muito. E agora sabe o que é cada morte.

Darien pensou de novo em fugir. Mas viu que estava preso para sempre.

— Isso é ser cavaleiro, Darien. Isso é ser guerreiro. Isso é ser homem.

Ele entrou no quarto, e Vanessa desfez o que quer que fosse o ritual sobre o qual estava debruçada.

— O que é? — disse Orion.

— Assunto de Keenn.

Resposta suficiente. Vanessa estivera entoando alguma prece sobre uma bacia cheia de líquido cheirando a ferro, cercada de várias armas. Um rito simples do Deus da Guerra.

— Esse sangue...?

— De um porco abatido para o banquete. Não se preocupe.

Orion fechou a porta atrás de si, deixou um pouco do mundo do lado de fora.

— Você fez o certo, hoje — disse Vanessa, desvencilhando-se da cerimônia. Foi até o marido e o abraçou. Depois de muito tempo, quis soltá-lo, mas ele não deixou.

— Vamos ficar assim mais um pouco. Vamos ficar assim para sempre.

Ela sorriu, e se aconchegou no peito largo e cheio de pesares.

— Vallen? — disse Orion, dentro dos cabelos ruivos dela.

— Daqui a pouco vai acordar.

— Como você sabe?

A criança irrompeu em choro, confirmando. Os dois foram até o berço de mãos dadas.

— Está cagado — disse Vanessa.

— Eu cuido disso.

— Você?

— Eu sou o campeão da justa, posso limpar o traseiro de um menino.

Riram. As fraldas eram mais desafiadoras do que Orion esperava. Vanessa ensinou-lhe.

— Quanto tempo faz que você não ri sem que eu esteja por perto, Orion?

Ele deu de ombros.

— Exceto por vocês dois, não há muita razão no mundo para abaixar a espada.

— Homens precisam ir a tavernas com os amigos, beber, rir, olhar mulheres mais jovens.

— Mulheres também precisam de tavernas e amigas.

— Por isso eu saí com Camille ainda outra noite. Tomamos um porre, falamos mal de todos os homens que conhecemos, admiramos uns cavaleirinhos apetitosos.

— Quando?

— Enquanto você estava agonizando para Khalmyr, pensando se deveria ou não matar o filho de um bode que desgraçou a sua vida.

Era o bastante para esfriar o riso.

— Arrume-se para o baile — disse Vanessa, terminando de ajeitar as fraldas do bebê.

O silêncio curto de sempre, que, segundo Vanessa, era invariavelmente o prenúncio de alguma bobagem.

— Acho que não vou ao baile.

Vanessa pensou que, mais uma vez, estivera certa.

— Inadmissível — disse ela. — Você é o campeão.

— Campeão trapaceiro.

— Cale a boca. Você vai ao baile, e vai vestir uma roupa melhor do que essa armadura opaca e essa túnica de penitente.

Ainda argumentos, ainda recalcitrante.

— Pelo amor da guerra, Orion! Se é incapaz de fazer isso por você mesmo, faça por Vallen. Seja um pouco menos filho de seu pai e um pouco mais pai de seu filho, uma vez na vida.

Respiração.

— Está bem. Vou tomar um banho.

— Eu diria que gosto do seu cheiro de suor e de cavalo, se você não tivesse me esfriado com todas essas besteiras.

Orion foi, e Vanessa ficou conversando em sua mente com o pequeno Vallen. Depois de um bom tempo, guardou as armas espalhadas, saiu do quarto, chamou uma serva para recolher a bacia de sangue. Foi até uma parte isolada das masmorras, que quase ninguém conhecia. Mostrou ao seu filho o cadáver do prisioneiro que sacrificara. Por baixo dele, uma poça vermelha marejando, refletindo o que havia para ser refletido.

— Às vezes — explicou Vanessa em voz alta — Keenn exige sacrifícios. Este criminoso era um guerreiro, e por isso foi um bom sacrifício. Agora vamos lá, a mamãe precisa se livrar do corpo.

Trebane tinha quase certeza de que não estava fedendo tanto. Mesmo assim, todos os nobres tapavam a boca e o nariz com lencinhos, ao passar perto dele.

— Já chega, vou bater em alguém.

— É isso que eles querem — disse Zara.

O centauro retorceu a boca, jogou a cauda para um lado e outro.

— Se eles querem me enfrentar, podem fazer fila. Nem todo o perfume do mundo vai ajudá-los quando eu me irritar.

— Esses aristocratas desmaiam com um tabefe — Zara apoiou-se no tronco de cavalo — mas eles têm soldados. Guarda-costas. Clérigos. Aventureiros que lhes devem favores. Gente assim nunca luta suas próprias batalhas, Trebane.

Ele disse uma praga.

— *Sir* Orion também teria de lutar contra você, por obrigação.

— Orion? Nunca!

— Claro, você consegue imaginar ele se revoltando contra a Ordem da Luz e todo Bielefeld, e se juntando a você num combate desesperado contra todos os cavaleiros do reino?

Como resposta, Trebane deu um soco numa parede.

Estavam no Castelo da Luz; por causa de Orion, eram convidados. O centauro passava pouco tempo lá, porque odiava lugares fechados. Zara, conquanto à vontade no meio da nobreza, preferia acompanhá-lo. Ambos esperavam a partida das tropas, a guerra.

— Senhor Trebane...? — disse um rapazote em roupas bordadas com motivos de Khalmyr.

— Não; sou um dos outros dezessete centauros hospedados no castelo.

O homem não se abalou, riu como era educado rir de um chiste.

Antes que ele pudesse se apresentar, Zara disse que ele era *sir* Jasper Findell, cavaleiro da Luz recém-sagrado, vencedor de uma justa no dia anterior. *Sir* Jasper fez um meneio de impressionado, e seguiu ao que queria falar.

— É sobre o baile desta noite.

— Desembuche — disse Trebane.

— O senhor está convidado, é claro, como muito bem sabe. Mas foi trazido ao nosso conhecimento que hoje também haverá uma celebração de Allihanna, nas planícies a leste da cidade. Pelo menos dois sacerdotes da Floresta de Jeyfar irão comparecer.

Trebane fez que continuasse.

— Um grupo de cavaleiros e nobres de Norm lhe oferece todos os subsídios e apoio, caso o senhor queira comparecer à celebração de Allihanna. O melhor vinho do reino, patrulhas garantindo que a cerimônia não seja perturbada. Todos manterão uma distância respeitosa, é claro. Os animais também não serão incomodados.

— Por que me diz isso?

— Como sinal de respeito, caso o senhor prefira celebrar a natureza, sua própria deusa, ao invés de comparecer ao baile. A Ordem da Luz encoraja todas as fés benevolentes.

— E então, eu não iria ao baile?

— Se não quiser. Ficaríamos mortificados se o senhor se sentisse obrigado a comparecer a uma ocasião tão formal.

— Em vez disso, iria me esconder nas planícies.

— Apenas queremos que fique à vontade.

Zara achou que o centauro iria quebrar o nariz do tal Jasper, mas ele só resmungou algo, e o outro fez mesuras e se retirou. Trebane bufou por um tempo, depois trotou para fora do castelo.

— Uma cerimônia de Allihanna é algo bem importante — disse o druida.

Zara quieta.

— É bem melhor do que ficar metido num salão, com pouca comida, bebida fraca, música irritante e nobres chatos.

Ainda.

— E eles vão me dar vinho, vão apoiar a cerimônia.

...

— É melhor não ir ao baile.

— *Errado* — disse Zara.

— Essa gente não me quer aqui.

— Quem se importa com eles?

— Eu não vou me divertir no baile, de qualquer forma.

— Isso não tem a menor relação com nada. Você tem que ir ao baile por uma questão de princípio.

— Eu nem quero ir ao baile. Odeio esse tipo de ajuntamento, não preciso provar nada ao mundo desses palermas.

— Então você vai ser subornado com bebida e promessas bonitinhas, como um bom selvagem? Vai se meter nas planícies, junto com uns reclusos piolhentos que vivem em uma floresta?

— Eu já tive piolhos. Carrapatos também.

— Claro, então vá, para a festinha de excluídos que os cavaleiros armaram porque não queriam os indesejáveis por perto. Agradeça a eles, faça-lhes um colarzinho com as flores de Allihanna. Deixe que eles cavalguem você.

— *Chega*.

Longe demais, por um centímetro.

— Você pode se ofender, mas é isso que está fazendo. Não vá ao baile para provar nada, não vá ao baile para se divertir. *Vá ao baile para incomodá-los*.

— Parece uma coisa bem mesquinha.

— É assim que essa gente trata a plebe e os bárbaros da União Púrpura. É muito mais eficaz oferecer um presente e se livrar do que insultá-los e matá-los. É como um adulto lida com uma criança inconveniente. — Nunca tão séria: — Se quisessem a sua presença, você poderia se dar ao luxo de não ir. Agora, não tem opção.

Trebane viu nela uma fúria diferente, que ele respeitava.

— Você sempre se mete tanto com os problemas de gente que mal conhece? — disse o centauro.

Mas, é claro, Zara não respondeu, e disse vamos comprar umas roupas novas, e eles foram. Passaram muitas horas conversando, como faziam sempre nos últimos dias.

À noite, veio ao mundo uma cena de histórias. O baile que encerrava a justa era algo bonito além das medidas, era um lugar de damas e lordes, onde todos tinham uma casca de galanteria, fineza, asseio, bom gosto. Nenhuma daquelas criaturas podia tramar, temer, sangrar, cuspir, odiar. Os casais rodopiavam a uma música suave e energética, que convidava à leveza. Os cavaleiros usavam suas melhores armaduras de cerimônia — boas para enfeite, péssimas para batalha — ou casacas com as cores familiares, ou coletes bordados e mangas bufantes. As damas tinham saias largas, decotes ousados, ou rendas intrincadas que se agarravam no busto, subindo ao pescoço. Elegância, e todos sabiam seu lugar.

Colunas de mármore, estatuetas, vasos e servos eram decoração. Havia pessoas que lá não eram pessoas — pequenas sílfides que deveriam apenas circular, emprestando uma atmosfera de encantamento, magos simplórios que deleitavam os convivas com truques, acrobatas que saltitavam. Invisíveis, convenientes; tão refinados, caros e importantes como cálices de cristal.

Zara olhou uma acrobata e suspirou.

— Lembre-se do que eu ensinei — disse para Trebane.

Ele mostrou os dentes e acenou com a cabeça.

Entraram de braços dados — Zara achou uma maneira de fazer isso confortável e elegante — e atraíram as bocas do salão. Trebane tinha vontade de rasgar a camisa de seda, o casaco azul e ouro, mas sorria, da forma como treinara horas antes. O cabelo longo e castanho fora amarrado em uma trança complicada, com uma fita que complementava a roupa. Enforcado pela gola, os botões da casaca como flechas ou sanguessugas, e suor de bicho que quase era, mas ele secava com um lenço bordado, e mantinha a pose.

Dezenas de narizes se torceram para ele, mas *"desgraçado"*, pensavam os lordes — cheirava a perfume.

Orion cumprimentou-os, Vanessa cumprimentou-os, o Alto Comandante e Bernard Branalon. Ouro e honra não andavam *sempre* separados.

Mas:

— Quero ver esse bruto dançar — escarneceu um lorde afetado, de onde achou que Trebane não fosse ouvir.

O centauro quis morder a cabeça dele, mas apenas olhou para Zara Lysande.

— Me dá a honra dessa dança, senhorita?

— Achei que nunca fosse perguntar.

— Como assim? Foi o que combinamos.

Ela riu.

Eles dançaram.

Trebane era um bruto, e sentia orgulho disso. Mas era também lutador e, diferente dos que se enchiam de armaduras e mal podiam caminhar, lutava de peito nu, lutava só com o corpo. Por isso, era rápido, era leve. Tinha patas ágeis. Trebane ocupou o espaço de seis pares em dança, mas deslizou pelo salão. Como se não tivesse cascos, não fazia um som. Erguia Zara, girando-a sob a música, sem quase encostar nela. E, mais do que isso, ao final da primeira dança, rezou. Uma brisa fresca, brincalhona, soprou embaixo das patas, e Trebane e Zara dançaram a dois centímetros do piso — alguns corações palpitaram, alguns lábios foram mordidos.

Trebane fez surgir uma flor em sua mão, e botou no cabelo de Zara.

— Você botou errado — riu ela, arrumando a flor.

Vanessa tinha sobrancelhas de incredulidade boa.

— Até o centauro dança — disse ela. — Você também podia dançar.

— Não — disse Orion.

Ele aceitara vestir roupas de corte, mas se recusava a usar armadura de brinquedo.

— Vou ver como Vallen está — disse o cavaleiro.

— Ele está com a ama e uma escolta de guardas. Pare de tentar arranjar desculpas e fique aqui.

A contragosto, mas parado. E recebeu mais parabéns, mais perguntas sobre o belo cavalo branco, mais comentários descartáveis.

As amabilidades se dissiparam quando chegou o guerreiro, o sempre guerreiro, de tapa-olho e armadura.

— Orion, Vanessa — disse Alenn Toren Greenfeld. O Alto Comandante vestia armadura, mas não cerimonial. Por bela, dourada e rebuscada que fosse, a armadura de Alenn Toren era para a batalha. Ele sempre estava pronto para a batalha. — Precisamos falar sobre a guerra.

Era o assunto preferido de Vanessa, mas ela estranhou. Por que ali?

— Já perdemos tempo suficiente — disse Alenn Toren. — Não aguento mais ficar parado.

Um bom motivo.

Os três, e mais Bernard Branalon, juntaram-se num canto.

— Sua majestade já garantiu todo o apoio — disse o Alto Comandante. — A Ordem da Luz vai liderar, e vamos encher as colunas de cavalaria tanto quanto pudermos. Mas as tropas normais de Bielefeld irão compor o grosso do contingente.

— Quantos? — disse Bernard.

— Dez mil na infantaria. Não sei quantos cavaleiros vamos arranjar. Os mais ricos sempre têm desculpas para não ir à guerra.

— Mercenários? — disse Vanessa.

O Alto Comandante ajustou o tapa-olho.

— Não é bom envolver mercenários nisso. Lembrem-se de que vamos lutar contra um inimigo corrompido. Quanto mais soldados pouco leais tivermos, mais chances de corrupção em nossas próprias fileiras.

— Precisamos de muitos clérigos — falou Bernard.

— Já estou esvaziando as igrejas. Magos também seriam úteis, mas temos poucos.

— Bestas de guerra? Grifos?

— Um pequeno destacamento de cavalaria aérea, montada em grifos. Fora isso, pouca coisa.

Discutiram mantimentos, posicionamento de unidades. Por fim, rotas:

— Por onde vamos? — disse Orion.

— O ideal teria sido invadir a União Púrpura, diretamente — Vanessa falou antes que Alenn Toren pudesse. — Não esperar que eles levassem a guerra para Trebuck.

— Não temos recursos para uma guerra no meio da floresta — disse o Alto Comandante.

— Eu sei, esse é o problema. A única solução que vejo é viajar por Yuden. Depois, Salistick, Nova Ghondriann, Sambúrdia, e Trebuck.

— Yuden? — disse Orion.

— Não será preciso atravessar o reino todo. Além disso, Mitkov deve estar muito ocupado planejando guerra contra Deheon para importunar uma coluna de Bielefeld. Acho que é possível negociar.

O Príncipe Mitkov, regente de Yuden, sempre estava pronto a guerrear, e salivava pela coroa do Reinado há muito.

— Existe uma alternativa — disse Bernard, alisando a barba de urso. — Portsmouth.

— Impossível — disse Orion. — O Conde Ferren Asloth nunca vai permitir que uma coluna nossa atravesse em paz.

— Faz tempo demais que não brigamos com os homens do Velho Abutre, Orion. E então, *sir* Greenfeld? O que acha de matar dois coelhos, ou dois vermes, de uma vez só?

— Ótima ideia — disse Vanessa.

Alenn Toren Greenfeld disse que não.

— Não podemos estar enfraquecidos ao encarar Crânio Negro — disse o Alto Comandante. — Além disso, se atacássemos Portsmouth sem provocação, Deheon teria de apoiar o Velho Abutre.

— Então, nos aliamos a Yuden, contra Deheon — disse Vanessa, animada. Os três homens não acharam divertido.

— Mas vamos ter que negociar com Yuden, isso é verdade — Alenn Toren apertou o único olho. — Passar por lá é nossa única opção. Vanessa, você pode arrancar um pouco de boa vontade de Mitkov, por ser clériga de Keenn. Pode cuidar disso?

— Claro, senhor.

— Quero também que supervisione toda a logística da campanha, e seja responsável pelas armas de cerco. Vou fazer-lhe capitã.

— Não posso, senhor.

Recusar uma guerra não era do feitio de Vanessa.

— Tenho uma missão para Keenn, com a qual já me comprometi.

— Mais importante que uma guerra? — disse Bernard.

— Não posso falar sobre isso. Mas confie em mim, *sir* Greenfeld. Yuden vai permitir a sua passagem.

— Bernard — disse Alenn Toren. — Você fica em Norm, como comandante dos reforços. Caso seja necessário, vai levar uma coluna rápida ao fronte.

— Sim, senhor.

— Orion — por fim. — Como já havíamos conversado, você comandará as tropas. Receberá o título de lorde cavaleiro, terras, e o posto de general no exército de Bielefeld. Escolha um estandarte para você.

Orion começou a dizer um sim senhor, mas Vanessa interrompeu:

— Orion, preciso falar com você.

Levantaram-se, foram a uma distância discreta.

— Vindo de uma mulher, isso nunca é boa coisa — disse Bernard.

— Recuse — disse Vanessa.

Orion diria que ela só poderia estar brincando, ou faria alguma piada sobre a esposa ter se convertido a Marah, a Deusa da Paz. Mas, como era Orion, levou a sério, e muito sério disse que não.

— Você não pode seguir em uma campanha agora, Orion.

— Eu já tinha lhe falado sobre isso.

— E eu ignorei, porque ainda tive esperança de que você desistisse. Você não pode sair em campanha, porque tem um filho para cuidar, tem responsabilidades.

— Isso não é uma busca pelo meu pai, Vanessa. É uma ordem do Alto Comandante.

— Não fale como se você não fosse amigo dele. Peça, e ele vai desobrigá-lo.

— Já pedi. Sugeri Bernard para comandar o exército.

— E disse que não queria ir porque não é merecedor, ou qualquer bobagem assim, não é?

Nenhuma palavra deixou a barba.

— Eu sabia — disse Vanessa. — Camille diz que nós somos iguais, mas você é ainda pior, Orion. Peça a *sir* Greenfeld para ficar aqui. Se partir, quem vai tomar conta de Vallen?

— Você, é claro. — E parecia claro, mesmo.

Toda cor deixou o rosto de Vanessa, o preto das pupilas dilatou-se.

— Já disse que tenho uma missão de Keenn a cumprir. Você não ouviu eu dizer isso?

— Supus que fosse uma missão aqui mesmo, em Norm.

— Supôs e não foi capaz de me perguntar?

— Chega, Vanessa. Nós não vamos discutir sobre isso.

A raiva de Vanessa era fácil, e estrepitosa. A raiva gelada e quieta, como a daquele momento, era muito mais rara, e mais temível.

— Você é igual ao seu pai, Orion.

— Chega. Não diga isso.

— Vallen mal acabou de nascer, e você vai embora de novo. É isso que quer? Ser um errante? Ser aventureiro?

— Você também vai. É seu dever ficar.

— Eu fiquei aqui, carreguei-o por nove meses. Poderia levá-lo, mas ele iria atrapalhar demais a missão.

— Que missão é essa, afinal?

— Não vou contar a você.

— Recuse. Mude de ideia.

— Mesmo que eu quisesse, não posso. Não quero porque não sou uma senhora recatada que vai envelhecer ralhando com empregados e educando filhos. Sou uma clériga de Keenn, e você sabia muito bem disso quando me escolheu. E não posso porque tenho responsabilidade com a igreja.

— Eu tenho responsabilidade com a Ordem.

— Mas eu deixei de ser filha de Keenn por um tempo, para engravidar e ser sua esposa. Você não vai deixar de ser cavaleiro nem por um momento? Sente-se mais obrigado a Vallen ou à Ordem da Luz?

Música no fundo, casais dançando.

— Não tenho resposta para isso — disse Orion.

— Eu não vou ceder.

— Nem eu.

Um acrobata passou, fazendo cabriolas.

— Da maneira como está, esta situação é insolúvel — disse Orion.

— É claro que existe solução.

— Não existe a solução que você quer.

Ela endureceu a mandíbula.

— Talvez botar este filho no mundo tenha sido um erro — disse Vanessa. — Existem pessoas que simplesmente não devem ficar juntas. Nenhum de nós pode ceder. Talvez tudo isso seja um grande erro.

— Por favor, não fale assim.

— Eu vou partir, Orion. Isso não está em discussão. Pense se você ainda quer uma esposa.

— Vamos conversar pela manhã.

— De manhã, vai estar tudo igual.

Pausa. Pausa longa.

Fim.

Vanessa retirou-se do baile.

— Algum problema? — disse Alenn Toren Greenfeld.
— Nenhum, milorde — disse Orion.
— Posso contar com você para liderar as tropas?
Sem hesitar:
— É claro.

— Trégua, trégua, já estou tonta — riu Zara.
Trebane pôs a jovem no chão, ela estava corada e feliz.
— Você tem admiradoras — disse ela.
Ele olhou para trás. De fato, um pequeno time de jovenzinhas risonhas esperava pela chance de ser convidada a dançar com o centauro. Trebane raciocinou que elas queriam algo para fofocar, e provavelmente estava certo.
— Ainda não estou tão domesticado, Zara. Não vou ser palhaço de menininhas mimadas.
— E eu, o que sou?
— Menininha que fala demais. Agora chega, vá dar atenção aos seus pretendentes, eu vou beber. — Mas ria.
Zara também contava com uma pequena multidão de expectantes. Ela raciocinou que eles queriam carne nova, e deitar com alguém diferente antes que as festas acabassem, e provavelmente estava certa.
Mesmo assim, estava de bom humor, e se deixou ser convidada por alguns rapazes. Dançou repetidas vezes, fez comentários que passaram bem acima da cabeça dos mais ignorantes. Insultou-os de maneira sutil e chegou a ser apresentada a um pai:
— Esta é Zara Lysande — disse o abobalhado rapaz, enquanto Zara tentava não gargalhar. Ele já pensava em dotes e tecido para o vestido de noiva.
— Muito prazer, minha jovem — disse o senhor de bigodes e suíças. — É da família Lysande, de Valkaria?
Zara registrou meio alarme, mas estava embriagada de calma.
— Isso mesmo.
— Conheço sua família. Um de meus primos casou-se com Rachel Lysande. Imagino que seja sua tia, não?
Zara sentiu o corpo se eriçando, quase hesitou.
— Sim. Minha tia Rachel. Desculpe, eu acho que não recordo o nome de seu primo.
— Então, você é Zara Lysande, filha de Gabriel Lysande?

— Com licença, preciso ir ao toalete.

— Mocinha — o velho segurou-lhe o braço. — É ou não filha de Gabriel Lysande?

— Senhor! Sim, sou filha dele, e meu pai não vai tolerar —

— Então, você está morta, garotinha.

Zara Lysande fora assassinada junto com sua comitiva, o velho contou, pouco antes de chegar ao acampamento do Exército do Reinado.

— As notícias viajam, minha jovem impostora.

Guardas foram chamados. O velho ameaçou acusar Zara, que não era Zara, da morte da nobre, mas isso era trabalhoso. Por isso contentou-se com a expulsão do baile, e um pouco de humilhação. Zara foi carregada por soldados, e jogada na frente do Castelo da Luz, onde estremeceu em soluços.

Jogada. O vestido era uma poça em volta das pernas, com rasgão e sujeira. O rosto, escondido nas mãos, corcoveava de rebaixamento.

Atrás, passos.

— Qual é o seu nome? — disse Orion, descendo as escadas.

Zara mandou-o ao inferno.

— Qual é o seu nome?

— Zara.

— Seu nome verdadeiro.

— Zara! — as sardas se enrugaram de berro.

Dois guardas solicitaram que ela levasse seu escândalo para longe da alegria do castelo.

Orion foi atrás.

— Quem é você? Realmente?

Ela limpou o nariz.

— Meu nome é Zara, isso é verdade. Eu era dama de companhia de Zara Lysande. Sim, é uma bela coincidência. Só eu sobrevivi, de toda a comitiva.

— O que aconteceu?

— Fomos atacados por orcs.

— E você assumiu a identidade de sua senhora?

Ela confirmou com a cabeça.

— Por quê?

— Melhor do que chegar sozinha no Exército do Reinado, sem um título e sem dinheiro, e pedir a caridade de não sei quantos milhares de homens que só viam prostitutas há não sei quantos meses.

— O que sua senhora ia fazer no Exército do Reinado?

— Ela estava noiva de um oficial. Parece que o tal desertou antes que chegássemos.

— Por que você não nos contou a verdade?

— Você e os seus amigos são iguais ao Exército do Reinado, apenas sem as prostitutas.

Orion parecia não ter rosto, só um bloco de pedra lisa e barba.

— Você não pode mais ficar aqui — ele disse. — E não pode seguir conosco. Nós vamos à guerra, e de qualquer forma não quero mais você por perto.

Zara juntou as sobrancelhas, deixou a boca pender. Fungou.

— Você mentiu — disse Orion.

Zara continuou encarando-o.

— Se tivesse pedido nossa ajuda — continuou ele —, nunca iríamos recusar. Mas você mentiu, e nos enganou, e por isso não merece confiança.

— O que faz você pensar — disse Zara — que é melhor rastejar como uma donzela em apuros do que oferecer meu próprio talento?

— Não é preciso barganhar. Sou um cavaleiro da Luz.

— Se eu fosse depender da bondade de quem se diz herói — Zara, como se atacasse — já teria minha cabeça cortada e minha saia arriada há muito tempo. *Sir* cavaleiro.

— Eu tenho nome — disse Orion.

— Grande coisa. Todo mundo tem.

Ao longe, ainda o baile.

— Você é um canalha — disse Zara. — Você se finge de humilde, de cavaleiro honrado, mas é um canalha arrogante. Promete ajudar todo mundo, mas falha sempre. Merece ser bastardo. Tem um pai criminoso e agora também escolheu um filho criminoso, aquele escudeirozinho que você carrega de um lado para o outro.

— Vá embora, menina.

Depois, Zara estava sentada em um chão, em um mundo, em uma noite.

Trebane aproximou-se, barulhento como o que era. Zara limpou o salgado do rosto.

— Bebe? — disse o centauro, estendendo uma ânfora.

— Sempre.

Beberam.

— Você fez alguma coisa idiota? — disse ela.

— Todos vão viver, se é isso que você está perguntando. Mas acho que o velho que xingou você não vai ganhar mais nenhum concurso de beleza.

Ela quase sorriu.

— Orion —

— Orion é um bosta, às vezes — disse Trebane. — Ele não é tão ruim como ele mesmo acha, mas muitas pessoas não entendem que ele realmente não é um cavaleiro saído de histórias. Ele julga todo mundo, e é sério demais, e geralmente não consegue ver um palmo à frente do nariz. E ele foi mau com você, não há outra palavra.

— O que você vai fazer?

Trebane deu de ombros.

— Continuar seguindo ele, acho.

— Ah — disse Zara.

— Desculpe, mas eu também não sou nenhum herói. Quero muito guerrear, e tenho uma dívida com Orion. Se ele fosse outra pessoa, eu bateria nele, como punição pelo modo como tratou você, antes de segui-lo. Mas, sendo quem é, ele nunca aceitaria. Ele é ele mesmo. Não há como fugir disso.

Ela emborcou a ânfora, olhou o último pingo.

— Não tenho nenhum outro lugar — disse. — Tenho que voltar para Valkaria.

Trebane mexeu em uma sacola que trazia no lombo de cavalo, fez surgir mais uma ânfora.

— Que seja — disse ele. — Por enquanto, você está aqui, e eu estou aqui. E, enquanto eu estiver aqui, vai haver vinho.

Ela abraçou-o, muito mais baixa.

— Para o diabo com *sir* Orion, para o diabo com nobres, para o diabo com essa merda de sobrenome — disse Zara. — Posso me virar sozinha. Para o diabo com você também, na hora certa.

— É assim que se fala, garota. Para o diabo comigo — disse Trebane, afagando o cabelo dela.

Quando Trebane acordou, vagou procurando. Zara tinha ido embora.

Quando Orion acordou, tateou a cama. Vanessa tinha ido embora.

— Erga-se, Lorde Orion — disse Alenn Toren Greenfeld, depois da curta cerimônia.

Orion se ergueu. O pedaço de terra que lhe coubera era bom, e havia já nele um castelo com história, e um batalhão de servos. Não importava, porque Vanessa fora embora. Todos os cavaleiros no salão aplaudiram. Vallen Drake protestava nos braços de Bernard Branalon.

— Você tem certeza quanto a isso? — disse Bernard.

— Depende de você, meu amigo — respondeu Orion. — Não se importa mesmo de tomar conta dele?

— Um Drake bebê não vai ser mais trabalhoso do que todos os Branalon bebês de quem eu já cuidei — o Paquiderme Galante abriu um imenso sorriso. Adorava crianças. — Pergunto se não vai se arrepender de deixar o pequeno aqui.

— É bom que ele aprenda que a vida é isso.

Bernard Branalon meneou a cabeça, desaprovando.

— Só posso lhe desejar sorte então, Lorde Orion — sorriso gordo, de novo. — E criticar a sua escolha de estandarte.

O novo estandarte dos Drake era agourento — um corvo negro, representando a estratégia em batalha e vigilância pelos amigos, sobre fundo branco, representando a paz.

— A mim você não engana — disse Bernard Branalon. — Conheço você, Orion. Esse corvo representa a morte.

Por causa do estandarte e dos humores, os homens começavam a chamá-lo "o Cavaleiro da Nuvem Negra".

— Já me disseram que meu filho é filho dos mortos, Bernard. É apropriado que minha bandeira seja a bandeira dos mortos.

Dias depois, sob o estandarte do Corvo, o exército de Bielefeld partiu. Junto *sir* Pelvas, junto Trebane, junto Darien.

Darien olhou para trás, e viu Vincent, muito galante, conversando em uma roda de cavaleiros jovens, que ouviam cada palavra dita. E ele não sabia, mas entre os cativos de Vincent havia três filhos de Branalon.

O gordo cavaleiro se despediu, com Vallen Drake no colo.

CAPÍTULO 10

ANARQUIA NO REINADO

— VERDADEIRAMENTE, O QUE MAIS IMPRESSIONA NA narrativa — disse o Doutor Nash, brandindo o livro — não é a história, ou mesmo o estilo do autor. Posso dizer inclusive que a história é bastante prosaica, um mero relato de aventuras, se formos ignorar todo o subtexto e o exercício de linguagem autorreferente. De fato, o ponto forte do livro são seus personagens. Quase não há enredo, numa análise mais profunda. O que existe, e é extremamente rico, é a interação dessas personalidades marcantes. E, claro, a inclusão do leitor como participante, o que eu considero um golpe de gênio.

— Chega de falar nessa porcaria — disse Ingram, segurando a própria testa. — Ainda não acabou de ler isso?

— Estou na terceira leitura, atualmente. É uma obra fascinante, se me permite dizer. Claro que toda a conversa de "quebra de realidade" através da narrativa é terrivelmente pretensiosa, e quase se assemelha àqueles pavorosos relatos eclesiásticos que os clérigos de Tanna-Toh tanto apreciam. Mas, afora isto, é uma leitura deliciosa.

Ingram queria muito atirar em alguém. O Doutor começava a parecer um alvo cada vez mais atraente. Estavam em outra estalagem, porque aquela em que se haviam hospedado ficara hostil, após o incidente com os guardas de caravana. Bebiam café.

— Coisa amarga — Ingram fez uma careta.

— De fato, o sabor do café não é imediatamente aprazível a todos. É preciso treinar o paladar, assim como se fosse um músculo, para extrair o máximo prazer de sensações gustativas mais complexas. Mas sinta esse *aroma*. Não há nada no mundo que se compare.

Ingram cheirou o vapor da caneca. Era mesmo bom.

— Eu digo — proclamou o Doutor Nash. — Há dois aromas que superam todos os outros: o de café e o do pescoço de uma mulher.

— E o do meio das coxas de uma anã rechonchuda — Ingram disse com um sorriso saudoso, fazendo um brinde atrapalhado com o líquido escuro.

O próprio Doutor Nash tivera que preparar a bebida, já que o estalajadeiro, mesmo sob instruções detalhadas, não fora capaz de produzir um resultado a contento.

— Não aguento mais ficar aqui parado, Nash — disse o anão, com o bigode sujo de café. — Deveríamos estar investigando essa porcaria, se é que vamos nos envolver mesmo nisso.

Nash deu um gole educado.

— Não adianta correr atrás dos assassinos agora. Eles sabem que pegamos um deles. Devem estar cautelosos e furtivos. Vamos chegar no fundo disso quando embarcarmos em Vectora, e procurarmos o Grêmio dos Médicos Monstros.

— Onde está o seu camarada mendigo?

— O senhor Lorenzo Blimey deve estar procurando mais pistas sobre os assassinos. Ou então delirando em uma sarjeta. — Nash deu de ombros.

O Rei dos Mendigos fora mais um degrau na lenta escada para a insanidade que Ingram Brassbones julgava estar descendo. O anão de início pensara que ia acabar enchendo a barriga de Zebediah Nash com chumbo, mas acabara aprendendo a tolerar o novo amigo, apesar de suas estranhezas. Nash era um homem idiossincrático, preocupado com bobagens o tempo todo, obsessivo com coisas tolas e variadas — como seus novos trajes, que deveriam ficar prontos ainda naquele dia, ou o livro que descobrira no dia anterior, com um mercador que tencionava jogá-lo no lixo. Ainda assim, era útil e sabia brigar — duas qualidades fundamentais, na concepção de Ingram. Já Lorenzo Blimey era um abismo incompreensível no mundo. Sua simples existência era uma tentação a concordar com Nash, e pensar que deus nenhum olhava por Arton.

Blimey comportava-se como um lorde, falando de maneira pomposa, com dentes podres. Seu chapéu-coco era tratado como uma coroa, e ele tinha um pequeno séquito de indigentes que, de vez em quando, até cumpriam suas ordens. Mais do que isso, o Rei dos Mendigos dizia estar por dentro de todas as sujeiras e conspirações em Tyros, em Callistia, no Reinado, no mundo.

Falava de quando o Rei-Imperador Thormy tinha vindo à cidade incógnito, implorar por sua sabedoria sobre como lidar com a ameaça dos cultistas de Sszzaas, e de como ele mesmo recusara uma posição de conselheiro em Valkaria. Contava histórias sobre Bibbilan, o Deus Menor dos Chapéus, e de como vencera-o em uma partida de Wyrt, ganhando assim o famoso chapéu-coco, o mais poderoso e valioso da coleção do deus. Sobre como impedira que uma raça de autômatos extraplanares em marcha poluísse todo o Rio dos Deuses. Sobre uma guilda em Valkaria, que treinava espiões, assassinos e ladrões entre aleijados, crianças e velhos. Sobre como os nobres-monstros de Tyros eram na verdade parte da Confraria do Rugido, e que se modificavam com enxertos de partes monstruosas para seu esporte preferido: caçar gente pobre.

Tudo bobagens, é claro.

Súbito, irromperam na estalagem dois tipos esfarrapados. Um deles postou-se em sentido, e tocou uma corneta amassada, produzindo um guincho horrendo. O outro assumiu uma posição digna e tomou um pergaminho, que estendeu na frente do rosto, de cabeça para baixo. Com voz retumbante e embotada, anunciou:

— Abram alas para Sua Majestade, Lorenzo Blimey I, Rei dos Mendigos!

Dois fregueses grandalhões, que bebiam numa mesa mais atrás, levantaram-se para expulsar os indigentes.

— Eles são meus convidados! — interveio o Doutor Nash.

Os homens ficaram confusos, até que entrou no salão Lorenzo Blimey. Portava sua elegante bengala de perna de cadeira, tinha o chapéu-coco inclinado na cabeça, de forma jovial.

— Sentem-se, sentem-se. Não há necessidade de tantas honrarias, obrigado.

— O Rei dos Mendigos falou! — disse o orador, chovendo saliva.

O estalajadeiro não achara graça nenhuma. Já tinha apanhado um machado de trás do balcão, indo juntar-se aos dois fregueses para expulsar o Rei e seus súditos.

— Doutor Nash, mestre Ingram — cumprimentou o Rei dos Mendigos. — Creio que seja melhor retirarmo-nos deste estabelecimento. Não está adequado ao nível que me cabe, eu temo.

O estalajadeiro e os dois fregueses não aceitaram a retirada pacífica. O primeiro ergueu o machado, enquanto os outros empurravam e agarravam a roupa de cada um do séquito do Rei dos Mendigos.

— Isso não é muito cavalheiresco — disse Zebediah Nash.

Ingram, Nash e Lorenzo sentavam-se à mesa, enquanto que os súditos tinham pego uma mesa para si mesmos, e comiam com grande estardalhaço.

— Vocês sempre brigam em tavernas, assim? — disse Lorenzo Blimey.

— Sempre — respondeu Ingram.

— Lamento não ter podido ajudá-los, mas não é apropriado, para um homem da minha posição, envolver-se em rusgas desse tipo. Além disso, seria covardia utilizar minhas tremendamente avançadas técnicas de combate em meros taverneiros e cidadãos.

— Porcaria — resmungou Ingram. — Com tudo isso, meu café esfriou.

— Descobriu mais alguma coisa, majestade? — disse o Doutor.

Lorenzo empertigou-se.

— Houve outros assassinatos de mulheres libertinas, além daqueles de que o populacho ficou sabendo. Os donos das casas de permissibilidade abafaram os casos, entendem?, com medo de que os fregueses achassem não ser seguro desfrutar de seus serviços. É de meu entendimento que a comunidade que ganha a vida na cama está assaz aterrorizada. E, como creio já ter dito, a tendência é que os atos de barbárie aumentem, quando a Confraria do Rugido obtiver uma nova leva de partes monstruosas com o Grêmio dos Médicos Monstros, em Vectora.

Seu hálito fedia a bebida velha. Ele secava canecos sobre canecos de xerez, enquanto falava.

— Vectora chega ainda hoje? — disse Nash.

— Deveras, é o esperado. Não é do feitio de meu velho camarada Vectorius atrasar-se em seu trajeto. Portanto, imagino que a Cidade Voadora estará sobre nós em poucas horas.

— "Velho camarada"? — disse Ingram.

— É uma história longa e rocambolesca, se me permitem dizer isso sobre minha própria existência. O resultado é que não é aconselhável para mim embarcar na cidade. Vectorius é um mau perdedor, é só isso que posso dizer. Mesmo assim, eu ainda o considero um bom rapazote, embora bastante obcecado com sua disputa com Talude.

Ingram estava farto; bateu as duas mãos espalmadas sobre a mesa e ergueu-se, mas então todos ouviram uma gritaria de alvoroço do lado de fora, e um estranho zumbido mudo tremeu os cérebros.

— Parece que Vectora chegou — disse Lorenzo Blimey.

Os três apressaram-se para fora da estalagem. O Doutor Nash fez menção de deixar ouro, pagando pelos estragos da briga e também pelas bebidas e refeições. O Rei dos Mendigos impediu-o, retirando de seus próprios trapos uma enxurrada de pequenas moedas, que certamente cobria e superava os gastos.

— O Rei dos Mendigos está se retirando! — berrou o orador, com a boca cheia de comida. — Todos saúdem o Rei dos Mendigos!

— Ora, meu rapaz, não é necessária tanta pompa.

Tyros escurecia com a imensa sombra de Vectora.

A Cidade Voadora, como era chamada, era uma das maiores e mais prodigiosas construções de que se tinha notícia. Uma maravilha errante, circulando pelos ares de país em país, alguns diziam que viajando entre os mundos e dimensões. Vectorius, um dos maiores arquimagos de todos os tempos, construíra e comandava sua cidade em um desafio, no intento de superar seu rival Talude, reitor da Grande Academia Arcana. Enquanto Talude fizera sua universidade mágica, Vectorius erigira uma gigantesca cidade comercial, o Mercado nas Nuvens, que vendia de tudo, que abrigava todas as raças, que diziam conter uma fatia de todas as cidades de Arton, em sua magnificência.

Vectorius cortara o cume de uma montanha, fazendo uma superfície plana, uniforme, como se tivesse usado uma gigantesca e afiada faca. A cidade fora construída sobre essa superfície, sobre o cume invertido, de forma que, no solo, as pessoas viam como uma imensa estalactite flutuante quando a cidade passava. As magias que Vectorius usara para cortar o topo da montanha e fazer a cidade flutuar eram desconhecidas — ele dizia que nem mesmo o rival Talude seria capaz de reproduzir o feito. Em Vectora, todo tipo de comércio existia, todas as mercadorias que havia em Arton e em outros mundos, objetos cotidianos e mágicos, e coisas que os artonianos nem podiam compreender. Abarrotada de prédios, ruas, iluminação mágica, pessoas, nunca parava, nunca adormecia, nunca se calava.

Viajava constantemente pelo Reinado, e além, parando nas cidades mais importantes para comprar e vender, largar passageiros, apanhar outros. Alguns, os mais ricos ou mais ousados — como Nash e Ingram — usavam Vectora como um extravagante meio de transporte. Custava muito ouro, e custava coragem, já que mesmo em um mundo de prodígios, Vectora parecia, à maior parte do povo, prestes a despencar ou ser transportada ao inferno.

Não seria impossível que Vectora fizesse uma parada no inferno, se Vectorius achasse que podia haver lá bons negócios. Ou se fosse desafiado por Talude.

A cidade, não bastasse ser um gigantesco cume invertido, voando sobre as cabeças, esbanjava ainda mais fantástico. Ao seu redor, voejavam enxames de patrulheiros aéreos, montados em criaturas assombrosas, metade golfinhos metade baleias, que voavam como se nadassem. Eram baleotes. Também alguns elfos-do-céu, por vezes, que tinham o corpo de elfos e o temperamento e as asas de pássaros. Não havia falta de maravilhas em Vectora.

E todas essas maravilhas preparavam-se para aportar em Tyros. A cidade fervilhava de contentamento, crianças pulavam, em descontrole emocionado, e adultos faziam o mesmo, permitindo-se ser arrebatados. Soldados deixavam seus postos. Comerciantes abandonavam as lojas, mas os ladrões também estavam hipnotizados, olhando para cima. Gritavam-se vivas e "Vectora! Vectorius!". Os mercadores mais sensatos calculavam os prejuízos, os taverneiros xingavam a clientela perdida. Todos que tinham dinheiro guardavam-no para gastar em Vectora. Os pobres mais feios eram enxotados para os cantos, apanhavam um pouco para que ficassem em seu lugar — os soldados de Tyros não queriam que o povo luminoso de Vectora notasse seus indesejáveis.

— Tenho que cuidar dos meus súditos, cavalheiros — disse Lorenzo Blimey. Explicou o que acontecia aos mendigos quando Vectora chegava.

Zebediah Nash fez uma mesura que era mesmo apropriada a um rei. Ingram vasculhou a postura do médico, mas não achou nenhuma sugestão de ironia. Decidiu por um cumprimento respeitoso, sem afetações.

— Estaremos em Vectora, majestade — disse Nash. — Acho que não nos veremos mais. Contudo, se puder, peço que ajude de alguma forma na captura da Confraria do Rugido.

— Como já ressaltei, minha presença na Cidade Voadora não é salutar — disse o Rei dos Mendigos, com dignidade. — Mas farei tudo a meu vasto alcance, caro amigo.

— Vossa alteza me honra demais, chamando-me de amigo.

— Queixo para cima, rapaz! Até a vista!

A horrorosa corneta soou de novo. O orador berrou que Sua Majestade, Lorenzo Blimey I, Rei dos Mendigos, retirava-se, e que abençoado fosse seu nome. O Rei sumiu num beco, fazendo um barulho intermitente com a bengala.

— Vocês só podem estar brincando — disse Ingram Brassbones.

— Quem?

— Todos. Todas as malditas pessoas de toda a droga do mundo. Só podem estar brincando. Preciso atirar em alguém.

— Haverá ocasiões amiúde para tiros, eu suponho. E para muita intrepidez e temeridade. Assim é Vectora.

— O que tem de tão especial em Vectora, além de uma boa pólvora?

Nash deu um sorriso matreiro.

— Esgrima. Lutas. Tortura. Veneno. Amor verdadeiro. Ódio. Vingança. Gigantes. Caçadores. Homens maus. Homens bons. Lindas donzelas. Cobras. Aranhas. Feras de todos os tipos e descrições. Dor. Morte. Homens corajosos. Homens covardes. Homens fortes. Perseguições. Fugas. Mentiras. Verdades. Paixão. Milagres.

— Milagres?

— Nada é perfeito.

Vectora chegava.

O alfaiate que confeccionara os novos trajes do Doutor Nash estava infeliz. Não havia como competir com os mercadores de Vectora — mesmo que os produtos fossem iguais e os preços fossem maiores, as pessoas preferiam comprar no Mercado nas Nuvens. Se Tyros continuasse a decair, talvez não restasse a Vectora muitas visitas à cidade. Nash saiu da alfaiataria sentindo pena do homem, e fingiu enganar-se, pagando muito mais do que as roupas valiam. Desapareceu antes que o alfaiate percebesse a caridade.

Ingram, por turrão que fosse, estava mesmerizado como todos, alisando os bigodes com a mente no céu. Vectora costumava circular a mais de três mil metros de altura, mas, agora que aportava, o pico invertido estava a meros duzentos ou trezentos metros do chão. Uma infinidade de rochas grandes e pequenas orbitava ao redor da montanha, no campo de levitação que a circundava. As pessoas já se aglomeravam num formigueiro barulhento na sombra da cidade, as primeiras já subindo. Nash e Ingram cruzaram as ruas, aproximando-se.

Nas maiores metrópoles, havia reais ancoradouros para Vectora. Estruturas de metal e invenção, em que a cidade encostava, por onde os visitantes podiam subir. No restante das cidades — como na própria Tyros — era preciso recorrer a outros meios. O mais barato e perigoso eram os balões goblins. Em Tyros havia poucos goblins, e por isso o perigo era menor, mas não inexistente. Os baloeiros verdes, baixos e esquálidos subiam em seus engenhos precários de ar quente, levando tantas pessoas quantas conseguissem abarrotar nos cestos — muitas vezes além do limite da segurança. Os goblins lutavam entre si por fregueses, agarravam quem quer que parasse um instante na frente dos balões, grasnavam seus preços. Dois balões goblins já subiam rumo a Vectora, um mal suportando a sobrecarga de gente. Os dois baloeiros trocavam insultos aos berros. Havia magos em Vectora que forneciam o transporte, mas pouca gente em Tyros podia pagar. Certamente a própria Tyros não dispunha desse serviço arcano.

Zebediah Nash, estando sob o cume inverso, transportou a si mesmo e o anão com um encanto de voo. Ingram fechou os olhos, e deixou o conteúdo do estômago no meio do caminho. Depois de um curto tempo, estavam em Vectora, olhando o mundo como uma maquete.

A cidade era um prodígio de longe, no céu, mas era um prodígio diferente de perto. Assim que pisaram na grande praça que fervia de atividade, Ingram e Nash foram abalroados por dezenas de guias, mascates, milicianos, burocratas, punguistas. Havia uma centena de papéis a assinar, taxas a pagar, leis a aprender, se quisessem permanecer em Vectora. Segundo aqueles que ofereciam seus serviços, havia uma centena de homens a contratar, se quisessem sobreviver à sua estada.

Livraram-se da turba e entraram nas largas avenidas.

Vectora era tudo, tudo o que havia no mundo, numa grande mistura meio caótica e meio ordenada. Em poucos passos, eles viram um gigante, pele verde e barba escura, numa elegante túnica, conversando com um gênio, cabeça calva e vermelha e calças largas, cercado por um vapor quente. Uma espécie de sapo humanoide, com enormes olhos na impressionante cabeça, era o guarda-costas de um rico humano que circulava em um tapete voador. O homem-sapo tinha a mão em repouso no cabo de uma bela espada de esgrima. Uma esfinge caminhava com suas quatro patas de leão, e corava quando alguns homens olhavam seu belo busto feminino. O ferreiro que trabalhava em uma oficina aberta tinha pele de pedra incandescente, e suava rocha derretida. Raças que, em outra parte do mundo, eram consideradas monstruosas, ali eram cidadãos bem-vindos. Desde que cumpridores da lei, e da vontade de Vectorius, eram todos pessoas.

Nash parecia em casa.

— Cuidado com os leprechauns ladrões — recomendava. — Veja, um mercador de poções mágicas. Não olhe muito para os homens-leões, eles estão sempre procurando uma briga.

— Você já esteve aqui?

— Uma ou duas vezes.

Pouca gente morava em Vectora, na verdade. O grosso das pessoas estava lá por um tempo, viajando ou ganhando dinheiro, ou perdendo-o.

Mas aqueles que faziam da Cidade Voadora sua casa diziam que morar em qualquer outro lugar era um absurdo.

Os dois notaram que atrás, na enorme praça de entrada, grandes carroças ocultas em lona branca eram desembarcadas. O transporte era feito por uma equipe de quatro magos, que levitavam as pesadas mercadorias sob a supervisão de alguém conhecido: o líder da caravana que eles haviam seguido, com seu físico largo e a barba espetada.

— Estão trazendo monstros — disse Ingram.

— Aposto um Tibar contra uma unha de goblin que o destino é o Grêmio dos Médicos Monstros. Logo os clientes vão estar aqui, em busca de mais enxertos.

Sumiram na multidão antes que fossem percebidos. Puseram-se a olhar o que estava à venda e o que vivia na cidade. Zebediah Nash fez perguntas, e logo descobriu um local clandestino que vendia a valiosa pólvora de que o anão precisava. Vectora tinha lei rígida, mas também contravenção rígida. Dizia-se que tudo era comprado e vendido lá e, mesmo que as autoridades negassem, *tudo* era lá comprado e vendido. O submundo de Vectora ficava mesmo no subterrâneo, no interior da montanha. Nash e Ingram encontraram lojas de venenos e rinhas de lutas mortais, bordéis e casas de jogo, uma guilda de assassinos e, enfim, um mercador de pólvora. Nash era pródigo com o dinheiro, insistiu na gentileza de presentear o amigo.

— O tal Grêmio dos Médicos Monstros não fica por aqui também? — disse Ingram.

— Não. O Grêmio é uma instituição perfeitamente legal, encontra-se na superfície. O que vai deixar nossa caçada mais intrincada, e bem mais interessante.

Emergiram de novo. O sol se punha em Callistia, já era quase noite em Vectora. Hora de investigações, hora de ousadias.

Vasculharam a cidade. No bairro de Numen, conseguiram localizar a casa encolhida, discreta, escura que, sem nenhuma indicação, abrigava o Grêmio dos Médicos Monstros.

— Como eles descarregam aquelas criaturas todas? — disse Ingram.

— Por certo há alguma passagem subterrânea.

A rua era sombreada, pouca iluminação mostrava os prédios ali. A maior parte já estava fechada, o que era incomum para Vectora. Ninguém circulava.

Bateram na porta — às vezes, a simplicidade era o bastante.

O Grêmio dos Médicos Monstros, o Doutor Nash explicara a Ingram, era uma sociedade de curandeiros, magos, até mesmo clérigos — e, como era óbvio, médicos — que prestava um serviço bizarro, ainda que não ilegal. Dissecava criaturas mágicas ou monstruosas, enxertava suas partes em clientes que pagassem a pequena fortuna que custava o serviço. A maior parte da clientela do Grêmio estava atrás de poder: guerreiros, aventureiros, caçadores de recompensas que desejavam ser mais fortes, rápidos, ter armas sempre à mão. E dispostos a suportar o isolamento de sua nova aparência.

O lado ilegal do Grêmio começava quando se examinava os "monstros" que eram retalhados para o consumo dos fregueses. Havia, sim, feras bestiais — mas havia também criaturas inteligentes. Os Médicos Monstros aproveitavam-se de áreas cinzentas na lei, das diferenças pouco claras entre pessoas e aberrações, estrangeiros e animais. Em quase todo o Reinado, matar um humanoide agressivo, um orc ou ogro ou outra coisa, era algo encorajado. Em Vectora, era proibido. Mesmo assim, poucos guardas davam o mesmo valor à vida de um bruto e a de um humano ou elfo.

A ética do Grêmio dos Médicos Monstros tornava-se ainda mais turva quando aceitavam serviços para clientes que sabiam ser criminosos. A Confraria do Rugido — existisse ou não — não era composta de aventureiros, mas de nobres degenerados que matavam por jogo. Os Médicos Monstros não queriam saber disso, pois denunciar um cliente era trair sua confiança. Era perder dinheiro. Qual a importância de algumas mortes em uma cidade esfarrapada como Tyros?

Depois de um longo tempo, a porta se abriu meio palmo. Um rosto encarquilhado, de nariz comprido, surgiu por uma réstia.

— Estou à procura do Grêmio dos Médicos Monstros — disse o Doutor Nash, com toda a simplicidade.

— Isso não existe. Boa noite.

A porta fechou.

A única maneira de encontrar uma clínica do Grêmio era através da indicação de um cliente. Nash usara de lábia e dinheiro para descobrir aquela sede. Mesmo não sendo ilegal, o Grêmio era um assunto à boca pequena.

— Com licença — disse Nash, depois de ter batido mais à porta, e do velho tê-la entreaberto de novo. — Sei que esta é uma clínica do Grêmio —

— Isso não existe. Se existisse, não seria aqui. Se fosse aqui, vocês não poderiam entrar. Se pudessem, não poderiam pagar. Vão embora.

Tentou fechar de novo a porta, mas o pé de Ingram manteve-a aberta. O velho inspirou para dar um grito, mas foi interrompido pelo Doutor.

— Eu sou médico. Eu tenho ouro. Eu vou entrar aqui. Alguns de meus colegas no Real Colégio de Médicos de Salistick trabalham no Grêmio. Saia da frente, por gentileza.

O velho olhou para os dois. Ponderou, afastou-se, abriu mais a porta, deixou-os entrar.

— Por aqui.

A sede do Grêmio dos Médicos Monstros não era, afinal, uma casa espremida no meio de outras: era uma enorme construção, esparramada por toda a rua, disfarçada como várias diferentes. Inúmeras portas levavam a um lugar e outro, desenhos bizarros de clientes satisfeitos decoravam as paredes, um cheiro pungente de substâncias medicinais pairava no ar quieto. O ambiente era iluminado e sisudo, de madeira escura, beges e marrons. Como uma matrona respeitável.

— Queremos saber sobre os nobres de Tyros — disse Ingram. — Os assassinos. Seus clientes.

O velho dilatou as grandes narinas. Disse que não divulgavam informações sobre clientes. Em um instante, seis guardas armados de lanças surgiram de duas portas.

— Hora de investigar com os punhos — disse o anão.

— Eu faria tudo de um modo mais sutil — suspirou o Doutor Nash. — Mas, oh, bem, hora de investigar com os punhos.

Os guardas investiram.

As lanças pontudas erraram os dois por centímetros, enquanto Ingram rolava no chão e Nash fazia um gesto arcano. Uma luz branca preencheu a sala, os seis guardas e o velho tateavam o ar, desnorteados, e mesmo Ingram piscava.

— Temos de achar um médico, meu amigo! — disse o Doutor.

Um chute derrubou uma das portas, e outra, e outra, até uma escadaria promissora. Os guardas recuperavam-se, e já corriam atrás dos dois. Os degraus desciam, Ingram ficava para trás, as lanças já quase alcançavam suas costas. Nash disse outra palavra arcana, e os dois primeiros guardas tornaram-se duros e imóveis onde estavam, como estátuas. Os demais colidiram com eles, todos caíram, numa confusão de botas, braços e lanças. Ingram saltou os últimos degraus.

Corredores davam para corredores, num complexo labiríntico de laboratórios, jaulas, salas de cirurgia. Pouca gente, muitas gravuras bizarras nas paredes. Um ar de assepsia misturado com móveis velhos e cheiro de secreções variadas. Havia outros guardas, uma balbúrdia de gritos e correria atrás deles. Ingram e Nash não encontravam assassinos ou médicos. Depararam-se com um grande salão, repleto de jaulas. Como um zoológico bizarro, monstros e criaturas de todos os tipos estavam empilhados, espremidos entre as pequenas barras, em espaços exíguos. Cheiro de excremento e desinfetante feria os narizes. Luz fraca de lampiões. Sujeira e palha no chão, ração seca em barris no canto. As criaturas tinham expressões tristes, cansadas, de raiva fútil. Rosnavam para o nada.

Os guardas chegavam.

— Vamos usar a velha tática — riu Ingram. — Soltar todos eles.

Uma onda monstruosa recebeu os guardas, pânico se espalhou na clínica. Ingram e Nash correram.

Dobraram uma esquina, outra — o lugar era um emaranhado de corredores, feito de propósito para confundir os sentidos, uma estrutura que furava o chão de Vectora, escorria para todos os lados, por toda a rua lá em cima. Uma patrulha de quatro guardas encontrou-os, de frente, numa interseção larga.

— Vão embora, seus bodes purulentos! — rugiu Ingram. — Não queremos matá-los!

Não tinham matado, desde que haviam entrado na clínica. Teriam problemas suficientes com a lei de Vectora com o que já haviam feito. Mas os guardas não tinham esse pudor, sacaram enormes bestas já carregadas e dispararam uma curta chuva de virotes sobre os dois. Ingram atirou-se no chão, liso em suas costas, sentiu o vento de uma seta roçar-lhe o nariz. Nash jogou-se para o lado, mas foi atingido no ombro. A magia que preparava chiou e reluziu, inócua, em suas mãos.

— Hora de tirar as luvas — rosnou Ingram.

E puxou o rifle das costas.

O último guarda já tinha morrido antes que o primeiro tocasse o chão. Os dois correram, decidiram por instinto uma das três saídas da interseção, ouviram gente lutando com monstros numa sala próxima.

— Isso não está nos levando a lugar nenhum — disse Ingram.

O Doutor Nash parou, ofegando, e pensou de dentes cerrados.

— Estamos fazendo tudo ao contrário — disse depois de um momento. Empertigou-se, usou um lenço de seda para limpar o sangue do ferimento de virote. — Isto não é uma masmorra. Até agora, nós encontramos jaulas, guardas, laboratórios. Os clientes do Grêmio não querem ver tudo isso. Nós deveríamos estar indo para cima, e não para baixo.

Ingram praguejou. Os dois puseram-se a buscar uma saída para os andares superiores.

As criaturas soltas causavam o pandemônio na clínica. Ingram e Nash encontraram partes de corpos e gente agonizante no chão, monstros feridos de morte e outros comendo um ou outro guarda.

— É melhor resolvermos isso logo — disse o Doutor. — Antes que eu comece a questionar a moralidade de minhas ações.

Enfim, um poço de pedra e metal, bem oculto num canto da estrutura, e protegido por outra patrulha — que durou pouco. Levava para cima, direto. Não tinha escadas ou forma nenhuma de transporte visível, apenas um chão liso de granito negro.

— E agora? — disse Ingram.

— É um mecanismo mágico. Precisamos apenas achar a palavra que o ativa.

O Doutor experimentou algumas. Termos médicos, cidades de Salistick, palavras mágicas. Nada funcionou.

— Para cima — disse Ingram.

O poço tremeu e uma luz azulada contornou o chão de granito. Rapidamente, os dois começaram a ascender.

— Simplicidade, pólvora e um bom chute — disse o anão. — Esses são os segredos para tudo na vida.

O terceiro andar era o último. Levados até lá, os dois saltaram do poço e se depararam com um espaço reduzido, um saguão estreito e curto, com algumas portas. Não precisaram decidir, porque guardas explodiram de duas delas.

Ingram se ocupou dos homens. Atirava e recarregava as pistolas, os guardas caíam sangrando ou se escondiam, apavorados com as armas. Zebediah Nash correu, esquivando-se dos inimigos, e abriu a porta mais atrás.

Enfim, com uma golfada de cheiro asséptico, viu a grande sala de cirurgia. Um vasto salão que ocupava a maior parte do andar, escuro, com as paredes ocultas de treva e poucos pontos de luz arcana clareando algumas mesas de cirurgia e algumas jaulas penduradas no teto. Dentro, seis homens com aventais sangrentos e máscaras para proteger a boca debruçavam-se sobre monstros e homens abertos de bisturi. Eram os Médicos Monstros. Nash viu a gárgula que a caravana transportara, presa, com correntes e grossas barras de metal, a uma espécie de cama de pedra. A criatura tentava se debater, fraca, e grunhia com dificuldade por causa da mordaça de metal e pedra que lhe enchia a bocarra monstruosa. Um dos braços da gárgula já fora amputado, assim como ambas as asas. Numa mesa próxima, um médico e um mago terminavam de enxertar as asas pétreas em um homem musculoso. O braço da gárgula esperava numa espécie de caixa de metal. Já fora feita uma marca no braço do homem, onde deveria ser amputado para substituição.

Um dos médicos gritou com voz grossa quando Nash entrou na sala, provocando uma imediata avalanche de guardas em correria. No meio de procedimentos delicados, nenhum dos Médicos Monstros podia interromper seu trabalho.

— Não quero problemas com vocês, cavalheiros — disse o Doutor Nash.

Vários pares de olhos atarefados voltaram-se para ele.

— Não estamos atrás de vocês, seja como for a perversão da medicina que praticam aqui. Estamos atrás da assim-chamada Confraria do Rugido, se me permite, que creio serem os cavalheiros que os senhores tratam no presente momento.

Das sombras, apareceram cinco homens, todos com marcações de tinta que indicavam cirurgias futuras. Todos com partes monstruosas — um par de braços adicionais, peludos e com garras, um par de orelhas imensas e pontudas, um grande chifre na testa, negro e úmido. Avançaram para Nash.

— Que polido de sua parte mostrarem-se dessa forma, cavalheiros. Agora, meus caros Médicos Monstros, tenho uma proposta aos senhores.

Os guardas tinham chegado, mais de dez, apontavam lanças para as costas de Nash.

— Reconheço você do Colégio Real de Médicos — disse um dos cirurgiões, sem erguer os olhos. — Zebediah Nash, não é mesmo?

Ele confirmou.

— Fiquei sabendo que teve uma indicação bastante prestigiosa no Colégio Real. Imagino por que não está lá, ensinando os futuros médicos de Salistick e atendendo os pacientes de sangue azul, em vez de jogar a vida fora invadindo uma propriedade particular.

— Todos temos os nossos motivos.

A sala estava parada, exceto pelos médicos que trabalhavam e pela gárgula, que se contorcia em dor.

— Talvez tenha alguma relação com o fato de os senhores auxiliarem assassinos e torturarem essas desafortunadas criaturas. — Nash cruzou os braços de forma elegante. — Mas, como disse, tenho uma proposta.

O cirurgião quis ouvi-la.

— Esqueçam a Confraria do Rugido — disse Nash. — Não façam nada, apenas ordenem que seus guardas se retirem. Parem de defender seus clientes. Em troca, eu pago o valor de todas as cirurgias que fariam hoje, e não denuncio suas atividades ao prefeito ou à milícia.

— Uma proposta intrigante. Por que eu deveria aceitá-la?

— Porque, antes de qualquer um dos senhores fazer qualquer movimento, este gentil anão estourar-lhes-á a cabeça, com um assaz ligeiro tiro de rifle.

Ingram disse que sim, com um sorriso cheio de dentes.

— Interessante — disse o médico, parando um momento o seu trabalho. — E você pagará o valor integral?

Nash confirmou, candidamente.

— Muito bem. Meus caros clientes, os senhores estão por conta própria. Este é o último ano que Vectora passa em Tyros, de qualquer forma.

Nash jogou para um dos cirurgiões uma pequena bolsa, que se mostrou estar cheia de jóias. Os guardas se afastaram. Os homens-criaturas demoraram um instante para entender o que ocorria.

— Fico feliz que tenhamos resolvido tudo assim — disse Nash. — Que acalentador é encontrar um homem que confia na palavra de um cavalheiro.

— Oh, eu não confio no senhor, Doutor.

— Não? Acha que eu vou traí-lo e denunciá-lo à milícia?

— É o que eu faria.

— E espera que eu mude de ideia? Espera que eu aceite um suborno, talvez? Uma chantagem ou ameaça?

— Não, Doutor Nash. Eu espero que você morra.

Os homens-monstros atacaram.

Eram gente bem-vestida, de idades variadas. Um senhor robusto, de barba bem aparada e uma casaca negra e elegante, abriu uma bocarra enorme, e cuspiu um jato de líquido verde em Ingram. O anão jogou-se atrás de uma maca, que chiou e começou a derreter em contato com a substância. O anão fez um instante de mira com o rifle, e a testa do homem explodiu como um fruto podre.

Um rapaz louro, longos cabelos perfumados, saltou sobre Zebediah Nash, com pernas que acabavam em longas garras afiadas de pássaro. O médico foi mais rápido, fez um elegante gesto arcano e uma golfada flamejante engoliu o homem, que caiu no chão, gritando e chiando, e parou. Outro dos homens-criaturas correu para o fundo do salão, jogou-se no escuro, moveu uma pesada cortina negra. Luz, barulho de vidro estilhaçando, e ele havia saltado por uma enorme janela. Abriu um par de asas emplumadas, fez um longo arco pelos céus de Vectora.

Nash correu atrás do homem, conjurando a magia que o elevava do chão. Gritou para que Ingram matasse os outros. O anão disparou suas pistolas, mas um dos homens-coisa correu para ele e conseguiu abalroá-lo, agarrando-o em quatro braços grossos como troncos, revestidos de pele espinhosa. Arrastou-o para o fundo. Ingram batia com a coronha das pistolas na cabeça do homem, mas seu crânio era duro como metal. Foi carregado até a janela, e o inimigo pulou, levando-o junto.

Eram três curtos andares de queda, mas suficientes para quebrar um pescoço. O homem-monstro arrancou a camisa, e tinha enormes asas de morcego. Planou, bateu as asas duas vezes, e subiu no ar. Ingram despencava como uma pedra de bigode.

— Não agora, meu amigo! — disse Nash. Um brilho mágico em seus dedos fez o anão subir repentinamente, como se caísse ao contrário.

Ingram ainda desnorteado, meio girando no vazio, notou que o último da Confraria flutuava para fora do prédio. Não tinha asas, mas hastes carnosas que saíam de suas costas, um enorme olho na ponta de cada uma. Ingram atirou.

O homem pareceu ver a bala em sua trajetória, esquivou-se com velocidade de monstro, olhou para o anão, agora flutuando na mesma altura que ele. Um dos olhos das hastes disparou um raio esverdeado, contínuo e lento, que Ingram evitou por um detalhe. Uma saraivada de projéteis de energia atingiu o homem-coisa pelas costas, ele se virou rosnando para Nash. Atrás, os dois inimigos alados voltavam-se para o Doutor, mais altos, descrevendo arcos longos no céu. Mas pareceram pensar melhor, deram meia-volta e se puseram a fugir.

— Como faço para correr? — gritou Ingram.

— É como nadar! — riu Zebediah Nash. — Nade nos céus!

— Eu não sei nadar!

— Sugiro que aprenda rápido.

Ingram conseguiu impulsionar-se com os braços e pernas. Como um javali atravessando o oceano.

Os homens alados eram rápidos, dirigiam-se para as bordas de Vectora, iriam descer à cidade e sumir em Tyros. Ingram chutou o ar com mais força, suando, mas não conseguia tirar a vantagem dos dois. Sacudia para todos os lados, mas fazia mira com o rifle. As coisas-homens ziguezagueavam, estavam longe. O estampido do rifle, e um deles sangrou.

— De raspão! — vociferou Ingram. — Merda!

Os dois já quase desapareciam, quando uma inesperada saraivada de pedras atingiu-os. O apedrejamento continuava, dos prédios abaixo, os homens tentavam proteger-se, defender as preciosas e frágeis asas. Ingram continuava se aproximando, agora mais rápido, aprendendo a se locomover, e recarregando. As pedras continuavam, mas um dos homens-monstros mergulhou, desapareceu em um emaranhado de telhados e emergiu trazendo duas figuras esquálidas e esfarrapadas. Eram mendigos. O homem alado deixou-os cair, eles berraram e se quebraram lá embaixo.

— Rufião de hábitos higiênicos questionáveis! — xingou uma voz embotada, de um telhado oculto. — É a vingança, rapazes! Agora!

Meia dúzia de cordas projetou-se dos telhados, os homens-coisas foram pegos em laços. Ingram já perto, chutando para trás, frenético, os inimigos mal conseguiam se manter no ar. O anão fez mira e atirou. Uma das asas de morcego se espatifou, o osso quebrado com o tiro preciso. O homem berrou e caiu. Um urra de júbilo furioso emergiu de baixo, e Ingram viu que dezenas de mendigos saltavam sobre a criatura-homem caída.

— Aqui vai meu presente! — disse a voz embotada.

Sobre um telhado, equilibrando-se na bengala, estava Lorenzo Blimey, o Rei dos Mendigos. Ele segurava a ponta de uma das cordas, que arremessou para Ingram. O anão pegou a corda e foi de imediato puxado pelo homem de asas, que voava em frenesi, sob pedradas.

Ingram, segurando a corda, via o borrão dos prédios e das ruas, lá embaixo, enquanto o homem-monstro voava cada vez mais rápido e alto. Ingram atirou duas vezes, mas os tiros apenas zuniram perto. Então, começou a galgar a corda, como se escalasse, mais para perto do inimigo, mão por mão.

Enfim, o chão desapareceu debaixo deles. Estavam a céu aberto, fora de Vectora, e Ingram a poucos metros do inimigo alado. Uma explosão de chamas mais acima, e ele viu que Nash e o homem dos olhos duelavam. O Doutor chovia encantamentos sobre o adversário, enquanto as hastes disparavam raios, efeitos mágicos diversos.

— São os olhos de um Observador, mestre Ingram! — riu Zebediah Nash. — Prodigioso!

Observadores estavam entre os mais bizarros monstros de Arton. Inteligentes e aberrantes, eram como bolotas de horror cheias de hastes e múltiplos olhos. Nenhum pensava em ser usado como enxerto para humanos sedentos de poder.

Ingram escalou até o seu próprio inimigo. O homem curvou-se sobre si mesmo, bateu as asas em desespero. Abriu a boca e chicoteou com uma língua cheia de espinhos, cortando em tiras a roupa do anão, abrindo talhos fundos. O sangue de Ingram pingava, e ficava parado no ar. Em torno de Vectora, havia um campo de levitação, que impedia que alguém caísse. Era uma medida de segurança bastante bizarra. Ingram agarrou-se no homem, ele já não mais batia as asas, os dois simplesmente giravam livres no ar. A língua de espinhos enrolou-se na garganta do anão, sufocando e cortando. Ingram encolheu o pescoço, tentando proteger as veias. Enquanto mantinha o inimigo preso nos braços, recarregava. Seu pescoço começava a sangrar, escorrendo riachos pelo peito. Ele sentia as luzes de tontura da falta de ar.

Um estalo, quando a pistola se fechou. Recarregada.

Ingram encostou o cano da arma na nuca do homem-monstro, que esfriou de pavor ao entender. Começou a tentar falar, mas a língua enrolava-se em Ingram. Salivou e balbuciou algo sobre rendição.

— Não entendo o que você diz — rosnou o anão. — Que pena.

A cabeça do homem alado explodiu, deixando sangue e pedaços de gelatina cinzenta a pairar no vazio.

Nash abria as mãos em um leque, derramando um arco-íris cegante sobre o último inimigo. Os olhos do homem ficaram negros em um instante, adaptando-se às luzes. Um tiro acertou uma de suas hastes, decepando-a. O homem-coisa rugiu. Voltou-se para Ingram, que mirava com o rifle.

Nash arremessou uma pequena esfera de chamas nas costas do inimigo.

— Que porcaria de magia! — gritou o anão. — Use algo mais poderoso!

— Já não tenho muitos encantos!

O homem dos olhos arremessou a si mesmo para o alto. Nash e Ingram foram atrás. De repente, ele abriu seu casaco, mostrando o peito branco. No meio do tórax, o homem tinha um olho enorme, gotejante.

— O olho central de um Observador — murmurou Nash, fascinado.

O olho brilhou e, num instante, os dois começaram a despencar. O olho central de um Observador cancelava magias, anulava todos os tipos de encantamento. Os feitiços de voo tinham desaparecido, e o chão era distante, lá embaixo, em Tyros.

O homem-coisa voltava o olho para todos os lados, anulando grandes pedaços da área de levitação de Vectora, para que o médico e o anão caíssem. Enfim, Zebediah conseguiu agarrar-se numa escarpa da montanha invertida, mas ainda sentia a gravidade puxá-lo. O anão passou em queda livre, Nash soltou um dos braços, agarrou-lhe o manto. Ingram ficou pendurado, balançando, ouvindo o tecido grosso rasgar, vendo as fracas luzes noturnas muito abaixo.

— Isso não vai durar — grunhiu o anão.

— A falta de esperança e entusiasmo não cai bem em um cavalheiro. Veja ali!

A poucos metros, uma rocha flutuava, ainda livre do poder do olho central. Com um movimento vigoroso, Nash arremessou o outro para a direção geral da rocha. Era impossível saber por quanto espaço se estendia ainda o campo de levitação naquele ponto. Ingram esticou os braços, quase tocando a pedra, e por fim sentiu a gravidade soltá-lo. Agarrou-se na rocha, pôs-se ereto, periclitante, e começou a recarregar o rifle. O homem-coisa mergulhou para ele, o olho central brilhou, a rocha despencou de imediato. No último instante, Ingram saltou para outra rocha que flutuava. O olhar seguiu-o, o pedregulho despencou, Ingram saltou de novo, ainda recarregando, a pedra despencou, fechou o cão da arma, fez mira, a rocha caiu, ele saltou, fez mira, pousou em outra rocha, atirou.

Errou.

Ingram berrou um impropério. Saltou de novo, mas não havia uma rocha grande o suficiente para ficar de pé, apenas uma pedra pouco maior que um punho. Ingram agarrou-se nela, dobrando o corpo sobre a pequena rocha, e o olho brilhou de novo, e ele começou a cair. Sem munição, costas contra o vazio que corria, pegou a pedra nas duas mãos, olhou o alvo acima, e arremessou.

A pedra atingiu em cheio o olho central. O homem berrou, uma espécie de membrana leitosa cobriu o olho, como uma pálpebra. Ingram sentiu a gravidade ceder de novo, estava flutuando, livre.

Pôs-se a recarregar.

— Não é necessário — sorriu Zebediah Nash, nadando pelo ar, no campo de levitação.

— Você tem mais alguma magia?

— Poucas. Mas uma delas é muito interessante.

Fez um gesto arcano, disse uma palavra, e uma explosão púrpura iluminou suas mãos. Nada aconteceu, mas então Ingram viu que o homem-coisa começava a cair.

Para cima.

Era impossível fazê-lo despencar em Tyros, o campo de levitação cuidava disso. Mas a gravidade para aquele homem estava inversa, ele era arremessado para o céu, com a mesma velocidade com que cairia numa situação normal. Seu poder de levitação nada fazia, e ele gritou, até que sua voz desapareceu no escuro alto.

Ingram e Nash pendiam no ar aberto.

— Alguma sugestão? — disse o anão.

— Vamos ter que nos arrastar até a cidade. Será uma entrada deveras deselegante.

Mas, é claro, ouviram uma voz embriagada, acima.

— Por todos os deuses e por todos os ateus, meus amigos não terão de passar por um tamanho constrangimento. Aceitam um transporte mais digno, cavalheiros?

Lorenzo Blimey, o Rei dos Mendigos, cavalgava um baleote, a enorme e simpática criatura-golfinho que nadava nos céus. Montava atrás de um elegante oficial da patrulha aérea, que sorriu para Ingram e Nash e fez um gesto para que eles também subissem.

— Muito obrigado, meu bom rapaz — Blimey mostrou os dentes pavorosos. — É muito gentil da parte de um oficial ocupado tirar algum tempo para ajudar os amigos deste humilde monarca.

— Não há de quê, majestade — disse o patrulheiro, com satisfação de respeito. — Eu ainda acho que o senhor tinha razão naquele assunto, e que Lorde Vectorius foi um mau perdedor.

— Águas passadas, meu jovem. Águas passadas.

Voaram dignamente ao Mercado nas Nuvens.

— Qual deles você acha o melhor? — disse o Doutor Nash, saboreando o melhor café que Vectora tinha a oferecer.

— Não sei. Pela vigésima vez, não sei. Não entendo nada de música. Faço questão de continuar não entendendo. Chega, em nome dos deuses ou da medicina ou do que você quiser.

Lorenzo Blimey ficara em Tyros, dizendo que seus súditos precisavam dele, e que alguém deveria se assegurar de que não restasse nenhum membro da Confraria do Rugido. Dera a cada um dos dois a honra de experimentar, por alguns momentos, o seu sagrado chapéu-coco. Vectora singrava o ar com a rapidez de um cavalo — mas muito mais conforto, e uma vista digna de um cavalheiro. Ingram e Nash tinham passado a frequentar um distinto estabelecimento que servia ótimo café, e o anão pegara gosto pela bebida.

— A ópera anã é um assunto fascinante. Imagino que, em sua terra, deva haver intérpretes soberbos.

— Não sei. Já disse que não sei. Chega.

— Muitos preferem os músicos élficos, mas eu digo que, para uma peça realmente vigorosa, como um cavalheiro de verdade aprecia, os melhores são mesmo os anões. É claro que, com a desafortunada queda da nação élfica, sua cultura corre o risco de se apagar, e um comentário como este pode ser interpretado como deselegante. Independente disso, prefiro a música anã. E a queda da cultura élfica pode ser vista, é claro, como produto direto de uma confiança excessiva nos supostos deuses.

Ingram bufou, e derramou uma grande quantidade de rum em seu café. Queria atirar em alguém.

Lorenzo Blimey dispersou seus súditos. O culto terminara, e os mendigos voltavam às ruas de Tyros. Ele não entendia a razão dos acontecimentos mais recentes, e se deleitava nisso. O anão e o médico tinham sido bons companheiros, e talvez isso fosse suficiente. Ou talvez houvesse um propósito nas ordens de seu deus. Tocar as vidas de duas pessoas, talvez lhes mostrar os preceitos da divindade?

Antes de seguir com seus afazeres, Lorenzo Blimey, o Rei dos Mendigos, curvou-se mais uma vez aos dados no altar de seu senhor.

Nimb, o Deus do Caos.

CAPÍTULO 11

PERDAS E DANOS

SAMBÚRDIA ERA O CELEIRO DE ARTON. VERDE, PINTADA DE colheitas, explodindo o tempo todo de vida, tocada por Azgher, com um céu exibido. Em Sambúrdia, os caules saltavam da terra boa, úmida, cheia de estrume fértil e minhocas gordas. Em Sambúrdia, as mulheres pariam alegremente um jorro de crianças pesadas, e as gravidezes inchavam os ventres, inchavam o solo. Mesmo o nome era sonoro, bem-humorado, rolava da língua, convidava a fazer lá uma existência.

Tudo nascia, o tempo todo. Em Sambúrdia.

Os pés descalços afundavam na terra preta, e os outros, calçados de grevas, e os outros, calçados de carapaça insetoide. O exército da União Púrpura nascera de um reino selvagem, nascera dos bárbaros, mas não tinha mais Allihanna, não tinha mais natureza. Se, no início, os simbiontes maculavam poucas centenas, agora a corrupção era compartilhada com alegria, entre todos. Os olhos e os escrúpulos tinham sido há muito anestesiados, pela visão das criaturas cheias de pernas e estranheza, entrando em ouvidos e bocas e transformando as pessoas. Quase todos os guerreiros já tinham a presença simbionte. Começavam a espalhá-la para as esposas, os velhos, as crianças, os mercadores, todos os seguidores de acampamento. E, quando um desses corpos sobrevivia à intrusão, formava-se um novo guerreiro. O exército aumentava. Em Sambúrdia.

Sambúrdia tinha plantas, tinha bichos, tinha gente. Sambúrdia cercava-lhes com vida. Eles impunham a alternativa. Não a morte; a anti-vida, a *coisa* que matava a morte, que anulava tudo. Alguns simbiontes ficavam no caminho, infectando animais, árvores, uma que outra pessoa. Poluindo a terra, poluindo as almas. Trazendo medo. E pior: horror. E pior: desespero. E pior: aceitação.

O exército já vencia.

Os portais vermelhos abriram-se mais uma vez, rasgando o espaço, e vomitaram as tropas. Começava a parte intrincada da viagem, porque o caminho era de floresta densa. Boa parte de Sambúrdia era coberta pela floresta de Greenaria, quente e úmida, com árvores altas como torres e sombra cheirosa filtrando o sol. O povo da União Púrpura estava acostumado com florestas, mas era um desafio aos chefes, ao Rei, ao grande general Crânio Negro montar os acampamentos naquele ambiente.

Em poucas horas, todos haviam atravessado os círculos de vermelho cáustico. Andaluzia suava. Os chefes de tribos, líderes de batalhões e lordes guerreiros espalharam as ordens de Artorius, dividindo o exército em inúmeros grupos menores, manejáveis, e montando centenas de acampamentos reduzidos.

Era uma madrugada fria. A escuridão não os incomodava, e aqueles tocados por simbiontes tinham menos necessidade de descanso. Por isso, viajavam até o escuro alto, e reservavam poucas horas para o sono.

A carruagem de Crânio Negro rangeu suas enormes rodas feitas de braços humanos. Alguns ainda pareciam estar vivos, e se agitaram com a permissão de descanso, quando os cavalos-insetos pararam de se mover. Não havia cocheiro. Crânio Negro afastou as cortinas feitas de intestinos, e saltou o degrau enferrujado.

— Conselho de guerra! — disse, e vários guerreiros escolhidos espalharam-se, transmitindo a mensagem do general.

Em pouco tempo, a cúpula daquele exército, composta do caçador de recompensas e do Rei, e de vários dos antigos chefes tribais, reunia-se. Servos carregavam as enormes cadeiras, construídas com ferro e ossos, para o conforto de seus mestres. Artorius chegou carregado numa liteira. Era feita inteiramente de ossos, e o minotauro esparramava-se sobre ela, num ar de superioridade seguro e acintoso. Dez esqueletos erguiam-na, mas, a uma vista cuidadosa, notava-se que não erguiam — eram parte dela. Os braços e espinhas esqueléticos juntavam-se ao que compunha o veículo macabro, num emaranhado de branco e vermelho. Pois os esqueletos não eram só profanos, não eram animados por necromancia ou outra arte negra de Arton. Moviam-se por força da estranha matéria vermelha da Tormenta, pela substância que era lefeu. Não tinham mais almas, sequer, pois essas haviam sido consumidas. O transporte de um rei.

Os esqueletos abaixaram-se para que Artorius descesse. O corpanzil do minotauro deixou a liteira com graça rápida. Artorius ostentava suas partes insetoides como um traje de gala. Tinha uma enorme capa feita de couros costurados, retirados de trolls, medusas, salamandras, basiliscos. Entre os chifres, a bestial coroa. Peito orgulhoso, pescoço como a coluna de um templo. O porte, as vestes de um rei.

Os chefes se curvaram. Crânio Negro ergueu uma manopla em saudação. Era mesmo pouco mais que uma reunião de líderes de guerra, vista por uma lente de depravação. Os homens não eram tão diferentes, mesmo em um exército corrompido, mesmo com as presenças alienígenas. No final das contas, precisavam comer e beber e dormir e defecar. Tinham dores e coceiras, deitavam com as mulheres. E precisavam falar entre si. O modo quase natural como as bizarrias eram tratadas, como tudo ali era uma paródia da vida cotidiana, chegava a ser cômico. Exceto por ser real.

— Esta parte da floresta cheira a perigo — disse um dos chefes, depois das formalidades.

Outro chefe concordou:

— Veneno e réptil. A terra é ácida. As árvores são duras.

— O que vocês estão cheirando, senhores — disse Crânio Negro —, são dragões.

Os homens, cheios de barba, músculos e carapaça, se mexeram com desconforto.

Como toda reunião de altos militares, era em torno de uma mesa. Uma armação de ferro enegrecido, sustentada por pernas insetoides articuladas. A superfície onde canecos e mapas se apoiavam era pele humana retesada, presa com anzóis e arames.

— Não importa o nosso poder — disse Gurdhann, ex-chefe dos Gurka Kahn, através dos dentes vermelhos. — Não importa o seu poder. Dragões podem matar todos nós.

— Confie no Rei, meu pai — disse Guryann, o ex-regente, cuspindo um verme.

Guryann morrera. Artorius o matara. Isso não significava que tivera descanso. Guryann fora retornado, como um zumbi forte e desajeitado, pela magia dos xamãs que, agora, cultuavam Aharadak. Fora vencido pelo Rei das Tribos, perdera para ele a vida, e por ordem dele a vida lhe fora restaurada. Guryann não era exatamente grato: simplesmente via que sua existência era um brinquedo nas mãos do Rei, e do Deus a quem ele servia. Sua pele agora era cinza, rebentava em bolhas fedorentas de gás de podridão. Os vermes disputavam espaço com os simbiontes em seu corpo, e ele deixava cair pedaços de si mesmo pelo caminho.

— Seu filho tem razão, velho — disse Artorius, o queixo acima das cabeças. — Nós já temos uma estratégia.

"Como sempre", pensaram os chefes, satisfeitos.

— São dragões — continuou Crânio Negro, num tom didático. Estendeu um mapa sobre a superfície de pele de gente. — O lugar onde estamos é conhecido como Floresta das Escamas Verdes. O povo deste reino tem uma espécie de pacto com os dragões verdes. Pagam algum tipo de tributo, e são deixados em paz.

— Nós vamos pagar tributo também? — perguntou um bárbaro alto.

Artorius deu-lhe um soco, que lhe esmagou um olho. O homem gemeu e agradeceu.

— Nunca sugira que o Rei precisa se curvar a alguém — disse Guryann, entre vermes, traduzindo o gesto.

— Ele tem certa razão — disse Crânio Negro. — Vamos pagar uma espécie de tributo, mas não vamos nos curvar. E vamos fazer o que fazemos melhor.

Matar.

Andaluzia caminhou pela floresta, à frente e antes dos outros, e espalhou sementes. Cada uma tinha uma minúscula manchinha vermelha. Andaluzia murmurava uma cantiga infantil élfica. Colheu algumas flores no caminho.

Crânio Negro e Artorius lideraram uma comitiva de trezentos soldados, ao amanhecer. Os acampamentos, atrás, ficaram de prontidão. Artorius caminhava, deixara a liteira junto da carruagem e do resto. Embrenhavam-se na floresta, e o cheiro agudo e ácido ficava mais e mais intenso. As árvores ficavam mais altas, as copas ficavam mais densas. Logo, em alguns pontos havia uma condensação verde, como um orvalho tóxico, e ocasionalmente, no chão, poças de veneno. Os dragões estavam perto.

— No seu antigo grupo — disse Crânio Negro, em tom de conversa —, chegou a encontrar algum dragão?

Artorius olhou, confuso.

— Não, mestre. Já lhe contei sobre o antigo grupo.

Crânio Negro pôs a manopla sobre o elmo, como tentando ordenar as ideias. Claro, já havia perguntado ao minotauro, inúmeras vezes. Mas achava melhor perguntar de novo. Iria mandar preparar os instrumentos de tortura, quando voltassem ao acampamento.

Súbito, os dois pararam, e as três centenas de guerreiros bárbaros seguiram seu exemplo.

— Já está aqui — sussurrou Crânio Negro.

O cheiro ácido explodiu em uma golfada asfixiante, e todas as folhas se agitaram com um vento repentino. Um rugido úmido, do fundo de uma garganta abissal, e um bruxulear transparente. O dragão aterrissou e se fez visível. Era comprido como dez cavalos, escamas grandes como escudos e corpo sinuoso, serpentino. O pescoço e a cauda dardejavam, as patas eram afiadas. Tinha uma espécie de bico, que escondia as presas enormes, e um par de olhos negros e perversos, inteligentes. Asas imensas, o couro grosso vasto como as maiores velas de um navio, recolhendo-se a uma posição resistente e pronta. Coberto de saliências duras e agudas, e verde, verde profundo, misturando-se com o verdejar das árvores, fazendo-o empalidecer. Em alguns pontos, quase negro; em outros, luminoso. Uma criatura bela, hipnótica em movimento e precisão, e cada parte sugeria o quanto era letal. Mesmo em repouso, parecia prestes a dar o bote. Era fácil ver por que os dragões eram algumas das mais temidas, e mais admiradas, criaturas de Arton. E aquele era apenas um dragão ordinário.

— Petiscos — sibilou a criatura verde. — Cadáveres. Intrusos.

Crânio Negro deu um passo à frente, encarando o dragão. Foi seguido de Artorius.

— Vamos passar pelo seu território — disse o caçador de recompensas. — Seremos breves, mas vamos passar pelo seu território. Por toda a Floresta das Escamas Verdes.

O dragão abriu muito a boca pontuda, chiou e produziu um cheiro que doía as cabeças. Era uma risada.

— Os dragões já sabem de seu exército — disse o réptil. Sua voz era raspada e estridente, e cortava o ar como uma espada meio cega. — Vão embora, ou morrerão. Os que vieram até aqui morrerão de qualquer jeito.

— Vocês têm um acordo com Sambúrdia — disse Crânio Negro, sem se abalar.

Apenas um reino de verde tão denso poderia fazer diplomacia com dragões. Eram criaturas orgulhosas, mais do que todas talvez, e se consideravam superiores ao mundo (o que, em parte, era verdade). Mas Sambúrdia era enorme, e nas suas florestas havia espaço que satisfazia até mesmo os dragões. O governo pagava tributos aos monstros. Era crime matar um deles na Floresta das Escamas Verdes. O povo e os aventureiros respeitavam a lei e, o que era surpreendente, os dragões retribuíam. Dragões verdes estavam entre os menores e mais covardes, e talvez só por isso aceitassem qualquer tipo de pacto.

— O acordo não se estende a vocês — respondeu o dragão, sibilando com prazer. A língua comprida e bifurcada já percorria os cantos duros da boca, e ele erguia a crista, escolhendo a primeira vítima.

— Nós vamos fazer um acordo — disse Crânio Negro. — Um acordo novo. Vamos pagar um tributo novo.

O dragão riu mais uma vez.

— Mas não a você — disse Crânio Negro. — Você nós vamos matar.

Violência.

Os bárbaros investiram, machados em riste, correndo e gritando para o dragão. A fera torceu o pescoço, afastou a cabeça para trás. Abriu a boca e preparou sua arma mais letal: a baforada de gás venenoso. Mas os bárbaros já eram cobertos pela carapaça rubra, em instantes a casca protegia-lhes braços, peitos, virilhas — e rosto. Cada uma das trezentas cabeças foi envolvida por uma espécie de elmo, com olhos múltiplos de mosca, e um bulbo latejante sobre a boca e o nariz. O dragão expeliu uma nuvem gigantesca de gás verde e tóxico, mas o gás foi filtrado. Os simbiontes defenderam todos os bárbaros.

A fera gritou e abriu as asas, deu uma batida, preparando-se para voar.

E, da terra, brotaram os tentáculos, como plantas bizarras e vermelhas.

As sementes de Andaluzia germinaram. A um comando de Crânio Negro, dezenas de gavinhas sanguinolentas, afiadas, saltaram do chão para o corpo da criatura. O dragão chiou, e antes de ver ao redor estava amarrado, enredado nas coisas que eram meio tentáculos, meio cipós. Durante horas, as sementes tinham sugado e corrompido os nutrientes daquela terra boa, e também o veneno dos dragões. Tinham maculado as plantas e a vida minúscula de dentro do solo. E agora, aquelas gavinhas, que eram lefeu, tomaram ação, e prenderam o dragão verde.

O monstro expeliu outra baforada. Lutou contra as amarras, mas cada movimento só conseguia deixá-lo mais enredado.

— Carga! — gritou Crânio Negro, com entusiasmo.

Trezentos machados subiram e desceram sobre as escamas. As gavinhas enrolaram as patas do dragão, viraram-no com as asas para baixo, expondo o estômago macio. Os bárbaros aproveitaram a chance, refestelaram-se na orgia de sangue. Artorius e Crânio Negro se juntaram a eles.

E o dragão, que por venenoso e maligno que fosse, era majestoso, antigo, nobre, ficou sob uma turba. Amaldiçoou aqueles bípedes em seu idioma antigo, mas ninguém deu importância. Para Crânio Negro, era só mais uma coisa a ser pisada, era só mais algo que não lhe dava respostas e nem alívio, e não era lefeu. Como uma barata, como uma pedra. O dragão pensou ainda *"Não assim, não deste jeito"*, mas daquele jeito foi.

Ele morreu.

A fera picotada, Artorius e Crânio Negro cumprimentaram-se.

— Concedeu-nos a vitória mais uma vez, meu mestre — disse o minotauro. — O dia é seu.

Em breve, todos seriam.

O dragão afundou num lodaçal vermelho, que se formou debaixo do seu corpo. Nem o general e nem o Rei viram isso, porque voltaram para o exército assim que o trabalho carniceiro foi terminado.

— E agora? — perguntou um dos antigos chefes.

— Agora — respondeu Crânio Negro —, esperamos.

Artorius retirou-se, cheio de confusões, para uma das carruagens que haviam sido reservadas ao Rei das Tribos. Em privacidade, agarrava os chifres, esmurrava a própria testa. Dias antes, expelira um simbionte. Fora invadido por um pouco do passado. Mas hoje, triunfara, junto com Crânio Negro, sobre um dragão. Não havia como negar a sensação resfolegante de vitória. Ele planejara, tanto quanto o caçador de recompensas, e o plano dera certo. E também a glória, a força, pesavam sobre ele; tinham sido ofertas de Crânio Negro. Artorius raciocinou que, por certo, seria torturado de novo. Seria questionado pela figura negra que nunca se saciava de respostas. Mas não era um preço justo? E voltar-se contra ele não seria traição?

O Rei agonizava sobre isso, quando o exército fervilhou, olhando para cima.

Dragões.

Não um, mas um bando inteiro, voejando, planando, girando nas correntes de ar, sobre as cabeças. Sua simples presença dava um nó nos estômagos, fazia emergir um pânico ardido. E eram grandes, maiores do que o que havia sido morto. A testa da coluna havia se instalado numa grande clareira — uma das últimas antes da mata densa e maciça. Os dragões olharam o exército, como aves de rapina, ou como gatos que brincavam com a presa antes de matar. Por fim, quatro pousaram, os outros ficaram como abutres.

Quase todos os bárbaros da vanguarda haviam cedido ao medo, e recuado. Sobravam uns poucos, e Crânio Negro. O caçador de recompensas andou, escuro e firme, e saudou os dragões.

— Tem uma postura orgulhosa, para um morto — disse a maior das feras. Sua voz era ainda mais estridente que a do primeiro dragão, mas, ao mesmo tempo, musical. Era uma fêmea. Seu rosto pontiagudo era cercado de espinhos longos, carnosos, apontando para trás.

— Vou fazer um acordo com vocês — disse Crânio Negro.

Os dragões dobraram os longos pescoços, entreolhando-se. Não riram.

— Você vai morrer, bípede — sibilou a enorme dragoa.

— Sim — disse Crânio Negro. — Mas vou fazer um acordo com vocês.

Os dragões se calaram, ficaram um tempo rosnando e exalando o seu cheiro.

— Nossa passagem pela Floresta das Escamas Verdes vai ser breve — continuou o caçador. — Quero que nos deixem passar.

— Você vai morrer — e os quatro dragões chiaram, as bocarras escancaradas.

— Ofereço minha vida — sem alterar a voz. — Eu planejei o ataque ao outro dragão, eu dei as ordens. Eu golpeei-o muitas e muitas vezes. Ofereço minha vida e, em troca, nosso exército poderá passar.

A dragoa arreganhou os dentes, projetou a cabeça para menos de meio metro de distância de Crânio Negro. O fedor era quase insuportável.

— E por que deveríamos fazer um acordo, bípede? Por que não deveríamos matar todos vocês?

— Porque suas vidas são mais valiosas do que as nossas.

A dragoa estreitou os olhos.

— Somos dezenas de milhares. Não sei quantos dragões há nesta floresta, mas julgo que sejam mesmo suficientes para matar todos nós. Mas alguns de vocês morrerão.

A dragoa se afastou, reunindo-se aos outros imensos répteis.

— Meus soldados são humanos. Copulam constantemente, procriam como ratos. Têm vidas curtas e brutais. Vidas que não valem nada. Vocês são antigos, têm poder, história, riqueza. Por que desperdiçariam suas vidas? Mesmo que fossem algumas poucas?

— Vocês não são apenas humanos — esganiçou outro dragão.

— É verdade. Temos o poderio lefeu a nosso favor. Isso só nos dá mais números, e mais chance de matá-los. Além disso, nós sabemos que todas as raças serão extintas mais cedo ou mais tarde. Já nos entregamos à Tormenta. Como eu disse, as vidas deste exército não valem nada. As suas valem?

Os dragões grunhiram algo entre si, cheiraram-se, chiaram uns para os outros.

— E você oferece sua vida, bípede? — disse a dragoa.

— Sim.

A garra foi um relâmpago, e Crânio Negro foi retalhado. Sangue espirrou por tudo, e a armadura caiu desconjuntada no chão.

— Que sua passagem seja rápida — sibilou a dragoa.

Bateu as asas, espalhando seu fedor, e voou para longe. Os outros a seguiram. Ficaram um tempo enorme ainda visíveis no céu. O exército acompanhou seu movimento, até que o pavor fosse embora das tripas, e então a vanguarda da coluna se reestruturou.

Os bárbaros recolheram o corpo do general. Levaram-no à sua tétrica carruagem. E, em poucas horas, Crânio Negro tossiu, gorgolejou, e ressuscitou.

— Nossa vida não vale *nada* — disse ele, para si mesmo. E começou a rir. Gargalhou, segurando o elmo preto, batendo nas paredes da carruagem.

Ajustou as duas espadas na cintura e desceu do veículo. Tinha planos a fazer.

CAPÍTULO 12

A LEI DA FRONTEIRA

VANESSA CRUZOU A FRONTEIRA DE YUDEN, CARREGADA de armas, grávida de violência. Em uma das primeiras tavernas de beira de estrada, bebeu hidromel, barril, copo, garganta, sem sentir o gosto. Não houve uma briga, e nem ninguém tentou roubá-la, o que foi uma decepção. Vanessa tinha uma missão diplomática, deveria garantir a passagem da coluna de Bielefeld — e rápido, ou a guerra seria perdida, em uma guerra diferente. Além disso, misturada, havia a auto-imposta missão para Keenn. O cavalo seguia firme, descansando raro e comendo pouco. Vanessa esperava achar logo os problemas de que precisava.

As regiões de fronteira eram menos hostis em Yuden, o que significava que eram mais perigosas. Nas entranhas do reino, patrulhas de soldados eram constantes, e havia cidades, aldeias e lei por toda parte. Lei de Keenn: impiedosa com transgressores (como deveria ser, pensou Vanessa). Também intolerante com estrangeiros, e assassina com não-humanos. Vanessa era humana, não pretendia transgredir lei alguma, mas era estrangeira. E mulher. Havia chance de que, no interior do reino, isso fosse o bastante para chamar os problemas que ela não queria. E, por ser de Keenn, os problemas durariam pouco, e ela conseguiria respeito e atenção inconvenientes.

Vanessa precisava de um tipo muito específico de problemas.

Yuden era o Exército com uma Nação, e nunca menos que pronto para a batalha (no que estava muito certo, pensou Vanessa). O ar cheirava a guerra ali como em nenhum outro lugar, e naquele momento como nunca. Vanessa notava os rastros frios de tropas em marcha. Yuden por certo estava deslocando homens para a fronteira com Deheon, e mandando ajuda militar a Zakharov. Ela se lembrou do que *lady* Shivara Sharpblade falara, e viu que era mesmo o caso.

Keenn parecia empurrá-la. A sensação era ótima.

Vanessa decidira há um dia e meio que não valia mais a pena continuar na transversal, perfurando a barriga de Yuden. Mudou sua rota para ladear a fronteira. Deixara a estrada e, na orla de um dos ocasionais bosques do reino, fez seu breve acampamento naquela noite. Uma fogueira miúda, um pedaço de carne seca e pão, o cavalo pastando.

Uma silhueta.

— Alto! — Vanessa pôs-se ereta, a maça pronta num instante.

— Não paro de andar por ordem de ninguém, dona — disse uma voz fácil, de homem, com um arrasto charmoso. — Mas não quero brigar agora.

O homem continuou andando, até estar visível no bruxulear da fogueira. A lua se escondia atrás de sua cabeça, um rasgo de foice no preto do céu. As estrelas olhavam com zombaria. Vanessa já tinha um arco encordoado, e dez flechas a postos, fincadas na terra. A maça quase implorava por alguns ossos quebrados.

— Quer brigar quando, então? — disse Vanessa.

— De preferência, depois de descansar meu traseiro um pouco. Já matei cinco hoje, dona, e os dois últimos foram cansativos.

— Bandidos?

— Alguns deles.

— E os outros?

— Exercício.

— E por acaso acha que pode me matar?

— Isso, dona — o rosto do homem era ainda sombreado, mas a voz traía um sorriso torto —, seria questão de quem sacasse primeiro. Se fosse o caso.

— Se fosse o caso.

Ele parou, ainda um vulto. A fogueira soltou uns estalos.

Com rapidez invisível, Vanessa disparou uma flecha, que fez cócegas de ar na orelha do recém-chegado.

— Eu sacaria primeiro — disse ela. — Se fosse o caso.

— Pode ser, dona — disse o homem.

E com mais dois passos, estava à luz plena. Metal rebrilhava em sua mão: uma pistola apontada para Vanessa. Ela não notara qualquer movimento, mas ele tinha sacado.

— Quem foi o mais rápido? — disse a clériga.

— Acho que é melhor não descobrir.

Os cacos de imobilidade voltavam a se encaixar, mas já sem a mesma tensão.

— O melhor jeito de confiar em alguém é saber que a pessoa podia ter matado você, e não fez — disse Vanessa.

— Concordo, dona — o estranho sorriu.

Era um homem alto, cabeça e ombros maiores que ela, metido num casaco comprido, de couro escuro, reforçado com placas de metal. Por baixo, uma cota de malha, atravessada por uma bandoleira de munição de pistola. O homem tinha um rosto comprido, queixo largo, cabelo marrom nos olhos, barba surgindo em fios poucos. Guardou a pistola.

— Essas coisas estão ficando cada vez mais comuns — disse Vanessa, meneando para a arma.

— É porque são boas. Importa-se se eu aproveitar um pouco a sua fogueira?

Vanessa fez um gesto de boas-vindas.

— Sou Vanessa Drake. Clériga de Keenn.

— Madame — abaixando de leve a cabeça. — Meu nome é Wayne Bogart, honrado por conhecê-la.

Sentou-se, estendendo as pernas compridas. Cruzou as botas altas, de bico pontudo, uma por cima da outra.

— Reza?

— Minha relação com os deuses é encher os Reinos deles com almas de desgraçados, dona. Mas respeito Keenn.

— Come?

— Se a senhora não se importar — aceitando um pedaço de carne.

Vanessa comeu, observando Wayne Bogart. Ele mastigou a carne dura, engoliu, tomou um gole de um odre, que ofereceu a ela. Vinho. A noite abria-se em estrelas.

— Se não se importa que eu pergunte, dona — disse Bogart —, o que a senhora faz aqui?

— Não sei se posso confiar em você.

— Bem, eu podia matá-la agora mesmo, mas aí está a senhora, e muito bem de saúde, se me permite.

Vanessa riu.

— Estou em uma missão importante. Tenho que falar com o Príncipe Mitkov, ou pelo menos com um conselheiro importante.

Bogart deu um assobio de sobrancelha erguida.

— Coisa grande, então. Ora, mas não vejo por que uma clériga do Deus da Guerra teria qualquer dificuldade em ser ouvida na capital.

Vanessa aceitou outro gole do odre.

— Ser ouvida é a parte fácil. Ser atendida é diferente. Não vou exatamente tentar vender biscoitos ao bom Príncipe. E também não sou mulher de fazer o mínimo.

Bogart pediu que continuasse.

— Estou também numa missão para Keenn.

— Estou vendo que divido a fogueira com uma pessoa importante.

— Por isso, eu não posso só fazer um acordo com qualquer borra-botas que assina papéis e leva assuntos ao Príncipe. Preciso chamar a atenção de Mitkov em pessoa.

— Gostaria de poder ajudá-la, dona.

— E não pode?

— Ora, sou só um vagabundo.

— Que mata cinco por dia — disse Vanessa, sorrindo com metade da cara.

— Hoje foi um dia calmo.

Olharam-se. Secaram o odre, Vanessa puxou outro, que passaram entre si.

— Costuma atrair problemas? — disse a clériga.

— Só ando por aí, cuidando da minha vida, mas os problemas vêm até mim.

— Por acaso não sabe de alguma aldeia, nas redondezas, que esteja tendo problemas?

Que tipo, quis saber Bogart.

— A fronteira é sempre uma região complicada — disse Vanessa. — As pessoas não sabem muito bem que lei seguir. Que religião. Não querem perder os negócios dos vizinhos de nenhum dos lados. Sempre existe alguma cidadezinha que escapa da lei de Yuden, alguma pequena heresia sendo cometida, ou algum estroina se aproveitando da confusão. Esse tipo de problemas.

— Pois se isso não é uma bela coincidência — disse o homem. — Há uns dias, visitei uma aldeia que estava justamente precisando de uma mão firme.

Wayne Bogart dividiu a história. Vanessa fez uma anotação em seu mapa. Os pés já coçavam para viajar.

— E o que a senhora faria se não tivesse nenhum lugar com problemas?

— Uma vez, um homem sábio disse que, se não há condições de vitória, deve-se criar condições.

— É um bom conselho, dona.

Depois de esgotar o segundo odre, deitaram-se, em lados opostos da fogueira apagada.

— Onde conseguiu essas armas? — perguntou Vanessa, olhos no escuro.

— Eu fiz — disse Bogart.

Ela se virou para ele, apoiada num cotovelo.

— Vou lhe contar um segredo, dona, já que a senhora dividiu o seu. Eu ajudei a inventar as armas de fogo. Todas as pistolas que a senhora vê, todos os rifles, tudo que usa pólvora tem a minha mão. Não fui só eu. Mas eu ajudei. Meu orgulho e alegria, dona.

Vanessa ficou em silêncio.

— E sabe qual é a melhor coisa das armas de fogo? — disse Wayne Bogart, em sua fala mansa de lobo preguiçoso.

— Diga-me.

— É que, com elas, qualquer pé-rapado pode começar uma bela briga.

Com esse pensamento, Vanessa dormiu.

Dormiu mais do que planejava. Acordou já com sol, desperta pelo engasgo de ar, a mão inclemente de Bogart em sua garganta, o joelho sobre seu peito.

— O que — começou Vanessa.

— Tudo tem um preço, dona. Eu ajudei a senhora. Que graça tem conhecer gente nova sem brigar?

Bogart puxou uma adaga. Vanessa despejou socos em seu rosto, e as bochechas do homem explodiram em sangue e roxo. Mas inabalável. Bogart segurou a adaga como um furador, subiu sobre o rosto da clériga, desceu-a em seu olho. Vanessa sentiu uma dor nauseante.

Wayne Bogart saltou em pé.

— Até a vista, dona. Boa sorte e boa guerra.

Vanessa se ergueu, caçando o chão com os pés, mas ele não estava mais lá. O cavalo observava, intrigado. Ela tinha a mão sobre o que fora seu olho direito, e dos dedos vazava sangue e as geleias transparentes. Pingavam no chão, formando uma pintura bonita, prateado tingindo-se de rosa, aos poucos.

Ela chegou em um cavalo pálido.

O nome da aldeia era Annvillia. Na fronteira entre Yuden e Bielefeld, por curioso não era um misto dos dois. Selecionava algo de ruim de cada reino, para montar seu mosaico de sordidez e ombros frouxos. Vanessa sentava reta no cavalo, avançando devagar, olhando as caras sujas. O povo de

Annvillia não sustentava o olhar. Vanessa agora tinha um olho só, o outro um buraco escondido por uma bandagem. A aldeia contava com oitocentas pessoas, se tanto, bastante lama e pouca terra plantada. Nada feito de pedra: casas e prédios pequenos de madeira, ou então grandes tendas que deveriam ser provisórias mas iam ficando. Os habitantes enrugavam os narizes para ela, fingiam se ocupar de conduzir animais magros ou consertar sapatos ou cozinhar, e sussurravam uns para os outros. No meio do ajuntamento, é claro, o salão dos guerreiros. Era presença obrigatória em Yuden, o lugar onde os homens de armas se reuniam, onde os cultos eram realizados, onde o chefe da aldeia fazia julgamentos. O salão dos guerreiros de Annvillia não era orgulhoso, tinha apenas um escudo triste sobre sua porta de madeira velha. Também não era a maior construção: este posto cabia a uma vasta taverna, onde boa parte da população feminina vendia os corpos.

Vanessa fez uma careta de desaprovação. Em Yuden, todos deviam ser guerreiros. Entrando mais fundo no reino, via-se cidades inteiras organizadas, prontas para lutar, adultos e crianças sabendo seus postos, enquanto cuidavam de afazeres mundanos. Em Yuden, quem não usava armas não valia nada. O povo de Annvillia não tinha a postura confiante de lutadores, não tinha o olhar de perigo. Um velho embriagado dormia contente em uma poça de vômito, no chão. Aqueles não eram yudenianos de verdade.

Nem um único símbolo de Keenn na vila.

E, enquanto Vanessa passava, as pessoas abriam caminho (qualquer yudeniano de valor a teria desafiado). Uns poucos cumprimentavam com a cabeça, mais por susto antecipado. Um padeiro, um açougueiro, um mortuário, que terminava um caixão.

— Prepare-se para ganhar dinheiro — disse Vanessa ao papa-defunto.

O homem fez-lhe outra saudação atrapalhada.

Ela parou o cavalo na frente da taverna. Amarrou o animal num poste de madeira e empurrou a porta, entrando com passos insolentes. O nome do estabelecimento era *"Colina Verde"*.

Na sala comunal, um sortimento de tipos andrajosos — e ali, sim, postura de guerreiro. Três soldados curvados sobre seus canecos. O exército de Yuden primava, além da eficiência, pela disciplina. Boa aparência, equipamentos bem tratados, exemplo aos cidadãos. Os soldados que estavam lá eram uma desgraça, com cabelos mal-cortados, barbas por fazer e vapores de álcool. Quatro sujeitos grandes e mal-encarados, cabelos longos em tranças, bigodes e barbas que falavam de luta, anéis e braceletes ostensivos de saque, jogavam dados. Na mesma mesa, um homem de rosto macilento, olheiras fundas e cabeça calva, o corpo flácido escorrendo para fora da armadura de Cavaleiro da Luz. Prostitutas em roupas de baixo mal-lavadas fofocavam num canto, ainda sem ânimo ou obrigação de incitar os clientes. O taverneiro era um velho magro, curvado, nervoso, cuja rapidez e avareza a idade não diminuíra. Seus olhinhos de rato examinavam o salão, ele tentava esconder uma tremedeira violenta nas mãos com um pano sujo. Não tinha nariz, mas uma placa de metal tapando o buraco no rosto.

— Procurando trabalho, menina? — disse o taverneiro, com uma voz terrivelmente fanhosa.

Vanessa foi até ele, estendeu um braço, arrancou-o de trás do balcão e o jogou sobre uma mesa.

— Faça alguma coisa que me convença a não matar você.

— Bebida de graça. Dois canecos! O barril inteiro! — um líquido transparente saía por debaixo da placa de metal.

— Traga.

Os quatro guerreiros estavam de pé, as mãos em espadas, machados, cutelos. Os soldados olhavam para outro lado, o cavaleiro observava com um sorriso abestalhado.

— Querem lutar? — disse Vanessa.

— Você veio criar problemas? — disse um dos homens, com um bigode longo, em tranças, e uma cicatriz da testa ao queixo, dividindo o nariz.

— Apenas com quem sugerir que uma clériga de Keenn abre as coxas por dinheiro.

Vanessa depositou sua grande sacola em uma cadeira, e puxou o medalhão com armas cruzadas do Deus da Guerra. Os homens grunhiram.

— Clériga de Keenn? — disse o sujeito da cicatriz. — O que veio fazer aqui?

— Beber. Jogar dados, se estiver convidada.

Outro dos guerreiros chutou uma cadeira para ela.

— Seja bem-vinda, senhora — mas hostil. — O que aconteceu com seu olho?

— Vim beber e jogar. Não conversar.

Bebeu e jogou. Os soldados logo deixaram a taverna, com olhares de esguelha na direção de Vanessa. O cavaleiro acabou dormindo, queixo jogado para trás sobre o encosto da cadeira.

— Está de passagem, senhora? — disse um dos jogadores, depois de algumas horas.

— Já não falei que não quero conversar?

— Precisamos saber se está de passagem. Se quiser ficar aqui, tem que se apresentar para o chefe Ulaf. Precisa ir ao salão dos guerreiros.

— Bela merda deve ser o seu salão, se os guerreiros ficam jogando na taverna. Aliás, que tipo de nome é "Colina Verde", para uma taverna em Yuden?

Os dados rolaram e pararam. Os jogadores ficaram imóveis, olhando Vanessa. A tensão pareceu acordar o cavaleiro.

— Acho que esta cidade está precisando da palavra de Keenn — disse Vanessa.

— Já temos um clérigo de Keenn na aldeia.

— Bela merda deve ser o seu clérigo.

— A senhora vai morrer desse jeito.

— Insultando covardes fracos e rastejantes? Duvido. Sabe, yudenianos de verdade matam cavaleiros da Luz, e não jogam dados com eles.

O homem dos bigodes trançados puxou uma espada. Vanessa levantou de um pulo, derrubando sua cadeira, e virou a mesa, esparramando os dados, batendo com o tampo de madeira no rosto do adversário. Tomou uma cadeira e a quebrou na cabeça do homem. Ele girou a espada, ela virou o corpo, evitando o golpe. Tinha ainda uma das pernas da cadeira na mão, e enfiou a extremidade quebrada, cheia de pontas e farpas, no rosto dele. Mais três vezes, e o nariz se quebrou, e na boca, e os dentes se quebraram. Até que Vanessa enterrou a perna de cadeira fundo, garganta abaixo no guerreiro, ele esperneou um pouco e morreu.

— Sem ofensa à Ordem da Luz — disse Vanessa, sorrindo para o cavaleiro bêbado, que parecia ter ficado sóbrio com a violência. — Eu até gosto de cavaleiros da Luz.

Os outros três agarravam as armas, cercando Vanessa. O taverneiro berrava de trás do balcão, quase incompreensível de fanhoso, e duas prostitutas já tinham saído, decerto para chamar alguém no salão dos guerreiros.

— Vocês precisam de um clérigo de verdade neste buraco. Vocês precisam de um campeão de verdade, já que não vi nenhum guerreiro que preste desde que cheguei aqui. E vocês precisam de um salão de verdade.

Ela empurrou dois dos homens, saiu do meio deles.

— A partir de agora, este é o salão dos guerreiros de Annvillia, e a campeã sou eu. Até que alguém tome uma atitude. Digam para esse tal chefe Ulaf que venha ter comigo, se achar ruim.

O taverneiro tentou fugir, mas Vanessa ordenou que ficasse — ele seria um servo do salão. Dois dos homens foram embora, e também o cavaleiro. Mas o terceiro homem ficou.

— Eu sou um guerreiro que presta, senhora — disse ele. Era baixo, tinha uma tatuagem na bochecha que mostrava um machado. O cabelo louro caía solto nos ombros, e usava uma cota de malha reforçada, com aparência de muito peso.

— Vai me desafiar? — disse Vanessa.

— Vou apoiar a senhora. Annvillia é um antro de covardes e fugitivos. O chefe Ulaf nunca pegou em uma arma, só tem ouro. O campeão é um criminoso, deveria estar na prisão Hardof. O clérigo é um bêbado que nunca fez um milagre na vida.

Vanessa mostrou os dentes.

— Acho que esta aldeia vale um olho.

O outro não entendeu.

CAPÍTULO 13

FUGA

NÃO RESTAVA NINGUÉM LIMPO NO EXÉRCITO DA UNIÃO Púrpura.

Haviam começado como o que eram; gente desesperada, enganada, fazendo todas as escolhas da pressa e do medo. Sem perceber, tinham virado monstros. A corrupção era mais e mais aceita, os horrores eram menos e menos evitados. Os bárbaros adquiriam, sem saber, uma das habilidades mais importantes da civilização: justificar atrocidades. Agora, chegando à capital de Sambúrdia, eles não eram mais gente, e nem monstros. Eram uma massa compacta, viscosa, repugnante, unida e satisfeita. Como um punhado de larvas irmãs, emergindo da podridão, mas mais nojentos. Como uma colônia de animais microscópicos que fazem doença, mas mais daninhos. Não havia soldados, famílias e mercadores naquela coluna: havia corrupção, e só. Corpos pequenos, que haviam sido crianças, eram agora viveiros de simbiontes. Homens orgulhosos tinham virado zangões sem vontade própria, protegidos por carapaça e decisões do invasor. Chefes eram escravos. Vida era o oposto.

Havia Crânio Negro, o grande general. Havia Artorius, o Rei das Tribos. Havia Andaluzia, a feiticeira tratada como capacho, e Ashlen, o prisioneiro quebrado. E não havia mais nenhum nome, ninguém imaculado. Só lefeu.

Lefeu, lefeu, lefeu.

— Éramos nove, eu já disse — engasgou Ashlen, a garganta em carne viva de tanto gritar. — Vallen. Ellisa. Nichaela. Artorius. Andilla. Gregor. Rufus. Kodai. E eu.

Crânio Negro tinha a manopla sobre a parte de baixo de seu elmo, que era moldada como os dentes arreganhados de uma caveira. Sentava-se num banco baixo, as pernas abertas, a capa pendendo displicente das costas. Um xamã de olhos vazios aguardava paciente, atrás, atento para a respiração e a expressão de Ashlen. Já não era possível contar o número de vezes que o salvara da morte, para que o questionamento prosseguisse. A viagem se prolongava, e sempre havia tempo para mais perguntas.

A vasta carroça era uma ótima câmara de torturas. Grande o suficiente para que o prisioneiro fosse amarrado em diversas posições de agonia, contava com um sortimento respeitável de aparatos de dor. O piso e as paredes haviam estado limpos, antes que a viagem começasse, mas o sangue de Ashlen e de Artorius já conferira às superfícies o tingimento escuro que caía bem num lugar como aquele.

Ashlen estava agrilhoado a uma longa mesa de ferro negro. Era já íntimo das peculiaridades da madeira daquele teto. Nu, o corpo despontando em pouca carne e muitos ossos por baixo da pele, tremia de medo e exaustão. Tinha uma poça de saliva por travesseiro, e tentava não pensar no tamanho das poças de sangue. Não sentia mais o cheiro de excremento e urina; todos os sentidos tinham convergido para o imperativo da dor. Manchado de queimadura em vários lugares, marcado de ferro em brasa nas axilas e na virilha e nas solas dos pés. Roxo e preto dos hematomas novos, amarelo dos antigos. Seu cabelo fora raspado, e o couro cabeludo estava coberto de cascas de ferida.

— Fale sobre Gregor — disse Crânio Negro, a voz pensativa. — Era ele o paladino?

Ashlen fez que sim com a cabeça, esfregando a bochecha no ferro onde se deitava.

— Era um paladino de Thyatis — disse. Examinou com a língua os buracos onde costumava haver dentes. — Um guerreiro sagrado. Ele ressuscitava sempre que morria. Não tinha medo de nada. Uma vez, competiu com outro paladino de Thyatis, sobre quem tinha morrido mais vezes. *Isso é verdade, eu juro.*

Tentou calar a vozinha estúpida, no fundo de sua mente, que sugeria que, talvez, aquilo satisfizesse o algoz. Ashlen já contara a mesma história dezenas de vezes, sobre Gregor Vahn e sobre todos os outros, e o pouco que sabia do albino. Mas talvez, *agora*, tudo pudesse acabar? Talvez *aquela* fosse a resposta certa?

Não.

— *Você já me contou isso* — rosnou Crânio Negro. Pegou uma haste de ferro de dentro de um braseiro. Na ponta amarela de calor, sua marca de cabeça descarnada. Empurrou o metal quente contra o mamilo de Ashlen, destruindo-o, e fazendo mais um desenho de caveira em seu corpo.

Ashlen berrou, retesou o corpo com uma força que não sabia ter. Quando sentiu o ferro quente retirado, deixou-se amolecer na superfície áspera, começou a emitir soluços secos.

— Me ajude, Ashlen, me ajude e tudo vai acabar — disse Crânio Negro. Foi até o prisioneiro e o abraçou, aninhando a cabeça magra contra a placa do peito de sua armadura. — Falta algo em suas respostas. Me ajude, e tudo vai acabar. Eu prometo.

E, idiota de novo, Ashlen sentiu esperança de que tudo fosse mesmo acabar, de que o caçador de recompensas tivesse piedade. A tortura quebrava a mente tanto ou mais que o corpo, e Ashlen nadava em noções absurdas de que, no fundo, o captor era seu amigo, não queria machucá-lo, e que a dor era culpa dele próprio.

— Fale-me sobre Andilla.

Falou, e recebeu três socos no estômago chupado.

— Fale-me sobre Ellisa.

Falou, e pinças de ferro torceram suas gengivas, seus genitais.

— Fale-me sobre Kodai. Fale-me sobre Vallen. Fale-me sobre Nichaela.

Falou, falou, e falou. E o coração cedeu à dor, o escuro começou a se fechar sobre seus olhos, num alívio bem-vindo. Mas um jorro de vida impiedosa trouxe-lhe de volta. O xamã manteve a tortura infinita.

— Já contei tudo — ofegou Ashlen. — Você não entende. Não há mais nada a dizer. Você não vai conseguir suas respostas assim.

— Vou, quando tiver todos vocês.

Ashlen desejou, por um momento, que todos já estivessem ali, sofrendo, para que a dor pudesse acabar logo. Sentiu a culpa daquele desejo, mas era difícil se importar.

— Eu vou ter todos vocês. Até lá, responda minhas perguntas.

— *Estão quase todos mortos.*

— Há sobreviventes. Eu vou ter todos. Já tenho três.

O mundo explodiu em clareza:

Três?

— Quem é o outro? — disse Ashlen, as palavras deformadas pela falta de dentes.

— Fale-me sobre Andilla, Ashlen.

Gritos e gritos.

Artorius estava absorto em suas indecisões, o rosto carrancudo e os olhos na coroa.

Rei.

Sentado em uma pedra, os músculos subindo e descendo de respiração pensativa. Em volta, a uma distância formal, os guerreiros de elite, tornados coisas, prontos a cumprir seu menor desejo. Obediência de colmeia, sim, mas também de respeito genuíno.

Rei.

Era o início da tarde, os homens comiam um almoço de rações, gado e carne humana. Tinham deixado a floresta já há mais de uma semana, agora cruzavam as planícies cheias de fazendas. A maioria deserta, pois a passagem do exército já era prevista. Nas poucas onde gente teimosa ainda vivia, colheram-se os petiscos. A capital do reino, também chamada Sambúrdia, esparramada entre as fazendas e transbordando de ouro e pessoas, já podia ser vista.

Artorius devolveu a coroa à cabeça, e tomou os mapas, os pergaminhos cheios de notas e desenhos de estratégias. Sentiu nojo dos planos que traçara, porque os traçara na companhia de Crânio Negro. Mas lembrava-se do entusiasmo que fora sentar por horas com o caçador de recompensas, e arquitetar esses mesmos planos. Tentou esmagar o orgulho que sentia dos escritos, das certezas de vencer. Mas era bom fazer aquilo, era bom sentar-se com o general e vencer uma batalha antes que ela começasse. Nem mesmo haveria batalha, nem mesmo haveria cerco. Eles simplesmente tomariam o que precisavam da cidade, alimentariam o exército e espalhariam um pouco de lefeu, enquanto Andaluzia se recuperava para o próximo salto pelos portais. Não havia nada que a cidade pudesse fazer, e Artorius mentia a si mesmo quando negava a delícia que era saber disso.

Mentia a si mesmo, mas não podia mentir ao simbionte.

Ergueu-se.

— Preparem os esmagadores — ordenou. Os guerreiros desapareceram num instante, apressando-se para obedecer.

E, fazendo aquilo, sentiu-se mais encaixado, em uma certa forma de paz. Ele era forte, de novo. Mas era uma força emprestada. O simbionte tinha suas próprias ideias, e Artorius percebia os braços um pouco mais frouxos, os chifres quase descolando, quando tinha dúvidas. O cumprimento cego dos desígnios do simbionte era recompensado com o abraço das coisas que viviam com ele, que, um pouco, eram ele.

Ao longe, a cidade. Muros altos, dinheiro, armas. Atrás, as ordens começaram a se espalhar. O almoço foi interrompido, o povo da União Púrpura mal acreditava que chegara, enfim, o ápice, o momento culminante daquela depravação.

Sabia-se, já, quem eram os escolhidos, é claro. O planejamento cuidadoso do Rei e do general não permitia improviso. Mesmo assim, Artorius ouviu um burburinho de últimas tentativas. Todos queriam participar. Um último rasgo de individualidade, pelo privilégio de perdê-la de todo. As emoções se chocavam, encontravam-se para formar algo novo: mães choravam de orgulho, vendo os filhos se entregarem à devassidão, campeões eram festejados pelos membros de sua antiga tribo. Invejas ocultas.

Um pequeno terremoto. O primeiro esmagador tinha sido formado. Artorius virou-se para observá-lo, e sentiu um arrepio de contentamento. Como pudera duvidar?

Era um gigante. Uma forma humanoide, atarracada e simplificada, com uma cabeça redonda de feições vagas, braços grossos e mãos com poucos dedos. Pernas elefantinas com pés grandes demais, para suportar o peso. Fervilhava como um enxame, movia-se dentro de si mesmo. Pardo de pele, vermelho de Tormenta. Era o esmagador: feito dos corpos de dezenas do povo da União Púrpura, cada um absorvido com alegria, sacrificando a humanidade para ser um músculo, uma articulação, parte da sola de um pé. Todos eram parte. Outro terremoto, com o segundo passo.

O esmagador deixava um rastro vermelho. Os corpos que formavam os pés eram transformados numa polpa. Mas todos ainda viviam. Cada pequeno braço, cada cabeça e par de olhos, era distinto entre a massa de corpos. Punhos golpeavam o ar, ansiosos por encontrar um inimigo.

Aquele era o primeiro. Vieram mais quatro. A União Púrpura andava.

— Já viu algo mais forte? — disse Crânio Negro.

Artorius não tinha notado sua chegada, hipnotizado pelos gigantes. O caçador de recompensas tinha uma das mãos na cintura, e a outra sobre o cabo de uma das espadas. Quase se podia discernir uma expressão por trás do elmo impenetrável, e era de sorriso satisfeito.

— A força está na entrega, Artorius — Crânio Negro tocou o braço encouraçado do minotauro. — Não é isso que se aprende nas legiões de Tapista? Força pela disciplina. Aí está a força! — Fez um gesto largo para as horrendas maravilhas. — Não existe disciplina maior. Eles se entregaram, e ficaram fortes. Assim como nós nos entregamos à Tormenta. Vamos ser partes, vamos ser fortes. — A retórica era calculada. Cada frase puxava uma corda na alma e no peito do Rei das Tribos.

— Eu já me entreguei, meu mestre — disse Artorius, sincero. — Já sou parte.

— Vamos então, majestade. Vamos dobrar os joelhos de Sambúrdia.

Artorius foi levado, na liteira de esqueletos. Crânio Negro andou, o passo rápido quase sem amassar a relva. Foram acompanhados de duas centenas de guerreiros, e dos cinco esmagadores. Podiam quase sentir a cidade à frente se urinando.

Sambúrdia era um reino próspero, e a capital não era nada menos que rica. Dividida entre cidade velha e cidade nova, cada uma tinha seus espetáculos. A cidade velha tinha tradição. A cidade nova tinha brilho de juventude. Sambúrdia, a cidade, era cercada por uma muralha alta, cheia de defesas. Tinha seus magos, tinha exército mais que suficiente. Era quase impossível vencê-la num cerco.

Os relâmpagos espetavam os soldados da União Púrpura. Sambúrdia atacava. Fogo emergia do chão, chovia do céu. Mas a magia se dissipava pouco antes de chegar aos guerreiros.

E os gigantes caminhavam.

À distância suficientemente curta, começaram as saraivadas de flechas. Logo, pedras e mais pedras de catapulta. Toras de madeira, como setas gigantescas, disparadas por balestras. Poucas atingiam o alvo. Um pedregulho imenso foi direto ao encontro de um gigante, que pulverizou-o com um soco fenomenal.

O exército chegou aos muros.

A cidade derramava óleo fervente, ácido e piche inflamado. Os invasores observavam. Os soldados nada faziam. O Rei impassível em sua liteira. Crânio Negro chegou a rir.

Aquele era o momento das ordens, o momento da ação. Era quando o Rei e o general deveriam dar as vozes de comando para a batalha. Mas já estava tudo planejado, e a ordem de Artorius foi uma só:

— Vençam.

Os esmagadores começaram a golpear a muralha. Atingidos por fogo e óleo, apenas exalavam um cheiro nauseabundo de carne assada. Cada uma das pessoas em seus corpos gritava, mas o coletivo não se abalava. Os punhos como martelos descomunais, eles continuavam a castigar os muros.

A primeira rachadura chamou outras.

Das defesas, berros. Um som rasgado, enjoativo, quando a muralha começou a ceder. Os cinco gigantes obscenos continuavam a martelar, e se fez um buraco. A pedra do muro foi cuspida sobre os defensores. Houve mortes sem conta, mas nem Crânio Negro e nem Artorius pensaram nisso. Queriam apenas acabar com aquilo antes da noite.

— Chega — disse o Rei. Os gigantes postaram-se, como em guarda.

Uma larga seção da muralha tinha sido aberta, uma fenda quebradiça que se estendia quase até o chão. Do outro lado, um contingente imenso de militares apavorados. Também cavaleiros, magos, sacerdotes. Olhavam para o horror às suas portas e sentiam a mente fraquejar. A loucura era convidativa.

Um pequeno simbionte rastejou para dentro da cidade.

— Quem quer que esteja no comando — disse Crânio Negro, andando à frente. — Tenho uma mensagem.

Ele só tinha duzentos homens. Estavam todos a bons metros de distância. Os gigantes também tinham lhe dado passagem. Era só um, com sua postura desleixada, frente a centenas e centenas de inimigos.

Mas quem poderia lhe fazer algum mal?

— E então? Quem está no comando? — disse o caçador, apoiando um pé num monte de entulho que fora muralha.

Um homem grandalhão e trêmulo, reluzente de armadura e condecorações, se apresentou.

— Não vamos matar vocês — disse Crânio Negro. — A cidade vai viver. Queremos apenas comida. Suprimentos. Armas. Tudo que vocês tiverem.

— Nunca vamos nos render! — disse o homem.

Crânio Negro sumiu e, de um pulo, estava sobre ele. Sacou as duas espadas e as cruzou à frente. A cabeça do homem voou sob um chuveiro de sangue. O caçador andou de volta ao lado de fora, chutando pedras.

— Existe alguém aqui que tem voz ativa, e que *vai* se render?

Existia.

E então, amedrontada sob os gigantes feitos de pessoas, Sambúrdia se rendeu. Poderia chamar heróis. Poderia pedir ajuda a Deheon. Poderia até mesmo convocar um exército grande o bastante. Mas, naquela hora, a cidade encarava um destino ruim demais, material, bem à sua frente. Porque a Tormenta enlouquecia, e mesmo os homens corrompidos eram visões que esfarelavam as ideias. A cidade preferiu poupar-se do horror, preferiu sacrificar a prosperidade e o orgulho ao invés da sanidade. Sambúrdia se ocupou de levar saca após saca de grãos aos invasores, e também gado e utensílios.

Mais tarde, o regente repreendeu o militar que havia se rendido, mas em segredo era grato. Milhares deixaram de enlouquecer, de morrer morte ruim, por causa de uma covardia sensata. O horror iria para outro lugar. Tinha de ser o suficiente, às vezes.

Os gigantes deram meia-volta. O exército se retirou.

— Parabéns, Artorius — disse Crânio Negro.

O minotauro sentiu uma emoção carinhosa ao ouvir o próprio nome na voz do outro. Pensou que aquilo era até bom, afinal. Recostou-se em sua liteira de ossos.

Andaluzia estava chorando.

Já era noitinha. O acampamento estava ansioso, e pronto para continuar viagem. Faltava muito pouco. Logo estariam sobre Trebuck, na área de Tormenta. Mas Andaluzia chorava, agarrando seus trapos, deitada na lama, no meio dos batalhões. Os ex-homens olhavam com um interesse de bichos. Quando os líderes do exército chegaram, aquilo foi comunicado ao Rei e ao general.

— Não sabemos o que fazer, senhor — disse um antigo lorde guerreiro da União Púrpura, para Crânio Negro. — Ela fala coisas que não entendemos. Às vezes, numa língua que não entendemos. Já matou cinco.

— Muito bem — disse o caçador. — Volte ao seu posto.

Outros generais impiedosos poderiam ter matado o portador de notícias ruins. Mas Crânio Negro não tinha o hábito do desperdício.

— Vou resolver isso — disse Crânio Negro a Artorius, e sumiu por entre os guerreiros, carroças e armas.

Artorius desceu de sua liteira e deu ordens para a distribuição dos novos suprimentos. Depois, vagou pelo acampamento, ouvindo, longe, os berros de Andaluzia.

Foi parar na carroça de torturas.

Mais uma vez, Artorius ia para Ashlen. Ainda sentia a emoção da vitória meticulosa, do plano que dera certo do início ao fim. Era bem melhor do que a selvageria da carga, do que o improviso e a sanguinolência do corpo a corpo. Mas Ashlen existia. Era como um pedaço dele mesmo, exposto para ser olhado. Artorius poderia matá-lo (ou implorar a ele, ou ainda abraçá-lo como irmão, dependendo do instante), mas ele era útil ao seu mestre.

Entrou na carroça ensanguentada.

Ashlen respirava de leve. Seus pulsos e tornozelos estavam esfolados do contato com as grossas algemas. As marcas em seu corpo pequeno, magro e nu eram um mosaico. Ele dormia, aconchegado em seu próprio sangue e nojeiras. Acordou de sobressalto quando Artorius chegou perto.

— Há outro de nós — disse Ashlen, desfocando os olhos para o minotauro.

Artorius não se moveu. Já se arrependia de ter ido lá.

— Pode me dar um pouco d'água? — disse Ashlen.

— Não.

Ele se resignou.

— Há outro de nós — repetiu, no entanto. — Crânio Negro tem mais um.

— Eu não quero saber disso, Ashlen.

— Outro do grupo. Você acha que é Nichaela?

Artorius soltou um rugido, em um instante estava sobre Ashlen, segurando seu pescoço magro com uma manzorra.

— *Mate-me* — implorou o humano.

Artorius recuou, abanando a cabeça.

— Você implorou para que eu protegesse você, Artorius. Estou tentando.

— Isso foi antes. Agora, eu tenho clareza.

— Há outro de nós. Pode ser Nichaela. Ou Kodai, ou Ellisa, ou Vallen —

— Ellisa e Vallen morreram.

— Eu sei.

Pausa.

— Por que você é rei e eu sou torturado? — disse Ashlen.

Artorius não respondeu.

— Acho que é pela mesma razão que eu e Rufus carregávamos o corpo de Gregor. Lembra? Eu não gostava daquilo. Rufus odiava. Você nunca foi carregador. Lembra?

— Você lembra de muita coisa. Vou chamar Crânio Negro para interrogá-lo.

— *Não...* — Ashlen ganiu, cerrando os dentes com muitas falhas.

Artorius respirava. Ashlen tremia. A carroça fedia.

— Por que você não escapa? — disse o minotauro.

— Ele vai me pegar. De qualquer jeito.

"O prisioneiro perfeito", raciocinou Artorius.

Assim como ele mesmo. Mas afastou o pensamento.

— Você quer um simbionte, Ashlen?

O outro arregalou os olhos. Pareciam ter perdido a cor.

— Seria contrariar as ordens de Crânio Negro — continuou Artorius.

— Mas eu faria isso, por nossa antiga amizade. Um simbionte deixaria você completo. Com o simbionte, o medo acaba.

— Não, não, por favor.

— Você vence porque se entrega — disse o minotauro. — É especial porque é igual a todos. É forte porque é só uma parte do conjunto.

— Você já era parte de algo, Artorius — gaguejou Ashlen. — Lembra?

E Artorius capturou as palavras no meio, a boca pendendo, aberta.

— Lembra, Artorius? Você era parte de algo. Você *é* parte de algo, enquanto houver dois de nós. E há três.

Um dos chifres de Artorius afrouxava.

— *O grupo* — disse Ashlen.

Vallen, Ellisa, Gregor, Nichaela, Andilla, Artorius, Ashlen, Rufus, Kodai.

Artorius andou com dois passos rápidos até a mesa de ferro, estendeu um braço simbionte para Ashlen. O outro se encolheu, esganiçou um gemido, mas quando a mão se fechou, ouviu-se um som que não era osso, mas metal.

Uma das correntes fora partida.

— Fuja — trovejou Artorius, quebrando a segunda corrente. — Fuja agora, Ashlen. Salve-se.

— Ele pode me pegar...

— Não me interessa! — rugiu o minotauro. — Fuja agora!

Ashlen ergueu-se com dificuldade, os joelhos fraquejando. Quase não tinha carnes, cada junta era um calombo doído.

— E o que você vai fazer? — murmurou Ashlen.

— Eu vou matar Crânio Negro.

Artorius saiu da carroça, gritando por seu machado, mais homem do que era há anos. Ashlen viu a silhueta orgulhosa contra a noite, e sentiu uma golfada de heroísmo antigo, de bravata boa, de rir na cara da morte. Tinha chance de fugir, agora.

Mas poderia ser pego. Olhou a porta, olhou a mesa de ferro.

E se deitou, imaginando como iria justificar as correntes partidas.

— Crânio Negro! — a voz de Artorius ribombou. — Venha a mim!

A colmeia que era os soldados agitou-se em torno do Rei. Uma curiosidade insetoide guiava-os para observar o minotauro.

— União Púrpura! — gritou Artorius. — O Rei das Tribos vai engrossar as paredes do Salão dos Cadáveres! Venham ver seu rei matar um inimigo!

Formava-se um círculo, como uma arena, paredes de gente corrompida.

Súbito, Artorius dobrou-se. Sentiu as coisas movendo-se hostis dentro dele. Os simbiontes não toleravam a independência, e aquela atitude certamente não era lefeu. Artorius foi tomado por um enjoo, mas muito pior, enquanto seus órgãos brigavam uns contra os outros. Deixou cair o machado enorme, porque não mais tinha controle de suas mãos. Um dos chifres pendeu. Ele se viu de novo como um mendigo aleijado. Um som nauseante de cola molhada enquanto um braço se desgrudava. Outro simbionte se esforçava para sair por um ouvido.

— *Chega* — ordenou Artorius.

Ele havia sido forte. E, agora, era de novo. Comandava a União Púrpura. Comandara, há tanto tempo, os milagres de um deus orgulhoso. E agora comandava a si mesmo.

A vontade avassaladora do minotauro invadiu ele mesmo, quase esquecida por sem uso. Os simbiontes tentaram reagir, mas encontraram algo mais poderoso. Mais forte. Artorius rangeu os dentes e procurou a saída do labirinto dentro de sua própria cabeça. Começou a entoar, baixinho, os padrões de disciplina que haviam mantido sua sanidade, outrora, e que haviam guardado seus hábitos estritos. E, por essa disciplina, ele ordenou a si mesmo. Não poderia haver caos dentro de Artorius. Os simbiontes desistiram, entraram em formação como bons legionários, e obedeceram ao seu comandante.

Artorius ficou de pé. Dois braços e dois chifres firmes.

— Crânio Negro! — urrou. — Venha morrer!

— Que previsível — disse a armadura preta.

Duas flechas, de repente, atingiram as costas do minotauro. Logo, o som de um arco sendo largado no chão, e passos na terra. Do meio dos homens, surgia o caçador de recompensas. Andava sem cuidado, guarda aberta, braços acompanhando o corpo, as duas espadas abaixadas nas mãos.

— Chega de palavras — disse Artorius. — Com palavras, você ganha.

— Eu ganho de qualquer jeito, Artorius.

O minotauro assumiu posição de luta, circundando o oponente, machado em riste. As duas hastes espetadas no couro, os buracos vazando vermelho.

— Você pode me matar — grunhiu. — Mas o seu exército acabou. Eu sou o Rei das Tribos. Eu sou o rei da União Púrpura.

— Você não é rei de merda alguma — riu o caçador. Ergueu a voz: — Há aqui alguém da União Púrpura?

Silêncio. Os homens eram insetos.

— Eles não são da União Púrpura, pequeno Artorius — disse Crânio Negro. — São da Tormenta.

O minotauro gritou:

— Tauron!

E investiu.

O machado desceu como um raio sobre Crânio Negro, mas encontrou só ar e chão. A armadura estava ao lado de Artorius, bem em segurança do golpe, antes que a arma completasse a trajetória. E, quando Artorius ergueu de novo o machado, as duas espadas já se cruzavam em seu rosto. Artorius foi rápido, fechou os olhos e abaixou a cara, mas as lâminas cortaram seu supercílio, inundando de sangue sua visão.

Os olhos ardendo, piscando para limpar, Artorius girou o machado, fazendo um perímetro de defesa. Crânio Negro deu saltos pequenos, para trás e para o lado e para frente, esquivando-se dos golpes erráticos e ameaçando com suas espadas. Enfim, o minotauro pôde enxergar, e o inimigo estava parado, à sua frente. O machado cortou na horizontal. Crânio Negro deu um pulo alto, acrobático, por cima da cabeça do adversário, e aterrissou em suas costas, agachado.

Um talho limpo e um esguicho vermelho, e um grosso tendão da perna de Artorius se rompeu. Crânio Negro já desaparecia.

O Rei não fez um som. Tinha uma perna mole, mantinha-se no mesmo lugar, mas fazia uma defesa sólida, e o outro tinha que entrar em seu alcance, que era maior por causa do tamanho da arma, para atacá-lo. Artorius golpeou e golpeou, e enfim encontrou a guarda do caçador. A vasta lâmina do machado foi bloqueada pelas espadas cruzadas. Crânio Negro deu um passo para trás. O minotauro conseguiu bloquear, com um antebraço encouraçado, um golpe de Crânio Negro. Quase ao mesmo tempo, sentiu um corte no estômago.

Crânio Negro deu um salto, aterrissou a poucos centímetros do inimigo, sentindo seu bafo de fera. Estava, por perto demais, a salvo do machado. Mudou a empunhadura das duas espadas, preparando-se para duas estocadas gêmeas nos lados da barriga, mas Artorius atingiu-o com uma cabeçada titânica. O minotauro rachou a testa ensanguentada, mas Crânio Negro teve de ir para trás. Então, Artorius acertou-lhe um braço, fazendo com que ele derrubasse uma espada. Crânio Negro escorregou numa poça de lama sangrenta. Artorius ergueu o machado, bem acima da cabeça, para um golpe preciso no meio do elmo.

Crânio Negro surgiu ao lado do inimigo. Artorius ainda tinha os braços erguidos, a capa de pele de monstro para trás, a axila exposta. Uma estocada de borrão fez a ponta da espada penetrar debaixo do braço de Artorius, evitando a carapaça, furando o couro grosso e a carne macia. Crânio Negro colocou a lâmina no exato ponto desejado, como se ela fosse um grande dedo, e só parou de empurrar quando soube que atingira o coração.

Artorius babou sangue, olhou vago para o lado.

Começou a dizer, "Tauron", mas o caçador deu-lhe um chute na boca, não deixou que falasse.

Artorius desabou e morreu.

Crânio Negro puxou a espada, mas ela estava presa. Disse qualquer coisa e alguns homens insetoides vieram lhe ajudar. Uma bela perda de tempo, com tantas estratégias a serem traçadas.

Ashlen ouviu uma trovoada.

Era Artorius.

Encolheu-se. Agarrou os joelhos, tremendo. Ficou apalpando o pé de metal.

Vago, ao longe, um grito de batalha. De novo, o minotauro.

Artorius iria morrer. Estava claro que ele morreria, pois não havia como sair da voragem em que se metera. Ashlen sentiu mais frio.

Artorius tinha ido lá para morrer, enfrentando Crânio Negro. O que Ashlen faria, então? Poderia fugir agora, dar valor ao sacrifício do amigo.

Não: medo.

Ou poderia morrer também (alívio). Porque não havia só Crânio Negro.

Havia Andaluzia, a Bruxa sem Rosto.

Ashlen cambaleou para fora da carroça.

Tinha na mão uma adaga, que fora usada para torturá-lo. Fora isso, nu. Esse era o seu plano: esgueirar-se por trás de Andaluzia. Tentar enfiar a adaga em suas costas. Falhar e morrer. Adaga nas costas era uma tática tradicional de ladrões em histórias.

Ouvia, por trás da multidão bizarra, o ribombar do combate. Andava como um fantasma (quase já o era), despercebido, furtivo, oculto em si mesmo. Pensou se já não era mesmo uma aparição, se o seu destino, já tão traçado, não fazia com que ninguém o notasse.

Atravessou o acampamento. Não tanto enxergou quanto sentiu a presença da bruxa. Um medo instintivo, uma coceira no pé falso. Agachado, silencioso, Ashlen deslizou os últimos metros.

Ouviu.

Na orla de um bosque próximo, a voz, a voz vermelha.

— *Um dos amigos volta, pelo menos. Os avós são bondosos. Tem outros amigos, mas um não brinca e o outro não pode.*

Lágrimas, bile e urina despejaram de Ashlen. Ele continuou. Viu as costas da mulher, a vaga névoa rubra à frente dela.

— *As visitas vêm e vão embora. Veio a visita dos avós, e voou. Volta também? Você traz visitas, eu gosto.*

Ashlen caiu na grama, os músculos em descontrole de pânico. Mas forçou-se a ficar de novo agachado. Prosseguiu. Andaluzia estava ajoelhada, fazendo gestos incompreensíveis com as mãos. O vermelho à frente dela não era só névoa: era um pequeno portal.

— *Esqueço quem são os amigos. Quem trouxe os avós? Se a gente chora, todos gritam, mas os outros gritos são bons.*

E Ashlen viu o outro lado do portal.

Um lugar com correntes, um lugar com um gancho, ainda coberto de sangue coagulado (improvável que fosse). Um lugar com jaulas.

A torre da bruxa.

Ashlen perdeu o controle sobre cada parte do corpo, deixou cair a adaga. Quase engoliu a língua, antes que recobrasse a capacidade de rastejar.

Prosseguiu, tomou a adaga. Tinha de fazer aquilo, tinha de morrer.

Ergueu a lâmina.

— *As visitas pegam presentes, e não trazem de volta. Foi ele quem deu um presente. Foi culpa dele. Ele é avô?*

E, do outro lado do portal, numa das jaulas. Um homem em trapos. Sujo, com crostas negras sobre a pele. Calvo, cheio de rugas. Rechonchudo, de uma gordura doente.

Rufus Domat. Rufus, o mago. Rufus, do antigo grupo.

Rufus.

— *Que bom que as visitas voltaram.*

Rufus preso. Ashlen com a adaga erguida, as costas da bruxa à distância de um golpe.

Rufus preso.

Ashlen arremessou a arma para o lado. Andaluzia voltou o rosto. No instante de desatenção, Ashlen escorregou pelo outro flanco. Sem um som, menos visível que uma brisa, Ashlen deslizou para dentro do portal.

Porque Rufus estava preso.

O papel de um clérigo minotauro era morrer em combate honrado. O papel de um ladrão aventureiro era tirar um amigo da prisão. Ashlen Ironsmith voltou à torre da bruxa, o lugar onde se perdera.

CAPÍTULO 14

A MULHER QUE MATOU O FACÍNORA

YUDEN E BIELEFELD, POR TODAS AS SUAS DIFERENÇAS, tinham uma coisa em comum: pouca tolerância com criminosos.

O que era um criminoso, em cada um dos reinos, variava bastante. Em Bielefeld, um criminoso era um ladrão, um assassino, um cultista de deuses profanos ou um contrabandista. Em Yuden, um criminoso era um estrangeiro, um não-humano, um devoto de deuses pacíficos, alguém que discordasse do governo ou um suposto espião. Criminosos de Yuden muitas vezes encontravam refúgio em Bielefeld. Da mesma forma, não era impossível que um criminoso de Bielefeld encontrasse refúgio em Yuden, dependendo da natureza de seu crime. Criminosos de ambos os lados amargavam uma vida assustada ao cruzar a fronteira, mas a justiça severa de ambos os reinos tornava essa uma opção atraente. E, por isso, criminosos dos dois lados eram atraídos para a aldeia fronteiriça de Annvillia.

Bielefeld não podia, por mais que quisessem os cavaleiros da Luz, cruzar a fronteira para caçar seus criminosos. Yuden tinha os seus ainda em seu território, mas sabia que era uma grande inconveniência deslocar homens para Annvillia, apenas para que os fugitivos cruzassem a fronteira e esperassem um pouco, antes de retornar. Caso isso chegasse aos ouvidos do Príncipe Mitkov, era certo que Annvillia iria queimar, culpados e inocentes do mesmo jeito, mas o regente não podia saber detalhes de cada pequena vila em seus domínios. E assim, as informações sobre Annvillia se perdiam em algum lugar nos escalões de poder de Yuden, os relatórios se afogavam em burocracia e gente que não queria ter tanto trabalho.

Além disso, o chefe Ulaf tinha dinheiro suficiente para comprar alguns relatórios míopes.

Ulaf cuspiu um jorro negro de fumo de mascar na poça ao lado de sua cadeira. Coçou um piolho e examinou os rostos subservientes no salão dos guerreiros.

— Eis o que vamos fazer — disse Ulaf.

Thelgarad, o campeão, ergueu-se, deixando a rapariga que estava em seu colo escorregar para o chão. O lado deformado de seu rosto contraiu-se em espasmos, o que era um sinal de raiva, entusiasmo ou, em uma situação muito específica, medo.

— Vamos matá-la — sorriu Thelgarad. O lado direito de seu rosto sorriu, o esquerdo era paralisado num ricto eterno, sem lábios, e quase era um sorriso também.

— Não, não — Ulaf passou os dedos na gordura solidificada no fundo de uma tigela e a usou para alisar os cabelos. — Nós vamos fazer um espetáculo, é o que vamos fazer. Por um dia ou dois, Annvillia vai ser um verdadeiro quartel, as pessoas vão carregar armas e andar de cabeça erguida. Nenhum filho de uma cadela toma um gole de hidromel fora do salão dos guerreiros, e nós falamos uma ou duas bobagens sobre invadir um reino qualquer. Matamos alguém, fingimos uma luta. Então, a clériga vai se sentir satisfeita e ir embora.

Thelgarad parecia ter aumentado de tamanho, estava brilhando de perspectivas, mas desinflou de imediato. Era a solução eterna do chefe Ulaf: acordos, mentiras, meandros, paz.

— Quero as mulheres da taverna a postos para cortar os cabelos dos homens. Fazer a barba deles, também. Quem não usar peles de animais, tranças e esse tipo de aparência primitiva tem que parecer um soldado. E nada de prostitutas, também. — Um dedo parado no ar, os olhos para cima, teve uma ideia: — Pensando melhor, vamos transformar elas em prostitutas militares, o que você acha? Botamos todas em alguma casa grande, não cobramos nada, dizemos que são diversão para as tropas. Militares fazem isso, não é mesmo? Vai funcionar melhor do que fingir que todas são guerreiras ou senhoras respeitáveis.

— Por que não lutamos, Ulaf? — disse Thelgarad.

— Marston — chamou Ulaf, ignorando o campeão. Um homenzinho suado, de idade indefinível e vestes urbanas, se ergueu, gaguejando prontidão. — Calcule quanto dinheiro vamos perder nessa farsa toda. Quero uma projeção de lucros para este mês, contando com todo esse prejuízo. Não esqueça de contar com alguns gastos adicionais em bebida, para apaziguar os mais falastrões, e três, não, quatro dias sem negócios, até que a clériga vá embora.

O homenzinho tomou de pergaminhos, pena, tinta e um ábaco — algo que Thelgarad nunca conseguira compreender — e se pôs a fazer cálculos.

— Ginnia — disse Ulaf, e surgiu uma rapariga bem tratada, gorducha, com brincos e pulseiras. — Consiga-me um martelo de guerra, não, melhor, um machado. Não muito pesado. Traga-me a minha velha capa de pele de urso.

— Não é melhor tentar uma aparência de militar limpo, Ulaf? — sugeriu Ginnia.

— Com mil peidos de Hyninn, é mais convincente, mas pode ser que não tenhamos tempo. Quero estar pronto para a clériga, se ela vier aqui.

Ginnia foi cumprir suas tarefas.

Os homens e mulheres do salão — três guerreiros velhos e um aleijado, e uma porção de prostitutas desiludidas, além de Thelgarad e dos clientes que tinham sido afugentados da taverna por Vanessa — puseram-se em movimento preguiçoso, para botar Annvillia em ordem. Thelgarad ficou de pé, quase sentindo vergonha da altura e dos músculos, olhando o rosto empoado de Ulaf.

— O quê? — disse o chefe.

— Vamos lutar — a voz de Thelgarad saía babosa e airada, por causa do rosto desfigurado. — Por que não matamos a clériga?

— Dinheiro — respondeu Ulaf. — Ela é boa lutadora, já sabemos disso. Vamos perder homens atacando ela. Pessoas vão se assustar e querer fugir da cidade, vão achar que Annvillia é a mesma porcaria que o resto de Yuden.

— Eu luto contra ela. Não vamos perder ninguém.

— Ora, você não é mais o lutador que era, Thel. E mesmo que mate essa sacerdotisa, o que acontece se você se ferir? Hã? Vamos ter que chamar um clérigo para cuidar de você. Um clérigo muito específico, que não faça perguntas e não se importe de entrar no reino escondido. E que não chame a atenção de mais malditos servos de Keenn. Se não conseguirmos, vamos ter que chamar um médico, provavelmente vindo de Salistick. Tem ideia do quanto isso tudo iria custar?

— Para você, tudo é dinheiro.

— Tudo *é* dinheiro. Foi o dinheiro que tirou você da Fortaleza Hardof, lembra?

Thelgarad estremeceu. O lado deformado do rosto se contorceu em espasmos rápidos e incontroláveis.

— Mas se você não estiver gostando daqui — Ulaf fez um gesto amplo, para a porta do salão — tem todo direito de ir embora. Vá a Bielefeld. Ou quem sabe aliste-se no próprio exército de nosso bom reino. Afinal, o Príncipe Mitkov é conhecido por sua tolerância, não é?

Thelgarad deixou os ombros caírem. Coçou um pedaço em carne viva do rosto, que vazava pus e uma espécie de líquido transparente. Ginnia voltou, trazendo uma capa de pele de urso, que entregou ao chefe Ulaf.

— Você ainda se lembra da litania de Keenn, Thel? — disse Ulaf, vestindo a capa. — Acho bom praticar. Na verdade, é bom que nós ensaiemos algumas falas, para fazer bonito na frente da clériga. E então? Acha que passo por um guerreiro?

Thelgarad não sabia se lembrava mais como era um guerreiro de verdade.

Vanessa chutou o banco, segurando firme a ponta da corda. A corda deslizou pela viga de madeira que sustentava o teto. O homem despencou, tentou levar as mãos ao laço, mas o pescoço se partiu instantaneamente. Era a primeira execução que Vanessa realizava, e já fora um sucesso.

— Um estuprador a menos na cidade — ela disse. — Próxima?

Fora uma surpresa quando as prostitutas de Annvillia tinham começado a se reunir na antiga taverna Colina Verde (um nome revoltante, na opinião de Vanessa, e que seria trocado se o lugar algum dia voltasse a ser uma taverna, ao invés do salão de guerreiros da aldeia). Pela tradição, apenas lutadores, clérigos da Guerra e servos podiam ficar no salão. As prostitutas não eram nada daquilo, mas, ao saberem que a clériga recém-chegada prometia justiça yudeniana, haviam surgido como cidadãs.

Vanessa descobrira bastante sobre Annvillia desde que chegara, há quase um dia inteiro. O chefe, Ulaf, era também dono da taverna, empregava as mulheres, vendia bebidas e alucinógenos, e ficava com a maior parte de todo o dinheiro. Enriquecia às custas de foragidos dos dois lados da fronteira. A maioria das prostitutas também era fugitiva, por uma razão ou por outra, mas descobriam que criminosos raramente eram gentis com mulheres de aluguel. Todas já haviam sofrido nas mãos de algum morador da aldeia, e quase todas sofriam com regularidade. A lista de estupradores, assassinos, sádicos e outros canalhas era longa, e Vanessa pretendia fazer a corda trabalhar.

— Aquele — apontou uma garota que não podia ter mais de vinte anos, sem metade dos dentes e com o rosto cheio de marcas de varíola. — Koranwulf. Sempre me escolhe quando tem dinheiro, e sempre me bate. Já quebrou o meu braço duas vezes.

— Cadela mentirosa! — gritou o acusado.

Koranwulf era um homem de braços e pernas longos, cheio de ossos, com um rosto pontudo e olhos de peixe. Tentou atacar a prostituta, mas o guerreiro que havia ficado na taverna após o jogo de dados segurou-o. O homem era agora leal a Vanessa, como se a conhecesse há anos. Chamava-se Aethered e parecia muito satisfeito em viver num clima belicoso.

Vanessa foi até Koranwulf, rosto impassível.

— O que ela diz é verdade?

— Não! É uma cadela mentirosa!

Vanessa deu-lhe um soco.

— Isso foi por erguer a voz. De novo: o que ela diz é verdade?

— Não. Juro que não. Por minha alma.

— Saiba que este salão está sob a proteção de Keenn. Qualquer mentira que for dita aqui será punida pela fúria do Senhor da Guerra. Vou confiar em sua palavra, porque sei que ninguém seria tão imbecil a ponto de desafiar o mais poderoso dos deuses. Mas pergunto só mais uma vez: é verdade?

Koranwulf engoliu. Bolotas de suor emergiam da pele de seu rosto, fazendo estalactites no nariz longo. Vanessa continuava a olhar para ele como se fosse um utensílio quebrado.

— É verdade — disse o homem, em voz sumida.

— Forca.

Aethered arrastou o criminoso, sob luta. Vanessa pôs-lhe o laço no pescoço, e Koranwulf dançou na ponta da corda.

É claro que Vanessa mentira. Não havia nenhum milagre de Keenn na taverna virada em salão. Mas os acusados não tinham estado, até aquele momento, dispostos a arriscar.

E Vanessa já começava a chamar a próxima, e as prostitutas competiam para expor suas queixas e acusações, quando três batidas fortes tremeram a porta, e todo um lado da taverna. O taverneiro sem nariz abriu, e na soleira apareceram dois homens.

O primeiro era uma confusão de pele de urso e ornamentos rústicos. Não era alto, e nem parecia muito forte, mas tinha um orgulho confiante e olhos de superioridade. A pele do rosto era frouxa, mas por trás havia uma mandíbula quadrada. Os lábios eram dois riscos pálidos. Os braços, cruzados à frente do tronco largo, tinham braceletes grossos de ouro.

— Sou Ulaf, filho de Gunnar, chefe da aldeia de Annvillia — mentiu. Seu nome era Ulaf e ele era o chefe, mas não fazia ideia de quem fosse seu pai.

O segundo homem era um gigante, teria de se abaixar para passar na porta, e seus músculos, mesmo inchados como melões, pareciam pequenos e delgados, por causa da altura extraordinária. Vestia muito pouco, apenas um saiote de bronze e sandálias trançadas até as canelas. Tinha muitos ornamentos de ferro, ouro e pedras preciosas, e também um olho seco que pendia de seu pescoço em uma tira de couro. No entanto, o que chamava a atenção era a horrenda deformidade de todo o lado esquerdo do corpo. A pele havia, de alguma forma, sido arrancada de metade do rosto. Em outros pontos, era como se tivesse sido queimado, e a carne se houvesse derretido. Não tinha lábios ou bochecha do lado esquerdo, mas o olho havia milagrosamente escapado. A mesma aparência descia por todo o lado esquerdo de seu corpo, em protuberâncias de carne viva, tiras sangrentas penduradas e pedaços de ossos surgindo por detrás da carne. Boa parte de seu braço esquerdo era apenas esqueleto. No entanto, ele não demonstrava qualquer dor.

— Este é meu campeão — disse Ulaf. — Thelgarad, o Belo. E este — moveu o corpo para dar lugar ao velho que Vanessa enxergara antes, dormindo no vômito — é Angrel, clérigo de Keenn. Somos a autoridade em Annvillia.

— Ou eram — disse Vanessa.

— *Lady* Vanessa Drake, eu suponho? Temos alguns assuntos a conversar. E talvez muitos assuntos a lutar, pelo machado de Keenn!

A garganta de Ulaf doeu, por forçar a voz.

Não havia nada de especial em Frederic Illsian. Era um nativo de Ahlen, o Reino da Intriga, e intriga era o que ele fazia. Nascera com a esperteza dos ahlenienses, treinara-a desde a infância, e nunca desenvolvera qualquer escrúpulo mais forte que um punhado de Tibares. O que era comum, e esperado. Frederic Illsian não era especialmente fraco, ou covarde, ou especialmente nada. Mas odiava lutas. Foi então com uma certa dose de ironia que entrou para o negócio de venda de armas.

Frederic nunca ascendera em Ahlen, e nunca sossegara em qualquer atividade. Vivia à espera do grande golpe que iria deixá-lo rico. Viajava, metia-se em um trambique e em outro, e conheceu um homem chamado Rhaeldred, que acabou se tornando seu sócio. Rhaeldred era nativo de Yuden, pertencera ao exército mas desejava mais lucro. Arrastava consigo uma mulher temerosa e um filho de treze anos, que parecia ter vinte.

Frederic tinha astúcia, e uma boa quantidade de dinheiro acumulado. Rhaeldred tinha contatos em Yuden. Através de um esquema complicado, os dois começaram a roubar armas do exército de Yuden. As armas de qualidade, vindas de Zakharov, eram repassadas para a dupla, que as vendia a companhias mercenárias e bandos diversos. Frederic e Rhaeldred compravam armas muito inferiores e substituíam as que haviam vendido. Uma longa cadeia de receptadores, intermediários, transportadores, oficiais e burocratas lucrava com aquilo, e os sócios demoravam a enriquecer. A esposa de Rhaeldred vivia em pavor, e o filho, que só se tornava mais alto e musculoso a cada ano, tinha poucas inclinações mercantis, e muito entusiasmo guerreiro. Era um yudeniano legítimo.

Assim, Frederic Illsian, que odiava lutas, acabou se estabelecendo em Yuden, o Exército com uma Nação.

Ele e Rhaeldred cansavam-se de empilhar moeda por moeda. Queriam enriquecer em um único lance extraordinário. Começaram a planejar um grande golpe, um carregamento gigantesco das melhores armas de Zakharov, cujos lucros tomariam todos para si mesmos. Nenhum dos outros inúmeros participantes da tramoia jamais ficaria sabendo, e eles fugiriam para um reino longínquo e tolerante. Mas, assim como Frederic e Rhaeldred, eram todos os vigaristas. Enquanto eles ainda arquitetavam o plano, um oficial medíocre pôs em prática o seu. Falhou; não recebeu os lucros e ainda foi pego. Sob tortura, revelou os nomes de todos os participantes na corrente, e a justiça de Yuden, dessa vez com as melhores armas do Reinado, caiu sobre eles.

Dispersaram-se como ratos. Um a um, iam caindo os ladrões. Frederic achou por bem separar-se de Rhaeldred e sua família, mas tarde demais. O exército de Yuden achou-os num esconderijo nos ermos. Rhaeldred ainda tinha fervura yudeniana em seu sangue, e resistiu. Sua esposa tentou arrastá-lo, implorou que fugisse. Ambos foram mortos (ele com o rosto afundado por um martelo de guerra, ela com o peito dividido e o seio à mostra, por uma espada de duas mãos).

O filho de Rhaeldred era mais yudeniano que o pai, mais yudeniano que os soldados, e entrou em uma fúria apavorante. Com meros dezesseis anos, era um monstro de força e tamanho, enfrentou os primeiros soldados de mãos vazias, matou-os e tomou suas armas, enfrentou a onda seguinte, que matou também. Arrancou cabeças, partiu espinhas com o pé, quebrou pescoços com o cotovelo.

Deu chance de Frederic escapar.

Sem dinheiro e sem sócios, Frederic Illsian não tinha muito a fazer por si mesmo. Quase morto de fome, conseguiu cruzar a fronteira com Bielefeld, o que significou apenas um outro tipo de perseguição. Frederic teve alguns anos ruins.

O filho de Rhaeldred teve anos bem piores.

Em Yuden, os únicos criminosos de sorte eram os que escapavam, como Frederic. Aqueles só um pouco azarados morriam, com mais ou menos dor, de acordo com a ofensa e o humor do carrasco. Aqueles realmente azarados morriam sob tortura, fosse porque sabiam de algo, fosse porque as autoridades achavam que eles sabiam, ou porque seu crime era especialmente hediondo. Mas os mais desafortunados criminosos de Yuden, aqueles que eram amaldiçoados por quaisquer deuses e quaisquer juízes, não morriam. Eles iam para a Fortaleza Hardof.

E foi isso o que aconteceu com Thelgarad, o filho de Rhaeldred.

Muitos boatos e histórias de horror cercavam a pior prisão de Arton. Chamada de fortaleza porque fora construída inexpugnável, mas não contra invasões: era fácil entrar em Hardof, impossível sair. Alguns criminosos riam. Perguntavam: se ninguém nunca havia saído de lá, então de onde vinham os boatos? As histórias falavam de carcereiros-demônios em Hardof. Que as celas da prisão eram poços para dimensões infernais. Que os prisioneiros nunca morriam, eram mantidos vivos pelos guardas e sofriam torturas nos corpos e nas almas, piores do que qualquer coisa que um artoniano pudesse infligir. Diziam que, em Hardof, os prisioneiros nunca comiam e nunca bebiam, mas nunca deixavam de sentir fome e sede. Eram apresentados a seus maiores desejos, confrontados com suas gentes mais queridas, apenas para tê-los negados, vê-las mortas. Em Hardof, diziam, podia-se morrer cem vezes por dia, sem nunca morrer de verdade. Podia-se sentir todas as agonias do espírito. Podia-se ser violado de todas as formas, forçado a cometer os atos mais degradantes. Podia-se viver dez anos, enquanto no mundo passara-se um mês.

Thelgarad descobriu que não havia uma sílaba de ficção nas histórias da Fortaleza Hardof. Ele matara soldados. Criminoso contra o exército. Era o tipo mais odiado. Houve festa entre os demônios quando ele chegou.

Frederic cansara da vida fugitiva. Teve várias ideias ao longo dos anos, mas a melhor de todas lhe veio um dia, quando atravessava mais uma vez a fronteira entre Yuden e Bielefeld. Tomaria o controle de uma daquelas aldeias. Ganharia dinheiro com outros fugitivos, como ele, que precisavam de algum lugar seguro para beber e copular.

Em busca de uma aura de respeitabilidade, Frederic fez-se chefe, e mudou seu nome para Ulaf (que pensava ser um nome apropriadamente yudeniano). Decidiu que precisava de um campeão, e se lembrou do filho de Rhaeldred.

Talvez fosse verdade que ninguém nunca saíra da Fortaleza Hardof, e então Thelgarad foi o primeiro. Ou, talvez, outros tivessem saído ao longo dos anos, mas os casos haviam sido abafados. O fato era que demônios não eram sócios leais, e faziam pactos. Bruxos, que eram experientes em negociar com demônios, podiam ser comprados com ouro. E assim, Frederic, agora Ulaf, comprou a liberdade de Thelgarad.

O garoto tinha virado uma monstruosidade. Mas, por isso mesmo, ainda mais feroz. Não foi difícil tomar o poder em Annvillia. Thelgarad matou o clérigo de Keenn que havia na aldeia, e Ulaf trouxe um ex-clérigo bêbado e desgraçado para tomar o seu lugar. Os soldados que viviam lá não relutaram em aceitar ouro, o que provava a teoria de Frederic, de que o Tibar era mais forte que o machado.

Thelgarad, desde criança, só quisera ser guerreiro. Nunca estivera tão feliz quanto no momento em que lutara com os soldados, vingando seu pai, ou quando matou o antigo campeão de Annvillia. Agora ele próprio campeão. E afundou numa vida de escroque, como o pai.

Quando tinha arrependimentos, Ulaf dizia-lhe:

— Thel, eu tirei você daquele inferno! Não acredito que possa pensar em me abandonar. Mas vá em frente. Pense no sacrifício que eu fiz, no sacrifício que seu pai fez, e vá em frente.

Assim se formou Annvillia. Os criminosos da fronteira tinham um bordel bem fornido de mulheres e uma taverna bem suprida de hidromel. Os soldados tinham ouro e cortesias. Frederic tinha Ulaf, sua nova identidade de chefe próspero.

Thelgarad tinha esperança de um dia lutar de novo.

Vanessa mediu o chefe Ulaf — encontrou uma medida de fraqueza.

Thelgarad era algo bem diferente. Havia no homem (pouco mais que um rapaz) um tipo de raiva mal-contida, borbulhando logo abaixo da superfície. O desejo de luta era uma brasa envolta em camadas e camadas de cobertores feitos de conivência, palavras e adulações: podia ser que a brasa se apagasse, de tão abafada, ou podia ser que queimasse os invólucros. Também exalava um cheiro de enxofre, pela carne úmida do lado esquerdo, o que contribuía com sua aparência sinistra.

— Ulaf, a taverna está sob a proteção de Keenn! — disse, alarmado, um dos homens acusados pelas prostitutas.

Ulaf examinou Vanessa com seus olhos matreiros. Blefe de guerreira contra blefe de vigarista.

— Mais respeito, Derkulf — disse o chefe, engrossando a voz. — Sou Ulaf, filho de Gunnar, e seu senhor!

— Ulaf, você sempre me chamou de Moleza...

O chefe fez uma careta.

— Thelgarad, mate esse poltrão.

Thelgarad deu só um passo, e Vanessa fez menção de intervir. Mas o braço do rapaz era longo, e ele deu um soco poderoso no pescoço de Derkulf, esmagando sua laringe. O homem caiu morto num instante.

Ulaf fez um rápido cálculo de prejuízos.

— Acho que a Colina Verde não está sob a proteção de Keenn — disse Ulaf, fixando Vanessa. — Acho que a senhora está blefando.

Enganação era o campo de batalha de Ulaf.

— Este agora é o salão dos guerreiros de Annvillia — disse Vanessa. — Que espécie de nome é "Colina Verde", para uma taverna em Yuden?

— Bem se vê que a senhora não conhece a tradição gloriosa de nosso reino. O velho dito yudeniano fala que "Bendita é a colina verde, para que possamos tingi-la com o vermelho dos inimigos". — Ulaf orgulhou-se da inspiração súbita que o levara a criar aquilo sem hesitar.

— De qualquer modo, Annvillia é patética — Vanessa segurou o cabo da maça. — Nunca vi um ajuntamento tão lamentável de ovelhas. Há algum guerreiro na aldeia, chefe caído? Há alguém sóbrio?

Ulaf bateu com a lâmina do machado no piso da taverna, fingindo indignação.

— Depois de uma vitória gloriosa, como a que tivemos em nossa última batalha, o povo de Annvillia comemora! Guerreiros precisam de hidromel e sexo, *lady* Vanessa. E guerreiros de Yuden são mais homens que todos, e precisam de ainda mais bebida e vaginas.

— Vitória? Batalha?

— Tragam a cabeça do último prisioneiro!

Obedientemente, um homem vestido em uma armadura desconfortável trazia, cheio de nojo, uma cabeça decepada. Pertencera a alguém chamado

Simas, que tirara a palha menor no sorteio realizado horas antes. Que belo espetáculo, pensou Ulaf.

— Aí está o último resquício dos mercenários que ousaram nos insultar — disse Ulaf. — Executamos o desgraçado ontem pela manhã, e demos sua cabeça para que as crianças brincassem! O Bando do Chacal — orgulhava-se de ter inventado aquele nome — agora se arrepende de ter cruzado Annvillia, no Reino de Keenn!

Terminou o discurso cuspindo no chão.

— Deixe eu ver suas mãos, chefe Ulaf.

Ele deu um rosnado pouco convincente de ofendido.

— Suas mãos — repetiu Vanessa. — Não me parecem calejadas, de cabos de arma. Parecem-me mãos de contar dinheiro. Estou certa?

— Mulher, não vou mostrar-lhe minhas mãos em minha própria aldeia.

— Acho que as únicas manchas que você já teve na roupa foram de tinta, Ulaf, e não de sangue. Acho que você é um ladrão, um aproveitador e cúmplice de fugitivos variados, mas não um guerreiro.

Ulaf já se arrependia de ter tentado dialogar com a clériga. Agora podia ser tarde demais, os homens estavam com medo porque ela falava grosso e tagarelara sobre o Deus da Guerra, e talvez não quisessem atacá-la. Ele teria de contar só com Thelgarad. Tentou fazer uma estimativa dos custos de trazer um médico de Salistick, e da dificuldade de conseguir um campeão novo e igualmente bovino, caso ele morresse.

— *Lady* Vanessa — tentou ainda o chefe. — Olhe mais uma vez nossas ruas, e verá que o povo de Annvillia já retornou ao seu estado normal de disciplina e prontidão. O que a senhora viu ontem foram os últimos estertores de uma comemoração sangrenta. Não pode nos julgar por isso.

— Então agora um chefe yudeniano está se justificando e implorando para uma estrangeira? — Vanessa grunhiu uma risada. — Bela merda de chefe.

"Já chega, é hora de mandar os outros lutarem", pensou Ulaf. Mas Vanessa disse:

— Você! Clérigo!

Apontou para o velho, ainda com aparência de bêbado. Ele sorriu sem dentes ou compreensão.

— Seu chefe tem razão. Annvillia é um bom lugar, e merece ser abençoado. Recite a litania de Keenn comigo.

— Não, seu imbecil! — disse Ulaf.

Mas o clérigo:

— A morte... A vida... Quero matar meus inimigos, eu acho. Começa assim?

— Esta aldeia está desgraçada — disse Vanessa. Andou em estrondos para o velho, segurou sua cabeça sarapintada em uma mão. — Você renegou o Deus da Guerra. Está condenado. Eu lhe ofereço redenção, biltre, ofereço-lhe força! Aceite e lute!

E aquilo não era um blefe. A taverna feita salão se encheu de calor inquieto, o ar tomou uma coloração flamejante, o ex-clérigo berrou, e sua voz esganiçada tornou-se aos poucos um urro.

Caiu no chão, mas piscava, como vendo o mundo pela primeira vez.

— Já chega — disse ele, erguendo-se com dificuldade. — Pelo amor da guerra, o que fiz com minha vida?

— Eu quis fazer a paz — disse Ulaf. — Agora é hora de lutar, vaca.

Vanessa sorriu. Nunca ouvira palavras tão verdadeiras.

— Keenn! — disse Vanessa.

— Keenn! — disse o velho clérigo.

— Keenn! — disse Thelgarad.

Rindo, chorando, ele atacou.

O Deus da Guerra teve um banquete em Annvillia.

Thelgarad soltou um urro gutural, aterrorizante. O taverneiro sem nariz sentiu o coração lhe falhar, e morreu só por ouvi-lo. Thelgarad saltou, arrancou o machado das mãos de Ulaf, descreveu um arco enorme com a arma. Erguendo-o para golpear Vanessa, cortou o estômago de um homem aleatório, destruiu um pedaço do telhado da taverna. Desceu a lâmina com tanta força que o chão se abriu numa rachadura enorme, mas Vanessa pulou para longe.

O velho clérigo tinha pego uma faca de cozinha, e atacava Vanessa, as prostitutas ou qualquer um, num frenesi em que a luta era o único objetivo. A verdadeira pureza da Guerra.

Vanessa tentou golpear Thelgarad, mas o gigantesco guerreiro mantinha-a longe, com um alcance formidável e cortes rápidos. Matou mais alguém por acidente, e as pessoas saíram correndo e gritando da taverna, enquanto o velho clérigo ria. Thelgarad errou mais dois golpes, acertou uma parede e a destruiu. Vanessa teve de recuar, ele deu-lhe um chute no estômago e um corte que acertou, de raspão, no peito. O machado desceu de novo, partiu em dois o balcão e o cadáver do taverneiro. Vanessa pulou pela parede destruída, saindo à rua.

Lá fora, impressionou-se com a farsa que o tal Ulaf tinha preparado. As pessoas tinham cabelos cortados e armas na cintura, e pareciam crianças brincando de exército. Exceto porque corriam da fúria do campeão.

Thelgarad deu um passo monumental, e já estava à metade da distância de Vanessa. Ela fez uma oração rápida, e uma coluna de chamas engolfou o guerreiro deformado. Thelgarad berrou, mas então não era um berro: uma risada bestial.

— Pai, estou indo! Pai, estou em Yuden!

Mais um passo de titã, e enterrou a lâmina onde, há um respiro, estivera o pé de Vanessa. Thelgarad pusera tanta força no golpe que a lâmina do machado se quebrou.

Vanessa aproveitou o instante, mexeu numa algibeira e arremessou um punhado de dardos em Thelgarad. Perfuraram rosto, peito, virilha, no lado são e no lado horrendo, mas o guerreiro ignorou. Thelgarad olhou o cabo do machado e o arremessou contra Vanessa, como se fosse uma lança. A clériga se esquivou, e a arma quebrada encontrou uma cabeça que fugia, matando mais alguém que não lutava.

Alguns homens combatiam o velho clérigo, que dançava em meio à luta.

Vanessa correu para Thelgarad, atacou. A maça de guerra encontrou um joelho, a clériga ouviu nítido o som do osso se esfacelando.

Thelgarad continuava de pé. A junta mole, mas o corpo não acreditava.

Ele firmou as mãos na grande viga que sustentava a parede de uma casa, puxou e a arrancou. O teto da construção desabou, matando mais. Thelgarad girou a viga, acertando Vanessa de lado, mandando-a voar e aterrissar na lama.

— *Keenn, faça-me rugir com sua ira* — disse Vanessa. Em seguida, escancarou a boca, e um som terrível, como uma centena de leões, fez estremecer a aldeia, atingindo Thelgarad como um aríete.

Os ouvidos dele sangraram, mas ele correu e golpeou com a viga.

Vanessa rolou, evitou o golpe. Mais um, e mais um, e rezou por força e resistência. Ergueu-se de um salto, brilhando vermelha com a energia divina de Keenn, e foi atingida em cheio, no ombro.

Sentiu coisas quebrando, coisas se amassando e saindo de lugar, e pele rasgando. Achou que teria desmaiado, não fosse o vigor que o deus lhe emprestara. Recuou, não querendo olhar a ferida, e tocou na carne dilacerada, orando pelo milagre da cura. Keenn odiava curar, mas fechar aquele ferimento garantiria que outros fossem abertos.

Vanessa golpeou com a maça, acertou o campeão com toda a força entre as pernas, pulou e desceu a arma sobre o crânio de Thelgarad, sem efeito. E quase foi atingida mais vezes, pela descomunal clava do adversário, até que foi mesmo, e sentiu o braço quebrar e a maça cair da mão sem força. Pensou em orar por cura, mas:

— Sua maricas, não aguenta nem um braço quebrado? — disse para si mesma.

E usou o poder de Keenn para queimar, cegar, enviar machados e martelos ectoplásmicos contra Thelgarad. A pele e a carne viva continuavam firmes.

E Vanessa percebeu que estava exausta. Lutando com um só braço, um só olho, esgotando a energia que Keenn lhe emprestara e a paciência do deus, com milagres inúteis. Perdia. Não havia condição de vitória.

"Se não há condição de vitória, crie uma condição", lembrou-se.

E teve uma ideia.

Thelgarad subiu e desceu a viga-clava, espirrando lama que era como o sangue de Annvillia, aldeia que aprendia a ser yudeniana. Vanessa correu para ele, o braço pendente, o outro estendido, a maça no chão, esquecida. Abaixou a cabeça sob um golpe, sentiu os cabelos atingidos. Uma golfada de enxofre quando chegou a centímetros de Thelgarad, a carne deformada purgando-lhe no rosto. Encostou no peito horrendo do guerreiro.

— *Keenn, conceda-lhe a vida.*

O milagre superior dos clérigos, o milagre desprezado por Keenn: a cura. Uma luz branca, incongruente, brilhou na mão de Vanessa. A cura fez a carne borbulhar, chiar e derreter. O guerreiro berrou, largou a viga, levou as mãos à cabeça. Lágrimas grossas (um lado transparente, e o outro vermelho) pingavam na lama.

— *Keenn, conceda-lhe a vida.*

As costelas deformadas, aparentes de Thelgarad esfarelavam com o poder da cura. Ele deitou no chão, contorcendo-se de agonia.

Vanessa se ajoelhou sobre ele. Tocou-lhe, gentil, o lado deformado da cabeça.

— *Keenn, conceda-lhe a vida. Conceda-lhe a morte.*

A carne e o osso ferveram, borbulharam, pareceram xingar Vanessa. Começaram a se desfazer em líquido, em pus e em sangue. Thelgarad gemeu mais uma vez, estrebuchou, já quase sem um lado inteiro do corpo. Vanessa notou que ele sussurrava algo. Aproximou o ouvido.

— *Sou yudeniano?* — perguntava o rapaz.

— É — disse ela.

Thelgarad agradeceu mordendo-lhe a orelha, arrancando um pedaço. Vanessa disse uma praga, conseguiu se soltar.

Mas Thelgarad morrera.

Annvillia estava meio quebrada, e atapetada de corpos. O velho clérigo ofegava, parecia à beira de um colapso. Ainda tinha a faca de cozinha na mão.

— O chefe Ulaf deve ter fugido — disse ele, caçando o fôlego.

— Acho que não. Gente como ele costuma se esconder.

E surgiu também Aethered, que Vanessa conhecera jogando dados, e que decidira apoiá-la desde o começo. Tinha uma espada, que estava bela por suja de sangue. Algumas prostitutas também tinham lutado, e aproveitado para se vingar de ofensas antigas. Todos se juntaram, procurando Ulaf. Como Vanessa previra, o chefe tinha se escondido, no porão da oficina de um oleiro.

Vanessa jogou o chefe na lama, no meio do círculo de julgamento que eram os sobreviventes de Annvillia, os verdadeiros yudenianos.

— Já sei de tudo sobre você, Ulaf — disse Vanessa, cuspindo no homem. — Se é que este é mesmo o seu nome. Talvez eu não saiba detalhes, mas sei do que preciso. Sei que ajudou fugitivos, e sei que tirou alguém da Fortaleza Hardof. Reze para morrer, monte de estrume.

— Não vou lhe dar a satisfação — disse Ulaf, sujo de barro e exalando um cheiro de urina do meio das pernas. — Você é como todos os guerreiros e soldados. Quer que eu fale alguma coisa, para responder com uma frase de efeito e se sentir poderosa. Pois vá para o inferno, cadela, é só o que eu digo.

— Não vai tentar me subornar? — disse Vanessa, uma sobrancelha erguida.

Ulaf riu, apoiando-se em um cotovelo.

— Vocês, servos de Keenn, são idiotas. Não pensam em dinheiro, só querem saber de guerra. Como eu disse, não vou lhe dar a satisfação.

— Então, apronte-se para morrer.

— Eu culpo os bardos.

Pausa.

— Bardos? — disse Vanessa.

— Isso mesmo, os bardos, e todas as suas canções, histórias e sagas heroicas. Nelas, o herói é sempre um guerreiro, e o vilão é um mago ou outro tipo inteligente e ardiloso. Se alguém fosse contar a história de Annvillia, como realmente foi, eu seria o herói. Quis resolver as coisas sem derramar sangue. Mas você teve que lutar. Teve que causar mortes. Como os heróis das histórias. Diabos, é culpa dos bardos. É como se fosse bom ser forte, e um crime ser inteligente.

— Bom é ser forte e inteligente, como eu — disse Vanessa.

Pisou-lhe no pescoço, e ouviu um estalo alto.

A história de Annvillia foi contada por Vanessa. Envolvia uma fuga de Hardof, e uma falha na lei de Yuden. Era grande o bastante. Impressionou a capital, abriu portas. Tinha sido, em verdade, exatamente o tipo de problema de que ela precisara. A cidade descoberta por Wayne Bogart, o desconhecido que ela encontrara na estrada, levou a clériga ao seu objetivo. Vanessa encontrou o Príncipe Mitkov.

— Majestade — disse ela, curvando-se.

Mitkov fechou o punho.

— *Alteza* — corrigiu ele. — Não sou casado, portanto não sou rei.

— Ainda.

Mitkov matara homens por muito menos, mas aquilo aplacou sua fúria. Interesse.

— Por favor, Alteza, imploro que me ouça.

E Mitkov ouviu.

CAPÍTULO 15

HISTÓRIAS DE GUERRA

O ESTANDARTE DO CORVO TREMULAVA, OLHANDO PARA Yuden. O exército de Bielefeld estava parado na fronteira.

Aqueles eram dias de chutar os calcanhares. Depois do torneio, depois das cerimônias, dos planos, da despedida festiva e tensa em Norm, o exército liderado por cavaleiros esperava, de alguma forma, encontrar logo de súbito um combate, um inimigo, um heroísmo. Era assim nas histórias. Mas a verdade era que muita viagem ainda lhes aguardava. E o pior: espera. Eles estavam estacionados na fronteira com Yuden, porque ainda não tinham recebido permissão de cruzar o reino. Mais de dez mil almas entediadas e apreensivas. Não havia nada de heroico no ócio.

— Eu digo que devemos marchar, lorde Orion — proclamou *sir* Boslen, um oficial com título nobre. — Mostraremos a Yuden que a Ordem da Luz não os teme, eh? Um pouco da boa e velha audácia de Bielefeld.

Orion ficou observando o homem, como se nunca o houvesse visto. O Cavaleiro da Nuvem Negra vestia uma túnica simples e calças de camponês, pois o Deus-Sol parecia disposto a cozinhar o exército em bafo. *Sir* Boslen trajava sua armadura completa, sempre, todos os dias.

— Preciso determinar que tipo de homem você é — disse Orion.

Os dois estavam em um grupo montado, à frente dos batalhões e do acampamento, olhando para o reino de Yuden como se pudessem fazer surgir um emissário por simples força de vontade. Orion e o oficial, e *sir* Pelvas e Trebane. Havia outros nobres, e Darien, afastado uns metros.

— Faça as perguntas que quiser, *sir*, e verá o tipo de homem que sou.

— O oficial empertigou-se no cavalo.

— Pretende liderar uma carga de cavalaria contra Yuden?

— Mas é claro! — entusiasmou-se o homem. — Se Bielefeld chamar, este cavaleiro não irá hesitar.

— Ótimo, então você é apenas um idiota — disse Orion. — Se pretendesse ficar longe, e mandar os homens para morrer, seria idiota e covarde, e talvez sádico.

Trebane explodiu numa gargalhada. Pelvas disfarçou o riso com a mão.

— Nós não queremos mais inimigos — continuou Orion, sem mover o rosto. — Não vamos jogar a sua vida fora, e nem a de mais ninguém. Não vamos marchar por Yuden sem consentimento, porque isso seria uma invasão e um ato de guerra.

— Lorde Orion, o que faremos se Yuden nos recusar passagem? — exclamou Boslen.

— Voltaremos e arranjaremos um outro jeito.

Sir Boslen balançou a cabeça. Aquele não era o modo de Bielefeld.

Na verdade, aquele era o modo de Bielefeld já há muitos anos. O modo de *sir* Boslen era o tipo de atitude que, outrora, tinha custado a Bielefeld a ira de um dragão-rei. Mas o oficial não parecia se importar muito com a história de seu reino.

— Diga-me algo, *sir* — Orion falou de novo. — Usa sempre essa armadura?

— Sempre!

— Então deve estar com fungos, certo?

O homem adquiriu uma coloração de vermelho profundo.

— Vá ver um clérigo a respeito disso — recomendou Orion. — E tire a armadura. Os dias estão muito quentes.

Foi o fim da conversa com *sir* Boslen.

Orion desgrudou-se dos oficiais e nobres, e cavalgou com Trebane, Pelvas e Darien ao longo da fronteira, e depois por entre os acampamentos. A região tinha pouco mais a oferecer que planícies, e nada para fazer sombra contra a fúria de Azgher. Eles tinham cruzado boa parte de Bielefeld, passado por bosques, cidades e marcos importantes, históricos ou mágicos no reino. Ali, na fronteira, tudo era uma monotonia verde e árida. Era quase difícil pensar que, atravessando poucas centenas de metros, o exército estaria mesmo em um território perigoso e possivelmente hostil.

Os soldados lutavam para ocupar o tempo. Na verdade, teriam muitas boas ideias sobre o que fazer com tamanha quantidade de ócio, mas seus sargentos cuidavam para que tais passatempos, que incluíam jogo e bebedeira, não imperassem. Enchiam o dia dos homens com demoradas tarefas de utilidade duvidosa.

— Eu não invejo esses soldados — disse *sir* Pelvas, o Cão que Cavalga, quando o grupo fez uma pausa, longe dos ouvidos.

— É a vida no exército — disse Orion.

— A vida dos humanos é sempre assim — Trebane grunhiu um riso de desaprovação. — Fazer o que os outros mandam, o tempo todo.

— Eles devem estar apavorados com a ideia de combate — disse Pelvas. — Sabem que muitos irão morrer. Devem estar felizes em postergar isso um pouco.

Orion fez que não.

— As pessoas sempre falam dos pobres soldados — disse Orion —, dos garotos que vão para a guerra. As histórias de guerra (e essas histórias são quase sempre escritas por um maldito *civil*) falam de despedidas, de mulheres chorando, de uns meninos que só querem tocar sua vida em paz.

Os outros olhavam-no. Os olhos de pedra de *sir* Orion estavam perdidos na distância da fronteira.

— O que as histórias não falam — continuou — é que muitos desses garotos não querem nada mais do que uma boa guerra, Pelvas. Eles não entram no exército ou na cavalaria para viver em paz. E uma guerra lhes dá toda a permissão do mundo para viajar, ficar com seus amigos o tempo todo, ser um pouco selvagens. É claro que eles não vão dizer isso para suas mães ou namoradas, mas estão loucos pela carga, loucos pela parede de escudos. Eles estão loucos para lutar, Pelvas.

Riu.

— Para esses rapazes, a coluna da União Púrpura foi a melhor coisa que já aconteceu em suas vidas.

— Bem, se isso não merece um brinde, então não sei o que merece — disse Trebane, erguendo um odre.

De noite. Ainda espera, e boatos, e tarefas.

Os cavaleiros ficavam recolhidos em seus grupos, conversando ou trocando bravatas. Os oficiais, que muitas vezes também eram cavaleiros ou mesmo nobres, tinham seu quinhão de trabalho, que em geral passavam adiante, aos subordinados. Os soldados conviviam numa harmonia tosca, rindo e falando mal dos superiores. Os escudeiros existiam num limbo, à parte de todos os outros.

Por princípio, deveriam ficar perto de seus senhores cavaleiros, atendendo a qualquer vontade ou ordem. Mas nem uns e nem outros queriam tanta proximidade obsessiva. E os escudeiros também não eram aceitos entre os soldados, que os viam como crianças mimadas prontas a se sagrar e começar a distribuir ordens. Portanto, os escudeiros costumavam reunir-se entre si mesmos, quando tinham um descanso de suas obrigações ou quando seus senhores ocupavam-se de atividades que um escudeiro não deveria presenciar.

Darien vagava pelas fogueiras. Havia um limite para a quantidade de horas que podia aguentar com *sir* Orion Drake. Tinha de admitir que o cavaleiro não era de todo mau; ensinara-lhe uma coisa ou duas com a espada, e colocava os nobres mais empolados em seus devidos lugares. Mas era sério como um funeral, e se preocupava o tempo todo. Nisso, lembrava Vincent.

Darien forçou-se a tirar o amigo da cabeça. O filho da mãe iria ficar bem à vontade com os malditos cavaleiros da Luz, isso era certo, e talvez sua memória estrategicamente não voltasse nunca mais, e que droga de doença ou bênção ou bruxaria era aquela, afinal? Darien forçou-se a tirar Vincent da cabeça com um pouco mais de afinco.

E, de qualquer jeito, ele estava perdido no meio dos grupos de homens. Embora fosse escudeiro, compartilhava um pouco da opinião dos soldados — muitos escudeiros eram apenas miniaturas de nobres pomposos. E muitos eram crianças, ainda. Darien chutava pedras, sem ninguém para conversar. Avistou um grupo reunido em torno de uma fogueira — quatro escudeiros, nenhum deles uma criança, e nos dias anteriores não tinham parecido esnobes. Decidiu se aproximar.

— Posso sentar com vocês? — disse Darien.

Um rapaz de cabelos castanhos lisos, cortados como uma cuia, olhou para cima e respondeu:

— Só se você não contar ao seu senhor do hidromel que temos.

— *Vocês têm hidromel?*

Para Darien, era o que bastava para uma amizade instantânea.

— Bolas de Khalmyr, você é o escudeiro de *sir* Orion! — disse outro escudeiro, um rapaz baixote de longo nariz quebrado.

— Ah, ótimo, aposto que vamos todos tomar uma surra de chicote — emendou um terceiro.

— Acho que não — disse o primeiro rapaz. — Dizem que o escudeiro de *sir* Orion costumava ser bandoleiro.

— Chefe bandoleiro — corrigiu Darien, o sorriso mascarando as lembranças.

— Então já deve ter feito coisa pior que beber hidromel. Pode sentar aí. Meu nome é Richard.

Darien sentou-se, e não demorou mais de uma rodada do odre de hidromel para descobrir os nomes e as curtas histórias de vida daqueles jovens. Richard, o que falara primeiro, era filho de um nobre decadente, que esperava empregá-lo na família de seu atual senhor e se livrar da boca a mais para alimentar. Fredecald, o baixote de nariz comprido, fora apostado por seu pai num jogo de dados, e agora pagava a derrota paterna servindo a um cavaleiro cruel e exigente. O terceiro rapaz, que estivera preocupado com uma surra de chicote, era algo gorducho, o que lhe garantia a inimizade dos soldados, que viviam sempre com fome e viam qualquer sinal de barriga como uma afronta pessoal. Seu nome era Timothy, e ele servia, fardo dos fardos, a seu avô. O velho considerava-se ainda apto a lutar, embora a cada manhã precisasse de ajuda para subir no cavalo. Esquecia-se de onde estava e de qual guerra era aquela, e chamava Timothy por uma miríade de nomes diferentes. O último, que não se manifestara e quase não falava, era Asmien, que servia a seu irmão mais velho, e suspeitava que fosse continuar ainda muito tempo como escudeiro, pois seu senhor gostava do arranjo.

— Em geral, Dimas fica conosco — disse Richard, passando o odre. — Ele serve ao irmão da garota com quem quer casar. Acho que o coitado vai acabar morrendo nas mãos de seu senhor, antes de conquistar a rapariga.

— E o pior — emendou Fredecald — é que metade dos escudeiros deste exército já embainhou suas espadas nela, se é que você me entende.

Todos riram.

— Darien, é isso? — disse Richard.

Darien confirmou.

— Darien, conte-nos então a sua história. Como um bandoleiro se torna escudeiro?

Darien contou sobre a emboscada. Omitiu as mortes e Vincent.

— Ouvi dizer que aquele novo cavaleiro era seu amigo — disse Timothy. — Como era o nome dele? Vincent! *Sir* Vincent Gherald.

— Então — disse Darien —, o que vocês me contam de seus senhores?

— Eu fiz uma pergunta — insistiu Timothy. Richard deu-lhe uma gentil cotovelada.

— Ele não sabe quando parar de falar — disse Richard.

Darien ficou calado.

— Mas você pode nos contar algo — era Fredecald. — Sobre *sir* Orion.

— O que tem ele? — Darien bebeu um gole.

— Que tipo de homem ele é? Venceu o torneio, e nem parece ter ficado feliz. Anda sempre soturno, como se tivesse um goblin enfiado no traseiro.

— E existem histórias — disse Richard.

— Histórias? — Darien chegou mais perto.

— Todos contam histórias de *sir* Orion. Agora, principalmente, mas também antes. Toda a conversa sobre ele ser bastardo. Tudo que já fez. Atiça a imaginação.

— Eu conheço uma história de *sir* Orion — disse Asmien, que até então estivera calado. Todos se voltaram para ele.

— Isso é uma ocasião rara — zombou Richard. — Asmien falando. Aproveite!

— Cale a boca, Richard.

— Conte sua história — pediu Darien.

O rapaz se mexeu um pouco, ante os olhares dos outros, e relutou. Mas Richard e Fredecald cutucaram-no, dizendo que ele queria ser seduzido e adoçado como uma donzela, para que contasse a história, e Asmien acabou cedendo:

"Certo", começou. "Isso não é grande coisa, entenderam, então não venham reclamar depois. E eu detesto falar, e detesto mais ainda contar histórias. E não sou a porcaria de um bardo, então não tenho a mínima obrigação de contar direito".

— Pare de enrolar! — Richard deu-lhe um chute.

— Você vai voltar ao seu senhor com um olho roxo! — disse Asmien. Mas continuou:

"*Sir* Orion também foi escudeiro, todo mundo sabe. Aliás, Darien, não sei se você já ouviu isso, mas ele foi escudeiro até os dezenove anos, ou seja, até muito velho. Ninguém gostava de *sir* Orion naquela época, porque ele estava sempre sério, como agora, e era melhor com a espada e a lança do que os cavaleiros".

"Bem, então, *sir* Orion era um escudeiro, deveria ter uns dezessete ou dezoito anos, e já tinha passado por alguns senhores. Ser o senhor de Orion significava ter um escudeiro que podia lhe dar uma surra. Então, Orion acabou servindo a esse cavaleiro intragável, um tal *sir* Tolliver. O sujeito não era muito rico nem muito importante, mas tinha um título, e acabava recebendo *um pouco* de respeito. Ficou com o escudeiro que ninguém queria".

"Se vocês acham *sir* Trudan ruim, deveriam ver esse homem. Dizem que ele tinha o hábito de estuprar todas as mulheres que não tinham um título de nobreza, e já tinha matado pelo menos um irmão ou pai que foi tirar satisfações. Era tudo abafado, é claro, mas todo mundo sabia, de um jeito ou de outro. Aliás, *sir* Tolliver orgulhava-se muito da fama de viril, e não perdia uma chance de falar sobre mulheres".

"Quando Orion foi ser escudeiro dele, todo mundo achava que os dois iriam se matar, o que na verdade não era uma coisa ruim para os nobres. Mas *sir* Tolliver começou a se comportar como um cavaleiro de livros de histórias. Gentil, cortês, galante... Orion não tinha razão para reclamar. Dizem que Tolliver estava com medo do próprio escudeiro".

"Mas, é claro, a coisa não acabou bem. Um dia, Orion entrou na tenda de *sir* Tolliver (eles estavam em patrulha junto com uns vinte cavaleiros e um batalhão de soldados, eu acho). Como eu disse, ele entrou na tenda sem se anunciar, e encontrou *sir* Tolliver, numa atividade carnal ilícita, digamos assim, com outro cavaleiro".

— Ah, pare com isso! — disse Fredecald. — Não pode ser.

— Foi o que eu ouvi. Mas você pediu, deixe eu continuar:

"Orion não ia criticar o homem por preferir cavaleiros a donzelas, mas, juro que foi isso que eu ouvi, eles estavam se divertindo sob a bandeira da Ordem da Luz, que estava pendurada na tenda de *sir* Tolliver, e isso é proibido. Então, *sir* Tolliver vestiu as calças desesperado, e saiu atrás de Orion, ameaçando ele e tudo mais, dizendo que ele não podia falar uma palavra sobre aquilo. E Orion disse que, infelizmente, tinha que reportar tudo a um comandante. Tolliver seguiu ele, e tentou segurar Orion, mas é claro que Orion era mais forte, e os dois acabaram engalfinhados no chão. E todo mundo no acampamento estava olhando, e os cavaleiros chegaram para apartar".

"E, bem, a cara de *sir* Tolliver já não era mais tão bonita quanto tinha sido antes. Então, é óbvio que Orion tinha que ser punido. E ninguém queria ouvir ele, porque, afinal, quem vai ouvir um escudeiro que bateu no seu senhor"?

"Poucas horas depois, o castigo está preparado. Orion está amarrado num poste, e vai levar cem chibatadas, do próprio *sir* Tolliver. O cavaleiro não perdoa, e dá as cem chibatadas, e as costas de Orion ficam em carne viva. Depois do castigo, Tolliver diz, 'E então, você se arrepende, escudeiro?', e é óbvio que Orion responde, 'Não, senhor, eu estava certo e o senhor sabe disso'. E Tolliver dá mais cem chibatadas. No final, pergunta, 'Você se arrepende?', e a resposta é a mesma. E assim vai, mais cem chibatadas, e mais cem, até que já é de noite, e Orion levou mil e quinhentas chibatadas. Vocês sabem que homem nenhum resiste a mil e quinhentas chibatadas, mas esse é Orion, certo?, e foi isso que eu ouvi. Mas nem ele pode sobreviver a tudo isso, está nas últimas, e vai levar mais cem chibatadas, porque sempre responde que não se arrepende, e que estava certo".

"Então, *sir* Tolliver diz, 'Você vai morrer agora, escudeiro. Quais são suas últimas palavras?'. É questão de cortesia deixar o desgraçado falar as suas últimas palavras, ainda mais porque Orion é conhecido do Alto Comandante, e tem sobrenome nobre. E Orion responde, 'Apenas gostaria de contar toda a história de nossa briga, senhor, e da sua atividade sob a bandeira da Ordem'. *Sir* Tolliver fica branco, todo o acampamento está olhando. E então ele fala, 'Você está perdoado, escudeiro, mas que isso não se repita!'".

Os cinco rapazes dobraram-se de rir.

— E ele fez isso quando era escudeiro? — disse Richard. — Com dezoito ou dezessete anos?

— Foi o que eu ouvi — disse Asmien, tentando esconder o quanto estava satisfeito.

— Eu não consigo imaginar ele sem o cabelo grisalho e a barba — disse Darien.

— Acho que ele nasceu assim — completou Timothy.

— Bem, eu também conheço uma história de *sir* Orion — Fredecald empinou o odre.

— Você mente como um sszzaazita — disse Richard.

— Cale a boca, vocês ouviram a história de Asmien, agora vão ouvir a minha. E essa é verdade, eu não sou que nem ele, que fica dizendo o tempo todo "foi isso que eu ouvi" e pedindo desculpas.

— Vamos logo!

— Calma. Me dê mais um gole dessa bosta. Certo, começa assim:

"*Sir* Orion já era cavaleiro, já era *sir* Orion. Ele era amigo do Alto Comandante, como Asmien falou, mas ninguém gostava dele, além daquele cavaleiro gordo, *sir* Bernard Branalon. Tem um limite para o que uma boa relação com o Alto Comandante pode conseguir, e *sir* Orion era respeitado, mas sempre pegava as piores missões. O que não era ruim para ele, porque ele vivia com aquela história de não ser merecedor, e o diabo, e sempre se jogava na frente do perigo".

"Bem, dessa vez o que aconteceu foi que *sir* Orion foi destacado, junto com um grupo de cavaleiros, para ir investigar uma tumba assombrada. Era aquele tipo de mausoléu, vocês sabem, coisa de nobre, que ocupa o espaço de seis casas de gente comum, e fica nas terras da família, junto ao castelo, ou casa de fazenda, ou o que for. Nobres são loucos, e gostam de abrir a janela todos os dias para dar de cara com o túmulo do vovô".

— O que você está falando? — disse Timothy. — Você também é nobre.

— E você também é gordo, mas eu não vi você dando opinião sobre *sir* Bernard Branalon.

— O que isso tem a ver com qualquer coisa?

— Bem, eu sou nobre, mas não tenho a menor vontade de morar do lado de um cemitério, e esses outros nobres tinham, então construíram a porcaria de um cemitério, de um mausoléu de família, do lado do seu castelo, certo?, e é assim a história. Cale a boca, seu banhudo, deixe eu continuar:

"Então, era um mausoléu assombrado. O castelo em si era uma bela bosta, e já estava abandonado, porque a família tinha caído em desgraça ou algo assim. Então, *sir* Orion e *sir* Branalon foram destacados junto com mais não sei quantos cavaleiros para investigar aquilo, e lá foram eles".

"Todos levavam maças e martelos, porque todo mundo sabe que essa é a melhor forma de destruir um esqueleto, e tinha um clérigo de Khalmyr junto, para dar conta de qualquer alma penada. Chegando lá, eles aguardaram na frente do mausoléu, mas os mortos estavam tímidos. Então, *sir* Orion destacou um grupo e eles entraram na cripta".

"É óbvio que o lugar era na verdade um complexo de túneis e salas, uma verdadeira masmorra. Eles encontraram uns zumbis, uns esqueletos, até mesmo uns fantasmas, todos membros falecidos da família nobre que costumava habitar o castelo. O clérigo estava fazendo por merecer o seu soldo, expulsando aquelas assombrações para todos os lados. Até que, enfim, os cavaleiros encontraram o chefão do lugar".

"Era um cavaleiro da morte. Vocês sabem, um cavaleiro sagrado que caiu em desgraça depois que morreu, ou foi amaldiçoado ou coisa assim. São uns filhos da mãe durões, foi o que eu ouvi dizer, e cheios de poderes mágicos. Esse em particular era um antigo cavaleiro da Luz, certo?, ainda usava a armadura e o escudo e tudo mais".

"O clérigo tentou amedrontar o bicho, mas surgiram uns outros mortos-vivos, uns carniçais, eu acho, e derrubaram o coitado. Os cavaleiros começaram a lutar, e é claro que *sir* Orion, sendo *sir* Orion, foi para o cavaleiro da morte. Mas um cavaleiro da morte era poderoso demais para que ele enfrentasse sozinho. Então, quando o morto-vivo está se aproximando para dar o golpe final, *sir* Orion ergue a voz e diz, 'Sentido, cavaleiro! Você é uma vergonha à sua Ordem, comporte-se de acordo com as normas da cavalaria!'. Então, eu não sei se foi pela surpresa, mas o cavaleiro da morte hesita. E *sir* Orion continua, 'É expressamente proibido pelo regimento atacar seus irmãos cavaleiros. Ordene a seus asseclas que nos deixem em paz'. E alguma coisa no tom de *sir* Orion faz o morto-vivo obedecer, e os carniçais se recolhem. A essa altura, todo mundo está olhando Orion, ninguém sabe o que vai acontecer, e então Orion diz, 'O regimento ordena que você descanse após a morte, *sir*. Sua presença neste mundo é altamente irregular. Sua tarefa está cumprida, retire-se para os Reinos dos Deuses'. E, mais uma vez, alguma coisa no tom de *sir* Orion faz o cavaleiro da morte obedecer. Ele volta para sua tumba, deita, e seus olhos se apagam, e ele descansa para sempre".

— Mentira! — disse Richard.

— É verdade, eu já falei, eu mesmo ouvi *sir* Branalon contar essa história. Mas ainda não acabou:

"Então *sir* Orion salvou o dia, mas é claro que seus inimigos dentro da Ordem precisavam tentar alguma coisa. Vocês sabem que clérigos de deuses malignos têm o poder de comandar mortos-vivos. *Sir* Orion foi acusado de cultuar uma divindade profana. Quando a expedição voltou a Norm, ele foi a julgamento".

"Um dos Comandantes presidia o julgamento, certo?, e era um homem que não gostava muito de Orion. Então todas as acusações são expostas, e o Comandante diz, '*Sir* Orion Drake, você demonstrou habilidades que somente um deus maligno pode conceder. O poder de comandar mortos-vivos é próprio a um cultista profano, e não a um cavaleiro da Luz. O que tem a dizer em sua defesa?'. E Orion responde, 'Meu lorde, comandar cavaleiros da Luz insubordinados é uma habilidade própria a um cavaleiro da Luz. Foi apenas isso o que fiz', mas é óbvio que essa não é uma defesa forte o bastante. Então, o Comandante está de pé, quase sorrindo, preparando-se para fazer a acusação final, quando Orion diz, '*Sente-se, cavaleiro!*'. E, antes que perceba, o Comandante está sentado. E Orion completa, 'Comandar cavaleiros da Luz insubordinados. Foi apenas isso o que fiz na tumba, meu lorde. Com sua licença', e sai do tribunal".

— Eu gostaria de ter visto a cara do Comandante! — disse Richard, balançando para frente e para trás com riso.

— Ele é tudo isso mesmo, Darien? — perguntou Timothy.

Darien deu um longo gole pensativo.

— É — decidiu. — Quer dizer, não sei sobre mandar em Comandantes, eu nem conheço nenhum deles. Mas, às vezes, *sir* Orion fala de um jeito que você não tem opção a não ser obedecer. Eu não sei, acho que é...

Ficou apalpando o ar.

— ...*honestidade*. Entendem? Você simplesmente tem certeza de que aquilo é o certo a fazer, e nem percebe que está fazendo. — Deu mais um gole antes de passar o odre. — Acredito na sua história.

— Bem, mas a minha é muito melhor — disse Richard. — Esses dois não sabem contar nem uma piada de clériga de Marah, e eu aprendi com um bardo de verdade.

— Ele sempre repete isso — disse Fredecald, revirando os olhos.

— Porque é verdade. E falo bem o suficiente para que suas mães e irmãs caiam na minha lábia e abram as pernas.

Uma pequena briga se seguiu.

— Enfim — disse Richard, depois, agarrando o odre. — A minha história é a melhor de todas:

"Isso foi quando estávamos em guerra com Portsmouth. Quer dizer, *eu* não estava em guerra, e nem nenhum de vocês, mas vocês entenderam, Bielefeld estava em guerra com Portsmouth. Bem, na verdade não se pode dizer que Bielefeld estivesse em guerra com Portsmouth, porque nem existia Portsmouth naquela época, já que essa era a razão da guerra toda, o Velho Abutre querendo independência, vocês sabem. Quer dizer, *existia* Portsmouth, mas não como um reino independente, essa era a razão da guerra, entenderam"?

— Foi isso que um bardo "de verdade" ensinou para você? — disse Fredecald. — Ficar se interrompendo o tempo todo com essas bobagens e nunca chegar à história?

— Cale a boca, eu ainda não tinha começado.

— A minha avó poderia contar uma história melhor, usando apenas o traseiro. O seu bardo deve ter sido enforcado por um lorde justo e bom, e deve ter havido festa no reino nesse dia.

— Cale a boca! Eu ainda não tinha começado. Mas vou começar, lá vai:

"*Sir* Orion foi ativo na guerra contra o Velho Abutre. Ele liderava um pequeno batalhão. Poucos homens, mas escolhidos a dedo por ele mesmo. Dizem que nunca perderam uma batalha. Quer dizer, Bielefeld perdeu e Portsmouth tornou-se independente, mas foi porque não havia homens como *sir* Orion comandando cada pelotão, e não havia soldados como os dele em todas as fileiras".

"Isso não significava que Orion tivesse grande prestígio com os nobres, vocês sabem. As coisas para ele não tinham melhorado muito. Ele e o seu batalhão eram mandados para os piores buracos em Bielefeld e Portsmouth, para deter o avanço de colunas inteiras do Velho Abutre ou para penetrar no território inimigo como batedores. É claro que o sucesso de Orion em tudo isso só acabava deixando os nobres com mais raiva, ao mesmo tempo que aumentava a fama do batalhão. Quando estava claro que Bielefeld iria perder, e Orion assim mesmo nunca tinha sido derrotado, os chefões do exército inventaram uma última missão. Não era exatamente uma missão suicida, mas vocês sabem, não seria surpresa para ninguém se *sir* Orion e seu bando morressem no caminho".

"A missão era bem simples. Entrar fundo no território inimigo, aquele que já estava totalmente dominado e que Bielefeld não tinha mais esperanças de recuperar, e fazer uma avaliação total das tropas inimigas. Não era tanto para a guerra em si, mas mais para as 'negociações diplomáticas' depois. Em suma, Bielefeld queria saber se o Velho Abutre tinha algum truque escondido na manga. Outros batalhões foram mandados, para outros pontos do território, o grupo de *sir* Orion era apenas um deles".

"Então eles penetram cada vez mais em Portsmouth, e não encontram vivalma. Sem patrulhas, sem acampamentos, nada. As poucas vilas da região foram abandonadas. Isso tudo é péssimo, porque significa que, quando Orion encontrar as forças de Portsmouth, vão ser muitos, todos juntos, para dar cabo do batalhão inteiro. Depois de alguns dias disso, um rastreador encontra sinal de passagem recente de soldados. *Sir* Orion não consegue tirar da cabeça que seus homens vão morrer, e decide seguir sozinho para averiguar.

Imaginem aqui toda aquela cena tocante, os soldados dizendo que não vão deixar Orion, coisa e tal, mas em suma ele vai".

"Para sua surpresa, Orion não é descoberto. Quer dizer, ele não é o sujeito mais experiente do mundo em andar pelo mato, ou em ser furtivo. Mas ninguém nota ele, o que faz Orion pensar que os soldados daquela região não são lá muito competentes. E, quando ele finalmente os avista, confirma isso. Parece que o Velho Abutre tomou um golpe tão forte quanto Bielefeld, porque aquele território está guarnecido por um batalhão de garotos inexperientes. Imaginem um de nós, ou gente ainda mais nova, tendo que liderar soldados na batalha, sem ninguém para dar uma bosta de um conselho".

— Eu fiz isso — disse Darien.

— Certo, mas foi capturado, não foi? E, de qualquer forma, aqueles não eram prodígios, eram só uns meninos apavorados que tinham recebido armas e uniformes porque a maioria dos homens já tinha morrido ou sido ferida.

"Então, Orion vê aquilo, e chega bem perto do acampamento dos garotos, e nenhuma das sentinelas enxerga ele. Os sujeitos são mesmo verdes. A coisa certa a fazer é levar o batalhão até lá e massacrar todo mundo, mas Orion fica com pena. Pelo menos um dos soldados que ele vê não deve ter mais de quatorze anos. Então, o que Orion faz"?

"Entrega-se! É isso mesmo, ele vai até uma das sentinelas, de mãos para cima, e diz que é um cavaleiro da Luz, e que foi capturado. O garoto não sabe o que fazer, quase se mija ao ver *sir* Orion, mas no final acaba colaborando com a história e dizendo que capturou mesmo um cavaleiro da Luz. Naquela noite, os soldadinhos festejam muito — não que houvesse muita coisa para beber ou comer, mas eles festejam como podem — e Orion fala com o líder, um oficial com menos de dezesseis anos".

"O sujeito é verde como uma maçã, e —"

— Maçãs são vermelhas — disse Fredecald.

— O quê?

— Você disse que o oficial era verde como uma maçã. Maçãs são vermelhas.

— Existem maçãs verdes.

— Então, quer dizer que o oficial era verde como uma maçã verde? Puxa, esse seu bardo deve ser mesmo um gênio das palavras.

— Vá se afogar em esterco. Ele era verde como uma maçã verde, sim, cale a boca e escute:

"O sujeito era verde como o que vocês quiserem, verde como uma coisa bem verde, certo? Verde como a grama, pronto. Então, esse sujeito verde começa a conversar com Orion, e não demora muito para ele acabar contando tudo que o batalhão de Orion deveria descobrir, e ainda mais. Quer dizer, o oficial começa a se lamentar, porque Orion é o único que não é seu subordinado e que não precisa ouvir um monte de baboseiras edificantes. O garoto está preocupado, e vê Orion como um pai. Conta que Portsmouth está nas últimas, que muita gente pensava que a guerra seria perdida; que, por todo o carisma do Velho Abutre, as pessoas estão começando a duvidar dos ideais dele, de que tudo vale mesmo a pena. E entra em detalhes sobre números de tropas, rações, armas... Tudo que Bielefeld precisa saber".

"No final da noite, todos os garotos estão dormindo. Até os guardas que deveriam estar vigiando *sir* Orion caem no sono, porque esse pessoal está mesmo exausto dessa palhaçada toda. Seria muito fácil fugir dali, encontrar o batalhão de Bielefeld e voltar para casa rapidinho, mas é claro que isso não é o que *sir* Orion faz".

"Pelo contrário. De manhã, é ele quem acorda o acampamento. Os soldados estão em polvorosa, porque o prisioneiro está solto, e um ou dois deles se jogam no chão, e começam a berrar, 'Nós vamos morrer, nós vamos morrer!', mas Orion não mata ninguém. Começa um programa de treinamento, vocês ouviram certo, *treinamento*, e assume o comando daquele grupo. Em uma semana, ele ensina aos garotos bases de táticas militares, disciplina, formações de combate, essa coisa toda. Ensina aos mais toscos como segurar uma espada sem ficar com bolhas nas mãos, e como se defender, tudo mesmo. Os garotos estão maravilhados. Finalmente sentem um pouco de segurança, não acham que vão morrer na primeira oportunidade quando encontrarem um grupo de Bielefeld. A essa altura, nem há mais guardas vigiando *sir* Orion, e certa noite ele foge".

"Volta para seu próprio batalhão. Mais uma vez, ele poderia voltar para casa, e dar a missão por bem-sucedida. Mas a verdade é que ele treinou soldados inimigos, e uma daquelas espadas jovens pode muito bem acabar no bucho de um soldado de Bielefeld. Assim, ele lidera seu batalhão até o acampamento dos garotos. Se matar todos, pelo menos vai ter dado a eles uma chance, e talvez possa simplesmente prender todo mundo".

"O batalhão de *sir* Orion encontra o acampamento. Dessa vez, as sentinelas notam a aproximação do inimigo, e avisam o oficial verde (já nem é mais tão verde). E os garotos de Portsmouth entram em formação de combate, fazem uma parede de escudos, e se preparam. Orion fica de coração partido, mas assim é a guerra".

"Então, Orion está prestes a dar a ordem de carga e quebrar a parede de escudos, quando o oficial se levanta e joga a espada no chão. Em seguida, vira o escudo ao contrário, que vocês sabem que quer dizer paz, e caminha para o batalhão de Orion. Todos estão olhando abestalhados, e ninguém lembra de reagir, quando o sujeito pega um estandarte de Bielefeld e ergue no ar. Os soldados de Portsmouth começam a sair da parede de escudos, e todos vão em paz até o batalhão de Orion. Então, quando não sobrou mais ninguém fiel a Portsmouth, o oficial se ajoelha na frente de Orion e jura lealdade. Orion cumpre todas aquelas cerimônias, e o garoto beija o cabo da sua espada, o que significa que ele serve a Orion, agora".

"Mas tudo isso é muito bonito, mas não é o comportamento de soldados em guerra. Todos aqueles garotos tiveram pais, irmãos, o diabo, mortos por homens de Bielefeld. *Sir* Orion então pergunta a razão daquilo tudo. Eles não ouviram a vida inteira as ladainhas do Velho Abutre? Não perderam gente querida contra Bielefeld? Não odeiam Bielefeld como um reino opressor"?

"E então o oficial responde, 'Eu odeio Bielefeld. Mas também não gosto tanto de Portsmouth. No final, não quero servir a reino nenhum. Mas quero servir a *sir* Orion'".

"E, como não poderia deixar de ser, seis anos depois o oficial foi sagrado cavaleiro. Hoje em dia, ele pertence à Ordem da Luz, está em Portfeld".

— Eu conto uma história engraçada, com estupros e chibatadas, e você vem com essa coisa sentimentaloide? — disse Asmien. — Vai tocar violino agora, ou chorar?

— Você está com inveja, porque qualquer um consegue contar uma piada como a sua, mas só alguém treinado por um bardo de verdade sabe relatar uma história séria.

— Oh, eu esqueci como o nosso Richard é sensível. Ele está mesmo em harmonia com seu lado feminino.

— São as qualidades que fazem a sua mãe gostar tanto de mim.

— Já disse para não botar a mãe no meio, energúmeno!

Saltaram um sobre o outro. Fredecald ria, bobo e satisfeito de embriaguez. Darien resolveu apartar:

— Chega, chega! Em vez de brigar, vamos ouvir mais uma história. Timothy ainda não falou.

O gorducho tentava espremer as últimas gotas de hidromel do odre.

— Não tem nenhuma história, Timothy? — insistiu Darien.

— Você também não falou — respondeu Timothy. — E você é o escudeiro de *sir* Orion.

— Eu conheço o desgraçado há pouco tempo. E já contei sobre como ele me transformou de chefe bandoleiro em escudeiro, isso é uma história. Agora é a sua vez.

Richard e Asmien tinham parado de se engalfinhar, prestando atenção bêbada ao amigo.

— Tudo bem — disse Timothy. — Vou contar. Qualquer coisa para ficar longe do meu avô, de vez em quando ele acorda no meio da noite, dando ordens para uma batalha qualquer contra goblinoides. É horrível.

— Seu avô é *sir* Orion? — disse Richard. — Se não for, não queremos saber. Conte logo!

— Tudo bem, tudo bem. É assim:

"Essa história aconteceu há não muito tempo. *Sir* Orion já era um cavaleiro experiente, o Alto Comandante já era Alenn Toren, as coisas já estavam mais ou menos como são hoje em dia. A Tormenta já tinha atacado Tamu-ra, inclusive. Para falar a verdade, vocês já devem ter ouvido, porque é bem comum. É a história de quando —"

— Vai estragar a história inteira agora, saco de banha? — disse Richard. — Não conte tudo antes de começar!

— Eu estou tão bêbado que acho que não me lembro de história nenhuma — disse Fredecald.

— É isso mesmo — insistiu Richard. — Conte a porcaria da história.

— Tudo bem, tudo bem. Então, foi isso o que aconteceu:

"O Reinado estava em paz. Havia a Tormenta, é claro, mas ela ainda não tinha atacado Trebuck, e todo mundo achava que nunca iria acontecer de novo. E sempre havia a tensão entre Deheon e Yuden, mas parecia uma coisa bem distante. Ninguém achava que os problemas pudessem explodir a qualquer momento, e por isso todo mundo estava tranquilo. Mesmo assim, sempre existem goblinoides, eles estão por todo lado, e em tempos de paz uma boa parte das missões de um cavaleiro da Luz é patrulhar contra os nojentos".

"*Sir* Orion estava numa dessas missões. Estava acompanhando um cavaleiro qualquer, não me lembro o nome agora, acho que era *sir* Morris ou algo assim, e um grupo de soldados. Os dois eram líderes, mas a verdade era que *sir* Orion era quem mandava de verdade. Também havia os escudeiros dos dois".

— *Sir* Orion tinha escudeiro antes de mim? — disse Darien.

— Todo cavaleiro tem um escudeiro, mais cedo ou mais tarde — disse Timothy. — Faz parte dos deveres deles, treinar jovens para serem futuros cavaleiros. E é muito cômodo. Mas você tem razão, *sir* Orion nunca gostou de ter escudeiros, foi também por isso que todo mundo se surpreendeu tanto quando ele escolheu você de vontade própria. Ele tinha esse escudeiro porque era seu dever, nada mais. Continuando:

"Então, eram *sir* Orion e *sir* Morris (ou seria Morgan?) e os escudeiros e uns soldados. Agora, esses soldados não eram escolhidos a dedo, como os da história de Richard, eram só uns soldados comuns, sem nada de especial. E eles estavam patrulhando as fronteiras do reino, procurando goblinoides, quando acabaram encontrando".

"O problema com goblinoides, pelo menos é o que o meu avô diz, e ele está velho, mas fala umas coisas que fazem sentido de vez em quando, é que você nunca sabe que tipo de ameaça eles vão ser. Às vezes, são meia dúzia de encrenqueiros bêbados, às vezes são uns monstros, mal sabem falar, e outras vezes são organizados como soldados. Uma coisa é enfrentar um batalhão com um estandarte, ou um monstro, você sabe o que esperar. Mas um grupo goblinoide pode ser qualquer um dos dois".

"E *sir* Orion encontrou os goblinoides, e eles não eram nem bichos e nem soldados. Eram bandidos mesmo, sem muita organização mas bem mais espertos que animais. Tinham massacrado uma vila toda, a cena era horrível, tinham feito uma cerca com os corpos empalados dos homens, estavam comendo a carne das crianças e estuprando as poucas mulheres que sobravam. Esse é o tipo de coisa que faz o sangue de qualquer homem ferver, ainda mais um cavaleiro, vocês imaginam, mas o problema —"

— "O sangue de qualquer homem ferver"? — riu Fredecald. — Aposto que, se você visse isso, o que ia ferver seriam seus intestinos.

— Você já viu uma parede de escudos? — disse Timothy. — Hã? Não, certo? Pois eu já, porque o meu avô me arrastou uma vez para uma patrulha que não tinha nada a ver com ele, e os cavaleiros estavam enfrentando uma parede de escudos de uma companhia mercenária. É claro que eu fiquei com medo, mas pelo menos eu sei do que estou falando, então cale a boca, Fredecald.

— O gordo lhe ensinou uma lição, Fred — disse Richard.

— Certo, mas deixem eu continuar! O que aconteceu foi isso:

"Os goblinoides eram muitos. Deveriam ser uns fracotes, na verdade, ainda mais sem muita organização, mas eram mais de cem, e o grupo de *sir* Orion tinha uns vinte ou trinta homens. É o tipo de batalha que pode ser ganha, mas que fica bem sangrenta logo, logo".

"Então, *sir* Orion começa a planejar uma tática. *Sir* Morris quer fugir e pedir reforços ou então mandar os soldados numa carga gloriosa. Nenhuma das duas coisas é uma opção, *sir* Orion diz, porque fugindo morrem todos os poucos sobreviventes da aldeia, e numa carga morrem todos os soldados. Ele planeja um cerco, essa coisa toda, mas então os deuses pregam uma peça".

"É azar mesmo, porque um punhado de goblinoides resolve, sabe-se lá por que, andar pelos arredores da vila, e encontra os soldados. Os cavaleiros conseguem matar a maioria, mas um ou dois fogem e dão o alarme. Essas criaturas são do tipo que não gosta de nada mais do que uma boa matança, e eles logo se entusiasmam com outro combate, ainda mais um combate contra poucos inimigos, e contra cavaleiros. Matam os últimos sobreviventes da aldeia e partem para o ataque".

"Todos os planos de *sir* Orion desabam. Não há tempo para uma estratégia, e é impossível fugir. *Sir* Orion diz aos soldados que há duas escolhas. Morrer fugindo ou morrer lutando. E é claro que eles vão morrer lutando. Então, formam uma parede de escudos, e em menos de um minuto os goblinoides chegam".

"A parede cai em um instante. Não existe uma posição defensável, e são uns quatro ou cinco inimigos para cada soldado de Bielefeld. Logo, começa um massacre. Os homens tentam se defender, mas é inútil. Escondem-se atrás dos escudos, tentam procurar uma cobertura, todas as táticas simples, mas nada dá certo, porque simplesmente a desvantagem numérica é grande demais. Esse é o tipo de batalha que só poderia ser vencida com um bom planejamento. E *sir* Orion grita sempre, 'Matem! Apenas matem!', mas os soldados lutam como foram ensinados, e levam uma surra".

"Bem, algumas semanas se passam, e nada de *sir* Orion e seu grupo voltarem. O Alto Comandante, que como vocês sabem é amigo pessoal de *sir* Orion, manda um grupo atrás dele. Acabam encontrando *sir* Orion vagando perto da aldeia, magro, ferido, cambaleante. Suas mãos estão em carne viva, porque ele enterrou todos os habitantes da aldeia. E todos os seus companheiros. Na verdade, *sir* Orion foi o *único* sobrevivente, de todos os aldeões e os soldados e os goblinoides. Morreram os escudeiros, morreu *sir* Morris, todos mesmo".

"Ele é levado para Norm, recebe os cuidados de um clérigo, todo o normal. E então, uns dias depois, o Alto Comandante chama *sir* Orion, porque quer saber o que aconteceu, como todos morreram. Orion conta. Então fica a pergunta, *como ele sobreviveu?*".

"E Orion olha para o Alto Comandante e diz, 'Os soldados tentaram viver, meu lorde. *Sir* Morris tentou viver. Os escudeiros tentaram viver. Os cavalos tentaram viver. Eu sabia que já estava morto'. Mas como assim, como ele sobreviveu? 'Não sei, senhor. Mas, a partir de agora, vou a todas as batalhas como um homem morto. E digo a todos os cavaleiros e a todos os soldados que enfrentarem batalhas como a que enfrentei: vocês estão mortos'".

Silêncio.

— Bela história, rolha de poço — disse Richard.

Eles olharam os soldados dormindo por toda a volta, o exército esperando. Não falaram mais nada, e se recolheram às tendas.

No outro dia, enfim, quebrou-se a espera. A manhã viu o horizonte da fronteira se agitar com os cavalos de um mensageiro e uma pequena escolta. Os homens se animaram, *sir* Orion foi pessoalmente receber o grupo.

Cumprimentos. O mensageiro, trajando tanta armadura que era indistinguível de um soldado, entregou um tubo com um rolo de pergaminho. Orion abriu o tubo, desenrolou a missiva, e leu.

Agradeceu ao mensageiro e mandou-o embora.

— E então? — disse Trebane.

Orion amassou a carta.

— Fomos recusados. Não poderemos passar por Yuden.

Os oficiais e cavaleiros à volta se agitaram.

— Eu já esperava por isso — disse Orion. — Tenho um plano de reserva.

Homens foram mandados a Wynlla, o Reino da Magia. Era uma cavalgada longa, e foram necessários diplomatas, guerreiros e negociantes hábeis — homens que, na Ordem da Luz, faziam pouco além de arrecadar lucros.

O plano de reserva de *sir* Orion envolvia uma transação gigantesca, um ritual imenso, possível apenas aos magos de Wynlla, que transportaria o exército inteiro, sem que fosse necessário cruzar Yuden. Os cofres de Bielefeld seriam esvaziados, e favores precisariam ser cobrados. Dívidas seriam contraídas, muito mais de honra do que financeiras.

E, pior de tudo, Yuden dera a palavra final. Bielefeld estaria empobrecido. O povo talvez passasse fome, por causa de Yuden. Gente morreria em Trebuck, por causa de Yuden. No final, Yuden decidira.

O exército continuou esperando.

E apenas semanas depois foram transportados pela magia, para Nova Ghondriann.

CAPÍTULO 16

IRMÃOS

BERNARD BRANALON ENFRENTAVA O BANQUETE QUE preenchia a mesa. Todas as noites eram noites de banquete para Bernard.

— Coma alguma coisa — disse, depois de engolir uma quantidade enorme de carne de porco.

— Estou sem fome, pai.

Bernard ergueu uma sobrancelha, mas deu de ombros. Coisas de moleque, jovens sempre passavam por fases estranhas. Raciocinou que seu filho deveria estar suspirando por alguma moça de seios generosos, e que a paixão deveria estar lhe roubando o apetite. Ele próprio não conhecia a sensação: o amor e a luxúria só faziam aumentar a fome de Barnerd Branalon, o Paquiderme Galante. Era uma das razões de sua enorme prole e sua enorme barriga.

Era um prazer, naqueles dias, jantar em companhia dos filhos, em uma de suas propriedades. O castelo dos Branalon ficava a uma semana de Norm. Com as responsabilidades de oficial do exército em tempo de guerra, Bernard não podia sair da cidade da Ordem da Luz. Mas, naquela noite, pôde reunir quatro de seus garotos, e ter uma refeição alegre numa das mansões da família.

Ao menos, ele pretendera que fosse alegre.

— Sei que as meninas gostam de garotos sérios e soturnos — riu Bernard. — Mas vocês estão exagerando. Daqui a pouco, vão querer usar armadura negra.

— Fale pelos outros — disse Trevor Branalon, que devorava uma torta de carne. — Eu estou feliz. E torcendo para que *sir* Orion precise de reforços. — Deu um sorriso engordurado.

Bernard sentiu o peito inchar de orgulho. Seus filhos já iam para a guerra, talvez. Os mais velhos — Trevor, Giles, Malcolm — estariam na primeira leva de reforços contra Crânio Negro, caso Orion chamasse. O quarto rapaz à mesa, Adrian, não fazia parte do contingente, mas já tinha suas esporas da Ordem da Luz. Bernard Branalon conhecia a guerra de perto, sabia dos riscos, sabia da morte estúpida que poderia vir a um plebeu, a um cavaleiro ou a um arquimago no campo de batalha. Mas tinha confiança nos seus, tinha certeza de suas habilidades, e tinha admiração por sua coragem.

Se nem Giles e nem Malcolm temiam a guerra, por que estavam sempre tão sérios, então? Se Adrian não ia à guerra, por que não sorria há tanto tempo? Ressentimento?

— Trevor, pergunte aos seus irmãos se eles estão com vermes — provocou Bernard. — É a única explicação.

— Acho que eles estão prestes a compor poesias tristes, pai — riu Trevor.

Normalmente, aquele tipo de comentário seria o bastante para causar risadas e uma pequena briga animadora. Mas os três rapazes apenas fitaram o irmão. Adrian comeu uma noz. Malcolm tomou um gole de cerveja.

— Certo, chega de bobagens — disse Bernard. — O que há de errado com vocês?

— Acho que eles estão apaixonados — disse Trevor. — Por *sir* Vincent Gherald, a Menina de Armadura.

— Dobre a língua! — exclamou Giles.

— Ah, é isso — Bernard meneou a cabeça.

Coisa de moleque, como ele supunha. O tal Vincent, agora *sir* Vincent, e agora membro da Ordem da Luz, era um centro de disputas em Norm. Parecia que metade dos cavaleiros aclamava-o já como um herói, e a outra metade queria sua cabeça na ponta de uma lança. Bernard Branalon não entendia o porquê — era só um garoto. Uma porcaria de garoto carismático, isso era verdade, e habilidoso. Um demônio com uma espada, e um anjo em cima de um cavalo. E, quando o bastardinho começava a falar, era difícil não prestar atenção. O tipo de garoto que cresce para se tornar líder de homens, lorde, Comandante até.

Mas só um garoto.

Os cavaleiros que o odiavam estavam exagerando, Bernard achava. Deviam estar frustrados com seus próprios filhos, que enxergavam em Vincent um modelo, e com suas filhas, que suspiravam por ele. Também entrava nesse ódio uma boa dose de inveja — Vincent era muito bom, era melhor que a maioria daqueles homens ditos experientes, com uma fração de sua idade.

E contribuía ao ódio um pouco de medo. Vincent era ambicioso, e estava sob a proteção de Justin Gherald, que era uma cobra peçonhenta. Bernard não duvidava que *sir* Justin chegasse aos extremos de cultuar algum deus maligno. Mas será que Vincent era igual?

Os que adoravam Vincent eram, em geral, os muito jovens. Uma instituição tradicional como a Ordem da Luz celebrava muito os mais velhos. Vincent Gherald mostrara aos jovens que era possível sobressair-se ainda garoto. Era uma ideia que não deixava de ter seu apelo.

Mas Bernard não engolia o tal Vincent. O rapaz precisava de alguém que não lhe desse tanta importância, e que o colocasse em seu devido lugar.

— Lave a boca antes de falar de *sir* Vincent! — rugiu Malcolm Branalon.

Trevor, de pé, não perdeu um instante:

— Ele gosta que você lave a boca antes de —

— Chega! — era Bernard.

Os quatro olharam para ele.

— Se vocês querem brigar — disse o Paquiderme Galante —, então façam isso como homens. Estou esperando um bom soco, como vocês costumavam fazer, e até agora só ouvi um monte de gritinhos. Acho que entrei na cozinha, por engano. E então? O que vai ser?

Mas ele mirou os semblantes jovens, alguns ainda sem barba, e viu algo a mais que raiva passageira e saudável.

— Querem saber? — disse. — Acho que não vale a pena irmãos lutarem por causa de um rapazote qualquer, mesmo que seja Vincent Gherald. Vocês são cavaleiros há mais tempo que ele. Parem de lhe dar tanta importância.

Trevor sentou-se, balançando a cabeça. Os outros demoraram mais um pouco. Malcolm foi o último, ainda esfaqueando Trevor com o olhar.

— Foi Trevor quem ofendeu-o... — disse Giles, em um muxoxo.

Bernard sorriu por dentro. Aquilo sim era comportamento de garotos: brigar e depois discutir sobre quem tinha começado.

— Digam-me, de uma vez por todas — Bernard serviu comida aos filhos, à revelia. — O que tem esse Vincent de tão especial?

— Pai! — Adrian se exaltou.

— Calma, pirralho! Estou só perguntando. Quero mesmo saber por que há tanta gente devotada a Vincent Gherald.

Os três jovens seguidores olharam para a mesa, para a comida, coçaram os cabelos, arrastaram os pés.

— Ele é muito bom — disse, por fim, Giles.

— Tão bom assim? Melhor que você?

— Muito!

Bernard olhou incrédulo, enquanto limpava os lábios e a barba na toalha de mesa.

— Tem certeza? Já lutou contra ele?

— Ele ia ganhar a justa — acudiu Malcolm. — Se não tivesse passado mal.

— Ora, ser um bom cavaleiro não é só saber montar ou lutar com a espada. Também é ter estômago forte.

Houve um momento de indignação nas pupilas do rapaz, mas ele se calou.

— E o que mais? — disse Bernard.

— Ele é especial — disse Adrian.

— Especial? No meu tempo, diziam que alguém era "especial" quando nascia deformado, e era filho de nobres.

— Ele é especial.

— Especial como? Há alguma profecia? — Não era um comentário de todo irônico; profecias e portentos havia aos montes em Bielefeld.

Mas os garotos negaram.

— Pelo que eu vejo — disse Bernard, sorrindo para as tortas, bolos, frutas e doces que compunham a sobremesa — *sir* Vincent é só um jovem talentoso com uma língua suave. Se ele é tão bom assim — com cuidado —, então não há problema em seguirem seu exemplo. Mas não fiquem cegos. A Ordem da Luz está cheia de homens que querem gravar seu nome na história, ao custo dos outros.

Silêncio, mastigação. E então:

— Ele é abençoado — disse Adrian.

Malcolm deu-lhe um pontapé, que deveria ter sido sutil, por baixo da mesa.

— Abençoado? — Bernard parou de comer.

— Ele está falando bobagens, pai — disse Malcolm.

— Abençoado como?

— É maneira de falar — disse Adrian.

— Abençoado como, Adrian?

Pausa.

— Ele tem poderes — gaguejou. — Seu toque pode curar. Ele ouve a voz de Khalmyr.

Bernard Branalon cortou uma fatia meticulosa de bolo.

— Um paladino? Um guerreiro sagrado? Você viu esses milagres?

Adrian assentiu com a cabeça.

— Guerreiros sagrados existem, é óbvio — disse Bernard. — Todos vocês conhecem pelo menos um deles. Mas tomem cuidado com quem *se diz* santo. E, mesmo que um homem seja um escolhido de Khalmyr, tomem cuidado com ele. Continua sendo um homem. E alguns têm a cabeça tão enfiada nos Reinos dos Deuses que não conseguem ver em quem estão pisando aqui em Arton.

Os três concordaram, resmungaram. Trevor estava muito sério.

Bernard sorria de novo, mas sua mente gritava. Por que esconder bênçãos de Khalmyr?

— Só há dois jeitos realmente bons de resolver uma disputa em família — disse o Paquiderme Galante, tentando afrouxar os humores. — Uma grande briga ou um grande pedaço de bolo. E então, o que vai ser?

Vincent escutou os gritos, os choros, as súplicas. Escutou o garoto que pedia pela mãe, tentando segurar os intestinos, e o que perguntava por sua bota, quando a perna tinha-lhe sido arrancada. Vincent enxergou os corpos que rolaram da encosta, e os corpos de armadura que estavam empilhados. O Bando do Dente Quebrado morrera. Os cavaleiros da Luz morreram.

Vincent enxergou Darien, o rosto todo crispado de horror e incerteza, salpicado de vermelho, pelo homem que tinha matado. Vincent escutou a voz de Darien, chamando-lhe para fugir, dizendo-lhe que era um idiota, rindo.

E acordou.

Vincent não achava que realmente tivesse estado dormindo. Há algum tempo isso não era mais necessário. Mas os transes, em que a corrupção lhe vinha com força e amor esmagadores, tinham quase o mesmo efeito. Nos últimos dias, as visões de cidades, de colmeias e da morte de deuses haviam sido invadidas. Pelas lembranças. O Bando do Dente Quebrado era algo de outra vida. Vincent sabia que todos aqueles garotos eram iguais a plantas ou pedras ou lixo — não eram lefeu.

Mas as lembranças continuavam.

— Sei que você está aí — disse Vincent, sentado na cama, as mãos na cabeça.

Sir Justin Gherald descolou-se do teto, aterrissou num toque sobre o chão de pedra.

— Você está quase tão poderoso quanto eu, meu filho — Justin aproximou-se, agitando o rabo de escorpião. Sua carne misturava-se com a couraça insetoide, a dádiva do simbionte, que era uma paródia da armadura da Ordem da Luz.

— Sou mais poderoso que você — disse Vincent, sem largar as têmporas.

O velho ficou calado.

Vincent deitou-se de novo sobre o muco e as criaturas que forravam seu leito. O quarto, durante a noite, em privacidade, tornava-se um ninho infecto, com teias gosmentas vermelhas estendendo-se do teto ao chão e às paredes. Os móveis recobriam-se do que parecia ser coral, mas era a matéria vermelha da Tormenta. E as criaturinhas lefeu, os simbiontes, rastejavam livres. Todas as manhãs, a bizarria cessava, dando lugar à aparência de normalidade.

— A bênção é forte em você, Vincent — disse Justin Gherald. — É bem possível que seja mesmo mais poderoso.

— Cale a boca — e Justin calou-se.

Ficaram imóveis, como duas coisas não-vivas. Os simbiontes livres caminharam por cima deles, alguns entraram em ouvidos ou olhos.

— Quando vou conhecer o mestre? — disse Vincent.

— Logo. Nem eu mesmo conheço nosso mestre.

— Quando vou parar de me lembrar?

— Ah — Justin Gherald fez um som que podia ser uma risada. — As lembranças. Isso é a prova de que você tem muito a aprender, jovem Vincent. Eu sou capaz de escolher quais lembranças manter. Apaguei de minha mente tudo o que não era necessário. E apaguei todas as emoções que não eram lefeu. Há três dias, matei um velho inofensivo, que foi meu criado quando eu era jovem. Hoje, terminei de devorar o seu corpo.

— Idiota — disse Vincent, os olhos tapados pelo antebraço.

As quelíceras de *sir* Justin estalaram de indignação.

— Isso foi um ato inútil — continuou o rapaz. — De que adianta assassinar um velho? Você ainda quer ser um cavaleiro de histórias.

Nada.

— Você se arrepende, não é? — chiou *sir* Justin. — Da morte dos seus amigos. Da morte dos cavaleiros. E não conseguiu matar Darien, quando teve a chance. Você ainda é muito humano.

Vincent saltou da cama, em um instante era uma criatura horrenda, inseto-demônio, lefeu. Com um de seus braços, segurou as antenas de Justin Gherald, e usou os outros dois para ameaçar-lhe com garras.

— *Eu sirvo aos lefeu* — rosnou Vincent.

— Acho que retém muito de sua vida anterior. Talvez você deva ser abençoado com mais alguns simbiontes, para devorar as partes incômodas de sua mente.

Vincent estremeceu. Mas por quê? Se era dedicado aos mestres, por que desejava manter aquela parte de si? Se sabia que tudo deveria ser lefeu, por que tentava preservar memórias humanas? Largou Justin Gherald.

E, súbito, tudo se confundiu de novo. Os olhos de mosca de Vincent deram lugar aos seus antigos olhos azuis. Ele tocou em si mesmo, na carapaça, percebeu o braço adicional. Tudo parou de fazer sentido, as certezas de há pouco esfaceladas em percepção, em realidade e loucura.

— O que é a bênção? — disse. — Eu esqueci. É Khalmyr?

Justin Gherald riu, um som de pregos arranhando metal.

— Sim. É Khalmyr. É o que Khalmyr será. Tudo será lefeu.

E nem mesmo estava mentindo.

— Você tem espalhado a palavra de Khalmyr? — disse Justin, acariciando o rosto do jovem com navalhas.

Vincent concordou vagamente.

— A hora se aproxima, meu filho. Nós vamos conhecer o mestre. E o Deus.

— Khalmyr? — disse Vincent, como uma criança.

— Não Khalmyr. Alguém superior. Mas apenas se a bênção se espalhar.

— Sou um bom apóstolo — disse Vincent.

E então, de novo os olhos de mosca.

— Chega de memórias — disse o garoto. — Quero esquecer o que não é lefeu.

E *sir* Justin não precisou fazer nada. Vincent apanhou da cama um simbionte rastejante, cheio de pernas e um longo ferrão, e o pressionou contra o rosto. O ferrão procurou a testa, abriu um buraco no crânio, e atingiu o interior úmido. Começou a sugar as coisas incômodas, aliviando Vincent da dor.

Vincent era mesmo mais poderoso, pensava *sir* Justin Gherald. Mas era fácil torcer-lhe a vontade. Vincent sempre acabava sacrificando um pouco mais de suas memórias, voluntariamente.

Em breve, seria uma linda, abençoada casca vazia.

O nada; a perfeição. Era comovente, o bastante para despertar o choro humano das emoções lefeu.

Vincent pisou na igreja de Khalmyr com toda a graça e respeito que se esperava do jovem luminar da Ordem. Sua armadura era aço polido, sua túnica era vermelha e branca, com o símbolo do ramo. Cabelos de ouro, olhos de céu. Ajoelhou-se frente à balança do Deus da Justiça, e orou.

Sabia que, de alguma forma, aquele era um Khalmyr diferente. Sabia por certo que, ali, a verdadeira aparência sublime, a bênção, deveria ser escondida. A coisa dentro de seu cérebro mordiscava-lhe o raciocínio, mas ele conseguia lembrar das palavras de *sir* Justin: eles serviam ao futuro de Khalmyr.

Iriam, então, purificar Khalmyr, assim como purificariam a Ordem da Luz? Não lhe ocorreu que a ideia era blasfema.

— *Sir* Vincent Gherald — disse uma voz de mulher. Doce e certeira, ecoando controlada, acostumada ao ambiente da igreja. — Muito obrigada por ter atendido ao meu chamado.

Vincent fez o sinal santo, como se beijasse o pomo da espada (*"sinal velho e obsceno"*) e ergueu-se. O leve clangor da armadura reverberou pela nave principal, e Vincent ficou embaraçado na medida certa. As bochechas vermelhas deram-lhe um ar ainda mais encantador.

— *Lady* Camille — cumprimentou, a cabeça baixa. Beijou a mão da clériga, juntando cortesia a uma dama e a uma sacerdotisa. — Por favor, sou só um cavaleiro novato. Chame-me de Vincent.

— Seja bem-vindo à casa de Khalmyr, Vincent — disse Camille, com um sorriso acolhedor. Tocou o metal do ombro do rapaz e mirou seus olhos. Um gesto íntimo como um beijo.

Vincent corou ainda mais (*"ela é um ultraje, uma mácula, um pedaço de lixo imundo"*).

Camille tinha o dobro da idade do rapaz, mas seu jeito de menina e seus modos soltos faziam-na mais moça. O cabelo negro e liso, até a cintura, tornava o rosto ovalado, e ela sorria sempre, aumentando a impressão. Era difícil não se sentir confortável com ela.

— Estou feliz por conhecê-lo, Vincent — o nome em seus lábios era um abraço a cada vez. — Todos já ouviram falar de suas façanhas.

— Não fiz nada ainda, *milady*. — (*"Se você se converter pode sobreviver à purificação, adoradora de deus podre"*).

— Ora, você quase venceu a justa. *Sir* Orion Drake é meu amigo, e eu não posso negar que estava torcendo por ele. Mas talvez você saísse vencedor, se tivessem se enfrentado, não é? — Camille piscou um olho.

Vincent balbuciou alguma coisa, sorriu de constrangimento (*"eu poderia tê-lo matado, vou matar todos vocês idólatras pagãos"*).

— E, eu posso garantir, Vincent — o nariz franzido, meio zombeteiro, meio conspirador. — Metade das donzelas de Norm está pensando em largar a família e os deveres para se jogar aos seus pés. Você chegou à nossa cidade, e à Ordem, para arrebatar todos.

— Estou tentando ser um cavaleiro digno, *milady*. Só isso — sorrindo, olhando para o chão. Lábios rosados e pálpebras de sonhador. — Devo tudo a *sir* Justin Gherald. — (*"Cheguei ao mundo para destruir os antigos e derrotados"*).

— *Sir* Justin — Camille suspirou. — É claro.

Camille teceu uma breve advertência sobre Justin Gherald. A gratidão de Vincent era louvável, disse a clériga, mas *sir* Gherald não era um homem santo, não era Khalmyr. E Vincent faria bem em se mirar nos deuses, e não nos homens.

(*"Justin me explicou a bênção, mas é fraco e hesitante, será que não é de todo lefeu?, Justin não é nada, eu já tinha a bênção antes dele, Justin prendeu Darien, quem é Darien?, Justin talvez seja velho demais"*).

— Mas não foi para isso que o convidei a vir aqui, Vincent — Camille adquiriu um tom mais sério, mas também mais terno. — Gostaria de falar sobre Khalmyr.

(*"Khalmyr vai mudar ou morrer"*).

Camille levou-o por uma porta simples de madeira, gravada com a balança, atrás do altar. Um corredor curto, e então uma sala exígua e despretensiosa, com uma mesa e sem janelas. Uma estante de pergaminhos santos e livros eclesiásticos, um estandarte do Deus da Justiça. Uma modesta sala de reuniões para os clérigos. Fez que sentasse. Acomodou-se também, e tomou suas mãos.

— Há histórias a seu respeito, Vincent.

— Exageros, eu acho, *milady*. — (*"Os irmãos que falam demais têm pensamentos demais, é preciso destruir partes inúteis de suas mentes"*).

— Um homem precisa conhecer suas limitações e suas capacidades, Vincent. Não conhecer a própria força é muito perigoso. E modéstia é uma qualidade louvável, mas não em demasia.

— Que histórias, *milady*? — (*"Eu também tinha ideias demais, memórias. Um bando? Sangue e juventude. Eram coisas inúteis"*).

— Dizem que você é um guerreiro sagrado — ainda segurando-lhe as mãos. — Um paladino de Khalmyr. Isso é verdade?

Pausa apropriada. Nem um instante a mais ou a menos do que seria esperado de um jovem tentando aceitar uma grande responsabilidade.

— Não sei, *milady*. — (*"Paladino da Tormenta"*). — Acho que sim.

— Você é capaz de fazer milagres?

— Às vezes — disse Vincent. — Já curei um de meus amigos, apenas com um toque. Mas é algo que vem e vai. Eu pensava que os guerreiros sagrados tinham controle sobre suas habilidades, *milady*. Não sei quanto a mim mesmo. — (*"Sinto cada pedaço do meu corpo, tudo que é maravilhoso e lefeu, e tudo que é fraco e sujo e artoniano. Tenho controle. Exceto dos pensamentos. É preciso destruir os pensamentos supérfluos"*).

— Um paladino é uma pessoa muito especial, Vincent — disse Camille, entrando nos firmamentos que eram os olhos do garoto. — Alguns dizem que os guerreiros sagrados têm uma ligação mais forte com os deuses do que os próprios sacerdotes. Se você for abençoado assim, fico muito feliz. Mas também digo que se prepare, pois seu caminho será árduo.

— Sim, *milady*. — (*"Tenho poder para qualquer coisa, tudo é fácil"*).

— E eu lamento, mas preciso lhe pedir algo muito rude, Vincent.

— Qualquer coisa. — (*"Respire errado e mato você, queimo a igreja, danço nos restos de seu deus"*).

— Gostaria de olhar dentro de seu espírito, Vincent. É uma invasão de você mesmo, do que você é. Odeio ter de fazer isso. Mas você, de alguma forma, é muito especial. Preciso ter certeza de que não há nenhuma semente ruim germinando em você. De que o seu caminho de paladino poderá correr livre.

— Não peça desculpas, *lady* Camille. É um alívio ouvir isso. Todos ficam à minha volta, e me enchem de elogios. Eu não sei se mereço. Por favor, preciso de alguém que me diga se não vou decepcionar todos. — E não houve o pensamento lefeu.

Porque Vincent tinha controle sobre tudo — ou os simbiontes tinham. Vincent, que era tanto Vincent quanto era os simbiontes, moldou a própria mente. A própria alma. Era tudo argila. E, quando Camille orou e a luz do Deus da Justiça brilhou sobre o rapaz, ele não mentia, não escondia nada. Era, realmente, um garoto puro e esforçado, valente e incerto. Nenhum artoniano, nem mesmo um demônio ou um monstro, seria capaz de transformar-se daquele jeito.

Mas Vincent era, um pouco, lefeu.

Camille abriu um sorriso de alívio, soltou uma respiração que não percebera estar segurando.

Vincent, em um instante, deixou de experimentar afeto e propósito, e retornou para a corrupção.

— Você é mesmo um jovem exemplar — disse Camille. — Há quem duvide de você, mas não deixe isso o atrapalhar, Vincent. Fique com Khalmyr.

— Obrigado, *milady*. — (*"Ultraje, profanação, fui tocado pelo deus perdedor"*).

Camille beijou-lhe as faces ao se despedir. Esteve leve, sentindo-se flutuante, depois da entrevista. Vincent era sedutor com inocência, chegava a hipnotizar. O que era perigoso, mas ele tinha as melhores intenções. Ela podia dizer a Bernard Branalon que o rapaz era, afinal, uma boa influência para seus filhos. E quem sabe a presença dele não redimisse *sir* Justin Gherald?

"Havendo um garoto como Vincent", pensou Camille, *"há esperança"*.

— Tem certeza de que ele não é alguma espécie de cultista, ou coisa parecida? — disse *sir* Bernard.

— Não — riu Camille. — É um bom rapaz. Você deveria estar feliz por seus filhos seguirem-no.

Os dois caminhavam pelo Castelo da Luz, um par incongruente. Próximos pela ligação com Orion e Vanessa — um e outra tinham padrões tão altos que seus amigos eram, por certo, pessoas de bem.

— Ah, mas eu nunca vi os garotos tão abestalhados por algo que não tivesse seios — disse Bernard, por trás da barba de urso. — Talvez estejam exagerando.

— Ou talvez Vincent vá mesmo liderar algo muito bom. Você e Orion vivem reclamando de toda a politicagem dentro da Ordem.

Bernard Branalon concordou.

— Fique tranquilo — disse Camille. — Se eu conheço cavaleiros jovens, nessas tais reuniões eles devem estar rezando muito e fazendo bravatas.

— Bebendo e fazendo juras de amizade.

— Traçando planos para mudar Arton.

Riram.

— Como está o filho de Orion e Vanessa? — perguntou Camille.

— O pequeno Vallen? Ótimo. Já tem a força de uma mula. E, vendo o jeito como bebe leite, penso que ele gosta mesmo é dos seios das amas.

— Você tem um dom com crianças, Bernard.

— Ah — o cavaleiro descartou a ideia com um abano da mão. — Adoro essas pestes, mas logo ficam incontroláveis. Um bebê de poucos meses é bem diferente de garotos que têm quase o seu tamanho.

— Fique tranquilo — segurou o enorme braço do Paquiderme Galante.

O ânimo de Bernard mudou, e o ar ao redor dele.

— Então, Camille. Você nunca se casou, não é? Já tem planos para hoje à noite?

— O senhor é a sutileza em pessoa, *sir*.

— Mas ainda vou poder me deitar com uma mulher? — disse o garoto.

Recebeu um tapa, e voou seis metros. Sentiu o braço e um amontoado de costelas partirem quando aterrissou, e deixou escorrer uma baba sangrenta no tapete.

Os outros ficaram examinando-o, com seus olhos de inseto, sentindo o que quer que fosse com suas antenas agitadas. *Sir* Dennis, o rapaz que havia lhe batido, meio corpo tomado pelo simbionte, pulou até ele, chiando sobre a blasfêmia, e se preparando para matar.

— Não — disse Vincent.

O primeiro garoto encolhia-se, choramingando. O segundo andou, sobre as mãos e joelhos, para trás. Ficou ao lado de Vincent Gherald, como um cão bizarro, e recebeu um afago na cabeça.

— Perdão, *sir* Vincent — disse o garoto, cuspindo dentes. — Perdão, *sir* Dennis. Não quis blasfemar. Mas eu nunca estive com uma mulher. Queria experimentar, pelo menos uma vez, antes de receber a bênção de Khalmyr.

Vincent Gherald deixou o rosto aparecer, por trás da máscara vermelha do simbionte. Tinha um sorriso de irmão mais velho.

— Não se preocupe, *sir* Phineas. Você não vai sentir falta de mulheres. Khalmyr nos oferece um êxtase muito maior.

Sir Phineas assentiu, sorrindo banguela. Vincent ajudou-o a se levantar.

Sir Phineas tinha espinhas insistentes no rosto e alguns preciosos fios de barba no queixo. Seu orgulho e alegria era o bigode, um sombreado mole no lábio superior, entrecortado de acne. Era cavaleiro antes de ser homem, porque seu pai era nobre, porque era ingênuo, e porque Vincent Gherald provocara uma explosão de jovens sagrados antes da hora. E agora *sir* Phineas sentia-se importante, pois estava prestes a fazer parte da irmandade, do grupo secreto e audacioso que seguia Vincent Gherald, os jovens cavaleiros que iriam reformar a Ordem da Luz sob Khalmyr.

De início, achara mais do que estranha: horrenda a forma da bênção, como se manifestava naqueles rapazes. Phineas vomitara, sentira a mente contorcendo-se, um terror bizarro demais, e uma presença alienígena espetando-lhe a alma. Mas, então, *sir* Vincent falara. E tudo ficara bem.

Mas conseguia se lembrar, agora, de suas dúvidas iniciais. Tinha algo errado, algo naquelas aparências não era o que se sabia do Rei dos Deuses. Mas o quê?

— Acho que ele não está pronto — disse Malcolm Branalon.

— *Eu estou, eu estou!* — suplicou Phineas.

— O entusiasmo é uma das maiores qualidades aos olhos de Khalmyr — disse Vincent. — Vou lhe dar a chance de se provar digno, *sir* Phineas. Não decepcione seus irmãos e seu deus.

O simbionte emergiu da boca de Vincent.

Enquanto a criatura entrava pelo nariz de Phineas, escavando seu caminho e se enterrando nos lugares certos, o rapaz se contorcia. Todos os cavaleiros e os escudeiros, todos os abençoados que se reuniam ali aquela noite aplaudiram com suas garras e suas caudas, agitaram as asas e bateram as lâminas. Mais um irmão nascia.

O castelo de *sir* Justin Gherald era grande o suficiente para abrigar as reuniões, e afastado o bastante para garantir a discrição necessária. Havia lá grandes porões, masmorras, adegas. Num desses salões subterrâneos, a irmandade se reunia quase todas as noites. As paredes eram forradas do material vermelho, gotejante, quase vivo. Todas as superfícies fervilhavam de simbiontes. Os jovens cavaleiros faziam planos, compartilhavam sua sordidez, compreendiam seus novos mestres, tornavam-se mais fortes.

Aquelas eram noites de festa.

Os jovens eram a maioria. Membros da Ordem da Luz, ou apenas cavaleiros, ou mesmo escudeiros. Existiam, na irmandade, também os mais velhos. Esses obedeciam, traziam vinho e eram alvo das brincadeiras dos rapazes. Durante o dia, os papéis eram invertidos, mas a noite era dos jovens.

— *Sir* Vincent — disse um escudeiro, que guardava as montanhas de ovos. — Quando vamos purificar a Ordem?

Vincent cobriu de novo o rosto com a carapaça de aberração. Todos os seus ferrões se eriçaram, e os irmãos souberam que ele ia fazer um pronunciamento.

— Nosso mestre exige paciência. Vamos atacar apenas quando o mestre vier até aqui. Assim como nós, outros irão purificar outros lugares.

— *Nós não vamos lutar na guerra?* — disse um cavaleiro.

Vincent sentiu os humores em conflito dentro de si. Como líquidos vivos, os pensamentos duelavam.

— Não há nada que eu queira mais do que ir à guerra — disse Vincent. Havia alguém na guerra. Darien. Não; ele não conhecia nenhum Darien. — Mas *sir* Justin fala que não é a vontade dos mestres.

— Por que *sir* Justin não está aqui? — disse Adrian Branalon.

— Ele tem seus próprios motivos.

— Essas são as palavras de um soldado, *sir*. Não de um líder.

Corrupção alimentava corrupção.

— Nunca sentimos falta dele — *sir* Francis, um dos cavaleiros mais antigos, se aproximou, as bolsas de veneno em seu pescoço inchando e diminuindo. — Você é o nosso comandante, *sir* Vincent.

Os finos tentáculos de Vincent chicotearam o vazio.

Ele sentiu os corpos no grande salão, mais do que viu ou escutou ou cheirou. A ligação santificada que compartilhava com aqueles homens mostrava-lhe as dezenas que havia ali, as outras dúzias, espalhadas em Norm. Tantos, tão puros, ao seu comando. Eram quase duzentos, ao todo. E eram sua responsabilidade. Vincent sentiu a esperança daqueles jovens, a confiança que depositavam nele.

(Um dia, tempo atrás, houvera outros jovens que confiaram a ele suas vidas, mas Vincent esqueceu-os tão logo voltaram à mente).

— Quando vamos começar a lutar? — exclamou um escudeiro de onze anos, suas pinças abrindo e fechando.

Ali havia tanta vontade, pensou Vincent. Tanta pureza. Tanta juventude.

E sangue. Sangue e juventude.

Sir Phineas ergueu-se do chão, maravilhado. Muito garboso com as seis patas que emergiam de seu abdome.

CAPÍTULO 17

UM CERTO GENERAL ORION

ORION ERGUEU SEU FILHO NOS BRAÇOS, E O MENINO DEU um gemido de contentamento. Vanessa disse que ele iria vomitar, se o pai não cessasse aquelas bobagens, e Orion disse que a criança estava treinando para cavalgar dragões, dali a alguns anos.

— Orion, ele não tem três meses, e você já está tentando transformá-lo num cavaleiro da Luz.

— Ah, mas ele tem potencial. Não é mesmo, Vallen? Diga: *"Minha espada é minha vida"*. Diga: *"Renda-se em nome de Khalmyr"*. Diga: *"Carga!"*

O pequeno agitou os braços.

— Acho que ele não vai falar tão cedo — Vanessa abraçou o marido, os olhos embevecidos na criança.

— Mas, quando falar, suas primeiras palavras serão o juramento da Ordem da Luz — provocou Orion.

Vanessa derrubou Orion na cama, mantendo o bebê ainda no ar, alto nas mãos grisalhas do cavaleiro.

— Diga: *"A morte não é suficiente para meus inimigos"* — disse Vanessa, rindo.

— Acho que ele não vai poder ser cavaleiro da Luz e devoto de Keenn ao mesmo tempo — Orion começou a fazer cócegas na criança.

— Então vamos ter que arranjar um irmão para ele. Que tal, *sir* Orion Drake?

— Ora, *lady* Vanessa, um cavaleiro nunca foge ao seu dever.

Beijaram-se. O pequeno Vallen regurgitou nos lençóis, e foi um prazer limpar tudo.

Isso, é claro, na mente de Orion. Porque agora ele era general, estava longe do filho e não sabia o que pensar da mulher, e por família tinha milhares de soldados com rostos indistintos.

O movimento dos soldados era lento, arrastado, um quebra-cabeças de necessidades mundanas e complicações inesperadas. Para fazer a longa coluna parar, era necessário um aviso de algumas horas, até que a ordem chegasse à retaguarda — e isso porque as comunicações mágicas facilitavam tudo. Orion recebia relatórios sobre doenças, brigas, rações e todo tipo de detalhes, ouvia os problemas dos capitães e, indiretamente, de seus homens. Como um clérigo escutando confissões. Preocupava-se com a estratégia que adotariam em Trebuck, preocupava-se com manter aquela gente viva durante a marcha.

Estavam em Nova Ghondriann, que era um ótimo lugar para se estar de passagem, sem grandes expectativas e sem problemas locais. Não tinham marchado por Yuden, tinham sido engolidos pela magia de Wynlla e cuspidos em Nova Ghondriann, e haviam evitado o Exército com uma Nação completamente. Um avanço agridoce, porque fora um tipo de derrota, e porque significava que Vanessa não tinha conseguido cumprir sua missão.

Nova Ghondriann descortinava, à frente deles, uma paisagem de colinas, planícies, bosques. Havia agitações de guerra, mesmo ali — fazendas abandonadas, vilarejos inchados de refugiados, pessoas fugindo de Sambúrdia. E, mesmo eles carregando as bandeiras de Khalmyr e de Bielefeld e da Ordem da Luz, mesmo carregando um estandarte de Nova Ghondriann, ostentando a aprovação do regente, o povo tinha medo. Mesmo carregando o estandarte do Corvo, o estandarte de Orion Drake, o Cavaleiro da Nuvem Negra — ou talvez por isso mesmo. Soldados nunca eram prenúncio de coisas boas. Mesmo num lugar civilizado, mesmo numa coalizão em geral pacífica como o Reinado, grandes batalhões podiam sucumbir à mentalidade de turba, podiam roubar ou estuprar. Orion suspirava. Seus soldados comportavam-se de maneira exemplar — para homens que viviam do aço muitas vezes por falta de opção — mas não havia recepção de heróis.

Passavam por Nova Ghondriann. Queriam chegar a Trebuck e lutar.

— Tem alguma coisa errada — resmungou Trebane. — É como um demônio fazendo cócegas no fundo da minha cabeça. Alguma coisa errada.

A marcha do dia ia pela metade. O sol estava alto, inclemente, e o exército pisava o chão, de novo e de novo, arrastando sua vida e seus cheiros. Orion fez Bandido, seu garboso cavalo branco, emparelhar com o centauro.

— O que está errado, Trebane? Magia? Alguma maldição contra nós?

Trebane pateou o chão, deu uma cusparada de mau humor.

— Acho que não. Não sei. Mas algo está errado.

Outra realidade da vida de exército eram as reuniões. Reuniões incessantes, para tudo, todos os dias. Ouvir opiniões de lordes, capitães, cavaleiros, rejeitar as idiotices sem ofender demais os idiotas ricos, tomar decisões. Orion via-se como um intruso, mas preferiria mandar em todos com mão de ferro, se precisava mesmo mandar, ao invés de aguentar as reuniões. Participavam os oficiais importantes, mas também os nobres que haviam cedido homens. Participavam Trebane, por insistência de Orion, e *sir* Pelvas, o Cão que Cavalga, porque era inteligente e tinha bom senso em sua cabeça estranha de lobo. E participava, de lado, ouvindo, Darien, porque Orion queria que ele aprendesse.

— De qualquer forma — disse Orion, pensando na reunião que haveria à noite —, não mencione isso aos oficiais. Eles não precisam de mais nenhum motivo para borrar os fundilhos.

— Não acho que tenha a ver com a guerra, Orion. É só — hesitou — uma coisa estranha.

— Assunto de druida?

— Assunto meu, acho.

Orion foi dar atenção a uma dezena do outras coisas que necessitavam dele. A fantasia com seu filho e sua mulher dançou mais um pouco em sua cabeça, mas logo foi empurrada para o lado.

De noite.

Havia escudeiros e recrutas para montar as tendas dos oficiais. Havia disputa pela honra de montar a tenda do general. Mas Orion preferia fazer aquilo ele mesmo. E, de qualquer modo, naquela noite estava sentado a céu aberto, perto de uma fogueira.

— Com o que você está ocupando essa cabeça cinza cheia de problemas? — disse Trebane, chegando perto e oferecendo um odre de vinho.

— Zara.

— Zara?

Orion assentiu.

— Era esse o nome dela, não é? A garota que encontramos no Exército do Reinado. Zara.

— A garota que você escorraçou, é o que quer dizer.

Orion ficou calado um tempo, aceitou o comentário.

— O que eu fiz com ela foi horrível. Não deveria julgar uma pessoa daquele jeito.

— E por que está pensando nisso agora?

— Cabeça mais fria, talvez? Não sei. Mas o que eu fiz foi errado. O único juiz é Khalmyr.

— Bem, se Khalmyr dissesse aquilo para uma amiga minha, Khalmyr iria levar um tabefe.

Orion mexeu na fogueira com um graveto. Como um menino envergonhado.

— Percebo que não levei um tabefe — disse o cavaleiro.

— Eu tenho uma dívida com você. Sabe muito bem disso. E você não iria aceitar brigar um pouco antes de retomar uma missão importante. Iria ficar ofendido, ou culpado, e pensar e pensar, e talvez até oferecer a sua vida para mim, e tudo iria por água abaixo. Então, eu tive que engolir o que você fez com Zara.

Trebane secou o odre de um gole.

— Eu não deveria ter descarregado minha raiva nela — disse Orion. — Não estava com raiva dela. Estava com raiva de Vanessa. E nem sei se tinha razão para isso.

— Arrepender-se não adianta nada agora, não é? — disse o centauro, jogando longe o odre vazio.

— Não. Não adianta.

Orion se levantou.

— A única coisa que vai adiantar é fazer algo — disse. — Quando isso tudo acabar, vou para Deheon. Vou procurar aquela garota e me certificar de que esteja tudo bem com ela. E vou consertar o que estiver errado.

— *Não!* — gritou Trebane, escoiceando o ar. — Orion, será que você é mesmo como a sua mulher diz? Você quer partir em uma missão e em outra e nunca levar nada até o fim? Você deixou seu filho, diabos, para lutar nesta guerra, e agora quer ir ajudar uma garota qualquer? Esqueça, Orion. O momento passou. Não há nada que você possa fazer.

— Eu errei.

— Existem erros que não podem ser consertados. Você vai ter que viver com isso, e Zara vai ter que viver com isso. Ela provavelmente vai odiar você, e isso nunca vai se resolver.

A boca do cavaleiro desapareceu por trás da barba.

Havia muitos assuntos mal resolvidos. Vanessa estava em algum lugar, e as últimas palavras que eles tinham trocado haviam sido duras. Ingram partira em nome dele, caçando o Cavaleiro Risonho. Orion queria muito ver de novo o anão. E seu filho. Percebeu que a memória do rosto do pequeno já tinha se desvanecido um pouco.

— Aquela é a Colina do Enforcado — apontou o homem. — Dizem que o fantasma de um cavaleiro executado lá ainda assombra o lugar.

O grupo que conversava tinha peitos estufados, armaduras caras e narizes no céu. Não precisavam trabalhar, porque tinham uma legião de servos, escudeiros e subalternos para montar suas tendas, então aproveitavam o ar da noite em um passeio a cavalo.

— Acho melhor não nos aproximarmos — disse o barão Trudan.

Um dos cavaleiros menos nobres ousou rir, e foi alvo de um olhar gélido.

— Acha graça em algo, *sir*? — disse o barão.

— Em absoluto — gaguejou o homem.

— Meu avô foi morto por um fantasma. Não brinco com aparições. E gostaria de ver seu riso caso se confrontasse com uma.

"Diabo de homem medroso e empolado", pensou Darien. O barão Trudan, um dos mais pernósticos a empestear as reuniões de Orion, tinha medo da própria sombra. E provavelmente acharia que a própria sombra era algum tipo de morto-vivo, pronto a arrastá-lo para o além. Supersticioso e irrequieto, o barão mesmo assim tentava fazer uma figura imponente, queria se destacar como herói no exército, ou pelo menos conseguir uma bela reputação falsa. Darien se aproximava com uma mensagem, mas caminhou mais devagar, oculto, para ouvir conversa dos nobres.

— Ora, Trudan, ouvi dizer que seu avô bebeu tanto que achou ter visto um fantasma, e escorregou na escada — disse outro cavaleiro.

— E eu ouvi dizer que ele viu sua avó, pensou que *ela* fosse uma assombração, e morreu de susto!

O grupo riu, à exceção do próprio Trudan e do cavaleiro que havia tentado fazer graça antes. O segredo para o bom humor naquele pequeno círculo era ter um título mais alto do que a vítima da piada. Os outros dois humoristas eram condes, e se sentiam livres para zombar da covardia de Trudan.

Darien não conteve o riso.

— Quem está aí? — berrou o barão, girando na sela.

Darien saiu das sombras, tentando engolir a risada e estendendo um pergaminho.

— Tenho uma mensagem de *sir* Orion — disse.

— Viu algo engraçado, plebeu? — rosnou Trudan, do alto do cavalo.

Darien negou, mas não conseguia parar de imaginar a velha que lembrava um fantasma, conforme a pilhéria do outro.

— Venha até aqui — ordenou o barão.

Darien cheirou encrenca, mas foi, cauteloso. Os cavaleiros abriram o círculo, e Trudan puxou-o para o meio deles. Mandou que lesse a missiva.

Não era nada além do mesmo comunicado de quase todos os dias. Darien abriu o pergaminho, começou a falar as palavras, quando um espirro de lama atingiu-lhe na cara e na boca aberta. Por instinto, levou a mão à cintura, mas não havia mais uma espada lá.

Os cavaleiros riam constrangidos, mas o barão Trudan rugia uma gargalhada. Fora o seu cavalo que chutara o barro no rosto de Darien.

— Vamos, rapaz! Continue!

— "O general *sir* Orion Drake convoca" — lama.

Trudan chovia perdigotos, gritando uma risada artificial.

— Não entendi ainda. Continue!

— "convoca uma reunião" — lama.

Darien enxergava vermelho, cuspia pedaços de barro, limpava os olhos. O barão mandava que continuasse, o pergaminho estava emporcalhado e ele mal conseguia falar, a boca cheia de marrom.

— Trudan, já chega — disse um dos condes.

— Não entendi ainda a mensagem. Deixe eu ver o que ela diz.

O barão fez como se fosse se aproximar de Darien, mas tocou o cavalo e abalroou o rapaz. Darien caiu no barro, e o barão fez as patas do corcel pisarem a centímetros de sua cabeça.

— Continue!

— *Sir* Orion convoca uma reunião! — berrou Darien.

Trudan parou de rir, e sossegou o cavalo.

— Por que não disse logo? Diga a seu senhor que estaremos lá, como de costume.

— Sim, senhor.

— Acha mais alguma coisa engraçada?

— Não, senhor.

Darien se levantou, pingando lama.

— Onde estão seus modos? Faça uma mesura, antes de se retirar!

Darien obedeceu.

Houve um tempo em que ele resolveria aquilo com sangue. Mas agora era civilizado.

Ou quase.

— Certo, seu cavalo do demônio, você vai ter que me ajudar — disse Darien, cerca de uma hora depois.

Não estava mais coberto de lama. O humor do barão tinha-lhe forçado a tomar um banho, o que era uma coisa horrível, principalmente à noite. E ele havia roubado uma espada, mas não planejava tirar sangue com ela. Era verdade que Darien não prestava, ainda que tivesse inocência e charme suficientes para fazer as pessoas se esquecerem disso. Mas também era verdade que ele sabia, agora, o preço do sangue. Tinha um plano mais criativo.

Aproximou-se mais, e Bandido mordeu o ar, quase lhe atorando dois dedos. O cavalo imenso, a cernelha quase regulando em altura com o topo da cabeça de Darien, olhava em seus olhos, provocando. Darien pensou que ele e Bandido não eram tão diferentes: podia-se ver uma meiguice enganosa na expressão do animal.

— Vamos lá, rapaz — disse Darien, baixinho e calmo. — Vamos lá, não quero fazer mal a você. Vamos só dar um passeio, certo?

Bandido ficou quieto. Abaixou a cabeça, convidando o garoto a lhe acariciar a crina. Darien estendeu a mão de novo, ousou, e Bandido arremeteu os dentes como um raio, chegando a raspar a pele das costas da mão do rapaz.

— Pangaré dos nove infernos! Vou montar em você por bem ou por mal!

Bandido estava amarrado a uma grande distância de quaisquer homens e cavalos. Por isso, Darien berrava o quanto queria, e estava oculto. Ninguém desejava chegar perto de Bandido, as sentinelas temiam-no tanto quanto o inimigo, e os animais adquiriam uma verve matreira e selvagem em sua presença. Orion amarrara-o a um grosso poste de madeira, enfiado fundo no chão, mas sabia que não adiantava nada. Se quisesse, Bandido podia arrancar o poste, arrastá-lo e galopar na mesma velocidade de sempre. Havia que se contar com a boa vontade do animal.

Darien tomou distância, correu e saltou sobre Bandido. O cavalo mirou-o pelo que pareceu um tempo enorme, imóvel, e então deu um salto para o lado, no último instante. Darien estatelou-se no chão, cara na lama mais uma vez, e Bandido relinchou alto, como uma gargalhada. Então, girou sobre os cascos, posicionou-se para um coice muito preciso e provavelmente mortal.

Darien protegeu a cabeça e se atirou para trás, sentindo as ferraduras de Bandido cortarem o ar a centímetros de cada lado. Saltou de pé mais uma vez, e se esquivou do animal, que se erguia nas patas traseiras e tentava golpeá-lo com as dianteiras.

— Chega! Você pode ser mais inteligente, mas eu sou mais forte.

De novo pulou sobre Bandido, dessa vez agarrou-lhe o pescoço grosso. Foi sacudido como um boneco de pano, mas ficou firme, pois naquela posição não era vítima de uma mordida ou coice.

— Quadrúpede pederasta! Égua degenerada!

Bandido deu um repelão violento com o pescoço, e conseguiu jogar Darien longe. O garoto caiu em seu traseiro, fazendo uma larga mancha de grama e barro nas calças, e Bandido já se aprontava para um novo coice.

— Só quero dar uma lição num cavaleiro calhorda, seu animal estúpido!

Bandido parou no meio do coice. Abaixou as patas. Virou-se, como ouvindo.

— Cavalos não entendem o que a gente fala. Isso é impossível. Não é, sua mula branca?

Bandido olhava. Se fosse gente, teria uma sobrancelha erguida e um meio sorriso arrogante.

— É isso. Claro. Você não entende o que eu falo. Só gosta que eu use um tom suave, não é? — Mas: — Certo, ouça o que eu vou dizer.

O cavalo branco, tão branco que luzia contra a noite, respirava com as narinas enormes. Tinha as orelhas em pé.

O barão Trudan costumava se levantar várias vezes durante a noite, para aliviar seus intestinos indomados. Considerava tudo que acontecia na região baixa do corpo como indigno de um homem de sua posição. E era uma afronta pessoal que suas funções naturais tivessem um caráter tão desagradável e constrangedor.

— Senhor! — saudou um guarda soberboso, quando o barão abriu a tenda. Justiça fosse feita, mesmo na madrugada, o homem estava alerta e empertigado como uma lança.

O barão devolveu o cumprimento. Tinha cuidado para não destratar os subalternos que o viam em suas excursões excrementícias, pois podiam ser fonte de boatos maldosos e verdadeiros.

— Deseja uma escolta, senhor? — bradou o guarda, acordando uns homens próximos.

— Não, não. À vontade.

O guarda ainda exclamou "Senhor!" mais uma vez, o que parecia ser uma palavra adequada a tudo. O barão se afastou, sentindo a queima nas tripas.

E se afastou bastante, porque seria lamentável se algum nobre, cavaleiro ou mesmo soldado tivesse qualquer vislumbre do fedor e indignidade que o barão produzia tantas vezes por noite. Suas vergonhas, seus pruridos de nefelibata eram satisfeitos com facilidade no castelo, onde tinha toda a privacidade que podia querer, mas na estrada, num acampamento, o barão precisava tomar todo o cuidado.

Num ponto suficientemente distante e recluso, o barão se agachou. Grunhiu e gemeu para suas entranhas, amaldiçoando a si mesmo, os deuses que tinham criado funções tão indignas nos seres humanos e as legiões de clérigos que nunca haviam conseguido curar seu mal secreto. Quando começava a vencer a batalha contra o jantar de horas atrás, ouviu um galope.

O barão ficou lívido, por um momento não soube o que fazer. Procurou um esconderijo, mas suas tripas já funcionavam a plena força, e experimentou gritar que quem quer que fosse não se aproximasse, pois um barão de Bielefeld requeria privacidade. Nunca lhe ocorreu que pudesse ser um inimigo. Mas lhe ocorreu que pudesse ser uma alma penada —

— e era.

De trás de uma nesga de bosque, surgiu o fantasma. O barão Trudan lembrou-se imediatamente do cavaleiro executado. Estavam, afinal, na Colina do Enforcado. A aparição tinha traços vagos e macabros, era um homem que brilhava alvo, montado num cavalo branco espectral. O cavaleiro tinha um laço de forca no pescoço, e agitava uma espada. Homem e montaria exalavam uma aura fantasmagórica.

— *Vim levar sua alma, Trudan!* — entoou o cavaleiro enforcado. — *Prepare-se para encontrar seu avô no Reino do Deus da Morte!*

O cavaleiro enforcado galopou o cavalo espectral para cima de Trudan, que ainda estava agachado e ainda envolvido em assuntos intestinais.

— Fique longe de mim, abominação!

— *Chegou sua hora, Trudan!*

O barão saltou de onde estava, sem lembrar de erguer as calças. Deixando um rastro nauseabundo atrás de si e por suas pernas, correu desesperado, berrando por sua alma imortal e conclamando todos os clérigos.

O acampamento acordou, os homens tomaram em armas, as sentinelas correram até a gritaria.

E todos viram o barão.

Ele chegou no meio do acampamento, imundo e chorando, e tropeçou nas calças que trazia nos tornozelos. O riso trovejou em seus ouvidos. Vieram os nobres, vieram os oficiais, vieram até mesmo os recrutas. O tal centauro bronco e arrogante, que *sir* Orion teimava em levar às reuniões, ria mais do que todos.

Os amigos do barão Trudan, os condes e até mesmo o cavaleiro de nobreza parca, gargalhavam e apontavam. O barão tinha a cara na lama, mas esse era o marrom menos nojento com que ele estava sujo.

— Era um espírito! Um morto-vivo, seus ignorantes! — chorava o barão.

Do lugar onde o barão Trudan apontava, um movimento. Revelou-se a figura. Bandido, sereno, sem cavaleiro, andou à vista.

— É o cavalo de *sir* Orion, meu caro barão.

Mais risos. Trudan chorou na lama.

Longe, Darien tinha dores de tanto rir. Teve que tomar mais um banho, para tirar todo o cal do corpo, mas valeu a pena.

De manhã, Trudan voltou a Bielefeld, sem se despedir. Darien bocejava e cumpria seus deveres com entusiasmo redobrado.

Depois.

Meio-dia, os pássaros voavam em círculos largos, sobre as cabeças do exército. Suas sombras de nitidez perfeita desenhavam-se na grama e na terra. Por seus olhos, Trebane enxergava os olhos dos outros pássaros, e dos outros, até o horizonte.

— E então? — disse Orion, montado em Bandido.

— É o cagalhão do demônio, Orion! — Trebane piscou, voltando ao seu próprio corpo. — Uma coluna imensa, uma cobra que se arrasta por Sambúrdia. São muitos, mais do que nós. E quase todos estão emporcalhados.

— Com simbiontes, você quer dizer.

— Com simbiontes.

Orion mastigou aquilo. Não que fosse inesperado.

Sir Pelvas aproximou-se deles, tocando o cavalo a um passo lento.

— Não vejo como vamos conseguir alcançá-los, general — disse o Cão que Cavalga. — Quando chegarmos a Trebuck, vamos salvar algumas cidades e fazer um cerco, mas não há como interceptar Crânio Negro.

— Pondsmânia — disse Orion.

Pelvas não entendia.

— A Pondsmânia — repetiu o general. — Crânio Negro vai perder muito tempo atravessando a Pondsmânia.

— Eles não atravessam o terreno, *sir* — disse Pelvas. — Usam de magia.

— E é isso o que vai atrasá-los.

Sir Pelvas deu um sorriso lento, começando a entender a estratégia. Orion não era um tolo, e não fora àquela guerra sem um bom plano. A Pondsmânia era o Reino das Fadas, um lugar de magia selvagem e encanto bizarro, um lugar como nenhum outro no Reinado. Se fazia parte da coalizão, era, ao que parecia, tanto por capricho de sua regente quanto por qualquer aliança real. O tempo corria diferente na Pondsmânia, as pessoas se encantavam ou enlouqueciam, o maravilhoso era parte comum da existência. E as fadas eram imprevisíveis. Seria absurdo contar com elas como aliadas.

Exceto contra a Tormenta.

Fadas sofriam ainda mais com a Tormenta. O mínimo contato com a corrupção da Tempestade Rubra destruía uma fada, e não sobrava nenhuma alma para ressurreição ou para os Reinos dos Deuses. Crânio Negro teria de chegar perto da Pondsmânia, pelo menos. E Orion garantira que ele fosse atrasado.

— Havia muitas fadas no baile depois da justa — disse o cavaleiro. — Não eram emissários, mas fadas podem ser qualquer coisa. Mandei um alerta e um pedido de ajuda para a regente.

— Recebeu resposta? — disse Trebane.

— Não. Mas também não esperava receber.

— Acha que a regente da Pondsmânia vai atendê-lo? — disse Pelvas.

— Tentar prever o comportamento de uma fada é inútil. Mas acho que ela vai retardar Crânio Negro.

— E se não o fizer...? — disse Pelvas.

— Se não o fizer, nós vamos lutar uma guerra de vingança, e não de salvamento.

— Nunca precisei de motivo para lutar — disse Trebane.

Conversaram mais um pouco, avançando lentos sobre os cavalos e Trebane sobre si mesmo, o ritmo preguiçoso acompanhando o passo da infantaria. Por uma graça de Khalmyr, não havia um único nobre pernóstico junto deles, e puderam conversar como homens.

— E o seu pressentimento, Trebane? — disse Orion.

Pelvas quis saber o que era.

— Trebane tem um sexto sentido, ao que parece — disse o cavaleiro.

— Tenho também um sétimo, um oitavo e um décimo-quinto, e o meu pênis tem mais trinta e quatro sentidos diferentes. De quem foi a ideia de dar números aos sentidos, de qualquer forma?

— Mas o pressentimento continua?

— O pressentimento continua.

Alguma coisa estava muito errada, era o que Trebane pensava, e o que contou aos dois. Repetiu: não era, ele achava, algo a ver com a guerra. A natureza de Allihanna estava engasgando com todas as porcarias alienígenas que a coluna da União Púrpura estava deixando em seu rastro, mas ainda não era aquilo.

— Não entendo de presságios e augúrios — disse Pelvas. — Mas, às vezes, um pressentimento é algo que sabemos estar errado, e só não percebemos como.

Trebane resmungou, concordando.

— Para falar a verdade — disse o centauro. — Acho que é alguma coisa pessoal. Alguém está com problemas.

Orion sentiu a espinha gelar, mas se conteve.

— Você acha que eu vou gritar com você só porque pensou logo no seu filho? — sorriu Trebane. — Diabos, eu poderia dizer que cavaleiros da Luz sempre acham que o mundo gira em torno deles. Só que você tem razão em estar preocupado com a sua cria.

— Mas...?

— Mas não acho que seja nada com o seu potrinho, Orion. Mulheres humanas deveriam ter ninhadas. Assim sempre sobrariam alguns filhos, e a preocupação seria menor!

Pelvas riu com gosto, e Orion riu apesar de si mesmo. Na cabeça, Vallen, Vallen, Vallen.

— Merda — Trebane cuspiu. — Acho que essa porcaria vai ficar me incomodando até eu ter uma boa ocasião para matar muita gente — interrompeu-se.

— O que foi, Trebane? — Orion, sério de instante.

— A ocasião acaba de surgir.

Vinte e um a galope, desgarrando-se para oeste, descolando-se das tropas. Vinte e um escolhidos a dedo, por Orion, entre os mais fortes e os que tinham mais vontade de lutar. Era a batalha, um gosto do que viria mais tarde. Trebane tinha notado a ameaça por suas percepções de druida, pelas vozes dos animais, pelos olhos das árvores, ou simplesmente porque coçava para entrar em combate. Um batalhão retardatário da União Púrpura. Como um presente divino para afiar as espadas.

— Ouvi dizer que generais não fazem isso — Pelvas disse alto, acima da incitação aos cavalos e do barulho dos cascos.

— Lutar? — disse Orion, olhando para trás.

— Desgarrar-se do exército. Ir para a linha de frente. Ouvi dizer que um general deve ficar na retaguarda, dando ordens. Que um general na linha de frente é apenas mais uma espada.

— Quem disse isso não lutava como eu.

A paisagem de Nova Ghondriann pipocava em bosques, aqui e ali, mas os cavaleiros desejavam atrair o inimigo para o campo aberto, a planície, onde a carga de cavalaria era a arma mais mortal. Os cavalos espumavam suor quando, duas horas depois, os bárbaros corrompidos foram avistados. Escondiam-se em uma floresta esparsa, é claro, mas ali estavam, fedendo e rosnando, cheios de garras e machados e ferrões e dentes.

— Quer que eu lute em cima deste pangaré? — gritou Darien, segurando-se com força nas rédeas.

— Quero que você mate inimigos, rapaz — disse Orion. Fechou o elmo, e a voz lhe saiu metálica: — Mate-os como quiser.

Das copas verdes, emergiram três formas horrendas, que haviam sido homens. Agora, coisas insetoides, com largas asas membranosas, chiando obscenidades e agitando caudas de escorpião. Puxaram arcos, dispararam flechas. E os outros, de dentro da mata rala, preparavam lanças vermelhas contra a investida.

E então, Orion gritou:

— *Carga!*

E começou a matança.

Havia, nos combates de exércitos — mesmo em escaramuças pequenas, como aquela, vinte contra vinte ou arredores — cenas gloriosas, que faziam as histórias dos bardos e davam aos guerreiros a sensação de estarem mesmo em uma saga. Havia a parede de escudos, feita de disciplina, sólida e invencível. Havia o duelo, quando dois lutadores iguais se batiam e testavam habilidade refinada. Havia a magia, o fogo e as explosões que matavam dezenas, pelas mãos de um único homem frágil. E havia a majestosa carga de cavalaria.

As lanças dos cavaleiros, compridas e afiadas, ergueram-se como uma, apontando retas e sólidas para frente, prometendo destruição. Os cavalos sentiam o entusiasmo nervoso, batiam os cascos no chão com mais vontade. O mundo passava num borrão de movimento, o inimigo se aproximava num instante, e aqueles guerreiros, aqueles homens ocultos em metal, como estátuas de guerra, seguiam inexoráveis. Os elmos tapavam as dúvidas, as armaduras os tornavam duros. No momento da carga de cavalaria, eram heróis.

As lanças encontraram o inimigo, e a carne e a couraça voaram.

Orion incitou Bandido contra um enorme bárbaro com feições de mosca, que segurava uma alabarda pronta para atravessar o cavalo, no momento do choque. Mas Bandido pulou por sobre a arma, e o impulso colossal do galope deu mais força à mão de Orion. A lança se enterrou fundo no peito do homem, furou a carapaça e atravessou os ossos, e um sangue nauseabundo espirrou. Bandido pousou depois do salto, e Orion tinha o inimigo como um pedaço de carne, espetado na haste. De um repelão, soltou o cadáver, fez a montaria dar a volta nas árvores esparsas e se preparar para outra carga.

— Eles são nossos! — gritou o cavaleiro. — Khalmyr! Khalmyr!

Viu um bárbaro que era como uma horrenda formiga humana, lutando contra um cavaleiro a pé, e investiu de novo. O prazer do combate tomou conta dele, e Bandido era como parte do seu corpo, ambos numa coreografia de morte que alternava a lança e a espada.

Uma das aberrações aladas caiu, fumegando, pela magia de Trebane. O centauro berrava e ria.

Darien saltou do cavalo, quando um bárbaro de quatro braços roçou-lhe o peito com um machado. Tinha evitado o golpe por pouco, e cambaleou para trás, tentando capturar o chão, enquanto o monstro matava o cavalo e avançava.

Darien xingava baixinho, e preparava a espada.

Em um pulo, a aberração estava sobre ele, a lâmina vermelha mais uma vez cortando ar a centímetros. Darien bloqueou com a espada, mas seus braços cederam, e ele sentiu alguma coisa, músculo ou tendão ou outra qualquer, estalando. E o bárbaro atacou de novo.

Darien não guardava ilusões de que a vida de escudeiro seria fácil, mas amaldiçoou *sir* Orion, porque viu que ia morrer ali. Abaixou-se de um novo golpe, e pensou que deveria lutar diferente, porque agora não tinha emboscada e nem podia gritar para amedrontar os inimigos. Tinha que ser esperto. E se abaixou de novo, aproveitou a posição, golpeando com a espada e cortando atrás do joelho do inimigo. Ali, a carapaça falhava, embora a carne ainda fosse dura, e o corte tirou sangue. O bárbaro rosnou, e ergueu a perna em um chute, que acertou Darien em cheio na mandíbula.

Caído de novo, e de novo o machado descia sobre ele. Darien rolou, estocou para cima, perfurou o pescoço do homem. Ele gorgolejou, atacou de novo, mas Darien começou a gritar, e tirou uma força oculta do berro.

Moveu-se para um lado e para outro, o machado escavando a terra, e não deixou a lâmina sair de dentro da garganta inimiga. Darien puxava e empurrava a espada, destroçando o pescoço. Os golpes do homem ficaram mais fracos. O último chegou a lhe atingir o ombro, mas apenas doeu. E Darien gritava, a goela em carne viva, e trabalhava como açougueiro, e a cabeça insetoide pendeu. O inimigo morreu.

Darien ergueu-se para ver outro sobre ele. Alado, descendo com um par de martelos disformes, um sorriso de quelíceras e seis olhos multifacetados. A espada estava presa no inimigo morto, o cadáver corrompido pesava-lhe, ele estava preso no chão. E os dois martelos desceram.

Orion cavalgou. Bandido cruzou a distância entre eles e Darien num instante. A lança não chegava até a criatura alada. Em um pedaço de momento, ela esmagaria o garoto. Orion jogou a lança no chão e saltou do lombo do cavalo, impulsionando-se nos arreios.

Os dois martelos acertaram-lhe, na cabeça e nas costas. Orion sentiu gosto de sangue, que vinha do riacho de seu crânio, e esteve tonto. O visor do elmo amassado, ele enxergava metade, catou a espada e golpeou a esmo.

E, de repente, a algazarra cessou.

Orion ergueu-se, tirou o elmo com dificuldade, e viu os quinze homens que lhe sobravam. Sobravam apenas dois do inimigo, amarrados, capturados e sibilando.

Pelvas havia o salvado. A coisa alada dividia-se em três pedaços, no chão, e Pelvas limpava o fio da imensa espada de esgrima.

— Acabou, general — disse o Cão que Cavalga.

— Bom combate, rapazes — disse Orion, enquanto examinava o crânio, tentando avaliar a gravidade do ferimento.

Darien ainda tinha a espada trêmula na mão, espetada no pescoço do bárbaro insetoide.

— Você está bem? — disse Orion, estendendo-lhe uma manopla.

O rapaz tomou-a, e Orion puxou-o de pé.

— Obrigado.

— Se você for agradecer a todo homem que salvar a sua vida numa guerra, não vai fazer outra coisa. Esqueça, garoto. Você acabou de matar seu primeiro simbionte. Comemore.

Trebane coberto de sangue, um sorriso lhe partia a cara.

— Heróis vêm em várias formas — proclamava o centauro, para um cavaleiro igualmente satisfeito. — Mas a cor é sempre vermelha.

Era uma vitória.

De volta ao exército.

Noite, Orion emergiu da tenda onde eram interrogados os prisioneiros. Tinha uma bandagem na testa e uma expressão fúnebre no rosto. Darien esperava do lado de fora, sentado no chão.

— O que está fazendo, garoto?

Ele deu de ombros.

— Acho que queria saber dos prisioneiros. *Sir.*

Orion mediu-o.

— Estão mortos. Eu mesmo os matei.

— Você deve odiar esses sujeitos. *Sir.*

Orion abaixou-se, ficando no nível dos olhos de Darien.

— Você fez bem — disse o cavaleiro. — Fez bem em esperar aqui. Precisa mesmo aprender o que vai acontecer nesta guerra. E a lição de hoje é a seguinte: a corrupção da Tormenta é a pior coisa que existe, Darien. Ninguém conhece salvação. Só nos resta matar esses pobres-diabos. E punir Crânio Negro.

Darien sapateou em volta de uma frase.

— Não há outra alternativa? Se alguém está corrompido...?

— É a morte — disse Orion.

Pausa.

— O que você sabe, Darien?

O rapaz perdeu o sangue do rosto.

— Ah, sei de várias coisas, como dar prazer a uma mulher, ou a cinco, como derrotar cavaleiros da Luz —

— *O que você sabe, Darien?* — Orion agarrou-lhe o queixo.

— Acha que estou escondendo alguma coisa? Que eu sou um traidor? Pode me largar, seu amante de cavalos!

— Darien, por que você está perguntando isso? Você sabe de alguém corrompido?

Nada.

— O seu amigo — disse Orion, soltando o rosto do garoto. — Vincent. Ele foi infectado?

— Do que você está falando?

— Ou *sir* Justin Gherald? Havia boatos sobre isso. É por isso que você está preocupado?

— Cavaleiros são todos loucos, eu vou embora.

— Darien — Orion fez uma pausa, forçou-se a respirar calmo. — Não sou seu inimigo. Hoje, combatemos juntos. O meu filho está em Norm. Meus amigos estão em Norm. Diga-me: você sabe de algum sinal de corrupção em Norm?

Darien ficou calado.

— Olhe para mim e fale, e eu vou acreditar. Você sabe de alguém corrompido em Norm?

Pausa.

— Não.

— Acredito em você — disse Orion.

Ergueu-se e caminhou. Voltou o rosto:

— Bom combate, hoje, Darien.

E a noite prosseguiu.

A brisa trouxe a voz de Vanessa.

Orion abriu os olhos, alarmado. Rezou para que não fosse um sonho, e não era.

— Meu amor — disse a clériga, em seu ouvido, apenas o som sem corpo.

— Vanessa! Você está bem? — Orion sentou-se na cama de campanha, o pano da tenda acima da cabeça. — Eu te amo. Onde você está?

— Não posso dizer — o vento sussurrou. — Eu também te amo, Orion.

Por um momento, ele hesitou. Vieram-lhe perguntas sobre como ela fazia aquilo. Sobre o desenrolar da negociação falha, em Yuden. Ele chegou a ficar constrangido, considerando o que ela iria pensar, quaisquer sentimentos ou birras ou brigas. Mas aquilo era precioso demais, num momento em que ele nunca pensava ouvir da esposa. Era um milagre de Keenn, era óbvio. E não era a hora de constrangimentos.

— O que aconteceu com sua missão? — disse Orion.

— Não deu certo. O príncipe Mitkov nunca iria deixar um exército estrangeiro passar por suas terras. E vocês têm não-humanos nas fileiras. Desculpe. Não pensei que isso fosse acontecer.

— Você se arriscou, meu amor. E você tentou. Obrigado.

— Tentar não vale nada, sem vitória.

— E a missão para o seu deus? — disse Orion, recalcitrante.

— Ótima. Acho que vou conseguir. E vocês? Já entraram em combate?

— Hoje. Matei cinco bárbaros corrompidos.

— Estou orgulhosa.

— Temos terras, agora, Vanessa. Em Bielefeld. Um castelo. Um estandarte.

— Que estandarte?

Pausa.

— Um corvo negro.

— Típico — riu Vanessa.

— Você deve me odiar — disse Orion, arrependendo-se logo.

Só o vento. E então:

— Não. Eu te amo. Não quero sentir raiva de você. Não quero pensar no que fizemos de errado. Eu te amo. Só isso.

— Vallen está bem — ele cerrou os lábios. — Estava bem, da última vez em que o vi. Tenho pensado nele, sempre.

— Não precisa pensar. Logo, vamos estar todos juntos.

A brisa teve um perfume de conforto.

— Como você está? — disse Orion.

— Entrei numa luta, tomei um corte. Acho que vou ficar com uma cicatriz no seio esquerdo.

— Cicatriz no seio é a coisa mais bonita que eu consigo imaginar.

— Perdi um olho, também.

Pausa.

— Quero que você use esta magia sempre — disse ele. — Quero falar com você. Não quero ficar um dia sem ouvir a sua voz.

— É uma magia fraca — disse Vanessa. — Não serve para lutar. Keenn não gosta. Não vou usar.

Orion respirou.

— Está bem. Tudo bem. Estou com saudades.

— Eu também.

— Vou compensar tudo, quando nós nos encontrarmos. Todos os meus erros.

— O que você vai fazer? — disse a voz incorpórea. — Vai me dar flores? Vai me recitar um poema?

Orion deu um meio riso.

— Esses galanteios são todos falsos — disse. — São apenas convenções.

— O que você vai fazer para me agradar então, Orion?

— Vou matar, meu bem. Vou matar e matar.

Um som sem som, através do ar. Um sorriso, uma sensação de abraço.

— Eu te amo.

— Eu te amo.

A brisa cessou.

— Tome — disse Trebane, quando Orion ainda esfregava sono dos olhos e o sol ainda estava preguiçoso. Jogou um saco pardo, feito de lona grossa, aos pés do cavaleiro.

— O que é isso? — disse Orion, apanhando o embrulho.

— Tenho uma dívida com você, mas não vou poder pagar. Então, aí está o melhor que posso lhe oferecer.

Orion olhou dentro do saco e fez uma careta.

— Raízes — disse Trebane. — Ervas. Uns unguentos que preparei. Deve ser suficiente para manter vocês vivos por alguns dias. E as orelhas de todos os homens que eu matei em seu nome.

— Você não tem dívida nenhuma, meu amigo. Eu já disse. E não tenho o menor interesse em orelhas.

— Bem, elas são suas, agora. Faça o que quiser com elas. Também está aí um escalpo, porque um dos homens que matei não tinha orelhas.

Orion depositou a sacola no chão, tirou os remédios e plantas.

— Isso que dizer que você está indo embora?

Trebane assentiu.

— O pressentimento? — disse Orion.

De novo, assentiu. Olhava para todos os lados, menos para o cavaleiro, tentando disfarçar o lábio trêmulo.

— E para onde o seu pressentimento vai levá-lo, Trebane?

— Deheon.

Era uma surpresa.

— Zara? — disse Orion.

— Zara. Acho que é isso. Aquela pirralha me ajudou antes, e agora acho que ela precisa de mim. Vocês humanos só trazem problemas. Eu deveria me isolar de todos vocês.

— Como vai viajar até lá?

Trebane cuspiu.

— Quer saber todos os detalhes da minha vida? Quantas vezes eu defeco por dia? Porcaria de humano! Allihanna vai me levar. Entro numa árvore, e saio numa árvore diferente, mais próxima. Você não entenderia, é coisa de druida.

Orion sorriu e se aproximou.

— Boa sorte, meu amigo.

— Pare de falar em sorte. Porcaria! Você já me atrasou demais, eu vou embora.

Orion apertou forte sua mão, segurou-a um tempo.

— E obrigado por tudo, Trebane, príncipe dos centauros.

— Ainda tenho a minha dívida. Vou pagar. Não se esqueça.

E se desvencilhou do amigo, escondendo o rosto e limpando o molhado das bochechas.

Trebane galopou para uma árvore próxima, alta e de tronco grosso. No meio do caminho, parou e se virou:

— Só mais uma coisa, Orion. Acho que não preciso lhe dizer isso, mas agora você vai ficar sozinho com esse monte de cavaleiros, sem mim e sem Ingram e sem a sua mulher para lhe dar bons conselhos. E com essa bosta de estandarte agourento.

— Fale.

— Não deixe as bobagens de cavalaria subirem à sua cabeça. Você é melhor do que isso. E não deixe nenhuma bobagem sobre a morte poluir a sua mente, Orion. Não se dobre ao seu estandarte. A morte não é um alívio, a morte não é honrada, a morte não é um inimigo valoroso. A morte não é digna. Quando a morte vier, esqueça a justiça, esqueça o dever, e faça tudo para sobreviver. Morrer em combate é coisa de heróis imbecis. Você é um homem, e tem o seu filhote e a sua fêmea.

Orion assentiu, sério.

— Não se esqueça — disse Trebane. — A morte é uma merda.

E sumiu na grande árvore.

O exército continuava. Continuava a vida, continuava a luta.

CAPÍTULO 18

O CAVALEIRO A PÉ

O VENTO GELADO, EMPRESTADO DAS MONTANHAS Uivantes, enredou Ingram e o Doutor Nash com seus fios glaciais. Era um lugar onde o vento estava livre, onde a paisagem se abria, numa grandeza que empelotava a garganta, por vastidões de coxilhas e planícies altivas. O frio era um convite, o campo era um desafio, o ar zunia com uma sensação acachapante de se estar no melhor lugar do mundo, e se fazer digno dele. Um cheiro de orgulho exalava de Namalkah, o Reino dos Cavalos.

— Que bosta estamos fazendo aqui, no meio do nada? — disse Ingram Brassbones.

— Ora — disse Zebediah Nash —, é aqui que cumpriremos nossa missão. Vamos achar o Cavaleiro Risonho e levá-lo a *sir* Orion, e tudo ficará bem.

O anão fuzilou-o com um olhar desconfiado.

— Aqui? — disse, incluindo todo o horizonte com um gesto largo. — Por que não descemos de Vectora na capital, como gente civilizada? Porcaria, por que *passamos* pela capital e viemos até aqui, sem um infeliz para nos dar uma pista?

— Em Namalkah, as coisas acontecem nas coxilhas, meu amigo — riu o Doutor.

Estavam no sul de Namalkah, por insistência e meandros de Zebediah Nash. O Reino dos Cavalos era um lugar imenso, plano, repleto de uma espécie de barbárie ou selvageria controladas. Como próprio de uma nação onde os cavalos eram tão importantes quanto as pessoas, Namalkah tinha poucas cidades e muito espaço. Ingram, que por mais diferente que fosse dos outros anões, preferia a vida no subterrâneo ou entre quatro paredes sólidas, quase sentia falta de ar ao beber daquela visão escancarada. Era tanto vazio, tanto chão, que algo parecia morder o peito e as tripas, incitando uma corrida, um berro, um salto. Não havia uma única cidade ao alcance dos olhos. Na verdade, não havia ninguém. Só o vento. Ingram não conseguia imaginar um lugar menos apropriado para as idiossincrasias de Zebediah Nash.

— Você sabe que Namalkah é uma porcaria de lugar imenso, não sabe? — disse o anão.

O Doutor assentiu, cândido.

— E sabe que a coisa mais comum aqui é gente que monta cavalos, certo?

Mais uma vez, Nash concordou.

— Então, como pretende encontrar o tal cavaleiro? — berrou Ingram. — Numa cidade, poderíamos perguntar! Seguir pistas! O que você espera fazer aqui?

— Escutar o vento.

Era demais. Ingram mastigou o bigode por um instante, olhos esbugalhados, e então virou as costas e saiu andando numa direção qualquer.

— Eu vou achar uma cidade. Fique você aí com essa bosta de vento gelado, eu vou encontrar uma aldeia, no mínimo, e vou conseguir informações.

— Precisamos de viajantes, meu amigo. Não de cidadãos.

O anão parou.

— Esta gente percorre o reino inteiro, de um lado para o outro — continuou Nash. — Levam tropas de gado, cavalgam pelas razões mais diversas. Conhecem histórias, boatos. Os citadinos não vão ser tão úteis quanto os vagamundos, em Namalkah.

Ingram ficou medindo-o.

— Você tem um dia — decretou. — Se, em um maldito dia, não encontrarmos ninguém, então eu vou para uma cidade.

— É claro, em uma cidade poderíamos desfrutar do que o reino pode oferecer a um cavalheiro — ponderou Nash. — Existe requinte a ser achado em Namalkah, se você estiver disposto a procurar. No entanto, irei me resignar à vida campesina, por enquanto, no intento de encontrar nosso alvo.

Ingram não conteve um suspiro. Nas coxilhas de Namalkah, não havia mais *ninguém* com quem conversar.

A muito custo, fizeram uma fogueira que resistia ao sopro gélido. O descampado fazia deles alvos desprotegidos contra o vento, e as roupas mostravam-se permeáveis demais, abertas como a paisagem. O sol ainda não se pusera, mas a perspectiva da noite difícil convenceu-os a dar por encerrado o dia ainda com laranja no horizonte. O Doutor Nash manteve o hábito do chá em porcelana fina, mesmo sem poder aquecê-lo a contento.

— Conhece o povo daqui? — disse Ingram, esfregando as mãos para mantê-las quentes.

Nash deu de ombros.

— Um pouco. É gente orgulhosa. Os primeiros colonizadores não entraram em conflito com os bárbaros da região, quando vieram fundar o reino. Pelo contrário, incorporaram seus costumes. O povo de Namalkah, portanto, nunca foi derrotado.

Cascos batendo a terra, ao longe.

— Vamos ter companhia? — disse Ingram, já tocando o rifle.

— Cascos de cavalos devem ser o som mais comum aqui, depois do vento. Mas bem podem ser bandoleiros, selvagens, todo tipo de escória.

Mal visíveis contra o horizonte, os cavaleiros aumentavam rápido na visão.

— Você gosta desse povo, não é? — disse Ingram, zombeteiro mas preparando suas armas. — O jeito como fala. Admita, você gosta dessa gente.

— A bem da verdade, são uns broncos — disse o Doutor, fazendo uma careta para o chá frio. — Experimente conseguir um bom livro em Palthar. E essa é a capital. E namalkahnianos não sabem falar de nada exceto cavalos, ferraduras, armas e bravatas. E acham que um perfume apropriado para um homem é suor e esterco equino.

— Mas...?

— Mas Namalkah é uma boa *ideia*, meu amigo. Desde que você nunca precise viver aqui, é uma ideia esplêndida, cheia de liberdade, feitos heroicos, povo feliz e cavalos garbosos. Namalkah é um mito.

— Você tem bastante opiniões sobre —

Grito, cavalgares, uma flecha na fogueira, lanças.

Antes que os dois percebessem, os ginetes tinham chegado de todas as direções, o vento fazendo brincadeiras com o som de suas montarias e o lusco-fusco do anoitecer mascarando a volta que lhes davam. À primeira flecha, seguiram-se outras, erros deliberados, dos lados de Ingram e de Nash, e logo eles estavam cercados por homens e corcéis.

— Quem são eles? — disse uma voz do meio dos recém-chegados. Falava como se os dois não estivessem ali.

— Gente de fora — respondeu um ginete, cuspindo no chão.

Ingram tinha o rifle engatilhado e apontado, a bala pedindo para encontrar um daqueles peitos estufados. Nash, de pé, permanecia com as mãos abertas, as pontas dos dedos juntas, no que parecia uma posição relaxada mas na verdade era prontidão arcana. Os ginetes observavam com um desprezo divertido, cabeças erguidas como galos.

Eram quase dez. Vestiam roupas curiosas, ao mesmo tempo rústicas e pomposas como trajes de gala. Botas altas, de couro, em cada pé — exceto por dois dos mais jovens, que tinham os pés descalços. Calças de montaria, uma cinta larga de onde pendia um facão obrigatório, que complementava a arma de escolha de cada um. As lanças eram maioria — não objetos de arte como os de Bielefeld, mas pedaços de pau com pontas metálicas, algumas traindo suas origens de adagas ou pernas de tesoura. Quase todos portavam boleadeiras pesadas. Alguns dos ginetes usavam um poncho de tecido grosso, que cortava o vento e ainda escondia-lhes a prontidão das mãos armadas. Outros usavam camisas folgadas (algumas abertas no peito, desafiando o frio). As armaduras eram leves — couro, cota de malha. Todos, sem exceção, tinham chapéu, largo e escuro, amarrado num barbicacho usado sobre os beiços. Mas, pelo ar de orgulho que todos carregavam, os chapéus podiam bem ser coroas.

Um dos ginetes se aproximou, com um cavalo baio de longas crinas.

— Qual seu nome, patrício? — disse.

— Meu nome é uma bala na sua cabeça, se não abaixarem esses espetos e apearem — respondeu Ingram.

Uns risos e uma espécie de uivo baixo e provocador chegaram dos homens mais atrás.

— Por aqui não se usa esse pau furado — retrucou o ginete. — Isso para mim é peido do diabo: faz uma fumaceira e um fedor desgraçado, mas só serve para assustar.

— Vamos ver, então.

— Aqui se resolve as coisas com espada e flechaço nas guampas, patrício. Se quer entrevero, não precisa pedir duas vezes.

— *Não* — cortou Zebediah.

Tanto Ingram quanto o ginete olharam-no com hostilidade.

— Não precisamos lutar agora — disse o Doutor. — Meu nome é Zebediah. Meu amigo é Ingram Brassbones. Estamos aqui procurando um criminoso.

Vento. E então:

— Sou Caleb. Somos batedores de uma tropa de bois que chega amanhã. Venham comer e prosear com a gente, que podemos saber de alguma coisa desse tal criminoso.

Ofereceu uma mão em cumprimento, que o Doutor aceitou. Ingram também, a contragosto. As lanças foram abaixadas, começou-se os preparativos de um pequeno acampamento. Os ginetes conversavam alegres, provocavam-se, assobiavam. Tinham esquecido ou ignorado em um instante o prenúncio de morte e combate. Alguns tocaram ou tiraram os chapéus, em cumprimento a Ingram e Nash, outros os olharam como objetos defeituosos. O Doutor e o anão tinham, na visão daquela gente, a irremediável falha de não terem nascido em Namalkah, e a mais grave falha de andar a pé. Mas no geral eram cordiais.

— Não há necessidade de uma altercação, Ingram — disse Nash, em voz baixa. — E, realmente, por aqui uma briga é como um abraço de boas vindas.

— Nada de rifles, então?

— Nada de rifles, a não ser que o outro lado puxe uma espada. Se eles quiserem trocar alguns sopapos, isso não passa de um costume bárbaro.

Nash reunia suas coisas, à luz da fogueira moribunda. Pegou a xícara de porcelana, despejou na grama o resto de chá e a limpou com um pedaço de tecido.

Dos ginetes, veio um riso.

— Olhem o chazinho dele! — entusiasmou-se um dos namalkahnianos mais jovens. Apontou e deu uma risada extravagante, no que foi respondido por seu cavalo.

— Desculpe se não dou a devida atenção aos seus comentários sobre minha escolha de bebidas, amigo coprocéfalo — disse o Doutor Nash, com uma calma ostensiva.

O rapaz não entendeu, e seus amigos riram disso. Vendo-se alvo em vez de atirador, bufou de desprezo, cuspiu e disse:

— Esse usa esporas.

Silêncio, pararam os risos. Os rostos perderam a diversão, sobrancelhas se ergueram, uns grilos irreverentes foram os únicos a fazer barulho.

Para a surpresa de Ingram:

— *Quem usa esporas?* — vociferou o Doutor Nash.

Os ginetes abriram espaço, ressabiados. Caleb parou o que estava fazendo, picando fumo para um cigarro de palha, e ficou a examinar os dois. O rapaz, já de pés na grama, largou as rédeas e deu um passo insolente na direção de Zebediah.

— Você usa esporas, estrangeiro.

— Vamos ver então quem usa esporas aqui, fedelho.

Ingram Brassbones, mais uma vez, encontrava-se num mundo sem sentido. Nunca vira o Doutor picado em seu orgulho — e por algo tão absurdamente trivial.

— Pois então, é agora — disse o jovem, afastando seu poncho e segurando o cabo de uma espada.

— Nash, nada de lutar, você mesmo —

— Isso é diferente, Ingram. — E para o adversário: — Não quero matá-lo. Vou lhe mostrar que não preciso de esporas. Carreira em cancha reta.

O rapaz aceitou com um aceno agressivo de cabeça, e deu mais uma cusparada no chão. Foi ter com seu cavalo.

— Nash, que porcaria é essa? — sussurrou o anão.

— Ele pode ser apenas um abortinho, mas ninguém diz que uso esporas e deixo o assunto por isso mesmo.

— *Que porcaria maldita do inferno é isso de esporas?*

— Olhe em volta.

Olhou. Nenhum dos namalkahnianos usava esporas. Alguns conversavam com suas montarias, diálogos curtos e divertidos, ou longos e confidenciais. Um parecia dar grande valor a qualquer opinião que, ao que parecia, o animal estava oferecendo em silêncio.

— Cavalos aqui não são animais. Não são escravos. Cada criança recebe um cavalo aos seis anos, um potro, para crescer com ela e ser seu companheiro. Usar esporas? Machucar o seu irmão? Usar espora é como bater em mulheres, é como se prevalecer de crianças, é como torturar indefesos. Quem usa espora é incompetente. Covarde. Não é homem.

Ingram era uma confusão de bigodes e entendimento surpreso.

— Algum dos cavalheiros pode me permitir montar em seu corcel? — a voz de Zebediah Nash ergueu-se para os ginetes.

Um deles ofereceu-lhe um garanhão zaino chamado Uhtred. Zebediah falou algumas palavras ao animal, num tom confortador mas respeitoso, enfiou um pé no estribo e montou de um movimento só.

Caleb marcava o final da corrida, cuja pista era delimitada por lanças paralelas. O dia morria devagarinho.

— Quem é você? — disse o jovem rival do Doutor.

— Zebediah, médico de Salistick.

Caleb deu a largada. Os cavalos dispararam. Zebediah Nash dirigiu um olhar para o adversário, no meio da paisagem que zunia, e gritou:

— *Eia!*

Cavalo e ginete como um só, Zebediah Nash e Uhtred deixaram a outra dupla para atrás. Ambos curvavam-se à frente, saboreando a linha de chegada. O Doutor tinha um equilíbrio perfeito, movia-se em um uníssono harmonioso com o lombo do cavalo a galope. Em um instante, passaram por Caleb. E já tinham se virado quando o garoto cruzou a chegada.

Alguns assobios de admiração vieram dos namalkahnianos. Ingram coçava a cabeça. O sol, depois de ter assistido à curta corrida, foi para trás do mundo.

— Uso esporas? — disse Nash, alto e suado, para o adversário vencido.

— Não — admitiu o rapaz.

Apeou e ofereceu o braço em cumprimento, num respeito genuíno. O Doutor cumprimentou-o e também apeou.

— O senhor me desculpe, patrício — disse o jovem. — Deixe que eu lhe pague um trago de aguardente na próxima taverna.

Por toda sua cordialidade e a admiração que lhe prestavam os ginetes, o Doutor escolheu se afastar do grupo, dispensando até mesmo a companhia de Ingram. O anão permaneceu com os namalkahnianos, ouvindo canções que um deles arrancava de um alaúde, todas tratando de carreiras, mulheres ingratas ou guerras.

— Uma coisa lhe digo, patrício — falou Caleb, oferecendo um odre ao anão. — Para um vivente saber cavalgar assim, tem que ser de Namalkah.

Pela manhã, chegou o tropeiro a quem Caleb servia. No comando de uma manada considerável e um bando numeroso de guardas, era um homem velho e empertigado, curtido de sol e com grandes bigodes cinzentos a pender-lhe dos cantos da boca. Parecendo ser só ossos e rugas, andava firme e reto sobre o cavalo, usava apenas uma roupa comum e voejante, e parecia ignorar o vento frio. Zebediah ainda não voltara. Caleb apresentou Ingram ao patrão.

— Xavier Nash — anunciou-se o velho, apertando a mão de Ingram Brassbones. — Um seu criado.

— *Nash?*

Os ginetes misturavam-se com seus colegas recém-chegados, e espalhavam a história do almofadinha que havia ganho a carreira. Entre Caleb, Ingram e o velho Xavier, a bolha de suspense da história estava prestes a estourar, quando ouviu-se o Doutor:

— Que auspicioso encontrá-lo aqui, tio.

Zebediah Nash surgiu de trás de uma coxilha. Tinha o rosto tresnoitado, o chapelão amassado, mas a casaca e as demais roupas mantinham-se em um asseio meticuloso que era uma medalha de honra. Mas, incongruente, montava um cavalo malhado, em pelo. Deveria ter capturado e cativado o animal durante a noite.

Xavier Nash mediu Zebediah de alto a baixo, deu uma tragada no cigarro de palha e resumiu a situação:

— Cada coice que a vida nos dá!

CAPÍTULO 19

JOVENS CONTRA VELHOS

— QUER UM LAMPIÃO ACESO? — DISSE BERNARD BRANAlon.

— Pai! — respondeu a criança. — Eu já tenho sete anos.

O Paquiderme Galante desarrumou o cabelo de seu filho, e ajeitou as cobertas sobre ele.

— É mesmo, não é? Sete anos, e já é quase um cavaleiro. Quer ir lutar contra Crânio Negro?

O pequeno Coren Branalon sentou-se na cama.

— Quero! — com um riso luminoso.

— Durma primeiro, comandante. Cavaleiros da Luz precisam de sono.

O menino ainda protestou, disse que não estava cansado, que tinha muito a fazer. Bernard soprou o lampião, beijou a testa do filho e, antes que saísse do quarto, Coren já estava sonhando.

Fechou a porta e encostou-se na parede, suspirando. Camille riu.

— Achei que ele não fosse parar de pedir histórias de cavalaria — disse a clériga.

— Esse torneio foi a pior coisa do mundo para pais como eu. Todos os garotos estão com as cabeças cheias de galanteria. Achei que isso fosse passar em alguns meses, mas eles continuam.

— Ora, pelo que me recordo, foi você quem insistiu para que Coren viesse à cidade, *sir* Bernard.

— Isso é o pior dessas pestes: dominam a cabeça da gente!

Seguiram andando e conversando. Naquelas semanas, tinham-se tornado mais próximos, embora Camille ainda não tivesse aceitado nenhum dos convites de Bernard para um jantar, uma noite na taverna, um passeio ao luar ou uma visita ao seu quarto. A clériga de Khalmyr ajudava a tomar conta de Vallen Drake, dividia preocupações sobre a guerra e relaxava de seu papel de guia espiritual.

O assunto dos dois era, em geral, Orion e Vanessa. Nem Bernard e nem Camille estranhavam a fascinação que aqueles dois exerciam, ou como puxavam as atenções para si. Bernard era um cavaleiro como tantos, ainda que importante. Camille era uma sacerdotisa honesta e devota, mas não notável. Orion e Vanessa tinham as qualidades, as angústias e as histórias de heróis míticos.

— E o resto de sua prole? — disse Camille.

— Sei que estão bem. Confio no pessoal do meu castelo. Gostaria de trazer todos os fedelhos para cá...

— Mas não pode. Calma, Bernard. Logo tudo isso vai estar resolvido, e você vai poder voltar para suas terras.

— Mais uma vez, obrigado por estar me ajudando, Camille.

— Não há de quê, *sir* Branalon. Eu vou verificar Coren no meio da noite, se o senhor não se importar.

— Antes disso, não gostaria de tomar uma ânfora de vinho nos meus aposentos?

— Boa noite, Bernard.

Enquanto Camille andava, Bernard Branalon analisava sua silhueta, por trás. Tinha certeza de que ainda iria dobrar a clériga.

Recolheu-se ao seu quarto, onde fora improvisado um espaço para Vallen Drake, com seu berço e todos os apetrechos da surpreendente parafernália que acompanhava um bebê. As amas estavam lá, mexendo no pequeno, fazendo sons ininteligíveis e pretensamente graciosos. Bernard dispensou-as, enxotou as mais insistentes e cuidou de todos os preparativos envolvidos em fazer a criança dormir.

Depois de Vallen apagado, Bernard debruçou-se sobre planos de batalha, cálculos de rações e equipamentos, estratégias. Filhos e guerra eram o melhor da vida. Faltava apenas uma boa mulher, pensou *sir* Branalon, mas isso estava sendo arranjado.

A noite já ia velha quando largou os pergaminhos e depositou sua prodigiosa massa na cama. Poucas horas depois, foi acordado com os protestos de Vallen. Chamou uma das amas, verificou tudo que não exigia seios, aprontou o moleque. Enquanto Vallen Drake fazia sua refeição, Bernard decidiu checar seu próprio filho.

Na madrugada, as botas do Paquiderme Galante ecoavam nos corredores do Castelo da Luz. O silêncio noturno estava mais vazio, o ar mais parado. Bernard não viu um único guarda de seus aposentos até o quarto de Coren Branalon.

Pelos eriçados. Mas, quando abriu a porta, relaxou com o som manso da respiração do filho. Pé ante pé, foi até ele, e ajeitou de novo as cobertas. Coren resmungou, virou-se na cama. Bernard sorriu por trás da barba de urso.

Mas um cheiro.

Havia um odor vago, estranho, no quarto. Bernard ergueu o nariz, farejando o ar, fechou a porta para examinar-lhe a fonte. Os olhos, desacostumados à escuridão, fizeram a vista preta. Ele tateou em busca do lampião e acendeu-o.

E viu a poça.

E viu o corpo.

Camille estava atrás da porta, peito e estômago uma enorme fenda. Uma estaca de ferro trespassava-lhe o pescoço, deixando-a suspensa na parede. E um bilhete, escrito a dedo com sangue:

"Sorte do garoto não querer um lampião aceso".

A rua atrás do Castelo da Luz fechou-se com uma parede de escudos.

— Não deixem eles passarem, rapazes! — gritou o sargento. — São só monstros. Quantas vezes lutamos contra monstros? Por Khalmyr!

Os três jovens cortavam silhuetas no céu noturno, iluminado pelos incêndios. Berros de toda parte, e os três sorrisos grandes demais, cheios de dentes, os olhos malignos de inseto. Pularam sobre a parede de escudos.

As pernas encouraçadas impulsionaram seus corpos monstruosos, e as garras de navalha encontraram o metal. As lanças compridas, prontas, atravessaram dois dos atacantes, mas eles cuspiram apenas um sangue negro e viscoso, e seguiram golpeando. Um braço longo demais alcançou por sobre os escudos, puxou uma cabeça protegida por elmo, arremessou o soldado contra uma muralha. E os jovens cavaleiros, infectos e corrompidos pelos simbiontes, destruíram a parede de escudos.

Norm queimava.

— Pela Ordem da Luz! — elevou-se uma voz. — Khalmyr! Khalmyr!

Meia dúzia de cavaleiros velhos, rostos e corpos ocultos nas armaduras, dispararam em carga, lanças em riste e corcéis galopando, contra um grupo dos bizarros inimigos. Eles dobravam-se como animais sobre um punhado de cadáveres, voltaram as cabeças e não havia nada de humano em seus rostos. Olhos enormes, multifacetados de coisa rastejante. Antenas longas e serrilhadas que se moviam com interesse. Quelíceras fazendo barulho, longos tubos fibrosos emergindo onde deveria estar a boca, expelindo ácido e sugando carne dissolvida.

Eram a juventude da Ordem da Luz.

— Khalmyr! Khalmyr! — gritavam os cavaleiros.

O grito de guerra corrompido soou em outro lugar.

Chocaram-se com os inimigos. Dois abriram asas de barata e voaram desajeitados, antes que a ponta das armas pudesse encontrá-los. O restante sofreu todo o impacto da soberba carga de cavalaria, a força destruidora de homens e cavalos juntos, o galope impulsionando as lanças e perfurando as carapaças nojentas, enquanto uns gritavam pelo Deus da Justiça e outros chiavam obscenidades na noite. Um corpo insetoide foi dilacerado, três patas voando. Outros foram arrastados, feridos, mas estavam vivos, cheios de resistência nauseabunda e antinatural. Um dos cavaleiros demorou um instante para notar que carregava o adversário vivo, espetado na lança, e que ele esticava os braços para golpear. Por fim, o garoto-inseto cuspiu uma saraivada de dardos carnosos, que perfurou elmo e pele e crânio. O cavaleiro tombou, tombou o cavalo.

No céu de Bielefeld, onde voavam grifos, onde tinham voado dragões, no céu de Bielefeld que se iluminava com a luz de Khalmyr, voejavam homens com asas de inseto e espalhando imundície.

Os atacantes não eram muitos. Os duzentos, nada mais. Mas tinham talento, poder e vontade para a matança. As casas ardiam, as pessoas eram arrastadas. Por alienígenas que parecessem, os atacantes tinham estratégia: matavam um ou dois membros de cada família, apenas o suficiente para instaurar horror verdadeiro e quebrar espíritos. Deixavam os outros vivos, rendidos, chorando no meio do fogo. Ou então apenas surgiam, com sua aparência enlouquecedora de invasores, e assistiam aos guardas, soldados, pais e mães vomitarem a sanidade junto com a bile.

Um cavaleiro corria por uma ruela, segurando um braço e dizendo a si mesmo que não era tarde demais para curá-lo. A armadura não estava completa; ele não tivera chance de vesti-la toda, mas mesmo assim pesava-lhe. O sangue ia embora, com ele ia o raciocínio — mas a coragem inflava à medida que murchava a razão.

À sua frente, um grupo montado. Ele agradeceu a Khalmyr e a Lena, chamou-os.

E viu.

As três formas não eram cavaleiros da Luz — ou eram, mas do inimigo. Por armadura, tinham as carapaças. E montavam cavalos, corrompidos como eles, os focinhos grossos e pontudos, os olhos de mosca. Cavalos e cavaleiros estavam grudados com a matéria vermelha, dura e gosmenta.

— Os cavalos, seus desgraçados — disse o homem, estupidamente. — O que vocês fizeram com os cavalos?

E aqueles três cavaleiros, que ainda tinham a insígnia da Ordem por trás da corrupção, ergueram lanças feitas de carne e couraça, e investiram. O homem foi perfurado e morreu, ouvindo o grito de guerra dos inimigos.

No outro extremo da cidade, dez clérigos de Khalmyr reuniam-se, rostos calmos e mandíbulas rijas de dever. Bloqueavam da mente os gritos, os estertores de morte ao seu redor, e oravam num círculo. As aberrações voadoras, que mais de um deles reconhecia de antes da transformação, zumbiam no céu, e preparavam seu ataque.

— Suas igrejas estão queimando! — chiou um dos inimigos. — Seu deus foi vencido!

Os clérigos continuavam sua litania, em voz baixa, os olhos postos e as mãos juntas em punhos. Súbito, pararam.

— Khalmyr não está em um prédio — disse um velho sacerdote.

E uma imensa coluna de chamas desceu das nuvens, como o deus feito morte, engolfando os profanadores. Um cheiro enjoativo de esterco queimado emergiu dos corpos aberrantes. Eles caíram do ar, as asas fumegando.

Mas apenas um estava morto.

Um clérigo mais jovem, pouco mais que um noviço, viu aquilo e engasgou. Começou a chorar e vomitou de puro medo.

— Eles são mais fortes, eles venceram. Khalmyr foi mesmo derrotado.

O medo trouxe o desespero, a visão trouxe a loucura. E as formas se erguendo, ainda vivas depois do milagre, expulsaram a fé. O mundo ficou gelado ao redor do noviço, ele sentiu Khalmyr abandonando-o — mas era ele que abandonava o deus. Correu às cegas para os inimigos, seu corpo falhando — olhos, língua, braços, intestinos, tudo exceto as pernas — e foi destroçado pelas patas afiadas, pelas mãos de muitos dedos, pelas pinças e as bocas.

— Estamos vivos — disse um dos inimigos. — Nosso Deus é verdadeiro.

— Khalmyr olha por nós — rugiu o velho clérigo. — Se morrermos aqui, iremos para seu Reino.

Mas dois clérigos baixaram as mãos, olharam para os inimigos, abriram a guarda do corpo e da alma:

— Seu deus é mesmo poderoso?

E o grito de guerra era ouvido em toda Norm. Os jovens cavaleiros, *sir* Phineas e *sir* Dennis e *sir* Francis e todos os outros, matavam nobres e plebeus, velhos e crianças. Eram cavaleiros, ainda tinham a postura e a técnica, e alguns tinham montarias corrompidas. Mas eram também um enxame, uma nuvem de gafanhotos de pesadelo que descia sobre a cidade. Os estandartes eram derrubados, rasgados e queimados. Em certas ruas, era difícil passar, por causa do tapete de cadáveres. As sarjetas corriam riachos de sangue. Eles haviam emergido em suas próprias casas — nas casas de seus pais — assassinando suas famílias na noite. Haviam emergido onde eram queridos, onde tinham confiança. Nos estábulos e nas tavernas, em casas de amigos e nas igrejas. E haviam emergido no Castelo da Luz.

O brilho santo que fulgurava do Castelo, de suas majestosas torres em forma de espadas, era a única luz que competia com os incêndios. Os portões tinham sido fechados, mas o clangor de metal era ouvido lá dentro. Ninguém sabia como estava a batalha na sede da Ordem.

Porque a Ordem da Luz caíra no resto de Norm, e a fortaleza era o último bastião.

Sir Vincent montava seu cavalo insetoide, agitava seus tentáculos e dava instruções aos seus comandados. Estavam numa praça, as árvores frondosas e simétricas pesadas com gente enforcada, a grama empapada de sangue e fervilhando de simbiontes.

— Quero todas as igrejas profanadas, entenderam? É a nossa prioridade agora. E quero os corpos de todos os clérigos. Vocês vão exibi-los nas paróquias. Usem sua imaginação, quero um espetáculo tão depravado quanto possível. Isso vai acabar com a valentia dessa gente.

Os cavaleiros assentiram, fizeram uma saudação da Ordem da Luz e partiram, voando ou montando seus corcéis aberrantes. Chegaram outros, com relatórios para Vincent, falando de ruas tomadas, vizinhanças dominadas e corrupção que se espalhava.

— Concentrem-se nos guerreiros — disse Vincent. — Velhos e crianças não vão resistir ao simbionte, ou vão ficar incapacitados. Guerreiros e outros homens fortes podem nos ser úteis ainda esta noite. E procurem *aventureiros*. Se acharem algum mago, algum grupo de mercenários ou outro bando de passagem, ataquem. Se eles forem abençoados, melhor. Caso contrário, matem-nos. São muito mais perigosos que soldados.

— *Sir* Vincent, achei um templo de Lena cheio de bebês — disse uma pequena forma distorcida. O fogo iluminou-o, e era talvez o mais jovem seguidor de Vincent, o escudeiro de onze anos que tivera a coragem de argumentar com ele. — O que fazemos?

— O que você acha que deve fazer? — disse Vincent, exibindo o rosto humano por trás da máscara insetoide.

O garoto hesitou.

— Capturar os bebês, *sir*. Apresentá-los aos simbiontes. Poderemos ver os efeitos de alguém crescendo sob a bênção. *Sir*.

— Muito bem — Vincent sorriu. — Ótima ideia, escudeiro. Continue assim e poderá ser cavaleiro antes do que imagina.

O menino agitou todas as suas patas de felicidade, e partiu para corromper os bebês.

Ao longe, um prédio desabou, quando o fogo e os ataques foram pesados demais. Os estalos úmidos dos jovens corrompidos infestavam a cidade, misturando-se com berros de agonia, crepitar de incêndios e o grito de guerra dos atacantes. Cavaleiros velhos, leais, chocavam-se contra os cavaleiros jovens e traidores. E perdiam. O grupo de Vincent criava maneiras eficientes de distribuir a morte em larga escala. Vincent ouvia e sentia aquilo, sua percepção vermelha como uma teia que se espalhava por Norm.

E então, Vincent sentiu uma presença forte.

— Meu filho — sibilou *sir* Justin Gherald. — Por que me desobedeceu?

Os incêndios pareceram emoldurar o encontro das duas figuras. Ambos corrompidos além de qualquer reconhecimento, ambos montados em corcéis infernais e ambos enormes em suas armaduras de pesadelo. A praça esvaziou, os membros do enxame indo às suas tarefas com mais rapidez. Os enforcados balançaram com mais lentidão.

— Justin — Vincent cobriu de novo o rosto com a couraça. — Você é fraco. Está preso aos seus antigos valores de humano. Você é patético.

A cauda de escorpião de *sir* Justin se eriçou de raiva.

— Eu lhe dei a bênção, fedelho. Eu lhe instruí. Eu lhe dei conhecimento.

— E eu evoluí. Mas você não sabe que evolução é o centro de tudo, não é? Você quer ser um vilão de histórias, porque é recalcado e triste. Você não sabe o que é lefeu, Justin.

Ao longe, em algum lugar, o grito de guerra.

— Você contrariou nosso mestre.

— Tudo o que sei de nosso mestre é o que você me diz. Eu vou à guerra. Vou encontrar Crânio Negro.

— Nós iríamos purificar a Ordem da Luz! — disse *sir* Justin.

— Já estou fazendo isso. — E empertigou-se, em um desafio galante ainda que distorcido: — *Em guarda.*

Os cavalos destroçaram o chão com seus cascos. Justin Gherald puxou uma espada de matéria latejante, que estivera cravada em suas costas. Vincent desgrudou a lança da sela de seu monstro.

E eles cavalgaram.

Como uma justa, vista pelos olhos de um louco, as montarias investiram. O fogo, as criaturas, a agonia das vítimas eram como a plateia festejando, os enforcados eram como os estandartes a tremular. A lança serrilhada de Vincent, feita da mesma carapaça simbionte, era mais longa, mas *sir* Justin golpeou com a espada e ela se transformou em uma espécie de chicote carnoso. O fio cortou as placas no rosto de Vincent, seu olho de mosca estourou em um jorro de imundície amarela. Ele chiou de dor, mas os três braços mantiveram a lança certeira. A ponta da arma atingiu o peito de Justin.

E expeliu um dardo.

A carapaça de *sir* Justin Gherald se rompeu. O osso quebradiço e a carne mole foram invadidos. O dardo se transformou, em um instante; era agora uma criatura, com pernas e um ferrão. Começou a escavar dentro de Justin.

Vincent livrou a lança, seguiu cavalgando, garboso como na justa. As costas retas, os calcanhares tocando a montaria.

E o grito de guerra:

— *Sangue e juventude!*

O simbionte começou a devorar Justin Gherald. Os que já o habitavam decidiram enfrentar o invasor, e o peito e as tripas viraram um campo de batalha. No cérebro, as criaturinhas tentavam evadir-se. Outra resolveu arrasar o terreno, estragar quaisquer espólios que o inimigo pudesse encontrar. Mastigou seu habitat, a mente de *sir* Justin.

— A bênção... — balbuciou o cavaleiro. Mais forte do que nunca. Sentia-se dando lugar àquilo, ao novo, ao que era lefeu. — *É maravilhosa.*

E tombou. De sua boca, olhos, ouvidos, saiu um enxame de simbiontes.

— Vitória! — gritou Vincent, erguendo a lança.

E liderou um grupo de jovens cavaleiros da Luz, abençoados pela Tormenta. Investiram contra a vil cavalaria aérea de Norm, os grifos e seus ginetes, que tentavam proteger um hospital.

— Sangue e juventude! — gritavam os cavaleiros que purificavam a Ordem da Luz. — Sangue e juventude!

— Venha comigo, Coren — disse Bernard Branalon. — Não abra os olhos. Isso. Bom garoto. — Coren Branalon era-lhe menos que uma pluma nos braços gordos de tora. O menino piscava, meio no sonho e meio no quarto. — *Não abra os olhos*. Vamos, venha com seu pai.

Bernard manteve o rosto do garoto enfiado contra seu ombro, enquanto vasculhava o quarto em um relance, buscando por algo que pudesse servir de arma.

— Não abra os olhos, Coren. Não abra os olhos.

Não havia armas, e não havia barulho. O Castelo, ou pelo menos aqueles corredores, não traziam nenhuma indicação de um ataque. Mas Camille estava morta, e o assassino tinha estado no quarto o tempo todo, tinha ouvido a conversa entre Bernard e seu filho. Tentando ser discreto com seu corpo de fortaleza, *sir* Bernard deixou o quarto, zunindo de volta aos seus aposentos, onde —

— *Vallen, com mil diabos!*

Coren balbuciou, perguntou, mas Bernard sussurrou-lhe algum conforto. Por dentro, repetia a si mesmo, estava tudo bem, ele só se ausentara alguns instantes, nada podia —

Uma poça.

Um vagaroso líquido escuro expandia-se da fresta entre a porta e o chão. Bernard correu, e o cheiro era ferroso. Empurrou a cabeça de seu filho mais forte contra o ombro, e sem perceber gritava. Chutou a porta com uma patada de elefante, o carvalho se espatifou, e a poça forrava o chão do quarto.

Havia pedaços das amas por toda parte. Alguns grudados no teto, uma cabeça pendendo de um lustre, um emaranhado de intestinos colado à parede.

E lá estava o algoz, com Vallen Drake no colo.

— Boa noite, pai.

— Malcolm — disse Bernard Branalon, com língua mole e bestificada.

— É uma linda noite — disse Malcolm Branalon, segurando o bebê que chorava. O rapaz era humano, sua pele não estava manchada por nada além de sangue. Estava nu, e sorria muito, embalando Vallen Drake.

— Malcolm, por quê? — Bernard Branalon tinha os olhos afogados.

— Não é óbvio? Por *sir* Vincent. Por sangue e juventude, pai. Enquanto o senhor chora como um imbecil, eu vou matar o bastardinho. Depois, vou matar o senhor. Coren vai se juntar a nós.

Malcolm Branalon ergueu um braço, os dedos em gancho direcionados ao pequeno Vallen. E então seu antebraço expeliu gavinhas rubras, num pedaço de instante formava-se a carapaça, os dedos tornavam-se agulhas pontiagudas. Malcolm olhou para Bernard e sorriu: seis olhos de aranha e três fileiras de presas afiadas. Desceu a garra.

O Paquiderme investiu como uma manada de elefantes.

A ponta dos dedos deformados de Malcolm tocou a pele branca e fofa do bebê, mas o ombro de Bernard atingiu o peito do rapaz como um aríete, e Malcolm Branalon foi arremessado contra uma parede.

Coren berrava, seus olhos imensos de criança tentavam compreender a cena grotesca enquanto seus ouvidos diziam-lhe que a coisa monstruosa era mesmo seu irmão. Debatia-se no agarrão de aço do pai, enquanto Bernard achava seu equilíbrio após o encontrão.

— A Ordem será purificada, pai! — chiou Malcolm. — Esta noite, apagamos as tradições corruptas.

O rapaz-monstro estava apoiado em uma parede, suas pernas meio arqueadas, a cabeça sangrando atrás, onde batera contra a pedra. Numa das mãos, tinha ainda Vallen Drake, que se contorcia como um gato selvagem. Malcolm ergueu de novo a garra, e Bernard atacou. Prendia Coren com uma mão, e da outra fez um punho, que encontrou o nariz de Macolm como uma marreta. Bernard segurou o filho corrompido pela garganta, e recebeu nas costas um talho dos dedos-agulhas.

Coren perdera a voz, mas mantinha-se em um grito mudo. As lágrimas também secas. Bernard segurava-o cada vez mais forte. Malcolm golpeou o rosto do pai, tirou sangue, e o Paquiderme Galante, sem soltar-lhe o pescoço, enviou o joelho com toda força contra seu estômago. O rapaz largou Vallen, que caiu no chão ensopado com um berro redivivo.

E, súbito, as gavinhas rubras espalharam-se do antebraço e dos olhos e da boca: Malcolm cobriu-se da carapaça nauseabunda, de seu peito emergiram ferrões. As pernas cobriram-se de lâminas serrilhadas, e os joelhos viraram-se para trás. Bernard gritou, um susto repentino que mordeu-lhe a sanidade, e largou a garganta da criatura que fora o seu filho. Malcolm saltou, um pulo de bicho, contorceu-se no ar e grudou-se no teto, as mãos e pés como patas de aranha.

Bernard Branalon recuou, os olhos no inimigo, alcançando Vallen Drake com os limites da vista. Malcolm rastejou pelo teto, deixando um rastro de secreção, chiando e dizendo blasfêmias. Abriu a boca de invasor e expeliu um jato de líquido vermelho, que tocou o ombro de Bernard e acabou atingindo o berço vazio. O ombro queimou, o berço soltou fumaça e derreteu-se.

Bernard esticou o braço, para apanhar Vallen, mas Malcolm saltou antes. Com as mãos e pés distorcidos em garras, rumo ao pai. *Sir* Bernard Branalon girou o corpanzil, tentou sair do caminho, ao mesmo tempo protegendo Coren, que esperneava.

Mas o alvo não era Bernard. O alvo era Coren Branalon.

A cabeça do garoto rolou no chão.

A criatura, que já não era mais Malcolm, pousou no tapete de sangue. Branalon ainda segurava o pequeno corpo mole, que esguichava vermelho. E a criatura viu seu plano dar certo: o cavaleiro estupefato demais, uma centena de pesares invadindo-lhe a alma ao mesmo tempo, um misto nauseante de percepção e cegueira. Malcolm Branalon fez menção de atacar.

E viu que tinha ido longe demais.

O momento de estupidez de Bernard Branalon não foi nem isso. Antes que seu coração batesse, todo o pensamento e os instintos, toda a sua força prodigiosa e a vida que lhe enchia o corpo volumoso converteram-se em fúria. E, por um instante, a criatura temeu, e ficou paralisada.

Bernard acertou-lhe um soco na cabeça de inseto, cortou os nós dos dedos até que se visse o osso, mas ouviu o estalo molhado da carapaça rachando. E segurou um dos braços de lâminas, que torceu até que quebrasse. A criatura vomitou sobre ele o jorro ácido, que atingiu Bernard no peito e abriu-lhe um rombo na carne, mas o Paquiderme não sentiu. Esmurrou de novo, dessa vez destruiu dois dos seis olhos. A coisa saltou, seu braço ainda estava preso pela mão de Bernard. A força do monstro era incrível, e o salto arrastou o cavaleiro e depositou-se de costas no chão.

Malcolm Branalon atacou, a garra do braço intacto rumo ao coração de seu pai. Bernard encolheu as duas pernas elefantinas e chutou com os dois pés o abdome do inimigo. A criatura voou contra um armário, quebrou a madeira e os estilhaços furaram-lhe a couraça. Bernard estava de pé num salto, gritando e investindo contra ele.

As garras encontraram o imenso estômago do cavaleiro, mas as duas mãos enormes martelaram ao mesmo tempo os lados da cabeça do monstro. Outro olho estourou. E Bernard agarrou aquela cabeça deformada e golpeou com sua própria testa, de novo e de novo, sangrando mas espatifando a crosta. O corpo do inimigo amoleceu, mas ele ainda atacou com as garras dos pés.

Bernard recuou. Ergueu a cama onde dormira aquela noite, o colchão empapado de vermelho. Pedaços das amas de Vallen Drake escorreram. E Bernard desceu o móvel sobre seu inimigo, quebrou a madeira sólida e continuou batendo, até que tivesse apenas dois pedaços curtos nas mãos.

Sua vista clareou, e ele removeu o cobertor de farpas e estilhaços para revelar a criatura moribunda, embaixo.

A casca de inseto se quebrara. Aparecia a carne destroçada atrás. Os ferrões estavam partidos. Uma das pernas era uma massa espumosa nojenta, e a máscara insetoide deixava ver um pedaço do rosto de garoto.

— Pai — balbuciou a coisa. — Pai, me ajude.

Bernard Branalon ergueu o punho, para matar. Mas tremeu.

Seu lábio tremeu, e seu espírito.

— Vamos, meu filho — disse, sustentando com cuidado as costas da monstruosidade. — Você vai ficar bom.

A coisa, então, golpeou-lhe o rosto.

Bernard Branalon abriu sua bocarra de urso, mordeu os dedos blindados. Agarrou o pescoço e a cabeça do inimigo, deu um puxão forte.

Com uma golfada de fedor, a criatura estava decapitada.

— Você não é meu filho — disse Bernard.

Olhou o mundo ao seu redor. O quarto destruído, alagado de sangue. Ele ainda estava com suas roupas de dormir. Achou graça nisso. Pensou que seria um grande trabalho arrumar o quarto de novo. Notou que um buraco fumegante quase mostrava suas costelas.

Um gemido.

Bernard andou meio às cegas.

Vallen Drake.

Mexia os braços. Vivia.

E Bernard esqueceu suas roupas de dormir. Esqueceu o quarto. Não esqueceu o ferimento, e nem os dois filhos mortos. Apenas tomou o bebê no colo e decidiu deixar de estar confuso, porque tinha responsabilidades, e aquela criança iria viver.

Os demônios corriam pelo Castelo da Luz.

Não havia uma única existência intacta em Norm. Havia sangue, sujeira e corrupção. E os portões do Castelo da Luz haviam caído.

As torres em forma de espada escorriam intestinos. Os jovens cavaleiros aberrantes circulavam as espiras, voando com suas asas grossas e pesadas. No centro do pátio, a estátua de Khalmyr era vítima de ataques concentrados, de uma raiva crescente, todas as mágoas da época de humanos misturadas à loucura dos simbiontes. Os jovens cavaleiros berravam e profanavam aquele símbolo, com mais gana e menos plano do que haviam usado para as atrocidades anteriores.

E o Castelo estava tomado. Menos por um salão.

Os traidores, os jovens corrompidos, erodiam a sanidade com sua aparência. Muitos defensores fugiam, capitulavam ao medo só por enxergá-los. Mas, na sala de comando, eram os traidores que hesitavam. Porque, à frente do estandarte da Ordem da Luz, estava Alenn Toren Greenfeld, o Alto Comandante.

Seis corpos monstruosos jaziam no chão, braços e cabeças e troncos cortados pela espada de Alenn Toren. Outros três jovens-coisas ameaçavam, na porta, mas não ousavam atacar. O Alto Comandante ostentava sua armadura dourada, tinha uma enorme espada nas mãos. Sua pele negra e límpida reluzia de suor, seus cabelos selvagens eram o pelo de uma fera e a coroa de um rei. O tapa-olho emprestava-lhe hostilidade, mas era muito menos feroz do que o olho são. O Alto Comandante estava coberto de talhos, e ofegava, mas assim mesmo era um gigante.

— Ataquem agora, desgraçados! — bradou Alenn Toren. — Não vou perdoar-lhes de qualquer jeito.

Medo. As criaturas chiaram.

— Existe algo em comum entre todos os traidores — rosnou. — São covardes.

E correu a eles, brandindo a espada.

Os inimigos saltaram; um tentou atacá-lo, outro berrou e saiu do caminho. Alenn Toren Greenfeld esquivou-se do golpe, girou a espada e acertou a têmpora de um dos monstros. A carapaça se partiu, e o sangue impuro jorrou farto. Tentáculos se estenderam para ele, mas o Alto Comandante foi mais rápido, e cortou-os antes que o atingissem. O inimigo ferido tentou agarrá-lo em um abraço de lâminas, mas Alenn Toren trespassou-lhe o ventre com a ponta da arma. Um morto, os outros recuavam.

— Voltem aqui, abortos do inferno! — trovejou uma outra voz, vinda do corredor. — Khalmyr!

Bernard Branalon irrompeu na sala de comando, com Vallen Drake em um braço e a outra mão ocupada por um machado. Acertou as costas de um cavaleiro corrompido. Recebeu o contra-ataque da criatura no ombro, protegendo o bebê, e afundou a lâmina no pescoço do inimigo.

Enquanto isso, Alenn Toren Greenfeld pôde se concentrar no traidor restante, e dividiu seu corpo deformado da clavícula à virilha, com um terrível golpe de espada. Branalon duelava, usando só um lado do corpo, escondendo Vallen Drake. O Paquiderme e o Alto Comandante juntaram-se contra o último inimigo na sala, e a criatura foi retalhada.

Respiraram no ambiente de matadouro. Bernard era um farrapo de carne viva, sangrando por mil cortes e ainda em suas roupas de dormir. O Alto Comandante perguntou-se como ele conseguia ficar de pé, mas o bebê era resposta suficiente.

— Khalmyr seja justo — disse Bernard Branalon, por sob o resfolegar. — Eu conhecia um desses garotos. Eram amigos dos meus filhos — deixou a voz sumir.

Um engasgo, e o poço das lágrimas encheu-se de súbito. Mas Bernard não se deixou chorar, porque ainda havia vidas a salvar e inimigos a matar.

— Branalon — disse o Alto Comandante. Não parecia ter perdido o fôlego. — Seu filho, Adrian —

— Eu sei — relâmpago nos olhos. — Eu mesmo matei Malcolm. — Sentiu o corpo vazio, nauseante, ao pronunciar aquilo em voz alta.

— Adrian me atacou — disse Alenn Toren.

— Então ele conseguiu o melhor que podia querer, depois de ter feito isso, *sir*. Morreu pelas mãos do melhor dos cavaleiros.

Os dois vasculharam o corredor, mas só havia movimento no pátio, onde a estátua era profanada.

— Meu lorde, vou procurar Trevor — disse Bernard Branalon. — Não acho que ele tenha sido corrompido.

— Sinto muito, *sir*. Eu vi ele morrer.

Bernard sorveu uma golfada de ar amargo.

— Tem certeza?

— Sim. Infelizmente.

Bernard olhou-se, refletido numa poça de sangue.

— Palavras não adiantam de nada agora, meu lorde. A única coisa que adianta é agir.

O Alto Comandante deu alguns passos resolutos pelo corredor.

— É assim que acaba então, *sir* Branalon. Vou enfrentar os desgraçados que estão no pátio. A estátua de Khalmyr vai ser testemunha de minha última batalha, e espero morrer bem.

Bernard olhou a coisinha confusa em seus braços e sentiu o peito se dividir. Era tentador ir lutar no pátio. Mas então o que seria de Vallen Drake? Era uma escolha. Morrer herói ou viver com aquela tristeza?

— Senhor — disse Bernard. — Com todo respeito, tenho um pedido a lhe fazer.

Alenn Toren mirou-o como se fosse dar um bote.

— Venha comigo, meu lorde. Em vez de morrer, vamos salvar o filho de *sir* Orion.

— Não vou abandonar meus cavaleiros, *sir*.

— Conheço meu Alto Comandante, e sei que o senhor nunca faria isso. É por isso que lhe imploro. Precisamos de sua liderança. Vamos reunir todos os cidadãos que pudermos. Todos os cavaleiros. E vamos fugir de Norm, *sir* Greenfeld.

Fugir. A palavra ardia como sal nas feridas.

— Um cavaleiro da Luz nunca foge — disse Alenn Toren.

— Com todo respeito, isso não é verdade. Um cavaleiro da Luz nunca recusa um pedido de ajuda. Esse povo pede ajuda, meu lorde. Por favor, precisamos de você.

Os dois escolheram o caminho mais difícil.

Houve um estrondo terrível quando a estátua de Khalmyr finalmente foi derrubada. As criaturas fizeram uma dança odiosa sobre o monumento em escombros. Mas isso lhes distraiu um pouco, e algumas vidas foram salvas.

Alenn Toren Greenfeld e Bernard Branalon lideravam um bando esfarrapado de sobreviventes pela estrada para fora de Norm. Pernas fraquejavam, pulmões ameaçavam romper de esforço, mas nunca era permitido a nenhum dos fugitivos cair ou desistir. Viver era obrigatório.

Mais tarde, certamente guarnições iriam sitiar a cidade. Os cavaleiros tinham certeza de que os traidores poderiam ser vencidos. Mas isso não ajudava em nada os que tinham morrido naquela noite. E, de qualquer forma, sem que Bielefeld soubesse, os inimigos tinham outros planos; iriam juntar-se ao enxame maior.

Bernard Branalon olhou para trás. Já amanhecia. O sol iluminava o horizonte distante de Norm.

Mas não, logo viu. Era apenas o fogo.

REUNIÃO DE FAMÍLIA

CAPÍTULO 1

O PRISIONEIRO DA TORRE

QUANDO TUDO ERA VERMELHO, NADA ERA. ASHLEN IGNOrou o sangue seco e os cortes abertos, as queimaduras e os esfolados, pisando com repugnância nua no chão da torre de Andaluzia.

O corpo era-lhe um farrapo, Ashlen Ironsmith era um arremedo de gente, mantido em pé à base de ressentimento e nervosismo. Mas, agora que emergira do portal rubro, agora que voltara ao lugar que lhe roubara o futuro, não havia opção senão ir em frente. O ambiente era tinto de vermelho. Mais suave onde uma luz inconclusa destacava as formas, e mais profundo nos cantos e buracos, onde deveria haver sombras. Na torre de Andaluzia, a escuridão era vermelha.

Ashlen olhou para trás, mas o portal se fora. Não havia saída. Não sabia se a bruxa o vira, afinal. Mas sabia não estar sozinho: Rufus. Longe, embora a distância pregasse truques naquele local, estava o mago, inchado e doentio, trancado em uma gaiola pendente, balançando com lentidão e um gemido enferrujado. O salão perdia-se nos limites do vermelho, um chão subentendido numa sombra carmesim, as paredes dobrando-se num semicírculo invisível. O pé de metal pisou em algo quebradiço. Correntes pendiam do teto oculto em vermelho, e, das correntes, outras gaiolas, e ganchos. Ashlen estremeceu. O gancho estava lá, ainda coberto de seu sangue — ele tinha uma incongruente certeza de que era aquele, de que era o seu — no local onde ele fora pego em uma armadilha. O gancho que rasgara-lhe o pé, fizera-o virar uma ruína negra e fedorenta, que ele tivera de amputar com o machado de Artorius.

Rufus gemeu. Ashlen deu outro passo.

"É só um salão", repetia na cabeça. E depois em voz alta, sem notar:

— É só um salão, é uma caminhada curta.

Cada passo, um tempo infinito. O chão estalava, esfarelava-se à sua passagem. Os ruídos eram zombaria. Os ganchos balançavam ameaçadores, num vento inexistente.

O chão era invisível. Do chão, viera a armadilha. Súbito, Ashlen não pôde mais andar.

Um passo era um risco. Cada um podia ser a próxima armadilha, que lhe roubaria o outro pé. Ergueu a perna, mas desistiu. O suor começou a brotar-lhe de todo o corpo despido, e as lágrimas, que pensava já estarem esgotadas. Não podia. Não conseguia.

Rufus tossiu.

"Desculpe, Rufus", pensou. *"Vou voltar"*.

Ensaiou um passo para trás.

Mas e se fosse *aquele* o movimento fatal?

Não podia, tampouco. O chão mudava, ao seu redor. Algo rastejava, um som de pedra, um estremecimento sutil. Mudava? Rastejava? O que era real, e o que era pavor?

Ashlen perdeu a conta do tempo, parado no meio da torre da bruxa, sem coragem de se mover. Uma das pernas doía; ele mudou o peso do corpo para a outra, mas — *não!* E se *aquilo* pudesse ativar a armadilha? Suportou o desconforto na perna que se retesava lenta em uma cãibra. O suor escorria-lhe testa abaixo, ardia nos olhos, fazia cócegas no nariz. Ele não ousava mover o braço, para limpar a fronte. A armadilha podia estar ali mesmo.

Começou a respirar cada vez mais rápido e fundo. Mas o mínimo distúrbio podia fazer subir o novo gancho — tinha certeza de que era um gancho — e Ashlen forçou-se a respirar de forma lenta e superficial. A perna adormecia, num torpor de agulhas que quase lembrava a morte infecta de seu pé. Os braços reclamavam da falta de estímulo. Ele perdia a noção do próprio tamanho, do tato. As nádegas e as costas começavam a adormecer. Rufus gemeu de novo, e Ashlen ergueu os olhos para sua gaiola, quando percebeu que até mesmo aquilo poderia ativar sua perdição. O gancho. Forçou os globos oculares à imobilidade, a visão foi perdendo o foco, desfazendo-se em luzes de cores vagas.

Não podia se mover.

Ashlen deixava de sentir o próprio corpo. A garganta seca, os lábios gretados, mas ele não ousava engolir, e nem usar a língua. Desejou que aquilo acabasse, que a bruxa viesse logo e o prendesse de novo. Tinha certeza de que ela estava olhando. Desejou que a armadilha deixasse de torturá-lo, que lhe arrancasse de uma vez o segundo pé, que acabasse com aquela esperança imbecil de escapar ileso.

Um pingo de suor. Ficou preso um instante em seu nariz, e despencou.

Ativaria a armadilha.

Ashlen viu a gota minúscula, caía em uma lentidão irreal, sentiu o susto da dor que viria a qualquer instante, agora, agora —

O pingo de suor desapareceu na sombra vermelha do chão. Imobilidade.

Ashlen teve um arrepio de alívio. Sem notar, tinha mudado a posição dos braços e das pernas. Era seguro então se mover dali, talvez. Podia dar mais um passo (morrer um passo à frente). Teve uma ideia: suas mãos eram mais dispensáveis que os pés. Tinha duas e, mesmo com a certeza de que iria perder uma, pareceu-lhe algo aceitável. Foram apenas quarenta minutos até que Ashlen tomasse coragem de se mover, e se abaixasse, apoiado em joelhos e palmas, ficando como um bicho no solo.

Agora, o chão fazia-lhe troça. Ficava imóvel, sob suas mãos, quando ele tinha certeza de que se movera antes. Ashlen arrastou as palmas à frente do corpo, vagaroso, raspando-as na pedra e esperando, a cada centímetro, ser suspenso e novamente aleijado. E Rufus gemia, e Ashlen avançava, o corpo esquelético e nu rastejando por aquele chão, palmo a palmo.

Não doíam os olhos: doía a visão. O mundo saturado de vermelho. Ele passara meses na torre, há mais de dez anos, mas tinham sido meses de pesadelos de febre, de delírios de infecção. Os ganchos balançavam, as gaiolas provocavam, à frente, as palmas das mãos se esfolavam, arrastando, arrastando.

Lágrimas vinham, de pânico e de sufocamento por aquela cor terrível. Ele piscava, o mundo desfocava. Apertou forte os dois olhos.

Abriu-os, e o vermelho tinha ido embora.

A torre era só um prédio vazio, abandonado em uma ilha infeliz, onde as gaivotas e os morcegos faziam seus lares. Claridade desmaiada e perfeitamente ordinária. A pedra era cinza. No teto, só vigas meio podres. Uma nesga de sol entrava por uma janela erodida, rachaduras nas paredes, areia de praia no chão. Cheiro de mar e de estrume de morcego.

— Vai ficar aí o dia inteiro, Ashlen? — disse Vallen Allond. — Vamos. Se a tal bruxa estiver aqui, quero dar-lhe uns sopapos antes que ela nos veja.

Ashlen se ergueu. Os dois pés de carne, metidos em botas, a capa de couro macio, castanho. Sua boca pendia, ele olhava os companheiros, tentando entender. Vallen na frente, como sempre, encarando-o e esperando resposta, humor e prontidão, cabelos louros de palha e as duas espadas mágicas.

— Vallen, nós já procuramos — disse Gregor Vahn. — O que você quer, desmontar a torre para ver se a bruxa não está escondida entre uma pedra e outra?

Nichaela sorriu, quase envergonhada, mas Vallen manteve-se sério.

— O que você estava procurando, Ashlen? — disse. — Percebeu alguma coisa nova?

Todos voltavam-se para ele. Ashlen mirava um e outro, tateava o próprio corpo. Notou uma luminosidade emergindo de sua sacola, abriu-a e viu um virote de besta, brilhando por magia.

— Ashlen? — disse Ellisa. — Você está bem?

— Vocês estão mortos — disse Ashlen.

Silêncio.

— Não sei que brincadeira é essa — disse Artorius. — Mas não vejo graça.

— Vocês estão mortos — repetiu.

— Nichaela, dê uma olhada nele — era Vallen.

A clériga meio-elfa andou na direção de Ashlen, os passos leves ocultos nos mantos dourados e verdes, o rosto de doçura preocupada. Mãos de curandeira já indo tocar-lhe a testa e a bochecha.

— *Não!* — Ashlen saltou para trás.

Nichaela jogou um olhar rápido para os outros.

— Deve ser a bruxa — disse Gregor. — Ela deve estar pregando truques na mente de Ashlen.

— Armas — disse Vallen, baixo e vigilante, e todas já estavam prontas.

Entraram numa formação defensiva, os guerreiros protegendo os demais, em especial Nichaela. A meio-elfa juntou-se a Artorius, derramando proteções de Lena e de Tauron sobre os companheiros, fortalecendo as mentes contra a invasão e os sortilégios da inimiga que não viam.

— Ela pode estar fazendo isso de longe? — disse Vallen, para o grupo. As espadas Inverno e Inferno prontas, nas mãos.

Sem resposta.

— Onde está Rufus? — era Ellisa.

Rufus estivera ali, um instante atrás, e desaparecera para algum lugar.

— *Rufus está preso* — Ashlen grunhiu, dentes cerrados. — Rufus está preso, vocês estão mortos. Artorius foi morto por Crânio Negro.

— Rufus está investigando outro andar — disse Nichaela, súbito alarmada. — Ele pode estar com problemas.

— Vamos atrás dele — disse Vallen.

— Vamos nos preocupar primeiro conosco — Ellisa.

Ashlen berrou.

— *Rufus está preso!*

Nichaela tomou seu rosto nas mãos, de surpresa, examinou-o com um toque.

— Você sabe onde Rufus está, Ashlen? — disse a clériga. — Nós precisamos saber se você está bem, se está pensando com clareza. Rufus foi preso no outro andar?

Olhavam para ele. Ashlen começou a balbuciar, mas era tudo confuso. Masato Kodai inspecionava-lhe com seus olhos rasgados de estrangeiro, Gregor tinha uma preocupação serena e dura em seu rosto franco.

— Eu estou indo resgatar Rufus — disse Ashlen, mole e incerto.

— Sozinho, você não vai — era Vallen.

— Não. Não agora. Daqui a muitos anos.

— Ele não está bem — sentenciou Artorius.

Ashlen massageava as têmporas. Seu cabelo caía nos olhos, mais uma vez. Dois pés. Roupas.

— Vamos embora — disse Vallen. — Rufus nos segue depois.

"Vallen não nos abandona".

— Ashlen não está em condições de lutar — continuou. — Vamos ver se essa tal bruxa vem atrás de nós.

O grupo andou, descendo uma larga escadaria em espiral. Nichaela empurrava Ashlen com gentileza, e Artorius ficava perto, para emprestar um pouco mais de força, quando necessário.

Era bom estar de novo entre os companheiros.

— Quando voltarmos ao continente, vamos tentar conseguir informações em algumas aldeias da região — disse Vallen.

— Parece um trabalho para Ashlen — era Gregor.

Sim. Um trabalho para ele. Sem sentir, estava sorrindo, e Nichaela sorria também. Era inteiro, era útil. Sua habilidade era seduzir, enredar os outros com sua língua, não fugir de tudo. Era bom.

Chegaram ao primeiro andar: areia, fezes de morcego e a porta pendendo de uma dobradiça. Vallen abriu-a, fez um sinal risonho para fora. Os outros deram caminho a Ashlen. Esperavam que ele passasse.

— Vamos, Ashlen — disse Gregor. — Você parece estar precisando de um pouco de ar puro.

— E menos fedor de bosta — era Vallen.

— E menos fedor de bosta.

Ashlen caminhou para a porta. Lá fora, o mundo. Com dois pés. Com liberdade e amigos, sem quatro meses de prisão vermelha, sem bruxa. A praia à frente.

Falso.

Ashlen gritou. Sabia que a clareza duraria pouco, já o convite da vida boa era tentador demais. Pulou sobre Artorius, pegou seu enorme machado de duas mãos. Arrancou-o do minotauro, jogou-se no chão. Ergueu a arma. Estendeu a perna.

E golpeou.

E golpeou.

E golpeou.

Golpeou o tornozelo, onde golpeara antes, onde perdera o pé — *perdera o pé, tinha de se lembrar disso* — e o sangue voou, o osso quebrou. Ele berrava, lágrimas e ranho, e a dor toda de novo, e mais dor porque era duas vezes a perda. A lâmina do machado bateu na pedra, Ashlen deu mais um golpe inútil, o pé decepado jazia incongruente no chão.

— Você podia ter ficado conosco, Ashlen — disse Nichaela.

Podia.

Mas precisava salvar Rufus.

Descobriu-se esperneando no chão vermelho, o pesadelo à sua volta, os ganchos e as correntes, os ferrões e as rebarbas afiadas. Seu cabelo fora raspado, ele estava magro e nu, mais velho e aleijado. E sozinho. Chorou porque a ilusão se desfizera, e por mais de um instante quis que ela voltasse.

Mas, à frente, Rufus.

Ashlen se arrastou, não mais sobre joelhos e mãos, mas todo o tronco esquelético rente ao solo, agarrando com dedos escalavrados a pedra do chão, contorcendo-se e avançando como um verme. Rufus gemia, Ashlen chegava perto, latejava com a memória dos amigos (até mesmo o cheiro estivera correto), e chegou às gaiolas.

Era impossível, mas lá estava o pé decepado, podre e negro, daninho, ameaçador, no piso ensanguentado e imundo de uma das jaulas. Ashlen vomitou bile pura ao enxergar a antiga parte do seu corpo, sentir o odor mefítico. Estendeu um braço, agarrou-se numa jaula pendente, puxou o corpo para cima, forçando-se a uma posição ereta. Segurou-se incerto nas barras, a gaiola oscilava, mas ele achou o equilíbrio e manteve-se de pé.

Rufus mal era gente.

Inchado, mas não parecia um homem gordo: pelo contrário, de alguma forma era um velho esquelético com as carnes e a pele recheadas de alguma outra substância. Olhos fundos dentro de órbitas cavernosas, pretas de olheiras, o branco congestionado e injetado. Os poucos cabelos eram brancos e quebradiços, a pele se agarrava ao crânio, mas as bochechas e os lábios encontravam-se tão inchados quando o resto do corpo. Cobertores de papada soterravam seu pescoço, o tronco era uma única forma roliça, os braços e pernas tão intumescidos que não era mais possível dobrá-los. Os detalhes do corpo despido eram ocultos nas camadas de enchimento. Uma crosta de sujeiras imemoriais cobria-lhe toda a pele, e concentrava-se nas dobras. Ashlen sentiu as tripas se revoltarem de novo, mas o corpo não teve força para um segundo enjoo.

Rufus engasgou. Começou a se debater, movendo em fraco desespero os membros, e expeliu o horror.

Da boca, de trás dos olhos, dos ouvidos e das narinas, emergiram centenas, milhares de criaturas minúsculas e odiosas. Como insetos, mas bizarros, diferentes, distorcidos, revelando aqui e ali suas formas verdadeiras. Ashlen os conhecia: *simbiontes*. Vinham em ondas e ondas, voando e rastejando e saltando, numa profusão interminável, vermelha e negra. Multidões das criaturinhas procuraram Ashlen, mas ele saltou com uma força insuspeita, agarrou-se a uma jaula suspensa e, com o treinamento de fuga, esquivou-se da maré de horror.

Em alguns minutos, o jorro cessou. Os simbiontes sumiram nas sombras rubras. Rufus desinchara. Parecia aliviado.

Ashlen voltou ao chão. Observou a gaiola. Era preciso abri-la.

Apoiou-se nas barras oscilantes, ergueu o pé falso. Mexeu em alguma coisa na sola de metal, revelou um compartimento oculto, e retirou de lá um conjunto de gazuas.

Rufus não o tinha notado.

Ashlen abriu a porta da gaiola. Respirou fundo, esquecendo o mau cheiro, e saltou para dentro.

— Rufus, eu estou aqui.

E a necessidade, talvez, fez a voz de Ashlen ser clara e forte. Não sentia mais o som de lixa, ou a garganta em sangue. Era a voz de salvar amigos, de dar ordens, de ser ouvido.

Rufus abriu os olhos. Agora, era um saco de ossos, mergulhado em incontáveis dobras de pele horrivelmente flácida.

— *Não* — gemeu o mago.

— Rufus, sou eu. Ashlen. Não sou Andaluzia. Vou tirá-lo daqui.

— Não — mais uma vez.

Ashlen murmurou calma. Vencendo o nojo, tocou a cabeça do antigo companheiro, fazendo com que um chumaço de cabelos se desgrudasse. Rufus tentava se debater, mas não podia com o peso dos próprios membros.

— Não precisa ter medo, Rufus. Acabou. Nós vamos embora.

— *Eu quero ficar aqui* — chiou Rufus Domat.

Ashlen esteve paralisado. O mago fazia débeis movimentos, como se quisesse fugir dele, como se ele fosse o inimigo.

— Você não sabe o que está falando.

Não havia alternativa: Ashlen precisava estar bem, estar apto. Agarrou o corpo deformado, levou-o aos ombros, ergueu-o.

— *Não me tire daqui, por favor.*

Rufus chorava como uma criança. Tentou se agarrar às barras da jaula, mas seus dedos apenas roçaram nelas.

O peso era mínimo, mas era demasiado para Ashlen. Ele cambaleava a cada passo, usava os movimentos treinados que lhe davam mais firmeza no pé metálico. Precisava achar uma maneira de sair da torre. E, mesmo que saísse, estaria numa ilha, nu e enfraquecido, com o mago em frangalhos a depender dele.

Mas, se houvera aquele portal, haveria outros.

Ashlen vasculhou a torre. Cada passo escondia um tremor, a promessa de uma armadilha e mais uma prisão, mais um aleijão. Mas deu todos os passos necessários, até que encontrou um portal. Um buraco de bordas vermelhas, no espaço, levando a algum lugar desconhecido.

E Ashlen fugiu da torre, porque fugir era o que ele fazia.

Aquela fuga foi seu ato supremo de coragem, e nunca nenhum guerreiro teve tanta valentia ao fazer carga contra o inimigo. Porque fugir era valentia de ladrão, e Ashlen Ironsmith vencera a torre da bruxa e salvara seu amigo.

— Por que fez isso comigo? — choramingou Rufus Domat. — Por que me tirou de lá?

Ashlen ignorou-o, mais uma vez. Era inútil fazer perguntas ao mago, ele respondia com incoerências. Nenhuma parte de seu delírio fazia sentido. Na verdade, parecia ter alguma espécie de lealdade ferrenha para com Andaluzia. E Crânio Negro.

— Nós temos uma missão agora, Rufus — disse Ashlen.

Tinha roupas, mais uma vez, e já fora capaz de manter alguma comida no estômago. Seu cabelo despontava em fios desbravadores. Rufus, como interlocutor, era pior que uma pedra, mas Ashlen continuava falando com ele, na esperança de pescar-lhe alguma sanidade e manter a sua própria.

— Nós temos uma missão — repetiu. — Vamos descobrir quem ainda resta. Quem está vivo. Em algum lugar do Reinado, estão alguns de nós, Rufus. Nós vamos descobri-los. E vamos descobrir quem é Crânio Negro, e o que ele quer conosco.

Rufus começou a chorar.

CAPÍTULO 2

A CIDADE SOB A DEUSA

VALKARIA ATACAVA OLHOS, OUVIDOS E NARIZ. UMA BARUlheira sem fim, vozes que se multiplicavam e subiam cada vez mais, acavalando-se umas por cima das outras. Cheiros de comida, animais, fezes, flores, álcool, óleo, madeira, curtume e tudo. Trebane havia estado em Norm, durante a justa e, bronco que fosse, não era ignorante aos monstruosos ajuntamentos humanos. Mas Valkaria, a Cidade Imperial, era uma aberração, espalhava-se por uma extensão imensa de terra, e mesmo assim cada metro abarrotado de gente, todos existindo ao mesmo tempo, respirando o ar uns dos outros, acotovelando-se, rindo ou gritando, como se aquilo fosse normal. Era algo saber que existiam tantas pessoas no mundo. Era bem diferente ver tantas de perto. Trebane achava quase incompreensível a visão do povaréu, ficava de quando em quando parado, tentando absorver os arredores.

E Valkaria não era só gente: Valkaria era coisas. Os prédios eram altos, de pedra ou madeira, muito próximos, como se faltasse espaço no mundo. Eram lojas e casas e tavernas e estabelecimentos que ele nem sabia existirem. Pendiam flâmulas, cartazes; grandes janelas de vidro mostravam produtos à venda, venezianas de madeira tentavam esconder alguma intimidade. As ruas eram calçadas de pedra (ruim para os cascos) ou então terra batida, socada dura por pés ou mexida e barrenta de uso. Casebres de um lado, mansões de outro, e construções feitas com magia, por raças diversas ou com métodos desconhecidos.

E, acima de tudo, a estátua.

Valkaria, a Deusa da Humanidade, a deusa que dera aos humanos sua forma, sua ambição, seu espírito e descontentamento eternos, dava o nome à metrópole, e era sua protetora. A gigantesca estátua de Valkaria fora encontrada pelos primeiros colonizadores, séculos antes, e por causa dela aquele local fora escolhido. Valkaria, a cidade, nascera à sombra de Valkaria, a estátua, que na verdade nunca fora uma estátua.

Era a própria deusa feita pedra, num castigo de Khalmyr por sua ambição e imprudência há incontáveis eras. Apenas recentemente a deusa tinha sido liberta, mas sua forma esculpida — talvez agora sim, uma estátua — permanecia majestosa e impossível, sobre a Cidade Imperial.

A estátua de Valkaria tinha o tamanho de uma pequena montanha. A forma de uma deslumbrante mulher humana, seus traços generosos visíveis e subentendidos. Num gesto de súplica, ajoelhada, diziam que ela implorava ao seu povo que a libertasse, ou talvez ao Deus da Justiça que a perdoasse. Mas, naqueles dias em que Trebane vagava pela cidade, Valkaria não precisava mais implorar. Estava liberta, e a grandiosa estátua não era senão um lembrete de sua perdição e um libelo ao povo artoniano, à humanidade, que salvara sua própria deusa.

Valkaria era a Deusa da Humanidade e da Ambição. Por isso, Deusa dos Aventureiros. E, para os aventureiros, foi a maior das donzelas em perigo.

— Às vezes os humanos fazem alguma coisa certa — disse Trebane, em voz alta. — Se vão construir uma cidade desse tamanho, então pelo menos que seja sob as coxas de uma mulher apetitosa.

E, trotando seu corpanzil pelas ruas que subiam e desciam, serpenteavam estreitas e estendiam-se largas e retas por distâncias infindáveis, Trebane viu as construções e viu as pessoas. Em Norm, e em outras cidades de humanos loucos em que havia estado, ele era uma curiosidade, era uma bizarria e uma atração — as pessoas se juntavam para ver um centauro. Em Valkaria, nem mesmo o condutor da carroça de esterco dirigia-lhe um olhar. Centauros eram, assim como fadas, elfos, anões, nagahs e outros, quase parte do cotidiano. Valkaria era cosmopolita, mas niveladora: fervilhava tanto de diferenças quanto de igualdade forçada. Todos ajustavam-se, bem ou mal, aos costumes dos humanos, e todos tornavam-se um pouco humanos, em sua banalidade e sua ferocidade de viver.

A cidade era tão grande que dividia-se como se fosse um reino, como se fosse o Reinado. Havia as áreas nobres e as humildes (isso Trebane conhecia de todas as cidades do mundo). Mas havia também a Favela dos Goblins, onde as criaturinhas baixas e esverdeadas amontoavam-se em meio à própria sujeira, civilizados mas rejeitados pela civilização. Havia Nitamu-ra, o bairro que abrigava os sobreviventes de Tamu-ra, a ilha destruída pela Tormenta. Costumes diferentes, roupas diferentes, podia-se virar estrangeiro de uma hora para outra, atravessando uma rua.

Trebane estacou de súbito, numa avenida larga como uma estrada, vendo uma agitação móvel. Empurrou a multidão, compacta na tentativa de olhar o que quer que fosse, e viu o movimento da rua abrindo-se para uma espécie de cortejo. Guardas metidos em armaduras e montados a cavalo ladeavam um homem garboso que exalava segurança, e uma rapariga de sangue misturado, humano e elfo, com poucas roupas e duas espadas na cintura. O povo esbugalhava os olhos e saltava no lugar ao vê-los, comemorava e gritava-lhes os nomes, numa algazarra indistinta. O homem tinha cabelos negros e lisos, porte de guerreiro. Usava armadura de couro e, o mais impressionante, um de seus braços era feito de metal.

— Quem é o palhaço? — perguntou Trebane a um popular aleatório.

O homem ficou indignado com a irreverência do centauro, mas decidiu ser amigável:

— Arkam Braço Metálico. O líder do Protetorado do Reino!

Trebane, é óbvio, já tinha ouvido falar neles. O Protetorado do Reino era um grupo de aventureiros e heróis, empregados pela coroa de Deheon, o Reino Capital. Sediados em Valkaria, realizavam toda sorte de missões oficiais para o Rei-Imperador Thormy, e defendiam o Reinado de todo tipo de ameaças. Arkam era o líder, famoso por sua prótese mágica, que lhe conferia força extraordinária e poderes diversos. A mulher era Allieny, companheira de Arkam e espadachim sem par.

— Ei, você! — gritou Trebane, abrindo a multidão. — Homem do braço de ferro!

Os guardas tentaram mantê-lo longe, mas Trebane não era mantido longe com facilidade. Desvencilhou-se deles, e chegou a Arkam e Allieny. A meio-elfa já estava pronta para um combate. O humano tinha uma confiança que lhe emprestava uma postura relaxada e fácil, e um sorriso franco.

— O que quer, amigo? — disse Arkam Braço Metálico, com voz de gongo.

— Estou procurando uma mulher. Uma moça que está com problemas, bem aqui na sua cidade. O nome dela é Zara.

Arkam pareceu esperar algo mais.

— Vamos! — disse Trebane. — Ajude-me a achá-la. É uma moça com problemas, acho que está metida em alguma confusão com uma família nobre.

— Amigo, infelizmente não posso ajudar toda donzela nesta cidade. Procure a milícia. Ou um bom grupo de aventureiros a quem se juntar.

Trebane afastou as mãos abertas.

— Você tem um grupo de aventureiros. Estou aqui.

— Temos outros assuntos. Mas desejo-lhe boa sorte.

— Já sei — disse Trebane. — Vão para Trebuck, lutar contra Crânio Negro. Tem razão, é algo muito importante.

— Não posso discutir as missões do Protetorado, colega. Mas Valkaria está cheia de heróis.

— Vai para Trebuck ou não?

— Bem, não — disse Arkam, olhando de esguelha para os milicianos.

— Para que você serve, então?

Trebane foi tirado do caminho. Insistiu, mas a força de Arkam, mesmo educada, era tremenda. Foi empurrado, o cortejo prosseguiu, Arkam Braço Metálico constrangido, e a multidão cega de festejos. Mais à frente, um homem já vendia pontas de flechas usadas, dizendo que haviam sido empregadas num atentado contra a vida de Arkam.

O centauro perdeu-se na cidade.

Encontrou grupos de aventureiros, mas não sentia vontade de unir-se a estranhos. Mercenários, candidatos a heróis, garotos iludidos, havia de tudo entre aventureiros. Alguém como Orion, que fizera tanto por um desconhecido como ele, e a quem ele ficara eternamente em débito, era uma pessoa rara. E, de qualquer modo, Trebane não precisava de mais dívidas.

Achou parques — *parques*, ideia absurda! — no meio da cidade. Ajuntamentos de árvores, para que os humanos pensassem que estavam próximos a Allihanna ou que respeitavam suas crias. Falou com as plantas daqueles lugares, mas eram plantas burras e ignorantes, incapazes de manter uma conversa útil. Os animais (ratos havia em profusão por toda parte) eram mais espertos, mas tinham-se contaminado de humanidade. Pediam favores, petiscos. E haviam aprendido o conceito de mentir. Trebane disse a si mesmo que aquele não era o dia em que seria enganado por um camundongo.

Zara era uma só, e Valkaria tinha milhares. E havia outras com o mesmo nome (inclusive aquela cujo nome ela roubara), com a mesma cara. Precisava de ajuda grande, ajuda poderosa.

Foi ao Palácio Imperial.

A cidade era uma aglomeração atroz, mas o caos cessava nas proximidades do palácio. Uma fortaleza exuberante assim como era impenetrável, o Palácio Imperial não podia ser alcançado pelo ar ou pela terra sem o aval dos capitães da guarda.

Uma grande seção de Valkaria era isolada para o Palácio, com ruas pouco movimentadas e postos de vigia. Trebane achou aquilo apenas mais uma loucura entre tantas. Deu de ombros, olhou as avenidas vigiadas que levavam à sede do governo do Reinado e pôs-se a caminhar sem hesitar um passo. Foi detido por quatro guardas.

— O que quer? — gentil, mas firme.

— Falar com o rei — disse Trebane. — Vão embora, deixem-me passar.

O homem explicou-lhe que ninguém falava com o Rei-Imperador Thormy sem uma audiência. Ele estava acostumado com estrangeiros maravilhados, pretensos assassinos e herdeiros falsos. E aventureiros. Todos os dias apareciam aventureiros tentando falar com o Rei-Imperador, com a certeza de que *aquele* monstro ou sacerdote maligno valia o tempo de Sua Majestade. O capitão explicou a Trebane que uma audiência era muito, muito difícil. Possível, em geral, apenas para regentes e grandes heróis. Não mencionou que quase todos aqueles que teriam permissão de passar e ver o Rei Thormy chegavam por magia, na própria sala de reuniões.

— Então o que essa gente toda está fazendo aí? — Trebane apontou para os esparsos transeuntes das ruas que levavam ao Palácio.

— Têm algum trabalho a fazer no Palácio Imperial ou em suas imediações. São entregadores, mensageiros.

— Certo, então. Tenho uma mensagem para o Rei Thormy. De Trebane, o centauro.

— Senhor — sinal com a mão, alerta. — Tenho que pedir que se retire.

Trebane disparou em corrida, passou pelos postos de guardas. Ouviu um alarme sendo dado, logo as ruas estavam fervilhando de milicianos surgidos do nada. Trebane galopou mais que eles, escondeu-se em reentrâncias, descobriu-se perseguido por magos, cavaleiros de grifos. Muralhas de ferro apareciam fechando ruas, a magia arcana e divina ativando-se em proteções. Construtos mágicos de forma humanoide, com corpos de aço e pedra, tremiam o chão com seus passos vagarosos e certeiros. Trebane evadiu-se por uns minutos, prosseguiu, e deparou-se com o labirinto. Em volta do Palácio Imperial, um grande labirinto de pedra. Apenas três entradas, todas fortemente guarnecidas. Trebane desistiu ali.

— Vão me levar a uma masmorra? — disse o centauro.

— Não — respondeu um oficial. — Um sacerdote vai verificar suas motivações, ler-lhe a alma, e só então vamos decidir.

— Eu só quero ajuda para achar uma garota. Uma menina que está com problemas. Seu nome é Zara.

— Procure a milícia.

— Vocês não são da milícia?

— Bem, sim — o homem tropeçou nas palavras. — Mas estamos destacados para proteger o palácio. Temos nossas obrigações.

— Todos têm.

— Por que não procura um grupo de aventureiros?

— Já procurei o melhor deles, e eram uns bostas.

Trebane foi questionado, observado, verificado, examinado por magos e clérigos, inspecionado e, por fim, liberto. Na rua, com uma recomendação incisiva de manter-se longe.

Já anoitecia. Ele tinha passado o dia inteiro a se perder, intrometendo-se com gente importante demais ou perdendo tempo com gente importante de menos. Tinha uns Tibares, podia comer (pagar por comida era outra das invenções ridículas da civilização), e mais tarde arranjar um lugar onde dormir. Não chegara um palmo mais próximo de Zara, o dia inteiro. Procurou uma taverna.

E teve uma ideia.

Saiu da taverna onde estava e seguiu seu nariz. Trebane não conhecia Valkaria, não sabia dos melindres daquela gigantesca balbúrdia, mas sabia que todas as cidades tinham uma parte ruim. E que, na parte ruim, havia tavernas.

Encontrou o que procurava: uma seção da capital perto da Favela dos Goblins, onde parecia anoitecer mais cedo e onde tipos insalubres aglomeravam-se antes de começar um expediente sangrento. Parecia ter mais becos que área aberta, e mais ladrões que vítimas. Trebane adentrou uma pocilga com a gentil alcunha de *"Nó nas tripas"*, e sorriu para os frequentadores. Ali, iria começar sua investigação de verdade. Porque Trebane não conhecia Valkaria, Trebane não tinha lábia, Trebane não tinha sutileza e não sabia conseguir nada com conversa.

Mas a força bruta resolvia tudo.

Olhando a coleção de cicatrizes, dentes podres, caras sujas e armas semi-ocultas, Trebane avaliou seus candidatos. Seu corpo ocupava quase todo o salão comunal da taverna, se é que aquilo poderia ser chamado de salão comunal. Um conjunto de mesas díspares, apoiadas em barris ou roubadas de algum lugar mais próspero. Uma fora um dia uma porta e outra, um tampo de bueiro. As cadeiras e bancos eram raridade, de posse dos mais parrudos frequentadores. O balcão era uma tábua cheia de felpas, apoiada em tijolos. Nos cantos, havia sujeira de variedade espantosa. Um homem estava estirado no chão, e ninguém sabia se dormia ou se estava morto. O taverneiro nem mesmo fingia se ocupar de limpar os canecos, e quaisquer panos imundos que tivesse possuído haviam-se perdido há tempos. As bebidas eram servidas em copos sujos, e assim era há anos. Os clientes não reclamavam.

Trebane escolheu seu homem, dirigiu-se ao balcão. Teve o cuidado de esbarrar numa mesa, derramando um caneco de cerveja no colo do mais alto e largo freguês da taverna.

— Está me devendo um caneco de cerveja e um de sangue! — rugiu o homem.

Era grande como um ogro, tinha uma desproporcional cabeça cheia de calombos e esparsa em cabelos, e os olhos muito juntos, quase se tocando acima do nariz porcino. Vestia uma loriga segmentada, faixas horizontais de aço cobrindo-lhe o peito largo como uma porta, sem pesar-lhe nada. Manoplas de ferro grosso e rebites nas mãos, e botas reforçadas de metal. Assim que ergueu-se da cadeira mais confortável que o "Nó nas tripas" tinha a oferecer, os demais fregueses explodiram em apostas e fugas.

Trebane virou-se e aplicou-lhe uma cabeçada.

O nariz de porco se estilhaçou, mas o sujeito não piscou os olhos. Esmurrou a cabeça do centauro, com socos de aríete, chutou-lhe as pernas equinas com técnica grande como sua força. Trebane aplicou-lhe um cotovelo no topo da cabeça, um soco no queixo, viu o homem estontear. Ergueu as patas da frente, desceu-lhe os cascos sobre as clavículas. Ossos quebraram, e tiras da armadura. Enquanto ele capengava para trás, Trebane se virou, e saboreou o coice antes dos cascos traseiros encontrarem seu peito. O brigão voou contra a parede da taverna, e caiu como um barril de tijolos sobre um monturo de imundície.

Trebane limpou as mãos ostensivamente, num gesto falso mas eficaz. Observou um por um os fregueses restantes (todos em armas) e assegurou-se de que reinava ali. Foi até o balcão.

— O que você tiver de mais forte. Num caneco limpo.

— Não temos caneco limpo — grunhiu o taverneiro, entre o ressabiado e o temerário.

— Arranje!

Dito e feito, um dos clientes mais esquálidos foi enviado na missão, e voltou com um caneco comprado ou roubado, mas novo. Trebane bebeu de um trago alguma coisa que poderia embriagar um gigante ou remover piche.

— Alguém aqui conhece uma garota chamada Zara — disse Trebane para todos no "Nó nas tripas". — Fazia-se passar por Zara Lysande, uma nobre. Cabelo castanho, sardas, jeito insuportável. Alguém aqui conhece.

Olhos nele.

— E, se não conhece — arremessou o caneco novo ao chão, fazendo-o em mil pedaços —, *vai descobrir.* Porque, se ninguém descobrir — indicou o brigão inerte.

Nos rostos, nada mais que obediência. A força bruta mais uma vez mostrava-se um remédio universal. Alguns desolados, pois iriam perder uma noite de lucros descobrindo coisas para um valentão recém-chegado. Outros tentando aparentar inocência. Mas logo dois sujeitos grandes elegeram um terceiro, um baixote atarracado com feições de criança e rugas de velho. Conduziram-lhe pela roupa até Trebane, proclamando que ele devia saber de algo.

— Posso saber — o homem deu um risinho.

— Sabe ou não sabe? — vociferou Trebane.

— Eu trabalho para um homem poderoso. Talvez, pode ser que —

— Fale, pústula!

— A impostora vai ser executada — choramingou o homem, encolhendo-se. — É tudo que eu sei, juro por Khalmar.

— Khalmyr.

— Juro por ele também. Só sei disso, mas meu chefe pode saber de mais alguma coisa.

Zara seria executada. Um problema maior do que Trebane supusera. Humanos eram uma praga, cidades eram uma praga. Zara era uma maldita praga dupla. Ele iria salvá-la, e depois iria matá-la, por arrastá-lo até ali.

— Bem-vindo, senhor...? — o meio-elfo deixou a frase no ar, num protocolo algo elegante e nada original.

— Trebane — bufou o centauro. Aquilo estava levando a noite toda.

— Um dos meus lacaios disse que o senhor deu uma surra em Graffurd Quase-Caolho. Gosto de quem sabe brigar.

— Era para ser difícil?

— Vejo que é experiente em lutas e em bravatas.

— Qual é o problema com os olhos daquele homem, afinal? Alguma cruza com ciclopes?

— Na verdade, acredito que os homens da família dele vêm trepando com suas irmãs há muitas e muitas gerações.

Trebane gargalhou.

Estavam em uma taverna bem melhor que o "Nó nas tripas", em outra parte da cidade e com outro tipo de escória. O meio-elfo portava ares de lorde, e sentava-se atrás de uma mesa circular, ampla, cercado de guardas e bons vinhos. Um grupo de humanos velhos ficava em um canto, conversando, bebendo e sendo decorativos, enquanto que mulheres com mais decote que miolos disfarçavam tédio com languidez. Os fregueses da taverna eram mais súditos que vinham ter com o meio-elfo do que gente interessada em beber e deitar com meretrizes. Isso não impedia que festejassem com alegria expectante, junto com o que pareciam ser soldados de um exército particular, e pagassem bebidas e tempo com as mulheres. Era questão de polidez.

Um dos soldados, que na verdade tinha afetações de oficial e caminhar de esgrimista, aproximou-se do meio-elfo.

— Irmão, temos muitos cidadãos a atender esta noite — disse o homem, em uma voz discreta.

— Todos serão ouvidos, irmão — respondeu o meio-elfo. — Mas hoje a prioridade é do senhor Trebane. Ele veio de muito longe, recomendado por um dos nossos.

— Alguns já estão esperando há três dias. Pode ser que eles acabem indo ao lorde Blasanov.

O meio-elfo deu um gole intelectual em seu vinho. Tomava a bebida em um cálice.

— Ora, mate o primeiro que for a Blasanov. E, de qualquer forma, o lorde sabe muito bem que esta parte da cidade está sob nossa proteção. A família dele não quer pisar em nossos calos.

— Temos alguns assuntos urgentes, irmão — insistiu o oficial. — Um vampiro na zona leste. Uma praga de otyughs nos esgotos da zona norte. E o homem da tal Gazeta do Reinado, que ofendeu nossa família. — Indignação sussurrada: — E continua impune!

— Quanto a isso — disse o meio-elfo —, não há por que complicar as coisas. Vamos optar pelos métodos clássicos. Quebrem as pernas dele. Destruam alguns de seus aparatos.

— Por que não o matamos?

— Ora, porque não somos selvagens! — gesticulou com o cálice, formando uma maré de vinho coruscante. — Não se mata um homem como o responsável pela Gazeta do Reinado, irmão. Também não vamos acabar com o sonho dele. Levar informação ao povo é um objetivo nobre, e ele é um clérigo de Tanna-Toh. Respeito Tanna-Toh, devo à sua igreja o fato de saber ler. Apenas vamos mostrar ao nosso amigo como se trabalha em Valkaria. Um bom susto. Suficiente para educá-lo, mas não o bastante para que ele forme algum bando de aventureiros e siga em uma cruzada.

O oficial concordou, aparvalhado com a sabedoria do meio-elfo.

— É por isso que você ainda é o segundo irmão. Mas fique calmo. Está aprendendo, e um dia será o mais velho, e ainda melhor que eu.

— Sim, irmão.

Cumprimentaram-se com respeito e afeto, e o oficial deixou Trebane e o meio-elfo sozinhos. O centauro havia secado algumas garrafas do bom vinho (não que soubesse, mas valiam muitas vezes o soldo de um miliciano). Apontou um dedo cheio de calos ao homem e disse:

— Você é um —

— Negociante — interrompeu o meio-elfo. — Ou, se preferir, lorde. Senhor de terras. O que quiser. Apenas não venha me xingar na minha própria taverna.

Trebane recolheu o dedo. Pensou em Zara. Iria salvá-la, dar-lhe uma surra, e forçá-la a viver no mato durante um ano, para que aprendesse a não se meter em cidades malucas.

— Meu nome é Paollus — disse o meio-elfo. — Não faço segredo do que sou, mas também não admito moralismos na minha frente. Vivemos à sombra de uma vagina gigante, por assim dizer, no ânus de Valkaria. Ao seu redor, o senhor vê pessoas que têm problemas. Alguns não têm o que comer, e eu lhes dou empregos. Ou mesmo comida. Outros não têm segurança, e eu providencio isso. Como ouviu, alguns têm problemas com monstros. Alguns têm parentes ingratos. Alguns têm irmãs que se casaram com cultistas profanos, ou demonologistas vivendo na casa ao lado. Eles poderiam ir à milícia, é claro. Poderiam contratar grupos de mercenários saqueadores de tumbas — riso —, perdão, *aventureiros*. Já tentou pedir ajuda à milícia, ao Rei-Imperador, a aventureiros, senhor Trebane?

O centauro resmungou que sim.

— E como foi?

— Um fracasso — admitiu.

— Aí está. Essas pessoas vêm a mim. Pense em nós como um grande grupo de aventureiros, um vasto bando mercenário. Fornecemos serviços de que as pessoas necessitam, e exigimos algo em troca. É simples.

— Você e aquele homem não parecem irmãos.

De fato. O meio-elfo tinha as feições jovens que vinham com o sangue não-humano, mas uma característica de experiência que traía idade. Orelhas pontudas mas discretas, cabelo puxado para trás com óleo, ombros de espadachim e costas retas de guarda imperial. Nariz quebrado de brigão de taverna, dedos longos de punguista. Vestia uma armadura elegante, que lhe cobria metade do peito e o braço esquerdo, bem como um lado do pescoço. Por baixo, uma túnica de linho negro, ajustada ao peito atlético, bordada com um brasão que mostrava um urso e um anel, significando fidelidade, força, astúcia e ferocidade na proteção da família. Ao lado da cadeira, uma enorme balestra.

— Todos somos irmãos aqui — explicou Paollus. — Eu sou o irmão mais velho. Enzo será o irmão mais velho quando eu me for. Mas não é sobre isso que o senhor veio falar, certo?

Não. Viera falar sobre Zara, que tinha problemas, que ia ser executada. Zara, serva de Zara Lysande, que tomara emprestado o nome de sua senhora quando esta fora assassinada, no caminho para se encontrar com o noivo no Exército do Reinado. Zara, que tinha usado o nome da família Lysande para defender um homem que, ao que parece, não conhecia. Que tinha sutilmente arrastado o nome Lysande no barro. Zara, que iria morrer. Pirralha do inferno.

— Veio ao meu conhecimento o caso da impostora — disse Paollus.

— Onde ela está?

— A família Lysande tem boas conexões, e alma bastante ruim. Há pouco mais de um século, a família Lysande era toda composta de irmãos, assim como a minha.

— Desembuche, lorpa!

Meia dúzia de espadas.

— Já disse: *sem insultos*. Centauro ou não, você está na minha casa, bebendo o meu vinho, olhando os peitos das minhas mulheres. Eu dizia, a família Lysande é respeitável só na aparência. E eles não querem perder esse verniz tão custoso. Se a sua amiga tivesse matado um Lysande, talvez a punição fosse menos grave. Mas ela arriscou o *nome*. O nome é mais precioso que qualquer membro da família, até mesmo que a vadia chamada Zara Lysande.

Um gole de vinho.

— A sua amiga vai se transformar num exemplo. Esse é um dos truques do nosso tipo de negócio: fazer exemplos. E os Lysande não perderam o tino, neste século e pouco de fingimento.

Trebane sentia uma minhoca gelada correr-lhe a espinha equina. Diabos, tinha visto bruxarias e barbaridades sem conta pelo mundo. Tinha visto homens corrompidos pela Tormenta. Por que uma menina prestes a morrer deixava-lhe assim? Estava com medo — *medo* — de saber detalhes. Mas Paollus contou:

— Pouca gente é executada na Arena Imperial hoje em dia. Isso é coisa do passado. Mas os Lysande puxaram todos os fios certos para fazer da execução da impostora um assunto *extremamente* público. Eles querem que todos vejam o que acontece a quem difama a família.

Os leões dentro de Trebane rugiam.

— Você pode me botar dentro dessa Arena Imperial?

Paollus sorriu.

— Viu como a cidade funciona? Você foi à milícia, e não conseguiu nada. Foi aos aventureiros, e não conseguiu nada. Veio a mim, e eu lhe contei a verdade. E agora vou levá-lo à Arena Imperial, para que você possa salvar a sua amiga.

Gole.

— Por um preço.

— O que você está fazendo? — disse Viktor Lysande.

— Nada — respondeu Zara. — Malabarismo. — Deixou as três pedras caírem no chão da cela. Ajeitou o vestido sujo e mordeu os lábios, engolindo o ressentimento e o ódio.

Viktor Lysande andava na cela da prisioneira como se estivesse num salão de baile. Dispensava guardas, e a falta de qualquer reação à garota era pior que um esgar de desprezo. Também não fazia caretas de nojo à condição em que vivia Zara: afetações de aristocrata não esconderiam o fato de que ele já estivera em lugares muito piores. A cela não fedia, a palha no chão estava quase limpa, e Zara tinha a permissão de um banho semanal (muito mais do que a maior parte dos nobres de Arton se obrigava). As botas e calças justas de Viktor Lysande destoavam elegantemente da armadura pesada que cobria seu tronco e braços. Seu rosto de quase-jovem era dominado por um queixo imenso, que parecia imitar o martelo de guerra que levava na cintura.

— Nunca vou entender — disse ele. — Por que voltou à cidade?

Zara levantou-se, arrumou os cachos castanho-claros.

— Você está fazendo o tipo do lorde que conversa com os prisioneiros, Viktor? O que vai ser depois? Vai me colocar numa armadilha mortal, contar seus planos e me deixar sozinha?

Ele deu um meio riso.

— Você tem espírito. Gosto disso. Se não precisasse morrer, poderia ter sido minha amante.

— Pensei que você já tivesse duas: a direita e a esquerda.

Viktor Lysande meneou a cabeça, sorrindo por cima do queixo monumental.

— Eu quero saber por que você retornou a Valkaria. Poderia ter ficado em Bielefeld, no Exército do Reinado, em uma centena de lugares. Meu avô sempre disse que temos de ouvir quem se deixa ser pego. Sempre rende histórias educativas.

Zara vasculhou-se por uma resposta cortante. Mas só achou a realidade de que, em alguns minutos, iria morrer. A Arena Imperial tremia acima dela, a vibração de milhares de pessoas assistindo às lutas e eventos preliminares, antes da execução.

— Bielefeld é um asilo de lunáticos — disse a garota. — O Exército do Reinado é um asilo de lunáticos corrompidos pela Tormenta, matando-se uns aos outros. O Reinado é pouco convidativo a alguém como eu.

— E Valkaria?

— Valkaria tinha possibilidades. Eu achava que podia aceitar uma proposta antiga, voltando para cá.

— Mas os Lysande acharam você primeiro.

— Não mesmo. Fiquei na cidade por duas semanas, sem conseguir encontrar quem eu procurava, antes que vocês me achassem. Os Lysande perderam o tino de escroques, Viktor.

Ele ignorou o insulto. Encheu seu cachimbo com fumo cheiroso e acendeu-o.

— Você fala grosso, Zara — uma tragada saborosa. — Mas no fundo é uma garotinha imbecil. Ficou desfrutando de uma vida fácil com o nome da cadela que era minha irmã. E pensou que ninguém iria descobri-la? E invocou nosso nome no julgamento de um aleijado qualquer? Quem era esse tal homem?

— Amigo de amigos meus — como uma criança arrependida, emburrada.

— A verdade é que o seu crime foi ser burra — disse Viktor, andando a esmo e fumando com delícia. — Hyninn sorriu para você quando minha irmã foi morta na estrada. Você podia ter ficado com o que quer que os goblinoides tivessem deixado para trás, vendido e feito uma vida. Trocado de nome.

— Não sou ladra.

— Claro que não. Mas, para toda essa gente — gesto para cima, o teto tremendo de plateia —, é uma assassina. Eles acham que você matou a vaca que era minha irmã, e que vai ser executada por isso — fumaça de cachimbo. — Mas quem *importa*, nobres, burgueses, lordes do crime, sabe que você morre porque usou nosso nome em vão. Meu pai gastou muito dinheiro em camarotes de honra, para botar todos esses homens importantes na plateia hoje. E quem vai saber que você não é ladra? Quem vai saber que não é assassina, que só quis defender um injustiçado? Os deuses?

— Morram os deuses. *Eu* vou saber.

Ficaram se olhando.

— É por isso que vim falar com você, Zara. Vou ter uma ótima história para contar hoje à noite, entre um trago e outro.

Fez um sinal, a porta da cela foi aberta.

— Pense nisso enquanto estiver no seu grande espetáculo, Zara: gente como eu nunca sai perdendo.

Afastou-se. O barulho da multidão inundou as masmorras. Guardas conduziram Zara pelos corredores, um clérigo de Valkaria abençoou-a e ofereceu algumas palavras de conforto. Ela recebeu seu traje de condenada. E emergiu no sol escaldante, no barulho de pés e gargantas, na Arena.

O espetáculo estava prestes a começar.

CAPÍTULO 3

ENTERREM MEU CORAÇÃO EM NAMALKAH

NAMALKAH NÃO PERDOAVA. AS COXILHAS JÁ DEIXAVAM VER, ao longe, coisas além do aberto — bosques, pequenas construções. Havia uma trilha de boiada, que Xavier Nash e sua tropa seguiam. Pequenos altares a Hippion, o Deus Menor dos Cavalos. Tudo isso era um lembrete bem-vindo de que havia pessoas no mundo, de que nem tudo era o vazio e o vento e o chão, e de que os deuses não tinham esquecido Arton em uma planura infindável. Mas Namalkah não perdoava. Tudo era vasto, limpo, forte. De uma melancolia narcótica. Namalkah provocava, puxava sentimentos ocultos de dentro do bucho, seduzia e zombava, convidava e refugava. Ingram e o Doutor Nash seguiam a tropa, e o anão era o único a pé.

Zebediah Nash mantinha-se calado, seco, pela primeira vez. O rosto acabrunhado em uma expressão misturada de birra e dever, que condizia com Namalkah. Seus olhos brilhavam, um instante, vendo a nobreza tosca dos tropeiros, a altivez daqueles fidalgos cheirando a bosta. Em seguida, franzia a testa, desaprovava algum comentário ou prática, encolhia-se ao som de uma canção particularmente medonha.

Era Namalkah.

— Não sabemos ainda nada sobre o Cavaleiro Risonho — tentou Ingram, no terceiro dia.

Nash resmungou.

— Não sabia que você resmungava — disse o anão. — Suspirava, assobiava, declamava poemas, tergiversava. Mas nunca o ouvi resmungar.

— É o efeito desta terra de brutos.

— Pare de fingir, seu humano mascarado. Você gosta daqui. É tão namalkahniano quanto esses ginetes.

Quanto o vento, quanto as coxilhas, quanto a doçura tacanha da paisagem.

— Talvez você tenha razão — disse Nash, uma sombra no rosto. — Estudar medicina, viver em Salistick, ler, viajar, ser um mago. Nada importa, não é mesmo? Porque, ao ver um cavalo, ao escutar um insulto pueril, eu me reduzo a um ginete bronco. — Riso amargo.

— Foi você quem quis vir até aqui.

— É verdade. Arranjei as desculpas que pude para voltar a Namalkah. Recusei um cargo de prestígio no Colégio Real de Médicos de Salistick. Procurei meu tio. O doutor, afinal, é só um verniz. Por dentro, sou um ginete acéfalo.

— Sei como é ter ódio e amor pela sua terra — disse Ingram. — Pensa que eu não sinto a mesma coisa por Doherimm?

— O senhor me desculpe, mas não é ginete — cortou a voz de tábua de Xavier Nash.

Zebediah sentiu o ar roubado.

— Se quer ser alguma coisa, seja doutor ou mago. Porque o senhor com certeza não é como esses meninos — fez um gesto para a multidão de tropeiros.

— Aí está a cordialidade do Reino dos Cavalos — disse Zebediah Nash.

— Podia ser pior — ponderou seu tio. — O senhor podia ter ido morar em Callistia.

À noite, a tropa se converteu em festa, como sempre. Os ginetes não se cansavam da companhia uns dos outros. Reuniam-se em torno dos velhos, para ouvir-lhes histórias do passado recente ou distante. Uivavam com os tocadores de alaúde, bebiam aguardente, comiam carne seca com grande prazer. Suas conversas giravam quase sempre em torno da profissão, de pelejas anteriores ou vindouras, de bravatas e de autoelogios à hombridade e valor dos próprios namalkahnianos. Falavam, é claro, de cavalos. Mas os animais eram personagens assim como os humanos. Depois, dormiam sob as estrelas, em cima dos estribos, próximos aos seus corcéis.

Zebediah, naquela noite, andou numa tranquilidade calculada até a fogueira de seu tio. Ingram seguiu-o, sem ser convidado. O Doutor abriu espaço entre os convivas, sentou-se no chão. Alguns dos que jantavam e proseavam com Xavier Nash ergueram-se e se afastaram, predizendo assunto de família. Outros ficaram, como a proteger o velho.

— Estamos atrás de um criminoso, tio — disse o Doutor Nash, como quem move a primeira peça num tabuleiro.

Xavier deu uma tragada funda em seu cigarro de palha, e soltou a resposta junto com a fumaça.

— Já sei. O senhor Ingram me pôs a par. Eu não conheço nenhum Cavaleiro Risonho, Zebediah. Posso perguntar para os meus rapazes, mas acho que aqui o senhor não vai conseguir nada.

O médico não lhe tirava os olhos.

— Ele deixou em Trebuck um cavalo de Namalkah — disse Zebediah. — Um corcel branco, alto, inteligente. Chamado Bandido.

A sobrancelha e o bigode de Xavier Nash moveram-se em uníssono.

— Já ouvi falar.

Ingram chegou mais perto.

— Não sei se o senhor ainda se lembra disso — continuou o velho —, ou se esqueceu para abrir espaço na cabeça para todos os seus livros de medicina. Mas o senhor Ingram não deve saber, então eu repito. Estrangeiro acha que o povo de Namalkah não vê defeito em cavalo. Que nós gostamos de tudo que é cavalo, que nem uns imbecis. Achar que todo cavalo é bom é tratar cavalo como bicho. Cavalo é como gente: existem os bons e existem os ruins. E que Lena me cape se o tal Bandido não é um cavalo ruim como uma cascavel.

— Não quero saber do cavalo —

— Calma. O senhor pegou a mania do povo da cidade, dos estrangeiros todos, de falar apressado. Bandido é um cavalo que nasceu sob uma lua torta, Zebediah. Bonito e malvado como o pecado. É a criatura mais forte e inteligente que Hippion botou no mundo, mas é louco. Só tinha um homem que conseguia montar ele, dizem, e esse homem levou-o para outro reino.

— Deve ser o Cavaleiro Risonho.

— Deve ser. Agora, cá entre nós, que ninguém nos ouça, eu acho que Bandido não é cria de Hippion.

— Quem é Hippion? — disse Ingram.

— Um mito — disse o Doutor.

— Cada coisa a seu tempo — disse o velho tropeiro. — Para mim, Bandido é cria de Nimb.

A fogueira estalou, um ginete que cantava ergueu a voz num uivo alegre. Um enjoo vagaroso apertou o estômago de Ingram.

— Bandido está com um amigo meu — disse o anão.

— Pode até ser que ele se comporte, e faço votos que seu amigo fique inteiro. Mas eu não monto em cavalo como Bandido. Cria do Caos é assim:

leal às vezes, e às vezes dá coice. Pode ser que ele tenha gostado do seu amigo, e aí não vai haver cavalo melhor no mundo todo. Mas amizade de devoto de Nimb é como paixão de menino verde por meretriz: fogo de palha.

— Nimb não existe — disse o Doutor Nash.

O velho deu um riso de desaprovação, balançando a cabeça.

— Ainda com essas bobagens, Zebediah? Já é um homem feito. Não precisa mais ficar falando besteiras para ser diferente.

— O senhor ainda acha que minhas convicções são pura rebeldia juvenil — disse o Doutor, com uma suavidade mordaz.

— Todo menino fica xucro durante um tempo — disse Xavier Nash. — O certo é, nessa época, arranjar umas brigas, sair galopando para uma masmorra, se meter com alguma rapariga, se juntar com um grupo de aventureiros.

— O *certo*? — Zebediah soltou um meio-riso pelo nariz.

— O senhor, em vez disso, resolveu ir para Salistick, ser médico. O resultado está aí.

Vento.

— Meu pai me enviou para Salistick, tio.

— O que foi uma grande bobagem, e eu disse isso para ele muitas vezes. Se fosse meu filho, eu tinha posto o senhor no lombo de um cavalo e largado na coxilha, para voltar só depois que virasse homem.

— Meu cavalo *morreu*.

— Aí está, não é? — riu o tropeiro. — O senhor ainda se ressente do seu cavalo. Todos os livros, todo o estudo, todas as filosofias não adiantaram para apagar a memória. O senhor sente saudade do seu cavalo. Repito: se fosse meu filho, eu arranjava um cavalo novo. Botava o senhor em cima dele, nem que fosse amarrado. E tocava para a coxilha. Ia voltar de alma lavada. Ia chorar o seu amigo morto e fazer um amigo novo. E não ia ficar falando bobagens sobre Hippion não existir.

— Quem é Hippion? — tentou Ingram de novo.

— O Deus Menor dos Cavalos — disse Xavier Nash. — Uma divindade lindaça, o melhor cavalo que já existiu. Allihanna, essa rapariga valente, criou os cavalos. Mas, quando ela enxergou Hippion, viu que o bagual era tudo que um cavalo deveria ser, e passou as rédeas para ele. Hippion é o nosso deus.

— Os namalkahnianos se orgulham de ser diferentes em tudo — disse Zebediah. — Querem até mesmo ter um deus próprio.

— Namalkahniano é bicho muito orgulhoso — admitiu Xavier. — Mas não é só da boca para fora, não. Hippion peleja do nosso lado, Hippion está presente nas carreiras, Hippion nos guia pelo campo quando estamos sozinhos e sem rumo.

— Ainda me parece estranho que os namalkahnianos, com todas as suas bravatas sobre coragem e independência, gostem tanto de viver à sombra de um deus. Ainda mais um deus menor: não há justificativa para ser inferior. *Todos* podem se tornar divindades menores. Se o senhor parar e considerar, tio, verá que o ateísmo é a forma mais suprema da coragem e da hombridade. Os ateus enfrentam a Criação de peito aberto, sem um patrono celestial que os proteja, e sem a promessa de cama quente e colo de mãe no final da vida. O universo, para os ateus, é uma coxilha infindável. Só os muito corajosos podem enfrentá-la.

Xavier Nash quedou-se fumando.

— É verdade — disse, por fim. — Mas essa coisa toda também não é muito triste?

— Homem que é homem também não tem medo de tristeza.

— Eia! — exclamou um ginete próximo.

Nos dias que se seguiram, Zebediah Nash ocupou-se de tratar os bois e os cavalos. Um clérigo de Hippion acompanhava a tropa, como era o costume. O Doutor entrara, sem perceber, num ritmo de competição, demonstrando uma eficiência apressada e nervosa, na ânsia de fazer a medicina triunfar sobre os milagres. Havia sempre uma ferida a curar, um boi ou cavalo doente. O clérigo vencia quando uma pata quebrada mostrava-se um problema drástico demais para que Nash resolvesse de imediato. O Doutor contra-atacava quando a erradicação de um parasita qualquer exigia conhecimentos que a fé não substituía. E assim, os tropeiros passavam a respeitar o filho desgarrado de Namalkah, porque animais e homens nunca haviam tido tão boa saúde.

Ingram divertia-se. Ensinou dois garotos a atirar com o rifle. Ouviu histórias de um passado nebuloso, e muitas, muitas piadas preconceituosas contra os callistienses. Mas impacientava-se. Dizia a si mesmo, e era lembrado pelo Doutor, que a pista do Cavaleiro Risonho não ficava fria, porque o alvo mesmo a requentava. Não conseguia, contudo, afastar uma sutil impressão de estar traindo Orion Drake.

— Estou deixando esta terra tomar conta de mim! — resmungou o anão para si mesmo. — Não se pode arrotar aqui sem pensar em dever, honra, lealdade.

A extração de pistas era uma luta inglória. A maior parte das conversas era logo interrompida pela chegada de Zebediah Nash. O Doutor, quando não estava ocupado tornando aquela a tropa de bois mais saudável do continente, arranjava discussões com os ginetes. Provava a inexistência dos deuses, colocava em xeque as noções tradicionais de Namalkah, esbravejava contra a falta de confortos urbanos no Reino dos Cavalos. Exacerbava cada vez mais seus hábitos sofisticados, fazendo questão de manter o chá a uma temperatura específica e trajando roupas reluzentes de limpeza, prodígio obtido apenas através da magia arcana.

— Zebediah não vai acabar arrumando uma briga, desse jeito? — disse um dia o anão, para Caleb.

O batedor deu de ombros e acendeu um cigarro de palha.

— Acho que não. Os rapazes respeitam ele.

— Por quê?

— Ora, patrício, o Doutor é homem. Ganhou aquela carreira. Nunca usou esporas na vida. Trata muito bem dos cavalos e dos bichos. E não tem medo de dizer o que pensa. Se alguém prefere uma cidade cheia de gente a uma campina e um cavalo, eu acho que não é bem certo da cabeça. Mas não fico ofendido.

— Eu não sou bem certo, então? — riu Ingram.

— O amigo é anão. Há que se saber que as raças são todas diferentes. Só o que não dá para aguentar mesmo são callistienses.

Foi numa noite de céu enfarruscado e cavalos inquietos que Ingram conseguiu arrancar mais sobre Bandido e suas origens.

— Faz tempo que têm acontecido coisas esquisitas — disse Xavier Nash, escovando seu cavalo.

— Que coisas esquisitas? — disse Ingram.

— Perto da Pista do Unicórnio Negro. A gente das aldeias diz que os cavalos fogem, veem coisas que não estão lá. Nasceram potros de duas cabeças ou com bico de pássaro. E a terra também tem uns chiliques. O chão vira água, assim, no mais. As plantas crescem demais, ou então murcham sem explicação.

— Uma chuva de sapos — lembrou alguém.

— Isso! Uma chuva de sapos.

— E o que isso tem a ver com Bandido? — disse o anão.

— Talvez nada, patrício. Mas ninguém viu ele antes da Pista do Unicórnio Negro. É como se o mundo tivesse cuspido esse infeliz ali mesmo.

Ingram cofiava os bigodes, indeciso entre ter um acesso de raiva ou continuar uma conversa amistosa. O velho sabia muito, estava transbordando de boatos e histórias sobre Bandido, e tratava aquilo com uma casualidade esmagadora. Tudo apontava para o envolvimento do Deus do Caos, de alguma forma. Ingram tinha ânsia de correr ao tal lugar no mesmo instante, descobrir o que pudesse e então encontrar o Cavaleiro Risonho, ou, no mínimo, reencontrar Orion a tempo de lutar contra Crânio Negro. Mas assistia ao Doutor tratar cavalos e bois, ouvia as conversas lentas e as bravatas alegres dos namalkahnianos, como um idiota. Vontade de atirar em alguém.

— Se me permite — Ingram começou, com cuidado —, por que o senhor não me falou isso antes?

— Não tinha necessidade, patrício. Esse tal Cavaleiro Risonho, pelo que os senhores falam, é um sujeito muito exibido, que quer mais é provocar seu amigo e preparar algum tipo de armadilha. Não presta sair que nem um desembestado para resolver a pendência, só porque o senhor está nervoso. Isso é coisa de menino fedendo a bosta. Um bagual velho como eu sabe quando é hora de ser paciente.

Ingram pôs-se a limpar as pistolas. O céu trovejou, num som que lhe pareceu uma risada.

— Se há chuva de sapos, tio — disse Zebediah Nash, chegando na conversa como quem embosca um comboio —, o melhor a fazer é apressar-se e investigar, pois deve haver um mago envolvido.

Ingram disse uma praga. Tudo estivera indo tão bem.

O Doutor começou a verificar dentes, olhos e cascos do cavalo de seu tio, com uma dedicação quase agressiva.

— Se isso é coisa de mago — disse o velho —, então nem carece o senhor se envolver. Afinal, não tem nada que ver com o seu fugitivo.

— Tem a ver com ajudar aquela gente!

— É uma desculpa bonita para o senhor se enveredar de novo por um caminho torto.

O Doutor Nash estacou em meio a um gesto, como que atingido por um relâmpago.

— Esse é o modo como o senhor faz as coisas, Zebediah. Antes da vida ficar séria aqui em Namalkah, foi ser médico em Salistick.

— Meu pai me mandou a Salistick.

— Por que o senhor não calava a boca, dizendo o tempo todo como queria ir embora, como o reino era uma droga, como nunca iria tomar conta das terras da família. Enfim, foi ser médico em Salistick, virou mago, fez bonito. Mas, quando a coisa ameaçou ficar séria em Salistick, o senhor foi embora. Arranjou uma empreitada que o trouxesse de volta a Namalkah. E agora fica aí, reclamando, mas trata dos bichos, pegou um cavalo novo. E arranja desculpas para ficar um pouco mais, resolver um problema ou outro, e ir ficando... Até aparecer uma chance de sossegar o penacho. Daí, o senhor vai xingar Namalkah e ir para outro reino. Peguei o senhor no colo, limpei muito o seu traseiro cagado. A mim o senhor não engana.

A indignação tinha sumido do Doutor, substituída por uma espécie de ódio frio.

— Como sabe tanto sobre Nimb? — apartou Ingram, tentando socorrer a dignidade do amigo.

Xavier Nash puxou um pigarro ancestral, cuspiu-o como uma bala de rifle. Emendou com um suspiro, misturando catarro, ar e memórias.

— Não sei nada sobre Nimb, patrício. Em matéria de deuses, eu e Hippion temos uma relação cordial. O bagual eterno me conhece desde pequeninho, já me tirou de muito enrosco. Allihanna de vez em quando me olha de revesgueio, mas, como toda mulher, é dissimulada, estranha e meio torta das ideias. O resto, eu não conheço.

— Bandido, então...?

— Se o senhor visse um cavaleiro todo empolado, com um escudo prateado e uma espada brilhando de polida, atacando uns orcs e salvando uma mocinha, enquanto grita por justiça, o que o senhor pensaria?

— É um devoto de Khalmyr — respondeu Ingram, de automático.

— Pois aí está. O erro dos estrangeiros é pensar que cavalo é bicho. Eu ouço falar do tal Bandido e penso: "devoto de Nimb". Que nem pensaria se ouvisse falar de um humano ruim das ideias, que faz bagunça por onde passa. O erro dos senhores é pensar que Bandido é um monstro, um animal mágico, uma coisa qualquer assim. Esse cavalo é um seguidor do Caos, isso sim — cuspe. — E a melhor montaria que aparece em Namalkah desde há não sei quanto tempo.

Xavier Nash pôs-se então a conversar com seu próprio cavalo. Como todos os ginetes, tratava a montaria com frases curtas, de carinho bruto, mas não dirigia-lhe o afeto imbecil de uma criança para um animal. Era como se, com o cavalo, eles fossem mais verdadeiros. Dizia-se que cavalos e ginetes eram irmãos, em Namalkah. Contudo, nem metade dos irmãos do mundo possuía aquele tipo de companheirismo.

— Típico de Namalkah, não? — atacou de novo o Doutor.

— Não acredito — gemeu Ingram.

— *"Como toda mulher, é dissimulada"*. Não foi isso que o senhor disse, tio? O desprezo que os namalkahnianos sentem por suas mulheres é algo risível. A própria linguagem de Namalkah, cujo maior valor é a "hombridade", implica que as mulheres são inferiores.

— Se o senhor quer duelar com palavras, então já ganhou — Xavier Nash disfarçou um suspiro com uma tragada no cigarro de palha. — Ser homem é só maneira de dizer. Muita mulher tem mais valor que muito homem, aqui e em qualquer reino. O senhor não sabe mesmo o que significa ser homem, em Namalkah?

O Doutor manteve-se calado.

— Pois então.

Ingram esperou um dia inteiro para falar com Zebediah Nash de novo.

— Já sabemos o bastante. Já temos todas as pistas que podemos conseguir. Vamos embora.

Como resposta, um grunhido de frustração.

O cenário da conversa era o mesmo de sempre: estrelas, fogueira, chão e cavalos. Durante o resto do dia, os ginetes trabalhavam sem cessar, numa dedicação que era, Ingram tinha de admitir, quase anã.

— Eu sei o que você está pensando, seu humano insuportável. E maldito seja, por me obrigar a ser sensato. Você está hesitante em se afastar do seu tio, de Namalkah. Mas também odeia ficar aqui.

Nash ergueu-lhe uma sobrancelha.

— Não interessa — continuou o anão. — Temos que ir. Se você quiser ficar, esbalde-se. Eu tenho uma dívida a saldar.

— Os senhores me desculpem — Xavier Nash golpeou com a madeira que era sua voz. — Meu sobrinho já se meteu nas minhas conversas muitas vezes, eu me sinto no direito de me meter nesta.

— Ilumine-nos com sua sabedoria infinita, meu tio.

— Sarcasmo, é? Eu prefiro chamar de má-criação. O seu amigo está certo, Zebediah. O senhor deve ir logo, planejar direito e cumprir a sua missão.

O Doutor perdeu-se nos vales e penhascos da cara rugosa do tio, incerto entre uma farpa e um cavalheirismo.

— O senhor pensa que Namalkah lhe odeia — disse Xavier. — Pois está enganado. Namalkah aprecia gente como o senhor.

"Namalkah ou Xavier?", pensou Ingram.

— Não viva pensando que é odiado no lugar onde nasceu. Até inventar uma magia para mudar o passado, o senhor ainda é namalkahniano.

— Você disse que Namalkah é uma boa ideia — aventurou-se Ingram. — Não adianta tentar estragar essa ideia. Você está lutando consigo mesmo.

Sobrinho e tio olharam-no com um ar tão semelhante que não se podia negar que fossem compatriotas, parentes.

— A Montanha de Ferro também é um bom mito, uma boa ideia — disse o anão.

O Reino dos Anões, subterrâneo e secreto, era desconhecido de quase todos que não fossem anões. Raro entrar lá, não sendo anão; raro sair de lá, sendo.

— Pelo menos você pode voltar a Namalkah — Ingram sacou uma pistola e um pano, e pôs-se a polir a arma como se estivesse atacando-a. — E não tem dívida nenhuma.

— Sinto uma história clamando para ser contada — Zebediah Nash deu um meio-sorriso.

— Temos que ir embora.

— A coxilha, a noite e a Pista do Unicórnio Negro vão continuar onde estão — filosofou Xavier Nash. — Não presta correr e pelejar de espírito sujo. Não há pressa, patrício.

CAPÍTULO 4

PROSCRITOS, CAÇADOS, FERIDOS, E SÓBRIOS

A ARENA IMPERIAL ERA, NAQUELE TEMPO, UM LUGAR DE jogos. Muita festa, muito sangue, pouca morte. Valkaria tornava-se mais piedosa com o passar das décadas, assim como o Reinado tornava-se mais piedoso. A Arena Imperial, que começara como um campo de morticínio para criminosos sem esperança, transformara-se em um palco de esportes. Lutas ao primeiro sangue, competições, bravatas, apostas. A morte era rara.

Por isso, os cidadãos de Valkaria lotavam a Arena Imperial naquele dia, em que uma morte iria ocorrer. A cidade havia-se abrandado; os homens, não.

Havia um entusiasmo frenético e nervoso na plateia. Muitos dos mais jovens nunca tinham presenciado uma execução daquele tipo. Se as mortes eram muitas vezes resultado de acidentes, a alardeada morte de Zara era planejada, calculada, especulada. Famílias aglomeravam-se nas arquibancadas, devorando petiscos e refeições inteiras, fazendo da execução uma lembrança cálida de pais e filhos. Milhares tinham fechado oficinas, ausentado-se de pedreiras, largado afazeres pela metade. Era quase um feriado.

Gabriel Lysande, o patriarca da família Lysande e pai da falecida Zara Lysande, encarregara-se de espalhar o frenesi por Valkaria. Gente paga especialmente para espalhar boatos tinha circulado, aumentando a expectativa sobre a execução, mencionando o assassinato de que Zara fora acusada mas sugerindo que seu real crime era difamar os Lysande. E seus amigos, conhecidos, rivais e inimigos lotavam as tribunas de honra, tudo às custas da família, envoltos em luxo para que presenciassem o que acontecia a quem maculava o nome. Favores tinham sido gastos, cordas importantes haviam sido puxadas, mas tudo valia a pena no interesse de manter o respeito.

A Arena transbordava de gente. A praça principal estava sendo limpa, o sangue das competições anteriores varrido e coberto por areia nova. Ao redor, havia um largo fosso seco (inundado para eventos aquáticos, pelas maravilhas da engenharia anã), que Zara atravessava sobre uma ponte de madeira. No outro extremo, as jaulas, onde estava a fera que iria trucidá-la.

Zara pisou na areia. O público foi ao delírio.

Tinham-na vestido em roupas mais provocantes, para aumentar a dramaticidade e impacto visual da execução. Gabriel Lysande não desejava que a cidade visse uma prisioneira maltrapilha sendo destroçada por um monstro: queria um circo, queria que a inimiga de sua família virasse uma marca indelével na cabeça de todos. O corpo de Zara, esguio e bem-montado, salpicado de sardas estratégicas, ficaria gravado em todas as memórias. Ela vestia um exíguo traje de bronze, que lhe cobria parte dos seios e das nádegas, deixando-lhe as coxas à mostra. Os pés estavam metidos, vergonha das vergonhas, em sandálias que imitavam bronze, e tinham saltos pronunciados. Zara viu o sol beligerante, o povo frenético, a areia quente e as próprias roupas. Nada daquilo tinha a ver com ela. Nada em sua vida levara àquele momento. Era uma morte arbitrária, vaga, sem sentido. À volta, alegria. Subiram-lhe lágrimas.

Uma espécie de mestre do picadeiro, sua voz possante carregada à plateia através de magias baratas, apresentou o evento. A execução de uma assassina. Um vegetal podre atingiu a areia do lado dos pés de Zara, respingando-a de fedor. O mestre do picadeiro terminou a apresentação, agradecendo aos patrocinadores da Arena, ao Rei-Imperador Thormy, à Deusa da Humanidade, à alfaiataria Boskov e em especial ao lorde Gabriel Lysande. Retirou-se.

A jaula foi aberta.

Não era necessária magia: um urro estrondoso emergiu do negrume atrás das barras, chegando a cada ouvido. A ponte de madeira foi abaixada, para que a fera atravessasse o fosso. O monstro disparou, atirando o corpanzil à praça principal, e a ponte foi erguida.

Até o último instante, Zara tinha acalentado uma esperança secreta. Algum tipo de salvamento, algum perdão de última hora. Talvez *alguém* nos labirintos do poder e da burocracia da Cidade Imperial não fosse corrupto. Mas, ao ver a criatura, engoliu a última parcela de realidade, esteve muito consciente de onde estava e de quem era, e de que iria morrer.

A fera correu. Era uma espécie de leão, mas muito maior e mais aterrador. O instante em que a criatura saltava até ela se prolongou, e Zara viu com detalhes a pelagem irregular e eriçada do monstro, sua cabeçorra do tamanho de um homem, emoldurada por uma juba espessa, as protuberâncias ósseas que emergiam por todo o corpo e suas patas grandes como rodas de carroça. Um novo rugido, e a boca descomunal estava sobre ela, cada presa como uma espada, e um fedor estonteante emergindo da garganta monstruosa. Zara ficou paralisada, não pôde nem mesmo se encolher, sentindo o calor selvagem do leão.

Uma nuvem enorme de grãos de areia subiu quando a fera pousou. Seu urro misturava-se com os berros da plateia, e então Zara ouviu:

— Vai ficar aí parada o dia inteiro?

Era Trebane.

O leão sumira, em seu lugar o centauro, com seus fedores conhecidos de bebida e cavalo. A plateia gritava enfurecida, guardas sem conta saltavam para a areia.

— De onde você veio? — disse Zara.

— Ouvi dizer que uma cegonha me trouxe. Vamos, você quer fugir daqui ou quer que eu lhe explique os fatos da vida agora?

Zara não conteve um riso de pura felicidade, misturado a uma profusão de lágrimas. Trebane agarrou-a pela cintura como uma boneca, disparou em cavalgada rumo a um portão que, misteriosamente, estava aberto, atrás do fosso.

Guardas vinham de todos os lados, às dezenas. Gladiadores profissionais, metidos em suas armaduras espalhafatosas e portando suas armas exóticas, corriam para os dois. Trebane galopava, fez um gesto e um rugido, e gavinhas emergiram do chão arenoso, agarrando os guardas e lutadores. Mais uma palavra, e longos espinhos pontiagudos cobriram as gavinhas, furando armadura e pele dos inimigos enredados. Um chuvisqueiro de flechas seguia os dois fugitivos. Trebane alcançou o fosso e saltou. Transpôs o vão com facilidade de acrobata, pousou frente ao portão aberto e embarafustou-se por sua distância escura. Carregava Zara como um pacote, debaixo de um dos braços musculosos.

Sua saída estava arranjada. O portão levava, depois de um caminho longo, às ruas da Cidade Imperial. Trebane e Zara viram a luz e o burburinho da cidade no fim da distância. Mas soldados despejaram-se atrás e à frente, preenchendo o túnel, bloqueando a passagem.

— Monte! — gritou Trebane, sem diminuir o galope.

— O quê?

— Monte em mim, sua burra!

— Pensei que centauros nunca se deixassem ser montados.

— E eu pensei que menininhas humanas nunca acabassem mortas na Arena. Vamos, estorvo de Allihanna!

O centauro jogou-a ao próprio lombo, e Zara montou com dificuldade no corpanzil em disparada. Abraçou com toda sua força o tronco humano de Trebane.

— É o fim da lei dos humanos! — berrou o centauro. — Vão embora, ovelhas! Allihanna! Allihanna!

Usando as duas mãos, fez gestos místicos invocando sua deusa, e um grupo enorme de ratos emergiu da rua, das frestas, do chão, do nada. Mais um gesto e uma prece rugida, e os animaizinhos cresceram. Agora, cada rato tinha o tamanho de um cão de ataque, e longas presas afiadas. Avançaram-se nos guardas, mordendo pernas e pescoços, estômagos e virilhas. Trebane abaixou a cabeça, protegeu-a com os antebraços e atropelou guardas e ratos, espalhando seus corpos em todas as direções, como peças de jogos infantis.

Centauro e humana ganharam a rua. Os guardas continuavam em perseguição, e cada vez mais milicianos e soldados corriam atrás deles, em ataques cegos ou emboscadas furtivas. Mas Trebane apenas galopava, pisava em chão e coisas e gente, chamava as criaturas de Allihanna, os ventos, as plantas, e derrubava os empecilhos com seu corpanzil.

Até que, os perseguidores quadras atrás, entrou por um beco e derrubou uma porta oculta. Encaixou de novo a entrada disfarçada, e eles estavam em um esconderijo.

Zara largou o tronco do amigo. Estava ensopada do suor de ambos. Apeou de Trebane e, horror, viu-o retalhado de cortes, espetado por três flechas, esfolado num flanco.

— Você está ferido!

— Você costumava fazer comentários mais inteligentes.

Ela respirou. Examinou-se. Nenhum arranhão.

— Obrigada.

— De nada. Típico, não é? Deixe um humano sozinho algum tempo, e ele acaba preso, seminu, prestes a ser executado na Arena Imperial. Aposto que acontece sempre.

Ela sorriu, apertando os lábios.

— Você precisava ter deixado para a última hora? Toda aquela encenação foi só para me assustar?

Trebane abriu a boca, inspirou indignação, mas viu o rosto dela. Zara desatou a rir.

— Precisava ter visto a sua cara! — disse ela.

— E você precisava ter visto a sua, quando achou que ia ser devorada.

— Pelo menos você luta melhor do que dança.

— Você já não era grande coisa dançando, mas pelo visto é esse o seu forte.

Riram. Ela o abraçou.

— Você está ferido — repetiu.

— E você tem sardas. É um concurso de comentários óbvios?

— Sua magia não pode curá-lo?

— Já esgotei a paciência de Allihanna, garota. Viu toda aquela gente que eu matei para salvar o seu rabo magrelo?

— Ninguém nunca reclamou do meu rabo.

— Humanos têm péssimo gosto.

Pausa.

— Você sabe o que fez, não é? — disse Zara. — *Matou* aqueles homens.

— Raramente mato alguém sem saber — cuspiu Trebane. — Agora me solte, está muito quente para ficar agarrada em mim. Diabos, queria uma bebida.

— Trebane — o nome como uma algema. — Você matou guardas de Valkaria.

— E daí?

— Em primeiro lugar, você não é um sanguinário — interrompida.

— Pode parar por aí, mocinha. Eu não *gosto* de matar, porque gostar de matar é mais uma maluquice inventada pela civilização e as "raças inteligentes". Mas nunca tive problema nenhum em matar. Na natureza é assim.

— Ouvi dizer que, no Reino Divino de Allihanna, os animais não caçam uns aos outros.

— Isso é no Reino de Allihanna. Aqui embaixo, os animais caçam e são caçados. Aqueles homens se meteram com você, e eu dei cabo deles. Se não quisessem isso, nunca deveriam ter sido guardas.

— E você sabe o que significa para eles, para a lei, você ter matado guardas?

— Ora, não, minha senhora, eu sou só um centauro caipira, não entendo essas coisas da cidade! Por favor, sua pirralha insuportável, é claro que eu sei. Estou num mar de merda, sei disso muito bem.

— E o que vai fazer?

Deu de ombros.

— Nadar.

Zara tocou-lhe o lombo de cavalo. Ele afastou seus dedos com um safanão.

— Pode fazer aquilo de novo? — disse ela. — Virar um animal?

Ele assentiu.

— Pode virar uma águia, então, certo? Voar para longe daqui.

— Posso. Mas então, como você fica, menina?

— Não pode me transformar em águia também?

— Você já está pedindo demais.

Zara começou a vasculhar a casa. Era um lugar apertado, quase sem divisões. Acabou encontrando uma ânfora de vinho pela metade, que exibiu como um troféu e ofereceu ao centauro.

— Que lugar é este? — disse Zara. — E não diga "Valkaria", "o Reinado", "Arton" ou "uma casa".

— Um esconderijo. Um amigo me indicou. — Gole da ânfora. — Que bosta de vinho.

— Talvez seja vinagre. Amigo?

— Para falar a verdade, um escroque sem mãe. Mas que me ajudou. Abriu uns portões, botou um certo leão nas atrações da Arena.

— Você tem outra dívida, então?

Ele assentiu, fazendo uma careta para o vinho.

— Se está tão ruim, deixe que eu bebo — disse Zara.

— Nem pensar.

— Outra dívida, então?

— Outra. É isso que eu ganho por andar na civilização. Endividado com um cavaleiro, com uma pirralha e com um lorde do crime, ou o que quer que seja.

— Quem é?

— Um tal Paollus.

— Existem piores.

Zara deixou-se ficar pela casa secreta, sua mente saltando de coisa em coisa. Talvez Trebane pudesse ser salvo, ainda? Pelas mesmas pessoas que ela achava que pudessem lhe prestar alguma ajuda? Mas por que ela não conseguia encontrá-las?

— Que dívida é essa, afinal? — disse Zara, tentando esconder o que a roupa de arena mostrava.

— Com Paollus?

— Com *sir* Orion. Você fala nessa dívida o tempo todo. Não quis vir comigo por causa dela. Não me parece que você seja do tipo que acompanha gente como *sir* Orion sem um bom motivo.

— Ainda está com raiva dele, não é?

— Claro.

— Ele disse —

— A *dívida*, Trebane.

Súbito, gritos do lado de fora. Ordens, correrias. Homens obedecendo e homens fazendo táticas. Palavras arcanas.

— Os guardas chegaram — disse Zara, a palidez lhe sumindo as sardas.

Trebane jogou a ânfora no chão.

— É verdade.

— O que vamos fazer?

— Bem — cuspiu no chão. — Eu vou lhe contar sobre a minha dívida com *sir* Orion.

CAPÍTULO 5

PÓLVORA E DENTES (OU A DÚVIDA DE INGRAM)

LONGE DEMAIS.

— Ingram Brassbones, o que tem a dizer em sua própria defesa? — trovejou o clérigo de Khalmyr, sob os olhares de todos os anões da guilda.

— Eu não fazia parte do culto. Não passei pela transformação.

A magia divina garantia a verdade. O tribunal era a sede da guilda, seguindo o costume. Mas era presidido por Handhur Heavystep, o conselheiro do regente, líder da igreja de Khalmyr no Reino dos Anões. Porque o crime fora ruim demais. A Guilda dos Armeiros reunia-se em desaprovação, ao redor de Ingram, o único culpado que sobrara. O único punido, porque não fugira. O único a sofrer, porque não cometera o pior dos crimes.

— Mas participou da criação de — censura que beirava o nojo — *armas de pólvora*.

O peso da Guilda dos Armeiros despejou-se em murmúrios.

— Sim — disse Ingram.

Culpado.

Doherimm, o Reino dos Anões, era um colosso subterrâneo, o maior reino conhecido em Arton, uma terra de lei e pedra, machados e guildas. Seus túneis infindáveis eram estreitos e escuros, ou largos como o céu aberto. Seus salões podiam abrigar um homem, uma casa, uma fortaleza ou uma cidade. A rocha era moldada com perfeição e amor, em construções que pareciam sempre ter existido. Doherimm tinha suas selvas de fungos, seus céus de caverna, seus mares, seus rios. Uma vida inteira debaixo da terra. Secreta. Doherimm era escondido, seus caminhos ocultos a todos que não fossem anões. Impossível achar o reino por magia, impossível extrair o segredo de qualquer habitante — não por amor, não por ameaça, não por tortura, não por magia. Impenetrável.

As guildas sustentavam Doherimm, como estalactites morais. A Guilda dos Armeiros era a mais importante, junto com a Guilda dos Mineradores e Joalheiros. Ingram fazia parte — *fizera*. Ele e seus companheiros (irmãos, por guilda e por desobediência) tinham ido longe demais.

Eram todos anões de espírito único. Decidiram ir além dos machados, espadas, armaduras. Pesquisaram segredos proibidos, e construíram as pistolas e rifles. Em segredo.

— A lei é estúpida — rugiu Ingram.

O imenso salão de pedra que abrigava a guilda estremeceu. A lei em Doherimm não era estúpida ou sábia, não era má ou boa: apenas *era*. Não se questionava a lei, não se questionava a pedra. Os irmãos da guilda ergueram-se em seus bancos, gritaram e brandiram punhos, os guardas forçaram a calma. O rosto de Handhur Heavystep tinha-se transfigurado em desgosto. Blasfêmias e arroubos: era um dia de vergonha para o tribunal de Khalmyr.

— Por que as armas de fogo são proibidas? — disse Ingram, ignorando o pandemônio. — Por que é proibido criar uma arte nova?

— O Reinado proíbe — a voz do clérigo ribombou nas paredes.

— Por que dobrar o joelho aos humanos? — vociferou Ingram. — A lei do Reinado é estúpida, e nós não somos governados pelo Rei-Imperador. Doherimm é independente.

— Somos aliados.

— Somos capachos, se deixarmos a porcaria do Reinado e seus governantes pastosos ditarem nossas leis. Se eles rejeitam a pólvora, que os anões sejam superiores também nisso.

— A pólvora é perigosa.

— Para nossos inimigos!

Uma muralha de gritaria envolvia juiz e réu. Ingram via-se numa caverna cada vez menor e mais sufocante, feita de barbas e antepassados.

— A lei é esta — Handhur Heavystep não mudou o tom, mas sua voz rompeu e esmagou todas as outras. Fez-se silêncio. — A nossa lei. A lei de Khalmyr. O Deus da Justiça não usa pólvora. Nós também não usaremos.

— Há quem diga que o Deus da Justiça também não usa machados — Ingram deu um meio-sorriso.

— *Chega* — e Ingram quase tombou.

O veredicto:

— Seus irmãos criaram armas de pólvora, escondidos da lei e da guilda. Você, Ingram Brassbones, também as criou. É tão culpado quanto eles.

— Tenho orgulho das armas. Mas não sou —

— *Silêncio*. Seus irmãos cultuam Tenebra. Mantiveram um culto secreto, apesar dessa religião lamentável ser permitida em nosso reino. Porque sabiam que iriam longe demais. Tinha conhecimento disso, Ingram Brassbones?

Negou.

— Eu não sabia o que eles fariam. Sabia do culto —

— Sabia o *suficiente*. Seus irmãos cometeram um ato profano, em adoração à Deusa das Trevas. Somos filhos de Khalmyr e Tenebra, lei e trevas, mas seus irmãos deram as costas à Justiça, e se tornaram criaturas odiosas da escuridão. — Um esgar. — *Vampiros*.

— Eu não — cortado por um olhar.

— Juntos, vocês contrariaram a lei terrena, fazendo suas armas. Juntos, eles contrariaram a lei celeste, tornando-se monstros. Você não se tornou um monstro, Ingram Brassbones, mas sabia que eles cultuavam Tenebra em segredo. E ficou calado. Se você partilhou de um crime, por que não partilharia de outros, no futuro? Você rejeita nossos costumes, para a vergonha de seus antepassados. Rejeita as nobres barbas, exibindo seu indecente queixo escanhoado. Viajou à superfície, muito depois do período apropriado da juventude. Você é um propagador da desordem, Ingram Brassbones. Quem sabe se, no futuro, não irá experimentar com seu próprio corpo, com sua própria alma? Quem sabe se não irá seguir o caminho de seus irmãos?

Ingram agora sentia as paredes da caverna ficando mais distantes, como se já dessem adeus. Ingram cometera um crime, por invenção e curiosidade. Seus irmãos cometeram um muito maior, por poder e subserviência e devassidão.

— Khalmyr é um deus bom — continuou Handhur Heavystep. — Alguns dentre nós gostariam que seu castigo fosse a morte ou a escravidão, Ingram Brassbones. Mas devemos seguir a bondade de Khalmyr, além de sua justiça. Você continuará livre. Continuará vivo. — Pausa antes do golpe. — Mas nunca mais poderá voltar a Doherimm.

De repente, o mundo se abriu, vasto demais, sem paredes, sem parâmetros. A caverna continuava ali, mas já parecia uma memória.

E Ingram foi expulso. O segredo foi-lhe apagado.

— Quando partimos? — disse Nadia.

Ingram ergueu a cabeça da sacola de viagem e dirigiu-lhe um olhar peludo e louro.

— Você não precisa vir comigo.

— E vou fazer o que, aqui em Doherimm? — Nadia sorriu (*sorriu*) enquanto chegava até ele, envolvendo-o em seus braços roliços e apertando-o contra o busto. — Você sabe que é a única razão de eu estar aqui.

— Você pode voltar para casa.

— Você deve ser mesmo durão, ou mesmo um grande fingidor, para chamar o lugar de onde eu vim de *casa*.

Ingram abraçou-a, quase beijou seus lábios, antes de se controlar. Contentou-se com o rosto.

— Faça a barba — disse Nadia. — Seu queixo já está me espetando.

— Handhur Heavystep disse que um queixo liso é indecente — Ingram sentiu os fios jovens, quase sorrindo, quase desmoronando.

— Não lhes dê essa satisfação. Raspe o queixo, saia de Doherimm com a cabeça erguida. Você não precisa se curvar.

— E você?

— Deixei de me curvar quando escolhi ser leal a você, ao invés de à minha mãe.

— Acho que todo homem sonha com esse tipo de devoção. — Dessa vez, o sorriso foi real.

— Mas você não precisa sonhar, senhor Ingram Brassbones.

Nadia tinha a aparência exata de uma anã. Atarracada e bem-feita, de uma beleza farta e saudável. Grandes seios, braços grossos, cabelos espessos e castanhos. Bochechas rosadas e boca de promessa. Bela a enlouquecer. Parecia mesmo uma anã.

Mas não era.

Emergiram em Portsmouth. Era uma das entradas secretas do Reino dos Anões, embora nenhum dos dois lembrasse daquilo. Os guardas que lhes haviam escoltado eram a elite de Doherimm: escolhidos de Khalmyr, portadores de milagres, barbas cheias e machados fortes, insuportavelmente perfeitos. Olhavam Ingram e Nadia com um desprezo subentendido e superior. Os anões não primavam pela arrogância — mas, quando eram arrogantes, sabiam fazer alguém se sentir um verme. Não se preocuparam em tirar as posses e armas de Ingram. Apenas quiseram vê-lo fora de Doherimm, o mais rápido possível.

Ingram e Nadia na estrada.

Viajavam numa carroça grande e fechada, madeira grossa e rebites. Puxada por dois trobos, os robustos pássaros-bois. O interior atopetado de ferramentas e aparatos, pólvora e criações bélicas. E Ingram.

Nadia era quem conduzia a carroça, em geral. Seu companheiro estivera longe do Reino dos Anões muitas vezes — vezes demais, segundo os moralismos dos senhores barbudos. Mas, agora que estava longe para sempre, desesperava-se com o aberto do céu, com a falta de limites, com o clima. Sol, ventos, chuva, lua — nunca mais teria um belo teto de caverna. Ingram fechava-se na carroça, quase temendo a vastidão, reconfortando-se com um pouco de ar parado.

Naquele dia, evitou o sol por completo. Emergiu quando já havia estrelas.

— Pensei que tivesse se perdido lá dentro — disse Nadia.

Ele resmungou.

— Este é o mundo agora, Ingram — séria, momento raro. — Não adianta ficar dentro da carroça. Acabou a caverna, acabaram-se as paredes. Agora é o céu.

— Fácil para você falar.

— Por que eu nunca tive que me adaptar a um mundo novo e estranho, não é mesmo?

Ele levou a mão aos bigodes.

— Porcaria. Desculpe, Nadia. Estou sendo um cretino.

— Está sendo apenas um anão, Ingram. Não acha que é um pouco tarde para isso?

— Eu sei, eu sei. Mas parece que só agora estou percebendo como este mundo é irritante. Para começar: *chuva*. Água caindo do céu. Quem foi o deus idiota que imaginou isso? E espaços abertos. Olhe só, você pode ir a *qualquer lugar* aqui. Não há túneis, não há trilhas feitas. Sempre se pode seguir em qualquer direção. É de enlouquecer.

— Daqui a pouco, você vai deixar crescer a barba. Pensei que gostasse de tudo isso no mundo da superfície.

— Eu gostava. Porcaria, gostava mesmo. Mas era um lugar exótico, certo? Sempre havia a volta, sempre havia — cortou-se.

— O caminho para Doherimm.

— O caminho para Doherimm. E agora, isto é tudo. Droga, você entende. Não sente falta de nada da sua terra natal?

— Você é o mestre dos eufemismos, meu amor — plantou-lhe um beijo, quase na boca. — Sim, sinto falta. Mas, e eu sei que essa é a pior frase-feita de todos os tempos, você faz tudo valer a pena.

Ingram sentiu-se tomado de uma satisfação tão grande que era embaraçosa, e não pôde aguentar a beleza dos olhos dela.

— Ah, que Ragnar me carregue. Acho que posso suportar esta terra de malucos com você ao meu lado.

— Desde que não me peça para usar barba falsa e me fingir de patriarca anão...

Riram com gosto. Era a melhor coisa em Nadia: ela não levava o mundo tão a sério. Para um anão, poderia ser escandaloso, poderia chegar a blasfêmia. Mas Nadia lembrava Ingram de que ele não era um anão como os outros; ele não precisava seguir os costumes de severidade, cobiça e pelos faciais. Nadia era — ousava pensar aquilo? — *divertida*. Com qual frequência um anão se divertia?

— Você vai continuar usando essa aparência? — disse Ingram.

— Claro. Por que não?

— Você pode ser o que quiser.

— E o que *você* prefere? Uma elfa?

Ele não conteve uma careta.

— Às vezes... — Ingram deixou as palavras no ar.

— Às vezes eu sou tão perfeita que só posso estar fingindo — completou Nadia. — Não é?

Ele assentiu. Inútil tentar mentir para ela.

— Mas esta é a pura verdade, senhor Ingram Brassbones. Você tem a mulher ideal, o sonho de todo homem em Arton.

— Gostaria de saber por quê.

— Não consegue imaginar?

Ele fez uma pausa. Por fim, disse:

— Os bigodes. Mulheres adoram bigodes.

Exilado, proscrito, banido. E fazia piadas.

— E agora? — disse Nadia, depois de um tempo. — Estamos em Portsmouth, não temos compromissos nem guildas nem túneis. Podemos ir a qualquer lugar.

O silêncio dele foi um rifle.

— Só há uma coisa a fazer — disse Ingram. — E você sabe o que é.

Sabia.

— Matar os vampiros — disse Nadia.

E, porque era a companheira ideal, não tentou dissuadi-lo.

Viajavam à noite. Ingram enfrentava o mundo com todas as coragens engatilhadas, mas o sol ainda era um lembrete vivo demais de quanto ele estava longe de Doherimm. Nadia, mesmo que não dissesse, também evitava, ainda, o rosto de Azgher.

Noites passavam, dias passavam, eles tateavam pelo rastro. Encontraram uma pista forte num massacre recente.

Os antigos irmãos de Ingram não eram vampiros de sutileza e afetações. Alimentavam-se com um prazer e desleixo infantis. Ingram e Nadia encontraram um pequeno grupo de soldados — mercenários pela aparência — despedaçados e bebidos no meio da estrada. A matança tinha assinatura — buracos de bala, queimados — e poucos dias de idade. Os vampiros prosseguiam devagar, ao que parecia, atrasados pelos divertimentos que arranjavam no caminho.

Ingram quis queimar os cadáveres. Respeito aos mortos, e segurança para os vivos.

— Eles transformam todos que mordem? — disse o anão.

Nadia deu de ombros.

— Não pense que eu recebi um tratado sobre vampiros quando vim para cá. Segundo alguns boatos, basta sofrer uma mordida, e você se transforma. Outros falam que é preciso matar a pessoa, ou sugar sua alma (o que quer que isso queira dizer), ou ainda matá-la e depois alimentá-la com seu sangue. Não sei. Pode haver tipos diferentes de vampiros.

— Em todo caso, fogueira.

Fogueira.

— Por que Tenebra queria armas de fogo, afinal? — disse Ingram, olhando a grande pira. Quase uma conversa casual.

— Eu nunca soube — disse Nadia. — Meu trabalho era apenas convencê-lo, Ingram. Duvido que a própria deusa tenha algo a ver com isso. Deve ser ideia de algum cultista.

— De qualquer forma, parece que os desgraçados gostaram da nova vida.

— Nova morte?

— Que seja. Eles estão aproveitando mesmo. Você sabe que eu gosto de usar as armas, Nadia. Mas gostar da luta não é o mesmo que gostar da matança.

— Você não precisa me dizer isso.

— Ah, mas eles gostam da matança. Veja só! E é tudo —

— *Não diga* que é tudo culpa sua.

— E não é? Eu não contei o que sabia. Sobre o culto, antes da transformação.

— Você se esquece que eu não caio em ladainha de homens. Não é culpa sua; é culpa deles. E você não acha que seja culpa sua. Pare de representar.

A fogueira estalava.

— Fingir nobreza é algo que funciona com as outras mulheres, Ingram. Eu não gosto de culpa, e nem de autopiedade. Gosto de você. Pare de ser você, e vou embora.

Seguiram na trilha.

— Pelo amor de Khalmyr, me ajudem!

Fizeram parar os trobos.

— Ingram, aquele não é...?

— Kaldrid.

Kaldrid.

"O Eterno".

— Por que "Eterno"? — disse Nadia.

— Eterno aprendiz. Mais de setenta anos na Guilda dos Armeiros, e nunca conseguiu se tornar um irmão.

Era uma noite de Tenebra: poucas estrelas e lua mesquinha. A estrada revelava descampado até o horizonte, e uma ou outra placa tristonha, indicando caminhos desolados. Kaldrid, um anão de ombros estreitos e longa barba preta, entusiasmava-se como um coelho, sinalizando para o casal.

— Graças a Khalmyr vocês apareceram! — disse Kaldrid, olhos já meio aguados. — Ingram, como é bom vê-lo.

— Alto lá, Eterno. — Pistola.

Kaldrid levou as mãos ao lado do corpo, em atitude ostensivamente inofensiva.

— Por favor, Ingram, você precisa deixar que eu siga com vocês. Estou sozinho aqui, neste lugar sem paredes.

— E o que houve com os seus amigos dentuços?

Genuíno lábio trêmulo.

— Eles nunca foram meus amigos.

Kaldrid, "o Eterno", era dono de uma persistência obstinada, e nenhum talento. Era claro a todos os irmãos da Guilda dos Armeiros que Kaldrid nunca passaria de aprendiz, nunca seria bem-sucedido nas provas, mas as décadas empilhavam-se e ele nunca desistia. Novatos tornavam-se seus superiores, geração após geração, e Kaldrid mantinha o empenho em ser um armeiro, com otimismo canino e indestrutível. E, mais do que tudo, Kaldrid desejava pertencer. Havia grupos dentro da guilda, sociedades, confrarias, comunidades de amigos. Um dos tais grupos, os conspiradores de Tenebra, haviam-no aceitado — Kaldrid cumpria as funções de semi-escravo e bode expiatório com galhardia. Quando os criminosos se haviam transformado, Kaldrid permanecera anão. Era bom o suficiente para servo, mas não para companheiro. No entanto, fora arrastado junto, na fuga.

Ingram apiedava-se.

— Eles nunca foram meus amigos.

— Foi a primeira coisa inteligente que você disse nos últimos dez anos — resmungou Ingram, guardando a pistola.

— O que aconteceu? — disse Nadia.

Kaldrid desviou os olhos, corou pela simples beleza da mulher.

— Eles ficaram piores depois da transformação — fez um muxoxo.

— Piores? — era Ingram.

— Cruéis. Nunca pensei que fossem matar gente daquele jeito.

— Kaldrid, eles são vampiros.

— Eu imaginei que seria como antes, apenas escondendo-se do sol.

— E como achou que eles iriam se alimentar?

Kaldrid fez um som indefinível, e um gesto que resumia sua ignorância.

— Você fugiu? — disse Nadia.

Fez que sim.

— Eles iam me matar.

— Você teve muito mais sorte que os mercenários que encontramos há dois dias — disse Ingram.

Uma pausa, esperando para ser preenchida. Kaldrid riscava a terra da estrada com sua bota. Enfim:

— Deixem-me ir com vocês.

Ingram grunhiu.

— Não posso voltar a Doherimm. E os vampiros podem vir me procurar! Ingram, você não pode me deixar morrer.

— Nós estamos indo atrás deles, rapaz — embora Kaldrid fosse mais velho.

— Eu ajudo! Sei para onde eles iam.

— Vai ser perigoso.

— Por favor.

Ingram e Nadia se olharam.

— Pulgas de Megalokk. Está certo, suba na carroça.

Kaldrid iluminou-se.

— Obrigado! Não vou decepcioná-los!

Fecharam-se os três na carroça, para dormir durante o dia. Ingram já se arrependia da gentileza, pelo espaço exíguo. Kaldrid tentava ser menor, mais silencioso, imperceptível.

— De que vocês mais gostavam em Doherimm? — disse Nadia.

Ingram franziu-lhe a testa.

— Acho que este é o último assunto de que queremos falar, meu bem.

— Deixem de ser idiotas. Vocês nunca vão esquecer Doherimm. Guardem as lembranças boas e sigam em frente. Não adianta se ressentir do reino, isso só vai envenená-los.

— Pare de ter razão, por um minuto.

Nadia mostrou-lhe a língua.

— Eu gostava de como as coisas permaneciam iguais — disse Kaldrid.

Nadia fez que continuasse.

— Aqui, no mundo exterior, tudo está sempre mudando. Sei que me chamavam de "o Eterno", e riam disso, mas havia algo bom em continuar aprendiz. Quando eu ia dormir, sabia que não precisava me preocupar, que o dia seguinte ia ser igual. Nada ia fugir. O céu de pedra não ia mudar, o ar seria o mesmo, o cheiro, tudo. Aqui, no mundo aberto, as coisas mudam em questão de horas. Muda a luz, muda o calor. O ano é dividido em *estações*. Eu gostava de saber que sempre haveria outro dia igual, com as mesmas chances.

Mais profundo do que o casal esperara.

— Eu gostava da alegria — disse Nadia.

— Alegria não combina muito com anões — Ingram deu um meio riso.

— Está brincando? Doherimm está cheio de alegria. Aqui, no mundo dos humanos, vocês vão ver pessoas que trabalham o dia inteiro, em lavouras, oficinas, tavernas —

— O que são lavouras? — disse Kaldrid.

— Plantações. Pedaços de terra onde as pessoas plantam vegetais.

— Que costume exótico!

— Enfim, vocês vão ver pessoas trabalhando em todo tipo de ofício, olhando para o sol, tentando se apressar, para terminar o trabalho o mais rápido possível. Querendo chegar em casa, parar de trabalhar. Contando os dias para algum festival ou feriado. São felizes apenas à noite, depois do trabalho, ou em dias festivos. Quando veem os filhos brincarem, ou ficam com os amigos e a família. Mas os anões *gostam* de trabalho. Ficam alegres apenas por estarem minerando ou construindo. Ingram, o que você mais gosta de fazer?

— Ora, ficar com você.

— A *verdade*.

Coçou o bigode, flagrado.

— Mexer com as armas — admitiu.

— Vê? Os anões podem resmungar o tempo todo, e ficar sérios e falar em dever, mas no fundo estão felizes como crianças. Passam o dia inteiro fazendo o que mais gostam e depois, quando voltam para suas famílias, descansam sabendo que a alegria vai continuar. Dizem que os anões são trabalhadores. Mas eu digo que são os maiores hedonistas de Arton.

Ingram balançava a cabeça, incrédulo da sabedoria doce da amante.

— A senhorita fala como se não fosse anã — arriscou Kaldrid.

— Eu passei muito tempo longe de Doherimm. — E, tecnicamente, era até verdade.

Nadia apontou seus cílios para Ingram.

— E você? Do que mais gostava em Doherimm?

Cofiou o bigode.

— Das guildas.

— Vida de metal à Guilda dos Armeiros! — entusiasmou-se Kaldrid.

— Calma, Eterno, nós não estamos no salão da guilda.

Kaldrid encolheu-se, mas ainda sorrindo.

— Guildas são a melhor ideia que aqueles sacripantas barbudos já tiveram. É claro que existem guildas no mundo dos humanos, mas são só uns ajuntamentos de pessoas com a mesma profissão. Elas não têm poder nenhum sobre os reinos. Os regentes governam, e têm conselheiros e nobres e essas baboseiras todas. Alguns são escolhidos pelo povo (como se o povo entendesse de qualquer coisa!), outros apenas têm algum antepassado importante. E as pessoas que realmente *trabalham*, que tornam a sociedade forte, não decidem nada! Em Doherimm, o regente governa, é claro, mas não sem as guildas. Os irmãos têm poder, quem se esforça tem poder. Quem tem mérito, quem *é bom* tem poder. No mundo aberto, o único trabalho dos governantes é governar. Quem foi o imbecil que inventou isso?

Nadia ia falar qualquer coisa, mas Ingram não percebeu e continuou discursando:

— E, nas guildas, você adquire respeito quando é competente. No mundo dos humanos, espera-se que alguém respeite todos que são mais velhos, ou que sejam seus parentes, mesmo se forem uns pulhas. Um anão de Doherimm obedece àqueles que são melhores, mais capazes. E alguém mais velho, como você mesmo, Kaldrid, desculpe, pode ser comandado por alguém mais jovem, que seja competente. É a melhor das famílias.

Acabou engasgado, tomado pela súbita percepção de que nunca mais faria parte daquilo.

— E as cidades — acudiu Nadia. — Todas bem planejadas, esculpidas, ordenadas. Cidades humanas são apenas amontoados de casas.

— E a cerveja — disse Kaldrid.

— A cerveja! — disse Ingram, recuperado.

— Eu gostava da cerveja de mestre Khazar Borandumm.

— Está brincando? — vociferou Ingram. — É lavagem misturada com água suja, comparada ao néctar de mestre Yuth Handeromm!

Puseram-se em uma discussão apaixonada sobre os méritos relativos das variedades de cerveja anã. No passado, a Guilda dos Cervejeiros fora influente e poderosa, mas havia se desmantelado, devido a disputas entre seus três líderes. As facções da cerveja eram como estandartes que reuniam os anões.

— Doherimm foi bom, enquanto durou — resumiu Ingram.

— A caverna só ficou um pouco maior — disse Nadia.

Kaldrid pensou que, talvez, houvesse encontrado de novo a constância. Seria bom todos os dias como aquele, com os novos amigos.

Dormiram.

Ingram abriu os olhos, assaltado de um torpor quase agradável. Sono misturado com sonhos bons, e alguma coisa real, indefinível, como acordar num dia de festejo. Piscou lento, indolente, e notou a dor aguda no pescoço.

Pólvora no coração: Kaldrid sobre ele, os dentes cravados.

— *O que está fazendo?*

Ingram empurrou, enfiando-o longe, e Kaldrid bateu com as costas na madeira.

No aperto do interior da carroça, Ingram tinha o rifle apontado, quase tocando o peito do outro. Kaldrid, barba babada de sangue, dentes pontiagudos raspando-lhe o lábio inferior, tremia com surpresa e medo.

— Você é um maldito vampiro — rosnou Ingram, ainda estonteado. Imaginava quanto sangue perdera. — Traidor desgraçado, eu devia saber.

— Não sou traidor! — chiou Kaldrid, meio se afogando em perdigotos escarlates. Atrapalhado por causa dos dentes.

E, Ingram viu, boca retorcida, sobrancelhas de desalento. Tristeza.

— Não sou traidor — repetiu Kaldrid. — Achava que fôssemos todos amigos.

— Você é idiota? O que pensou — cortando-se, percebendo. — *Onde está Nadia?*

Na carroça, apenas os dois.

Kaldrid balbuciando e salivando, desapontado como uma criança.

— Onde está Nadia?

— Ela desapareceu — com um fio de voz.

Ingram sentiu a cabeça latejando, o estômago diminuindo. O corpo reclamando da falta de sangue.

— Você atacou-a também? — montando as palavras devagar.

O outro assentiu.

— Kaldrid, você...?

— Ingram, não estou me sentindo bem. Eu — gaguejou —, eu suguei Nadia, e o sangue dela era tão diferente, eu suguei-a até o fim. Mas então ela desapareceu. Simplesmente. Estou me sentindo estranho, Ingram. Nunca foi assim. Me ajude.

Dedos brancos de segurar o rifle.

— Ajudá-lo?

Ebulição e tontura.

— *Ajudá-lo?*

— Por favor. O que está acontecendo comigo?

Ingram enfiou o cano do rifle no estômago de Kaldrid.

— *É sangue de demônio, seu imbecil!*

Bateu no outro com a coronha.

— Nadia é uma súcubo. Você bebeu o sangue dela, pedaço de asno. Você a matou.

— Não, eu —

— E agora ela voltou para o Reino de Tenebra. Sabe-se lá quando poderá retornar a Arton. Você roubou minha mulher, desgraçado.

Nadia era uma súcubo. Uma mulher-demônio, uma tentadora de Tenebra, que podia assumir qualquer forma em Arton, e mudar a cabeça dos homens. Sua missão fora seduzir Ingram, convencê-lo a participar da conspiração, transformar-se em morto-vivo. Nadia conseguira seduzi-lo — na verdade, Ingram tinha se apaixonado. Mas não fizera parte do plano, e nem da missão, que Nadia se apaixonasse também. Escolhera o amante à deusa.

Kaldrid balançava a cabeça, estúpido como um boneco, negando, negando, tentando compreender.

— Não, eu não matei, não posso ter —

— É claro que um pústula como você não deu cabo de Nadia para sempre. Mas ela voltou ao Reino de sua mestra. A quem ela desobedeceu. Ah, Eterno, você deveria ter continuado sendo burro, em vez de tentar a maldade.

— Eu só queria que fôssemos amigos!

A boca de Ingram pendeu aberta.

— Vocês foram tão gentis comigo. E foi tão bom conversar. Eu quis compartilhar com vocês o meu dom. A eternidade. Podemos ser amigos para sempre.

— Vou lhe amarrar ao sol —

— Você já é como eu, Ingram.

Frio.

— A transformação já está feita. Não há mais como voltar. Por que então não podemos ser amigos? Deu errado com os outros porque eles eram malignos. Mas você é diferente.

— Você está mentindo.

— Eu suguei o seu sangue. Você agora é um vampiro.

O que sentia era o coração arrefecendo? Era o corpo relaxando numa morte em vida?

— Não pode ser. Não pode ser. Cale a boca —

— Vamos esperar pela senhorita Nadia, então? Podemos ser os melhores amigos, para sempre. Iremos viver aventuras, conhecer o mundo —

Ingram deu-lhe um tiro na cabeça.

Voaram miolos e sangue e osso, e migalhas indefinidas. Um buraco na carroça, por onde a bala passara, revelava Azgher ainda no céu. Ingram chutou a porta, abrindo-a, e arremessou o vampiro no aberto.

O sol invadia o interior do veículo, em duas nesgas estreitas.

Não podia ser um vampiro. Não era assim. Não era apenas aquilo.

Mas Ingram manteve-se encolhido, longe dos raios ameaçadores, até a hora de Tenebra.

Sozinho.

Prosseguia viagem, na cola dos mortos-vivos, e via seu rastro molhado. A lei em Portsmouth, que operava quase sempre através de mercenários, já notara aquele bando. Mas o Conde Ferren Asloth preferia gastar seus recursos na caça aos magos, vistos como os maiores inimigos do reino. Os anões vampiros não eram magos, e eram perigosos. Poucos grupos mercenários queriam esse tipo de presa.

Ingram decidiu que Kaldrid estivera mentindo. A morte em vida não poderia ser daquele jeito, com as mesmas necessidades, as mesmas sensações. Ele não se sentia um protegido de Tenebra. Nem conseguia transformar-se em morcego ou névoa.

Mas não tinha apetite. E não tivera, um pouco, a vontade de lamber o sangue de seu próprio ferimento? E o sol parecia-lhe hostil, quente demais, agressivo. A noite era mais confortável.

Desde que matara Kaldrid, não ousou encarar Azgher.

Inúmeras vezes decidia-se: apenas um dedo, sob um raio dourado. Se queimasse, teria certeza. Certeza de ter sido transformado. Certeza, sem volta, sem esperança.

Nunca tentou.

Se não era um vampiro, acabava mesmo sendo. Vivia na treva. Sentiu fome dois dias depois, e decidiu caçar, comeu carne crua. Pensava em Nadia, pensava em Tenebra. Talvez não fosse tão ruim?

Batia na própria cabeça. Não podia estar *aceitando*.

Uma semana depois, encontrou uma aldeia.

Fogo, lambendo as estrelas. Havia sido um povoado mirrado, cinquenta ou cem almas, mas agora nenhuma. Corpos mutilados espalhavam-se na areia cinza, na exígua praça central. Casebres de madeira destroçados. Pescoços dilacerados, olhos ou braços longe. Pedaços devorados. Um banquete de monstros. E a fogueira no centro de tudo, com a maior parte dos habitantes. Uma pilha alta, construída com amor, um santuário da atrocidade. Sob a lua, a aldeia parecia um deserto esquisito, um silêncio misturado com resquícios de frenesi e o estalar do fogo. Não vivia nem mesmo um bicho.

E buracos queimados de pólvora.

— Bem-vindo de volta, Ingram.

Nas sombras, os cinco.

O engatilhar de armas.

E a multidão de estouros.

Ingram correu, vasculhando ao redor com um dardejar de olhos, ouvindo os tiros no seu encalço, sentindo a areia que espirrava, as balas enterrando-se no chão sempre um passo atrás. Uma das únicas construções de pedra, meio arruinada, com três paredes e sem teto: era um antigo depósito. Fugindo das balas, mergulhou para aquela proteção, rolando no chão de terra batida enquanto a parede era pontilhada de chumbo.

Ofegava.

— Devia ter vindo conosco, Ingram — gritou-lhe um dos inimigos. — A bênção de Tenebra é *ótima*. E nós vamos ser seus servos favoritos.

Atarracados e barbudos, os cinco. Longas barbas, espessas como cimento. Castanhas ou negras ou louras, mas de cores mortiças, opacas. Os rostos esbranquiçados. E os dentes pontiagudos. Largos ombros de armeiro, chumbo quente nas pistolas.

Ingram recarregava todas as armas, dispunha-as ao redor de si, preparadas.

— Eu já encontrei um dos seus — gritou. — O Eterno. Parece que não era tão eterno assim. Foi bonito vê-lo fritando no sol.

Gargalhadas.

— Kaldrid não era um de nós — disse outro dos vampiros. — Não conseguimos aguentá-lo. Você fez um favor à deusa, matando o infeliz.

— Tenebra distribui suas bênçãos para qualquer idiota, então?

— Não foi Tenebra. Nós o mordemos. Nós o transformamos.

Gelo. O mesmo que acontecera com ele?

— Venha cá, Ingram. Vamos conversar sobre os velhos tempos.

— Já vou. Mas primeiro vou mandar um amigo.

Levantou-se como um raio, cabeça e braços por cima da parede arruinada, e disparou o rifle. Em cheio na testa de um dos inimigos, e um jorro formidável de sangue espirrou para trás.

— Isso doeu, pederasta! — berrou o vampiro atingido.

Ingram abaixou-se, enquanto choveram tiros na parede e sobre ela, e pôs-se a recarregar. Ouvido atento, notou corrida, dos dois lados. Seus antigos irmãos aproximavam-se, cercando-o, enquanto recebiam cobertura por trás. Sentou-se contra a parede, sentindo o impacto das balas do outro lado, e agarrou as duas pistolas. Controlou a respiração, sabendo só ter uma chance, e aguardou. Um instante, e estavam lá.

De cada lado, vinha um inimigo, correndo, pistolas na mão procurando a mira. Ingram disparou suas duas armas ao mesmo tempo, atingiu as mãos de cada um. As pistolas dos vampiros giraram no ar, ainda carregadas, enquanto um e outro seguravam os farrapos que lhes pendiam do pulso. Ingram descartou suas pistolas e agarrou o rifle. Disparou, atingindo uma virilha. Sobrava um.

O vampiro atirava-se, mergulhando no ar em busca da pistola que estivera empunhando, e Ingram estendia-se para a segunda. Seguraram as armas no mesmo instante, fizeram mira e dispararam. Ingram sentiu a bala raspar-lhe na orelha, mas acertou o seu próprio alvo em cheio: na arma do adversário. A pistola explodiu em pólvora e fogo, destruindo a segunda mão do vampiro. Ingram sabia que nada daquilo mataria seus inimigos. Era apenas a dor e a mutilação que faziam com que eles hesitassem.

Mas não tinha mais nenhuma arma carregada. Recolheu num gesto as suas, e correu.

Viu a carroça mais adiante, dois inimigos atrás (inclusive o que fora atingido na cabeça), recarregando e disparando. O último sumira, mas, num relance, chegou à vista. Pulou sobre os trobos que puxavam a carroça, e destroçou uma garganta, já lambendo-se para a segunda.

— Não vai fugir, Ingram!

As balas perseguiam-no, com o canto do olho ele já enxergava os dois com quem lutara na casa em ruínas, erguendo-se e correndo, cambaleantes. Ingram correu para a praça central, abrigou-se na cobertura da enorme fogueira. Apontou uma das pistolas para os inimigos mutilados. Descarregada, mas eles não sabiam. Os vampiros não tinham mais armas, mas tinham sua resistência e sua força. Saltaram os dois, em pulos de voo, sobre o anão. Ingram enfiou a mão dentro de seu manto, revelou um grande saco de lona oleada.

Pólvora.

Saltou enquanto arremessava o saco na fogueira. Os dois vampiros aterrissaram, e o fogo explodiu.

As criaturas guinchavam, sendo consumidas pelas chamas, mas Ingram perdera a cobertura. Os tiros no encalço, correu para a carroça. Lá estava outro inimigo, coberto do sangue dos trobos, apontando-lhe uma espingarda. Ingram corria em ziguezague, o cano da espingarda procurava-lhe, e os tiros atrás. Fintava para um lado e outro, quando, enfim, um tiro vindo dos inimigos atrás acertou o vampiro à frente. A criatura deu um urro curto, perdeu a mira, e Ingram jogou-se sobre ele. Agarrou a espingarda, desceu a coronha com toda força sobre um dos olhos. Viu-o esborrachar-se em líquidos brilhosos. Virou a arma e disparou contra o outro olho. O tiro atravessou o crânio do inimigo, e cegou-o. Não era possível matar aquelas criaturas assim, Ingram sabia, mas iria demorar algum tempo até que ele enxergasse de novo. Deu a volta e entrou na carroça.

— Nós vamos parar de brincar, Ingram!

— Eu também.

Emergiu do interior do veículo com um estranho tubo de metal, do qual estendia-se uma espécie de pavio, que chiava de faíscas.

— O grande problema de todos vocês — disse Ingram — sempre foi a falta de criatividade. Construíam pistolas, rifles, mosquetes. Nunca pensaram maior.

Apontou o tubo de metal para o último vampiro ainda ileso.

— É impossível matar um vampiro com uma pistola ou um rifle. Mas eu tenho um novo invento.

A faísca terminou sua jornada pelo pavio, e desapareceu dentro do tubo. A boca do instrumento estava voltada para o inimigo, e um estouro abafado encheu o ar. Muita fumaça, e uma trilha fumegante enquanto um projétil imenso viajava até o inimigo. Ingram sorriu. O vampiro foi atingido, e seu corpo explodiu em uma chuva de pedaços.

Restavam dois.

O vampiro cego tateava com suas garras. O outro, sem um pedaço da cabeça, corria enquanto recarregava uma pistola. Ingram sumiu dentro da carroça, mais uma vez. Em um instante, os inimigos estavam sobre ele, a criatura sem olhos sendo conduzida pelo outro. Eles surgiram na porta, e Ingram estava preparado. Mais uma vez, duas pistolas engatilhadas.

Acertou-lhes os joelhos.

Os mortos-vivos uivavam. Moviam-se, é claro, mas estavam só um pouco mais lentos. Ingram pulou, passando por cima dos dois, ouviu um estouro de pólvora e sentiu a fisgada de metal quente. Fora atingido nas costas. Rolou no chão, espalhando sangue. Não tinha mais nenhuma arma.

Apenas um frasco de cerâmica.

— Vocês também não têm organização. Sabem o que um armeiro como eu leva numa carroça como essa?

Riso.

— Pólvora.

Arremessou o frasco.

Apenas óleo. Um produto alquímico comum; pouco eficiente, até. Incendiava-se em contato com o ar. Atingiu a carroça.

A explosão foi ouvida longe, além da aldeia, na estrada, nos descampados. O céu de Tenebra se iluminou.

Passo, passo, cambaleando, trilha de sangue.

— Vamos descobrir se sou mesmo um vampiro, então? Onde você vai se abrigar, senhor Ingram? Vai se enterrar? Ou vai encarar o bom Azgher, e pedir sua clemência?

Passo, passo, pingava o sangue.

O rastro úmido e vermelho serpenteava, marcando a tontura. Ingram andava sem rumo na estrada, meio esquecia de onde estava. Não tinha, absolutamente, para onde ir. Pensamentos oblíquos em Nadia, em sua própria condição. Se fosse um vampiro, não morreria com uma bala. Mas morreria com o nascer do sol, em algumas horas. Se continuasse vivo, a luz não iria matá-lo, mas talvez a bala o fizesse. Carregava o rifle e as pistolas, estupidamente. Vez por outra, tateava pela certeza das armas, dos apetrechos de limpeza. Era muito importante manter as pistolas limpas.

Passo, passo, pingava o sangue —

— caiu.

— Que tipo de ferimento é esse, amigo? — disse a voz intrometida. Mãos grandes apoiavam seu corpo atarracado, uma coisa cinzenta debruçava-se sobre ele.

— *Khalmyr?*

— Longe disso — sorriu Orion.

Depois de um curativo.

— Bala — disse Ingram.

— O quê?

— Você perguntou que tipo de ferimento era. Bala. Arma de pólvora.

Orion fez um muxoxo.

— A desgraçada continua aqui dentro, não é mesmo?

— Não sou curandeiro, mestre anão.

— Tudo bem. Não importa.

— Tenho um amigo curandeiro. Um druida. Ele deve me encontrar amanhã. Se conseguirmos mantê-lo vivo até lá, meu amigo pode tratá-lo.

Ingram sentava-se na beira da estrada. O cavalo do estranho pouco afastado, carregando um fardo enorme. Através da cortina de dor e fraqueza, o anão tentava decifrar quem era o desconhecido. Um humano alto, grandalhão, com cabelos e barba grisalhos como aço, trajando roupas gastas de camponês.

— Mercenário? — disse Ingram.

— Como?

— Perguntei se é mercenário. Um homem de Portsmouth com esse tamanho só pode ser mercenário.

— Não sou de Portsmouth.

— Mas é mercenário?

— Cavaleiro. Cavaleiro da Luz.

Ingram abriu os olhos.

— Agradeceria se você não comentasse isso com ninguém — disse Orion. — Os homens de Portsmouth têm o péssimo hábito de tentar matar cavaleiros.

Ingram balançou a cabeça.

— Desperdiçou o seu tempo então, *sir*. Não se incomode em me salvar. Além de criminoso — indicou as armas — sou provavelmente um vampiro. Fui baleado, estou em campo aberto prestes a ver um nascer de Azgher, e encontrei um cavaleiro da Luz. Deve ser a minha hora. — Riso amargo.

Orion ofereceu-lhe água.

— Ah, não preciso disso, homem. Preciso de sangue.

— Se está tentando me chocar, mestre anão, já ouvi coisa bem pior.

— Não quero chocar ninguém. Mas vou morrer daqui a pouco. Porque tenho uma bala dentro de mim, porque tenho um cavaleiro da Luz ao meu lado e porque o sol vai nascer. Sou um vampiro.

Orion permaneceu indecifrável por trás da barba.

— Você não me parece um vampiro.

— Sabe alguma coisa sobre eles?

— Nada — admitiu.

— Acabei de matar cinco dos desgraçados. Sei mais que você.

— Por que não se esconde do sol, então? Por que não vira um morcego ou algo assim? Por que não tenta me morder?

Pausa.

— Porque, então, eu teria certeza. Diabos, não quero ser um vampiro.

— Você está delirando —

— *Fui mordido!* Se uma serva de Tenebra não sabe como se faz um vampiro, como eu ou você podemos saber? Ah, porcaria, eu não quero ser um vampiro.

Orion ofereceu-lhe a mão.

— Quer que eu o esconda?

Ingram olhou incrédulo.

— Me esconder?

— Ajudo você a se proteger do sol. Assim, não precisa descobrir agora. E não morre.

— Por que quer me ajudar?

— Você não fez nada de errado, ainda. Em um lugar como Portsmouth, isso já é muita coisa.

Ingram estendeu sua mão, mas fez-se parar.

— A incerteza é o pior, não é? — disse Orion.

O anão mordeu o bigode.

— Se você quiser, ajudo-o a se esconder. Ou, se quiser, ajudo-o a descobrir a verdade.

Ingram quis saber como.

— Ficando aqui com você, para assistir ao nascer do sol.

O horizonte ameaçava tornar-se púrpura.

— Você tem três opções, mestre Ingram. Viver na dúvida. Morrer na certeza. Ou viver na certeza. E livre.

Ingram olhou em volta. O mundo era enorme. Não tinha paredes. Não era aquele um lugar para se estar livre?

— Sente-se aqui ao meu lado, seu humano maluco.

Conversaram.

Orion falou de sua busca. Falou de seu pai, de seu vindouro filho. Falou de seu novo amigo Trebane, que havia enfiado na cabeça a ideia de que tinha para com ele algum tipo de dívida. Falou dos cavaleiros da Luz, falou de Vanessa. Ingram falou de Doherimm. De Nadia. Dos antigos irmãos, da guilda. Era possível esperar o sol nascer, não estando sozinho.

O horizonte começou a se iluminar.

Ingram tentou erguer-se.

— Não quero ter certeza! Vou embora. Vou me esconder!

— *Não*, mestre Ingram!

Orion agarrou-o.

— Não viva preso em dúvida. Você *quer* saber. Não se renda ao medo.

Ingram berrou, debateu-se. Mas Orion manteve-o preso num agarrão de ferro. Quase uma listra de vermelho no limite da visão. Ingram parou de resistir.

— Você tem razão. Tem razão, *sir*, eu quero saber.

E Azgher puxava a si mesmo, no canto do mundo. Ingram tremia, pensando em Nadia.

Mas conversaram. E era possível esperar, não estando sozinho.

— Se esse desgraçado quiser me matar — Ingram sacudiu uma pistola em direção ao brilho incipiente — é bom que seja à prova de balas!

O sol nasceu.

Ingram vivia.

— O que vai fazer agora, mestre anão?

— Não sei quando minha mulher vai voltar. Já dei cabo dos meus inimigos. — Cofiou o bigode. — Diabos, vou ajudá-lo a caçar esse tal Cavaleiro Risonho. Você me libertou, *sir* Orion. Tenho uma dívida com você.

CAPÍTULO 6

O DIA EM QUE O CAVALO MORREU (OU A DÍVIDA DE TREBANE)

O XERIFE TINHA OS BRAÇOS CRUZADOS SOBRE O PEITO. SUA boca, apertada de resolução, mastigava um grande charuto fumarento, que envolvia sua cabeça com uma nuvem de fumaça preta. As sobrancelhas grossas e peludas, unidas acima do nariz quebrado, franziam-se em uma expressão severa. Uma pesada funda pendia do cinturão do homem. Ele era alto, largo e rijo, tinha pescoço grosso e mãos largas. Um naco de seu peito era visível por baixo da armadura de couro, e uma floresta de pelos negros despontava. Ao todo, era grandalhão e entroncado, severo e feroz.

Para um halfling.

Sir Orion Drake sentia-se um gigante. Estava em Hongari, o Reino dos Pequeninos, onde os halflings compunham a maior parte da população; suas diminutas construções, a maior parte da paisagem. Eram pessoas de aparência cômica e bonachona, chegando aos píncaros de altura que era o estômago de um humano comum. Gorduchos e sorridentes, de grandes pés hirsutos, apreciando nada mais que boa comida e boa paz, bons charutos e bons amigos, os halflings mantinham-se à parte das guerras e heroísmos do resto do mundo. Viviam em Hongari, plantavam, criavam animais e contavam anedotas, e passavam despercebidos aos vagalhões da história feita pelos grandes homens. Mas, à frente de *sir* Orion, estava o mais beligerante dos pequeninos, o xerife de Sempre-Verde. Chamava-se Gompo, "o Triturador".

— Não queremos nenhum dos seus problemas de humano por aqui, entendeu? — disse o xerife Gompo, tirando o enorme charuto da boca um instante. — Não sabemos nada sobre esse seu Cavaleiro-da-Boca-Torta, ou o que quer que seja. Vá embora!

Um pequeno ajuntamento de halflings se formava para assistir à descompostura que *sir* Orion Drake recebia do xerife. Sempre-Verde, uma cidade próspera com jeito de aldeia pacata, era uma das grandes comunidades halflings e, em geral, acolhedora. Sinal de problemas quando um cavaleiro não tinha nem mesmo a permissão de adentrar, sendo obrigado a ouvir sermões sob o sol, diante dos fazendeiros e charuteiros, na estrada. Os halflings mantinham-se à meia vista, escondidos em suas janelas ou cercas, espiando o cavaleiro e o xerife. O ar tinha cheiro de casa, mesmo na estrada, e as casas tinham jeito de lar.

— Não vou lhes trazer problemas, xerife — disse Orion, sentindo-se grande demais, sua voz alta e grossa demais. Constrangido, não sabia se devia ou não apear do cavalo castanho. — Quero apenas informação. Procuro um criminoso.

— Eu sei, eu sei. O tal Cavaleiro Neurótico. Como vou saber?

— Cavaleiro Risonho — corrigiu Orion. — Se ele passou por sua comunidade, com certeza terá sido visto. Um humano como ele, em Hongari —

— Agora temos humanos por toda parte! — vociferou Gompo, brandindo seu charuto como uma clava. — Antes, vivíamos em paz, mas de uns anos para cá, só temos humanos, humanos, humanos! Os cobradores de Portsmouth. Os peregrinos que vão a Triunphus. E agora, dias atrás, um humano louco arrastando um cavalo morto. E depois centauros! Estou farto de humanos bundas-sujas!

Era uma obscenidade sem par. Algumas crianças halflings abriram as bocas, em espanto mudo. Dois velhos ficaram lívidos, uma matrona corou e outra teve um acesso de risos.

— O Cavaleiro Risonho — insistiu Orion.

— Talvez tenha passado por aqui, talvez não. São tantos viajantes, peregrinos, bisbilhoteiros, que é impossível lembrar de todos. Continue sua busca em outro lugar. Se vir algum humano, diga para ele ficar longe de Sempre-Verde.

Orion suspirou e tocou o cavalo. Aquela gente diminuta estava apavorada. Olhos esbugalhados perseguiram-no enquanto ele se afastava, como se Orion pudesse a qualquer momento decidir incendiar a cidade.

Os halflings tinham alguma razão em estar fartos. Desde que Portsmouth tornara-se independente, impusera aos comerciantes de Hongari pesados impostos, para que pudessem atravessar o reino e vender seus produtos. As turbulências do Reinado também tornavam o culto a Thyatis, o Deus da

Ressurreição e da Profecia, cada vez mais comum — fosse para garantir ou recuperar uma vida importante, fosse para saber o que aconteceria no dia seguinte. Hongari era o lar dos pequeninos, mas também abrigava Triunphus, a cidade humana abençoada e amaldiçoada por Thyatis, onde todos que morriam voltavam à vida, presos à cidade. O sumo-sacerdote do deus estava lá, assim como um oráculo e outras figuras lendárias. Hongari, por todo o desejo de paz de seus habitantes, também possuía um vulcão, o Olho de Thyatis, uma floresta repleta de druidas, uma ou duas organizações criminosas. Seria engraçado, até, se Orion não pensasse que, em breve, os halflings poderiam ser expulsos de seu próprio lar por todos esses problemas.

Olhou a terra verde, os bosques, o céu bem-humorado. Em meio a tudo isso, talvez estivesse seu pai, o Cavaleiro Risonho.

— Cavaleiros da Luz e halflings — disse Zara. — Acho que essa é a pior história que eu já ouvi.

— É a que eu tenho para oferecer, pirralha — disse Trebane. — Por acaso tenho cara de bardo? Você quer que eu embeleze um pouco, inclua um número de dança para o seu deleite?

— Quando *você* aparece?

— Logo. — Deu um soco na parede. — Como estão as coisas nos fundos?

— Estamos cercados. Eles estão por toda a volta. Não vão demorar a descobrir as entradas, eu acho.

Trebane disse uma praga. O esconderijo era discreto, a milícia de Valkaria não havia ainda descoberto nenhuma das duas portas. Mas não havia também por onde fugir. E, pelos sons, eles não estavam economizando homens para capturar o centauro assassino e a fugitiva da Arena.

— Talvez exista um porão — disse Zara. — Um alçapão escondido, alguma coisa.

— Ficar trancado dentro de um porão? Acho que prefiro enfrentar a milícia inteira.

— Vou procurar. Continue a história, é bom que você apareça logo.

À noite, Orion preparou uma fogueira quieta, deixou seu cavalo pastando e comeu bocadas pensativas e insípidas de ração de viagem. Não havia muito contra o que se precaver em Hongari. Quase sem monstros, quase sem bandoleiros. Pensava no que o Cavaleiro Risonho podia fazer com aquela gente. Talvez fosse o empurrão final para levar os halflings a outras terras. Era necessário matá-lo antes.

Galope afastado.

Hongari ou não, Orion recebeu os galopes de espada em punho. Mais perto, eram dois centauros. Um homem, o tronco de humano ostentando cicatrizes rituais, e uma mulher, com belos seios à mostra e um ar autoritário e desafiador. Ambos traziam pinturas intrincadas, tons de vermelho e púrpura chamativos como condecorações. Orion manteve a espada baixa, mas ainda na mão.

— Estamos procurando um homem — disse a centaura, sem um cumprimento.

— Eu também — respondeu Orion.

— Um homem com um cavalo.

— Eu também.

A mulher empinou as patas dianteiras, sacou uma machadinha, que brandiu na direção do cavaleiro da Luz.

— Sou Orion Drake — impassível. — Procuro um criminoso que irei matar. Se procuram o mesmo homem, podemos nos unir.

Ela apaziguou-se de leve com o estoicismo, e com a apresentação. Contentou-se com um rosnado, e também disse o nome.

— Sou Ellera, xamã de Allihanna.

— E seu companheiro?

— Ninguém importante. Só um aprendiz.

— Conhecem o Cavaleiro Risonho?

Uma fungada e um olhar rápido para trás, ao centauro, que balançou a cabeça.

— Não. E não procuramos um criminoso. Estamos na pista de uma profecia.

Ellera explicou a profecia, seu significado, os portentos que anunciavam sua proximidade e o homem que iria cumpri-la. As pinturas rituais marcavam ambos como enviados em uma missão sagrada.

— Não sabia que existiam centauros em Hongari — disse Orion.

— Não gostamos de nos misturar. Também existem por aqui fadas de vários tipos. Ficamos longe dos humanos e — cuspiu no chão — dos halflings.

— Querem dividir a fogueira? — com um gesto de convite.

— Como eu disse: ficamos longe dos humanos.

Orion deu de ombros e sentou-se no chão, a espada sobre os joelhos.

— Há um templo de Allihanna mais ao sul — disse o cavaleiro. — Na Floresta de Kaiamar. Talvez vocês consigam ajuda.

— Não queira me ensinar sobre minha própria terra! Você usa patas emprestadas.

— Pare de me insultar neste instante — disse Orion, sem alterar a voz.

A mulher ficou incerta, mas guardou a machadinha.

— Se eu vir quem vocês procuram, vou avisá-lo — disse Orion, no mesmo tom.

— Faça isso — disse a centaura. Dirigiu-lhe mais um olhar e saiu galopando.

O aprendiz deixou-se ficar um momento.

— Obrigado — disse.

E galopou também.

— Porão nenhum — disse Zara.

— Merda — disse Trebane.

Dias correram. A manhã parecia um halfling: o sol era gordo e sorridente, a própria terra era rechonchuda e bem-humorada. Orion cortava as planícies, aproximando-se da Cordilheira do Moóck. Já se via alguns esparsos altares a Thyatis, ao longo da estrada. Um que outro peregrino, não raro arrastando um cadáver. Orion ouviu sobre o deus. Sobre um vulcão dito abençoado. Sobre Triunphus. Sobre um suposto sacerdote do Deus da Morte, que ressuscitara e convertera-se, pregando agora a ressurreição na cidade. Mas nada sobre o Cavaleiro Risonho.

Estremecia ao pensar que seu pai pudesse estar em Triunphus. Ele nunca morreria, então? Se Orion enfrentasse-o e morresse, ficariam ambos presos eternamente na cidade, em lutas sucessivas? Uma ideia tétrica, mas que apelava aos conceitos de herói maldito de que Orion não conseguia se livrar.

A tarde encontrou-o solitário, já sem nenhum peregrino à vista. As montanhas avolumavam-se ao longe, a promessa de morte flamejante nas garras do Moóck, o pássaro monstruoso que dava nome à cordilheira. E Orion encontrou outro boato.

Aproximou-se sem dificuldade do homem, que avançava a custo tremendo por um caminho que só ele parecia ver. Por alto que fosse, e por vastos que fossem seus ombros, seu fardo era grande demais. O homem arrastava um cavalo morto.

Um farrapo cobria-lhe a virilha, mas de resto estava nu. Seu corpo rebrilhava avermelhado, de esforço e suor, mas ele não emitia um som. O cavalo, sua pelagem castanha ainda bela depois da morte, deixava um rastro de relva amassada.

— Perdeu o cavalo, companheiro? — disse Orion, à guisa de cumprimento. Na verdade, não sabia como se dirigir ao homem.

O viajante olhou para trás, com olhos vidrados de exaustão, e passou a língua seca nos lábios secos.

— Não.

E seguiu arrastando.

— Quer um gole d'água? — disse Orion.

— Você não tem hidromel?

— Você parece estar quase desmaiando. Precisa de água.

— Água faz mal. Mas me passe essa porcaria aí, de qualquer jeito.

Secou o odre.

— Está levando seu cavalo a Triunphus? — disse Orion.

— Não. Se você ressuscita lá, fica preso para sempre.

— Então, por que arrasta seu cavalo morto?

— Para começar — voltando ao trabalho —, não é meu cavalo. Se alguém aqui é propriedade de alguém, então é o contrário. E ele não está morto.

Orion observou com cuidado o animal. De fato, conseguiu notar uma vaga, ínfima respiração.

— Aonde vai com ele, então?

— Ao Templo de Allihanna — grunhiu o homem. — Falar com aquelas porcarias de druidas.

— Ouvi dizer que não se pode entrar nos domínios deles, a menos que você seja um druida.

— E eu ouvi dizer que o céu é azul.

— Se você é um druida — Orion considerava dar um basta àquilo, mas apiedava-se do sujeito —, então por que não cura o cavalo?

O estranho deu uma risada, parou para tomar fôlego.

— Eu não sou o druida, homem. O druida é o cavalo.

Orion ergueu as sobrancelhas.

— Meu nome é Trebane — estendendo uma mão cheia de calos e cortes.

— Orion Drake.

— Este é o meu irmão. Sou o protetor dele.

Orion não conseguiu disfarçar uma pergunta no rosto.

— Não, isso não é uma maneira de dizer, não é um termo druídico. Também não fizemos ritual nenhum. Eu e o cavalo somos irmãos da maneira antiga, Orion Drake. Nascemos da mesma égua, ao mesmo tempo. Ele é o druida, ele é o sábio. Ele toma as decisões. Eu sei bater nas pessoas. Protejo ele, cumpro ordens. Nunca ouviu dizer que todo druida tem um companheiro animal?

Orion, sem perceber, tinha a mão na barba.

— E agora o desgraçado está morrendo — disse Trebane. Exaustão nos olhos e, apesar da desidratação, lágrimas. — Agora o desgraçado está morrendo, e eu não sei o que fazer, além de levá-lo até a porcaria dos druidas, e esperar que eles deem um jeito.

— Não acredito — disse Zara.

— Está me chamando de mentiroso?

— Com quem você aprendeu a dar uma resposta engraçadinha para tudo?

Trebane dirigiu-lhe uns olhos de sarcasmo.

— Com a mesma pessoa que lhe ensinou esse olhar, não é?

— Isso mesmo, garota.

Fora da casa:

— Senhor! Aquilo não é uma entrada?

— Existem muitas lendas por aqui — disse Orion. — Muitos boatos. Falam de locais sagrados de Thyatis, lugares onde acontecem milagres.

— Histórias de gente desesperada — disse Trebane, voltando a arrastar seu irmão quase morto. — Só existe um lugar de milagres real, e é Triunphus. O resto é conversa de aldeões que querem se agarrar a alguma esperança. Dizem que um pântano sagrado vai ressuscitar sua avozinha morta, ou que uma latrina sagrada vai trazer seu filho de volta.

Orion acompanhava o homem, passo a passo, meio fascinado com sua situação.

— Você nunca vai chegar ao Templo de Allihanna antes que seu irmão morra — acabou dizendo. — Não pode atravessar metade do reino carregando-o.

— Você é um raio de luz do sol, não é mesmo?

— Deixe-me ajudá-lo.

Trebane ficou ofegando e examinando o cavaleiro.

— Por quê?

— Por que você está precisando.

— Não preciso de ninguém — rosnou.

— Nem do seu irmão?

Pausa.

— Existe uma coisa de que eu entendo — disse Orion, com uma seriedade que desarmava. — Entendo da morte. A morte está escrita em você, Trebane. Está escrita em seu irmão. Você está fazendo uma jornada de morte. Está viajando a um lugar inatingível, porque quer fracassar. Quer fracassar porque não sabe mais o que fazer.

— Chega, vou lhe ensinar a —

— Cale a boca. Você sabe que é verdade. Você vai viajar até o Templo de Allihanna, e quando chegar lá, seu irmão vai estar morto. Então, você vai se deixar tomar pela fúria, atacar os druidas e ser morto também. Não é?

Nada.

— Você está na busca errada, Trebane — continuou Orion. — Você está buscando cura, quando deveria procurar ressurreição. Vocês dois, como eram, estão mortos. Precisam ressuscitar, precisam renovar-se. Precisam mudar.

— Quer que eu vá a Triunphus, ficar preso para o resto da vida?

— Não. Existem outros lugares miraculosos. Venho escutando sobre eles desde que cheguei a Hongari.

E Orion contou sobre um desses lugares. Era um boato. Era um palpite. Era uma esperança.

— Acha mesmo que isso é real? — disse Trebane.

— Não sei. Tem alguma ideia melhor?

— Por que acha que eu não vou morrer indo a esse tal lugar, assim como morreria indo ao Templo de Allihanna?

— Porque eu vou estar com você. E você não vai deixar o estranho que lhe ajudou na estrada morrer por sua causa, vai?

Trebane engoliu saliva inexistente.

— Não.

Lá fora, a milícia já havia reunido seus magos, seus clérigos. As duas entradas tinham sido descobertas, e os esquadrões entravam em formação, para invadir a casa. Palavras arcanas eram entoadas por trás das portas, orações subiam aos Reinos dos Deuses.

— Abram em nome de Valkaria! — disse uma voz possante, reforçada de autoridade.

— Foi o que eu disse à sua mãe, cafajeste! — gritou Trebane. — E ela se abriu imediatamente!

A porta traseira se estraçalhou.

— O que você prometeu a Paollus? — disse Zara.

— O que importa? — disse Trebane. — Eu não achava que iria viver para cumprir o acordo.

O fardo dividido entre os ombros dos dois, eles subiam a montanha. Orion e Trebane escalavam a Cordilheira do Moóck, e carregavam o cavalo. Os dias que escorriam-lhes entre os dedos puxavam consigo o farrapo de vida que pulsava dentro do animal. Mas Orion tinha dado uma ordem a Trebane e a seu irmão: precisavam conseguir.

— Nunca vamos chegar — disse Trebane, na segunda noite, encolhendo-se na caverna rasa que eles tinham encontrado para se abrigar.

— Claro que vamos — era Orion. — Porque eu digo que vamos.

— A morte vai chegar antes, Orion.

— A morte então vai se ver comigo, porque eu estou no comando, aqui.

— Acho que você é louco.

— E eu acho que o céu é azul.

Gargalharam. O cavalo observava o mundo escuro com olhos tênues.

Orion deixara sua armadura e suas armas no sopé da montanha, junto com seu próprio cavalo. Escalava a Cordilheira do Moóck de peito nu, coberto apenas por calças de tecido ordinário e uma capa que voejava nos sopros da altitude. Tanto ele quanto Trebane eram emaranhados de talhos e hematomas. Ambos existiam na beira da exaustão constante. As cordas que utilizavam para mover o cavalo queimavam-lhes as peles. As rochas da montanha mordiam-lhes as mãos. Mas eles continuavam.

Rumo ao Olho de Thyatis.

— Isso é estupidez — disse Trebane. — O Olho de Thyatis é um mito.

— Não está vendo ele ali? — apontou Orion.

— Aquilo é um vulcão! Só uma porcaria de vulcão adormecido.

— É o Olho de Thyatis: um vulcão milagroso.

— Por que seria diferente da Poça de Lama Encantada de Thyatis, ou da Batata Abençoada por Thyatis, ou das outras centenas de boatos que correm Hongari?

— Confie em mim, Trebane. Algumas pessoas me disseram algo que me fez acreditar nisso.

— Que pessoas?

— Confie em mim.

E, com o sol, seguiram escalando. Os dias passavam. Acabou a comida. Os corpos estalavam, rugiam de privações, mas eles seguiram montanha acima, transportando o cavalo moribundo. No quarto dia, Trebane achou que seu irmão finalmente morrera.

— Não interessa — rosnou Orion. — Thyatis é o Deus da Ressurreição e da Profecia. A morte não importa.

— Preciso ver se ele está morto mesmo.

— Eu o proíbo! — trovejou o cavaleiro. — Esqueça essa porcaria de morte e escale, seu inútil.

Trebane atacou-o, e os dois se engalfinharam, rolando agarrados em escarpas precárias. Depois de exaustos e mais feridos, continuaram subindo.

No sexto dia, chegaram ao vulcão.

Sua bocarra se abria, do tamanho de uma aldeia pequena, à frente deles. Parecia uma montanha oca e estúpida, sem vida e sem milagres, sem lendas e sem nada de especial. Desafiava a crença, o propósito dos dois.

— Entre no Olho de Thyatis — disse Orion. — Ressuscite, Trebane.

O homem ergueu seu irmão cavalo, num esforço inexplicável.

— Afinal, por que você está aqui? — disse Trebane.

— Para ajudá-lo.

— Não, seu idiota. Aqui, em Hongari.

— Estava caçando um criminoso. Mas, a esta altura, acho que ele já escapou.

O vento puxava cabelos, farrapos de roupas. Preenchia o silêncio entre os dois.

— Obrigado — disse Trebane.

— Esqueça. Cumpra o seu destino.

— Destino?

Mas Orion não respondeu: como Trebane hesitasse, o cavaleiro correu e atingiu-o com o ombro, derrubando os dois irmãos na profundeza do Olho de Thyatis. Uma exclamação de surpresa e dúvida foi engolida pelo escuro, e homem e cavalo desapareceram.

Orion teve um frio de descrença. Imaginou se tudo não seria, enfim, um boato.

E o tijolo no fundo de seu estômago cresceu, porque passaram-se horas, e o vulcão morto continuava apenas um vulcão morto. Horrorizado, Orion decidia-se entre descer à bocarra do Olho de Thyatis ou de volta ao sopé, quando um pássaro emergiu de dentro do vulcão.

Uma águia orgulhosa, de penas douradas e bico afiado. Deu um guincho desafiador, circulou por cima da cabeça de Orion, e mergulhou. A metros do chão, a águia se transformou, e deu lugar a um centauro.

Trebane e seu irmão, agora unidos. Renascidos, renovados. Segundo a ressurreição de Thyatis, e segundo a profecia de Thyatis, que Orion ouvira do par de centauros, dias antes.

Orion sentia a força daquele homem. A natureza reverenciava-o. Nascia Trebane, o centauro druida.

— Prometa uma coisa — disse Trebane. — Enterre o meu corpo. Quero apodrecer e ajudar a alimentar vida nova.

— Eu prometo — disse Zara.

— O quê? Não vai relutar um pouco, dizer que eu não vou morrer, essas coisas todas?

— Quer perder tempo com isso ou quer terminar a história?

De novo no chão, Orion montava em seu cavalo. Trebane corria para um lado e outro, experimentando o corpo novo.

De longe, galope.

— Você vai continuar atrás desse criminoso? — disse Trebane.

Orion assentiu.

— Quem é o desgraçado?

— Meu pai. Ele matou minha mãe e acabou com a minha família. Vou achá-lo e vou matá-lo.

Antes que Trebane respondesse, os galopes transformaram-se em centauros. Ellera e seu aprendiz, os xamãs que buscavam o homem profetizado, irromperam de um bosque. Nos seus rostos, luz de pasmo. Aproximaram-se e se abaixaram em reverência.

— Que merda é esta? — disse Trebane.

— Falei para você que tinha ouvido uma profecia — disse Orion.

— Você é o nosso rei — balbuciou Ellera, a voz embargada de respeito. — As profecias falam de um centauro que nasceria adulto. De um centauro que não nasceria centauro, que se transformaria, para nos liderar.

Trebane examinava os seios nus da mulher. Para Orion:

— Então, você sabia que isso aconteceria? O tempo todo?

— Era o que eu achava.

Ellera explicou as profecias. Trebane seria obedecido por todos os centauros. Seria o escolhido de Allihanna, profetizado por Thyatis. Teria uma vida de glórias e caça, nas planícies, nos ermos, no Reino da Deusa da Natureza.

— Obrigado, *sir* Orion Drake — disse.

— Vá ser rei, Trebane. Você provou ser forte.

— Você me deu a vida.

— Nunca pensei que fosse ser uma parteira.

Riram. Orion percebeu que, pela primeira vez em tempo sem conta, fazia gracejos.

Trebane galopou para longe, seguido dos dois xamãs. Foi perseguir seu destino, e Orion resignou-se a perseguir o seu.

Os primeiros soldados entraram na casa, e Trebane recebeu-os com os cascos. Derrubou um móvel sobre eles, mordeu-lhe os rostos. Arrancou suas armas e usou-as para matar seus colegas.

— Fuja, menina!

— Quero ouvir o final da história!

Orion passara por Triunphus, e não encontrara sinal do Cavaleiro Risonho. A cinza de seu rosto escoava para seus pensamentos. Tentava imaginar Vanessa, a aparência linda que ela devia ter, com o filho no ventre. Uma noite de fogueira lúgubre foi interrompida por um galope intempestivo.

— Trebane?

— Vou ajudar você a caçar seu pai, Orion. Vamos matá-lo juntos.

— Você é o rei dos centauros.

— Príncipe, por enquanto. E, francamente, acho que agora nem isso.

— Você tem um destino a cumprir.

— À merda com o destino. À merda com os centauros. Tenho uma dívida com você, Orion, e vou pagar.

A milícia de Valkaria entrava por todos os lados. Disparavam flechas, apontavam armas. Magos cuspiam palavras arcanas, mais atrás. O centauro rugia, com uma espada roubada em cada mão.

— Trebane, fuja!

— Fuja você, pirralha. Eu tenho uma dívida com você, e vou pagar.

Zara achou-se chumbada no lugar, vendo a morte chegar em ondas armadas de lei e ordem.

— Até nunca mais, garota.

Trebane lançou-se para os soldados. Erguia e descia os braços, ferindo e matando. Foi trespassado, queimado, cortado. Os milicianos caíram sobre ele como um enxame. Sua ferocidade era tamanha que não era possível dar atenção a mais nada. Zara olhou aquilo, e sentiu o corpo correr, embora não se lembrasse de ter tomado a decisão.

Ouvia os grunhidos do centauro, cada vez mais fracos, e passou ao lado dos atacantes, correndo para o beco.

Mas foi vista.

Um soldado notara a garota de roupa espalhafatosa, e virou-se para golpear. Na fervura da batalha, nem conseguia pensar em agarrá-la, prendê-la: atacou-a com uma espada. Zara pulou para trás, mas o golpe atingiu-a fundo no antebraço. Ela sentiu o sangue esguichando, ouviu o osso quebrando, e viu um pedaço de si mesma pendendo frouxo por um farrapo de pele. Berrou, mas o soldado já tinha sido tragado de novo para o combate.

Zara olhava o ferimento, sem compreender, as ideias fugindo-lhe com o sangue. Mão tapou-lhe a boca, o chão lhe sumiu. Em um instante, estava sobre um telhado. Via o beco, abaixo, como um outro mundo.

E, sobre ela, sua salvadora. Corpo berrante de seios e quadris. Maquiagem de bufão, roupas coloridas que não escondiam. Guizos que faziam barulho só quando necessário.

— Você precisa ajudar Trebane! — engasgou Zara.

— Trebane está morto — disse a Malabarista.

Zara alternava os olhos da mulher para seu braço quase decepado.

— Eu procurei vocês — disse Zara. — Assim que cheguei à cidade, eu os procurei. Por que se esconderam?

— Ora — disse a Malabarista. — Você abandonou nosso treinamento da primeira vez. Quase nos expôs, quando decidiu ajudar Ashlen. Você tem sorte de estar viva.

— Por que não salvaram Trebane?

— Você era uma garotinha estúpida, Zara. — Guizos. — Agora sabe o que é ter responsabilidade. Se você tivesse continuado com o treinamento da primeira vez, seu amigo centauro estaria vivo. Sei que você achava que nada era permanente, que tudo era uma grande brincadeira. Mas agora aprendeu, não é mesmo?

A Malabarista meio sorria, o braço jorrava sangue.

— Agora você está pronta para se comprometer com o treinamento. Calculo que, em uns dez anos, será membro da guilda. E agora — franzindo o nariz para a horrível ferida — você não é mais tão perfeita, não é mesmo? Não é perfeita demais.

Zara olhou o beco. Olhou a si mesma.

— E então? — disse a Malabarista. — Quer ser treinada?

Zara viu o sangue, a rua, a ridícula roupa de espetáculo de arena. Viu a vida.

— Sim.

CAPÍTULO 7

O SENTIDO DA VIDA

— MUNDO VELHO SEM PORTEIRA! — DISSE XAVIER Nash, ao final da história.

Nascia o sol em Namalkah, em uníssono caprichoso com o sol que nascera no relato. Os ginetes reuniam-se em torno de Ingram. Satisfação casmurra de receber toda aquela atenção. Por um lado, segredo. Por outro, era um alívio contar a todos, e sentia-se aprovado. Mais uma vez, pensou estar tempo demais entre os humanos, tendo ideias idiotas de humanos e sensações absurdas de humanos.

— Vamos à Pista do Unicórnio Negro — disse o Doutor. — Iremos dar um fim adequado a essa opereta do Cavaleiro Risonho.

Sem notar, Zebediah Nash estava mais confortável. Ingram raciocinou que era bom saber-se estar cercado de gente tão problemática e complicada quanto se era.

O acampamento despertava para a marcha do dia. O sono sendo esfregado dos olhos dos ginetes que tinham ficado ouvindo a história. Inúmeros cavalos também haviam estado em torno.

— Mais uma coisa, senhor Xavier — disse o anão, arqueando as costas e preparando a bagagem.

— Pois fale, patrício.

Os ginetes terminavam de comer sua refeição matinal.

— A guerra contra Crânio Negro — disse Ingram. — Meu amigo Orion vai enfrentar o maldito. E Namalkah pode ser um aliado poderoso.

Cavalos e homens se entreolharam. Xavier Nash começou a preparar um cigarro de palha, com uma calma milenar.

— O reino todo eu não lhe garanto — disse o velho tropeiro. — Mas eu falo com o nosso rei. Borandir Silloherom é um sujeito muito honrado. Se puder, vai pelejar junto com os senhores.

Acendeu o cigarrão e deu uma tragada suspirante.

— E eu falo com os generais dos cavalos.

Ingram parou o que fazia, aguardando uma explicação.

— Ora, os cavalos também têm que estar dispostos a ir para a guerra. Não são bichos, que se pode arrastar para um lado e para o outro. Mas a minha gente vai estar lá, senhor Ingram. Com isso, o senhor pode contar.

— Diga ao seu regente — pausa — e aos seus cavalos que esta guerra é contra a Tormenta. Ninguém está a salvo.

— A área de Tormenta está quase nos nossos pagos, patrício. Não precisa falar duas vezes para convencer um namalkahniano a lutar contra a Tormenta.

Zebediah Nash estava montado, garboso e limpo, um ginete moldado em civilização. Ingram verificou pela última vez suas armas, e pôs-se a caminho. O Doutor girou seu cavalo para o velho.

— Tio, eu — começou.

— Não precisa falar nada. O senhor sabe o que é Namalkah, e o que sou eu.

— Gostaria de imaginar que ao menos ficou feliz em me ver.

— Ora, sou namalkahniano. Só estou feliz no meio das pernas de uma rapariga, ou com um cavalo no meio das minhas.

Um dia, houve um unicórnio.

Namalkah prezava os cavalos, e os cavalos de Namalkah eram mais que bestas. Mas também havia, no reino, os aparentados dos corcéis, toda uma fauna fantástica e equina, que orbitava em torno do amor que aqueles ginetes tinham por suas montarias. Um deles era Andhes, o unicórnio que servia à imaculada amazona Sooliah. Juntos, eram os grandes campeões das carreiras em cancha reta, botando vergonha em machos e cavalos. Corriam em pistas Namalkah afora, mas mais que todas numa ao sul, perto de Suth Elegar e dos Desfiladeiros de Dópsia. Eram os melhores amigos, porque a ligação entre amazona e unicórnio era mais forte até que a irmandade dos ginetes e seus cavalos. Era uma vida boa, de galopes e vitórias, até que acabou.

Um ginete de alma suja, putrefato de inveja, fez uma armadilha na pista. Andhes tropeçou num fio esticado, feito do tendão de um boi infeliz, e derrubou Sooliah. A amazona virou numa cambalhota frouxa, e caiu com as costas no chifre do unicórnio. Sooliah morreu.

Morreram também todos que estavam lá, naquele dia. Porque Andhes virou o Unicórnio Negro.

Se um unicórnio era uma criatura de paz, guardião e amigo leal, o Unicórnio Negro era uma fera de matança e ódio. O chifre destruía em vez de curar. A grama morria onde ele pisava. E a pista foi abandonada para sempre, porque o Unicórnio Negro não deixava ninguém chegar perto.

As vilas ao redor pensaram em se esvaziar, mas, entre uma bravata e outra, o povo foi ficando. Os jovens desafiavam uns aos outros, para correr contra o Unicórnio Negro. Os homens contavam histórias de assassinatos antigos, cometidos pelo monstro. E o nome de Sooliah, a melhor corredora que Namalkah já vira, transformou-se em palavra agourenta, nome de vítima.

Ingram e Nash iam para lá.

— Se o unicórnio é tudo isso — disse o anão —, então como o Cavaleiro Risonho poderia estar na tal pista? Diabos, como Bandido poderia ter estado lá?

Nash fechava-se num silêncio sombrio.

Porque, se um unicórnio, criatura mágica de Allihanna e Wynna, montado pela melhor amazona do reino, havia tropeçado num tendão de boi, não era isso azar? Azar em demasia?

Obra do Caos?

— Você acredita em lugares ruins? — disse Nash.

— Lugares ruins?

— Como se fossem assombrados. Só que de maneira pior. Lugares onde ocorrem tragédias, onde o ar é pesado, onde só a infelicidade pode imperar.

— Isso está me parecendo superstição.

— De modo algum. É apenas uma ciência ainda não explorada. Talvez certos tipos de magia deixem um rastro, ou uma mácula. Talvez certas *ações* criem uma repercussão, como, perdoe a comparação pedestre, ondas em um lago.

— O lugar aonde vamos está sob efeito de Nimb, segundo o seu tio.

— Nimb não existe. Mas talvez alguma coisa exista lá. Imagino se, juntamente com o enigma de Bandido e do Cavaleiro Risonho, vamos decifrar a história do Unicórnio Negro.

Seguiram. Encontraram a primeira aldeia.

Ingram engoliu saliva, tentando forçar o estômago a se acalmar.

Duas crianças foram os primeiros a lhes receber. O menino correu imediatamente, apavorado dos estranhos, e a garotinha ficou olhando-os com uma estupidez galinácea, até que pareceu compreendê-los, e também fugiu. O menino tinha dois rostos nascendo-lhe do peito magro e nu, as bocas abrindo e fechando inutilmente, babando-lhe o estômago. A menina tinha uma floresta de pequenos dedos brotando-lhe da testa, em constante movimento.

Ingram e Nash adentraram a vila, e encontraram seus moradores bizarros. Um cavalo com treze olhos e nenhum pelo relinchava para eles, em desafio. Um velho corpulento tinha grama verde no lugar de barba. Uma lavadeira esforçava-se num córrego próximo, com seus braços feitos de pão. Os casebres eram mais miseráveis do que tudo que Ingram já vira no reino. Madeira corroída e barro duro. Mas, salpicado aqui e ali, uma parede feita de vidro maciço, ou então de gordura sólida. As ruas eram largas, para que os cavalos andassem desimpedidos. No centro do povoado, brotavam margaridas de três metros de altura, com rostos equinos e sorridentes.

E também havia gente normal.

O cavalo de Nash refugava, puxava-se para trás. O Doutor acalentava-o com comentários em voz baixa. Sem notar, Ingram tocava o cabo das pistolas. Eram alvo de um escrutínio impiedoso, sem palavras. Eram aberrações, ali.

Um garoto passou correndo, aos berros, fugindo de um grupo de crianças que tentavam comer pedaços de sua corcunda de mel. Um rapaz alto afiava seu bico de marfim com uma pedra. Um cavalo convulsionava no chão, gargalhando e espadanando lama, sem patas ou cauda.

— É o Caos — sussurrou Ingram.

— Imagino que seja algum tipo de magia residual.

Súbito, um cavalo com finas minhocas no lugar do pelo.

— O que desejam aqui? — disse o cavalo.

A aldeia chamava-se Izzileria. O cavalo, Santhell. Era o chefe da vila.

— Sempre houve coisas estranhas em Izzileria. Mas tudo vem piorando.

Não eram muitos os que conheciam o lugar. Tropeiros, em sua maior parte, que espalhavam histórias mas guardavam algumas para si. Nas coxilhas, havia coisas que ficavam entre os ginetes, o vento e os cavalos.

Ingram e Nash estavam no interior de um grande salão, que era a moradia de Santhell e sua esposa, uma égua muito normal.

— Piorando como? — disse o Doutor. Sentiu-se idiota logo depois.

— Humanos ou cavalos deformados, plantas grandes demais: tudo isso sempre houve. E namalkahnianos são teimosos o bastante para aguentar. Mas, desde que Bandido apareceu, a região começou a corcovear. Nunca antes nossas construções viraram vidro, ou unhas, ou carne. Nunca as pessoas se transformaram *depois* de nascer. E nunca o Unicórnio Negro esteve tão calmo.

— Calmo?

— As crianças e os potros sempre tentam desafiá-lo, competem para ver quem chega mais perto. Ultimamente, ele se faz visível, e não ataca. Como se estivesse convidando.

Ingram sentia a cabeça doer. Estar conversando com um cavalo era demais, mesmo depois de tudo.

— Estamos atrás do Cavaleiro Risonho — disse Nash.

— Já ouvi falar em um humano de armadura sorridente. Pode ser o seu homem. — Pausa grave, todas as minhocas se agitaram. — Ou pode ser uma manifestação do Caos.

— Nimb não existe — disse o Doutor.

— E não existe também o caos?

Ficou calado.

— Talvez você possa nos ajudar — disse Ingram, obrigando-se a manter a voz calma. — Seus ginetes, seu povo.

— Por que faríamos isso?

O anão fez um gesto largo, que englobava toda a aldeia, toda a vida.

— Se vivemos em Izzileria — disse o cavalo —, é porque já é tarde demais. Nada temos a ganhar enfrentando o que quer que exista no fundo disso.

— Se Bandido ou o Cavaleiro Risonho estão envolvidos, vocês não querem dar o troco?

— Para quê? E, além do mais, nenhum homem ou cavalo pode fazer *isso* com um lugar. Talvez um deus, talvez a Tormenta, talvez alguma força sem nome que vem estragando esta região desde a época de Andhes e Sooliah. Em todo caso, somos diferentes, somos estranhos demais, e ficamos em Izzileria. Se quiserem, continuem em sua busca.

Deixaram a vila, sob um coro de pedras desafinadas. Nos arrabaldes, a garotinha que tinham visto antes acenou-lhes adeus, com todos os dedos de sua testa.

Seguiram.

Cansavam os corpos, mas não viam o dia se acabar. Quando não estavam olhando, o céu adquiria tonalidades peculiares — verde-musgo, ou então marrom profundo. Um tropel de cavalos ao longe transformava-se no som de um rio. As nuvens chegavam ao alcance dos dedos, e um cantil na mochila tornava-se inalcançável.

— Ingram, talvez isso seja a Tormenta! — disse o Doutor.

— Não, seu humano estúpido, isto é *Nimb*.

— Nimb não —

— Pare de dizer que Nimb não existe! Estamos no Caos, não está vendo? Nimb está por toda parte!

Nash gritou, Ingram gritou, mas suas vozes transformaram-se em cores, e eles não puderam mais discutir. Avançaram, no meio da coxilha caótica, até que avistaram a pista.

Arruinada, pelos anos de desuso e morticínio, mas inteira o bastante. E real, ordenada, uma parte do mundo que conheciam.

Arquibancadas de madeira grossa cercavam o trecho largo e comprido. A céu aberto, convidava a um olhar divino para as corridas sem número que deveriam ter se passado lá. Uma espécie de portal rústico abria-se, sem porta, dando boas-vindas. Baias discretas no fundo tinham abrigado, antes, cavalos e ginetes sem conta. A areia da cancha era imaculada, ainda pronta com marcações de cal.

E os cadáveres.

Corpos infinitos recobriam as arquibancadas, atulhavam as baias, debruçavam-se nos postes. Mortos por furo e corte, tripas à mostra e peitos abertos. Ferimentos de um chifre terrível, transformado de curandeiro e afetuoso em odiento e assassino. Menos na cancha. A cancha reta ainda estava pronta para uma carreira. Sem sangue, sem corpos. Ingram e Nash pisaram na sua extensão competitiva. Magia preparada, rifle engatilhado.

Uma sensação escura, de garganta presa, atrás deles.

Olharam, e era o Unicórnio Negro.

Do chifre, pingava sangue. A criatura tinha porte majestoso, a cernelha mais alta que a cabeça de um homem, pescoço ereto, cheio de músculos e orgulho. Pelo de mais breu que a própria noite, não era em verdade negro: *sugava* a luz e a cor, como um sorvedouro de visão, um poço sem fundo. Olhos vermelhos cheios de inteligência. Porque só um ser inteligente podia ser louco.

Ingram fez mira.

Súbito, deixaram de ser. Zebediah Nash viveu trezentas existências, como um mosquito, um anjo, um fungo. Ingram Brassbones foi, por mil anos, a ideia esquecida de um deus rejeitado. Seus corpos, seus objetos, o mundo ao redor deles dançou, livre de amarras da Ordem. Olharam para o flanco, e lá estava outra criatura equina.

Asas e bico de águia. Corpo pintalgado de cavalo. Era o Hipogrifo, montaria caótica que não existia no mundo, e servia apenas a Nimb.

Uma gargalhada.

Atrás deles, o Cavaleiro Risonho.

— É isto que mais gosto no meu filho — disse o Cavaleiro Risonho. — Para ele, nunca é suficiente desgraçar a própria vida. Tem que envolver uma multidão de pessoas, causar mortes, para depois sentir bastante culpa — explodiu de novo em riso. — Acho que Orion Drake é minha obra-prima.

Surgira das baias ao fundo, coberto de armadura espelhada por reluzente. Cada centímetro de corpo oculto pelo metal — era possível achar que não havia homem atrás daquilo, apenas armadura e armadura, ao infinito. O elmo era o mais perturbador. No formato de uma descomunal cabeça humana, congelada em riso perpétuo, era cômica e grotesca porque combinava com o corpo, e mostrava-se tão desproporcional. O Cavaleiro Risonho tinha uma espada na cintura, seu cabo ornamentado de diamantes e prata. Falava com uma voz curtida mas suave, e acima de tudo sedutora. Alto e largo, movia-se como um bailarino.

Ingram disparou.

O rifle funcionou perfeito, mas a bala permanecia a poucos centímetros de distância do cano, suspensa no ar.

— Quais são as chances de isso acontecer? — disse o Cavaleiro Risonho.

E gargalhou.

— Viemos levá-lo à justiça — disse o Doutor Nash.

O homem divertiu-se tremendamente com a ideia.

— Não vê? — abriu as mãos, gesticulando. — Não há justiça. Há o Caos. Sooliah morreu e o unicórnio virou um monstro, num acidente sem sentido e sem propósito. Um anão e um médico estão aqui, talvez prestes a morrer, sem nenhuma relação com nada disso. Suas histórias até aqui, o que vocês *acham* ser suas histórias, são irrelevantes. Apenas ilusão. Só há o Caos. Eu não tenho a ver com uma mulher-demônio deixada para trás, ou com arrependimentos sobre um cavalo morto. Não tenho a ver com expulsão ou fuga de nenhum reino. E nada disso tem a ver com Orion, com sua guerra, com sua justa. É o Caos.

— Por que você fez tudo isso? — disse Ingram.

— *Por que não?* É tudo aleatório, nada tem sentido. Orion vai para a guerra contra Crânio Negro. Eu nunca vi Crânio Negro, nem sei de seus planos, e nem tenho qualquer propósito quanto a isso. Mas lá vai ele, tentando ordenar sua vida, numa futilidade esplendorosa, enquanto vocês vêm aqui, morrer por absolutamente nada, sem uma conclusão satisfatória, sem vingança ou redenção. As pessoas morrem porque tropeçam, porque pegam a doença errada na hora errada, porque são atingidas por relâmpagos. É o Caos!

Gritava de entusiasmo.

Nash moveu as mãos, entoou palavras arcanas. A magia transformou-se numa estranha sensação tangível de abandono, e então desapareceu.

— Isso não é caos — rosnou Ingram. — Você está perseguindo Orion, atormentando-o. Isso é propósito.

O Cavaleiro Risonho bateu palmas.

— Pode haver propósito, pode não haver. É imprevisível!

Logo acalmou-se:

— Mas você tem razão. Há propósito. Destruí a família de Orion de propósito, assim como destruí dezenas de outras.

— Por quê? — disse Ingram quase sem raiva, num desalento incrédulo.

— Eles tinham ordem. Tinham destino, padrão. Por que *não* acabar com isso? Por que não destruir uma família nobre, tornando seu único filho sobrevivente um bastardo vingativo?

Era a beleza da vida, disse o Cavaleiro Risonho. Fizera a mesma coisa com muitos, *muitos* outros. Mas nenhum de seus filhos era como Orion. O Caos gerara um indivíduo todo especial, que lhe dava um prazer muito único em atormentar.

— Dou-lhe amigos, tiro-lhe amigos. Tiro-lhe um cavalo, dou-lhe um cavalo. Faço ele e sua esposa estéreis — se isso era possível, o sorriso do elmo se intensificou — e dou-lhes a dádiva de um filho.

Ingram e o Doutor sentiam-se impregnados de um cimento gélido, feito de compreensão e horror.

— Isso também não é caos — conseguiu dizer Nash. — É o mal.

O Cavaleiro gargalhou mais uma vez.

— Também fui bondoso com muitas pessoas. Tirei famílias da miséria total, ajudei uma jovem marquesa a concretizar seus sonhos de ser barda. Mas, tem razão, com Orion não é o Caos. É o prazer. E o ódio.

Olhos arregalados.

— Por que pais e filhos não podem se odiar? — disse o Cavaleiro Risonho. — Nada precisa ser como é, nada é absoluto. Famílias, deuses, juramentos, amizades, *tudo* é uma farsa. Porque só existe o Caos.

Ingram e Nash olhavam ao redor. O Cavaleiro, o Hipogrifo, o Unicórnio Negro. Não havia fuga dali. Quantos daqueles cadáveres haviam sido homens em buscas que lhes pareceram importantes, grandiosas, mas que terminaram em morte absurda? Nada levava àquilo, não havia sequência lógica.

E então, o caos ficou ainda maior: do outro flanco, surgiu um homem.

Não, era menos homem que entropia.

Finalizando um improvável quadrilátero ordenado em meio ao universo enlouquecido, estava ele. Roupas extravagantes, vermelhas e negras. Cabelos eriçados, brancos, reluzentes de pó de prata e sebo. Calças apertadas moldavam-lhe as pernas esguias, luvas grossas ocultavam-lhe as mãos, como se ele fosse uma ilustração caricata. Uma máscara de porcelana branca escondia-lhe o rosto, pintada com um sorriso eterno, e uma carranca de tristeza do outro lado, atrás da cabeça. Carregava duas armas tolas, ridículas, grotescas. Eram maças, resistentes cabos de madeira e ferro encimados com cabeças feitas de doce endurecido. Moscas orbitavam frenéticas em torno do açúcar, preteando o ar ao redor. Uma aura grudenta, adocicada, pairava ao redor dele, e suas vestes eram sujas de melado e sangue. Era impossível não reconhecê-lo. A figura do palhaço monstruoso era motivo de horror, riso e lágrimas em todo o mundo. Um palhaço no circo era engraçado. Mas e um palhaço sozinho, sorrindo, no meio da noite?

E o palhaço estava ali, cheio de açúcar e moscas, parado, sorrindo na semi-escuridão. Era Dee, o sumo-sacerdote de Nimb.

Pulou sobre o anão e o médico, puxando uma maça para um golpe. A cabeça da arma ainda parecia apetitosa, mas havia um grosso pedaço de cérebro grudado ao doce. As moscas se assustaram e voejaram para longe.

E o quadrilátero se fechou ao redor de Ingram e Nash.

Antes do mundo enegrecer:

— Deem um recado a Orion Drake — disse o Cavaleiro Risonho. — *Tudo que ele tem, eu posso tirar.*

CAPÍTULO 8

O AMOR QUE TINHA DONO, O OURO DA RAINHA E OS QUATRO OBRIGADOS

ERA UMA VEZ UM CAÇADOR.

Chamava-se Pondsmith, vivia em Trebuck, era simples como uma caçada. Um homem que andava na floresta, via a presa, disparava a flecha, voltava. Naquele tempo (porque isso foi muito tempo atrás), as florestas eram maiores, e tinham muito mais mistérios. Pondsmith não era um homem de mistérios. Mas, um dia, aventurou-se com seus amigos, foi longe demais na floresta, e encontrou a terra das fadas.

A Pondsmânia, embora não tivesse ainda este nome.

Esta, inclusive, é a história do nome, pois Pondsmith foi o primeiro humano a entrar *e* sair da terra das fadas. E, como todos os pioneiros, foi infeliz.

Pondsmith perdeu-se dos amigos. Embrenhou-se mais e mais na floresta, tentando sair, mas sempre indo ao contrário. A floresta como que lhe pregava truques. Ou, o que é mais provável, a floresta ficava sendo o que era, e era intrincada demais para ele, porque era uma floresta das fadas. Pondsmith desgarrou-se e ficou sozinho um tempo inaudito, mas então escutou.

De início, achou que estava salvo, porque ouviu música e passos leves, e risadas — decerto um vilarejo. Mas logo a música tornou-se linda demais, os passos leves demais, e a risada alegre demais, de um cristalino aquoso que o encantou. Pondsmith, como todas as pessoas sãs, tinha medo das fadas, e já ouvira que elas viviam naquelas imediações. E, como todas as pessoas sãs, quis fugir. Mas o bom senso é alheio às fadas, e elas tornam difícil fazer o que é certo, e então Pondsmith seguiu os barulhos e viu um cortejo.

Na frente, a mulher mais bela que já vira. Uma beleza diferente das garotas de sua aldeia, ou mesmo das damas da cidade. Não incitava, nem confortava: de tão bela, provocava desespero. O coração lhe acelerou, tentando estourar do peito, incapaz de aceitar. Os olhos verteram lágrimas — em parte de comoção, em parte só para obscurecer aquela criatura perfeita. A respiração cessou, a boca pendeu: ele enxergava Thantalla-Dhaedelin, a Rainha das Fadas. E perfeita ela era.

Idade incerta, pele alva e imaculada. Cabelos infinitos, soltos e trançados em uma centena de padrões maravilhosos, de cor verde e negra. Seus olhos eram castanhos e dourados. Era alta, mas parecia ter a altura certa, apenas: imponente, mas delicada. E seu corpo delgado era coberto da mais refinada armadura, feita de diamante, mais fluida e dançarina do que o melhor dos vestidos das nobres humanas. A Rainha carregava uma lança, seu cabo feito de carvalho vivo, forte e sinuoso, e a ponta linda e terrível de ouro e prata. A lança cantava uma melodia magnífica de valor e guerra, e ainda assim de felicidade.

Atrás da Rainha, vinham seus servos. Dois camundongos metidos em casacas, com minúsculos sabres à cintura, que seguravam as pontas de uma diáfana capa que a Rainha trazia às costas. Um gigante encurvado e digno, portando um machado enorme e também digno. O machado observava os arredores com ar vigilante. Um dragão sinuoso, coberto de escamas iridescentes. Um ser com a aparência de um ovo rachado, dois olhos luminosos aparentes no negrume de seu interior, e duas pernas esquálidas carregando-o num passo cômico. Um porta-estandarte que era um gamo em forma humana, enorme e peludo, de ar feroz. O estandarte rebrilhava, com fios que, de alguma forma, pareciam ser pedras preciosas tecidas, e mostrava a Árvore do Céu. Também estavam lá criaturinhas diminutas, voejantes e tagarelas, de asas translúcidas e beleza melíflua. Humanoides cinzentos de gorros vermelhos, sorrindo com fileiras de dentes pontiagudos. Duas árvores vagarosas, que conversavam sobre algum assunto arbóreo.

Pondsmith deixou cair o arco. Deixaria cair as mãos, se pudesse. Foi notado pelo atento machado do gigante. Quis correr, mas logo não quis mais, porque a presença faiscante do cortejo modificava suas vontades.

A Rainha aproximou-se.

— Você é humano? — ela disse. Sua voz era uma cachoeira distante (tinha o mesmo cheiro), e o farfalhar de galhos no verão. Era o zumbido de insetos coloridos e o som mais belo e aleatório que faz uma harpa ao ser soprada por uma brisa audaciosa.

— Sim — conseguiu dizer Pondsmith.

A Rainha ficou examinando-o. Seus lábios, de um verde profundo, fizeram um sorriso avassalador.

— É educado perguntar seu nome, Majestade — disse uma das árvores.

— Sempre me esqueço de que humanos têm nome! — divertiu-se a Rainha. — É uma grande presunção da parte deles.

Mas voltou-se ao caçador:

— Qual é o seu nome, humano?

— Pondsmith — disse Pondsmith.

— Que nome horroroso! — disse um dos camundongos. Outros do cortejo foram da mesma opinião.

— Humanos são tão divertidos — suspirou uma das fadas minúsculas. — Estamos mesmo precisando de um animal de estimação, Majestade.

Uma das criaturas de gorros vermelhos se aproximou, lambendo os lábios cinzas e esfregando as mãos retorcidas.

— Estamos precisando de um lanche, Majestade.

Pondsmith não conseguia reagir.

— É educado apresentar-se agora, Majestade — disse a árvore.

— Ele vai entender? — disse a Rainha.

— Talvez.

Pareceu suficiente.

— Mortal, sou Thantalla-Dhaedelin, a Rainha das Fadas. Você está nas minhas terras. Tudo que está nas minhas terras é minha propriedade.

— E o que não está também deveria ser — acrescentou um camundongo. As fadas riram.

Pondsmith examinou de novo aquela criatura perfeita, que de tão perfeita não podia ser gente. O gamo bípede, o gigante, as árvores. E fez algo que julgava impossível:

— Mentira — disse. — A Rainha das Fadas é uma criança.

Silêncio. A lança parou de cantar. As criaturinhas voejantes tiveram um acesso de risos.

— Mortal, sou a Rainha! Como ousa me contradizer?

Era idiotice, mas já era tarde. Só restava ir em frente.

— A Rainha das Fadas é uma criança. Todos sabem. Minha avó me contou isso, e quem contou a ela foi sua avó. E avós raramente estão erradas. Você não pode ser a Rainha.

Houve fúria, mas Thantalla-Dhaedelin olhou o rosto daquele humano, e viu que ele já passara do medo. E ainda não chegara à paixão.

— Por que não me teme?

— Porque temê-la não adianta nada. Já fiz a pior coisa possível, agora não faz diferença ter medo.

Um vinco formou-se entre as sobrancelhas da Rainha.

— Por que não me *ama*?

Pondsmith pensou.

— Você é perfeita demais.

Os olhos castanho-dourados chamejaram, mas a Rainha teve dúvida: ele não a amava, e isso era um insulto. Mas não dissera que ela era perfeita?

— Você tem a obrigação de me amar — disse. — Todos me amam. Sou a Rainha das Fadas.

— A Rainha das Fadas é uma criança.

O vinco aumentou.

— Sou eu! A Rainha que É Cinco. Criança, Guerreira, Donzela, Dama e Senhora. Sou como as estações, mudo porque muda o mundo, e a minha mudança faz o mundo mudar. A avó de sua avó não mentiu. Fui Criança, mas hoje sou Guerreira.

— Por quê?

A Rainha não viu que estava atendendo às exigências do humano, e respondeu de pronto:

— Porque há uma guerra. Sylarwy-Ciuthnach, a Terra das Sombras, nos ataca. Sua regente, a vil Rainha Negra, quer a minha morte. Por isso, sou Guerreira, e irei triunfar.

— Você não disse que tudo em suas terras pertence a você? Se existe essa Rainha Negra, e ela governa a Terra das Sombras, então nem tudo lhe pertence.

Um trovão ressoou com a fúria de Thantalla-Dhaedelin.

— Isso também me pertence! A Terra das Sombras, a Rainha Negra, tudo! Eu mesma criei a Terra das Sombras, quando era Criança. Tinha pesadelos, e arranquei-os da minha cabeça, e eles formaram Sylarwy-Ciuthnach. *Meus* pesadelos, *minha* cabeça. — A Rainha ergueu o queixo, triunfante.

— Você tem razão — disse Pondsmith. — Parece que tudo aqui lhe pertence mesmo.

Ela sorriu, cruzando os braços.

— Menos uma coisa.

Dez pássaros caíram do céu, pela indignação da Rainha.

— O que não me pertence, mortal?

— O meu amor — disse Pondsmith. — Você perguntou se eu a amo, e eu disse que não. O meu amor é meu, e dou-o apenas para quem eu quiser.

As mãos da Rainha estremeceram. A lança murmurou um cântico grave e baixo.

— Você vai vir comigo, mortal. E vai me amar.

E assim, o caçador Pondsmith foi tornado *sir* Pondsmith, cavaleiro na corte das fadas. Lutou contra Sylarwy-Ciuthnach, viveu com a Rainha, foi animal de estimação das damas de sua corte. Pondsmith notou que cresciam galhos em seu cabelo, que seus olhos enxergavam coisas antes invisíveis. E ele se esquecia da vida lá fora, na sua aldeia, enquanto os anos se passavam na Terra das Fadas.

Mas não entregava seu amor à Rainha.

Um dia, um velhote gordo e baixo, de longa barba branca, adentrou a sala do trono. Sempre esbaforido e corado, carregado de livros e pergaminhos, sujo de tinta, era um sábio da corte. Anunciou:

— Majestade, sei porque o humano Pondsmith não lhe ama.

Thantalla-Dhaedelin arregalou os olhos.

— Tudo que está em suas terras lhe pertence, Majestade. Mas o amor de Pondsmith não está em suas terras. Está na aldeia onde ele morava.

E assim, os caçadores da Rainha foram enviados à aldeia, para trazer o amor de Pondsmith.

No dia seguinte, o humano foi chamado à sala do trono. Thantalla-Dhaedelin andava de um lado a outro, pouco majestosa, mas mal contendo o sorriso de vitória.

— Agora você vai me amar, Pondsmith! — disse a Rainha, triunfante. — Agora eu venci, você deve me amar.

Um dos servos reais, um grilo de avental, descobriu uma enorme gaiola de ouro, que pendia do teto. Lá dentro, espremida e apavorada, estava Leeanna, a noiva de Pondsmith.

— Vê? O seu amor está nas minhas terras, agora. No meu palácio. Não tem como fugir. Me pertence! *Vamos, comece a me amar.*

Pondsmith caiu de joelhos.

E se apaixonou.

A Rainha riu, dançou. Olhou-o. Não era mais interessante.

Quando Pondsmith voltou à terra dos homens, três dias haviam-se passado. Ele estava velho, pois muitos e muitos anos tinham transcorrido na Terra das Fadas. Não conseguia falar do que tinha visto, da guerra, das lutas que havia travado. Apenas olhava para o espaço, e balbuciava seu amor imorredouro por Thantalla-Dhaedelin, a Rainha. Viveu ainda muito tempo, louco além do alcance, mas o Reino das Fadas recebeu seu nome.

Pondsmânia.

Crânio Negro urrou, e deu um soco em um dos bárbaros. O homem corrompido foi jogado para trás, quebrou-se em alguns lugares, mas se ergueu e postou-se.

Crânio Negro arfava de indignação. A fúria não lhe caía bem. Não era condizente com seus planos, não era meticulosa e nem previsível. Ele sabia que esmurrar um soldado era um descontrole idiota, mas faltavam-lhe alvos. O cadáver de Artorius era recolhido por um punhado de servos — seria devorado mais tarde. Andaluzia choramingava estúpida, cheia de temor burro.

E Ashlen fugira.

Crânio Negro, líder de dezenas de milhares, servo de dois Lordes da Tormenta, estava sozinho.

A busca por Ashlen tomara-lhe tempo e recursos preciosos. Fora o movimento certo, porque ele precisava de todos, todos os antigos aventureiros, mas agora escapavam-lhe ao mesmo tempo. Fora possível matar Artorius, porque havia Ashlen e Rufus. Agora, Crânio Negro não tinha ninguém. A jogada com Artorius havia-se mostrado arriscada demais, inconsequente. Ele não tinha a quem perguntar, e nem com quem conversar.

Pensou em matar Andaluzia, como punição. Mas seria idiotice ainda maior, ela era um recurso importante. Pensou em desviar-se da missão, apenas por algum tempo, e recuperar Ashlen e Rufus. Havia, afinal, uma larga vantagem em relação aos seus inimigos. Mas de imediato Crânio Negro soube que isso testaria os limites da benevolência do Deus, seu novo mestre, Aharadak.

A solução era vencer o mais rápido possível. Com a vitória, receberia a recompensa de Aharadak. E poderia caçar de novo os dois fugitivos. E mais algum, se houvesse.

Por um instante, esteve já naquele futuro, sentiu-se com as manoplas nas gargantas. Mas a realidade caiu de novo sobre ele, o exército e o tempo que ainda deveria esperar. Estranho, para um caçador solitário, mas ficar sozinho era difícil.

Distribuiu ordens, viu Andaluzia se encolher à sua proximidade, e retirou-se à carruagem. Afastou a cortina de intestinos, curvou-se aos simbiontes do chão e descobriu os tesouros.

A espada partida, o arco quebrado, o escudo rachado, o cálice amassado.

Tomou tudo aquilo nos braços, apertou os objetos contra si, como se sentisse alguma emanação. Atirou-se em seu ninho de carapaça e cadáveres, rolou na podridão abraçado nos tesouros. Em seguida, segurou o escudo à sua frente, sacudiu-o.

— Conte-me sobre o grupo. Conte-me sobre a missão. Conte-me sobre o albino.

O objeto prosseguiu inerte.

— Conte-me sobre Ellisa. Conte-me sobre Vallen. Conte-me sobre Kodai. Conte-me sobre Nichaela.

Suas manoplas amassaram as bordas do escudo.

— *Conte-me sobre Rufus! Conte-me sobre o albino!*

Como o objeto seguisse sendo apenas um objeto, Crânio Negro gritou e arremessou-o contra uma das paredes de ferro enegrecido. Espalhou os demais, chutou-os e amaldiçoou-os. Em seguida, ofegante, arrependeu-se, recolheu a espada, o arco, o escudo e o cálice, murmurando-lhes reconfortos. Depositou tudo na mesa e cobriu com a toalha.

Sentou-se no chão, o elmo entre as manoplas, e forçou a raiva a sair.

Respirou, lembrou-se que era necessário fazer planos. Não havia mais Artorius. Os antigos chefes tinham cada vez menos identidade — substituída por lefeu. Era só ele. Vencendo a guerra de antemão, em sua mente, contra Gatzvalith de um lado, e Bielefeld de outro.

Tinha vantagem. Tinha tempo. Mas a arrogância lhe roubara Ashlen e Rufus. Era preciso contar todas as possibilidades, tudo que poderia dar errado.

Súbito, ocorreu-lhe:

— Pondsmânia.

Crânio Negro nunca quisera pisar na Pondsmânia. Era um reino incerto, seus mapas eram errôneos. Sua rainha tinha poder, pelo que se dizia. Desde o início, o plano fora usar de magia, e saltar a Pondsmânia, indo de Sambúrdia a Trebuck.

Mas um erro era possível.

Qualquer magia era incerta. E os encantos de Andaluzia ainda mais. Era preciso ter uma estratégia, caso o inimigo forçasse-o à terra das fadas. Lá, o tempo corria de modo diferente. E as fadas morriam em contato com a Tormenta — impossível corrompê-las.

Crânio Negro levantou-se, já esquecido da fúria, e bradou por um servo.

— Quero conhecimento! — anunciou. — Relatos históricos da região de Trebuck e da fronteira com a Pondsmânia.

Queixo erguido, oblíquo, para uma ideia saborosa.

— E histórias de fadas. Sim, quero histórias de fadas. Todas as lendas e crendices, tudo que os aldeões sussurram.

Os servos mais habilidosos puseram-se à tarefa. Em bibliotecas saqueadas, em aldeões torturados, em vilas invadidas, Crânio Negro obteve contos de fadas.

Era uma vez um bardo.

Ele vivia em Prodd, um vilarejo na fronteira de Trebuck e Pondsmânia, atormentado porque ficava na fronteira de Trebuck e Pondsmânia. Os habitantes de Prodd tinham aprendido, com os anos, a temer as fadas, mas nunca temiam o suficiente. E tinham aprendido maneiras de se proteger das fadas (roupas do avesso, sinos badalando), mas nunca se protegiam o suficiente. E assim, Prodd vivia em medo e assombro das fadas da Pondsmânia (porque já tinha esse nome naquela época), e o bardo vivia em pouco medo e muito assombro, e mais uma boa parte de curiosidade.

Chamava-se Doyle. Na sua falta de medo e excesso de curiosidade, era como a maioria dos bardos. E no seu assombro e fascinação com as fadas, era como os bardos de Prodd, porque todos sabiam que as fadas apreciavam a música e as histórias. Doyle certo dia reuniu na cabeça suas melhores canções, seus mais intrigantes relatos, e partiu rumo à fronteira, esperando se perder e entrar na Pondsmânia.

Muitas vezes, é a falta de medo que torna um homem estúpido.

Tocando seu alaúde, meio andando e meio saltitando, Doyle prosseguiu. As horas transcorreram, e ele não pôde mais saltitar, mas andou e tocou. Logo, só arrastava os pés e tocava, e depois puxava as cordas do alaúde sem força, e cambaleava. Perdeu-se, como queria. Dormiu encostado em uma pedra, e amanheceu renovado, para mais alaúde e saltinhos.

Nas primeiras horas, conheceu um sapo, e soube que estava na Pondsmânia.

— Senhor sapo, onde posso contar minhas histórias? — disse Doyle.

O sapo coaxou e capturou uma mosca com sua língua.

— A Rainha das Fadas adora histórias boas, e odeia as ruins.

— Então é melhor quc as minhas histórias sejam boas!

— Pelo contrário, é melhor que sejam ruins — disse o sapo.

E pulou para longe.

Doyle prosseguiu, e logo encontrou Thantalla-Dhaedelin, a Rainha das Fadas. Era bela além do seu canto, com cabelos verdes e negros, olhos castanhos e dourados, a figura esguia em um vestido diáfano, a um só tempo transparente e impenetrável, salpicado de infinitas pedras preciosas.

— Majestade — disse Doyle, curvando-se. — Sou um bardo humilde, e venho aqui pedir-lhe que ouça as minhas canções.

— Você vem me pedir algo, ou oferecer? — disse a Rainha.

Doyle sabia sobre as fadas. Não deveria pedir nada, pois elas sempre exigiam algo em troca.

— Oferecer.

A Rainha mandou que tocasse.

Doyle pensou no que o sapo dissera, mas olhou aquela figura, uma donzela envolta em brisa e um perfume sempre distante, no canto do nariz, e uma aura ao mesmo tempo majestosa e inocente. Como poderia não tocar a sua melhor canção, não contar sua melhor história?

Ao fim da apresentação, Doyle curvou-se de novo, mal ousando ver a espectadora.

— É uma boa canção. Toque outra.

Doyle sentiu-se invadido de um orgulho transbordante, e pensou que não era possível igualar sua performance anterior. Mas dedilhou o alaúde com mais afinco e ousadia, modelou a voz em tons mais variados, e superou a si mesmo. A Rainha sorria.

— Toque outra.

Doyle tocou. Contorcia o rosto de esforço, seus dedos voavam pelas cordas, a garganta produzia sons de beleza inédita.

— Toque outra.

E Doyle tocou e tocou.

— Tenho sede, Majestade.

— Toque outra.

— Tenho fome, Majestade.

— Toque outra.

— Vou morrer, Majestade.

— Toque outra.

A Rainha proibiu que ele morresse, pois queria música, queria se divertir. A barba e os cabelos de Doyle cresceram. Suas unhas. Os dedos sangraram, e a carne foi erodida, e logo ele tocava com os ossos. Três anos depois, a Rainha permitiu que ele parasse.

— Você me agradou — disse Thantalla-Dhaedelin para o farrapo estendido na relva. — Terá uma recompensa.

Os olhos de Doyle se iluminaram.

A Rainha fez um gesto, e uma nuvem de pequenas fadas coruscantes voou de trás de um arbusto. Elas carregavam, com enorme dificuldade, um saco que transbordava de ouro e joias.

Doyle ergueu-se. Era verdade, as fadas apreciavam os bardos! Caíam do saco moedas imensas, colares, anéis, braceletes. E nunca pareciam acabar.

— Tudo isto é seu — disse a Rainha. — Mas saiba que você nunca, *nunca* pode gastar nem uma moeda sequer.

Doyle deixou cair o alaúde.

Abriu a boca para argumentar, mas as pequenas fadas voadoras submergiram-no numa névoa de risinhos, e a Rainha esqueceu-o, entretida agora com uma libélula.

Doyle botou o saco de riqueza às costas e deixou a Pondsmânia furioso.

Ainda estava faminto e sedento (embora não soubesse como vivia, depois de três anos de puro alaúde). Avistou uma taverna na beira da estrada, e resolveu parar ali. Poderia contrariar a ordem da Rainha?

Quando entrou na taverna, o taverneiro e suas filhas arregalaram os olhos. Doyle ia dizer qualquer coisa, mas o homem interrompeu-o:

— Meu lorde! Que honra nos faz, visitando nossa humilde estalagem. Por favor, permita-me servi-lo.

E, antes que pudesse raciocinar, Doyle estava sentado próximo à lareira, com um grande caneco de vinho e um prato fumegante de comida.

— Quem é ele? — ouviu a mulher do taverneiro sussurrar.

— Não sei — respondeu o homem, em voz baixa. — Mas se carrega tanto ouro e joias, deve ser um nobre. É melhor tratá-lo bem.

Doyle comeu e bebeu até se saciar, e recebeu o melhor quarto da estalagem. Quando acordou, gaguejou sobre pagamento, mas o taverneiro disse:

— Nunca pensaria em cobrar de um lorde! Meu pagamento é a honra de tê-lo aqui.

E Doyle seguiu seu caminho, feliz.

Seus pés se cansavam, e ele avistou uma carroça de feno pouco adiante. Calculou que poderia trocar uma ou duas canções por transporte.

— Por favor, meu lorde — disse o condutor da carroça. — Seria uma honra tremenda poder ajudar alguém como o senhor.

E Doyle foi transportado à sombra.

Chegou a uma aldeia, e quis roupas novas, porque as suas estavam imundas de três anos sem banho ou troca.

— Aceite estes trajes como um humilde presente, meu lorde — disse o alfaiate. — Apenas, se quiser fazer uma caridade, mencione que veste roupas fabricadas por mim.

E assim foi. Doyle recebeu comida, bebida, gentilezas e vida boa, sem precisar gastar uma moeda. Quis seguir viagem, e era melhor fazê-lo montado. Foi até uma estrebaria.

— Dê-me um cavalo — disse ao dono do lugar. — Vê estas joias? Vê este ouro? Sabe quem eu sou? Dê-me um cavalo.

O dono da estrebaria olhou para o chão, torceu uma mão na outra.

— Desculpe, meu lorde, mas não posso. Um cavalo é muito caro. Se eu vender um cavalo apenas, posso comer por um ano inteiro. Sou pobre, e não tenho como lhe presentear um.

Doyle fungou, indignado.

— Mas posso lhe emprestar um burrico, se quiser.

Não era montaria de um lorde!

Doyle mandou que uma lavadeira tomasse conta de suas roupas, e ela obedeceu, devolvendo-as limpas e perfumadas. Exigiu que um ourives lhe desse um bracelete de bronze, e o homem respondeu que não podia, pois era algo muito valioso, e ele era humilde. Demandou uma ânfora de vinho, e bebeu-a por gentileza de um mercante. Quis uma armadura completa, e o ferreiro negou. Resolveu sair da aldeia.

Viajou, e recebeu a vida de graça, quando era simples. Esbravejou por uma casa, por um tapete mágico, por uma parelha de bois, em vão.

Numa outra vila, Doyle chegou fumegando de raiva.

— Isto não é jeito de um homem de minha posição viver! Ao diabo com as regras da Rainha! *Eu* também sou importante.

Foi à estrebaria local, e quis comprar um cavalo.

— É claro, senhor — apressou-se o dono.

Trouxe o melhor corcel de que dispunha. O preço não chegava a fazer mossa no tesouro de Doyle. O bardo despejou as moedas.

— Apenas permita-me verificar, senhor — disse o dono da estrebaria. — Há muito ouro das fadas, por aqui.

Apanhou uma ferradura, e encostou-a numa moeda.

O toque do ferro fez o ouro virar madeira. Todas as moedas, todas as joias, as pedras preciosas.

— Mas é mesmo ouro das fadas!

Doyle teve que fugir. Chegou a Prodd meses depois, pobre e cansado, e não tinha mais ânimo para tocar o alaúde.

— Ensine-me — disse Crânio Negro.

O velho estremeceu, e começou a balbuciar uma prece.

Crânio Negro deu-lhe um tapa displicente, com as costas da manopla, e o homem caiu do banco, na areia. Encolheu-se, esperando a fúria do caçador de recompensas, mas foi posto sentado de novo, à mesa feita de pele, anzóis e ossos.

— Ensine-me a jogar xadrez — disse Crânio Negro.

— Sou só um lavrador — choramingou o velho.

— Sabe jogar?

Assentiu, temeroso.

— Então, ensine-me. Tenho que aprender rápido.

A Rainha das Fadas jogava xadrez. Isso era parte do que Crânio Negro aprendera em suas pesquisas. Ele não conhecia o jogo, e tinha pouco tempo para tornar-se bom o suficiente para derrotar a mestra. O aldeão não era mais do que um azarado, que aprendera o jogo por mero acaso, e por isso fora poupado do massacre de sua vila. Naquele momento, cercado pelas legiões do exército da União Púrpura, ele gostaria de estar morto.

— Nunca — falou entre gengivas. — Assassino.

Um gesto de desafio insólito.

— Ensine-me, e vou ser piedoso. Quer morrer? Quer que seus netos morram?

Assentiu.

— Ensine-me.

O homem balbuciou negativas.

— Tragam os netos — ordenou a armadura preta.

O velho protestou, chorou por piedade, mas os bárbaros trouxeram as formas abjetas que haviam sido os netos do ancião. As crianças tinham agora corpos de vermes, e ossos desencontrados brotando para fora. Gemiam de agonia, e eram cutucados pelos bárbaros, que riam.

— Ensine-me.

O homem ensinou-o.

Crânio Negro cumpriu a promessa e matou todos. Não havia sentido em torturar aquela gente sem nenhum propósito prático.

Era uma vez um oleiro.

Morava em Prodd, porque quase todas as pessoas das histórias de fadas moram em Prodd. O oleiro chamava-se Calhoun, e trabalhava como um anão todos os dias, para ganhar cobre suficiente para manter ele e sua avó vivos. Todos os dias, da manhã até a noite, Calhoun fazia vasos, potes, todo tipo de utensílios, e vendia-os por preços irrisórios. Ou, porque tinha piedade e um coração burro, dava-os a quem precisava.

O dinheiro nunca era o bastante. Avizinhava-se o inverno, e Calhoun não tinha lenha, não tinha comida guardada. Pensava em como manter sua avó aquecida. Era necessário trabalhar mais, vender mais.

Certa manhã, acordou para descobrir que havia uma dezena de novos potes prontos, em cima da mesa. Eram trabalhos caprichosos, que ele poderia vender por um bom preço. Mas não eram seus.

— Você tem a ajuda das fadas — disse a avó de Calhoun. — Temos um *brownie* em casa. Ele vai trabalhar e ajudá-lo, mas você precisa deixar-lhe mingau e leite, todas as noites. E nunca, *nunca* agradeça.

Calhoun deixou uma tigela de mingau grosso e um caneco de leite gordo sobre a mesa naquela noite. De manhã, o mingau e o leite tinham sumido, e uma dúzia de vasos, panelas e outros produtos valiosos estavam no seu lugar.

Calhoun ficou feliz. Conseguiu vender o trabalho da fada por bastante cobre, e seguiu trabalhando de dia. A cada noite, deixava mais mingau e leite, e recebia mais trabalho. Comprou lenha e comida.

Depois de três semanas, avistou o *brownie*.

Era um humanoide pequeno e raquítico, com cerca de um metro de altura, pequenos olhos de carvão e longos dedos ágeis. Metido em um traje marrom e portando um chapéu de feltro. Olhava Calhoun, quase sorridente, quase ansioso.

Calhoun fora salvo da fome, e talvez da morte, pela fada. Quis agradecer. Mas lembrou-se do conselho de sua avó, e ficou calado.

O *brownie* se retirou.

Seguiu a rotina, trabalho de dia e trabalho de noite. E constantemente Calhoun via o *brownie*, e queria agradecer-lhe, mas não podia. Seis meses depois, Calhoun tinha dinheiro suficiente para contratar ajudantes, expandir a casa e a oficina, comprar uma vaca. Roupas caras e quentes para ele e sua avó, e segurança. Certa noite, avistou o *brownie* de novo, e pensou em como cortejava a filha de um rico mercador. Ficou comovido, porque era tudo graças àquela fada. E disse:

— Obrigado.

O *brownie* arregalou os olhinhos de carvão, rangeu os dentes e fechou os punhos diminutos. Praguejou na língua das fadas, virou as costas e foi embora. Calhoun nunca mais o viu.

— Você é um idiota, Calhoun — disse-lhe a avó. — Você nunca deve agradecer a uma fada. Elas sempre pagam suas dívidas, *sempre.* E sempre esperam algo em troca, quando dão algo. Mas, quando você agradece a uma fada, está dizendo que a transação acabou, que acabou o contrato. O nosso *brownie* foi procurar uma outra casa, de onde não o expulsem.

Calhoun empobreceu de novo, sem a ajuda da fada. O inverno estava mais uma vez próximo, e sua avó ficou doente. Ele não tinha como pagar um clérigo ou um curandeiro, e por isso decidiu ir à Pondsmânia, em busca de ajuda feérica.

No primeiro dia de viagem, encontrou a Rainha Thantalla-Dhaedelin.

Ela não pareceu vê-lo, pois era grandiosa demais, imponente demais, bela demais. Mas ele abordou-a:

— Quero algo para sobreviver ao inverno. Minha avó está doente, não temos lenha, nosso *brownie* nos abandonou. Preciso de algo para me ajudar.

A Ranha notou-o, e riu para si mesma, com seus lábios sorrateiros e verdes.

— Aqui está, mortal — disse ela, estendendo um frasco transparente com um líquido âmbar. — Pingue uma gota disso na lareira, e ela vai arder a noite toda. Pingue uma gota na tigela, e ela vai se encher de comida. Pingue uma gota no caneco, e ele vai transbordar de vinho.

— Obrigado.

Thantalla-Dhaedelin mudou de semblante: os cabelos mais escuros, a pele mais branca. O céu trovejou, a grama se eriçou. A transação acabara. A Rainha se afastou, cheia de ira real.

Com a poção da Rainha das Fadas, Calhoun e sua avó sobreviveram ao inverno.

Na primavera, Calhoun estava viajando, indo de uma aldeia a outra para vender seus potes, quando a estrada se fechou para um cavaleiro montado num gamo. O homem tinha pele azul e longos chifres, e apontou-lhe um arco. Não era homem, na verdade: era um cavaleiro feérico, arauto da vingança da Rainha.

Calhoun foi atingido pela flecha, e caiu para trás, gemendo. A fada preparou outro disparo.

— Obrigado — disse Calhoun.

A transação acabara. O guerreiro abaixou o arco e cavalgou para longe.

No verão, Calhoun aventurou-se na floresta, porque queria estocar lenha desde cedo. Mas, nem bem ele punha os pés sob as árvores, sentiu o chão lhe faltando, e estava pendurado. Uma gavinha voluntariosa prendia-lhe o pé, e logo outras agarravam-lhe braços e pernas, até que ele não pudesse se mexer.

Surgiu Thantalla-Dhaedelin, a Rainha das Fadas.

— Você me ofendeu, mortal. Você insultou a Rainha. Mas agora vai pagar. Esta é minha vingança!

— Obrigado!

A Rainha abriu os olhos.

A transação acabara. Aquela era a vingança. A vingança acabara.

Calhoun desceu da árvore.

Voltou para casa e, em vez de procurar ajuda das fadas, naquele ano decidiu vender seus potes mais caro, e não presentear mais ninguém.

Crânio Negro julgou-se pronto. Sabia o que havia para se saber da Pondsmânia, o que era permitido aos mortais. As quatro direções da Pondsmânia, onde não havia o norte e o sul: verão, inverno, luz e sombra. As três partidas de xadrez que a Rainha disputava com visitantes escolhidos, cada uma em troca de um desejo. A Caçada Selvagem. A lei de que as aparências eram a realidade, mas nada era o que aparentava.

As fadas, crias de Wynna, a Deusa da Magia, tinham também o dedo de Allihanna e Nimb. Todos cairiam frente ao Deus da Tormenta.

Não planejava chegar à Pondsmânia. Aquela era a última perna da jornada, estava próximo de invadir Trebuck e atacar Gatzvalith. Mas um general devia estar pronto para tudo.

— Andaluzia! — chamou o caçador.

A bruxa gemeu, presa como estava na roda de tortura, seu corpo se alongando lentamente, as juntas descolando-se, a carne desfiando-se dentro da pele.

— A dor acabou, Andaluzia. Acabou sua punição. Está pronta para nos levar a Trebuck?

— *Os avós estão espalhados. Era um avô, que era muitos. Agora são poucos, mas muitos. Vamos a um ou ao outro?*

— Ao outro.

Andaluzia riu, um som abafado saindo de sua cabeça sem boca.

Crânio Negro mandou que os bárbaros soltassem-na. Ela despencou como um saco vazio. Mesmo uma bruxa louca precisava de disciplina.

— Está pronta?

— *Sempre, para nos levar aos avós.*

Abriu-se o portal vermelho.

CAPÍTULO 9

PROMONTÓRIO

Em TREBUCK, POR KHALMYR. MAIS UMA VEZ, NO EXÉRCITO do Reinado.

O burburinho se espalhou pela longa coluna de Bielefeld, cavaleiros e soldados com entusiasmo igual, quase infantil, ao saber que haviam cruzado aquela linha imaginária que separava Sambúrdia de Trebuck. A marcha se aproximava do fim, e eles tinham sobrevivido. Por milagre, chegavam antes do exército corrompido de Crânio Negro. Por milagre, e por estratégia do general Orion. Agora, a luta, a batalha, a guerra que seria decidida num confronto só. Bielefeld havia empobrecido, em dívida com o reino mágico de Wynlla. A Pondsmânia havia sofrido sabia-se o que, retardando Crânio Negro. E os homens e os cavalos tinham se esfalfado em marcha forçosa, por dias e semanas, mas tudo valia a pena. Porque não haveria cercos sem fim, tomada e retomada de cidades, escaramuças provocativas. Haveria uma batalha. Como Orion desejava.

Eles haviam chegado antes de Crânio Negro, e havia esperança.

Orion sorria.

Sozinho, mais do que nunca, apesar dos novos amigos. Sem Trebane e sem Ingram, sem Vanessa e sem Branalon. E acima de tudo sem o pequeno Vallen, cujo rosto começava a ficar indistinto na memória. Mas a coluna, ao longo da marcha, parara de se debater. Os nobres, um a um, haviam aceitado seu comando, com maior ou menor relutância. Ele os havia liderado para fora de Bielefeld, e pulando sobre Yuden, e num conflito pequeno e muito comentado contra um bando de inimigos corrompidos. Ele era o general.

Havia lutado na frente, quando houvera luta; fora o primeiro a fazer a carga de cavalaria. Havia sido calmo quando oportuno, impiedoso quando necessário. Aquele homem cinzento e barbudo, taciturno e opaco, o Cavaleiro da Nuvem Negra, não havia errado uma vez sequer com seus comandados. Sob o estandarte do Corvo, Bielefeld marchava unido.

E Orion sorria.

Cruzaram a fronteira de Trebuck, e transformaram-se em heróis.

Ao longo da marcha, tinham sido desprezados, evitados ou temidos. Em Yuden, barrados. Em Nova Ghondriann, mantidos à distância do povo respeitável. Em Sambúrdia, olhados com ressentimento — por que não tinham chegado antes? Nunca era bom ver um exército.

Mas, em Trebuck, eram bem-vindos. O povo das fazendas e dos vilarejos balançava trapos, saudando a sua passagem. Ofereciam a parca comida que tinham, desejavam-lhes bênçãos. Garotos pediam para se unir à coluna e, mesmo após rejeitados, seguiam de qualquer forma. Orion via, e viam os homens, que enfim estavam onde eram necessários. Não mais atravessavam um lugar e outro, para chegar numa terra distante. Trebuck acolhia-os porque precisava de ajuda. O povo comemorava porque ouvira falar do ataque vindouro, e não podia fazer nada além de entrar em pânico. Era quase uma surpresa, mas os homens de Bielefeld viram que estavam certos, o tempo todo. A marcha não era fútil. Havia pessoas a ajudar. Por um momento, converteram-se todos em heróis, foram de coração e espírito o que aquela gente acreditava que fossem, e tiveram certeza de que Crânio Negro não poderia vencê-los.

Foi ao pensar nisso que Orion deixou de sorrir.

E, chegando ao acampamento do Exército do Reinado, transfigurou seu rosto numa máscara barbuda de aço.

Eram necessários, sim. Mas, tudo indicava, não seriam suficientes.

Pelvas e Darien orbitavam ao seu redor.

— Ouvi boatos sobre o Exército — disse o Cão que Cavalga. — Mas não pensei que tivesse chegado a esse ponto.

— Eu poderia derrotar esses palermas com uma dúzia de bandoleiros aleijados. *Sir* — disse Darien.

Orion ficou calado. Tivera esperança — mais do que esperança, raciocínio — de que o Exército do Reinado se houvesse reerguido, após a corrupção de Thomas Yerik e a volta de *lady* Shivara Sharpblade. Mas, se possível, tudo ficara pior.

Na vanguarda da coluna, os três avistavam um amontoado de batalhões esmaecidos, sob um sol fraco de meio de tarde. A terra pisoteada ao redor do acampamento atestava o quanto o Exército do Reinado fora maior — havia sinais claros da força monumental de outrora, no chão que havia sustentado milhares de tendas, nos estábulos desertos que haviam abrigado centenas de cavalos. Bielefeld avançava sobre o abandono, como se pisasse em uma cidade fantasma. Arrepios de morbidez passando pelos soldados, como se as memórias de desistência daqueles homens tivessem feito marcas indeléveis na região.

Ainda havia as estacas, onde se achavam empalados os cadáveres corruptos de traidores do Exército. Nem os abutres os queriam. Havia estandartes esquecidos ou descartados, símbolos de nações ou famílias, de indivíduos ou companhias mercenárias, rasgados ou queimados ou caídos. Morte dos homens, ou morte dos ideais.

O exército em si era uma fração. Quase ninguém que não pertencesse a Trebuck — o colorido chamejante das bandeiras havia desaparecido. Não era mais o Exército do Reinado, exceto em nome. E Orion engoliu em seco ao calcular, com um relance e um raciocínio, o número de soldados que lá restavam. Não mais de dez mil. Uma força imensa, avassaladora, em qualquer situação — exceto aquela. Porque Crânio Negro partira da União Púrpura com trinta mil homens. E suas forças se haviam multiplicado, no caminho, enquanto a corrupção transformava seguidores em soldados. Com simbiontes, com a Tormenta, todos eram guerreiros. Bielefeld trazia dez mil, Trebuck oferecia mais dez. O inimigo avançava com talvez o dobro daquilo; e cada homem mais forte, individualmente.

Como vencer? Orion rezava para que a Pondsmânia ferisse Crânio Negro mais do que ele esperara.

Se não havia números, ao menos havia ordem no Exército do Reinado. Assim que a coluna de Bielefeld foi vista, as sentinelas reportaram com disciplina pétrea a chegada dos aliados. Os soldados de Trebuck tinham armas prontas e armaduras rijas, postura marcial e olhos sóbrios. Mas, Orion notou quando passou pelos primeiros guardas, faltava-lhes espírito.

Algo estava errado. O acampamento funcionava segundo o protocolo, mas não existia vontade naqueles homens. Era possível forçar soldados à luta (era o que a maior parte dos senhores fazia), mas soldados que lutavam por obrigação não ganhariam uma batalha como a que havia pela frente. Se algo se podia dizer de *lady* Shivara, era que sabia ser amada. Cada um de seus homens lutava por ela, quase mais do que por Trebuck, com uma vontade apaixonada e suicida. Por que, então, aquela falta de ânimo? Por que não havia ânsia de combate?

— Eu poderia derrotar esses coitados se gritasse para eles — repetiu Darien.

Orion virou-se para o rapaz, e resolveu testá-lo:

— Por quê?

Deu de ombros.

— Eles estão aqui por falta de opção. Nenhum parece ter vontade de cortar uma garganta. Olhe só, eles chegam a ignorar os inimigos empalados nas estacas! Se o comandante virasse as costas, todos sairiam correndo.

— Mas alguns dos combatentes mais ferozes são aqueles que não têm opção — provocou Orion.

— É verdade — disse Darien, sem perceber que estava sendo avaliado. — Mas eles não estão desesperados o *suficiente*, entendeu? Não estão lutando por suas vidas nem nada, parece que só estão aqui porque têm alguma espécie de contrato a cumprir. Eu liderei bandoleiros que lutavam para comer, e os desgraçados eram uns terrores. Mas esses aí não estão morrendo de fome, e nem acham que vão morrer se não fizerem nada. Entre o desespero e a vontade, existe uma área frouxa, de, sei lá, preguiça...

— Complacência — ajudou Pelvas.

— Pode ser. Complacência, então. Eles estão aí, cheios de complacência, e só vão lutar porque têm medo do general, ou comandante, ou regente, ou o cabeção-chefe que for.

Súbito, notou que Orion e Pelvas examinavam-no, com feições quase divertidas.

— Você tinha razão, *sir* — disse o Cão que Cavalga. — O pequeno calhorda está aprendendo.

— O que você quer dizer, cadela pulguenta —

— Você não é uma perda total, Darien — disse Orion. — Orgulhe-se disso.

Darien abriu e fechou a boca larga.

— Imagino que, vindo do senhor, *sir*, isso seja um grande elogio?

— E por que esses homens vão desistir na primeira oportunidade, Darien? — disse o general, ignorando o comentário anterior do garoto.

— Vou eu saber? Por que a regente anda por aí seminua, e não põe medo suficiente neles?

— Porque, não importa quanto medo eles tenham do comandante, o inimigo é *pior*. Quando chegar a hora, e eles tiverem de escolher, vão preferir as espadas dos oficiais às garras e quelíceras dos simbiontes. E o Exército do Reinado vai se voltar contra si mesmo.

Ficaram os três calados. Darien parou e ponderou que *sir* Orion havia feito toda aquela hipótese, lido as motivações e o futuro de todos aqueles homens, apenas observando seus olhos e comportamento. E o pior de tudo era que, provavelmente, o velho enlatado estava certo.

— Só há uma falha no seu raciocínio, Darien — continuou Orion. — Esses homens não estão sendo liderados por Shivara Sharpblade.

— Pensando bem, eu também estaria mais feliz, se minha regente fosse uma dona apetitosa como ela.

— Mais respeito. *Lady* Shivara inspira lealdade. Ela deve estar ausente, de novo.

O acampamento, ordenado e sorumbático, postava-se em sentido para receber o general de Bielefeld. A cabeça de Orion girava. Shivara Sharpblade nunca abandonaria seu exército, seu povo, nas vésperas de uma batalha como aquela. Apenas a sorte e a boa vontade de Khalmyr haviam feito com que Bielefeld chegasse antes de Crânio Negro. Shivara tinha deixado as tropas sozinhas para enfrentar a Tormenta?

A coluna estacou, mas Orion e seus companheiros seguiram acampamento adentro. Foram recebidos por oficiais, e levados à tenda do general que havia sido deixado a cargo do Exército. À frente da tenda de comando, um vasto estandarte de Keenn, o Deus da Guerra.

Orion sentiu um gelo nas tripas.

Keenn. Não podia ser coincidência —

Mas era.

— Não é a sua esposa, seu humano alucinado. Por todas as lombrigas de Ragnar, você acha que homens liderados por alguém como Vanessa estariam nesse estado deplorável?

Orion apeou de um salto, e esmagou Ingram num abraço de jovem. Jovem, como nunca fora. Sob protestos do anão, largou-o, mas com um peso a menos no fundo do peito. Alguém amigo, alguém vivo.

— Orion, eu descobri —

— Meu pai não importa agora, Ingram. O que importa é este exército, é Crânio Negro. E o general que *lady* Shivara deixou no comando.

De tão surpreso, Ingram estacou no meio de cofiar o bigode.

— Você corre perigo — disse.

— Sempre. Como está o Doutor, como é seu nome?

— Nash. Está vivo, está aqui, mas ouça. O cavalo —

— Não importa —

— *Escute!* — Ingram chiou. Olhava Bandido como se, a qualquer momento, o corcel fosse atacar. Puxou Orion para longe, mantendo um olho de mira no cavalo. — Bandido é um traidor.

Orion ergueu as sobrancelhas. A alguns metros, Darien e *sir* Pelvas observavam os dois amigos, tentando decifrar algo. Bandido tinha um ar de docilidade irracional, que parecia fingido ao extremo. Sem qualquer constrangimento, Darien aproximou-se para ouvir melhor.

— Bandido é um cavalo — disse Orion.

— Mesmo que eu não aguente mais ouvir falar em cavalos, você precisa saber. Ele não é normal. É um cavalo de Namalkah, pelos carrapatos de Hippion!

— Carrapatos de quem?

— Não importa. Orion, ele foi um presente do Cavaleiro Risonho. Eu conheci o desgraçado —

— Não quero saber, Ingram — de novo, rosto de muralha, portão fechado. — Não posso me preocupar com meu pai agora. Decidi parar de ser egoísta.

"Agora ele inventou que é egoísta", pensou o anão.

— Desculpe, estou sendo ingrato. Sou eu quem está em dívida com você, agora, pelo que fez. Obrigado. Mas devemos nos concentrar em Crânio Negro.

— Bandido vai traí-lo, Orion.

— Ele está corrompido pela Tormenta?

— Não.

— Isso é tudo que importa. Meus problemas vêm depois. E, se Bandido me trair, vou lidar com isso.

Ingram bufou.

— Afinal, quem é o comandante do acampamento? — disse Orion.

— Um seguidor de Keenn, como você pode ver. General —

Interrompido.

— *General Anatole Zargo!* — anunciou um arauto.

Emergiu da tenda um homem magro e duro como um arame. Alto, gracioso, cheio de ossos, à vontade numa armadura de escamas que lhe caía como uma túnica. O rosto alongado era barbeado com precisão, e os cabelos eram raspados, dando à cabeça uma estranha impressão de pedra branca. Forte de queixo e nariz, juntas proeminentes marcando joelhos, cotovelos e nós dos dedos, pescoço comprido e cheio de veias. Anatole Zargo parecia feito de armação de ferro, como se alguém tivesse esquecido de colocar-lhe partes moles no corpo. Caminhava com passos marciais, usava uma espada à cintura, como se fosse uma parte de si. Olhos francos e cheios de ânimo, movimentava-se com uma confiança de guerreiro.

Orion preparou-se para uma troca de farpas, mas ao invés disso, ouviu:

— General Orion Drake, de Bielefeld? É a melhor visão que tive a semana toda, *sir*. Seja bem-vindo.

Anatole Zargo fez um cumprimento militar, e logo em seguida abraçou Orion com um puxão curto e amigável.

— Vim o mais rápido que pude — disse Orion, incerto de como proceder.

— E chegou a tempo! Pelo que sei, foram as suas estratégias que garantiram a nossa sobrevivência até agora, *sir*. Quero que me diga como atrasou Crânio Negro, enquanto bebemos um chifre de hidromel. Mas antes, devo agradecer-lhe.

Inesperado.

— Não é necessário, general.

— Minha vida não vale tão pouco, *sir* Orion. Se você salvou-a, é claro que devo agradecer. Mas não há tempo para frivolidades. Chega a hora do combate, e temos muito que conversar. Keenn seja louvado!

Com um tapa amigável, conduziu Orion à tenda de comando. O cavaleiro distribuiu ordens, arranjou a chegada e instalação das tropas de Bielefeld, e então pôs-se a conhecer o general.

— Não sei mais o que pensar de *lady* Shivara, *sir* cavaleiro — disse o general Zargo. — Keenn sabe que amo minha regente, mas não sei o que pensar.

Orion tomou mais um gole ardido de hidromel. Anoitecia, ele tinha os sentidos acesos, cada pelo grisalho do corpo meio eriçado, esperando algo ruim. Em segredo, tinha colocado sentinelas de alerta, pronto para uma repetição de sua experiência anterior no Exército do Reinado, com o general corrompido Thomas Yerik. Os clérigos que seguiam a coluna perscrutavam as fileiras, procurando sinal da Tormenta. Mas nada. Anatole Zargo e seus homens pareciam legítimos.

— Não pensei que ela fosse deixar o reino assim — disse Orion.

— Não é do feitio de *lady* Shivara. Principalmente depois do que aconteceu com aquele verme, Thomas Yerik. E você pode ficar tranquilo, *sir* Orion. Não sou um verme como ele.

Orion não conseguiu evitar constrangimento.

A tenda era grande, mas estava repleta de pergaminhos e armas. Anatole Zargo dispusera um meticuloso mapa da região sobre uma vasta mesa, e estudava-o junto a Orion, enquanto os dois tentavam decifrar a mente de Shivara Sharpblade.

— Ela não disse nada sobre seu destino? — perguntou Orion.

O outro balançou a cabeça.

— Na verdade, eu tinha alguma esperança de que você soubesse, *sir*. Estamos no escuro. Não sabemos quando Crânio Negro vai atacar, e *lady* Shivara pode ainda estar ausente durante a batalha.

Shivara Sharpblade partira sem explicações, mais uma vez, numa correria insólita que em nada condizia com seus métodos usuais. Antes, ela viajara de reino em reino, tentando salvar o Exército do Reinado. O que estaria fazendo agora? Improvável que fosse o mesmo, pois dera a impressão de ter sido, ela mesma, pega de surpresa.

— Talvez seja alguma arma secreta — disse Zargo. — Um artefato, ou um ritual poderoso.

— Não é bom contar com isso.

— Eu não conto. Mas rezo.

Discutiam.

De início, Orion tentou penetrar na alma daquele homem, descobrir por que suas tropas encontravam-se murchas. Anatole Zargo não era incompetente. Falava com precisão e conhecimento sobre armas, estratégias, história militar, logística. Preocupava-se com o bem-estar dos soldados. Considerava as anormalidades que a coluna da União Púrpura apresentaria, comparada a um exército mundano. Também não era um general de teoria: carregava histórias e cicatrizes de uma vida de lutas. Shivara Sharpblade não cometera o mesmo erro duas vezes; escolhera, em Zargo, um comandante adequado.

E então, um estalo — *adequado*.

Orion sentiu uma culpa imediata, porque soube o que deveria fazer.

— É claro que não podemos fazer frente aos números do inimigo — dizia Anatole Zargo. — E nem contar com superioridade individual. Somos vinte mil; eles são trinta ou quarenta mil, e mais fortes. Têm mais combatentes aéreos. Talvez nossa única vantagem seja a magia.

— Magia?

— Temos alguns magos de combate, alguns clérigos. Imagino que você tenha trazido clérigos de Khalmyr consigo, *sir*. Podemos utilizar a magia de forma tática, enfraquecendo o inimigo. Só então enviaremos nossos homens.

Esperou uma resposta, mas em vez disso recebeu silêncio. Eram todas ideias boas, na verdade. Orion lembrou a si mesmo dos homens em desalento, lá fora.

— General, tenho algo a lhe pedir.

Anatole Zargo franziu a testa alta, mas fez um gesto de informalidade e serviu mais hidromel.

— Entregue o comando do Exército a mim.

As veias do pescoço do general se dilataram.

— Isto é alguma tentativa de humor, *sir*?

— Por favor, não tente retardar o assunto com esse tipo de comentário. Eu nunca faria uma pilhéria desse tipo com um devoto de Keenn. Entregue-me o comando do Exército do Reinado.

— Pela sobrevivência de Trebuck, posso ignorar este insulto, *sir* Orion. Peça perdão.

— Entregue-me o comando.

— Você pode ser executado por isso. Keenn sabe que não tolero —

— Vamos ser derrotados, general. Você é um ótimo estrategista, e não duvido que seja bom guerreiro. Mas os homens *já* estão derrotados. Precisamos de mais do que um estrategista, mais do que um guerreiro. Precisamos de um líder para lhes dar algum ânimo. De um *herói*.

— E esse herói é você, cavaleiro?

— Nunca quis ser. Não pense que isso me agrada. Sou um bastardo; até há pouco tempo não tinha terras ou filho. Mas meu Alto Comandante me escolheu como símbolo, meus homens me escolheram como herói, e vou representar este papel. Por mais que tenha nojo.

Ficaram um tempo encarando-se.

— O que vai vencer esta guerra é uma boa estratégia — disse Zargo.

— Também. Mas estratégia nenhuma vai funcionar se as tropas entrarem em pânico. Diga-me general: os homens o amam?

— Isso não importa!

— Não o quero fora do exército. Quero-o ao meu lado, formulando estratégias. Mas eu serei o líder.

O rosto do general virou uma erupção de veias sobre ossos largos.

— Retire-se — disse ele.

Orion suspirou.

— Não me dá opção, general.

— *Vá embora* —

— Eu o desafio — sem altear a voz.

Um tijolo de quietude.

— Eu o desafio para um combate até a morte, general Anatole Zargo de Trebuck, pela liderança do Exército do Reinado.

— Isso é barbárie — rosnou o homem.

— É o modo de Keenn, não é? Recusa o duelo?

Não, é claro.

Anatole Zargo gritou uma bravata em nome do Deus da Guerra, e fincou a espada no chão, aos pés de Orion. A luta ocorreria ao nascer do sol.

Orion Drake virou as costas e ganhou a noite, lamentando tudo, deixando para trás um homem indignado e inteligente, honrado e equivocado, que ele esperava não ter de matar.

— Isso foi mesmo necessário, Orion? — disse Ingram Brassbones.

O cavaleiro assentiu com lentidão.

— Eu nunca desejei isso, meu amigo. Mas você resolveu me seguir. Trebane resolveu me seguir. *Sir* Pelvas concedeu-me uma vitória. Homens escolhem ir atrás de mim, sem que eu faça qualquer coisa além do meu dever. Alenn Toren Greenfeld me encarregou de ser um estandarte. Não sei se isso é uma bênção ou uma maldição, mas sei que preciso tomar o Exército do Reinado, para termos uma chance.

Em volta de uma fogueira, estavam Orion e Ingram, e o Doutor, Darien e Pelvas. Conviviam estranhamente, tentando encaixar-se uns aos outros.

— Sem notícias do centauro? — disse Ingram.

Negação silenciosa.

— Espero que ele esteja vivo — continuou o anão.

— Eu também. — Mas duvidava.

Ingram e o Doutor Nash tinham contado a Orion suas andanças e o confronto com o Cavaleiro Risonho. Haviam sido deixados com vida por algum motivo inconcluso, que ambos suspeitavam ser mero capricho. Orion sentia como se nuvens convergissem ao seu redor, sobre sua cabeça. Perseguido pelo Caos, forçado ao heroísmo, líder de homens quase não julgando merecer. Pensava em como seria bom estar no meio dos outros, apenas mais uma armadura indistinta.

— Você é como Vincent — disse Darien, surpreendendo a todos. — *Sir*.

— Vincent?

— Meu amigo. Que agora é *sir* Vincent Gherald. O sujeito é uma bonequinha de pano, *sir*, a única qualidade que tem na vida é aquele cabelo louro de menina. Mas todo mundo acha que o pederasta é um avatar de Khalmyr, ou coisa assim.

Nash e Pelvas riram de leve.

— O que o seu jovem marginal diz não deixa de ser verdade — disse o Doutor. — Ninguém escolhe a grandeza. Ela apenas ocorre.

— Vontade dos deuses? — provocou Ingram.

— Deuses não existem. Mas nem sempre é possível controlar todo o destino.

Darien arrependeu-se do comentário. O rosto embonecado de Vincent, com bochechas coradas e cachos dourados, como um imbecil desenhado em um livro, encheu-lhe a memória. Vincent, adorado pelas idiotinhas de Norm. Vincent, cavalgando numa justa ridícula, como se fosse um cavaleiro e não um bocó. Vincent, coberto de casca vermelha, a "bênção" de Justin Gherald. Vincent corrompido. Vincent inimigo.

— Podemos não escolher a grandeza — disse Orion. — Mas escolhemos a glória. E eu escolho rejeitar a glória. Quando tudo isso acabar, vou me retirar para minhas terras, já que sou forçado a tê-las, com minha mulher e meu filho.

— Vai desistir de matar o Cavaleiro Risonho? — disse Nash.

— Acha que Vanessa vai concordar com isso? — disse Ingram.

Orion fechou-se, o castelo que era o seu rosto em armas, escurecido por uma sombra.

— As canções dos bardos vão estar cheias do senhor, *sir* Orion — disse Zebediah Nash. — Eu aprendi que existem coisas das quais não podemos fugir.

— Darien — disse Orion, cortando o assunto sobre si mesmo. — Talvez seja melhor esquecer seu amigo.

O rapaz foi tomado por uma súbita fúria de justiça, como se fosse um cavaleiro da Luz.

— Talvez um cavaleiro troque seus amigos assim como troca de cavalo, *sir*, e talvez ponha uma sela neles e monte-os numa justa. Mas existe algo chamado *honra* entre ladrões.

— Seus caminhos são diferentes.

— Meu caminho seria a rota ao bordel mais próximo, se você não ficasse me segurando e dizendo que vai salvar minha vida.

— Você tem novos amigos, não é mesmo, Darien? Escudeiros. Richard, Fredecald, Timothy, Asmien.

— Sou grande amigo das mães deles —

— Talvez seja tarde demais para Vincent. Mas os outros podem ser seus amigos por um longo tempo. Você deveria valorizá-los.

Darien não soube o que dizer.

— Não se apegue demais ao passado, e nem a causas perdidas. Olhe ao seu redor. O mundo continua. E muda.

O rapaz ensaiou algumas respostas, mastigou umas palavras, e resmungou um "sim" birrento.

— Mas o seu futuro imediato são mil e quinhentas flexões, Darien. Para aprender a não falar assim comigo, e nem com ninguém.

Darien quase perguntou se ele estava brincando. Mas *sir* Orion não brincava.

— Um — começou. — Dois. Três!

— *"Sir"*.

— Um, *sir*. Dois, *sir*.

O estranho era que não havia malícia naquela ordem. E Darien julgou estar doente ou maluco, porque não odiava *sir* Orion. Um pensamento intruso escorregou-lhe para a mente: ele e os quatro escudeiros reunidos, enquanto ele contava sobre este castigo e todos reclamavam de seus senhores.

Cansaço e preocupação apagaram de todos as ideias sobre destino, glória e grandeza.

— Prometa-me ao menos que vai se cuidar quando estiver com Bandido — disse Ingram.

— Eu prometo — disse Orion.

Deitou-se próximo ao cavalo, e dormiu poucas horas, antes do amanhecer e do duelo.

Numa colina baixa, os dois frente a frente. Centenas de homens reunidos, em volta, expectantes e temerosos de sangue. Amanhecia, o céu sangrava para o dia nascer, e os dois generais se encontraram.

Murmúrios baixos e olheiras. Uma tensão difusa. Orion examinou Anatole Zargo, pela viseira aberta do elmo.

O general tinha-se tornado um boneco de guerra. A armadura de escamas cobria-lhe o peito, e os braços eram protegidos de placas, terminando em manoplas grossas. Uma espécie de colarinho alto de metal protegia-lhe o pescoço. Um saiote de couro e bronze pendia-lhe da cintura, e coxas e canelas eram cobertas de placas menores e leves. Os tendões, escondidos por couro e rebites. Um elmo simples, protegendo olhos e nariz e deixando a boca de fora, adornava-lhe a cabeça. Zargo tinha uma espada longa na mão direita, e um machado na esquerda. Trazia a marca de Keenn gravada nas manoplas, nas armas, na fronte do elmo.

Orion fechado em armadura de batalha, escudo e espada de pronto.

Uma imobilidade pulsante empurrava-os para as formalidades necessárias.

— Venho aqui desafiá-lo, Anatole Zargo de Trebuck — disse Orion, do fundo de seu elmo. — Sou *sir* Orion Drake, de Bielefeld, cavaleiro da Luz, e venho aqui desafiá-lo pelo comando do Exército do Reinado.

A voz de Orion espalhou-se colina abaixo, para as centenas de ouvidos. Clara, redonda e brutal, como uma pedra de catapulta, e os homens sentiram arrepios de valentia.

— Em nome de Keenn e de Trebuck, aceito seu desafio — disse Anatole Zargo.

Os soldados reunidos se espicharam para ouvir.

Anatole observava Orion, seus pés, sua postura, suas armas, seus movimentos. Orion pensou que era o primeiro erro do general. Estratégia não importava naquele momento.

— Venho aqui desafiá-lo pelo bem do Exército do Reinado — trovejou Orion.

Anatole hesitou. Esperara que a luta começasse.

— Iremos lutar contra o maior dos inimigos — a voz de Orion ribombou. — Contra a Tormenta, contra algo pior que o inferno. Nosso inimigo se entregou à corrupção. Tornaram-se mais rasos que vermes, mais traiçoeiros que serpentes. O Exército do Reinado precisa do melhor dos líderes! Por isso, venho aqui desafiá-lo, Anatole Zargo.

— Acabou a hora de palavras —

— Não concorda comigo, general Zargo? — declamou Orion. — Não concorda que a Tormenta é a pior das vilezas, e que seus servos são os piores dos vilões?

— É claro —

— Por isso precisamos ser os melhores! Não podemos duvidar, não podemos fraquejar. Meros guerreiros não podem vencer o inimigo. Precisamos ser todos heróis!

Os homens estremeceram, sentindo algo primordial e bélico agitar-se dentro de si.

— E eles possuem o mais maligno de todos os generais. *Crânio Negro!* Que caçava gente, que matava por ouro. Crânio Negro, que desafia a morte, que se entregou aos demônios. Crânio Negro, que avança com dezenas de milhares contra nós. Precisamos do melhor dos generais, Anatole Zargo. O melhor!

E apontou-lhe a espada, entre ameaçador e reverente:

— Este é você?

Os soldados estavam mesmerizados. Súbito, Anatole Zargo sentiu todos os olhares sobre ele, e foi muito consciente da quietude que era a colina, vazia agora do trovejar de Orion.

— Sim — disse, baixo.

— Perdão, general?

— *Sim!*

Orion tirou o elmo.

— Curvo-me, então.

E curvou-se.

Depôs espada e escudo à sua frente, e apoiou-se num joelho só, pendendo a cabeça.

— Se você realmente acredita ser o homem para enfrentar Crânio Negro, eu me curvo, general. Considero-me vencido.

Ergueu-se. Anatole Zargo pasmado, o queixo frouxo.

— Só há duelo se houver dúvida. Eu me retiro.

Virou as costas. Odiou-se um pouco.

— Digo apenas que todos aqueles que duvidarem, que tiverem *qualquer* dúvida, me sigam. Porque você precisa de certeza, general. Porque a batalha contra a Tormenta não é lugar para dúvidas.

Recolheu suas coisas do chão e caminhou, descendo a colina. Anatole Zargo como que petrificado.

Orion caminhou, e centenas foram atrás dele.

Fechava os olhos de vergonha, de culpa, mas a onda de falatórios e vontade se espalhou pelo acampamento. Um vagalhão começou atrás dele, logo milhares. O general Zargo viu o Exército do Reinado abandoná-lo.

— Você venceu, *sir*.

Mas não foi ouvido.

— Você venceu, *sir*! — berrando.

Orion voltou-se, e o Exército com ele.

— O Exército do Reinado é seu.

— Por favor, fique — disse Orion.

Anatole Zargo terminava de arrumar seus pertences. A dezena de guerreiros de elite que seguiria com ele já estava pronta. O ex-general lançou um olhar de assassínio ao cavaleiro.

— Orion Drake — rosnou. — Você me trouxe vergonha. Poderia matá-lo agora mesmo, mas amo este exército, amo Trebuck. Vou atrair a fúria de Keenn, mas deixo-o vivo.

Aproximou-se rilhando os dentes, quase tocando o nariz do rival.

— Mas, quando isso acabar, se você estiver vivo... — a voz perdeu-se em raiva. Não era, mesmo, um homem de eloquências.

— Você é um ótimo estrategista, Anatole. Fique, por favor.

— Se estiver vivo — empurrou o cavaleiro —, vai desejar não estar.

Pisou duro, para longe. Uma péssima bravata, uma péssima ameaça, uma péssima despedida. Um bom general — um péssimo herói.

As fileiras reunidas. O sol nascera com valentias, com o desafio na colina. Com palavras metálicas de glória e tempestade. Agora, a manhã já ia alta, e as chamas da história da colina só haviam aumentado. Antes que o fogo no espírito dos homens arrefecesse, Orion ordenou a formação. Destruíra a liderança, desmanchara as dúvidas. Agora, era hora de construir algo.

Era um número absurdo, prodigioso. Vinte mil soldados, mais cavalos, grifos, armas de cerco. Orion tinha receio de mover um dedo, como se o exército fosse responder ao seu mínimo gesto. É claro, poucas centenas ouviriam suas palavras, mas todos, formados em batalhões, postados em sentido, acabavam fazendo parte. Era o que ele queria.

Montado sobre Bandido, fazendo a figura meio antagônica do cavaleiro garboso, Orion nunca tivera tanta majestade. O cavalo brilhava de pelos alvos, o homem era um deus de batalha, encouraçado e invencível. Passava em trote altivo pelos soldados perfilados, examinando cada rosto — já possuíam mais alma. E, a cada rosto, dirigia um olhar franco, penetrante. Balançava a cabeça, como se aprovasse. Os homens mal continham um sorriso. Era uma encenação, e Orion desgostava, mas aquele sentimento iria se espalhar, a aprovação que uns poucos recebiam iria se refletir em todos os milhares.

Andou pelas fileiras, e fez Bandido estacar na frente de um soldado.

— Qual é o seu nome, guerreiro?

O homem inchou-se de honra pelo título. Soldados eram massa, ração para espada. Guerreiros eram heróis.

— Altham, senhor.

— De onde você é, Altham?

— De Crovandir, senhor. Em Trebuck.

O soldado olhava à frente, com disciplina militar. Orion fitava seu rosto.

— Fora — disse o cavaleiro.

O homem engasgou, olhou para *sir* Orion.

— Fora do meu exército, Altham de Crovandir. Aqui não há lugar para você.

Seguiu pelas fileiras.

— Qual é o seu nome, guerreiro?

— Colwin, senhor.

— De onde você é, Colwin?

— De Bielefeld, senhor.

— Fora. Não há lugar para você aqui.

Os homens se agitaram de embaraço e confusão. Ousavam um olhar de esguelha para os companheiros, eram ordenados pelos oficiais.

— Qual é o seu nome, guerreiro?

— Petrov, senhor.

— De onde você é, Petrov?

Hesitou. Postava-se sob um estandarte mercenário.

— De Tollon, senhor.

— Fora.

Mal era possível conter os soldados. De um canto e outro, pipocavam vozes de oficiais, abafando insubordinação. Orion seguiu.

— Qual é o seu nome, guerreiro?

O homem suava. Barba de um dia, cabelo curto cor-de-rato.

— Tillus, senhor.

— De onde você é, Tillus?

Suor. Olhar à frente. Mas, quebrando a disciplina, encontrou os olhos do cavaleiro.

— Sou artoniano, senhor.

Orion ergueu a espada, Bandido relinchou e subiu nas patas traseiras.

— *É isso o que somos, guerreiros!* Esqueçam seus reinos, esqueçam seus estandartes, esqueçam suas fronteiras. Esqueçam seus deuses! Todos aqui somos artonianos! O inimigo vem de outro mundo, somos todos irmãos contra ele. Eu sou Orion Drake, e não sou de Bielefeld. Sou Orion Drake, e não pertenço à Ordem da Luz. Sou Orion Drake, sou artoniano, e pertenço ao Exército do Reinado! *Por Arton!*

Um urro fez tremer as nuvens, o júbilo furioso de vinte mil homens, prontos para enfrentar o inimigo invencível. Esqueceram reinos, esqueceram deuses. Tinham o estandarte do Corvo, e tinham Orion Drake.

— Que bufonaria — disse Orion, já sob as estrelas. Lembrava-se da manhã, e corava de pura vergonha.

— Você fez certo, Orion — disse Ingram Brassbones. — Não foi bufonaria, porque você não estava fingindo.

— Que bufonaria — repetiu.

Ingram deixou de limpar suas pistolas e foi até o amigo.

— Lembre-se apenas de uma coisa, seu humano lunático. Por favor.

Orion conseguiu encará-lo.

— Você conquistou muito, hoje. E o Cavaleiro Risonho disse aquilo.

Tudo que Orion tinha, ele podia tirar.

CAPÍTULO 10

O CAÇADOR E A RAINHA

FOI UM DIA DE SOL EM LINNANTHAS-SHAED, A ÁRVORE DO Céu. Em Linnanthas-Shaed, nunca deixava de haver sol.

A capital da Pondsmânia era uma cidade feérica como nenhuma outra, dentro de uma árvore cujos galhos chegavam a tocar as nuvens, presente da deusa Allihanna. Palácios, torres, jardins, casebres, campos, florestas existiam dentro de Linnanthas-Shaed, e por sortilégios desconhecidos, era possível ver o azul aberto de dentro da árvore. O maior prodígio da cidade era o Castelo Daenmhan, de mil torres e mil quartos, lar da Rainha Thantalla-Dhaedelin. Centro do poder das fadas, centro dos caprichos da Rainha, centro das magias, encantos, vontades e trapaças da Pondsmânia. Ficava no meio exato dos Campos de Noryaviidd, e no extremo da luz e do verão.

E, no centro do Castelo, havia a sala do trono, onde uma centena de bardos tocava em flautas de madeira viva, onde flores de prata brotavam nos cantos, onde pássaros vinham se curvar à Rainha e os maiores guerreiros das fadas repousavam em suas armaduras de ouro e chifres. Onde a Rainha entediava-se.

— Perdão, Majestade — disse um conselheiro real, um homenzinho calvo com barba feita de musgo. — É preciso tomar uma decisão quanto ao pedido do cavaleiro humano.

Thantalla-Dhaedelin, a Rainha das Fadas, dirigiu ao conselheiro um olhar arrefecido, por entre pálpebras desmaiadas e alvas. Suas pupilas, chamejantes de castanho e ouro, detiveram-se por um instante, e depois voejaram para outro lado. A Rainha enrolava uma mecha de seus cabelos verdes e negros em um dedo, distraída, enquanto permitia que três fadas diminutas brincassem com os dedos de seus pés.

— Que cavaleiro? — disse a Rainha, mal abrindo a boca.

O conselheiro abriu e fechou alguns pergaminhos que trazia nos braços, e por fim achou o que procurava.

— Orion. *Sir* Orion Drake. Ele pede que Vossa Majestade capture o vilão Crânio Negro, retarde o seu exército.

A Rainha projetou os encantadores lábios, em um suspiro de enfado.

— Esse Orion está esperando no Castelo? Mande-o embora.

— Não, Majestade. Perdão, Majestade, mas a mensagem foi trazida por um de seus súditos. Recorda-se? Há um ou dois meses. Seria bom tomar uma decisão, Majestade.

Um duende sacolejante e tremendamente orelhudo, metido em um gorro longo e mole, com sapatos de pontas recurvadas, interveio:

— Majestade, precisamos de uma *festa!*

A Rainha se empertigou.

— É isso mesmo. Você tem razão, Thuallicuth, uma festa. Mande os cozinheiros reais prepararem trezentos e setenta pratos. — Pensou por um instante. — E *todos* devem ser da cor azul!

Um enxame de borboletas e libélulas zumbiu de excitação. O duende começou a dançar e os guerreiros feéricos curvaram-se ante a sabedoria da Rainha.

— Por que trezentos e setenta, Majestade? — ousou perguntar uma fada feita de galhos e cogumelos.

— É o número de dias que tem o ano dos mortais.

— Majestade, o ano dos mortais tem trezentos e sessenta e cinco dias.

A Rainha arregalou os olhos em fúria.

— Pois *mude isso!* Se sua Rainha diz que o ano mortal tem trezentos e setenta dias, então ele *deve ter trezentos e setenta dias!* Vá!

Os servos puseram-se às tarefas de execução do banquete e mudança do calendário humano. Três damas em vestidos enevoados, cada uma inteiramente azul, vermelha ou amarela, dos pés aos cachos, começaram a organizar a lista de convidados. Deveria haver lordes das fadas, vindos do Palácio-Cidadela de Hayall, e plebeus, porque eram divertidos, e um humano, que seria obrigado a experimentar o vinho e a comida das fadas, e nunca mais conseguiria beber ou comer qualquer outra coisa (uma brincadeira que nunca perdia a graça).

— Majestade, perdão — aventurou-se o conselheiro. — A guerra...

Thantalla-Dhaedelin voltou-se dos preparativos.

— Que guerra, conselheiro?

— O pedido de *sir* Orion Drake. O exército de Crânio Negro.

— De novo com assuntos tediosos! Eu nego o pedido do tal cavaleiro. A festa será mais divertida.

— Majestade, perdão, mas Crânio Negro lidera um exército da Tormenta.

A Rainha comprimiu os lábios verdes.

— Mesmo assim. Não há por que ajudarmos os mortais. Afinal, não temos qualquer ligação com eles.

— Bem, Majestade, fazemos parte do Reinado...

A Rainha levou as pontas delicadas de seus dedos esguios ao queixo sutil e perfeito.

— Fazemos? Não pode ser. Ainda não tomei essa decisão.

— Perdão, Majestade, mas Vossa Majestade decidiu isso, há vários anos, lembra-se? Pouco depois de tornar-se a Donzela?

Thantalla-Dhaedelin fez um gesto de lembrança, com uma graça indescritível, e milhões de pétalas de rosa caíram do teto.

— Você tem razão, conselheiro. Fazemos parte do Reinado. Acho que devo interferir na tal guerra dos mortais. Sinto gratidão por você. Será um duque.

— O mais importante é combater a Tormenta, Majestade. A Tormenta é o maior flagelo de nosso povo.

A Rainha deu um tapa no braço de seu trono de ametista e flores.

— Você fala de assuntos desagradáveis, conselheiro. Será um tratador de porcos!

O homenzinho balbuciou algo.

— Levem-no daqui!

Os cavaleiros feéricos retiraram o conselheiro, para sua nova profissão. A Rainha ordenou que ele gostasse do trabalho, e ele obedeceu. Depois, pensando melhor, Thantalla-Dhaedelin decidiu que de nada valia uma punição se o castigado apreciasse, e ordenou que o conselheiro odiasse ser um tratador de porcos. Ele obedeceu.

— Devemos nos preparar para a guerra — disse a Rainha. — Tragam todos os armeiros e alfaiates. Precisamos de novas armas e novos vestidos.

— Mas *a festa!* — esperneou o duende.

— Você insiste em assuntos velhos. Como castigo, enfrentará o exército de Crânio Negro, usando apenas um garfo.

O duende assentiu.

— Não consigo me decidir se você deve sobreviver ou não. Chamem os poetas! Preciso deliberar sobre este castigo.

O exército da União Púrpura emergiu do portal vermelho. As primeiras centenas, a vanguarda composta dos batedores e guerreiros de elite, estava pronta a reconhecer e desbravar o novo terreno. Crânio Negro encabeçava o grupo, montado em um corcel horrendo, feito dos corpos mutilados e gotejantes de uma dezena de bárbaros.

Surgiram em uma grande clareira, cercada por árvores densas. Crânio Negro virou o elmo em uma direção e outra, observando os arredores, enquanto disparava ordens. Tudo naquele lugar era demasiado. O verde, profundo demais, como se a relva fosse um lago. O castanho dos troncos, duro demais. As próprias árvores eram mais imponentes, mais sábias. Havia flores de colorido muito berrante, e os insetos zumbiam muito alto. O sol brilhava quase a cegar, e o frio, embora hesitante, era imperioso.

— Estamos na Pondsmânia! — gritou Crânio Negro. — Tragam as tropas! Rápido!

Havia planos de contingência para aquilo, é claro, as estratégias que ele havia formulado. Seus comandantes puseram-se à execução. O caçador de recompensas cercou-se de um perímetro de guerreiros de elite, e puxou alguns mapas do Reino das Fadas. Calculou que estava em uma região ao extremo da luz, nos arrabaldes do inverno.

Os bárbaros olhavam ao redor, alarmados. Música começava a ser ouvida, uma flauta, duas, dez. Primeiro ao longe, mas se aproximando. Em seguida, eram cem flautas, todas com a mesma melodia, e chegando cada vez mais perto. Os bárbaros corrompidos rosnavam para os menestréis invisíveis.

— Em formação! — gritava Crânio Negro. — Estamos sob ataque! Lefeu! Lefeu!

As fileiras apressavam-se, para fora do portal imenso, entrando em disciplina marcial, batalhões e batalhões. A clareira pareceu aumentar, sem nenhum movimento, o espaço se expandindo. O sol brilhou mais forte, até que eles tiveram de cobrir os olhos, e a música ficava cada vez mais alta.

— Mais rápido! Avancem mais rápido!

Os bárbaros corrompidos mantinham uma ordem improvável, correndo todos na mesma velocidade para fora do portal. Seus instintos humanos ameaçavam aflorar das profundezas da dominação dos simbiontes, o medo ancestral das fadas despertando o que se pensava já estar morto. Os comandantes berravam a disciplina, não permitindo que os guerreiros atacassem ou fugissem.

— General! — gritou um dos antigos chefes bárbaros, correndo para Crânio Negro. — Precisamos interromper o transporte.

O caçador de recompensas virou sua montaria tétrica, para encarar o homem corrompido.

— Não vamos conseguir, general. É melhor combater com as tropas que temos aqui, e transportar o resto depois.

— Se fizéssemos isso, estaríamos mortos — rosnou o elmo. — As fadas interferiram com nossa magia. Será impossível emergir duas vezes no mesmo lugar. O que faríamos se as tropas surgissem longe daqui, no extremo da sombra?

O bárbaro não soube o que dizer.

— Você ainda tem muita personalidade — disse Crânio Negro. — Insira um novo simbionte em sua nuca. *Agora.*

O homem foi cumprir a ordem.

A balbúrdia de flautas e luz do sol aumentava ao ponto do insuportável. Nem mesmo o caçador podia enxergar, agora. Mas sentiu o cheiro de seus bárbaros, a sensação de formigamento da presença da corrupção lefeu, quase como se pudesse tocar-lhes à distância. E deu o comando:

— Entreguem-se aos simbiontes! Agora!

Como um só, milhares e milhares de guerreiros urraram e sucumbiram à transformação. Os simbiontes emergiram das profundezas de suas carnes, recobrindo-os de carapaça, armando-os com pinças, garras e lâminas, protegendo seus olhos, seus ouvidos. A luz não era mais agressiva, o som estava abafado.

— Ataquem a floresta!

A terra estremeceu com a investida dos incontáveis bárbaros, em formação perfeita. Os guinchos que faziam o papel de trombetas de guerra soaram, e cinco mil machados encontraram os troncos das árvores da Pondsmânia. As mais fracas caíram de imediato. Outras gemeram e revidaram. Os bárbaros voavam para trás, com os golpes das árvores, mas faziam-nas tombar. Outras, mais covardes, recuavam.

— Ataquem os espaços vazios!

Guinchos diferentes espalharam a ordem, e os guerreiros golpearam a esmo, no que não viam. Apenas um deles, ou apenas dez, ou apenas mil, não conseguiriam acertar os inimigos invisíveis. Mas formava-se uma barragem sólida de lâminas corruptas, uma parede cortante que se expandia cada vez mais, e as fadas ocultas revelaram-se em sangue brilhoso. Eram seres do tamanho de crianças, que vestiam casacas verdes e chapéus berrantes, e tocavam suas flautas com alegria feroz. Mas morriam às centenas, sob os machados, e começaram a correr.

— Não os persigam! Em formação! Em formação!

Os bárbaros recuaram. O portal continuava a cuspir tropas, agora já com as aberrações feitas de cadáveres e as tétricas máquinas de combate, catapultas e engenhos de cerco feitos de ossos, carne e carapaça insetoide.

— Xamãs!

O contingente místico da União Púrpura avançou. Haviam servido a Megalokk, a Allihanna, até mesmo a Ragnar. Mas agora adoravam Aharadak, o Deus da Tormenta. Entoaram seus cânticos profanos, auxiliados por órgãos alienígenas que tornavam possíveis aqueles sons horrendos. Fizeram gestos com suas mãos, patas e tentáculos. Oraram.

E os mortos das fadas começaram a se erguer. As árvores mortas-vivas investiam contra suas irmãs. Os menestréis feéricos, já sem nenhum encanto, apenas procuravam devorar a carne dos outros. Crânio Negro sabia que aquela era uma estratégia muito limitada. Apenas as fadas mortas por lâminas iriam voltar — a verdadeira Tormenta não deixava nada, ao tocar um ser feérico.

Por trás do portal, já se via o fim da coluna.

— Andaluzia! A mim!

A Bruxa sem Rosto cambaleou para o general, exausta, ainda arrancando os cabelos em chumaços, entoando palavras desconexas enquanto mantinha o portal aberto.

— Andaluzia, traga o poder da Tormenta.

— *É um monte de lembranças, e as visitas foram embora* — choramingou a bruxa. — *Há lesmas no meu corpo, estão comendo o que posso fazer. Quero ficar quietinha, para ninguém voltar, e voltarem todos.*

— Não é hora para ficar cansada, Andaluzia. Precisamos do poderio da Tormenta. Só uma fagulha da tempestade.

— *Mas eu tenho que segurar uma mão, e a outra arranca os cabelos. Uma vez, vi essas mesmas pessoas, mas eram diferentes, e por isso eu fui dar um passeio.*

— Andaluzia, você pode. Estes não são os goblinoides. São nossos amigos. Lembra-se? Eles fizeram a mesma coisa que você, foram dar um passeio, também.

Os bárbaros aguardavam, e começou-se a ouvir o tropel de cavalos distantes. Cornetas de guerra, musicais além do mais habilidoso bardo humano, anunciavam um novo ataque das fadas. E o ar rebrilhou, a princípio de leve, depois grosso de poeira dourada, enquanto um turbilhão de risos minúsculos anunciava outro contingente feérico.

— *Eles não são iguais a mim!* — a bruxa gritou, esganiçada. — *Eu não fiz isso! Eles estão imitando os avós!*

Crânio Negro olhou em volta, apreensivo. As tropas terminavam de sair do portal. Ele tinha um plano para falar com a bruxa, também.

— Está vendo onde estamos, Andaluzia? Está vendo?

A bruxa virou sua cabeça sem olhos para um lado e para outro, como se enxergasse.

— Estamos de novo onde você foi dar um passeio. Está vendo? Aqui é Lenórienn. Você vai ter que falar com os pais.

— *Não!* — Andaluzia berrou, arranhando fundo a pele bulbosa onde deveria estar seu rosto. Tentava arrancar seus olhos mas, como não os tinha, não conseguia bloquear a visão. — *Não vou falar com eles. Não funciona.*

— Então, vai ter que falar com os avós.

Andaluzia jogou-se no chão, sujando-se de lama e pó brilhante. Mesmo a lama era perfumada, e deixava manchas estranhamente estéticas nos trapos da bruxa.

— *Por favor, não...*

— Então, uma fagulha. É a única forma.

As cornetas de guerra se aproximavam. As árvores se afastaram para dar passagem aos cavaleiros feéricos, que tinham três metros de altura e montavam gamos ferozes. Vestiam armaduras de esmeralda, e brandiam sabres de diamante. Os bárbaros mal se continham, mesmo sob os simbiontes, na chuva de poeira dourada.

— Vamos, você consegue. Apenas uma fagulha? Por mim?

Andaluzia ergueu o rosto que não era rosto. Fez gestos bruscos, que só pôde completar quebrando um dedo.

Um relâmpago vermelho atravessou o céu da Pondsmânia.

Atingiu a grama, e uma área enorme se desfez, no mesmo instante, deixando em seu lugar terra nua e árida. Os cavaleiros feéricos investiram, e começou a chuva sangrenta. Onde as gotas ácidas tocavam, as armaduras se dissolviam, ainda mais rápido do que faziam com materiais mundanos. Os guerreiros das fadas berravam de agonia, e desapareciam, transformados em nada pela Tormenta. Os ferozes gamos empinavam, morrendo desintegrados. As árvores soltavam lamentos ancestrais, que ficavam inacabados.

Não restava alma, não restava esperança. Uma fada tocada pela Tormenta cessava de existir.

Trovões obscenos: a chuva se expandiu. Milhares de gritos minúsculos e estridentes, quando as mais diminutas fadas pereceram, tornando-se visíveis um momento antes de desaparecer. Algumas percebiam, ao morrer, que sua vida de ilusões e sortilégios não era nada, que a Tormenta apagava tudo aquilo de maneira cega e inconsequente. Caíam os relâmpagos, Andaluzia gesticulava em frenesi.

— Agora! — gritou Crânio Negro. — Atacar à vontade!

Urros de barbárie e guinchos de lefeu encheram a clareira, a floresta. Os poucos sobreviventes das fadas foram retalhados pelo exército da União Púrpura. E não houve retirada, porque as fadas morreram sem exceção. Crânio Negro deu ordem de reagrupar.

Silêncio. Morte.

Não, não a morte: a *não-vida*.

Andaluzia estirada no chão, sem sentidos. A verdadeira Tormenta nunca ia embora. A mera fagulha, trazida pela magia da bruxa, era efêmera, mas fora suficiente. Por enquanto.

Crânio Negro percebeu que, com a ausência de vida, o ambiente estava mais frio e escuro. As direções no Reino das Fadas mudavam, mudavam os lugares. Eles estavam mais próximos da sombra e do inverno.

Retirou-se à sua carruagem. Tinha planos a fazer.

A Rainha das Fadas montava seu belo dragão iridescente. Arrastava consigo um cortejo enorme, centenas de criaturas minúsculas e aladas, dezenas de cavaleiros, seu porta-estandarte e o gigante com o machado atento. Arrastava também as direções, os lugares da Pondsmânia, mantendo-se sempre bem ao verão e à luz. Os animais faziam-lhe um perímetro consternado, e todas as flores e folhas de grama vigiavam.

Até que a Rainha teve de deixar para trás as direções, porque afastava seu objetivo. De súbito, aproximou-se o mais possível do inverno e da sombra.

Sylarwy Ciuthnach.

Assim como a Árvore do Céu dominava a Pondsmânia, uma árvore torta, escura e decadente dominava a Terra das Sombras. Os pântanos e matas cheias de parasitas se adensavam, e milhares de olhinhos luminosos espreitavam da treva.

Thantalla-Dhaedelin não precisou se anunciar. Foi recebida antes que chegasse à árvore escura.

A Rainha Negra chegou montada em seu próprio dragão, que tinha escamas translúcidas, de camadas infinitas, esfumaçadas, cinzentas, que incitavam a uma eternidade mirando suas profundezas. Seu séquito contava com fadas esguias e altas, de pelos marrons escuros, famintas por carne humana. Mulheres de longos cabelos emaranhados e negros, e narizes pontudos e verruguentos, e mãos como aranhas. Crianças belas, risonhas, que ficavam sempre no canto da visão e convidavam a um contato mais íntimo — até que mostravam seus dentes pontiagudos. Velhas altas e magras, de olhos vazios, que matavam com seus gritos. Seu general era alto e esguio, a pele como um vitral cheio de matizes coloridos, e grandes asas de mariposa. Diziam que era meio fada e meio demônio.

— O que quer aqui, eu? — chiou a Rainha Negra.

Thantalla-Dhaedelin empertigou-se, ao mesmo tempo notando de relance sua guarda atenta.

— Você conhece minhas razões, eu. Estamos sob ataque.

A Rainha Negra gargalhou. Era uma mulher terrível. Possível dizer que fosse uma moça, uma Donzela, mas algo em seu rosto sugeria uma velha ou uma criança. Seus cabelos eram longos e feitos de teia de aranha. Seus dedos tinham sete juntas cada, e retorciam-se enquanto ela falava. Seus olhos brilhavam prateados, e sua pele era de uma palidez estranha, como se fosse uma camada translúcida, e houvesse escuridão por trás. Não tinha lábios, e as gengivas eram negras, cheias de dentes amarelos, de formas muito variadas.

— Se você for morta pela Tormenta, eu, vou dançar e dançar, e vai ser o dia mais feliz em Sylarwy-Ciuthnach. Aguardo pelo momento de vê-la estripada e coberta de estrume, e de ter meus filhos jantando seus olhos enquanto você é estuprada por cavalos negros, desde que saí de você.

Thantalla-Dhaedelin manteve o olhar firme.

— Não vai ver nada disso, se a Tormenta triunfar. Vou simplesmente desaparecer.

— Já que é assim, deixe que os cavalos estuprem você antes.

— Todos vamos desaparecer, eu. Toda a Pondsmânia, e Sylarwy-Ciuthnach junto.

A Rainha não notava, mas seu vestido começou a mudar, transformando-se em armadura de diamante. Os membros de seu cortejo se alarmaram: não era possível que uma mudança fosse revertida. A Rainha não podia voltar a ser Guerreira, sendo agora Donzela.

— Você tira a graça das coisas, eu — riu a Rainha Negra. — Está bem, vou combater o tal exército. Posso assassiná-la por acidente, no meio do combate?

— *Não!*

— Oh, bem. Não se pode ter tudo. Mas, se fosse você, e sou, eu falaria com nosso marido.

À menção de seu marido, Thantalla-Dhaedelin teve um acesso de risinhos, no que foi acompanhada pelas mais diminutas cortesãs aladas. Elas começaram a trocar boatos sobre o Rei, e logo a Rainha voltou a ser Donzela.

— Acha que nosso marido vai gostar desta roupa, eu?

— Afogue-se em merda de cachorro, eu.

Crânio Negro liderava a União Púrpura através da Pondsmânia.

Não utilizavam a magia, porque era imprevisível ali — e, de qualquer modo, provavelmente seria inútil. O caçador seguia os mapas oníricos que conseguira, marchando em direção à sombra, sem notar grande avanço. O avanço não era, na verdade, seu objetivo — era parte da estratégia.

E, súbito, aproximaram-se ainda mais da sombra, porque o céu tornou-se escuro, as árvores pareceram se curvar sobre o exército, como se quisessem observá-los mais de perto. O som trovejante da marcha era interrompido por estalos improvavelmente altos, pios de corujas soturnas.

E, logo, uivos.

— Em formação! — ordenou Crânio Negro. — Preparem-se para um ataque!

Era o momento. Depois da escaramuça anterior, era o momento de enfrentar a Pondsmânia. Ele crispou as manoplas, de excitação para testar seu plano.

Em seguida, vieram as trombetas. Não mais as trombetas de guerra dos cavaleiros feéricos, musicais e nobres. Trombetas de caça, graves e agourentas. Sem palavras, anunciavam seu alvo:

Crânio Negro.

Um tropel, as trombetas aumentavam. E os uivos. Logo, das árvores, emergiram os cães negros.

A Caçada Selvagem chegara.

Seus primeiros emissários, os enormes cachorros de mandíbulas salivantes e olhos de fogo, saltaram às dezenas sobre a União Púrpura. E o tropel chegava mais perto. Emergiram os cavaleiros, os caçadores. O primeiro deles era um humanoide imenso, montado num gamo maior do que cinco cavalos, suas galhadas enormes e intrincadas como um labirinto pontiagudo.

O cavaleiro usava elmo de casca de árvore, e armadura de madeira, folhas e fungos, escura, muito escura, semioculta numa capa de musgo. Seu elmo também tinha galhadas gigantescas. Levou a trombeta às profundezas do elmo, e tocou de novo.

Era o líder da Caçada Selvagem, o Rei das Fadas.

Apanhou sua enorme lança, cabo de madeira negra e ponta como um enorme dente farpado, e investiu.

Os outros cavaleiros acompanharam-no, montados também em gamos negros. Eram cobertos de folhas, madeira, mas tinham feições que lembravam heróis mortos de Arton. Alguns levavam tochas, outros espadas, lanças. Alguns eram acompanhados de falcões com penas de breu.

Chocaram-se contra o exército da Tormenta.

A primeira fileira dos bárbaros aguardava em disciplina alienígena, coberta da carapaça vermelha, machados em riste. Recebeu os cães negros com um golpe em uníssono, milhares atacando ao mesmo tempo. Dilaceraram os caçadores feéricos, mas muitos morreram sob suas mandíbulas. Os cavaleiros atacaram com suas armas, mas muitos apenas agarraram um ou dois bárbaros, que se debatiam. Galopavam para longe, sumindo com os inimigos na profundeza negra das matas.

— Segunda fileira! — gritou Crânio Negro.

A próxima linha de bárbaros investiu, encontrando os caçadores. O Rei das Fadas cercou-se de bárbaros corrompidos, matando livremente com sua lança.

— Andaluzia!

A bruxa não hesitou. O que ele lhe pedia não era difícil. Três relâmpagos fizeram hesitar a Caçada Selvagem, e um chuvisco ácido quebrou-lhes a carga. Apenas um caçador morreu.

A trombeta do Rei soou de novo.

O chão sob os bárbaros inundou-se de uma centena de minúsculos riachos, escorrendo para fora da mata. Era uma tentação olhar para baixo, mas Crânio Negro manteve a disciplina dos guerreiros.

E então, milhares de gargalhadas.

Vozes estridentes, berros finos como prego arranhando folha de metal. Do céu negro, vieram bandos de fadas carnívoras, horrendas. Eram como as que seguiam a Rainha Negra: mulheres de pele verde e longos narizes, e mãos retorcidas. Cavalgavam seus caldeirões voadores, e desciam sobre o exército, chiando maldições, cuspindo e jogando coisas pútridas, animais mortos e pequenas nuvens. Os bárbaros morriam frente ao ataque.

— Voadores! Agora!

Quando o ataque do céu chegou perto o bastante, Crânio Negro desferiu o poder alado da União Púrpura. Os bárbaros mais corrompidos, com suas asas de mosca e corpos que mal lembravam humanos, investiram contra as inimigas. Chocaram-se num emaranhado de lâminas e pinças, dentes das fadas e quelíceras dos simbiontes.

Os riachos continuavam.

De repente, do meio das árvores, surgiu uma centena das mais belas mulheres. Vestiam trapos diáfanos, elegantes em uma displicência provocadora. Seus cabelos eram longos e melados, seus olhos brilhavam de um azul leitoso.

— Apenas os puros! — gritou Crânio Negro. — Em formação! Apenas os puros na frente!

Era um apelo para que só os mais corrompidos, aqueles que tinham pouca ou nenhuma fagulha de humanidade, se postassem na vanguarda. Mas foi muito tarde. As belas mulheres começaram uma dança perfumada, e foram descartando os trapos. Os bárbaros viram seus corpos, e eram belos demais, perfeitos demais. Tanta beleza que era capaz de matar. Os que retinham humanidade morriam por ver as ninfas.

— Cegos! — gritou Crânio Negro.

Como um só, duzentos bárbaros arrancaram seus olhos e investiram contra as ninfas, guiando-se pelo cheiro.

Os riachos formavam uma teia sob o exército.

E então, emergiram delicadas e sutis criaturas, feitas d'água.

As náiades, mulheres de corpos aquosos, longos braços envolventes e sorrisos confortadores, agarravam os bárbaros, levando-os para dentro de seus córregos, que tinham uma profundidade inaudita. Aqueles que ainda precisavam respirar se afogavam. Os outros eram simplesmente levados pela correnteza, para dentro da mata.

— Andaluzia! — chamou Crânio Negro, sorrindo dentro do elmo.

A chuva ácida caiu sobre a União Púrpura, sobre as náiades, sobre os córregos. A correnteza levou sua imundície alienígena e cáustica para dentro da floresta, e o caçador de recompensas gargalhou ao ouvir os berros de agonia dos seres ainda ocultos. Cadáveres boiavam às dezenas.

As fadas eram expulsas de seus esconderijos. Vieram as dríades, cujos corpos estavam presos a árvores, e que comandavam o poder da mata. Vieram fadas nobres e guerreiras, e fadas pequenas e risonhas. Todas no desespero de destruir o inimigo.

E Crânio Negro moveu mais uma peça:

— Eu conclamo Sua Majestade, a Rainha Thantalla-Dhaedelin! Sou Crânio Negro, e convoco a Rainha das Fadas, para que acabe este morticínio!

Sua voz ecoou pela floresta. Os bárbaros morriam pesadamente, mas também os habitantes da Pondsmânia. A diferença era que os bárbaros não viviam, e não se importavam.

Surgiu a Rainha.

O campo de batalha silenciou. Nem mesmo uma trombeta, nem mesmo um animal. A própria Caçada Selvagem curvou-se em reverência.

— Você testa minha paciência, mortal — disse a Rainha.

Nunca estivera tão bela, com um vestido que mesclava todas as pedras preciosas existentes no mundo. Cada relance de lua fazia-a rebrilhar, e cegava aqueles em volta. Seus cabelos de comprimento eterno, soltos em desordem perfeita, flutuavam atrás, seguidos de uma aura de maravilhamento e caprichos. As flores se abriam à sua passagem.

— Perdão, Majestade — disse Crânio Negro, curvando-se. — Nunca quis ofendê-la. Na verdade, nunca quis invadir seu domínio. Fomos trazidos para cá por um sortilégio.

— *Meu* sortilégio — disse a Rainha, cruzando os braços.

— Ora, é claro que é seu. Se existe na Pondsmânia, então pertence à Rainha. Não é verdade?

Thantalla-Dhaedelin não respondeu.

— Se é assim — acabou dizendo —, então admite que todos vocês também são meus. Posso ordenar que morram todos.

— É claro que pode, Majestade. Mas então, estaria dizendo que os simbiontes são seus. A Tormenta é sua. E o que é seu deve ficar em suas terras. Gostaria da Tormenta na Pondsmânia?

A Rainha apressou-se em negar.

— Peço-lhe apenas uma coisa — disse Crânio Negro.

— Nunca concederei piedade a um servo da Tormenta.

— Não é isso que peço. Desejo apenas ter a honra de jogar xadrez com Sua Majestade. Não é verdade que a Rainha concede partidas de xadrez a convidados especiais?

Assentiu.

— E não sou um convidado especial? Ou é *comum* que aconteça isso na Pondsmânia?

— É claro que não!

— Logo, sou especial.

Os conselheiros cercaram a Rainha de pronto, mas Thantalla-Dhaedelin não quis ouvi-los. Ordenou que fosse trazido um tabuleiro de xadrez, uma mesa e duas cadeiras.

— É verdade o que dizem sobre as apostas? — disse Crânio Negro, sentando-se.

— Não vou conceder-lhe desejo algum, mortal.

— É claro que não. Afinal, isso só aconteceria se Sua Majestade *perdesse*, não é mesmo?

— A Rainha nunca perde!

— Então, peço-lhe humildemente que siga a tradição. Três partidas de xadrez, cada uma tendo como prêmio um desejo.

Os cavaleiros, conselheiros e caçadores exclamaram para a Rainha, mas ela era a Donzela. Um de seus caprichos titânicos fora cutucado, e ela agora desejava jogar xadrez contra o invasor. Afinal, se declinasse, isso não seria reconhecer a possibilidade de ser vencida?

Arrumaram as peças. Crânio Negro fez o primeiro movimento.

Em menos de um minuto, a Rainha vencera. As fadas murmuraram.

— Não é possível que me derrote, mortal.

— Imagino que realmente não seja.

Nova partida: a Rainha deu início. E em poucos movimentos, venceu de novo. As fadas suspiraram.

— A vitória é minha.

— E tudo mais que existe na Pondsmânia.

Terceira partida. Em dois movimentos, Thantalla-Dhaedelin capturou a rainha de Crânio Negro. Havia sacrificado um peão. Crânio Negro tomou de volta a rainha, e usou-a para capturar um bispo.

— O que está fazendo? — disse Thantalla-Dhaedelin.

— Ora, a rainha que foi capturada era a Criança. Esta é a Guerreira.

Continuaram o jogo. Thantalla-Dhaedelin perdeu outra peça, mas tirou novamente a rainha do adversário. Crânio Negro recolocou-a no tabuleiro.

— Aquela era a Guerreira. Esta é a Donzela.

A Rainha das Fadas bufou, mas assentiu. Seguiu o jogo. Crânio Negro não era páreo: capturava-lhe uma peça, mas perdia outras tantas. Logo, perdeu a rainha. Devolveu-a ao jogo.

— Esta é a Dama.

Ficavam os dois quase sem peças. Mas Crânio Negro sempre em desvantagem. Sua rainha foi de novo capturada. E de novo recolocou-a.

— Esta é a Senhora.

Mas, em um lance, Thantalla-Dhaedelin fazia xeque ao rei do adversário.

— Xeque-mate — sorriu a Rainha das Fadas.

— Ora, Majestade — disse Crânio Negro. — Pensei que, aqui na Pondsmânia, o poder fosse da rainha, e não do rei. Estou errado?

— O poder é da Rainha! — exclamou Thantalla-Dhaedelin.

— Pois bem. Xeque-mate.

Crânio Negro posicionara suas peças de modo a cercar a rainha da Rainha. Não havia escapatória.

— Ora — sorriu Thantalla-Dhaedelin. — Mas esta era apenas a Criança.

— Quer dizer então que existem *duas rainhas de igual poder* na Pondsmânia?

— Não!

O caçador de recompensas derrubou a peça ameaçada.

— Então eu venci, Majestade.

Thantalla-Dhaedelin ergueu-se, jogando o tabuleiro longe com um safanão.

— Tenho direito a um desejo — disse Crânio Negro.

As fadas crepitavam de ódio onírico. A trombeta de caça começava a emitir um lamento de fúria grave. A Rainha chamejava os olhos.

— Muito bem — disse.

— Desejo que todo o meu exército seja transportado a Trebuck, em segurança.

— Concedido, mortal.

Isso não impedia que ainda atacassem de novo.

— Obrigado — disse Crânio Negro.

A transação acabara.

A Rainha fez meios gestos, começou palavras. Procurou uma saída.

— *Vão embora!*

As árvores se abriram. A noite se desfez. A poucas centenas de metros, o fim do Reino das Fadas. Trebuck já era visível.

A União Púrpura marchou para fora da Pondsmânia.

Deixando a floresta para trás, Crânio Negro sentiu o pescoço e os ombros relaxarem de uma tensão que não notara. Olhou em volta. Seu exército estava ali. Mas perdera muitos. Com um cálculo de relance, cinco mil.

Mas, à frente, Trebuck. Trebuck, com batalha e vitória. Trebuck, com o alvo e a recompensa.

De repente, notou o chão. Leu os rastros. Não falavam: berravam. Passagem de um exército.

Crânio Negro urrou de fúria. Descontrole: matou dois bárbaros para se aliviar. Porque o tempo transcorria diferente na Pondsmânia. Ele perdera milhares, e perdera a vantagem.

Bielefeld chegara na frente.

CAPÍTULO 11

CALMARIA

CHEGAVA A BATALHA, CARREGADA POR PÉS CORRUPTOS. A União Púrpura fazia-se visível no horizonte. O estandarte do Corvo estava hasteado alto, sobre o Exército do Reinado.

Sob um sol frenético e empinado, em meio aos cheiros múltiplos do almoço de exército, Darien encontrou os escudeiros. Roubavam um momento entre tarefas. De igual parte ansiosos e apavorados; eram uma fatia usual das tropas.

— Temos alguma estratégia? — disse Richard, deixando cair um conjunto de arreios. Deveria estar levando-os de um lugar a outro, mas resolvera demorar.

Darien ergueu os olhos de arear a armadura de *sir* Orion. Um trabalho que fazia de maneira desastrosa.

— Como vou saber?

— Escudeiro do general. Todo mundo sabe que ele arrasta você para as reuniões.

Fredecald e Timothy aproximavam-se, conversando. O primeiro brincando de nervoso com as bordas de sua túnica. O segundo meio verde, como se estivesse prestes a vomitar. E estava.

— Se há alguma estratégia — disse Darien —, então ele ainda não revelou.

— Ótimo — disse Fredecald, desabando sentado ao lado de Darien. — Vamos enfrentar cinquenta mil bárbaros corrompidos, e nem mesmo temos estratégia.

Timothy virou de costas no último instante, poupando os amigos do ressurgimento de seu desjejum.

— Talvez assim ele emagreça um pouco — Richard deu uma risada frouxa.

Uma presença sombreou-lhes por trás:

— Cinquenta? Ouvi dizer que eram setenta mil.

Asmien raspava com o dedo o fundo de uma tigela de comida. Também sentou-se.

— Os soldados estão exagerando — disse Richard. — Não devem ser nem vinte mil bárbaros.

— O que é um grande consolo? — disse Fredecald. — Igualdade de números, e eles são mais fortes, mais resistentes, e não morrem nunca?

Timothy adquiriu um tom mais profundo de verde.

— Não importa — disse Darien. — Vamos lá, *deve* existir algum truque, certo? Sei lá, alguma magia, um aliado secreto. Talvez Arkam Braço Metálico lute do nosso lado!

— Pois sim. O que existe é bater neles, e esperar que caiam.

Silêncio.

— De qualquer forma — disse Richard —, nós vamos estar em segurança, certo? Quer dizer, em comparação com o resto. Somos escudeiros. Não vamos para a frente de combate.

— Acho que, na hora do inferno, todos vão ter que lutar — disse Fredecald.

Os dois puseram-se em uma discussão sobre os direitos e deveres dos escudeiros, e o papel que teriam na batalha. Enquanto isso, Asmien tinha os olhos perdidos num ponto fictício do céu, e uma espécie de sorriso triste. Sua cabeça parecia cercada de uma névoa densa e invisível. Dava a impressão de que ele não estava ali por inteiro.

— O que foi? — disse Darien.

Asmien descartou a tigela.

— Falem por vocês — disse. — Eu vou estar na carga de cavalaria.

Richard e Fredecald se calaram. Timothy esqueceu o enjoo.

— O que você está falando, meretriz de dois Tibares?

— *Sir* meretriz daqui a pouco — disse Asmien. — Vou ser cavaleiro.

— Isso é loucura, você ainda não parou de sujar as calças.

— Meu irmão vai me sagrar cavaleiro. — Asmien tinha uma expressão indecifrável, enquanto segurava rédeas e lança imaginárias. — Logo... Antes... Da batalha. — Simulou o impacto da carga.

Ficaram calados.

— Por quê? — disse Richard.

— Porque eu quero lutar, é claro.

— Essa é a coisa mais imbecil que eu já ouvi na vida.

— Pelo menos tem uma armadura decente? — disse Fredecald.

Asmien deitou-se no chão.

— Armadura? Sim. Decente? Quase. É uma velha meia-armadura do meu irmão. Fica um pouco grande demais, mas vai ter que servir.

— Certo — disse Darien. — Entendo que você quer lutar, e tudo o mais. O discurso de *sir* Orion foi bom, eu admito. Mas por que isso? Por que ir combater na linha de frente, com uma armadura mal-ajustada, numa carga que você nem sabe fazer direito?

Sorriso.

— Porcaria, mas vocês são todos idiotas.

Ergueu-se.

— É porque eu *quero* ser cavaleiro, Darien. E sei que, de um jeito ou de outro, tenho boas chances de morrer no meio desta esterqueira. Pelo menos vou morrer como cavaleiro. Nem todos são ex-bandoleiros. Eu cresci em Bielefeld, ouvindo histórias da Ordem da Luz. Você pode achar ridículo, mas eu acredito nessa baboseira toda. Quero que, quando a minha mãe receber uma carta ou visita ou o que quer que seja, dizendo que eu virei uma poça vermelha no chão de Trebuck, ela pelo menos saiba que foi *sir* Asmien que morreu, investindo contra o inimigo, e não o fedelho Asmien, limpando as botas do seu irmão mais velho.

Mais silêncio.

— O pior — disse Timothy — é que vou morrer virgem.

E vomitou.

Os batedores faziam seus relatórios. Os escassos magos espalhavam olhos arcanos pelo céu.

— Mais de quarenta mil — concluiu *sir* Orion. — Menos de cinquenta.

Os oficiais entreolharam-se, na tenda de comando. Eram bons homens. A maioria não tinha medo em excesso, ou pelo menos não demonstrava. Os maiores covardes tinham desertado do Exército do Reinado muito antes. Orion convocara também os mais habilidosos chefes mercenários para as reuniões. Isso fazia com que os nobres de Bielefeld tivessem engulhos e ataques de indignação, mas por outro lado incitava-os a darem seu melhor.

Apesar disso, ainda estavam em desvantagem numérica de mais de dois para um.

— É uma batalha sem esperança — disse um capitão de Trebuck.

— É uma batalha pela glória! — vociferou um nobre cavaleiro de Bielefeld. — Para morrer como heróis!

— Calem a boca, os dois — disse Orion. — Não vamos lutar sem esperança, e também não vamos lutar para morrer. Se morrer em combate fizesse alguém ser herói, então até um rato poderia ser herói. Vamos lutar da melhor forma que pudermos.

— A sua bandeira já traz a morte — disse o cavaleiro.

— Não vou discutir heráldica com você, *sir*. Mas digo que o corvo se banqueteia nos corpos dos caídos. E *nós* vamos nos refestelar dos mortos *deles*. Não o contrário.

Estendeu um mapa da região.

— Digam o que quiserem dos demônios da Tormenta — começou Orion. — Podem ser diferentes de nós. Podem ser aberrações de outro mundo. Não interessa. — Apontou para o Exército do Reinado no mapa. — O Lorde da Tormenta que domina esta área conhece estratégia militar.

— Gatzvalith é seu nome — ofereceu um oficial de Trebuck.

— Não me importo com o nome dele. Não vou lhe escrever uma carta e nem uma poesia de amor. Aliás, nem mesmo vamos lutar contra o desgraçado. O fato é que ele fez sua área de Tormenta num ponto excelente. Estamos em campo aberto, e vamos ser alvos fáceis para Crânio Negro. Não temos uma floresta ou fortificação. Nossa sorte é que Crovandir e a cidade-fortaleza de Coravandor pelo menos impedem que ele divida suas forças e nos ataque por dois lados.

Os oficiais agora estavam pendurados em cada palavra.

— Não adianta também tentarmos manobrar contra eles. Sua mobilidade é muito maior, por causa da magia. Esta vai ser uma batalha de frente, senhores. Cavalaria e parede de escudos.

— Nunca vamos vencer usando táticas tradicionais! — disse outro oficial.

— Errado. *Precisamos* usar táticas tradicionais, porque não temos acesso a mais nenhuma. O que devemos fazer — sorriu por trás da barba — é forçar o inimigo a aceitá-las.

Orion firmou o mapa na grande mesa, e distribuiu pequenas peças de metal pela região.

— Temos magos de combate — disse o mesmo oficial que falara antes. — É algo que o general Anatole Zargo planejava utilizar.

— Não vamos usar magia no combate.

O ar coagulou em volta dos homens.

— General, com todo respeito —

— Muito bem! Um cavaleiro de Bielefeld não luta —

— Calados. Todos. — Orion movimentou as peças. — Crânio Negro tem muitas vantagens, mas uma das principais são seus soldados voadores. Os malditos simbiontes vão estar por cima de nossas cabeças, quebrando as fileiras e atacando com projéteis. Nossos magos são poucos. Não vão conseguir causar estrago suficiente em quarenta e cinco mil bárbaros. — Olhar perfurante. — Mas podem impedir as tropas aladas. Vento, relâmpagos mágicos. Tudo para acabar com essa tática.

— Dessa forma, nossos grifos também não poderão voar!

— Grifos são bonitos, mas temos pouquíssimos. A não ser que um batalhão de dragões resolva nos auxiliar no último instante, é melhor para nós que não haja nenhum combatente aéreo.

Deixaram as palavras se assentarem.

— Em seguida — disse Orion — é hora da parede de escudos.

Uma parede de escudos nunca resistiria a tal desvantagem numérica. O exército maior avançaria pelos flancos, quebrando as fileiras, e não haveria defesa.

— Os senhores — Orion voltou-se para os nobres de Bielefeld — vão apreciar esta parte. Nossos flancos vão estar guarnecidos pela cavalaria pesada. E vamos partir para a ofensiva.

— Por Khalmyr! — entusiasmou-se um cavaleiro.

— O meu plano é que duas cargas de cavalaria, pelos dois flancos, acabem afunilando a linha do inimigo. Então, a ofensiva deles vai ser mais estreita, e vamos conseguir segurar com nossa parede de escudos.

Havia uma falha, é claro. Os homens não seriam capazes de resistir eternamente, por mais disciplina e fervor que houvesse. As ondas de atacantes não cessariam, e era certo que, para cada bárbaro, morreriam dois ou mais soldados do Reinado.

— Por isso, o vital é manter a ordem — disse Orion. — Nossos homens não podem quebrar a formação, e nem parar de golpear, *nem por um instante*. Não vamos sacrificar as primeiras linhas. Pelo contrário: faremos um sistema de revezamento, para que os soldados exaustos sejam substituídos por homens descansados, sem que *nunca* o ritmo de ataque diminua. É muito importante que não haja falha de disciplina aqui. Nenhum homem pode tomar para si um inimigo em particular, nem hesitar um instante em cumprir a ordem de recuo. Vamos lutar como um só.

A seguir, outra preocupação:

Monstros.

— Eles não são um exército mundano. Os próprios guerreiros já são monstruosos. Mas, pior do que isso, eles contam com gigantes horrendos. Máquinas de guerra feitas de cadáveres. Sabe-se lá que tipo de horrores.

Dirigiu um olhar de aço para cada um dos oficiais.

— Nada podemos contra isso, senhores. Um exército como este não foi feito para enfrentar essas coisas.

— Então...?

— Iremos empregar especialistas. Mercenários, guerrilheiros, pessoas com treinamento incomum. Em uma palavra: aventureiros.

Alguns achavam inadmissível, desonrado. Outros, apenas tolice.

— Ingram Brassbones, o anão, não terá utilidade nenhuma no meio das tropas. Ele é só um exemplo. Aventureiros, exploradores de ruínas e outros tipos versáteis podem causar mais estrago em grupos pequenos, entrando atrás das linhas inimigas. Em geral, têm bastante autonomia, e experiência em entrar e sair rapidamente de território hostil.

Orion prosseguiu. Explicou sobre as formações, os sinais que imaginara para o revezamento de tropas. Os líderes da cavalaria pesada. O posicionamento dos clérigos. Os cuidados especiais que deveriam ser tomados com as lanças da parede de escudos, pois os inimigos corrompidos não morreriam simplesmente sendo trespassados. A reunião durou longa. No final, ainda restava uma pergunta:

— General, isso vai nos conduzir à vitória?

Punho.

— Não há um truque. Não há arma secreta. Não há uma reviravolta. — Orion foi uma torre. — Isto é apenas o melhor que podemos fazer.

O inimigo chegava perto. Viam-se contornos de pesadelo. Crânio Negro não se apressava.

— Gostaria que Trebane estivesse aqui — disse Ingram.

De alguma forma, não se sentiam completos. Pessoas, eventos, inimizades pendiam soltas, como fios desatados.

— Gostaria que Vanessa estivesse aqui — disse Orion.

Reuniam-se, discutindo, ensopados em suas inquietações. Tentavam achar uma resposta.

Darien ouvia aquilo, ouvia o general falar de sua esposa e de seu filho. Comentários ocasionais sobre quem ficara em Norm. E lembrava de Vincent.

Não sabia se gostaria ou não que o rapaz estivesse ali.

Chegou Namalkah. Cascos tocando o chão. Queixos erguidos, medindo tudo e todos. Xavier Nash liderava pouco mais de quinhentos ginetes. Outros prometiam vir de reforço.

— É uma honra tê-los aqui — disse Orion, apresentado ao tropeiro.

— Vai ser uma briga bonita, general — disse Xavier Nash, enrolando um cigarro. — Vamos fazer uma bela limpeza.

Orion surpreendia-se com a aparência de tranquilidade daqueles homens. Eram poucos, comparados ao resto das tropas. Na verdade, não fariam um dente no exército da União Púrpura. Pareciam estar ali menos para ajudar do que para se divertir. Como se chegassem na última hora a uma festa promissora.

Orion colocou-os na liderança de uma das cargas de cavalaria.

Zebediah Nash olhava o ajuntamento dos compatriotas. Rebatia-se entre um lado e outro, incerto de onde se assentar.

— E então, Zebediah? — disse Xavier Nash. — O senhor vai cavalgar conosco?

O destino se costurava.

Chegou Bernard Branalon, com Alenn Toren Greenfeld e os escombros da Ordem da Luz.

Foram avistados longe, pelos batedores. Cavalgavam maltrapilhos, esfaimados e exaustos, em cavalos meio mortos. Tinham forçado a marcha desde Bielefeld, deixando os civis em segurança, para chegar a tempo da batalha. E mal tinham forças para erguer os próprios braços, mas erguiam o estandarte da Ordem da Luz. Um orgulho raivoso, ferido, desafiante.

Orion foi recebê-los montado em Bandido, nos arrabaldes do acampamento. E sentiu o gelo da percepção.

— Bernard!

Não eram reforços.

E, antes que perguntasse:

— A Ordem da Luz caiu, Orion — disse Alenn Toren, o Alto Comandante. — *Sir* Vincent Gherald destruiu Norm.

Orion sentiu-se um fantasma. Mas, triunfante, Bernard Branalon ergueu Vallen Drake. O menino gemeu e choramingou. O que era um grito de guerra, quase, porque ele mostrava estar vivo.

Orion abraçou o filho e os amigos.

Depois, na tenda de comando, Bernard vingava-se do tempo de privação e pouca comida. Sua segunda prioridade era a barba, que encontrava-se desgrenhada e suja como o capim de um terreno baldio.

— Como? — disse Orion.

— O garoto estava corrompido — Alenn Toren falou com voz sombria. Estava afundado numa cadeira, as grandes mãos negras juntas, o único olho meio oculto pela sobrancelha. Parecia um arco prestes a disparar uma flecha.

Orion caminhou pela tenda, entorpecido, olhando a todo instante Vallen num berço improvisado. Certificava-se da realidade daquilo tudo.

— Nós somos o que restou da Ordem da Luz — o Alto Comandante voltou a falar. — Alguns ficaram, é claro, para consertar os estragos. Mas a maioria quis vir em perseguição do pirralho traidor. E eu não proibi ninguém.

A fúria borbulhando dentro de Alenn Toren era assustadora mesmo para seus aliados.

— A culpa é minha, meu lorde — disse Orion.

— Sim. E minha também. E de Justin Gherald, mas parece que o desgraçado já morreu. Devíamos ter executado o tal Vincent quando tivemos a chance.

Orion sentiu-se tomado de vergonha. Porque, mais do que ninguém, fora enganado. Não havia redenção.

— O que vamos fazer, *sir*? — disse.

— Vamos matar, Orion — rosnou Bernard Branalon. — Vamos matar os jovens desgraçados. Eles mataram meus filhos. Eles — a voz se afogou.

Bernard e Alenn Toren haviam trazido poucas centenas de cavaleiros. Não mais que um punhado, no grande contingente daquela batalha, mas todos carregando um incêndio de contas a acertar. Orion colocou-os liderando a segunda carga.

— Você se tornou um líder decidido — disse o Alto Comandante. — Nunca pensei que seria capaz de dar ordens a mim.

— Desculpe, meu lorde. Mas, agora, não aceito o comando de ninguém neste exército, além do meu próprio. Se Khalmyr vier aqui, Khalmyr abaixará a cabeça.

E saiu da tenda. Um enjoo no fundo das tripas, pressionando seu coração e sua garganta.

Era o sabor da traição.

— Darien — disse Orion Drake.

Fazia uma sombra longa e larga por sobre o rapaz, que ainda enfrentava o trabalho de arear a armadura.

— Sou um escudeiro ou uma lavadeira, *sir*? Porque este é o trabalho de uma lavadeira, aplicado a armaduras. Pelo menos se eu trabalhasse num rio, poderia ver os peitos —

Orion agarrou-o, ergueu-o, e arremessou o garoto para trás.

Darien apalpou a cintura de instinto, em busca de uma espada inexistente.

— Você tinha razão, Darien. Sou mesmo louco. Sou mesmo um idiota.

— *Sir*...?

— Apenas um lunático poderia pensar que um bandoleiro assassino teria salvação.

Darien estava meio abaixado, posição de defesa, mas deixou a guarda cair.

— Quero lhe perguntar por que você mentiu. Mas já sei a resposta. Mentiu porque é isso que você é. Mentiu porque não conhece lealdade. Eu estava errado. Matá-lo não teria sido piedoso. Seria apenas uma boa prevenção. Deveria tê-lo matado assim como mato um escorpião, mesmo antes que ele me ataque.

Darien tinha a larga boca aberta, mole. Tirou os cabelos castanhos do rosto, num gesto automático, e ainda encantador. Era o tipo de garoto que todas as mães temem, porque pode seduzir com facilidade suas filhas. O tipo de garoto que os pais odeiam, porque influenciam seus filhos a delinquências.

E Orion percebia. Fora seduzido. Fora influenciado.

— Eu não menti! — disse ainda Darien.

Orion sacou a espada, mas conteve-se.

— Não mentiu? *Não mentiu, traidor*? Não tinha nenhum motivo para achar que Vincent estava corrompido?

Darien encontrou seus olhos.

— Não.

Orion pareceu crescer meio metro, e virar pedra. Era impossível, por sua gravidade, que fosse um homem mortal.

— Não acredito. Não acredito que mente de novo.

— Sou inocente. Juro por Khalmyr.

Orion sentia-se anestesiado. Balançava a cabeça fracamente.

Ergueu de novo a espada. A esta altura um amontoado de cavaleiros e soldados fazia um círculo em volta dos dois.

— Você vai morrer, Darien.

— Não, espere —

— Você não entendeu. *Vai* morrer. *Nada* que você disser vai mudar isso. Tem a escolha de morrer mentindo ou morrer falando a verdade.

E desceu a lâmina.

— *Eu sabia!*

O fio da espada estacou tocando os cabelos de Darien. O rapaz caiu de joelhos.

— Eu sabia — disse, entre soluços. — Vincent estava tomado por alguma bruxaria. Alguma porcaria de poder. Eles chamavam de bênção...

Os espectadores recuavam, meio temerosos da fúria que emanava do general.

— Era o simbionte. — Darien olhou para cima, para os olhos do cavaleiro, seu próprio rosto desfigurado de choro. Ainda era sedutor. — Vocês iam matá-lo. Eu não podia falar nada. Vincent é meu amigo.

Orion guardou a espada.

— Eu não vou lhe dizer que meu filho quase morreu. Não vou falar sobre os filhos de Bernard Branalon, que morreram. Nem que Branalon *defendeu* seu amigo. Não vou falar dos inocentes que foram assassinados só para causar horror. — Cuspiu na direção do rapaz. — Porque nada disso importa para você, pequeno monstro. Não consegue entender esse sofrimento, não é? Não consegue compreender que essas pessoas são reais. Que existem outros no mundo além de você e Vincent. Acho que nunca o vi falando do *resto* de seus bandoleiros...

Darien levantou-se, enxugando o rosto.

— Você vive dizendo que é meu senhor. Vamos, pode me dar a punição que quiser. Se vai me matar, acabe com isso.

Orion deu-lhe as costas.

— Não sou mais seu senhor. Você não é escudeiro. Agora, será soldado.

Pausa.

— Você vai ficar na primeira linha da parede de escudos, Darien. À extrema direita, sem ninguém para protegê-lo. E vai morrer, não se iluda. Vai morrer em combate.

— Por que —

— Você é um assassino. Um mentiroso. Um traidor. Traiu quem lhe deu uma chance. Traiu até mesmo seu amigo Vincent, deixando que ele fosse corrompido, cada vez mais, sem avisar ninguém. Na frente de combate, você vai ter outra oportunidade de traição. Vai poder se render ao inimigo. Vamos ver se, além de tudo, trairá o seu mundo inteiro também, Darien.

Orion caminhou para longe.

Darien olhou em volta. A multidão dispersava-se. Viu Richard, afastando-se lentamente.

— Espere! — correu para o escudeiro.

Richard voltou-se e acertou-lhe um murro no queixo. Darien caiu sentado.

— Parentes meus morreram em Norm, traidor. É bom saber que, nesse tempo todo, você só estava pensando no seu amiguinho corrompido. Espero que vocês dois se divirtam, fornicando um com o outro no inferno.

Sentado na areia, o lábio sangrando, Darien notou que não tinha mais vida. Sobrara-lhe Vincent, talvez.

E, ao longe, uma trombeta soou com um guincho. *Sir* Vincent Gherald liderava a juventude da Ordem da Luz, indo juntar-se ao exército de Crânio Negro.

Eram poucos, mas eram impressionantes de orgulho e degradação.

A Ordem da Luz, tomada e corrompida por Vincent, apresentava-se a Crânio Negro, erguendo alto seu estandarte de pele humana. Os cavalos tinham presas longas, olhos de mosca, carapaças cheias de navalhas. Os cavaleiros, pouco mais que crianças, tinham armaduras rubras, reluzentes de muco, adornadas com honrarias insetoides.

Sir Vincent curvou-se perante Crânio Negro.

— Ofereço meus homens para a batalha, senhor. Peço que nos deixe cumprir nosso dever sagrado.

O caçador de recompensas olhava aquilo, tocando o próprio elmo e balançando a cabeça.

— Sei que descumprimos as ordens, senhor — disse Vincent. — Queremos apenas lutar.

— O que aconteceu com Justin Gherald?

— Eu o matei, senhor.

Crânio Negro aproximou-se do rapaz, em interrogação.

— Ele era fraco, senhor. Apegado a noções artonianas de moralidade. Velho. Não era de todo lefeu.

Crânio Negro jogou a mão ao alto, em desistência.

— Ótimo. Lute. Comande seus homens, mate muitos deles.

Sentiu algo encaixar-se na mente.

— Abra um *caminho* pelo exército deles. Um caminho até a área de Tormenta.

Vincent ergueu-se, satisfeito. Crânio Negro se afastou, pensando e maquinando, e o rapaz pôs-se a dar ordens e distribuir paz de espírito.

No meio das linhas corruptas da União Púrpura, Vincent notava algo vago, familiar. Ele se recordava, de maneira onírica e distante, de uma outra vida, como um desenho a carvão meio apagado. Estava no meio dos bárbaros. Mas era diferente. Tinha um punhado de garotos sob seu comando, que não pertenciam às tribos (tribos?), e iriam atacar cavaleiros da Luz.

Já não houvera algo parecido, algum dia?

— Sangue e juventude! — gritou, em entusiasmo incontido, o mais jovem dos cavaleiros.

Significava alguma coisa.

Vincent caminhou pelo meio de seus homens (seus garotos, seus monstros), e viu, nas antenas, nos olhos múltiplos, nas quelíceras inquietas, as expressões de confiança. Eles dependiam de sua liderança, de suas decisões.

— Porque são lentos e burros e fracos e barulhentos demais — disse para si mesmo, sorrindo por trás da máscara simbionte.

Aquilo era conhecido. Era familiar, puxava um sentimento morno, esquecido, do fundo da garganta. Um sentimento que não era lefeu.

— Como acha que devemos atacar, Darien? — disse Vincent.

Mas olhou para os lados, e não havia ninguém.

— Com quem está falando, *sir*? — perguntou um jovem cavaleiro.

Vincent notou que retraíra a carapaça em seu rosto, mostrava os olhos azuis.

— Não sei.

Crânio Negro ergueu Andaluzia pelos cabelos.

— Acorde, vaca arcana — rosnou, sacudindo a bruxa. — Preciso de você. Vamos. Preciso de você.

Andaluzia tinha as mãos crispadas, e o resto do corpo imitando-as. Era como se, por não ter rosto, espalhasse a expressão de angústia por todos os membros. Convulsionava de soluços, de choro que não tinha por onde sair.

— Preciso do seu poder. Vamos. Fale comigo.

Mudou o tom de voz. Abraçou a mulher, acariciou seus cabelos imundos.

— Por favor, Andaluzia. É a última parte. Estamos quase acabando.

Ela entrou em um ataque de espasmos e tremores.

— Controle-se! — rugiu o caçador, dando um soco na cabeça da bruxa.

Ela ergueu a cabeça sem rosto.

— Eles vão chegar...

Crânio Negro conteve mais um golpe.

— *Não posso, tenho que ficar quietinha. Eles vão chegar. Os pais dos avós, e tudo que nós não vimos.*

— Ninguém vai chegar. Preciso de você. Preciso da sua magia. Preciso que mate nossos inimigos. Lembra-se? Foram eles que machucaram você.

A bruxa escondeu a pele encaroçada que lhe fazia as vezes de rosto.

— *É mentira* — disse, simplesmente.

— Pelo menos, um portal. Faça um portal. Assim, nós pulamos sobre eles, e nem precisamos lutar. Vamos direto para a área de Tormenta. — Como se falasse com uma criança.

Mas, ao ouvir isso, Andaluzia desabou em um frenesi ainda maior. Tentava bater na armadura negra, pisoteava o chão, rasgava a própria pele com unhas compridas e sujas. Por fim, o caçador deixou-a caída, e pôs-se a pensar em estratégias.

Vieram dois batedores.

Crânio Negro fechou as manoplas em punhos.

De qualquer forma, portais seriam inúteis. Não haveria tempo para mover todas as tropas.

Porque um terceiro exército chegava por trás.

Estavam próximos. Orion quase podia sentir o cheiro do inimigo. Encaravam-se, quase à distância de ataque. Um lado e outro organizava os últimos detalhes.

Das fileiras da União Púrpura, desgrudou-se um emissário.

As sentinelas não sabiam o que fazer com aquele homem, que não era mais um homem. Uma criatura. Pequeno (talvez fosse pouco mais que uma criança, antes da corrupção), magro, o corpo tomado e distorcido pela carapaça vermelha. Lâminas descendo dos ombros, pelos braços finos, cabeçorra de mosca e pernas compridas e serrilhadas. Carregava um pergaminho.

Orion foi chamado.

O emissário entregou-lhe a missiva, recurvando-se e pingando visco translúcido no chão.

Orion leu.

Amassou.

— O que é? — disse um oficial.

— Um pedido de trégua.

As dezenas de milhares da União Púrpura desenhavam-se contra o céu. As máquinas de guerra e os gigantes. O emissário punha-se imóvel, como uma casca vazia, à espera de resposta.

Homens importantes aproximaram-se do general em um enxame.

— *Trégua?*

Orion assentiu.

— Crânio Negro diz que não quer nos enfrentar. Deseja seguir à área de Tormenta. Diz que não somos inimigos. E não precisamos lutar.

Dois cavaleiros riram de alívio. Um outro agradeceu a Khalmyr.

Orion sacou a espada de um relâmpago, e decapitou o emissário.

Os cavaleiros e oficiais ergueram o burburinho de vozes, soldados chegaram perto. Todos foram dispersados por Bandido, que veio galopando a um assobio do general. Orion apanhou a cabeça decepada, enfiou o pergaminho amassado entre as quelíceras do homem-criatura. Montou e cavalgou para as linhas do inimigo.

— Aqui está sua resposta! — gritou, arremessando a cabeça e a mensagem.

De volta ao Exército do Reinado, os oficiais esbravejavam.

— Por que fez isso? Por que lutar?

— Porque alguém precisa fazê-lo — disse Orion.

Alguém precisava enfrentar a Tormenta. Alguém precisava fazer Crânio Negro pagar. E isso era suficiente.

— *Sir*, poderíamos ter saído daqui em paz!

— Não viemos até aqui para sair em paz. Viemos para entrar em guerra.

As duas grandes massas de homens e monstros se aprumavam, se erguiam para o combate. As lanças estavam em riste. Os estandartes tremulavam. Azgher observava, parecendo tremer de antecipação.

Um batedor chegou esbaforido à tenda de comando.

— *Sir* — ofegou, depois de uma saudação. — Mais tropas estão vindo do sul. Por trás do inimigo.

Orion levantou-se, sem respiração. Não havia chance de sobrevivência se Crânio Negro possuísse mais reforços.

— Não, *sir*. Estão do nosso lado.

Um outro exército cruzara a fronteira de Trebuck. Um exército de quarenta mil, com uma floresta de lanças, uma barragem de espadas, e os mais ferozes guerreiros do Reinado. Um exército invencível, inalcançável.

Crânio Negro não os vira porque movimentava-se com magia, e ficara preso na Pondsmânia. Mas os estandartes erguiam-se alto.

Yuden, o Exército com uma Nação, marchava em socorro.

— Yuden? — disse Orion. — Como...?

Reuniu magos e videntes. E, através dos olhos arcanos, viu as tropas de Yuden, como se fosse um pássaro.

A ordem perfeita, a expressão ansiosa dos soldados. As armaduras reluzentes, o passo em sincronia, os cabelos curtos e os rostos escanhoados. A bandeira de Yuden. O brasão da família real Yudennach.

O Príncipe Mitkov Yudennach cavalgando na vanguarda.

E uma outra bandeira. Um outro brasão. Ao lado de Mitkov, seguia *lady* Shivara Sharpblade, a rainha de Trebuck.

E um terceiro brasão. As armas cruzadas de Keenn, o Deus da Guerra. Carregado por Vanessa Drake.

Naquela noite, Vanessa chegou ao Exército do Reinado, deixando as tropas de Yuden e circundando, longe, o inimigo. Foi direto à tenda de comando. Orion pareceu senti-la antes que chegasse, porque correu para fora, interceptou a mulher, e ambos se abraçaram com ferocidade.

Numa ânsia de estarem juntos, como se quisessem se mesclar num corpo só, apertavam-se um contra o outro. Não podiam falar. Sumiram na tenda do general, onde estava Vallen Drake. E sentiram o elo intangível que ligava os três, mais forte do que nunca — mãe, pai e filho, às vésperas do confronto, juntos.

O tabuleiro estava montado.

— Preciso lhe contar — disse Vanessa.

— Não importa, meu bem. Não importa.

Orion estourou em um soluço há muito guardado, e as lágrimas tocaram sua barba cinzenta. Existia Vanessa, e existia Vallen, e existiria vitória. Tudo estava bem no mundo.

CAPÍTULO 12

COMO VANESSA CUMPRIU A VONTADE DE KEENN

ANTES.

O cenário estava pronto. A rainha manteve o rosto à frente, olhos pétreos de condenada, enquanto duas aias vestiam-lhe a capa negra e vinho. Duas mulheres jovens, airosas, leves de passos e frescas de compleição. Cuidavam das roupas. Em seguida, vieram as escudeiras. Tinham ombros largos de treinamento, mãos calejadas de manejar as armas, cicatriz na fronte e nariz quebrado. Ajustaram as tiras da armadura da rainha, a placa de peito e o gorjal, as manoplas e as grevas, os coxotes e o camal.

A rainha estava pronta.

O quarto era pedra lisa, encaixada e cinzenta, sem adornos e sem janelas. A banheira de bronze, onde a rainha havia-se imerso em purificação, jazia num canto, perdendo calor. O leito de madeira no outro extremo, onde ela dormira sem colchão ou lençol, nua contra o frio, para provar força. Tudo um ritual. A porta de traves grossas, carvalho e rebites, era quase de cela, embora fosse por sua honra. A rainha era homenageada.

A porta abriu-se. Entrou a clériga. Fez uma mesura.

— Majestade.

— Erga-se.

Protocolo incomum. Era um dia metálico, que encerrava a voz e o comportamento em sua gravidade. A rainha trazia o rosto fechado. Pensamentos em ciclo rodando no fundo da mente, rememorando o quanto aquilo era certo, e o quanto era errado.

— É quase a hora, majestade.

— Eu sei, Vanessa — disse a rainha, com um suspiro. — Não vou me atrasar para o cadafalso.

Vanessa Drake ergueu uma sobrancelha. As escudeiras e as aias trocaram olhares fugidios.

— Vão embora — disse a rainha para suas servas.

As mulheres saudaram e desapareceram. Restavam apenas Vanessa Drake e a rainha. *Lady* Shivara Sharpblade.

— Gostaria que não me tratasse como inimiga, majestade — disse Vanessa.

Shivara andou pelo quarto, as grevas tinindo contra o chão.

— Ainda estou tentando decidir o que você é — disse.

— Se fosse sua inimiga, eu estaria morta.

— A não ser que tivesse uma estratégia, não é mesmo? Algo que a fizesse vitoriosa. Não é isso que seu sumo-sacerdote fala? "Quando não há condições de vitória, crie uma condição".

Vanessa ficou calada. Observava a rainha.

— Desculpe — disse Shivara, parando no meio do quarto e levando a mão à testa. — Não tenho direito de fazer essas acusações.

— Uma rainha tem direito de fazer o que quiser.

— Menos morrer com dignidade.

Boca tensa.

— Não é necessário morrer, majestade. Eu lhe ofereci uma alternativa. A única alternativa, talvez. Para criar condições de vitória.

— Eu sei.

Recomeçou a andança em círculos.

— Como acha que a história vai lembrar de mim, Vanessa? "A Rainha Prostituta"?

— Este tipo de arranjo sempre existiu, majestade. São interesses.

Riso sem humor.

— Mais do que interesses, no meu caso. Desespero. Se eu não me entregar, Trebuck cai. Crânio Negro vence.

— Meu próprio marido está levando soldados para impedir que isso aconteça.

— Mas, no final, a batalha se decide aqui. Eu me curvo, eu me entrego, eu sou derrotada. Para que Trebuck vença.

— Não será algo tão ruim, majestade.

— Dizem que *ele* assassinou o próprio pai.

— Provavelmente mentiras.

— Não peço que me entenda. Afinal, uma sacerdotisa da guerra deve gostar de Yuden.

Pausa.

— Nunca escondi meu interesse neste caso — disse Vanessa. — Fui eu, afinal, quem arranjou tudo isso. É a vontade de Keenn, assim como eu interpretei, que isso ocorra. Mas não estou tentando enganá-la, majestade. Seu interesse também é verdadeiro.

— É claro. Você agrada a seu deus. *Ele* faz uma jogada política importante. E eu sobrevivo.

— Seu reino sobrevive.

— Subjugado.

— Para lutar mais tarde.

— Mas subjugado.

— Pior que ser subjugado à Tormenta?

Sem resposta.

— Não sou uma vilã de histórias infantis — disse Vanessa. — Não estou interessada em fazer-lhe uma armadilha. Pense além desta batalha, majestade. Além de Crânio Negro. Yuden vai lhe oferecer mais do que tropas. Treinamento. Academias militares. As melhores mentes estratégicas do Reinado. Tudo o que faz do exército de Yuden o melhor dentre os humanos.

— É um bom preço para se vender a alma.

— Majestade, nem todas as batalhas são ganhas por confronto direto. Entregando-se agora, a senhora se fortalece mais tarde. Tudo que é de Yuden será de Trebuck.

— Tudo que é de Trebuck será de Yuden.

— E quem tem mais a ganhar?

Silêncio.

— Estou sendo uma tola — disse Shivara Sharpblade. — Estou me debatendo no último instante, para tentar provar a mim mesma que ainda tenho dignidade. Nada disso importa. O que importa é vencer.

Está pronta, majestade?

— Não. Mas também nunca estarei.

Piras ardiam com chamas fartas, ladeando o salão. O espaço podia abrigar dezenas. Tornava-se mais estreito pelos tecidos negros e cor-de-vinho cobrindo as paredes. Homens e armaduras preenchiam o espaço. O teto alto segurava uma grade de ferro, onde dois sacerdotes aguardavam sua hora de agir.

No fundo, à frente do altar construído a partir de armas derretidas, estava Vanessa. Na parede, atrás dela, o símbolo de Keenn — machado, martelo e espada cruzados. O ambiente bruxuleava com a luz das chamas, o calor e o cheiro trazendo uma impressão febril de batalha.

Fazia-se uma espécie de corredor, formado pelos braseiros e pelos homens em sentido. O ar enchia-se do som de tambores de guerra, monótonos, graves, retumbantes, tocados em uníssono por dois servos na outra ponta do salão. Sob o rufar, vieram dois guerreiros, responsáveis por marcar a passagem. Homens altos, repletos de cicatrizes e glórias. Peito e braços nus. Sacaram adagas e fizeram cortes fundos nos antebraços; o sangue escorreu em abundância. Eles caminharam entre as piras e os guardas, deixando uma trilha escarlate que desenhava uma alameda de honra.

Retiraram-se.

Em seguida, veio o príncipe.

Mitkov Yudennach, o príncipe de Yuden, marchou pelo salão como um deus. Armadura lhe cobria o peito, desenhada para reproduzir o corpo, mas tinha os braços a descoberto. Teso de força, a pele se lhe repuxava, ameaçando romper sobre os músculos. O pescoço taurino sustentava uma cabeça de ângulos retos, queixo de martelo, olhos rasgados de ferocidade e escalpo liso. Sua capa negra e vinho arrastava-se no chão. A espada que trazia à cintura não lhe pesava mais que um fiapo. Cobriu a distância até o altar, sob a grade do teto, e cruzou os braços sobre o peito largo.

Tambores. Tambores.

Surgiu *lady* Shivara.

Deslizava pelo corredor de sangue, num passo marcial e dançarino, rebrilhando em meio ao fogo, em meio à guerra. Capa arrastando, espada a balançar na cintura. Encontrou os olhos de Mitkov, sustentou o olhar por todo o tempo, e postou-se ao seu lado. Rainha, inimiga e prisioneira.

Soaram trombetas. Um ritmo militar e triunfante, os dois eram como um exército que chegava vencedor.

— A guerra se faz da paz — começou Vanessa, erguendo os braços. — E estamos aqui para unir dois guerreiros, sob Keenn.

Ambos conheciam seu papel. Ergueram os rostos, ergueram as mãos. Em cima, na grade, os dois clérigos arrastaram o prisioneiro. Era um humanoide enorme, abrutalhado e peludo, com dentes toscos surgindo-lhe da mandíbula. Mãos com garras, espinha recurvada. Um ogro. Acorrentado, retesava os grilhões, todo força inútil. Os clérigos sacaram seus machados. O primeiro golpe atingiu o ogro na virilha. O segundo dilacerou-lhe a garganta. Uma cachoeira de sangue quente derramou-se embaixo, através da grade, e banhou Mitkov e Shivara. Os dois receberam o batismo com um engasgo quase de surpresa, uma perda de fôlego pelo sagrado.

— Keenn recebe o sangue do inimigo — disse Vanessa. — Keenn recebe o sangue do aliado.

Os guerreiros postados no salão sacaram suas armas. Eram todos voluntários, membros da elite yudeniana. Haviam disputado e competido por aquela honra. Dividiram-se em pares. Lutaram.

Os combates foram rápidos. Em um minuto, os guerreiros eram só metade. Os duelos até a morte abençoavam aquela ocasião, e os sobreviventes eram tão honrados quanto os caídos.

— Shivara Sharpblade — entoou Vanessa. — Aceita Mitkov Yudennach, príncipe de Yuden, como seu sagrado esposo? Aceita lutar ao seu lado, matar seus inimigos, guardar suas costas? Quando for ele seu general, obedecer suas ordens, no combate e no castelo?

Lady Shivara esticou o braço, agarrou o cabo da espada de Mitkov, e sacou-a.

— Aceito.

— Mitkov Yudennach — disse Vanessa. — Aceita Shivara Sharpblade, rainha de Trebuck, como sua sagrada esposa? Aceita lutar ao seu lado, matar seus inimigos, guardar suas costas? Quando for ela sua general, obedecer suas ordens, no combate e no castelo?

Mitkov sacou a espada de *lady* Shivara.

— Aceito.

— Que sua união nunca os faça complacentes. Que a semente seja forte e o ventre seja fértil. Que nasçam batalhões deste casamento guerreiro, que suas crias venham ao mundo de espada e armadura. Que sua alma seja uma só, como na falange. Que o amor não seja o bastante, porque a vida não é o bastante, e que nunca lhes faltem inimigos e vitórias. — Inspirou. — Eu vos declaro marido e mulher.

Cruzaram as espadas, puxando-se um ao outro. E uniram-se num beijo, conquista e repugnância, misturando a saliva e sentindo o gosto do sangue de ogro.

Explodiu a festa dentro do salão. Os tambores soaram mais rápidos, em frenesi. As trombetas entusiasmaram-se em um ritmo de fúria. Os guerreiros berraram, bateram as armas nos escudos. E logo se entregaram a uma luta desenfreada. A bênção de Keenn se derramava, e os convidados batalharam, pela simples alegria do confronto.

As duas linhagens estavam unidas. Sharpblade e Yudennach, Yuden e Trebuck.

Mitkov olhava sua presa, seu troféu. A coroação não tardaria. Porque, agora, ele era rei.

CAPÍTULO 13

NUVEM RUBRA NUVEM NEGRA

TROVÃO.

A área de Tormenta zumbia e ribombava, atrás. Na manhã, uma mancha vermelha e podre, ameaçando com terror. Mas Arton ameaçava de volta. Porque as tropas entravam em formação, as trombetas soavam, os estandartes eram erguidos. Os corações aceleravam, as mãos agarravam forte o cabo das armas. Os soldados trocavam bravatas, juramentos e desafios. Porque chegava a batalha.

A área de Tormenta atrás, estourando. Mas, à frente, Bielefeld e o Exército do Reinado, sob o estandarte do Corvo, liderados por Orion Drake. A coluna da União Púrpura, quarenta e cinco mil degenerados, chiando obscenidades. E o poderio de Yuden, massa de disciplina e força, o Exército com uma Nação espremendo Crânio Negro.

Marcha. Marcha.

Formações de batalha. Tambores e ordens.

Trovão.

A Tormenta na mácula rubra, e uma tempestade a se formar nas nuvens acima. Lutariam na chuva, lutariam na lama. Mas lutariam.

Montado no soberbo cavalo branco, Orion dava as últimas instruções. Os contingentes de cavalaria já se haviam postado nos flancos, liderados por Alenn Toren Greenfeld e por Xavier Nash. *Sir* Pelvas, o Cão que Cavalga, participaria da carga, junto dos namalkahnianos. Ingram Brassbones, coberto de manto escuro e armas, já tinha suas missões. Darien sumira, perdido, mais um na parede de escudos.

Vanessa se aproximou de Orion.

— Você vai cavalgar? — disse ela.

O cavaleiro apeou.

— Na verdade, tenho um pedido a lhe fazer.

A clériga deu um sorriso incerto.

— *Lady* Vanessa Drake — disse Orion, abaixando-se sobre um joelho e tomando a mão da esposa. — Poderia me dar a honra de combater ao meu lado na parede de escudos?

Ela riu, puxou-o.

— Há quanto tempo não lutamos assim, juntos?

— Anos e anos.

— Anos demais.

Beijaram-se.

Orion deu um tapa carinhoso no flanco de Bandido. Lutaria a pé, lutaria com sua amada.

— Vallen? — disse Vanessa.

— Vai ficar bem guardado. Está na tenda de comando, com um destacamento de cavaleiros da Luz, e dois clérigos.

— Vamos vê-lo antes da batalha.

— É claro.

Deram-se as mãos.

— Você está realmente gostando disso, não é? — falou Orion.

— Guerra resolve tudo.

A área de Tormenta se agitava. Como uma coisa viva, parecia se retorcer de ansiedade pelo combate próximo.

As tropas estavam em linha. A parede de escudos estava formada. No centro, o general Orion Drake, ao seu lado Vanessa. Ouviu uma balbúrdia atrás, empurrões, falta de disciplina.

— Deixem-me passar!

E três soldados desapareceram para a segunda fileira, dando espaço a Bernard Branalon, o Paquiderme Galante.

— Esses rapazotes mal sabem limpar o traseiro, Orion. Não convém deixá-los ao seu lado na parede de escudos.

— Vamos combater os três então, meu amigo. Juntos!

— Agradeça a Khalmyr por isso.

E projetou sua risada volumosa.

Estavam os três, Vanessa, Orion e Bernard, no centro da parede. Escudos sobrepondo-se, subindo e descendo no uníssono da respiração, ouvindo as trombetas, ouvindo os tambores. Logo atrás, o estandarte do Corvo.

A União Púrpura começou a marchar.

— Magos! — gritou Orion. Sua voz foi carregada aos céus, por magia, e por cornetas e arautos.

Nas linhas traseiras, o batalhão de magos de combate entrou em uma cacofonia arcana. Os mesmos encantos, muitas vezes, ou outros muito parecidos. Moviam as mãos em gestos idênticos ou semelhantes, faziam coro ou sobrepunham diferentes trechos das palavras mágicas. Junto com os magos, um druida, encontrado ao acaso entre os mercenários, e um punhado de clérigos alinhados com a natureza. *Trovão* — a Tormenta agitava-se atrás.

Trovão — Arton respondeu.

A União Púrpura avançava, lenta e inexorável, e logo desprenderam-se os voadores. Coisas insetoides, pingando gosma e veneno e sangue e pus, bárbaros corrompidos, distorcidos, carregados aos ares por asas duras e estriadas. Tinham armas (arcos e flechas, azagaias, lanças) e tinham seu horror (cusparadas ácidas, pedaços afiados de si mesmos). Sibilavam, enegrecendo os ares de zumbido, mas Arton trovejou.

Os magos eram, quase sem exceção, homens de estudo e método, mas entusiasmavam-se. No final das entoações, erguiam as vozes, e as nuvens de tempestade se adensaram (cinza sadio em vez de rubro doente), e os ventos tomaram o céu. Os voadores foram derrubados, um teto de furacão cobria o campo de batalha. A manhã enegreceu, mas era um escuro bem-vindo. Os primeiros pingos de chuva, horizontais por causa do vento, tocaram os soldados, e eles gritaram de júbilo. Crânio Negro ordenou que seus servos alados pousassem.

E continuou a marchar.

O avanço largo, que tomava a planície em todas as dimensões, ameaçava engolir o Exército do Reinado, agora a poucas dezenas de metros. Crânio Negro preocupava-se com Yuden, atrás, mas tentava avançar a todo custo, sacrificar quem fosse preciso, para atravessar ali, e penetrar na área de Tormenta.

O passo dos bárbaros aumentava, ganhando impulso —

— *Carga!* — gritou Orion.

Carga!, gritaram as trombetas, gritaram os oficiais.

Pelos flancos do Exército, a cavalaria investiu.

As duas cargas de cavalaria, em cada um dos lados do exército, eram uma provocação agressiva, um desafio bravo ao inimigo — porque eram pinças. Os bárbaros de Crânio Negro tinham pinças, tinham quelíceras repugnantes, mas o Exército do Reinado tinha as pinças feitas de lanças e cavalos, e homens fortes. A carga furou os lados da União Púrpura, espremendo suas linhas e quebrando a formação, tornando a investida principal mais estreita, para a parede de escudos de Orion.

À ordem do general, que na verdade era seu comandado, Alenn Toren Greenfeld sorriu e urrou. Fera negra em armadura dourada, a lança de guerra pronta em riste, na vanguarda da cunha dos cavaleiros da Luz, ele repetiu:

— *Carga!*

E a Ordem da Luz cavalgou.

Centenas de lanças, centenas de cavalos fortes, protegidos de armaduras, e homens cobertos de metal e tradição. Mesmo aqueles que haviam sido covardes, mesmo aqueles que haviam, um dia, procurado ouro e nome, e nada mais, foram invadidos pelo sentimento daquela luta, porque a Ordem derramava-se sobre eles. A carga encontrou os inimigos corruptos, a força monstruosa dos corcéis empurrando as lanças, rompendo carapaça, furando carne apodrecida.

Alenn Toren montava um cavalo negro, e foi o primeiro a matar um inimigo. As criaturas chiavam. Ele pôs seu olho único em um enorme bárbaro coberto de navalhas escarlates, com vinte olhinhos amarelos e quatro patas insetoides. O homem carregava um machado vivo, que possuía uma boca eternamente salivante e fazia barulhos de fome.

No instante da carga, o bárbaro procurou saltar, evadir a lança do Alto Comandante. Mas era impossível. A lança era comprida demais, o cavalo era rápido demais. A carga era treinada há anos, há décadas, e montaria e cavaleiro sabiam exatamente como fazer daquele o ataque mais devastador. No meio do salto, o bárbaro foi colhido pela ponta da arma de Alenn Toren. Sua carapaça foi perfurada, a lança entusiasmou-se ao penetrar a carne macia, e venceu a resistência da casca do outro lado, trespassando o inimigo. O bárbaro soltou um guincho, e golpeou com seu machado.

— *Vocês eram a União Púrpura!* — rugiu Alenn Toren. — Como ousam se rebaixar assim?

E urrou de novo, um som primitivo e ancestral que assustou seus próprios aliados. O Alto Comandante largou sua lança, derrubando o bárbaro no chão. Sacou uma enorme espada, e golpeou para baixo, na cabeça do inimigo, enquanto seu cavalo pisoteava-o. Cérebro e sujeira vermelha esguicharam para todos os lados. Alenn Toren puxou sua arma de volta, livrando-a do cadáver, e investiu de novo — espada e lança em punho.

— Pela Ordem da Luz! Pela União Púrpura!

Os bárbaros voavam e eram despedaçados, em contato com o ataque devastador. Um inimigo dotado de cauda de escorpião e duas cabeças de gafanhoto mordeu o pescoço de um cavalo, esquivando-se da lança de seu cavaleiro e fazendo o animal tombar. Deliciou-se no sangue que jorrava, e agarrou a cabeça do cavaleiro caído. Golpeou com o ferrão venenoso, enquanto uma de suas cabeças vasculhava os perigos próximos. Foi colhido na onda seguinte, os dois pescoços dilacerados por uma lança.

No outro flanco, Namalkah.

Xavier Nash não tinha um grito glorioso. Era um tropeiro e, se sabia lutar, era porque a vida o ensinara. Junto dele, os homens e os cavalos de Namalkah. Os melhores cavalos de todos, e aqueles que gostavam de se gabar de serem os melhores homens. Cavaleiros da Luz, e cavalarianos do Exército do Reinado, acompanhavam os ginetes. Sob as ordens de um velho que tinha por profissão levar tropas de bois.

— É matar, minha gente! — gritou Xavier Nash.

Um relincho estrondoso se ouviu, o general dos cavalos dando a ordem, e explodiram em carga.

Os bárbaros rosnavam, berravam, moviam as antenas e faziam barulho com as serrilhas de pernas e braços. Os cavalos de Namalkah levaram os ginetes numa investida de relâmpago. As lanças toscas, de ferro negro, traindo suas origens de facas ou tesouras, penetraram nas carapaças. Os cavalos eram mais fortes que os monstros. Uma linha de bárbaros cuspiu imundície vermelha sobre os ginetes, mas os cavalos, sem comando, pularam no instante exato, e deixaram o solo chiar sob o muco cáustico. Os namalkahnianos deixavam o corpo se mover, cada um em harmonia meticulosa com seu corcel, e apenas encaixavam o golpe. O galope provinha a força, e a primeira leva de bárbaros morreu.

Xavier Nash deixou-se quedar atrás, escolhendo seu alvo com sua calma milenar, em meio ao caos. O cigarrão de palha pendia-lhe no canto da boca, preso a um beiço, até que ele enxergou uma vítima convidativa. Um homem com quase três metros de altura, grosso como um tronco, manzorras do tamanho da cabeça de um boi, centenas de dentes afiados e vermelhos. O tropeiro investiu, cuspindo o cigarro e ajeitando a lança por cima do ombro. O monstro notou-o, urrou, correu para receber o ataque e matar antes. Xavier Nash, sereno, arremessou a lança, perfurando o peito do inimigo. Um impacto de marreta, mas de pouco efeito. Continuavam na carreira para se encontrar, mas o velho puxou uma outra lança, com uma rapidez fluida e calma, e fez a carga com mira estoica e precisa, no mesmo ferimento aberto pelo primeiro golpe. O buraco no peito do homem se alargou, ele cambaleou vomitando sangue negro. O cavalo de Xavier Nash fez o resto. Saltou, metendo os dois cascos dianteiros nas clavículas do inimigo, quebrando osso vermelho e pútrido.

— Eia!

Pulava sobre ele um segundo bárbaro, uma figura de um ridículo medonho, com uma imensa cabeça de mosca sobre ombros estreitos e cheios de lâminas. Em vez de mãos, tinha espadas. Ridículo, mas letal. E saltava, guinchando, enquanto Xavier Nash preparava um outro cigarro.

O bárbaro foi colhido no ar por um relâmpago. Caiu no chão, blasfemando e fumegando, e virou-se. E encontrou uma lança, um ginete em carga. O Doutor Zebediah Nash investiu contra o inimigo, atravessando-lhe o pescoço fino com a lança comprida, continuando na carga, empurrando a arma enquanto o inimigo se debatia, até que a cabeçorra se desprendeu.

— Tio, esta não é a hora mais apropriada para fazer um cigarro.

O velho deu uma fungada.

— Ora, eu sabia que o senhor viria me ajudar.

Um tropel ao lado, a segunda investida de um grupo de ginetes.

— Hippion! Hippion!

Zebediah Nash puxou sua lança de volta, girou o cavalo.

— Hippion não existe. — Galope. — *Namalkah!*

Sir Pelvas lutava junto a um grupo de cavaleiros da Luz. Brandia sua enorme espada de esgrima, cortando os inimigos em longos talhos rasos, derramando sangue e dividindo gargantas. Puxou uma lança ornamentada, que parecia ter lugar em uma justa, e investiu contra um grupo de inimigos. Leve, rápido, quase não tinha força, comparado aos outros, mas encaixou a ponta da lança em um olho esbugalhado e insetoide, espirrando muco e mutilando o inimigo. E, em meio à carga, uivava.

Os lados da coluna da União Púrpura desabavam. Era questão de tempo, por simples força de números, até que a carga de cavalaria parasse de surtir efeito. Mas, naquele momento, os bárbaros recuavam, empurravam-se uns aos outros aos milhares, frente ao tropel que fazia tremer o chão. E, empurrando-se, espremiam as próprias linhas, e forçavam a vanguarda mais para frente.

Orion, no centro da parede de escudos, aguardava de dentes rilhados.

Crânio Negro gritava ordens, de cima de sua montaria feita de cadáveres. Através da liderança de Artorius, transformara aqueles bárbaros em soldados disciplinados — mais que disciplinados, soldados sem mente. Mas, naquele instante, frente à investida, dentro de cada bárbaro começou uma luta. O simbionte gritava tudo que era lefeu, a obediência e a meticulosidade. Mas, com uma fagulha de medo, emergia o que era selvagem. E eles eram empurrados, quebravam-se as linhas, e o instinto começava a se espalhar.

E logo, a União Púrpura se desfez em uma poderosa e selvagem carga a pé.

— Não! — gritava Crânio Negro. — Em formação! Em formação!

Orion arregalou os olhos, descrente. Melhor do que qualquer coisa que ele pudesse esperar. Porque a carga iria se desfazer como ondas na pedra, contra a parede de escudos.

Os bárbaros corriam, brandindo espadas, machados, tentáculos, garras, ferrões.

— Firmes! — gritou Orion. — Por Arton!

O ar se encheu de zumbido e guinchos — os gritos de guerra da União Púrpura.

Trovão.

Orion ergueu mais seu escudo, protegendo Vanessa. Viu o escudo à sua frente — Bernard Branalon — erguer-se também. Sentiu o chão sob as grevas, os pingos de chuva martelando a armadura de placas. O pé escorregando um centímetro, na lama, e logo firmado. A mão agarrando forte o cabo da espada. Guincho, e o cheiro. Um cheiro ácido, nojento, mistura de enxofre e fruta estragada.

Impacto.

Os bárbaros se chocaram contra o Exército do Reinado.

Orion quase recuou ante a colisão. Meteu a cabeça para cima, enxergou uma nesga do inimigo. Era um homem cheio de cicatrizes e tatuagens, e sua carapaça se mesclava a elas, em padrões abstratos. Tinha dentes afiados no lugar dos cílios, e dois tentáculos finos e cheios de pelos cresciam-lhe na cabeça, como antenas. Usava um machado de duas lâminas. O homem bateu no escudo de Bernard, que protegia Orion, e o cavaleiro sentiu o tremer do golpe. Orion meteu a espada por baixo do escudo do amigo, em uma estocada curta, que procurou um joelho mas não encontrou. O machado do bárbaro atacou de novo o escudo, num clangor que se misturava com o som da chuva. Orion se esticou, estocou com a espada por cima do escudo, girando o ombro. Seu golpe encontrou o pescoço do inimigo, abriu uma rachadura na carapaça. Ele voltou ao esconderijo, a tempo de evitar um golpe, entrando no ritmo treinado da luta. Erguido de novo, estocou no mesmo lugar. A espada encontrou a rachadura aberta, fez um buraco fundo no pescoço do homem, que chiou de dor. Um jato de sangue espirrou para o lado, emitindo um fedor de podridão. Orion abaixou-se, enfiou a espada pela minúscula fresta entre os escudos, abaixo, e fez um corte para trás, abrindo um talho na virilha do inimigo. O bárbaro guinchou e caiu, ainda se debatendo. Foi pisoteado pelo próximo que vinha em carga, para se encontrar com a linha do Reinado.

Era um homem musculoso mas baixo, todo o corpo pulsando com um rubor em ondas. Coberto de todo pela carapaça, com centenas de minúsculos espinhos pontiagudos. Antes que chegasse, Orion esticou o braço, estocando com a espada, e a ponta da arma encontrou o rosto do inimigo. A carapaça se quebrou acima do nariz, e o impacto o fez escorregar, caindo de costas. Orion avançou, pisou forte no pescoço do bárbaro, ouviu casca e osso partirem, voltou à formação.

Enquanto vinha a carga inimiga, Vanessa gritou:

— *Keenn, forme a parede de espadas!*

E os bárbaros corriam, quando uma centena de lâminas espectrais barraram seu caminho. Guincharam de horror e agonia, e foram retalhados pela magia de Vanessa. Mas emergiram do outro lado, sangrando, alquebrados, mas vivos e raivosos. O primeiro que encontrou Vanessa saltou com pernas de grilo, vindo encontrar o escudo de Orion, que a protegia. Clangor, mas a proteção resistiu. Vanessa deu meio passo atrás, sem sair da formação, e o inimigo saltou de novo. Ela esperou que ele surgisse por cima da borda do escudo, e deu um golpe lateral com a enorme maça de guerra. O lado do estômago do bárbaro foi atingido com toda força, a carapaça se rachando e os órgãos sendo esmagados. Logo veio outro, com mãos em forma de bocas, tentando meter braços de seis cotovelos pelas brechas por entre os escudos. Vanessa moveu-se para o lado, deixou um dos braços ficar visível, e golpeou. A maça estraçalhou o braço do inimigo, deixando-o pendente. Mas, previsível, veio o ataque pelo outro lado. Vanessa se esquivou de novo, e quebrou-lhe o outro braço. Em seguida, abaixou-se sob a proteção do escudo. O bárbaro estava fora de combate, mas ainda ali, e foi esmagado por seus companheiros, quando veio a próxima leva.

Um bárbaro atacava Vanessa com a arma mais comum — machado. Ela se arriscava, esticava o braço inteiro para obter força com a maça, a força que quebrava as carapaças e os ossos. A cabeça do bárbaro se rompeu como um ovo, sob a maça de guerra, e seus olhos voaram livres para o chão.

Bernard Branalon usava uma lança, uma das mais eficazes armas na parede de escudos. Mas não uma lança de infantaria, como usavam milhares de homens. Era uma lança de justa, que um homem comum só conseguia empunhar sobre um cavalo. Bernard precisava de apenas uma mão. Os bárbaros vinham em sua direção e ele brandia a lança, com seu comprimento prodigioso, espetando-os muito antes que pudessem atacá-lo. E puxava a arma de volta. Ela ficava presa, sugada pela carne, entre as costelas dos inimigos, e apenas um repuxão de força incrível conseguia soltá-la. Os homens atrás de Bernard eram obrigados a se afastar, para não serem golpeados por seu cotovelo metido em placas.

Um bárbaro foi trespassado, mas recusava-se a morrer. Pelo contrário, agarrou a arma enfiada em seu peito, e começou a puxar Bernard para fora da parede. O Paquiderme Galante fixava os pés no barro, puxava de volta. Mas o bárbaro tinha a força do simbionte, e seus pés possuíam garras longas e articuladas, que furavam o chão e davam mais firmeza. Bernard era arrastado.

— Vou ajudá-lo! — disse Orion.

— Está tudo sob controle, rapaz.

O Paquiderme Galante deixou-se ser puxado. Saiu da formação, sob a chuva, deslizando no barro. E já era cercado de bárbaros. Agarrou a lança de justa, ainda enfiada no peito do inimigo, com as duas mãos. Urrou de esforço, e ergueu a ponta, suspendendo o bárbaro corrompido no ar. E, com mais um grito e um estirão, jogou a ponta da lança para trás, arremessando o homem para dentro da linha do Reinado, onde ele foi estocado uma dezena de vezes pelos soldados ansiosos.

— Deem-me espaço, garotos! — disse Bernard, voltando à parede de escudos.

E vinham mais bárbaros, berrando e zumbindo, agitando asas inúteis ou cuspindo veneno. Aqui e ali, um escudo era corroído de ácido, ou um guerreiro recebia um jorro de espinhos na cara. O grosso dos soldados sofria nas patas dos simbiontes. Caíam, agonizando, mas logo eram substituídos por companheiros, que matavam com vontade redobrada.

A pressão dos milhares atrás empurrava Orion e Vanessa e os outros, comprimindo seus corpos, fazendo um calor abafado, cortado pelos pingos de chuva que escorriam para dentro das armaduras.

E o estandarte do Corvo pendia orgulhoso, encharcado.

— Khalmyr! — gritou Bernard Branalon.

E os homens responderam:

— Khalmyr! Drake! *Drake!*

E, apesar de si mesmo, Orion teve um arrepio ao ouvir seu nome berrado em júbilo por milhares de soldados, inspirando-os na guerra.

— Arton! — gritou o general.

Um novo inimigo veio encontrá-lo. Era um homem avassalador, com ombros grandes como pedras de catapulta, e duas quelíceras finas e afiadas, em constante movimento. Olhinhos negros espreitavam no fundo de seu crânio, enterrados por debaixo de uma testa proeminente e blindada. Chifres pontiagudos e serrilhados emergiam de suas têmporas, e nem todas as placas de sua couraça eram suficientes para cobrir-lhe os músculos encaroçados. Não usava armas.

Agarrou o escudo de Orion e puxou-o. O cavaleiro veio junto, deixando Vanessa desprotegida. Orion foi jogado na lama, com força monstruosa, rolou aproveitando o impulso e logo pôs-se de pé. O bárbaro foi até ele, suas garras enormes como martelos afiados, golpeando intermitentes. Orion dobrou os joelhos, firmou-se para os golpes, dardejou com o escudo à direita e à esquerda, interceptando as mãos do inimigo. O bárbaro agarrou de novo as bordas do escudo de Orion, ergueu o cavaleiro acima da cabeça. O peso do homem, com armadura completa, armas e escudo, não lhe era nada. Um instante antes de ser jogado, Orion chutou. A ponta de sua bota de metal encontrou o nariz. Era protegido de couraça, mas podia ser quebrado. E, se podia ser quebrado, podia doer. Osso e casca fizeram barulho, e o inimigo uivou de dor. Jogou Orion, que aterrissou de costas e sentiu algo se partindo dentro de si. Uma tontura de ferimento, e o peito queimando de costelas soltas. O bárbaro avançava. Orion, num meio giro, ficou de joelhos. Bloqueou o ataque com o escudo erguido, avançou meio metro, deslizando no barro, enquanto o impulso carregava o inimigo um passo a mais. Orion deu um corte fundo com a espada, girando o corpo para trás, cortando tendões. O bárbaro caiu com as pernas moles, e Orion se pôs de pé num salto. Bateu com o escudo três vezes no topo da cabeça do homem, até quebrar-lhe a carapaça, e então enfiou a espada no cérebro esponjoso.

O general estava fora da parede de escudos. Olhou ao redor, e só havia inimigos. Trovão! — Arton rugia. E, de novo, *trovão!* — a Tormenta urrava.

E, de repente, o ar, o céu, o mundo se encheu de uma palavra. Mais que uma palavra, uma ideia, um sentimento de repugnância, medo, adoração, estranheza e amor. Mais que ideia, todos os sentidos sendo preenchidos por uma sensação; cada homem, dentre as dezenas de milhares que se enfrentavam sob a chuva, ouviu, enxergou, cheirou, tocou, saboreou:

Gatzvalith.

A impressão do Lorde da Tormenta era escarlate, alienígena e repugnante. Era também horrivelmente tentadora. Quando Orion emergiu daquele momento de esplendor terrível, esperou ver o Lorde ali, destruindo seu exército, mas só restava uma lembrança. A batalha prosseguia. O que significava aquilo?

Ao redor, os inimigos. Os bárbaros chiavam para ele, cercavam-no. A linha do Reinado tentava avançar, para protegê-lo, mas a disciplina era mantida — a vida do general não valia a quebra da formação. Orion ergueu espada e escudo, quando um tropel rompeu pelas fileiras.

Crânio Negro cavalgava seu corcel macabro, furando linhas de seu próprio exército, para longe da batalha.

Orion urrou e correu para ele.

O cavaleiro bateu com seu escudo, cortou selvagem à frente, para evitar os inimigos, querendo apenas o caçador de recompensas.

— *Crânio Negro!* — trovejou.

A armadura negra fez virar o corcel de cadáveres.

— O que você quer? — disse Crânio Negro. — Minha luta não é com você. Não sei *nada* sobre você. Seus homens estão morrendo por nada. Por que me ataca?

Orion rosnou.

— Porque você existe.

De cima do cavalo infernal, o caçador sacou as duas espadas. Orion ignorou os inimigos ao lado, atrás, e correu para encontrar aquela armadura, aquele criminoso. Podia sentir o cheiro da maldade ao seu redor. Crânio Negro enfiou esporas nos flancos apodrecidos da montaria, e investiu com as duas espadas erguidas.

— Minha luta não é com você.

— A *minha* é com você.

Orion saltou, dizendo às costelas partidas para se calarem. Dizendo a si mesmo para não morrer pelos golpes do oceano de inimigos à volta. Crânio Negro ergueu as espadas em uma prontidão graciosa, bailarina. O caçador não tinha grito de guerra. Mas Orion gritou:

— *Vanessa! Vallen!*

Porque, no final, era o que importava.

Crânio Negro deixou os braços penderem, como se já fosse golpeado. Levou as manoplas à cabeça de elmo. Balançou o rosto, para um lado e para outro. Recebeu o golpe real, do escudo de Orion, no meio do salto, e depois de sua espada. Não notou se estava ferido. Porque só conseguia ouvir uma palavra, um nome, repetindo, retumbando.

Orion tinha os olhos arregalados, surpreso do próprio sucesso.

Crânio Negro começou a se agitar na sela de carapaça insetoide, dar berros intermitentes, balançando o elmo. Virou a montaria e saiu a galope, como se fugisse.

Os bárbaros cercaram Orion.

E um casco esmagou uma cabeça, abrindo espaço. Bandido estacou frente ao cavaleiro, pronto para a batalha.

— Devo-lhe a vida pela segunda vez — disse Orion.

O cavalo relinchou.

E os bárbaros atacaram. Mas Orion não lhes deu atenção, atropelou-os sobre Bandido, em perseguição a Crânio Negro.

O caçador rumava para a área de Tormenta.

Ingram corria, como um esquivo pedregulho, no meio das linhas do inimigo. Suas pernas atarracadas davam-lhe uma agilidade estranha, como um porco-espinho enlouquecido, e ele tilintava com todo o metal das armas. Pela borda da capa escura, o longo cano do rifle se projetava. Ingram saltava, dardejava, de cabeça baixa, coberta pelo capuz, evitando os golpes de centenas de inimigos.

Era um jogo arriscado, e ele sabia que não sobreviveria cinco minutos sob a barragem de morte. Sua missão era rápida: entrar, destruir, ir embora.

Ao longe, muito longe, ele ouvia o rugido da linha de frente. Imaginava que tipo de sucesso Orion estava tendo, divisava fiapos da carga de cavalaria. Mais perto, a linha de Yuden, encontrando a retaguarda da União Púrpura com suas fileiras encouraçadas, como imensas tartarugas bélicas. Tudo isso longe. Ele estava sozinho. Outras pessoas só atrapalhavam.

Espadanando lama, Ingram jogou-se para o lado, evitando um jorro de ácido vermelho. Abaixou-se, salvando-se de um golpe de machado, e correu por entre as pernas (meio patas) de outro grupo. Por todo lado, a cacofonia de zumbidos, chiados, guinchos. Súbito, foi agarrado por uma manzorra afiada, os dedos como pequenas pinças. Forçou-se no caminho, foi puxado, ouviu a capa rasgar.

— Filho de uma centopeia!

Virou-se, sacou uma pistola, viu o bárbaro: um homem magro e comprido, com as mãos desproporcionais, maiores que a cabeça. Uma fileira de antenas pontiagudas adornando-lhe o crânio. Ingram fez mira e fez fogo, estilhaçando a testa do inimigo e espalhando um fedor nauseabundo. Praguejou. Uma bala desperdiçada, um momento desperdiçado. E a capa rasgada era grave: o tecido oleado iria lhe proteger a pólvora, e um rasgão podia ser a morte.

Livrando-se do bárbaro, deu um salto, correu, recuperando o tempo perdido, e enfim avistou seu objetivo.

As bizarras máquinas de guerra da União Púrpura, catapultas vivas, formadas por insetos e homens, com cordas que eram imensos tendões, e sempre gemendo de alegria e dor. Sua munição também era viva: soldados corrompidos distorcidos em bolotas de carne, prontos para serem jogados nas duas linhas de batalha. Outro engenho pavoroso era uma máquina estranha, movida por rodas feitas de corpos, com um imenso canhão gotejante. Era um tubo ósseo, e pingava ácido vermelho e fedorento. Iria dissolver as linhas de Yuden. E, ladeando tudo, os terríveis gigantes, feitos de corpos ainda vivos, grudados uns aos outros por carapaça escarlate. As coisas viraram-se para ele, os bárbaros cercando-o —

Aharadak.

Pela segunda vez, uma impressão alienígena, divina, monstruosa, maior que o universo, tomou conta de todos os exércitos. A palavra, a sensação, a *ideia* do Lorde da Tormenta Aharadak varreu as dezenas de milhares. Era um pensamento — uma certeza — de puro horror abjeto, uma maldade tão grande que nada era possível exceto curvar-se. E uma vontade quase irresistível de *adoração*, um forte sentimento eclesiástico. Antes, a ideia de Gatzvalith tocara os sentidos. Agora, a ideia de Aharadak tocava a alma.

Ingram piscou, e mais uma vez nada mudara. O Lorde da Tormenta não estava lá, restava apenas a inquietação de uma vaga presença poderosa. Não importava; destruir era o importante.

— O que esses yudenianos sem mãe estão esperando?

Como em resposta, vieram os tiros de catapultas. Ingram traçara o plano, combinara com o exército de Yuden, produzira as armas, em pressa terrível. Uma enorme esfera de couro caiu entre as linhas da União Púrpura, no meio das máquinas de guerra. Estourou com o impacto, espalhando seu conteúdo — óleo negro e pegajoso — a dezenas de metros.

Ingram sorriu.

Veio outra, e outra. O anão corria, se esquivava, volteando sempre a região atacada, enquanto as enormes bolas de óleo negro estouravam sobre as monstruosidades. Após o décimo disparo, Ingram sacou sua arma.

Um frasco de cerâmica. Um invento simples, alquimia básica.

Arremessou-o, a coisa se quebrou, derramando o conteúdo inflamável. Alquimia básica — prendia fogo em contato com o ar.

O fogo alquímico explodiu em uma chama minúscula, e tocou o óleo negro que cobria tudo.

Um vagalhão imenso de fogo selvagem se espalhou em um instante. O óleo negro incendiava à menor fagulha, grudava-se em carne, osso e na carapaça insetoide. O incêndio espalhou-se pelas linhas dos bárbaros. Os gigantes coletivos berravam com dezenas de vozes em agonia. As catapultas gritavam sua dor. O canhão de ácido rubro começou a vomitar para todos os lados, em descontrole, matando os bárbaros.

— Queimem! — gargalhava Ingram. — Vocês vão fumegar, desgraçados!

E nada era mais fácil que alimentar um incêndio. Ingram arremessava novos frascos de fogo alquímico, e recipientes cerâmicos de pura pólvora, dando entusiasmo às chamas. O pandemônio dilacerava as linhas.

Ingram sacou suas pistolas e pôs-se a cortar, a tiros, seu caminho de volta.

Darien estava sozinho.

Cercado de gente, homens e monstros, aliados e inimigos. Mas não eram na verdade aliados, e os inimigos não eram seus. A batalha rugia, ele segurava a espada sem força, e tentava erguer o escudo que não sabia usar direito. O fedor de suor impregnava o homem à sua esquerda, mesmo através da chuva, e o calor dos corpos juntos contrastava agudo com o gelado dos pingos. Seu próprio peito queimava, e as gotas frias escorriam por dentro da roupa até seu estômago, fazendo calafrios.

A batalha estava a poucos metros, as linhas da União Púrpura chocando-se com o centro da parede de escudos. Mas ele estava parado, assim como uma dúzia ou arredores de soldados perto dele, nos flancos. Darien achara que seria o primeiro a morrer, sem proteção, na parte mais vulnerável da parede de escudos, mas vivia absurdamente, sem poder fazer nada, olhando o caos e quase não fazendo parte.

— Khalmyr! — gritou o homem ao seu lado, sem razão alguma. Darien imaginou por que ele dissera aquilo.

Um bárbaro rolou no chão de lama, empurrado da luta, um braço pendente. Levantou-se, chiando por entre a boca cheia de tentáculos, e ameaçou com sua lança. Darien pensou no que deveria fazer, erguer o escudo, golpear com a espada, olhando sem compreensão para o inimigo. O homem à sua esquerda deu uma estocada, atingiu o bárbaro no rosto. Ele cambaleou, e outro soldado perfurou-o com um golpe de lança.

Darien esquecia-se de estar lá.

Do meio das fileiras da União Púrpura, começou a se desprender um nó de guerreiros.

Soaram as trombetas do Exército do Reinado. Em poucos dias de treinamento, aqueles homens tinham levado as ordens à alma. Segundo o comando das trombetas, deram um passo atrás, ofegando, gratos pelo descanso, e foram ordenadamente substituídos por novos soldados, descansados, em uma parede de escudos intacta. Darien lentamente começou a recuar, mas foi empurrado de volta para frente.

— Você fica aí até morrer, traidor — disse um homem que ele não conhecia.

Darien olhou para seu novo companheiro, à esquerda, e protegeu-o com o escudo. O grupo que emergira dos inimigos agora se revelava, em um tropel lamacento. Eram cavaleiros.

Cobertos de casca de inseto, portando armas farpadas e serrilhadas, e um estandarte feito de pele humana, onde estava desenhado o símbolo de Khalmyr. Vinham para o flanco, na direção deles.

— Preparem-se! — gritou algum comandante. Os homens gritaram palavras de honra, o nome de *sir* Orion Drake.

Os cavaleiros corrompidos abaixaram suas longas lanças, apontadas para eles, e investiram.

— Não se esqueça de morrer, traidor — disse o homem à esquerda de Darien.

Dor.

Darien olhou para o lado, e viu uma sutil adaga na mão do soldado que ele protegia. O homem puxou a faca, guardou-a e agarrou a espada. Darien sentiu-se tonto, viu o sangue escorrendo, sendo lavado pela chuva, os cavaleiros em carga, gritando:

— *Sangue e juventude!*

E então, o mundo ficou vermelho.

A terceira presença fez-se sentir nos exércitos. Um conceito avassalador, uma ideia, uma sensação sufocante. Um pensamento que dominou cada mente, de ambos os lados da batalha.

Igasehra.

O terceiro Lorde da Tormenta. Trazia uma certeza de insignificância. Que cada um daqueles homens, não importando seus feitos, não importando seus títulos ou sua força, era nada. Podiam ser destruídos com uma respiração, não importando quantos milhares fossem. Igasehra chegou-lhes à mente como um desespero, como a impressão de puro destruir, sem sentido e sem propósito, a certeza de que nada restaria, nem alma nem memória.

E, em um instante, a ideia se desfez.

Darien balançou a cabeça, mas aquilo não era muito mais estranho que a parede de escudos, que a batalha ao redor, que a facada que recebera. Que os cavaleiros corrompidos, em galope na sua direção, gritando:

— *Sangue e juventude!*

As lanças corruptas encontraram a parede de escudos. Darien viu o homem à sua esquerda ser perfurado, a arma trespassando sem dificuldade o escudo que ele mesmo segurava, passando a um centímetro de seu antebraço. Foi jogado para trás, contra os homens calorentos, suados. Deixou o escudo na lama e se ergueu. Via a carga cortar em fiapos o batalhão onde ele combatia, os jovens de armaduras passando, um atrás do outro, numa repetição mortífera, ceifando dezenas com suas lanças serrilhadas.

Darien lembrou-se que deveria combatê-los. Ergueu a espada, desceu-a sobre um cavaleiro em galope. A arma resvalou inofensiva, o movimento arrancou-a de sua mão. Por toda a volta, carnificina. Mas ninguém tocava-o. Os homens berravam, golpeavam em frenesi, saltavam para fora do caminho da carga ou uniam-se em massas compactas, sacrificando-se para retardar um dos cavaleiros. Darien segurava o ferimento em seu estômago. Respingado de lama e sangue, que a chuva lavava.

Um cavaleiro estacou bem à sua frente.

Tinha tentáculos, e uma aparência terrível e vermelha, coberta de navalhas. Mas, ao mesmo tempo, era majestoso. Alto, costas eretas, os longos espinhos que projetavam-se de suas costas como adornos. Usava uma longa capa de pele humana, que se derramava pelas ancas de seu garboso corcel insetoide. Seu elmo se contraiu, revelando o rosto branco e os cachos louros.

— Eu conheço você — disse Vincent. — Darien, não é?

— Mantenham a formação! — gritou Vanessa.

Sua garganta em carne viva, de tantas ordens, repetia os comandos mais uma vez. O escudo de Bernard Branalon protegia-a agora, e ela defendia um soldado recente, chegado com a nova leva, após o soar das trombetas. Vanessa e Bernard tinham contrariado as ordens — seguiam na frente da parede de escudos, os braços amortecidos, já além da dor, matando e matando sem descanso.

Mais uma onda de inimigos se chocou contra a formação. Vanessa se abaixou, protegendo-se contra um imenso golpe de alabarda, e bateu no inimigo sem vê-lo, com a maça de guerra. O som da carapaça se partindo, o fedor da gosma interna, já não era mais registrado, misturava-se com as dezenas de repetições daquilo tudo, no tédio frenético que era a batalha. Vanessa, lavada em suor, os cabelos ruivos grudando-se à pele, o tapa-olho escorregando para a bochecha, atacava sem pensar. Ocupava a mente com Orion e Vallen. Sentia o empurrão dos soldados atrás, as botas deslizando, os pés encharcados. Sentia o empurrão dos bárbaros à frente, impulsionados pelo ataque de Yuden, do outro lado do combate.

O estandarte do Corvo tombou, atrás dela. Vanessa gritou para que o erguessem, e um novo porta-estandarte avançou por sobre o cadáver do antigo, carregando o orgulho do exército. A bandeira encharcada pendia.

Uma nova carga dos inimigos trouxe mortos-vivos.

Os xamãs da União Púrpura animavam os seus mortos e os do Reinado, e seus números se renovavam.

— Clérigas! — berrou Vanessa.

O comando foi levado pelas trombetas. E, logo, as linhas do Exército do Reinado se abriram para dar passagem a um nó compacto e intocado de mulheres em dourado e verde. Clérigas de Lena, a Deusa da Vida. Juradas de nunca lutar ou causar dor, era também impossível lutar perto delas. Emanavam uma aura de calma que fazia os soldados dos dois lados se afastarem. E, como uma só, ergueram as mãos e invocaram a santidade, para expulsar os guerreiros mortos-vivos.

Eles fugiam das clérigas, de sua simples presença luminosa, provocando mais caos entre os bárbaros. Aqueles que não podiam correr acabavam sendo destruídos, virando pó num alívio final.

Vanessa sorriu. A Vida servia à Guerra.

Clamou pelo nome de Keenn e berrou uma prece. Uma luz amarela e fria surgiu por detrás das nuvens. Um som agudo, e a luz tornou-se uma imensa pedra brilhante, caindo sobre o inimigo. Como um cometa, explodiu no meio da União Púrpura, espalhando bárbaros para todos os lados.

E então, o vermelho.

Todos os combatentes perdiam a noção do tempo, quando eram assaltados, pela quarta vez, pela sensação avassaladora de um Lorde da Tormenta. Muitos vomitavam, outros passavam instantes em imobilidade completa — o que significava a morte. Dentre os defensores de Arton, alguns morriam por simples horror, ou então tornavam-se loucos, para não ter de encarar um mundo onde aquilo existisse. Dentre os bárbaros, alguns enchiam-se de fúria jubilosa, enquanto outros prostravam-se em adoração. Alguns simbiontes cresciam, dando ainda mais força a seus hospedeiros, e outros eram tão tomados de beatitude que saltavam do corpo artoniano, matando-o.

O vermelho daquela vez trazia uma ideia de união, de junção poderosa. Todas as dezenas de milhares perguntavam-se: como era possível existirem tantas criaturas separadas, diferentes? A palavra, a ideia, o conceito que lhes invadia era:

Raigheb.

O Lorde da Tormenta que era um enxame, que era tudo e era nada, de que todos podiam fazer parte, sacrificando somente a si mesmos. E todos quiseram, pelo menos um pouco, deixar de lado a dor do indivíduo e ser também Raigheb.

Acordando da vermelhidão, os soldados lutavam.

Yuden chocava-se contra a retaguarda da União Púrpura, esmagando os bárbaros por pura força de disciplina e números. Quarenta mil, trajados em armaduras, carregando escudos imensos que protegiam o corpo inteiro. Marchavam em passo único, perfeito, golpeando todos juntos como se fossem um só. O Exército com uma Nação atacava as tribos corrompidas, e suas manobras eram uma espécie de balé, coreografado à perfeição, já previsto, já conhecido — a luta em si era um mero espetáculo.

Muito atrás, protegido por batalhões de honra, o Rei Mitkov observava o combate em uma bola de cristal. Trajava sua melhor armadura, aço de cor dourada, imitando os músculos por trás. Sorria o seu sorriso lupino, considerando os movimentos distantes dos soldados e dando ordens rápidas.

Ordenou que lhe trouxessem vinho.

— Vinho? — *lady* Shivara explodiu. — Deveríamos estar lutando. Deveríamos estar bebendo o *sangue* deles.

Mitkov deu um riso de lado.

— O papel de um general não é lutar, minha esposa. É comandar.

— Os homens estão morrendo por nós.

— Você mesma não disse que esta batalha era por todos? Era por Arton? Se bem me lembro, essas foram as suas palavras. Os homens estão morrendo por si mesmos.

Shivara mordeu o lábio inferior. Repetiu a si mesma que havia feito a coisa certa.

Um pajem trouxe uma ânfora de vinho para Mitkov.

— Eu vou lutar — disse Shivara.

— Não.

— Eu *vou* lutar, Mitkov. Se quiser me impedir, então prenda-me. Vamos fazer um belo espetáculo. Toda a aclamação que você desejava ao casar comigo destruída, mandando-me prender durante nossa primeira batalha juntos.

Os olhos dos dois se encontraram.

— Certo — disse Mitkov, com um suspiro. — Vamos lutar.

Shivara ergueu uma sobrancelha.

— Não posso deixar que minha esposa lute sem que eu esteja ao lado — disse Mitkov. — Eu pareceria um covarde. Vamos lutar juntos.

Shivara apanhou seu elmo.

— Eu irei usar sua espada — disse o rei, limpando os lábios nas costas da mão.

— A lâmina é *minha* — rosnou Shivara. — É Carthalkan, a Espada Cristalina. Pertence à minha família.

— Nossa família.

Shivara engoliu.

— Será o símbolo de nossa união — disse Mitkov, pegando a espada sem constrangimento, e sopesando-a na mão. — O rei de Yuden usando a espada da rainha de Trebuck. O povo vai nos amar, querida.

Shivara olhou ao redor. Tomou uma outra espada.

— Agora beije-me.

Shivara beijou-o.

E, de novo, o vermelho.

Aquelas almas já estavam exaustas. A mente de todos os guerreiros não podia mais suportar o ataque daquelas presenças avassaladoras. A cada vez que o vermelho descia sobre os exércitos em luta, formava-se uma cicatriz em dezenas de milhares de espíritos. Sobrava um desespero, um pesadelo, um medo ou uma devoção a ser lembrada anos depois.

Mas houve uma nova onda de horror. Um sentimento de inquietude, a princípio, e depois a certeza de se estar sendo vigiado, examinado, estudado. A impressão de que tudo era vivo, e julgava. A ideia de que, dentro de cada homem, de cada coisa, podia existir um inferno, e de que nada era inocente ou inofensivo.

Urazyel.

O último dos Lordes da Tormenta derramou sua existência, e os trovões aumentaram. A intensidade da batalha aumentou. Os guerreiros mataram mais, com mais rapidez e crueldade. E o pior era a incerteza. Não havia provas da passagem daquelas ideias. Não havia a forma física dos Lordes, não havia uma imagem. Cada um, dentre todos os milhares, temia estar louco, sozinho, sentindo tudo aquilo sem que nada existisse.

O que significava?

Os Lordes eram reais. O que todos sentiam era a mais vaga brisa de seu poder. Porque, naquele momento, ocorria algo inédito.

Todos os Lordes da Tormenta se encontravam.

Darien piscou, como se acordasse.

Ao redor, a carnificina rugia, correndo em alegria selvagem, nas patas de cavalos corruptos e na marcha de soldados em desespero, causando apenas vento perto dele.

Vincent abaixava-se, para olhá-lo melhor.

— Darien?

O rapaz segurou o ferimento no estômago, engoliu um soluço. Disse a si mesmo que chorar por causa de um homem era coisa de menininhas e cavaleiros.

Mas havia reconhecimento nos olhos azuis. Vincent estava lá.

— O que aconteceu com você? — disse Darien.

Vincent franziu as sobrancelhas, mas depois desanuviou o rosto. Sorriu. Um sorriso oscilando entre o maroto e o digno. Encantador.

— Eu construí tudo de novo — disse Vincent. — O Bando do Dente Quebrado. Lembra?

Darien examinava o chão, em busca de uma arma.

— Lembra de como era? — disse Vincent. — Eu reconstruí tudo. É claro, esses não são bandoleiros. São cavaleiros da Luz. Mas também servem. São tão barulhentos e burros quanto aqueles outros.

— Vincent, o que aconteceu?

— É tudo como antes — divertiu-se o rapaz. — Matei aquele cavaleiro louco. O velhote, *sir* Justin, lembra? Matei-o. É tudo como antes.

Estendeu-lhe a mão.

— Só falta você.

Darien mergulhou ao chão, agarrou uma espada. Apontou-a para Vincent, em posição de defesa. Vincent seguiu com a mão estendida, o sorriso derretendo-se lentamente em confusão.

— O que está fazendo, Darien?

— Você enlouqueceu. Quis ser uma porcaria de um cavaleiro. Perdeu a memória. Agora, isto! *O que* é isto, Vincent?

— Pare de fazer perguntas chatas. Todas as dúvidas desaparecem com o simbionte.

— Diabo, nem sei se você *é* Vincent.

— Só falta você, Darien. Lembra? Nós dois no comando, porque os outros eram muito fracos e lentos e burros. Por enquanto, estou liderando sozinho. Mas seria melhor com você.

Darien tremia. A ponta da espada sacolejando frenética.

— Está liderando uma pocilga.

Vincent recolheu a mão, retesou a boca numa expressão séria.

— Por que você diz isso? — gritou. — Por que é sempre tão teimoso? Por que insiste em emboscar cavaleiros da Luz?

— Era por *sua* causa, seu imbecil! Você ia morrer, ou sei lá o quê!

— E você conseguiu me curar, Darien?

Os dois ficaram ofegando.

— O que *você* está fazendo aqui? — disse Vincent.

— Lutando.

— Por que não foge?

Pausa.

— Sou um escudeiro — fungou. — Era.

— Você quer ser cavaleiro, então?

— Chega!

— Nada do que existe serve para nós, Darien. Será que você é tão burro que não vê isso? Eu tentei ser cavaleiro da Luz, mas foi inútil. Assim como nós tentamos ser bandoleiros, e acabamos presos, com a morte de todos os outros nas costas. Como você está se saindo, como escudeiro?

Darien não respondeu.

— Isto é algo novo. Droga, quero que você seja líder, junto comigo. Eu *fiz* algo que serve para nós, Darien. Eu descobri algo que me *aceitou*. A Ordem da Luz está aceitando você? O Exército do Reinado está aceitando você?

Darien começou a abaixar a espada.

— Que diabos, seu magricela idiota — disse Vincent, quase se rendendo a outro sorriso. — Vai me fazer falar como uma donzelinha. Você conseguiu amigos de verdade, aqui?

Darien tocou o ferimento.

Orion fez o cavalo branco parar, na borda da área de Tormenta.

— Aqui é o limite para você — disse.

Bandido pateou o chão, relinchando e bufando.

Orion fez menção de apear, mas o cavalo ergueu-se nas patas traseiras, impediu-o.

— Você pode morrer aqui.

Relincho.

— Por Khalmyr, criatura. Isto é uma área de Tormenta.

Bandido disparou em galope. Orion deu-lhe um tapa vigoroso, de amigo, no pescoço.

Caía a chuva ácida. Um fedor sufocante emergia do solo, do ar, da própria realidade. Sons estridentes e enervantes surgiam de fendas nas pedras. Árvores feitas de ossos, arame e crosta vermelha se contorciam. O pelo do corcel queimava, em contato com a chuva. A armadura de Orion chiava, ele sentia o ácido penetrando-lhe a carne.

E galopavam.

As ferraduras começavam a se dissolver. Orion agarrou sua lança, forçando os olhos na vermelhidão, em busca de Crânio Negro. Formavam-se poças ácidas no solo, que logo viravam improváveis lagos de sujeira. Vermes farpados rastejavam, mãos esqueléticas agarravam o ar, brotando da terra. Relâmpagos cortavam o céu, destruindo indiscriminadamente, e o ar alternava-se entre calor abrasivo e frio pontiagudo.

Orion sentia-se *menos*, naquele lugar. O ponto de encontro dos dois universos, onde a realidade era mais fraca, onde ele era menos ele mesmo.

Ao longe, divisou o alvo.

— *Crânio Negro!* — rugiu.

O caçador de recompensas voltou o elmo para ele, e fez o corcel cadavérico acelerar. Inclinava-se na sela, enfiava as esporas fundo, querendo só *fugir*.

— *Crânio Negro!*

Bandido era mais rápido. A chuva rubra dissolvia-lhe o couro, maculava-lhe a brancura dos pelos. Derretia-lhe já os cascos, e queimava-lhe a crina alva. Mas ele era mais veloz, mais forte, mais poderoso que a abominação. O inimigo galopava cada vez mais rápido, mas Bandido encurtava a distância. De um ponto ao longe, o caçador tornou-se uma silhueta distinta. Cresceu na visão, a meio tiro de besta, a metros, Orion preparou a lança.

— Sou Orion Drake!

Fez carga.

— Este é o nome de quem vai matá-lo!

A lança de Orion encontrou as costas de Crânio Negro. Em cheio, com a força de um aríete, cravando-se na armadura preta e arremessando o caçador da sela. O cavalo horrendo estacou, imóvel, como se estivesse morto. Crânio Negro voou ao chão, rolou na imundície ácida, pôs-se de pé num salto, desembainhando as duas espadas.

Como um bicho, como um monstro, Crânio Negro pôs-se a estudar o oponente. Passos lentos, circundando, tronco curvado, em defesa. O combate planejado, meticuloso, duelava com as incertezas, a palavra que ouvira, dentro da sua vontade. O nome.

— Fale-me sobre Vallen.

Bandido dançava no chão ácido, mantendo as vistas no inimigo. Orion de lança em punho, tremendo por sob a chuva.

— É meu filho.

— *Errado!*

Crânio Negro berrou, e atirou-se com as duas lâminas em riste, contra o cavaleiro. Orion ergueu o escudo, mas foi lento demais. Uma das espadas encontrou seu braço, cortando a armadura como se fosse nada. A outra fez um talho fundo em sua coxa. Crânio Negro acertou o peito de Orion com um joelho poderoso, derrubando-o também ao chão.

— Por que você falou de Vallen? — disse o caçador, voz presa.

— Você não é digno de pronunciar este nome.

Orion sacou a espada, golpeou, e o inimigo bloqueou. Investiu com o escudo à frente, batendo no peito de Crânio Negro, mas não conseguiu tirar-lhe o equilíbrio. Ergueu o escudo de súbito, tentando atingir-lhe o queixo, mas o caçador deu um salto acrobático para trás. Orion começou a correr, mas Crânio Negro arremessou uma de suas espadas. A ponta entrou no estômago do cavaleiro, perfurando a armadura com facilidade. Orion hesitou de dor, e Crânio Negro já estava sobre ele, atacando o braço da espada enquanto arrancava a arma presa. Uma golfada de sangue jorrou do estômago de Orion, e o caçador emendou o movimento numa dança giratória de golpes.

— Eu tenho algo a fazer — disse a voz por trás do elmo. — Deixe-me em paz.

Bandido atacou o caçador, batendo com os cascos de trovão em suas costas. Crânio Negro girou, esquivou-se do segundo ataque. Rolou no chão por um momento, e Bandido desceu uma pata monumental sobre sua coxa. O caçador gritou, a armadura preta amassada. Orion golpeou seu elmo, mal conseguindo manter-se de pé. Crânio Negro bloqueou com as duas espadas cruzadas. Chutou o estômago do cavaleiro, bem sobre o ferimento. Orion andou para trás, contorcendo-se de dor.

Crânio Negro botou-se de pé, arrastando a perna que Bandido pisara. O cavalo atacou de novo. Recebeu um corte longo e fundo no peito, desabrochando uma fonte escarlate que tingiu-lhe o pelo.

Orion bateu em Crânio Negro com o escudo, estocou com a espada. Num passo de dança, direita e esquerda, Crânio Negro evitou a ponta da arma. Girou o corpo sobre um calcanhar, pôs-se a centímetros de Orion, esquivando-se dos golpes. Ergueu as duas espadas, procurando a garganta do cavaleiro, que jogou-se de costas no chão para sobreviver. Crânio Negro pisou no peito de Orion, atacou com uma espada, esperou o inimigo erguer o escudo, e estocou com a outra. A ponta afiada da arma perfurou escudo, perfurou armadura, trespassou o antebraço. Orion viu o metal pontiagudo surgindo do outro lado. Crânio Negro puxou a espada, o interior das placas e da manopla se inundou de sangue, e o escudo rachou, dividindo-se, inútil.

O caçador de recompensas examinou Bandido, que relinchava agressividade para outro ataque, aliviou o peso do corpo da perna dolorida, saltou para longe dos cascos do cavalo. Orion viu o mundo bêbado ao seu redor, cambaleou de pé, com o braço do escudo amortecido e duro, o interior da armadura vazando vermelho. Em duas partes, o escudo pendia pateticamente, ainda preso pelas tiras de couro.

Bandido atacava de modo inteligente e maligno, direcionando os cascos de marreta para as pernas do inimigo. Crânio Negro sentia a coxa atingida latejar, mas dardejava, e lançou-se com as espadas cruzadas para o cavalo. Buscou uma pata, mas Bandido ergueu-se no último instante, e o caçador cortou-lhe fundo o couro do flanco. O animal urrou um relincho de dor e fúria, enquanto sua carne pendia à mostra.

Atrás, Orion gritou de novo o grito de guerra:

— *Vallen!*

Arremessou-se de corpo inteiro contra o caçador, usando o braço dormente do escudo para dar-lhe um encontrão.

Crânio Negro perdeu o equilíbrio e caiu.

Bandido, em um pedaço de instante, pisou-lhe a outra coxa, trovejando seu casco na armadura. O caçador berrou, tentou se colocar de pé mas não conseguiu.

Bandido recuou. Orion recuou.

E montou.

Apanhou a lança.

— Minha luta não é com você — disse Crânio Negro.

— *Carga* — sorriu Orion, entre dentes.

Orion e Bandido fizeram carga contra a armadura. A lança retumbou no peito de Crânio Negro, que se arrastava sobre pernas inúteis, no chão. Cavalo e cavaleiro passaram em galope. Bandido voltou-se, Orion preparou a lança. Investiram de novo. Crânio Negro foi jogado, o golpe poderoso nas costas, fazendo-o girar no ar fétido. Passaram a galope, e o corcel se voltou.

— Eu só quero respostas — disse Crânio Negro. — E paz.

Carga.

A chuva castigava os inimigos. Orion enxergava o vulto negro por entre uma névoa de sangue, ácido e a própria carne derretida. Sentiu um impacto fundo quando as duas espadas do caçador, arremessadas, encontraram seu peito. Vomitando uma trilha de sangue, ainda assim encontrou a força para agarrar a lança firme, e acertar o último golpe.

Trespassado e solto, Crânio Negro foi arremessado metros além. Numa poça de sangue que fervia e se dissolvia, a armadura esburacada.

Bandido chegou perto, cheirou-o.

Morto.

Orion desfaleceu.

Bandido relinchou, e arrastou o cavaleiro para fora da Tormenta.

— A época já passou — disse Darien.

E golpeou a mão estendida de Vincent.

O rosto por trás do elmo insetoide aberto navegou entre surpresa e, por fim, raiva.

— Você não tem lugar aqui — rosnou Vincent.

— É verdade.

Encaravam-se, a luta rugindo por todos os lados.

— Você vai me *trair*? — disse Vincent, escorregando de novo para a incredulidade.

— Não houve nenhuma traição aqui, Vincent. Porcaria, você nunca fez nada contra mim. Mas já acabou. Merda, sua boneca loura, não vê que já acabou? É uma droga que o Bando do Dente Quebrado tenha morrido todo, e que você tenha virado um monstro maluco, e que eu tenha acabado como um soldadinho comum. Mas não podemos fazer mais nada.

— Fique junto comigo, Darien!

— Cale a boca, seu afeminado. Não se pode voltar atrás.

E pulou, desajeitado, sentindo o corte no flanco, golpeando com a espada.

Vincent fechou seu elmo de um instante, e usou o antebraço para aparar o golpe. A espada de Darien se quebrou na carapaça, e ele caiu no barro. As pernas fraquejaram por causa da ferida, os pés escorregaram. As patas insetoides do cavalo corrompido estavam a meio metro, e a ponta da lança de Vincent a um centímetro.

Vincent apeou de um salto, chiando e estalando as quelíceras.

Curvou-se sobre o corpo de Darien. Com um safanão, impediu que ele se contorcesse. Agarrou seu pescoço com as duas mãos. Darien deu-lhe socos fracos. Tentou se livrar, mas os dedos encouraçados de Vincent eram imóveis. Darien viu pontos luminosos flutuando. Começou a ficar roxo.

— Vincent, seu idiota — arrastou a voz em um longo engasgo.

Os dedos fraquejaram em sua garganta. Vincent estremeceu, sua couraça ondulando, os tentáculos chicoteando. Soltou.

— Vincent, seu idiota — disse Darien, tossindo.

Vincent crispou as mãos. Agitou as antenas. Urrou um guincho ardido, e sua carapaça se abriu toda. Por entre buracos na pele, foi sugada de volta para dentro do corpo. Ele estava vestido em farrapos imundos. Branco e gelado. Balançando a cabeça, os cachos louros compactos e fedorentos, e chorava.

— Vincent, seu idiota. — Darien tateava ao lado.

— Você tem que me ajudar, Darien. Eu não lembro direito... É confuso. Você tem que me ajudar.

— Vincent, seu idiota.

Darien agarrou o cabo da espada quebrada. Enfiou a extremidade partida na garganta do amigo. Vincent gorgolejou sangue.

— Vincent, seu idiota. Você tem que ser fiel a *alguma* coisa. Não se pode voltar atrás.

Puxou a meia-lâmina, rasgando a garganta de Vincent, cego pelas lágrimas.

— *Não há morte* — disse Crânio Negro.

E era verdade, porque, mais uma vez, ele vivia.

Arrastou-se, sob a chuva e pelas poças cáusticas, através da área de Tormenta. Deslizou pelos campos de navalhas, nadou nas lagoas de pus. Arrastou-se, sentindo cada vez mais a presença terrível e beatífica dos Lordes reunidos. Seus olhos sangravam, sangravam os ouvidos. A armadura era corroída lentamente, mas ele se arrastava.

Até que viu os cinco Lordes. Seu antigo mestre, Gatzvalith. O guerreiro, humanoide e tentador. Aparência quase artoniana. Seu novo mestre, Aharadak. O deus, um estômago monstruoso com o enorme olho cercado de dentes, e as patas insetoides. Os outros Lordes: Igasehra, o monstro. Como um gigantesco lagarto-inseto, vomitando destruição. Raigheb, composto por lefeu e humanos e coisas, uma massa indistinta, um enxame. Urazyel, que era um castelo, sua área de Tormenta habitando o interior de seu corpo.

— *Eu tentei* — disse Crânio Negro.

Os Lordes se voltaram para ele.

Súbito, a tempestade entrou em fúria. Os relâmpagos se derramaram aos milhares. Vulcões surgiram, jorrando escória. A terra se contorceu em ondas, um rio ferveu e uma montanha desabou. A planície virou deserto, a floresta virou pântano.

Porque os Lordes gargalhavam.

Você pensou que fazia uma barganha — era Aharadak.

Você pensou que fazia um embuste — era Gatzvalith.

Crânio Negro sentiu uma cachoeira de gelo subir-lhe pelo esôfago.

— Eu tentei — disse. — Tentei cumprir minha parte. Eu preciso de *respostas*. E *alívio*.

A ideia, o sabor particular de corrupção que era como a voz de Aharadak preencheu o caçador dc rccompcnsas:

Nenhum artoniano pode fazer frente aos lefeu. Não há como trair os lefeu. Não há como enganar os lefeu. Não há nada, exceto lefeu.

Horror.

E então, Gatzvalith:

A fagulha de vontade própria que você possuía já se foi. Agora será mesmo um general perfeito.

— O ataque — disse Crânio Negro. — A união das tribos. A guerra. Todos os milhares. Por...

Nada.

Um minúsculo plano dos Lordes da Tormenta. Um estratagema menor, descartável, quase esquecido.

— Somos mesmo...

Insignificantes.

Crânio Negro compreendeu. A vastidão do horror. Pensou em Arton, e em como o mundo era risível, minúsculo, patético.

Você está pronto — era Aharadak.

— Não preciso mais de respostas.

E é por isso que agora pode tê-las.

Os Lordes gargalharam de novo.

Pressionado dos dois lados, o exército da União Púrpura começava a morrer. Cada bárbaro levava consigo dois ou mais soldados, mas sua força diminuía. Os estratagemas dos comandantes, os números de Yuden esmagavam o inimigo, já sem general.

Bandido arrastava Orion para a tenda de comando.

Era um silêncio bizarro, depois do trovejar intermitente e do ruído ensurdecedor da batalha. O cavalo, coberto de feridas e queimaduras, puxando os cascos poderosos e meio destruídos, seguia de cabeça baixa, levando o cavaleiro. A chuva caía mansa, refrescante, longe dos guerreiros.

Tanta quietude que Orion acordou.

Piscou, compreendendo os arredores. Viu o acampamento deserto, sentiu o passo lento da montaria. A sua enorme tenda, onde ondulavam o estandarte do Corvo e o brasão da Ordem da Luz.

Orion se ergueu na sela, com dificuldade, sangrando por lugares sem conta. Afagou a crina de Bandido.

E viu os cadáveres.

Desajeitado, sem força, fez o cavalo andar mais rápido. Mal conseguia agarrar a rédea com a única mão que respondia. Havia um rasgão enorme na lona de sua tenda. A cabeça de um dos cavaleiros designados para guarnecer Vallen Drake recebia chuva, desolada em frente à barraca. Bandido acelerou, Orion tateou pela espada. Os corpos de todos os guardas estavam espalhados, ali, estômagos abertos, braços decepados. Bandido seguiu o mais rápido que pôde, Orion ainda tentava sacar a espada. Havia uma trilha clara de botas metálicas na lama.

Pouco à frente, o Cavaleiro Risonho.

Orion encontrou forças. Puxou a espada da bainha, segurou-a em tremedeira.

O homem, coberto por inteiro com uma armadura reluzente e quase espelhada, que tilintava com os pingos de chuva, sorria com seu elmo grotesco. A forma da cabeça desproporcional, o eterno frenesi congelado, no sorriso largo demais. E, em seus braços, esperneando, um bebê.

— Vallen! — rugiu Orion.

Botou os calcanhares nos flancos de Bandido, ergueu a espada o mais que pôde.

O Cavaleiro Risonho assobiou.

Bandido deu um salto, corcoveou, subiu nas patas traseiras. Orion caiu de costas no chão, sentindo mais algum osso quebrar. Levantou meio tronco, num esforço inumano, e recebeu um coice de aríete.

O Cavaleiro Risonho montou em Bandido, com uma facilidade de dançarino. Vallen Drake ainda chorava em seu colo.

Cavalo e cavaleiro aproximaram-se de Orion. A chuva inundava-lhe os olhos. Ainda tentava se erguer. Seu pai se inclinou para ele.

— Lembre-se — disse o Cavaleiro Risonho. — Tudo que você tem, eu posso tirar.

E galopou para longe.

Vitória.

O campo de batalha era um morticínio horrendo, atapetado de cadáveres. A chuva ainda caía, transbordando de bocas mortas. Os abutres escolhiam seus petiscos, rejeitando os bárbaros e refestelando-se no Exército do Reinado. Mais uma vez, não houvera prisioneiros. Cada inimigo precisara ser morto. E cada inimigo cobrara seu preço. Talvez uma décima parte de todas as tropas ainda vivesse.

Darien cambaleava pelo campo de morte, em passos largos e irregulares. Segurava ainda a espada quebrada, suja do sangue de seu amigo. Ouvia os lamentos de milhares, que ainda chafurdavam naquela vida agonizante. Passava por cima dos cadáveres, e daqueles que eram como cadáveres. Amortecido.

Viu um cavalo morto, com um imenso rasgão no bucho. Por baixo dele, esmagado e de pescoço quebrado, estava Asmien. Vestia uma armadura. Morrera como cavaleiro.

Nobres e soldados espalhavam-se, dando de comer aos carniceiros. Darien discerniu Fredecald e Richard, caídos um perto do outro, aos pedaços. E Timothy, embora sua cabeça estivesse esmagada, e só fosse possível reconhecê-lo pela roupa. Os senhores dos quatro escudeiros. E milhares, milhares.

Uma voz familiar atraiu-lhe os ouvidos. Virou a cabeça, e viu o Doutor Zebediah Nash, um talho imenso dividindo-lhe o peito, murmurando agonias. Ao seu redor, dois namalkahnianos, ainda vivos. Um clérigo de Khalmyr se ajoelhou, aproximando a mão brilhante de santidade.

O Doutor Nash afastou-o com o mais forte safanão que conseguiu produzir.

— Você vai morrer, sem a ajuda dos deuses — disse o clérigo.

O Doutor sorriu, com dentes avermelhados.

— Não existe deus nenhum.

E expirou com um último orgulho.

Darien seguiu, em sua peregrinação semi-adormecida, sem rumo. Às vezes, tinha certeza de ver um rosto conhecido, mas já não sabia. Todos se misturavam, em uma massa de carne e lembranças, iguais na morte.

Os cadáveres ficaram mais raros. Ele se afastava do campo de batalha.

O estandarte do Corvo pendia, ao lado da tenda do general.

Darien parou, espada ainda na mão, por sobre Orion Drake.

O cavaleiro abriu uma nesga de pálpebras vencidas.

— *Traição* — murmurou.

Darien rilhou os dentes. Segurou a espada partida com as duas mãos, ajoelhou-se sobre Orion. A extremidade quebrada apontando para o rosto do general.

E deu um soluço.

Largou a espada, abraçou *sir* Orion Drake.

— Acabou tudo... Acabou tudo...

CAPÍTULO 14

FIM DE ALGO

NÃO ESTAVA MAIS CHOVENDO EM NORM.

O Alto Comandante Alenn Toren Greenfeld insistira que o banquete ocorresse na cidade sede da Ordem da Luz. As ruas ainda estavam rosadas de todo o sangue, e os prédios queimados ainda eram maioria. Por todo lado, uma marca de atrocidade, o local onde alguém querido morrera.

Mas festejava-se. Porque Crânio Negro fora vencido, a Ordem da Luz retornara. A guerra acabara, antes de começar. A vida erguia-se, desafiante. O horror estava por tudo, mas as pessoas levantavam as vozes e os canecos, ousando ser felizes, ousando existir. Porque, não importava como tudo fosse ruim, vivia-se.

O banquete era ruidoso, muito mais do que o comum, em um festejo de Bielefeld. A alegria, embora forçada, era uma afirmação. A cidade queimada estava repleta de guirlandas e fitas de seda, adornos e bandeiras. Tristes, em conjunto com as ruínas, mas também bravas como um lobo faminto. As costureiras haviam feito as decorações com o mesmo empenho de soldados em treinamento. Cada casa que restava de pé trazia uma fita de luto e uma flor de vitória.

Norm era colorida e coberta de cinzas.

O Castelo da Luz tinha paredes rachadas, mas ainda brilhava. No crepúsculo, era belo além de todas as possibilidades. As torres em forma de espadas erguiam-se, pareciam estar de pé, brandindo a si mesmas contra o passado de violência. Naquela noite, todos puderam entrar no Castelo da Luz.

Cavaleiros e serviçais, nobres e plebeus. Todos em Norm tinham cicatrizes, como medalhas. Tinham perdas, como armadura. E recebiam as honras.

Naquela noite, o rei de Bielefeld, Igor Janz, curvou-se a fazendeiros, oleiros, cavalariços e milicianos. Todos veteranos da queda de Norm, todos recebendo o fraco consolo de serem vistos como heróis.

E havia os heróis da batalha.

Ingram Brassbones sentava-se na cadeira de espaldar alto, em um lugar de destaque. Meio rabugento e meio comovido, escondia um sorriso por debaixo do bigode. Esquivava-se da atenção de nobres, soldados e donzelas. Bebia a notável cerveja anã que, de alguma forma, haviam conseguido para ele. Os barris traziam a marca de mestre Yuth Handeromm — incrível. Ingram pensava em como seria bom se, de repente, sua amada Nadia surgisse pelas portas duplas.

Havia um lugar vazio, reservado para a ausente *lady* Shivara. E, embora relutante, um outro posto de honra desocupado, para o Rei Mitkov Yudennach. Alianças amargas.

Em um canto, alguém deixara um tributo de migalhas para os cães e gatos sobreviventes. Uma sutil reverência a Allihanna, e um lembrete do centauro Trebane, que desaparecera.

O salão era iluminado por tochas e lampiões. Nada mais da ostentação alquímica e mágica que marcara os festejos da justa, antes. Bielefeld estava empobrecido, endividado pela guerra. Mas, contra todo o bom senso, gastava naquela comemoração, para lembrar os habitantes de sair da cama, a cada dia. Alguns esbanjares eram necessários.

Perdido no meio de soldados, o tropeiro Xavier Nash contava histórias rudes e lacrimosas, envoltas pela fumaça de seu eterno cigarro de palha. Um lugar vago ao seu lado ostentava o chapelão do Doutor Zebediah Nash, o assunto da maior parte dos relatos. Ingram olhou aquilo e suspirou por café.

Bernard Branalon, o Paquiderme Galante, estava cercado de todos os filhos que lhe restavam. Bebia rios de vinho, abraçava a prole, comia e chorava. Cada porco devorado por ele era dedicado a um filho ou amigo diferente, caído em batalha. *Sir* Pelvas, o Cão que Cavalga, incitava-o a contar histórias da luta, descrever em detalhes seus feitos e os de seus amigos. Ele próprio já relatara mais de uma vez naquela noite a história da justa, e sua participação na batalha em Trebuck.

Canções explodiam por todos os lados. Cantos marciais. Músicas rudes, cheias de morte e fornicação, típicas dos exércitos. Sagas gloriosas dos cavaleiros. Melodias quase bárbaras, falando de cavalos e mulheres, de Namalkah.

Alguns dançavam. Muitos cantavam, numa algazarra que seguia ora uma canção, ora outra. Errava-se as letras, ria-se muito.

Chorava-se.

Darien estava num canto, de pé. Olhando tudo de esguelha.

Havia aqueles que não estavam em lugar nenhum. Zara e Ashlen, desconhecidos, que haviam tangenciado aquela história, em vidas oblíquas e diferentes.

Havia Orion e Vanessa.

Ouviam o ruído abafado da festa, em seu quarto. As portas fechadas tremiam de vez em quando, com algum tambor ou pés batendo o chão, ou vozes incontidas. A cama estava intacta, arrumada em perfeição de linho e penas. Orion sentava-se nela.

Vanessa tinha terminado de reunir suas armas e roupas num fardo volumoso. Colocou-o às costas. Arrumou o tapa-olho e fungou.

Orion não estava mais ferido. As bênçãos de Keenn tinham-lhe fechado os cortes, unido os ossos. Já podia andar, mas não sentia vontade.

— Adeus — disse Orion.

Ela não respondeu.

— Por que — começou o cavaleiro.

— *Não*. Não pergunte isso. Foi culpa sua, e você sabe.

— Você vai procurá-lo?

Silêncio. Vanessa ficou um tempo de costas, olhando a parede. Controlou um suspiro, foi até a porta.

— Posso pelo menos acompanhar você até a fronteira? — disse Orion.

— Não.

E Vanessa abriu a porta.

E foi embora.

RESTOS MORTAIS

ASHLEN ESMURROU A PORTA. RUFUS GEMEU DE NOVO.

A trilha até ali fora a mais bizarra, e Rufus não ajudava em nada. Passara-se um tempo desmedido enquanto Ashlen Ironsmith, fugido da torre da bruxa Andaluzia, retomava existência de gente. Os hematomas tinham esmaecido do preto ao roxo, ao amarelo, e sumido. A maior parte das queimaduras não doía mais. Os cabelos haviam crescido. Ashlen contava, pelo menos, com um fiapo de carne nos ossos, e um chute de vida no espírito. Seguira o rastro com dificuldade, Rufus atrapalhando o tempo todo, mas estava lá.

Esmurrou a porta.

Nenhum dos dois era bom em florestas. O chão de terra e folhas não se prestava à sutileza da furtividade urbana, e os habitantes não queriam ouvir as palavras que podiam-lhes enredar. Ashlen sentia como se aquele mundo verde se tivesse queimado em seus olhos. De qualquer forma, era melhor que os cadáveres.

Depois da segunda cidade fantasma, Ashlen desistira de procurar civilização. Aquele era Lomatubar, o Reino da Praga, uma terra desolada e arredia, espancada por uma doença sem cura. Os habitantes eram vermelhos de doença, ou então cinzentos de cansaço. Pessoas que já não acreditavam em clérigos ou médicos, com funerais na rotina.

Gente meio morta. Por um lado, fazia sentido que a trilha acabasse ali.

Lomatubar também era, por alívio, quase todo tomado de pinheiros. Melhor que casas de mortos. Antes de evitar por completo as cidades, Ashlen descobrira que naquele lugar, onde os sacerdotes se apinhavam em busca de cura, os raptos haviam proliferado.

— Vamos voltar — disse Rufus.

— Abra! — gritou Ashlen, para dentro da casa, batendo com o punho fechado na porta.

Era uma casa variada e incongruente, bem no meio da floresta. O exterior sem janelas sugeria muitos cômodos, diversas alas de construção separada, grudadas umas nas outras. Jogada ali em isolamento, como se alguém tivesse apenas muito tarde se lembrado de que não era uma aldeia.

Ashlen apurou os ouvidos, notou barulho dentro.

— Vamos voltar — choramingou Rufus.

Ashlen se controlou. O antigo companheiro inchava, durante o caminho. Por vezes, cuspia um simbionte. Balbuciava idiotices, e só falava em retornar à torre.

— Vamos voltar. Estou com saudades.

Inferno, mas ele falava quase como Andaluzia.

O barulho cessou, dentro da casa. Não se via uma luz, um rastro de gente, pela fresta. Mas a trilha conduzira até ali. Desde que escapara da torre e começara a busca, Ashlen captara os estranhos raptos. Primeiro, aleatórios. Depois, formando um padrão. Clérigos raptados, de todas as fés, de todos os deuses. Raptados e conduzidos para algum lugar, e cada vez mais. Estavam ali, naquela casa enfiada no meio da floresta.

— Abra! — disse Ashlen de novo.

O sol começava a se esconder, por trás dos pinheiros altos. A pele se eriçava, com a ideia de vagar mais tempo em aberto. A tortura tinha conferido a Ashlen uma impressão de violência sempre ao lado. Talvez estivesse sendo perseguido. Talvez fosse a lembrança. Mas, de qualquer forma, a trilha acabava ali. Os clérigos desaparecidos. Se estivesse errado, deveria começar do escuro, mais uma vez. Tinha de ser ali.

Estalo atrás. Encolheu-se.

Por muito tempo, não suportara um toque — não que houvesse muita gente a tocar-lhe. Se encostava por descuido na rapariga da taverna, sentia um formigar elétrico. Se um mercador amigável levava-lhe a palma ao ombro, dava um repelão. E, por muito tempo, não conseguira dormir. Impressão que cada sono era a inconsciência no meio das perguntas, dos socos e pontapés. Até agora, temia o mundo. Ouviu o estalo dos pinheiros, e teve certeza de que era seguido.

O suor brotou-lhe autônomo, livre, e ele sem sentir fez o rosto penitente que usava para implorar.

Silêncio.

— Estou com saudades — disse Rufus.

Ashlen fartou-se e ergueu o pé metálico. Retirou as gazuas ocultas, e pôs-se a trabalhar na fechadura. A veia do pescoço retumbou, a garganta ficou retesada: era o tipo de tranca que mantém as pessoas dentro, e não fora.

Entrou, arrastando Rufus gemebundo.

Interior em breu, era como várias casas, construídas sem método, coladas. Demorou um instante a se achar, era um labirinto simples, e pulou com uma mão a agarrar-lhe a manga.

— Qual? — disse a voz coaxante.

Ashlen puxou o braço de volta, notou que a mão era rude, a pele um couro esverdeado. O goblinoide cambaleou para mais perto, sem nenhuma agressão nos modos.

— Qual é o seu deus?

Não respondeu; apressou-se em seguir.

— Diga que não posso fazer mais nada. Ragnar me abandonou. Diga para ele me soltar.

A voz se perdeu atrás.

Gemidos encheram os cômodos, e Ashlen pôde ver uma miríade eclesiástica enfurnada na mansão. Servas de Lena empilhadas, junto a sacerdotes de Oceano. Um clérigo de Valkaria arrancava as sobrancelhas, seguidores de Khalmyr e Hyninn lamentavam-se, juntos.

Luz à frente, um alçapão.

— Mais um — riu um cultista de Sszzaas. — Ninguém aqui tem poderes. Diga a ele.

Ashlen foi ao alçapão, Rufus a tiracolo.

Trancado, arrombou-o. Apertou os olhos contra a luminescência de uma dúzia de tochas. Uma golfada de ar choco e fumaça entupiu-lhe as narinas. Pulou para dentro, puxou Rufus.

E viu o dono da casa.

O porão tinha paredes de terra, teto sustentado por vigas de madeira crua. Três sacerdotes de Megalokk entoavam um cântico, juntos, clamando por um poder sanguinolento. Suas mãos, a centímetros da cabeça curvada do dono da casa, tremiam de leve, e emitiam uma aura negra. A dez passos, cinco clérigas de Marah murmuravam uma prece conjunta, numa esfera de luz incolor e santa, exalando saúde.

— Gregor, o que você está fazendo? — disse Ashlen.

O dono da casa ergueu os olhos. Deu um sorriso cansado.

— Tentando morrer. — Voz arranhada e difícil. Saindo fraca pela garganta costurada. — Ou viver.

Ashlen correu até Gregor Vahn, seu antigo companheiro de grupo, antigo paladino de Thyatis. Interrompeu a cerimônia de Megalokk, segurou o amigo pelos ombros largos.

— O que está acontecendo aqui, Gregor? O que é isso?

O corpo de Gregor Vahn mostrava abuso constante e criativo. Cicatrizes das mais variadas marcavam-lhe o rosto e o peito. Os braços quase não se moviam. Os cabelos castanhos pendiam longos e pegajosos, tocando os joelhos. Uma barba de descuido eriçava-se pelo rosto.

— Eu achei que, cedo ou tarde, alguém viria — disse Gregor. — Mas desejei que fossem aventureiros. Alguém que me matasse. Há quantos anos, Ashlen?

As clérigas de Marah olhavam, incertas. Os sacerdotes de Megalokk não possuíam uma sombra da ferocidade que deveriam ter. Gente apavorada e derrotada.

— Por que você raptou os clérigos? — disse Ashlen.

Gregor crispou as mãos, perfurando as palmas com unhas sujas.

— Se eu arrancar as costuras, continuo vivo. — E, de fato, rasgou um pedaço da linha que prendia sua cabeça ao corpo. O pescoço deslizou alguns centímetros, a voz ficou mais fraca. — Se queimar numa fogueira, continuo vivo. Se me banhar em ácido ou se for devorado, continuo vivo, Ashlen. Acredite. Eu *tentei.*

Rufus gemeu.

— Você é um paladino de Thyatis. Sempre volta.

— Acha que ainda sou um paladino? — Gregor fez um gesto largo, englobando a situação. — Sou uma piada de mau gosto.

— Você não pode morrer.

— Ah, mas eu posso, Ashlen. Todas as noites, passo por agonias, cuspo partes de mim mesmo. E morro. Mas volto, *sempre.* Só quero morrer direito. Ou viver. Isso é demais? É tão difícil?

Um burburinho acima. Um grito. Um gorgolejar.

— Pelo menos, continuo forte. Posso matar os clérigos que me desobedecerem. *Por que eles não podem me matar? Ou me curar?*

Rufus caiu de joelhos. Soltou uma risada, pôs as mãos no peito. Ashlen sentiu um enjoo até o céu da boca, lançou um último apelo.

— Chega de falar em morte, Gregor.

Gregor Vahn balançou a cabeça.

— Só há morte, Ashlen.

O alçapão foi arrancado. Entrou a armadura.

— Errado — disse Crânio Negro. — Não há vida. Não há morte.

Os clérigos estavam lisos contra as paredes de terra. Ashlen sentiu-se congelado, uma impressão de todas as partes do corpo murcharem.

Crânio Negro andou com passos fáceis e leves no porão.

— Sabia que você viria — disse Rufus. — Eu estava com saudades.

Gregor não tinha expressão. Segurava o pescoço.

— Sabe como me matar?

— Sei — disse Crânio Negro.

Ashlen deu um berro.

— Quem é você? Por que está fazendo isso? Eu não tenho respostas.

O elmo se voltou para ele.

— Eu tenho. Mas as perguntas não importam mais.

— Eu estava com saudades — disse Rufus.

Ashlen já sentia as dores, os ossos quebrados.

— *Quem é você?*

— O que isso importa?

E removeu o elmo em formato de caveira.

Uma cicatriz de ácido, marcando o rosto. Mas, de resto, permanecia a beleza. Bela como um lobo.

Rufus tinha um sorriso largo, uma alegria de amor.

— Eu estava com tantas saudades, Ellisa.

Para acompanhar as novidades da Jambô e acessar conteúdos gratuitos de RPG, quadrinhos e literatura, visite nosso site e siga nossas redes sociais.

www.jamboeditora.com.br

facebook.com/jamboeditora

twitter.com/jamboeditora

instagram.com/jamboeditora

youtube.com/jamboeditora

twitch.com/jamboeditora

Para ainda mais conteúdo, incluindo colunas, resenhas, quadrinhos, contos, podcasts e material de jogo, faça parte da *Dragão Brasil*, a maior revista de cultura nerd do país.

www.dragaobrasil.com.br

JAMBÔ

Rua Coronel Genuíno, 209 • Centro Histórico
Porto Alegre, RS • 90010-350
contato@jamboeditora.com.br